PATRICIA MENNEN

Sehnsucht nach Owitambe

Autorin

Patricia Mennen wurde in Augsburg geboren und wuchs in der kleinen mittelalterlichen Stadt Riedlingen an der Donau auf. In Würzburg und München studierte sie Germanistik, Kunstgeschichte und Theaterwissenschaften. Ihre ständigen Begleiter sind ein Stift und ein Notizbuch, denn überall findet sie Ideen und Inspirationen. Patricia Mennen reist leidenschaftlich gern und hat bereits zahlreiche Romane, Kindersachbücher und Ratgeber veröffentlicht. Sie lebt abwechselnd in der Nähe des Bodensees und in der Provence.

Von Patricia Mennen bei Blanvalet lieferbar:

Der Ruf der Kalahari · Sehnsucht nach Owitambe · Zauber der Savanne · Im Land der sieben Schwestern · Das Tal der goldenen Flüsse · Ellas Geheimnis

Patricia Mennen

Sehnsucht nach Owitambe

Roman

blanvalet

Sollte diese Publikation Links auf Webseiten Dritter enthalten, so übernehmen wir für deren Inhalte keine Haftung, da wir uns diese nicht zu eigen machen, sondern lediglich auf deren Stand zum Zeitpunkt der Erstveröffentlichung verweisen.

MIX
Papier aus verantwortungsvollen Quellen
FSC® C014496

Klimaneutral*
Druckprodukt
ClimatePartner.com/14044-1912-1001

Penguin Random House Verlagsgruppe FSC® N001967

1. Auflage

Dieses Werk wurde vermittelt durch die
Literarische Agentur Thomas Schlück GmbH, 30161 Hannover.
Redaktion: Margit von Cossart
Umschlaggestaltung: © Johannes Wiebel | punchdesign,
unter Verwendung von Motiven von Shutterstock.com (Thomas Noitz; chrisdaviez; axz700; Jan Hejda; Jan Martin Will; TASER)
und Richard Jenkins Photography
LO · Herstellung: DM
Satz: Buch-Werkstatt GmbH, Bad Aibling
Druck und Bindung: GGP Media GmbH, Pößneck
Printed in Germany
ISBN 978-3-7341-1108-2

www.blanvalet.de

Für Willem, Anna-Fee und Amelie

Wende dein Gesicht der Sonne zu,
dann fallen die Schatten hinter dich.

Südafrikanisches Sprichwort

Prolog

Die Erde vibrierte unter gewaltigem Stampfen. Aus den Steilwänden der berghohen Düne lösten sich feine Sandbäche, die als sanfte Lawinen ins Dünental glitten. Langsam, aber stetig rieselte der rote Sand über den schlafenden Mann am Boden der Senke und begrub ihn, ohne dass er es merkte. Erst als das Geriesel seinen Mund erreicht hatte und dann über die Nase in seine Atemwege drang, erwachte er und rang jäh nach Luft. Mit einem Satz befreite er sich aus seiner misslichen Lage und sprang auf. Vom Schlaf noch verwirrt, wischte er sich den Sand aus seinem gesunden Auge. Seine scharfen Ohren nahmen gleichmäßige Erschütterungen und Schnauben wahr. Sehen konnte er nichts. Um ihn herum herrschte das neblige Grau der ersten Morgendämmerung. Irgendwo über ihm kämpfte die Sonne ihren morgendlichen Kampf gegen die dichte Nebelwand. Nur zögerlich verwandelte ihr erstes Licht die nachtfeuchte Luft in ein sanftes, wärmendes Orange. Der junge Buschmann versuchte die Richtung auszumachen, aus der das Stampfen kam. Eilig fasste er nach seinem Lederumhang, in dem er die Nacht verbracht hatte. Seine Glieder waren noch steif von der eisigen Wüstennacht. Um sich zu wärmen, sprang der Buschmann einige Male mit den Armen um sich schlagend auf und ab. Dann lauschte er nochmals. Argwöhnisch blickte er auf den Kamm der Düne hoch über sich. Seine Hände griffen nach dem Speer, dem Beutel und dem kleinen Bogen mit den Giftpfeilen.

Von welcher Seite würden sie kommen?

Der Nebel, der von der Atlantikküste weit in die Namib waberte, bildete nach wie vor einen undurchdringlichen Vorhang. Behände kletterte der kleinwüchsige Mann die Düne hinauf, um einen besseren Überblick zu bekommen. Der weiche, tiefrote Sand erschwerte jede Vorwärtsbewegung, doch er hatte eine Technik entwickelt, auf allen vieren wie ein Käfer voranzukommen. Als er die ersten zwei Drittel der Düne geschafft hatte, warf sich plötzlich ein riesiger, dunkler Schatten über ihn. Daneben tauchten ein zweiter und schließlich ein dritter auf. Ohne eine Sekunde zu zögern, machte der Buschmann kehrt. Mit großen Schritten rannte er den Dünenabhang hinab, ließ sich fallen, überschlug sich und schlidderte bäuchlings mit rudernden Armen weiter, rappelte sich wieder auf, spurtete auf die abflachende Seite der Düne zu und warf sich hinter ihrer Kante flach auf den Boden.

Keinen Augenblick zu früh.

Als er schließlich keuchend seinen Kopf hob, bekam er ein gleichermaßen komisches wie beeindruckendes Schauspiel zu sehen. Mit einem lauten Trompetensignal machte sich ein gewaltiger roter Elefant an den Abstieg der Düne. Dort, wo der Buschmann nur wenige Augenblicke vorher gelegen hatte, verwandelte sich der Steilhang der Düne in eine riesige Rutschbahn. Zwölf Elefantenkühe und sieben Jungtiere versuchten sich nacheinander an dem steilen Abstieg. Auf dem Hinterteil sitzend, die Rüssel hoch in die Luft gestreckt, glitten die ersten wie Kinder auf einer Rutsche den Abhang hinab. Während die älteren Tiere den Abstieg routiniert und mit sichtlichem Vergnügen bewältigten, verlief bei den Jungtieren die Rutschpartie nicht immer reibungslos. Manch eines verlor das Gleichgewicht und purzelte kopfüber den Abhang hinab. Ihre roten, staubbedeckten Körper vermischten sich mit dem aufgewirbelten Sand zu einer immensen Staubwolke. Der Buschmann konnte nun gar nichts mehr erkennen. Aber er roch die Elefanten, und er spürte ihre Unruhe, als sie sich, unten angelangt, wieder zu einer Gruppe versammelten. Während sich der Sandstaub langsam senkte, tauchten die massigen Körper der Wüstenelefanten wie eine geisterhafte Erscheinung vor ihm auf. Noch war alles schemenhaft, doch mit einem Mal gelang es der stärker werdenden Sonne, ein Loch durch den Nebel zu fressen, und innerhalb weniger Augenblicke weitete sich der Himmel zu einem tiefen, klaren Blau. Die sandroten runzligen Leiber der Elefanten waren nun deutlich zu erkennen. Sie waren keinen halben Speerwurf weit von ihm entfernt. Die Leitkuh lief aufgeregt um die anderen herum, als wolle sie nachzählen, ob alle heil angekommen waren. Dann witterte sie den Buschmann. Argwöhnisch spreizte sie ihre großen Segelohren ab und blickte ihn aus kleinen, dicht bewimperten Augen prüfend an. Der Buschmann hielt den Atem an. Er war sich der Gefahr durchaus bewusst. Langsam stand er auf und stellte sich der Situation. Jede falsche Bewegung konnte sein Ende bedeuten. Die Herde hatte Jungtiere und war deshalb überaus nervös. Der Rüssel der Leitkuh schlug ärgerlich in den Sand und wirbelte ihn meterhoch auf. Mit einem Mal lehnte sie sich zurück, dann schnellte sie wie ein Katapultgeschoss nach vorn und stürmte mit weit ausholenden Schritten und aufgestellten Ohren auf ihn zu. Noch bevor der Buschmann sich regen konnte, war sie bei ihm. Der kleine Mann schloss angstvoll die Augen und wartete darauf, überrannt oder in die Luft geschleudert zu werden. Keine zwei Menschenlängen von ihm entfernt blieb die Leitkuh jedoch abrupt stehen, stieß einen ohrenbetäubenden Warnruf aus und drehte dann überraschend ab. Ohne ihm weitere Beachtung zu schenken, setzte sie sich gemächlichen Schrittes an die Spitze der Elefantengruppe und führte sie durch das Dünental fort.

Das Herz des Mannes raste wie das eines Hasen. Er stieß einen tiefen Seufzer der Dankbarkeit aus. Mochte Kauha verhüten, dass er den großen Tieren noch einmal so nahe kam! Dennoch musste er ihnen folgen. Sie waren die Rettung, auf die er so lange gewartet hatte. Einige Tage und genauso viele Nächte hatte er nun schon in der Einsamkeit der Namib verbracht, bis er endlich auf die Tiere gestoßen war. Wie oft hatte er an seinem Erfolg gezweifelt. Es war nur eine vage Vermutung gewesen, dass auch den Elefanten am Ende dieser dürftigen Regenzeit das Futter in der Wüste knapp werden würde und dass sie deshalb mit ihren Jungtieren die Namib durchqueren würden, um in fruchtbarere Gebiete zu gelangen. Leider war ihr Revier unendlich groß, und die seltenen Tiere waren nur schwer aufzuspüren.

Die Buschmänner kannten einige der verborgenen Wasserstellen in dieser augenscheinlich so lebensfeindlichen Wüste, aber die Elefanten kannten sie alle. Die Trockenheit hatte die meisten Quellen versiegen lassen. Die Menschen seiner Gruppe hatten Mühe, genug Wasser zu finden. So war das Leben in den letzten Monden besonders hart und entbehrungsreich gewesen. Es hatte viel zu wenige von den nahrhaften und wasserreichen Tsamma-Melonen gegeben, und die essbaren Gräser, Knollen und Pflanzen waren dürr und wenig nahrhaft geblieben. Einige der Jäger hatten versucht, am großen Wasser Robben zu erlegen, aber sie mussten unverrichteter Dinge wieder umkehren, weil die Robbenkolonie sich einen neuen, unbekannten Platz an der Küste gesucht hatte. Außer ein paar ausgemergelten Küstenwölfen und einem Rudel hungriger Löwen waren sie keinem Tier begegnet. Den Buschmännern blieben die Echsen, Schlangen und kleinen Säugetiere, die nachts aus ihren heißen Sandverstecken krochen. Die Tiere warteten auf die Kühle der Nacht, die mit dem abendlich aufziehenden Küstennebel auch Feuchtigkeit mit sich brachte. Das Wasser, das auf den Wüstenpflanzen kondensierte, genügte ihnen zum Überleben. Für die Buschmänner waren die kleinen Tiere in guten Jahren eine willkommene Zwischenmahlzeit. Doch jetzt musste das wenige Fleisch als Hauptnahrung reichen. Vergeblich hatten sie nach den großen Oryxantilopen Ausschau gehalten. Die wehrhaften Tiere mit ihren lanzenähnlichen Hörnern waren dieses Jahr überhaupt nur vereinzelt durch ihr Gebiet gezogen. Das war ein schlechtes Zeichen, denn gerade diese Tiere waren auf besondere Weise an das harte Leben in der Wüste angepasst.

Es war seine Idee gewesen, die Elefanten aufzuspüren. Über kurz oder lang würden die Tiere die Menschen dorthin führen, wo es Wasser gab. Das hatte innerhalb der Gruppe zu großen Diskussionen geführt. Die meisten waren gegen seinen Vorschlag gewesen.

»Wir haben nicht die Kraft für eine lange Suche«, hatte Kwi, einer der erfahrenen älteren Männer eingewandt.

»Ich werde dir kein Wasser geben«, bestimmte gar N!ore, der in ihm nur einen Konkurrenten sah. Allein sein Freund Twi hatte ihm nicht abgeraten, sondern ihm stillschweigend etwas von seinem Wasservorrat abgegeben. So war er, allen Warnungen zum Trotz, eines Morgens losgezogen.

Und jetzt hatten die Elefanten ihn gefunden!

Mit neuer Energie machte er sich an ihre Verfolgung. Den ganzen Tag ließ er sie nicht aus den Augen. Die schwerfälligen Tiere kamen erstaunlich rasch voran. Der Buschmann war ein hervorragender Läufer, doch die Hitze sowie die Anstrengungen und Entbehrungen der letzten Tage forderten ihren Tribut. Er hatte kaum noch Wasser. Nur einmal hielt er kurz inne. Mit großer Bedächtigkeit zog er das Grasbüschel aus der kleinen Öffnung in dem Straußenei, schloss die Augen und trank einen winzigen Schluck. Das musste reichen. Während er weiterlief, schlich sich der Zweifel säende Geist Gwi in seine Gedanken. Wie lange waren die Elefanten wohl unterwegs? Wer sagte ihm, dass sie überhaupt Wasser suchten? Was, wenn sie eben erst an einer Wasserstelle gewesen waren? Dann würden sie ohne

Mühe die nächsten Tage ohne Wasser auskommen. Er zwang sich, diese Gedanken aus seinem Kopf zu verbannen, doch der schalkhafte Geist Gwi ließ sie weiterhin wie Schreckgespenster in seinem Kopf kreisen. Seine Kräfte begannen ihn schon jetzt zu verlassen. Wurden seine Schritte nicht immer langsamer und der Abstand zu den Elefanten immer größer?

»Lass mich in Ruhe, Gwi!«, schimpfte er laut.

Der Widerhall seiner Stimme holte ihn wieder in die Wirklichkeit zurück. Er würde die Elefanten nicht verlieren. Solange kein Wind aufkam, konnte er leicht ihre Spuren verfolgen. Die nächste Wasserstelle war sicher nicht mehr fern!

Die Elefanten marschierten unterdessen unbeirrt weiter. Auch ihnen machte der Wassermangel zu schaffen. Immer wieder blieb eine der Kühe mit ihrem Jungtier zurück und ließ es kurz an ihren ausgemergelten Zitzen trinken. Nach wenigen Zügen stieß das Muttertier jedoch sein Junges beiseite. Jämmerlich klagend quälte sich das Kleine weiter. Es schien genauso erschöpft wie der Buschmann. Doch es war auch ein gutes Zeichen, denn es zeigte, dass die Tiere durstig waren.

Am späten Nachmittag weitete sich die hohe Dünenlandschaft zu einer breiten Senke. Die Ränder der Dünen begannen sich im eintretenden Abendlicht scharf von ihrer Umgebung abzuzeichnen. Vor dem gelben Sand der Senke und dem tiefen Coelinblau des Himmels leuchteten die Sandberge kräftig rot. Dürre, fahlgrüne Grasbüschel warfen fetzige Schatten. Die Elefantenherde suchte nicht die offene Landschaft, sondern hielt sich weiterhin nahe bei den Dünen und verschwamm schließlich mit deren dunkler werdenden Schatten. Der Abstand zwischen dem Buschmann und den Elefanten war in der Zwischenzeit immer größer geworden. Schließlich verlor er sie aus den Augen. Das Letzte, was er von der Herde sah, war, wie sie hinter einem der Dünenkämme verschwand. Jetzt blieben ihm nur noch ihre Spuren. Sorgenvoll betrachtete er den Horizont.

Zartviolette Nebelschwaden zogen von Westen über die Wüste. Die Sonne verwandelte den Himmel in eine Sinfonie aus Farben. Das ockergetönte Rot der Dünen verwandelte sich in ein dunkles Violett, während sich der Himmel vor den Nebelschwaden in einer zartgelben Unendlichkeit verlor. Es wurde Nacht. Noch einmal sammelte der Mann alle Reserven, die er besaß, trank den letzten Schluck Flüssigkeit aus seinem Straußenei und beschleunigte seine Schritte. Wenn er vor einsetzender Dunkelheit die Tiere nicht wiederfand, war er verloren.

ERSTER TEIL

Hereroland

1904/1905

Doppelhochzeit

»Nein, nein, nein!« Nancy schwang ihr Hinterteil, während sie sich empört umdrehte, wobei ihre Röcke einen weiten Bogen beschrieben. In ihrer Hand hielt sie einen riesigen Kochlöffel, den sie drohend in Richtung Samuel und seiner Helfer schwang. »Was seid ihr nur für hirnlose Erdmännchen! Ich habe euch tausendmal gesagt, ihr sollt die Tafel unter dem großen Baum aufbauen, nicht bei den Ställen, wo alles nach Kuhmist riecht!«

Samuel grinste sie breit an.

»Das wissen wir auch, Mama Nancy«, sagte er schelmisch. »Wir wollten nur sehen, was du für ein Gesicht machst!«

»Ach ja?«, fragte Nancy scharf. »Und was für ein Gesicht habe ich deiner Meinung nach gemacht?«

»Sag einem Krokodil erst, dass es hässlich ist, wenn du den Fluss überquert hast!«, antwortete Samuel, wobei er den anderen Farmarbeitern vielsagend zuzwinkerte. Nancy stand fassungslos da; ihr Unterkiefer klappte nach unten. Die Männer hielt es nun nicht mehr. Erst Joseph, dann Ernst und schließlich auch Josua und Samuel begannen hemmungslos zu lachen. Die Freude über Samuels Scherz brachte ihre Augen zum Glänzen. Immer wieder klopften sie sich mit den Händen auf die Schenkel. Nancy hatte sich schnell wieder gefasst. Ihr dunkelhäutiges Gesicht bekam kurz grimmige Züge. Sie hob ihren Kochlöffel und machte Anstalten, sich auf die Lümmel zu stürzen, aber dann hellte sich ihre Miene wie eine aufgehende Sonne auf, und sie fiel unvermittelt in das Gelächter der Männer ein.

Sollten sie doch ihren Spaß haben. Es zeigte nur, wie gut es ihnen ging. Kopfschüttelnd begab sie sich schließlich wieder in ihre Küche, wo die Vorbereitungen zu der großen Hochzeit auf Hochtouren liefen.

Der ganze Distrikt sprach von dem bevorstehenden Ereignis. Von »unerhört!«, »skandalös«, »Verkafferung und Verlust der guten Sitten« bis hin zu »mutig«, »Respekt« reichte die Palette der diversen Meinungen. Es kam schließlich nicht alle Tage vor, dass Vater und Tochter gleichzeitig vor den Traualtar traten. Doch das allein war an sich nichts Anstößiges. Es gab noch viel mehr Anlass für Klatsch und Tratscherei. Johannes von Sonthofen hatte eine Affäre mit einer Himbafrau, aus der ein gemeinsamer Sohn hervorgegangen war. Das war zwar verwerflich, aber an sich nichts Ungwöhnliches, denn der Bastard hatte kaum mehr Rechte als ein gewöhnlicher Schwarzer. Aber um genau das zu ändern, hatte Sonthofen sich entschlossen, die Himbafrau zu ehelichen. Mischehen waren in den Kolonien generell verpönt. Vor allem den Nationalisten lag daran, solche Beziehungen strikt zu verbieten, weil sie ihrer Meinung nach »Schmutz« in das reine, deutsche Blut brachten und die Menschen »verkafferte«. Ein Gesetz, das Mischehen verbot, stand kurz vor dem Inkrafttreten. Aus diesem Grund hatte der Distriktchef von Otjiwarongo die Ehe zwischen Johannes von Sonthofen und der Himbafrau Sarah verbieten wollen. Doch die guten Kontakte, die Johannes schon seit längerer Zeit zu Gouverneur Leutwein unterhielt, machten sich jetzt bezahlt. Auf höchste Anweisung von oben wurde der Distriktchef gezwungen, das Paar dennoch zu trauen. Auch das andere Brautpaar war nicht ohne Makel. Die Tochter des Farmers Sonthofen würde den anschwellenden Bauch unter ihrem Brautkleid wohl kaum verbergen können.

Das alles scherte die eintreffenden Gäste wenig, und wenn, dann sprach man nur hinter vorgehaltener Hand darüber. Ein Fest war schließlich ein Fest und in diesen Breiten ein willkommener Anlass, sich untereinander auszutauschen. Nach und nach trafen die Ochsenwagen der Nachbarn ein, von denen einige schon seit dem Morgengrauen über die staubigen Wege, die Pads, unterwegs gewesen waren. Einige wenige besaßen Kutschen mit Pferden und brachten die langen Strecken wesentlich komfortabler hinter sich. Samuel, der Vorarbeiter der Farm, hatte eine ganze Scheune leer geräumt, in der die Gäste ihre Tiere unterstellen konnten. Überall gab es ein großes Willkommen. Johannes begrüßte alle Gäste persönlich. Mit Rücksichtnahme auf Sarah, die keine Christin war, hatte er auf die kirchliche Trauung verzichtet.

Das Fest am heutigen Tag sollte ganz allein dem jungen Brautpaar gehören. Die meisten Nachbarn brannten darauf, Jella nun endlich kennenzulernen. Die junge Frau war erst einige Monate zuvor überraschend aus Berlin angereist und hatte sich als uneheliche Tochter aus einer früheren Beziehung Sonthofens vorgestellt. Doch bisher war die Braut nicht zu sehen. Sie bereitete sich offensichtlich noch auf das große Ereignis vor. Heute sollte die kirchliche Trauung sein. Die standesamtliche Trauung hatte bereits vor einigen Tagen in Otjiwarongo stattgefunden. Johannes und Sarah sowie Jella und Fritz hatten sie in kleinstem Kreis abgehalten.

Die ersten Gäste waren bereits vor einigen Tagen eingetroffen. Unter ihnen war auch Lisbeth Eberle, die aus Stuttgart stammende Krankenschwester, mit der Jella vor etwa einem Jahr nach Deutsch-Südwest gekommen war. Die beiden jungen Frauen hatten einige Zeit zusammen im Missionskrankenhaus in Windhuk gearbeitet und waren bestens befreundet.

Lisbeth war mindestens ebenso aufgeregt wie Jella, die

wie ein aufgescheuchtes Huhn im Bademantel durch das Haus lief.

»Wo habe ich nur das Medaillon hingelegt?«, rief Jella verzweifelt und fuhr sich mit beiden Händen in ihr aufgestecktes Haar.

»Jesus, Maria und Josef«, stöhnte Lisbeth, die das widerspenstige Haar gerade zu einer kunstvollen Frisur aufgetürmt hatte. »Jetzt siehst du aus wie ein gerupftes Huhn! Wir können gleich noch mal von vorn anfangen!«

Jella ließ das alles ziemlich unberührt. Sie suchte fieberhaft weiter, öffnete Schubladen, suchte hinter der Obstschale auf dem Buffet und drang dann sogar in Nancys Reich ein. Doch Nancy verwehrte ihr mit ihrer ganzen breiten Statur den Eintritt.

»Raus!«, schimpfte sie mit zusammengezogenen Augenbrauen. Dabei rollten ihre schwarzen Augen gefährlich in den Augenhöhlen.

»Aber … ich muss …«, versuchte Jella ihr Anliegen vorzutragen. Doch Nancy duldete keinen Widerspruch und schob sie hinaus. Jella musste unverrichteter Dinge wieder abziehen. Schließlich fand sie das Medaillon in seinem kleinen Beutel neben ihrem Bett.

»Gott sei Dank«, seufzte sie erleichtert. Vorsichtig zog sie es heraus und klappte es auf. Das Bild ihrer Mutter lächelte ihr entgegen. »Ohne meine Mutter bei mir zu haben, hätte ich nicht heiraten können«, erklärte sie ihrer Freundin. »Wenn ich es trage, dann ist es fast so, als wäre sie hier bei uns!«

Ein paar Tränen kullerten aus Jellas hellgrünen Augen und rollten ihr über die Wange. Lisbeth strich ihrer Freundin tröstend über den Arm.

»Sie würde sich sicherlich sehr über Fritz freuen!«, versicherte sie ihr. Jella schniefte und ließ sich ungeduldig nochmals die Haare aufstecken.

»Wo ist eigentlich Fritz?«, wollte sie wissen. Sie hatte ihren Zukünftigen heute nur kurz gesehen.

»Ich glaube, er hilft den anderen beim Aufbau der Tanzbühne. Das Orchester ist auch schon eingetroffen. Wenn ich ehrlich bin, glaube ich allerdings nicht, dass sie sehr gut spielen können. Die meisten Instrumente sehen ziemlich verbeult aus!«

Jella lachte vergnügt. »Imelda hat unbedingt darauf bestanden. Sie meinte, eine Hochzeit ohne Orchester ist wie ein Weihnachtsessen ohne Gans. Sie hat die Leute selbst zusammengestellt und behauptet steif und fest, dass sie den Hochzeitswalzer richtig gut spielen könnten. Außerdem hat Fritz noch ein Grammofon organisiert. Damit ist der musikalische Teil der Feier wohl gesichert.«

»Ist diese kleine, fette Witzfigur tatsächlich der Pfarrer? Wieso ist er eigentlich schon hier?«

Jella zuckte mit den Schultern. »Mein Vater hielt es für das Beste, Traugott Kiesewetter gleich in der Missionsstation abzuholen, damit er die Hochzeit nicht vergisst. Der gute Mann ist zwar herzensgut, aber er neigt dazu, manche Dinge zu vergessen.«

»Und jetzt macht er sich daran, das Hochzeitsessen schon vor der eigentlichen Feier zu vertilgen«, kicherte Lisbeth. »Ich habe ihn die paar Tage, die ich hier bin, noch nie ohne Essen herumlaufen sehen. Ich glaube, er ist der Einzige, der sich ungestraft in Nancys Küche begeben darf.«

»Weiß der Teufel, wie er das anstellt«, meinte Jella. »Bist du nun endlich fertig?«

Lisbeth steckte die letzten Nadeln in die Frisur und betrachtete zufrieden ihr Werk.

»Wenn du deine Finger jetzt gefälligst bei dir behältst, dann bist du die schönste Braut Südwestafrikas!«

»Bis auf das Brautkleid! Wie spät ist es eigentlich?« Lisbeth sah auf die Taschenuhr auf der Kommode.

»O je, wir haben uns total verplappert! Schnell, du musst in dein Brautkleid schlüpfen! Aber vorsichtig. Nicht, dass du es noch zerreißt!«

Alles auf der Farm *Owitambe* war feierlich geschmückt worden. Jella, Imelda, Sarah und Nancy hatten sich alle Mühe gegeben. Herausgekommen war eine Mischung aus deutsch-burischer Gemütlichkeit und afrikanischen Elementen. Die Trauung selbst sollte oben auf dem Hügel stattfinden, wo die große Schirmakazie stand. In ihrem Schatten waren lange Tischreihen mit weißen, gestärkten Baumwolltischdecken aufgestellt worden. Nancy hatte einen Teil der Küche nach draußen verlagert und kochte auf offenem Feuer. Auf gusseisernen Dreibeinen standen riesige Töpfe mit Eintopf, Suppen und Gemüsegerichten. Samuel und Josua hatten sich weiße Schürzen umgebunden und sollten über gewaltigen Rosten das Fleisch garen. Dazu gab es verschiedene Fruchtsoßen, selbst gebackenes Brot, frisch gebrautes Bier, das Fritz extra aus Grootfontein hatte kommen lassen, und sogar einige Kisten mit südafrikanischem Wein. Auf den Tischen standen Schalen mit frischem Obst und Blumen aus dem hauseigenen Garten. In die weit ausladenden Zweige hatte Johannes bunte Papierlampions hängen lassen. Überall waren Fackeln und Petroleumlampen aufgestellt worden, die nach der früh einsetzenden Dunkelheit den Platz erhellen sollten. Auf dem Hof vor dem Wohnhaus stand eine Holzbühne für den Tanz. Daneben war Platz für das »Orchester«. Die vier dunkelhäutigen Musiker besaßen hauptsächlich Blechblasinstrumente, die so verbeult waren, dass die Vermutung nahelag, sie könnten schon bei der einen oder anderen Schlägerei eingesetzt worden sein. Imelda, Fritz' Mutter, hatte die Instrumente aufgetrieben und kurzerhand dazu ein paar ihr musikalisch erscheinende Herero aus Okakarara ausgewählt. Mit unendlicher Geduld hatte sie mit ihnen in den letzten Wochen einige Tanzlieder, unter anderem auch den Kaiserwalzer, eingeübt. Hinter vorgehaltener Hand hatten Jella und Fritz kichernd die Befürchtung geäußert, dass wohl einige Gäste die Feier verlassen könnten, bevor überhaupt die Trauung stattgefunden hatte. Doch Imelda wollte davon nichts wissen. Sie war stolz auf ihre Musiker und überzeugt, dass sie ihre Aufgabe meistern würden. Nachdem sich alle versammelt hatten, schärfte sie den Männern noch einmal ausdrücklich ein, erst zu beginnen, wenn der Bräutigam vor dem Pastor stand. Die Musiker sahen einander an und nickten ernst.

Als Erster kam Traugott Kiesewetter. Der kleine Pastor hatte sich extra für den feierlichen Anlass in sein schwarzes Priestergewand geworfen und die weiße Halskrause angelegt. Mit würdevollem Schritt erklomm er den kleinen Hügel, wandte sich dann den unten sitzenden Gästen zu und faltete die Hände vor seinem Bauch. Schweiß rann über seine Stirn, doch er bewahrte Haltung. Mit aufmunternden Zurufen der verheirateten Männer wurde schließlich der Bräutigam empfangen. Fritz lächelte ihnen zu. Mit sicheren Schritten lief er durch das Spalier der Gäste in Richtung des Pastors. Er trug einen schwarzen Frack, darunter ein gestärktes, weißes Hemd mit Stehkragen und Binder. Seinen Kopf zierte ein glänzender Zylinder. Das dunkle Haar darunter war mit Pomade geglättet. Die jungen Fräulein der Gesellschaft stießen ein kaum zu überhörendes Seufzen aus. Fritz sah wirklich umwerfend aus. Mehr als eine war neidisch auf die gute Partie, die Jella machte. Wer es nicht wusste, konnte kaum erkennen, dass dem Bräutigam die linke Hand fehlte. Geschickt hielt er den Stumpf zwischen den Knöpfen seines Fracks versteckt.

Jetzt fehlte nur noch die Braut. Viele der Eingeladenen kannten Jella noch nicht. Umso heftiger waren die Spekulationen der Frauen und der jungen Mädchen über ihr Brautkleid. Würde sie es wagen, trotz ihrer Umstände einen Schleier zu tragen?

War es nicht unerhört, dass sie überhaupt kirchlich heirateten? Die Braut sollte außerdem sehr hochgewachsen sein und nicht unbedingt dem deutschen Schönheitsideal entsprechen, tuschelten die einen. Diejenigen, die sie bereits kannten, schilderten sie demgegenüber als charmante, kluge Frau, die immer sagte, was sie dachte. Ihre Spekulationen wurden durch das laute Hupen einer Tuba unvermittelt unterbrochen. Der betreffende Musiker hatte sich mit seinem Einsatz vertan und schaute jetzt erschrocken in die Menge. Imelda, die bereits neben Sarah und dem kleinen Raffael in der ersten Reihe saß, bekam einen hochroten Kopf. Man konnte ihr ansehen, dass sie am liebsten den Schuldigen erwürgt hätte. Sie gestikulierte und gab ihnen zu verstehen, dass sie es noch einmal von Neuem versuchen sollten. Doch der zweite Anlauf ging genauso schief wie der erste, nur dass dieses Mal alles durcheinander erklang. Imelda erhob sich von ihrem Sitz und marschierte unter den amüsierten Blicken der Gäste zu ihren Schutzbefohlenen. Nach einem kurzen, heftigen Wortwechsel hatte sie die Ursache des neuerlichen Scheiterns herausgefunden. Die Musiker kannten ihre Stücke auswendig, da sie keine Noten lesen konnten. Allerdings hatten sie vergessen, mit welchem Lied sie beginnen sollten. Der Tubaspieler und der Trompeter hatten sich kurzerhand für den Einzugsmarsch von Johann Strauß entschieden, der Posaunist und der Schlagzeuger dagegen für den Kaiserwalzer. Der Erfolg war eine entsetzliche Kakophonie gewesen. Imelda warf den Musikern einen mörderischen Blick zu und gab nun selbst den Einsatz. Schuldbewusst konzentrierten sich die vier und begannen zum dritten Mal. Zum Erstaunen der meisten Gäste konnte sich die Musik durchaus hören lassen. Das Orchester spielte zwar nicht unbedingt brillant, aber zumindest sehr eigenwillig und engagiert.

Inmitten dieses amüsanten Zwischenfalls hatten die Zuschauer nicht mitbekommen, wie Jella am Arm ihres Vaters aus der

Haustür getreten war. Das schlichte, cremefarbene Brautkleid umschmeichelte elegant ihren Körper. Es war ärmellos und eng geschnitten und gab sich nicht ansatzweise die Mühe, die unübersehbare Wölbung ihres Bauches zu kaschieren. Gerade das machte den Reiz des Kleides aus und ließ die Braut noch attraktiver erscheinen. Das lockige, widerspenstige Haar war zu einer kunstvollen Steckfrisur aufgetürmt. Anstatt eines Schleiers oder eines Blumenkranzes trug sie locker verteilt blaue und weiße Blüten in ihrem roten Haar. Lange, goldene Ohrringe hingen bis zu ihren Schultern. Ihre limonengrünen Augen glänzten vor Aufregung, als sie gemeinsam mit ihrem Vater in viel zu großen Schritten auf Fritz zuging.

Fritz verschlug es den Atem. Jella war für ihn schon immer die schönste Frau gewesen, die er jemals kennengelernt hatte, aber heute sah sie einfach hinreißend aus. Am liebsten wäre er auf sie zugestürzt und hätte sie vor allen geküsst. Es kostete ihn Überwindung, es nicht zu tun. Mit einem leichten Nicken übernahm er von Johannes Jellas Arm, der bis zu den Ellenbogen in cremefarbenen Spitzenhandschuhen steckte. Jella sah Fritz an und strahlte. Gemeinsam traten sie vor den Pastor.

Nach der Trauung gab es einen kleinen Umtrunk, während die Gäste nacheinander dem Brautpaar gratulierten. Die meisten waren überrascht, wie natürlich Jella war. Sie war erstaunlich gut über die Familienverhältnisse der Nachbarn informiert und erkundigte sich sogar nach denen, die verhindert gewesen waren zu kommen.

»Sag mal, Vater, warum ist eigentlich niemand von den Nachtmahrs erschienen?«, fragte Jella, als sie einen Augenblick von niemandem in Anspruch genommen wurde.

Johannes verzog sein Gesicht.

»Mit Rüdiger von Nachtmahr ist nicht unbedingt gut Kirschen essen. Er ist sehr eigenwillig. Es würde mich nicht wundern, wenn er dem Fest mit Absicht fernbliebe. Dabei hat er eine wirklich reizende Frau.«

»Auch egal. Ich werde ihn schon noch kennenlernen. Vielleicht sollten wir für ihn ja einmal einen Extraempfang geben.«

Bevor ihr Vater antworten konnte, wurde sie von Lisbeth unterbrochen.

»Du stehst schon viel zu lange hier herum. Denk an deinen Zustand. Du solltest dich endlich einmal hinsetzen!«

Sie schaute vorwurfsvoll Fritz an, der sofort reagierte.

»Ja, Liebes, lass uns endlich Platz nehmen. Ich glaube, die Leute haben alle Hunger!«

Jella verdrehte die Augen. »Warum behandeln mich alle wie ein kleines Kind? Ich bin schwanger und nicht krank.«

Dennoch ließ sie sich von Fritz an den Tisch führen, wo sie sich in der Mitte der langen Tafel hinsetzten. Für die anderen Gäste war das auch das Zeichen, Platz zu nehmen. Man plauderte, tauschte Freundlichkeiten aus und freute sich auf das bevorstehende Essen. Nancy kommandierte ihre Küchenmannschaft herum und bewachte mit argwöhnischen Augen die Arbeit von Samuel und Josua, die mit dem Grillen des Fleisches begonnen hatten. Rechts neben Fritz saßen Imelda und Jakob, links neben Jella Johannes, Sarah und deren gemeinsamer Sohn Raffael. Für die anderen Gäste gab es keine feste Sitzordnung. So mancher Farmer murrte, weil Schwarze mit am Tisch saßen, aber weder Jella noch ihre Familie scherten sich darum und taten einfach so, als hätten sie es nicht gehört. Schon bald beruhigten sich die erregten Gemüter und ließen sich von der freundlichen Atmosphäre auf *Owitambe* gefangennehmen. Nach dem ausgiebigen Mahl, das von Unmengen Wein und Bier begleitet wurde, kam das Orchester zu seinem zweiten Einsatz. Imelda hatte nicht zu viel versprochen. Die schrägen und falschen Töne machten die Musiker durch ihren Einsatz und ein erstaunliches Rhythmusgefühl wett. Mit einem ungewöhnlichen Kaiserwalzer eröffneten Fritz und Jella schließlich den gemütlichen Teil des Festes. Die Sonne stand mittlerweile tief am Horizont, was die Hitze des Tages etwas milderte. Die Stimmung war gelockert und fröhlich. Die älteren Männer rauchten gemeinsam Zigarren, während die jüngeren die seltene Gelegenheit eines Tanzes nutzten und ihre Frauen auf die Tanzfläche führten. Auch die schwarzen Arbeiter waren zu dem Hochzeitsfest geladen. Allerdings feierten sie etwas abseits und weigerten sich, mit den Weißen mitzufeiern, obwohl Jella sie mehrmals dazu aufforderte.

»Lass sie«, meinte Fritz. »Sie haben eben eine andere Kultur. Außerdem merken sie sehr wohl, dass es hier viele gibt, die ihnen mit Ablehnung gegenüberstehen.«

»Wahrscheinlich hast du recht«, seufzte Jella. »obwohl ich es eigentlich nicht verstehe. Wir leben schließlich alle in demselben Land. Warum können wir uns dann nicht einfach gegenseitig als Menschen respektieren?«

Fritz gab Jella einen Kuss und spielte mit einer Strähne, die sich aus ihrer Frisur gelöst hatte. Seine dunklen Augen glänzten leidenschaftlich. »Ich denke gerade an ganz andere Dinge!«, flüsterte er heiser in ihr Ohr, während er leicht an ihrem Ohrläppchen knabberte. »Meinst du, wir könnten schon gehen?«

Jella bekam eine Gänsehaut und errötete. Gleichzeitig drückte sie ihn leicht von sich weg. Fritz' offenes Begehren war ihr peinlich, obwohl sie es selbst kaum erwarten konnte, mit ihrem Mann allein zu sein. Sie wollte gerade etwas erwidern, als ein von Pferden gezogener Pritschenwagen in rasendem Tempo auf den Festplatz gefahren kam. Alle Blicke wandten sich teils entsetzt, teils entrüstet dem Gefährt zu, das von einem jungen schmächtigen Mann gelenkt wurde. Erst als es in der Nähe der Tanzfläche zu stehen kam, konnte man erkennen, dass der Wagen Mist geladen hatte. Der junge Mann sprang von seinem Kutschbock auf die hintere Pritsche, auf der zwei schwarze Farmarbeiter bereits die Seitenwände gelöst hatten und sich daranmachten, den Mist mit Gabeln in hohem Bogen auf die Tanzfläche zu werfen. Eines der Tanzpaare bekam eine volle Ladung Mist ab und kreischte vor Entsetzen auf.

Fritz und Johannes hatten sich mittlerweile mit Blicken verständigt. Sie waren beide ein ganzes Stück von dem Geschehen entfernt und eilten mit langen Schritten darauf zu. Doch bevor sie das Gefährt erreicht hatten, war die ganze Mistladung schon auf der Tanzfläche gelandet. Der junge Mann grinste unverschämt in die Menge, kletterte wieder auf den Kutschbock und ergriff drohend die Peitsche. Als er Fritz und Johannes vor sich stehen sah, erhob er seine Stimme, die sich vor Aufregung und Triumphgefühl überschlug.

»Einen schönen Hochzeitsgruß von meinem Vater«, schepperte er bösartig. »Das ist unser Hochzeitsgeschenk. Keiner von uns Nachtmahrs würde jemals auf eine Kaffernhochzeit gehen! *Owitambe* und seine Bewohner sind eine Schande für das Deutsche Reich, und für den Kaiser erst recht. Wir scheißen auf euch!«

Mit diesen ordinären Worten knallte er mit der Peitsche und lenkte seine Pferde vom Hof. Fritz wollte den Tieren in die Zügel fallen, doch Johannes schüttelte nur beschwichtigend den Kopf.

Triumphierend preschte der junge von Nachtmahr davon.

Die ausgelassene Stimmung war mit einem Mal wie weggeblasen. Überall bildeten sich Grüppchen, die den Zwischenfall eifrig kommentierten. Jella nahm sehr wohl wahr, dass es auch unter ihren Gästen einige Sympathien für die Nachtmahrs gab. Sie diskutierten gestenreich mit den anderen, die die Aktion empört als Sabotage bezeichneten. Die Heirat ihres Vaters mit einer Eingeborenen sorgte immer noch für viel Aufregung. Die nationalistisch eingestellten Farmer waren der festen Überzeugung, dass die schwarze Bevölkerung minderwertig und der europäischen Rasse weitaus unterlegen war. Es fiel ihnen schwer, Männer mit liberaleren Ansichten zu akzeptieren. Auf der anderen Seite war Johannes von Sonthofen bei allen wegen seiner politischen Weitsicht anerkannt. Ihm und seinen guten Beziehungen zu den Schwarzen war es schließlich zu verdanken, dass es in der Nachbarschaft von *Owitambe* bisher noch zu keinen Überfällen der Herero gekommen war. Ehe man sich's versah, war aus der Hochzeit eine politische Debatte geworden. Erste Gäste brachen bereits auf, andere folgten, und die Gesellschaft drohte auseinanderzufallen, bevor der Abend überhaupt richtig begonnen hatte.

Wütend und verzweifelt eilte Jella zu ihrem Vater. Sie wollte den schönsten Tag ihres Lebens keinesfalls so enden lassen.

»Du musst zu den Gästen sprechen«, forderte sie. »Sag ihnen, dass das Fest jetzt erst richtig losgeht. Ich spreche mit Nancy, dass sie die Bowle bringen soll. Wir schenken sie einfach ein wenig früher aus!«

Johannes umarmte seine Tochter herzlich, bevor er sich auf die ruinierte Tanzfläche begab. Mit ruhiger, kräftiger Stimme brachte er die Gäste dazu, ihm zuzuhören.

»Wollt ihr euch wirklich von solch einem ungehobelten Raubein das schöne Fest verderben lassen?«, rief er. »Es mag unterschiedliche Meinungen geben, das gebe ich wohl zu. Aber muss das gleich mit barbarischen Mitteln kundgetan werden? Damit setzt er sich nur selbst ins Unrecht! Ich bitte euch, diesen billigen Zwischenfall zu vergessen. Heute ist der Hochzeitstag meiner einzigen Tochter. Da sollten Zwistigkeiten keine Rolle spielen. Lasst uns die Tische beiseiteräumen und eine neue Tanzfläche schaffen. Wir alle werden dem Fest einen neuen Glanz verleihen!«

Zustimmendes Gemurmel zeigte, dass Johannes die richtigen Worte gewählt hatte. Die verkrampfte Stimmung löste sich und wich einer neuen Heiterkeit. Mit einem Mal wurde der Zwischenfall mit Humor betrachtet und das mit Mist beworfene Tanzpaar gar zur geheimen Attraktion des Abends. Mit zufriedenem Lächeln stellte Johannes fest, dass sogar die zur Abfahrt bereiten Gäste wieder kehrtmachten und zurückkehrten. In der Zwischenzeit hatten Jella und Nancy die Bowle herangeschafft und begannen mit dem Austeilen des Getränks.

Fritz hatte unterdessen das Grammofon aufgestellt und eine moderne Tanzplatte aufgelegt. Die Musiker hatte er zu ihrer großen Erleichterung entlassen. Als die ersten beschwingten Takte erklangen, begab er sich zu Jella, nahm ihr den Schöpflöffel aus der Hand und trug sie auf die Tanzfläche. Die Gäste klatschten begeistert in die Hände, als er sie absetzte und mit ihr in einer wilden Polka über die Tanzfläche zu preschen begann. Es dauerte nicht lange, bis die nächsten Tanzpaare ihnen folgten und sich lachend zu den noch nie gehörten Rhythmen schwangen.

Alles fügt sich

»Es war ein Unsinn, von unserer Gruppe wegzugehen«, klagte Chuka. »Welcher dumme Geist hat sich da meiner bemächtigt?«

Nakeshi strich ihrer Mutter beruhigend über den Unterarm. »Spar deine Kräfte für den Marsch«, riet sie ihr. »Es kann nicht mehr weit sein. Twi hat mir die Wasserstelle genau beschrieben.«

Mürrisch folgte Chuka ihrer Tochter. Seit dem Tod von Debe war sie noch zänkischer geworden. Ihr Lebensgefährte fehlte ihr so sehr, dass sie innerlich zu verdorren schien. Doch ihr Wesen ließ es nicht zu, dass sie ihre Gefühle offen zeigte. Stattdessen vergrub sie ihren Schmerz und verwandelte ihn in Missmut, den sie nur allzu gern an ihrer Tochter ausließ. Chuka verstand Nakeshi einfach nicht. Sie war eigenwillig und tat immer nur das, was sie wollte. Jetzt hatte sie sogar ihren Mann, einen erfahrenen Jäger, verlassen, nur weil er ihr verbieten wollte, als Heilerin tätig zu sein. Nakeshi wollte immer hinter die Dinge blicken, anstatt sich mit den althergebrachten Regeln der Gruppe zu begnügen. Ihre Sturheit gefiel Chuka ebenso wenig wie die Freundschaft mit dieser weißen Frau mit den Feuerhaaren. Wie konnte es sein, dass eine Juoansi und eine Weiße Sternenschwestern waren? Die alte Frau schüttelte verständnislos den Kopf. So etwas hatte es noch nie gegeben.

»Hier ist es!«

Nakeshi riss Chuka aus ihren unfreundlichen Gedanken und zeigte auf das schmale Vlei, ein ausgetrocknetes Flussbett, in dem eine abgestorbene Kameldornakazie stand. Eilig kniete sie sich nieder und begann unweit des Baums mit ihrem Grabstock ein Loch zu graben. Chuka setzte sich neben sie und half. Doch so tief die beiden Frauen auch gruben, es zeigte sich nicht das kleinste bisschen Flüssigkeit. Als Nakeshis Oberkörper schon fast verschwunden war, gab sie auf. Die junge Frau schüttelte kurz den Kopf mit den kurzen, wie Inseln wachsenden Zöpfchen und sah ihre Mutter sorgenvoll an.

»Schon wieder nichts«, murmelte sie enttäuscht.

»Zum Umkehren ist es nun zu spät«, stellte Chuka verbittert fest. In ihrer Stimme schwangen Vorwürfe mit. »Wir hätten unsere Gruppe nie verlassen dürfen.«

»Es war deine Idee, zu Twi zu gehen«, hielt Nakeshi ihrer Mutter vor. »Du wolltest deinen Sohn noch einmal sehen.«

Chuka musterte ihre Tochter mit zusammengekniffenen Augen.

»Du hättest deiner alten Mutter eben davon abraten müssen!«

»Klagen hilft uns nicht«, sagte Nakeshi streng. »Wir sind Juoansi.«

Chuka wollte ihr gerade etwas Unfreundliches entgegnen, als Nakeshi die Hand an ihr Ohr hob und lauschte.

»Hörst du es?«, flüsterte sie aufgeregt. Aus der Ferne war ein schrilles, wenn auch nicht sehr lautes Geräusch zu hören.

Chuka fuhr erschrocken zusammen.

»Die Geister kommen, um uns zu holen!«

Trotz der Hitze überkam die alte Frau ein Frösteln.

»Das sind keine Geister«, wehrte Nakeshi ab. Die Geräusche wurden lauter, vielstimmiger, und waren nun besser zu erkennen. Die junge Buschmannfrau ergriff aufgeregt den Arm ihrer Mutter und zog sie hoch.

»Wir müssen dorthin! Das sind Elefanten!«

»Elefanten!« Chuka hielt sich vor Schreck die Hände vor den Mund. »Niemals werde ich zu diesen riesigen Tieren gehen. Wir sind Frauen; wir können sie doch nicht jagen.«

»Mutter!« Nakeshi sah ihre Mutter halb verärgert, halb belustigt an. »Niemand will die Tiere jagen! Hörst du nicht, wie froh ihre Rufe klingen?«

Chuka schüttelte entschieden den Kopf.

»Das ist nicht froh, das ist bösartig! Gwi steckt in ihnen, ich spüre es! Ich bin deine Mutter, und ich sage dir, wir gehen nicht dorthin!«

Um die Ernsthaftigkeit ihrer Absicht zu unterstreichen, drehte sie sich um und machte sich auf den Weg zurück. Nakeshi hielt sie auf.

»Verstehst du denn nicht?«, fragte sie ungeduldig. »Den Elefanten geht es wie uns. Sie haben genauso Durst und verschwenden ihre Kraft nicht unnötig. Sie müssen einen Grund haben, weshalb sie so aufgeregt sind!«

Chuka hielt an. Sie dachte einen Augenblick nach, dann erhellte der Anflug eines Lächelns ihr runzliges Gesicht um eine Spur. »Du meinst, sie haben Wasser gefunden?«

Nakeshi nickte erleichtert.

»Lass uns dort hingehen! Das ist eine sehr gute Gelegenheit, um an Wasser zu kommen!«

Chuka ging nur widerwillig mit. Sie sah ungern ein, dass ihre Tochter recht hatte. Die beiden Buschmannfrauen folgten dem Geräusch, das immer lauter und fröhlicher wurde. Neben den trompetenähnlichen Rufen der Elefanten hörten sie bald auch Prusten und Stampfen. Bald trennte sie nur noch eine Düne von der Herde. Sie umrundeten vorsichtig den Hügel aus Sand und blieben in sicherer Entfernung hinter einem Sandfelsen stehen – den Wind im Gesicht. Im untergehenden Licht der Sonne wirkten die massigen Leiber der riesigen Tiere noch beeindruckender. In stillschweigender Übereinkunft machten sich die Elefanten an die Arbeit. Zwischen einigen dürren Akazien hoben sie ein tiefes Loch aus. Mit ihren Füßen lockerten sie den Sand auf, um ihn dann mit den Rüsseln hinter sich zu schleudern. Das Loch war bald über einen Meter tief, als sie endlich auf Wasser stießen. Es musste genug vorhanden sein, denn die Elefanten konnten damit nicht nur ihren Durst stillen, sondern sich auch noch gegenseitig damit bespritzen. Aus der trägen, durstigen Truppe war im Handumdrehen ein munterer Haufen geworden. Die Kälber standen etwas abseits und beobachteten verwundert das ausgelassene Treiben ihrer Mütter. Die Leitkuh und eine andere lieferten sich Scheingefechte, um sich kurz danach liebevoll aneinanderzuschmiegen, die Rüssel zärtlich ineinander verhakt. Andere Elefanten liefen einander hinterher oder rieben ihre mächtigen Hinterteile genussvoll aneinander.

So faszinierend der Anblick auch sein mochte, Nakeshi und Chuka konnten das Ende dieser Vorführung nicht abwarten. Ihre Kehlen waren ausgetrocknet, und sie sehnten sich nach der Flüssigkeit, die die Elefanten so verschwenderisch vergeudeten.

»Sie werden doch wohl nicht die ganze Nacht hierbleiben«, schimpfte Chuka ungeduldig. Nakeshi überging die Bemerkung. Sie war viel zu vertieft in die Betrachtung dieser wunderbaren Tiere. Endlich gab die Leitkuh ein Zeichen und setzte ihren schwerfälligen Körper in Bewegung. Mit wiegenden Schritten verließ sie als Erste das Wasserloch. Der gelbe Abendhimmel hatte sich nun in ein blaues Grau verwandelt, in dem die nassen Elefantenkörper nur noch schwer auszumachen waren. Ihr schwerer Tritt, das Pusten der Rüssel und das klatschende Schlagen der großen Ohren verklangen langsam in der einbrechenden Nacht.

Nachdem die Frauen ausgiebig getrunken und ihre Straußeneier gefüllt hatten, griffen sie in ihre Taschen, um ein paar Beeren und getrocknetes Fleisch zu sich zu nehmen. Erst dann tasteten sie in der Dunkelheit nach morschen Ästen, um damit ein Feuer zu entzünden. Chuka grunzte vor Behaglichkeit und rollte sich sogleich in ihren Lederumhang ein, während

Nakeshi zufrieden dem prasselnden Flammenspiel zusah und die Wärme des Feuers genoss.

Der weite Sternenhimmel mit seinen unzähligen Lichtern lag wie ein Zeltdach über den beiden Frauen. Eine wohlige Ruhe umgab sie und hüllte sie in trügerische Sicherheit. Nakeshi wusste, dass dieser Frieden sich blitzschnell in eine gefährliche Bedrohung verwandeln konnte. Aber wie alle Menschen ihres Volkes konnte sie gerade deshalb diesen Moment umso mehr genießen. Satt und zufrieden nickte auch sie schließlich ein. Die lange Wanderung durch die Wüste und die Strapazen ihrer langen Reise ließen sie in einen tiefen, traumlosen Schlaf fallen.

Weder sie noch ihre Mutter hörten, wie sich der fremde Buschmann anschlich und sie vorsichtig umrundete. Er zögerte, weil er erkannte, dass die beiden Frauen nicht zu seiner Gruppe gehörten. Zweimal schnalzte er mit seiner Zunge, um auf sich aufmerksam zu machen. Doch die beiden Frauen schliefen tief und fest, den Rücken dem Feuer zugewandt. Schließlich näherte er sich der Feuerstelle und tippte der jüngeren der beiden Frauen leicht auf die Schulter. Ihr Gesicht lag im dunklen Schatten der Nacht. Die junge Frau rührte sich immer noch nicht. Sie musste sehr erschöpft sein. Also versuchte er es noch einmal. Er wollte nicht ohne ihre Erlaubnis an ihrem Feuer schlafen. Endlich regte sich die Frau. Sie schnellte empor und sah ihn erschrocken an. Bei seinem Anblick entwich ihr ein leiser Schrei. Fassungslos rang sie nach Atem und brachte nur ein einziges Wort über ihre Lippen:

»Bô!«

*

Die Sonne hatte schon fast ihren höchsten Punkt erreicht, als Jella am nächsten Morgen erwachte. Ein leises Kribbeln machte sich zwischen ihren Beinen bemerkbar, und erstaunt stellte sie fest, dass sie schon wieder vor Lust feucht war. Beinahe scheu ließ sie ihre Augen über Fritz gleiten, dessen nackter, muskulöser Oberkörper sich neben ihr gleichmäßig im Schlaf hob und senkte. Ihre erste Nacht als Ehepaar hatte nichts an Wünschen offengelassen. Obwohl ihre Schwangerschaft sie allmählich schwerfälliger werden ließ, war ihre Lust ungebrochen. Ihre Leidenschaft wuchs mit jedem Mal, in dem sie sich Fritz hingab. Sie seufzte tief und glücklich auf.

Leise schob sie das dünne Leintuch zurück und setzte sich auf. Mit wohligem Behagen spürte sie einen leichten, warmen Windhauch, der über ihren nackten Körper strich. Natürlich war ihr bewusst, dass es ungehörig war, so völlig unbekleidet zu sein, aber dieser Morgen war einfach etwas Besonderes. Sie legte ihre Hände auf den sich wölbenden Bauch und fragte sich, wann sie wohl zum ersten Mal das Kind in ihrem Leib spüren würde. Manchmal hatte sie schon Angst, dass etwas nicht in Ordnung war. Sarah hatte ihr erzählt, dass sie Raffaels Tritte schon viel früher gespürt hatte, doch Fritz hatte sie beruhigt und ihr zu erklären versucht, dass eine Schwangerschaft bei jeder Frau eben etwas anders verlief.

»Du bist so wunderschön!«

Fritz' bewundernde Worte umschmeichelten sie sanft. Sie drehte sich zu ihm um und lächelte ihn an. In seinen dunklen Augen glänzten Tränen.

»Was ist mit dir?«, fragte sie erschrocken.

»Nichts«, schluckte Fritz vor unterdrückter Rührung. »Ich bin nur glücklich. Ich wünschte, dieser Augenblick ginge nie vorüber!«

Jella stupste ihn mit dem Zeigefinger an die Nase.

»Wir werden hoffentlich noch mehr solcher Augenblicke erleben«, neckte sie ihn.

Der Glanz in Fritz Augen verwandelte sich erst in ein Lächeln und dann in einen Ausdruck aufsteigenden Begehrens. Seine Hand glitt unter dem Leintuch hervor und griff nach ihrem Arm. Mit sanfter Gewalt zog er sie zu sich zurück ins Bett und küsste sie leidenschaftlich. Jella wollte eigentlich aufstehen, aber als sie Fritz' Härte an ihrem Schenkel spürte, überließ sie sich nur allzu gern seinen Liebkosungen.

Am frühen Nachmittag verließ das frisch vermählte Paar gemeinsam mit Imelda *Owitambe.* Sie würden Fritz' Mutter zurück nach Okakarara begleiten und von dort aus für ein paar Tage in die Wildnis fahren. Jella konnte sich keinen schöneren Ort für ihre Flitterwochen vorstellen. Zudem hatten sie einen Abstecher nach »Buschmanns Paradies« geplant, wo sie ihre erste gemeinsame Nacht verbracht hatten.

Johannes, Sarah und der kleine Raffael winkten ihnen hinterher.

Johannes hatte Fritz von Anfang an gemocht und schnell erkannt, dass das Händlerdasein seinen Schwiegersohn nicht wirklich befriedigte. Außerdem brauchte er Hilfe auf der Farm und glaubte in seinem Schwiegersohn und seiner Tochter ideale Partner gefunden zu haben. Deshalb hatte er ihm das Angebot gemacht, Teilhaber auf *Owitambe* zu werden. Fritz hatte erst strikt abgelehnt und mit einem verkniffenen Lächeln auf seine fehlende linke Hand verwiesen. Doch Jella war ganz anderer Meinung gewesen. Gemeinsam mit ihrem Vater war es ihr schließlich doch gelungen, ihn davon zu überzeugen, dass er sehr wohl von Nutzen war und viele Arbeiten auf der Farm übernehmen konnte. Den letzten Ausschlag hatte gegeben, als Jella ihrem Mann vorschlug, einen Teil des Farmgeländes als Auffangstation für kranke Wildtiere zu nutzen. Dorthin konnte auch seine kleine Menagerie an Wildtieren umziehen, die er in Okakarara, wo er mit seiner Mutter einen Kolonialwarenladen betrieb, aufgenommen hatte. Das Grundstück dort platzte aus allen Nähten, vor allem seit Pascha, ein halbwüchsiger Leopard, dort sein Unwesen trieb. Fritz war Tierarzt mit Leib und Seele, hatte sich aber nach seiner Kriegsverletzung nicht mehr zugetraut, den Beruf auszuüben. Mit der Auffangstation erfüllte sich für ihn ein lang gehegter Traum.

Jella hatte ebenfalls Pläne. Sie wollte sich um die kranken Menschen in der Region kümmern. Die nächste Krankenstation war weit, und sie hatte sich durch ihre Ausbildung als Krankenschwester und ihre Laborarbeit bei Professor Robert Koch beachtliche medizinische Kenntnisse angeeignet. Warum sollte sie ihr Wissen nicht anwenden? Sie sehnte sich danach, etwas Sinnvolles zu tun. Fritz gefiel das nicht besonders. Stirnrunzelnd hatte er darauf hingewiesen, dass sich eine Frau um ihre Familie zu kümmern hatte und nicht um fremde Menschen. Doch Jella hatte seine Bedenken einfach beiseitegewischt und gemeint, dass sie genügend Kraft hätte, um sich auch noch um andere zu kümmern. Fritz' Hoffnung war, dass seine junge Frau durch die Geburt zur Vernunft kommen würde. Wenn das Baby erst einmal auf der Welt war, würde Jella schon merken, wie viel Arbeit so ein Säugling machte.

Das einzig wirkliche Problem bestand in der Frage, was in Zukunft mit Fritz' Mutter und dem Kolonialwarenladen geschehen sollte. Johannes hatte Imelda großzügig angeboten, ebenfalls nach *Owitambe* zu ziehen. Jella, Fritz und das Baby würden ohnehin ein neues Haus brauchen, in das man gleich Platz für sie einplanen könne. Doch Imelda hatte abgewinkt. Sie wollte auf keinen Fall ihre Selbstständigkeit verlieren.

»Die Menschen in Okakarara brauchen mich«, behauptete sie steif und fest. »Wo sollen sie ihre Stoffe, ihr Werkzeug und ihre Lebensmittel herbekommen? Außerdem brauche ich die Abwechslung. Hier auf *Owitambe* wäre mir bald langweilig! Nein, nein, nein! Jakob und ich schaffen das schon allein!«

Fritz wusste aus Erfahrung, dass sie sich dadurch viel zu viel zumutete. Jakob, ihre einzige Hilfe, war auch nicht mehr der Jüngste, und die Waren wogen schwer und mussten dauernd umgeschichtet werden. Fritz hatte darauf bestanden, seiner Mutter so lange zu helfen, bis Imelda jemanden gefunden hatte, der ihr tatkräftig unter die Arme greifen konnte, oder sie sich eines Besseren besann. Jella mochte diese Lösung genauso wenig wie Fritz. Schließlich bedeutete das, dass sie einander zumindest unter der Woche nicht sehen konnten, weil die Entfernung zwischen *Owitambe* und Okakarara einfach zu groß war. Doch daran ließ sich im Moment nichts ändern.

Jella freute sich auf den kleinen Zwischenstopp in Okakarara. Sie fühlte sich wohl im Haus ihrer Schwiegermutter, das die gleiche heitere Gelassenheit verströmte wie Imelda selber. »Imeldas Store« war nicht sehr groß. Es war ein einfaches, weiß getünchtes Steinhaus mit vielen Fenstern und hübschen, bunten Vorhängen. Der Laden und die Lagerräume befanden sich im Erdgeschoss, während die Wohnung darüber lag. Sie bestand aus einer gemütlichen Wohnküche und drei kleinen Kammern. Hinter dem Haus gab es ein paar Stallungen auf einem eingezäunten Platz. Hier befand sich Fritz' provisorische »Wildtierfarm«. Sie war nicht viel mehr als vier Morgen groß. Immerhin hatte Fritz in der Mitte des Grundstückes ein kleines künstliches Wasserloch anlegen lassen, das durch eine Windradpumpe befüllt werden konnte. Rundum wuchsen Mopanebüsche und hohes Buschgras. Während Imelda für sie alle Tee kochte, gingen Jella und Fritz mit ein paar Leckereien zu den Tieren. Das blinde Zebra Leopold kam sofort auf sie zugetrabt und begrüßte sie mit einem ungestümen Schnauben. Seine Nase war feiner als die eines Hundes, zumindest, was das Aufspüren von Leckereien anging. Gierig schnappte er nach der Möhre, die Fritz ihm hinhielt, und kaute sie genüsslich. Danach verlangte er nach mehr. Doch Fritz versetzte ihm einen Klaps und scheuchte ihn davon. Aus dem mit dickem Draht versehenen Gehege drang freudiges Miauen. Pascha bettelte ungeduldig um Aufmerksamkeit. Fritz brachte ihm den Oberschenkelknochen eines Kudus.

»Geh du nur zu dem kleinen Racker«, lachte Jella. »Ich versuche mal, mich beim General beliebt zu machen. Hast du Duikduik schon gesehen?«

»Der ist längst bei Imelda im Haus. Du weißt doch, die beiden sind unzertrennlich!«

Fritz öffnete die Tür zu dem Gehege und warf den Knochen in eine Ecke. Pascha stürzte sich sofort darauf. Aber nachdem er ein paar Bissen heruntergeschlungen hatte, besann er sich eines Besseren und sprang auf Fritz zu. Der hatte Mühe, den Sprung des fast ausgewachsenen Tieres abzufedern, umso mehr, als Pascha sich daranmachte, ihm quer über das Gesicht zu schlecken.

»Was hast du nur für einen schrecklichen Mundgeruch!«, stöhnte Fritz und beförderte den Leoparden lachend wieder zurück auf dessen eigene Pfoten und kraulte ihn sodann kräftig am Hals. Schon bald begann Pascha zu schnurren wie eine kleine Hauskatze. Zärtlich schmiegte er sich an Fritz' Beine und zeigte ihm seine Zuneigung. Fritz hatte die Raubkatze als Baby im Busch gefunden. Der kleine Leopard war seither sehr anhänglich und folgte Fritz auf Schritt und Tritt. Allerdings begann mit zunehmendem Alter sein Jagdinstinkt durchzuschlagen, und Fritz befürchtete, dass Pascha eines Tages eines der anderen Tiere oder gar einen Menschen anfallen könnte. Allmählich war es an der Zeit, das Tier wieder zurück in die Freiheit zu entlassen. Leoparden waren ausgesprochene Einzelgänger und durchstreiften ein großes Revier. Hier in Gefangenschaft würde Pascha nie glücklich werden, das wusste er.

»Bald beginnt für dich ein neues Leben«, murmelte er melancholisch. »Dann kannst du auf eigene Faust entdecken, wie schön Afrika ist.«

Pascha sah ihn mit seinen braunen Augen treuherzig an, so, als verstehe er jedes Wort.

»Aber erst musst du noch das Jagen lernen«, sagte Fritz mit

erhobenem Zeigefinger. Pascha verstand das als Aufforderung zum Spielen und sprang erneut an ihm hoch. Fritz lachte. »Du musst nicht immer alles gleich wörtlich nehmen! Außerdem meinte ich mit ›jagen‹ nicht, dass du deinen Ziehvater erlegst!«

Mit einem kräftigen Schubs stieß er die Raubkatze von sich und verließ das Gehege.

Jella saß unterdessen unter dem Anabaum und fütterte einen ziemlich großen Pavian mit den Hülsenfrüchten des Baums. Der General saß auf seinem rosa Hinterteil und machte durch freundliches Blecken seiner riesigen Eckzähne deutlich, wann er eine neue Frucht haben wollte. Seine eng stehenden braunen Augen verfolgten dabei jede von Jellas Bewegungen. Nachdem sie ihm die letzte Frucht gegeben hatte, legte der Pavian seinen Kopf schief.

»Ich habe nichts mehr«, behauptete Jella und zeigte ihm ihre leere rechte Hand. Die Linke hielt sie mit einer letzten Frucht versteckt auf dem Rücken. Argwöhnisch kam der Affe näher, umkreiste sie und zog schließlich an ihrer linken Hand. Mit seinen langen Affenfingern öffnete er sie blitzschnell, packte die Frucht und brachte sich damit mit einem höhnischen Gelächter in Sicherheit.

»Wie schlau er ist«, staunte Jella und sah zu Fritz hoch. Dieser zog sie zu sich hoch und sog tief den Duft ihres kupferroten Haares ein.

»Du riechst wie Afrika«, meinte er schnuppernd.

»Ach ja?« Jella zog die linke Augenbraue kritisch nach oben. »Und wie riecht Afrika?«

Fritz schien zu überlegen. »Erdig und aufregend«, meinte er mit gespieltem Ernst. »Wild und – warte mal, ja, jetzt habe ich es: mit einem Hauch der Würzmischung eines dominanten Pavians.«

»Du frecher Schuft«, protestierte Jella scheinbar empört. »Willst du es dir etwa mit mir verderben?«

Fritz ergab sich mit einer übertriebenen Geste.

»Um Gottes willen! Ich bitte meine mir angetraute Ehefrau gnädigst um Verzeihung. Wer sich mit ihr anlegt, wird ja seines Lebens nicht mehr froh!«

Jella schlug mit der flachen Hand neckisch auf seinen Brustkorb.

»Dann schreib dir das mal hinter die Ohren!«, schimpfte sie gut gelaunt.

Noch vor dem Morgengrauen brachen sie zu ihrer kleinen Hochzeitsreise auf. Sie hatten die Pferde vor einen überdachten Planwagen gespannt, den sie mit Proviant und Matratzen gemütlich eingerichtet hatten. Jella wäre lieber mit kleinem Gepäck unterwegs gewesen und geritten, aber Fritz erinnerte sie an ihr Baby, dem das anstrengende Reiten bestimmt nicht gutgetan hätte.

»Warum tun nur immer alle so, als wäre ich krank«, schimpfte sie empört. »Mir geht es ausgezeichnet! Außerdem ist es bis zur Geburt noch lange hin. Ich möchte lieber reiten!«

»Beruhige dich, Liebes«, besänftigte sie Fritz. »Wir werden auf unserem Ausflug genug reiten. Aber nachts, da möchte ich, dass wir es ganz gemütlich haben. Der Planwagen ist unser kleines Zuhause. Wir nehmen ihn als fahrbares Haus. Von ihm aus können wir kleine Ausritte unternehmen.«

Jella schmollte noch ein wenig, aber im Grunde genommen war ihr die Aussicht auf ein wenig Bequemlichkeit gar nicht so unrecht.

Gegen Mittag näherten sie sich dem kleinen Gebirge, das sich wie eine rote Insel aus Granit aus dem hellen Sand der Omahekewüste erhob. Fritz lenkte ihr Gefährt zu dem schmalen Felsdurchgang, der in »Buschmanns Paradies« führte. Den Proviant hatten sie vorsorglich in abschließbaren Metallkisten untergebracht für den Fall, dass sich in ihrer Abwesenheit irgendwelche Raubtiere ihrem Wagen nähern sollten. Die Pferde schirrte Fritz ab und führte sie durch den Felsdurchgang. Jella folgte ihm. Dieses Mal genoss sie den Ausflug noch viel mehr. Mit leiser Erregung dachte sie an ihren ersten Besuch. Hier hatte sie zum ersten Mal erfahren, was wirkliche Liebe ist. Interessiert betrachtete sie die Felsmalereien der Buschmänner an den Felswänden. Dieses Mal kamen sie ihr gar nicht so fremd und unverständlich vor. Auf der einen Seite des schmalen Felsdurchgangs waren Jäger auf die glatte Felswand gemalt. Sie hatten ihre Waffen erhoben und zielten damit auf die Tiere, die sich auf der gegenüberliegenden Felswand befanden. Giraffen, Elefanten, Antilopen und sogar Nashörner lagen von Pfeilen getroffen wild durcheinander. Sie waren alle tot. Dann kam eine größere, leere Fläche, in der eine menschenähnliche Gestalt stand. Jella betrachtete sie genauer. Sie war viel größer und würdevoller als die Jäger. Der Kopf glich einem mächtigen Löwen, während sein Körper wie der eines Menschen aussah. Mit hoch erhobenen Armen und weit aufgerissenem Schlund schien er dem unmäßigen Töten ein Ende bereiten zu wollen. Der letzte Abschnitt der Felsmalereien zeigte die Jäger zusammen mit den Tieren. Nur wenige Tiere waren hier von Pfeilen getroffen, und jedes Tier wurde von den Jägern durch ein Gebet in den Tod begleitet.

»›Buschmanns Paradies‹«, staunte Jella. »Der Löwenmensch muss Kauha sein, der große Geist, der über das Schicksal der Menschen wacht. Die Malereien sollen die Buschmänner immer daran erinnern, die Natur zu achten; nur dann bleibt das Gleichgewicht erhalten.«

Mit jedem Schritt, den sie sich dem kleinen von Felsen umgebenen Tal näherten, spürte Jella mehr von der Kraft, die von diesem Ort ausging. Der Legende nach trafen hier Gut und Böse, Tod und Leben, Menschen und Geister aufeinander und fanden ihren Frieden. Ein paar Zebras standen unweit von ihnen entfernt und grasten. Die Anwesenheit von Menschen schien sie nicht weiter zu stören. Jella kam es vor, als wären hier die grausamen Gesetze der Natur von Fressen und Gefressenwerden außer Kraft gesetzt. Fritz band die Pferde an, während sie die mitgebrachte Picknickdecke ausbreitete und den Korb daraufstellte. Mit einem wohligen Seufzen ließ sie sich auf der Decke nieder. Nancy und Imelda hatten sich selbst übertroffen. Sie hatten ihnen Salate, gebratenes Fleisch, Obst und Kuchen eingepackt, dazu Wein, Gläser, Teller und Besteck.

»Beeil dich«, drängte Jella. »Ich komme schier um vor Hunger!«

Gierig schnappte sie sich ein Stück von dem kalten Braten und biss herzhaft hinein. Seit sie schwanger war, hatte sie unbändige Lust auf Fleisch. Fritz zog sie deswegen auf.

»Du wirst noch einen kleinen Löwen zur Welt bringen«, meinte er scherzhaft.

»Und wenn schon!«, konterte sie gut gelaunt. »Immer noch besser als eine Spinne!«

Nach dem Essen fühlte sich Jella schläfrig. Sie legte sich in den Schatten eines Mopanebaums und schloss die Augen. Fritz stützte sich neben ihr auf seinen Ellenbogen und beobachtete seine Frau voller Zärtlichkeit.

Er konnte es immer noch nicht fassen, dass sie nun ein Ehepaar waren. Noch vor wenigen Wochen hatte alles ganz anders ausgesehen. Jella hatte ihn zurückgewiesen und ihm keinerlei Hoffnungen mehr gemacht. Etwas Unbekanntes hatte zwischen ihnen gestanden, und es war ihm nicht gelungen, herauszufinden, was es war. Doch dann hatte sie plötzlich in Okakarara gestanden und ihm von ihrem gemeinsamen Kind erzählt, das hier in »Buschmanns Paradies« entstanden war. Sie war wie ausgewechselt gewesen. Wie gern würde er sie besser verstehen!

Als hätte Jella seine Gedanken erraten, begann sie plötzlich zu reden. Ohne sich umzudrehen, erzählte sie ihre Geschichte.

»Bis zu dem Tag, an dem wir unfreiwillig hier unsere erste

Nacht verbracht haben, habe ich nicht geglaubt, dass ich jemals einem Mann würde vertrauen können.« Sie schluckte; offensichtlich machte ihr die Erinnerung an ihre Erlebnisse immer noch Angst. Ihre Stimme wurde rauer, als sie weitersprach.

»Nach dem Tod meiner Mutter in Berlin musste ich für mich selbst aufkommen«, sagte sie. »Ich hatte einen väterlichen Freund. Er war Künstler und der beste Mensch, den ich in Berlin kannte. Heinrich Zille war sein Name. Er nahm mich unter seine Fittiche und besorgte mir eine Arbeit in einer Destille. Das Bedienen der Kunden war immer noch besser als die Näharbeiten. Aber das Geld war knapp, und ich wollte unbedingt studieren. Dazu brauchte ich noch mehr Geld. Eines Tages boten mir ein paar Männer, die vorgaben, einem Kunstverein anzugehören, viel Geld dafür, für sie Modell zu sitzen …«

Jellas Stimme verebbte. Sie kämpfte um ihre Fassung. Voller Mitgefühl wollte Fritz ihr übers Haar streichen, doch dann ließ er es lieber sein.

»Du musst nicht weiterreden, wenn es dich zu sehr schmerzt«, meinte er. Jellas Körper versteifte sich. Sie lag immer noch auf der Seite und blickte in die Ferne. Dann schüttelte sie den Kopf.

»Es ist wichtig, dass du es weißt«, meinte sie leise. »Vielleicht verstehst du dann besser, warum ich manchmal so abweisend bin!«

Sie drehte sich ihm zu und sah ihn an. Durch die Tränen schimmerten ihre Augen wie ein klarer Bergsee.

»Sie haben mich eingesperrt und vergewaltigt, nicht einmal, nicht zweimal …« Ihre Worte kamen stoßweise, und ihr Tonfall wurde immer verzweifelter. »Sie haben es die ganze Nacht getan und mich danach wie einen gebrauchten Putzlappen einfach liegen gelassen. Ich wollte damals sterben, und so wäre es sicher auch gekommen, wenn mich Heinrich nicht zu sich nach Hause genommen hätte, verstehst du?«

Sie hatte sich aufgerichtet und begann hemmungslos zu weinen. Fritz streckte seinen Arm aus, zog ihn aber gleich wieder zurück. Er war sich nicht sicher, ob sie seine Nähe jetzt ertragen konnte. Hilflos sah er zu, wie Jellas Körper von den Weinkrämpfen zu beben begann. Er war zutiefst erschüttert, obwohl er Ähnliches immer geahnt hatte. Jella war keine Jungfrau mehr gewesen und hatte dennoch Angst vor Männern. Im Burenkrieg hatte er oft in die Augen vergewaltigter Frauen sehen müssen. Er konnte die Qual nur ahnen, die diese Frauen durchmachten und die sie oft genug daran hinderte, jemals wieder in ein normales Leben zurückzufinden.

»Ich wünschte, ich könnte es ungeschehen machen«, meinte er hilflos. »Ich weiß, dass das nicht möglich ist, aber ich will dir trotzdem helfen, es zu vergessen.«

Jella sah ihn mit tränenverschmiertem Gesicht an und ergriff seine Hand. »Das weiß ich«, meinte sie tapfer und schniefte. »Weiß der Teufel, warum ich das ausgerechnet auf unserer Hochzeitsreise erzähle!«

»Das muss der Zauber von »Buschmanns Paradies« sein«, meinte Fritz nachdenklich. »Vielleicht ist dies ein Ort, an dem sich alles löst?«

Jella zuckte mit den Schultern. »Vielleicht ist es wirklich so.« Schniefend zog sie ihre Nase hoch und wischte sich die Tränen weg. »Du magst es glauben oder nicht, mir ist jetzt viel leichter zumute. Das schreckliche Erlebnis lag wie Teer auf meiner Seele. Ich konnte seither nie mehr unbeschwert in die Zukunft sehen. Mein ganzes Leben lag hinter einem grauen Schleier. Erst durch dich habe ich erkannt, dass es auch schöne Dinge gibt!«

Fritz küsste sie zärtlich auf die Stirn.

»Ja, die gibt es! Und ich wünsche mir, dass du von nun an nur noch an die schönen Dinge denken wirst. Komm mit! Wir werden noch ein Stück weiterziehen. Ich habe noch ein paar Überraschungen auf Lager!«

★

Wie ein Geist aus der Anderswelt stand Bô im Schein des verglühenden Feuers vor Nakeshi und starrte sie genauso fassungslos an wie sie ihn. Das Herz der jungen Buschmannfrau verkrampfte sich bei seinem Anblick und nahm ihr die Luft zum Atmen. Längst verloren geglaubte Gefühle flammten mit einer Wucht in ihr auf, die sie selbst erstaunte. Da war Wiedersehensfreude, gemischt mit bittersüßen Gefühlen, Wut, Sehnsucht und Enttäuschung. Ein Teil von ihr wollte dem jungen Buschmann in die Arme fallen, aber dann siegte die Erinnerung an die Enttäuschung, die er ihr zugefügt hatte.

»Was willst du hier?«

Ihre Stimme war nicht mehr als ein fassungsloses Flüstern. Statt einer Antwort deutete Bô auf das Straußenei neben ihr. Seine Hand zitterte. Erst jetzt bemerkte Nakeshi, dass sich der junge Buschmann kaum noch auf den Beinen halten konnte. Sie griff nach dem Ei und reichte es ihm. Bô lächelte scheu und trank genussvoll einen kräftigen Schluck. Als er ihr das Ei wieder reichte, meinte sie ein kurzes Leuchten in seinem gesunden Auge zu erkennen, während das blinde, milchige Auge an ihr vorbei in die Schwärze der Nacht starrte. Ihr Herz klopfte wild. Es verwirrte sie, weil sie immer noch etwas für ihn empfand.

»Ich bin hier, um die Elefanten zu finden«, beantwortete Bô schließlich ihre Frage. Sie hatte ganz vergessen, wie sehr sie den warmen, singenden Klang seiner Stimme vermisst hatte.

»Sie waren hier, um zu trinken«, sagte Nakeshi. »Nicht weit von hier ist eine Wasserstelle. Unsere großen Brüder haben sie mit ihren Rüsseln und Zähnen für uns gebohrt.«

Bôs Miene hellte sich auf. Er deutete auf den Platz neben ihr und sah sie bittend an. Nakeshi nickte. Er setzte sich auf seinen Lederumhang, holte ein Paar Nüsse und Knollen aus seiner Umhängetasche und bot sie Nakeshi an, die bereitwillig davon nahm. Sie sprachen kein Wort, sondern kauten schweigend. Die Kaugeräusche hatten nun auch Chuka aufgeweckt, die Bôs überraschende Ankunft bislang verschlafen hatte. Mürrisch, mit noch geschlossenen Augen, raunzte sie ihre Tochter an.

»Du denkst wohl, ich merke nicht, wenn du unsere letzten Vorräte heimlich aufisst!«, schimpfte sie.

»Ich teile gern auch mit dir.«

Beim Klang der fremden Stimme riss Chuka erstaunt die Augen auf und rappelte sich schließlich auf. Bô reichte ihr eine kleine, wohlschmeckende Knolle.

»Wer, was … was geht hier vor?«, stammelte die alte Frau, erst erschrocken, doch als sie Bô im Zwielicht des Feuers erkannte, dann umso überraschter. Im Gegensatz zu ihrer Tochter freute sie sich über Bôs Anwesenheit und vor allem über seine Großzügigkeit. Gierig griff sie nach der Knolle und biss genüsslich hinein.

»Du musst mir zeigen, wo du diese Feldkost findest«, schmatzte sie zufrieden. »Diese Knolle gibt es bei uns nicht.«

Bô lachte gutmütig.

»Das werde ich, Chuka, das werde ich.«

»Woher kommst du? Lebst du bei Twi? Er ist mein Sohn.«

»Twi und die anderen sind nur zwei Tagesreisen von hier entfernt.«

»Du musst mir alles über ihn erzählen. Habt ihr genug zu essen?«

Bô kam Chukas Bitte gern nach. Während er weiteraß, erzählte er von Twi und Kwi und den anderen, davon, dass er seit einiger Zeit wieder bei ihnen lebte und den Jägern als Fährtenleser ein guter Helfer geworden war. Nakeshi fiel auf, dass er gelöster wirkte als früher und viel mehr lachte. Immer wieder warf er ihr einen freundlichen Blick zu, den sie allerdings beharrlich übersah. Scheinbar unbeteiligt folgte sie dem Gespräch, obwohl sie jedes einzelne Wort in sich aufsog. Offensichtlich hatte Bô seine innere Kraft wiedergefunden. Die Geister, die ihm nach dem Unfall eingeredet hatten, dass er zu nichts mehr nütze sei, hatten seine Seele verlassen. Zu gern hätte sie erfahren, ob Bô mit einer anderen Frau zusammenlebte, aber ihr Stolz ließ diese Frage nicht zu. Zu tief saß der Schmerz über sein plötzliches Verschwinden. Immerhin erfuhr sie, dass es ihrem Bruder Twi, dessen Frau Yo und ihrem heranwachsenden Sohn Tikay gut ging.

»Ich werde euch morgen zu ihnen führen«, meinte Bô und gähnte. Chuka stieß einen erleichterten Seufzer aus.

»Dann hat die Mühsal endlich ein Ende. Ich bin eine alte Frau und sehne mich nach Ruhe. Ich werde bei Twi und seiner Frau bleiben.«

Sie machte es sich unter ihrem Lederumhang bequem und schlief umgehend wieder ein. Bô musterte Nakeshi, die sich ebenfalls anschickte, sich hinzulegen.

»Mein Herz freut sich, dich wiederzusehen«, meinte er.

»Ich habe nicht gewusst, dass du bei Twi lebst«, antwortete sie kalt. Ihr Herz fühlte ganz anders, dennoch fügte sie hinzu: »Ich hätte Chuka sonst nicht hierherbegleitet.«

Dann drehte sie sich mit dem Rücken zum Feuer und stellte sich schlafend.

*

Gemächlich zockelten Jella und Fritz über die staubigen Sandpads zurück in Richtung Waterberg. Sie beschrieben dabei einen großen Bogen, fuhren erst nach Norden, um dann wieder nach Westen in Richtung des mächtigen Waterbergplateaus abzubiegen. Die karge Landschaft der Omaheke hatte sich in locker bewaldetes Buschland mit grünen Bäumen und einzelnen Wasserlöchern verwandelt. Weit und breit war kein Mensch zu sehen. Lediglich die wilden Tiere waren ihre Begleiter. Einmal tauchte unvermutet ein großer Kudubulle aus dem Gebüsch auf. Er trat direkt vor ihnen auf den Weg und zeigte seine Flanke. Die mächtigen gedrehten Hörner auf seinem Kopf verliehen ihm Würde und Ansehen. Fritz hielt den Wagen an. Der Kudubulle beäugte sie und schien zu überlegen, ob wohl Gefahr von diesem seltsamen Gefährt ausginge. Er schien zu keinem eindeutigen Ergebnis zu kommen; schließlich drehte er in aller Würde ab und verschwand gemächlichen Schrittes hinter dem nächsten Rosinenbusch.

Die Nacht wollten sie auf einer Anhöhe oberhalb eines Wasserlochs verbringen. Fritz hatte Jella nicht zu viel versprochen. Von ihrem Felsen aus hatten sie einen atemberaubenden Blick auf die Savanne und den Waterberg. Direkt unter ihnen tummelten sich die unterschiedlichsten Tierarten. Eine Horde Warzenschweine galoppierte mit erhobenen Pinselschwänzen auf das Wasser zu und vertrieb durch ihr Ungestüm ein paar kleine Ducker. Zwei Zebras schnaubten ärgerlich, ließen sich aber sonst nicht von den rüpelhaften Warzenschweinen stören. Wohlig grunzend wälzte sich eines der Warzenschweine im Schlamm am Rande des Lochs, um sein Ungeziefer loszuwerden. Allerdings wurde sein Bad wiederum von einer Gruppe Paviane gestört. Überfallartig nahmen nun sie das Wasserloch in Anspruch, tollten übermütig am Ufer entlang und besetzten die ringsum stehenden Bäume. Jella kicherte, weil einer der jungen Affen während einer Verfolgungsjagd auf den Rücken eines Zebras gesprungen war und von diesem durch wildes Ausschlagen in hohem Bogen heruntergeschleudert wurde. Der Pavian lag einen Moment benommen am Boden und begann dann fürchterlich zu schimpfen. Das tiefe Brüllen eines Löwen unterbrach sein Geschrei. Mit einem Schlag wurden die Tiere unruhig. Nacheinander zogen sie von dem Wasserloch ab. Die Dunkelheit kam nun schnell, und ehe sie es sich versahen, versank der tiefrote Sonnenball hinter dem endlosen Horizont.

»Schade«, meinte Fritz etwas enttäuscht. »Ich hatte so gehofft, hier Elefanten zu sehen. Genau hier habe ich sie schon einige

Male beobachtet. Ich hoffe sehr, dass sie in der Gegend bleiben. Sie sind einfach wunderbar!«

»Hier ist einfach alles wunderbar«, seufzte Jella und hob sich demonstrativ gähnend die Hand vor den Mund. »Was meinst du? Sollten wir nicht mal unser Nachtlager ausprobieren?«

Viel zu schnell vergingen die nächsten Tage. Fritz zeigte Jella die schönsten Stellen rund um den Waterberg. Für gewöhnlich standen sie noch vor Sonnenaufgang auf, um mit dem ersten Sonnenlicht die erwachende Natur zu begrüßen. Einmal trafen sie bei ihren Streifzügen zu Fuß auf eine Gruppe Giraffen, die sich im hohen Gras ausruhte.

»Sieh nur, da liegen doch tatsächlich drei Giraffen der Länge nach im Gras und schlafen tief und fest«, raunte Jella aufgeregt. »Haben sie denn keine Angst, dass ein Raubtier kommt?«

Fritz zeigte auf einen kahlen, astlosen Baumstamm ganz in der Nähe. Erst auf den zweiten Blick erkannte Jella, dass es eine weitere Giraffe war. Mit aufrechtem Hals und Kopf stand das elegante Tier inmitten des dunkelgrünen Gestrüpps und warf ihnen aus seinen langwimprigen Augen einen gelangweilten Blick zu.

»Sie wechseln sich mit dem Schlafen ab. Eines oder mehrere Tiere bleiben immer wach, um die anderen zu bewachen. Ihre enorme Höhe verleiht ihnen dabei den entsprechenden Überblick.«

Jella war immer noch fasziniert von der wilden afrikanischen Natur. Ihr kam es vor, als wäre sie nie woanders gewesen. Sie fühlte sich diesem Land längst verbunden und konnte sich nur noch vage an ihr früheres Leben in Deutschland erinnern. Fritz' Liebe und Begeisterung für die wilden Tiere war auch auf sie übergesprungen. Wo, wenn nicht hier, war wohl das Paradies auf Erden? Doch Fritz zeigte ihr immer wieder auch die andere Seite. Die scheinbare Idylle war durchaus bedroht. Immer mehr Jäger kamen aus Europa und Amerika, um unzählige dieser schönen Tiere wegen ihrer Trophäen oder aus reiner Jagdlust zu töten. In vornehmen Kreisen gehörte es zum guten Ton, dass man auch Wildtiere in seinem Haus ausstellte. Außerdem hatte der Handel mit Straußenfedern und Elfenbein enorm zugenommen; in weiten Teilen des Landes gab es kaum noch Elefanten. Fritz' Traum war es, ein riesiges Schutzgebiet zu errichten, in dem nicht gejagt werden durfte. Die Tiere sollten dort so leben können, wie es früher einmal gewesen war. Er hatte diesbezüglich sogar schon einmal bei Gouverneur Leutwein vorgesprochen. Doch Leutwein hatte ihn als einen Spinner abgetan. Schließlich hatte das Deutsche Reich im Moment ganz andere Sorgen. Die Namas im Süden machten ihnen genug Probleme, und nun rumorte es auch rund um den Waterberg bei den Herero. Die schwarzen Bewohner der Kolonie fühlten sich von den deutschen Besetzern übervorteilt und forderten mehr Mitbestimmung und eine Respektierung ihrer Stammeskultur, ihrer Sitten und Bräuche. Um diesen Bestrebungen entgegenzuwirken, hatte Leutwein jüngst sogar um Verstärkung der Schutztruppen im Deutschen Reich nachgefragt. Kein Wunder, dass ihm Fritz' Vorschlag wie ein utopisches Hirngespinst vorgekommen war. Dennoch ließ sich Fritz nicht von seiner Idee abbringen. Gemeinsam mit Johannes und Jella hatte er bereits Zukunftspläne geschmiedet. Eines Tages wollten sie auf *Owitambe* so etwas wie eine Gästefarm errichten – nicht für Jäger, sondern für Reisende, denen die Natur am Herzen lag. Doch bis dahin war noch ein langer Weg.

Nach drei herrlichen Tagen begab sich das junge Ehepaar wieder auf den Rückweg nach *Owitambe.* Fritz hatte vor, noch eine Nacht auf der Farm zu bleiben und dann zurück nach Okakarara zu reisen.

Doch dann kam alles ganz anders. Auf halbem Weg ratterte

ihr Planwagen durch ein Schlagloch, und eine Achse brach. Das war ärgerlich, aber nicht weiter schlimm. Mit Jellas Hilfe gelang es Fritz, die Achse notdürftig zu reparieren. Allerdings würde das Gefährt wohl den langen Weg bis *Owitambe* nicht schaffen. Aus diesem Grund beschlossen sie, nochmals nach Okakarara, das viel näher lag, zu fahren. Mitten im Busch, am Onjoka-Vlei, dem Beginn eines Trockenflusses, hielt Fritz den Wagen plötzlich an. Ein ungewöhnliches Geräusch hatte ihn misstrauisch gemacht. Er lauschte und griff unauffällig hinter sich. Der umherstreunenden Hererogruppen wegen hatte er sicherheitshalber sein Gewehr immer griffbereit. Er zielte damit auf ein Gebüsch, hinter dem er das Geräusch vermutete.

»Rauskommen!«, befahl er auf Herero. Nichts rührte sich.

»Vielleicht ist es nur ein Tier?«, raunte Jella.

Fritz schüttelte kaum merklich den Kopf.

»Kein Tier würde sich so laut verhalten. Außerdem sehe ich etwas Buntes hinter dem Busch. Das müssen Kleidungsstücke sein!«

»Kommen Sie raus und zeigen Sie sich!«, versuchte er es jetzt auf Deutsch. Immer noch zeigte sich niemand. Erst als Fritz in die Luft schoss, raschelte es, und endlich krochen erst eine und dann noch ein weitere Gestalt aus dem Dickicht hervor. Jella blieb vor Überraschung der Mund offen stehen. Einen der beiden Männer kannte sie nur zu gut! Es handelte sich um den Gefreiten Knorr, Schutztruppensoldat und ehemaliger Museumswärter mit weitreichenden Ambitionen. Sie war ihm bereits in Berlin begegnet und auf dem Schiff, das sie in die Kolonie Deutsch-Südwest gebracht hatte.

»Gefreiter Knorr«, brachte sie schließlich kopfschüttelnd hervor. »Was um Himmels willen machen Sie denn hier?«

Der kleine, schnauzbärtige Mann mit der Knubbelnase und den dicken Brillengläsern sah sie ebenso überrascht an. Offensichtlich war er ziemlich mitgenommen. Sein kariertes Hemd hing in Fetzen von seinem Leib, und in seiner Brille fehlte ein Glas. Aus diesem Grund hatte er eine Weile benötigt, bis er Jella erkannt hatte. Ein erleichtertes Strahlen ging über sein verknautschtes Gesicht.

»Das Fräulein Sonthofen!«, rief er begeistert. »Wir sind gerettet!«

Sofort humpelte er auf Jella und Fritz zu, um ihnen die Hände zu schütteln und sie mit einem Schwall von Worten zu überschütten. Als Knorr endlich von ihr abließ, musterte Jella neugierig den anderen Mann, der abwartend stehen geblieben war. Er war dunkelhäutig, aber kein Afrikaner. Sein Alter war schwer zu schätzen. Jung war er nicht mehr, denn feine Falten durchzogen sein ebenmäßiges Gesicht. Seine schlanke Erscheinung hatte trotz der miserablen Situation etwas Würdevolles. Um seinen Kopf hatte er ein langes, gelbes Tuch geschlungen, wie es die Inder trugen. Allerdings trug er europäische Kleidung, die mindestens genauso zerfetzt war wie die von Alfred Knorr. Mit zusammengefalteten Händen und einer tiefen Kopfverbeugung begrüßte er sie schließlich.

»Namaste«, lächelte er und stellte sich als Rajiv Singh vor. Er war tatsächlich Inder.

Jella holte rasch die Trinkflasche aus dem Wagen und reichte sie den beiden Gestrandeten.

»Was ist mit Ihnen geschehen?«, fragte sie schließlich neugierig. »Ihrem Aufzug nach zu urteilen, haben Sie einiges mitgemacht.«

Das war das Stichwort, auf das Alfred Knorr gewartet hatte. Er hatte sich erstaunlich schnell erholt und begann sofort das zu tun, was er am besten konnte, nämlich zu übertreiben. Mit einer dramatischen Geste begann er eine Geschichte zu erzählen, die einfach unglaublich war. Sie war gespickt mit blumigen Redewendungen und gewürzt mit einer Großspurigkeit, die an Baron Münchhausen erinnerte. Allem Anschein nach waren die beiden Männer überfallen und ausgeraubt worden, aber Knorr machte daraus ein spektakuläres Gefecht.

»Es waren mindestens fünfzehn baumlange Herero«, behauptete er, während er wichtigtuerisch an seinem Schnurrbart zupfte. »Mit zehn bin ich aufgrund meiner langen Erfahrung als Schutztruppensoldat ganz allein fertig geworden! Ich habe gekämpft wie ein Löwe. Den einen habe ich durch einen gezielten Faustschlag unter die Nase einfach so weggepustet, während ich gleichzeitig durch mehrere Tritte Nummer zwei und drei ausgeschaltet habe.«

Jella musste sich die Hand vor das Gesicht halten, damit Knorr nicht ihr amüsiertes Grinsen sah. Auch Fritz hatte Mühe, ein ernstes Gesicht zu bewahren. Einmal zwinkerte er ihr heimlich zu. Doch selbst wenn Knorr dies aufgefallen wäre, hätten nichts und niemand den kleinen Mann davon abgehalten, seine Geschichte weiterzuerzählen. Münchhausen war ein Waisenknabe gegen die Übertreibungen, die Alfred Knorr bot. Schließlich, als Knorr begann, seine Geschichte durch angedeutete Kampfhandlungen zu unterstreichen, hielt es Jella beim besten Willen nicht mehr aus. Sie presste beide Hände vor den Mund, um ihren Lachanfall zu unterdrücken. Als sie jedoch bemerkte, dass sowohl der Inder als auch Fritz breit grinsten, konnte sie nicht mehr an sich halten und prustete laut los. Knorr unterbrach entrüstet seinen Vortrag und sah sie beleidigt an.

»Langweile ich Sie etwa?«, meinte er verstimmt.

»Bitte verstehen Sie mich nicht falsch.« Jella nahm sich zusammen. »Aber allein die Vorstellung, dass Sie zehn kräftige Herero allein außer Gefecht gesetzt haben, reißt mich in Begeisterung, die ich nicht anders auszudrücken vermag. Warum sind Sie eigentlich mit den restlichen fünf nicht fertig geworden?«

Knorr hob beleidigt seinen Kopf etwas an.

»Sie haben mich feige von hinten niedergeschlagen. Daran sieht man, dass es Wilde sind!«

Fritz wandte sich besorgt an den Inder, der wesentlich besonnener wirkte.

»Sind die Männer noch in der Nähe? Vielleicht lungern sie ja noch irgendwo herum?«

Rajiv verneinte mit einem feinen Lächeln.

»Sie müssen sich keine Sorgen machen.« Seine Stimme klang mild, aber bestimmt, während er ehrerbietig Alfred Knorr zunickte. »Es liegt keineswegs in meiner Absicht, die Geschichte des Sahib Knorr abzuschwächen. Aber bei aller Bewunderung für die Erzählkunst des Sahib – wir haben den Dieb ja nicht einmal zu Gesicht bekommen.«

»Den Dieb?«, fragte Jella. »Ich dachte, es wären fünfzehn gewesen!«

Knorr sah verlegen zur Seite.

»Nun ja, ich konnte sie im Eifer des Gefechts nicht alle zählen«, verteidigte er sich.

»Dann haben Sie sich also nur mit einem angelegt?«

Jella hob fragend eine Augenbraue.

»Angelegt wäre etwas zu viel gesagt«, gab er kleinlaut zu. »Um die Wahrheit zu sagen, hat sich der Lump nachts angeschlichen und uns einfach alles geraubt, was wir besaßen.«

»Hat denn keiner von euch Wache gehalten?«, fragte Fritz erstaunt.

»Natürlich. Wir haben uns abgewechselt, allerdings …«

»Allerdings?«, Jella ließ nicht locker.

»Allerdings bin ich während meiner Wache eingeschlafen. Es war bestimmt nur ganz kurz gewesen, und der Dieb hat die Situation schamlos ausgenützt!«

Aus dem strahlenden Helden war mit einem Mal ein kleinlautes Häuflein Elend geworden. Rajiv sprang seinem Begleiter bei.

»Ich bin sicher, dass Sahib Knorr, wären wir von einer ganzen Horde baumlanger Kerls überfallen worden, uns gerettet hätte«, meinte er, ohne eine Miene zu verziehen. »Sahib Knorr war schließlich Soldat.«

Knorr lächelte seinem Freund dankbar zu. Wie ein Stehaufmännchen erholte er sich von seiner Niederlage. Rajiv erzählte die Geschichte zu Ende und berichtete, dass sie ohne Karte bald die Orientierung verloren hatten und nun seit über zwei Tagen durch den Busch geirrt waren. Die Dornen und Ranken des Buschwerks hatten ihre Kleider zerrissen, und einmal war Knorr einen Abhang hinabgestürzt und hatte sich dabei seine Brille zerbrochen.

»Ich muss dringend Ersatz beschaffen«, meinte Knorr trübe. »Ohne meine Brille bin ich blind wie ein Maulwurf.«

»Das ist kein Problem«, meinte Fritz. »Ich schlage vor, dass Sie beide auf unseren Wagen steigen und mit uns nach Okakarara fahren. Dort gibt es einen Kolonialwarenladen, der Sie mit dem Nötigsten versorgen wird.«

»Sie vergessen, dass wir jetzt arm wie Kirchenmäuse sind«, gab Knorr zu bedenken. Fritz winkte ab.

»Dafür wird sich auch noch eine Lösung finden lassen.«

Imelda nahm die kleine Truppe mit offenen Armen auf. Sie freute sich über die Überraschungsgäste, die immerhin für ein wenig Abwechslung sorgten. Knorr umschwärmte Fritz' Mutter wie ein galanter Kavalier. Er drückte ihr einen dicken Handkuss auf und versuchte sich an galanten Komplimenten. Imelda nahm seine Avancen amüsiert zur Kenntnis, während sie aus den Augenwinkeln heraus Rajiv Singh beobachtete. Der Inder war das genaue Gegenteil des quirligen Knorr. Er hatte etwas verhalten Vornehmes an sich. Seine würdevolle Haltung spiegelte sich nicht nur in dem aufrechten Gang, sondern auch in den fein geschnittenen Zügen seines Gesichts wieder. Seine gelbbraunen Augen funkelten vor verhaltenem Humor, während er sich mit gefalteten Händen verbeugte und sie begrüßte.

Imelda fühlte sich geschmeichelt und schalt sich selbst eine dumme Gans, dass dieser Mann sie so in Verwirrung stürzte. Bevor Rajiv das Haus betrat, zog er seine Stiefel aus und ließ sie vor dem Eingang zurück.

»Aber nicht doch!«, wehrte Imelda ab. »Lassen Sie die Schuhe ruhig an.«

»Bei uns in Indien betritt man niemals das Haus eines Freundes mit Schuhen«, erklärte Rajiv ernst. »Wir zeigen damit unsere Ehrerbietung.«

»Ach ja?« Imelda errötete und verschwand eilig in der Küche. Jella registrierte die Gefühle ihrer Schwiegermutter mit amüsiertem Erstaunen. Sie hatte Imelda noch niemals so aufgekratzt erlebt. Während des Essens beteiligte sie sich lebhaft an den Gesprächen. Alfred Knorr tat sich mal wieder als Alleinunterhalter hervor. Freimütig erzählte er, dass er bei den Schutztruppen in Ungnade gefallen war und man ihm gekündigt hatte.

»Eigentlich bin ich sehr froh, nicht mehr dienen zu müssen«, gestand Knorr. »Dieser ewige Drill ist nichts für einen Freigeist wie mich! Ich bin schließlich zu etwas Höherem berufen!«

Jella gelang es nicht, sich eine Bemerkung zu verkneifen. »Sie sollten es einmal als Märchenerzähler versuchen«, schlug sie vor. »Ich glaube, Sie wären unschlagbar!«

»Pah!« Knorr winkte abfällig. »Der Jahrmarkt ist etwas für gescheiterte Existenzen. Dort würden meine Talente absolut verkümmern! Ich …«

Bevor er neue Aufschneidereien loswerden konnte, griff Imelda geschickt in das Gespräch ein und wandte sich an Rajiv.

»Nun, Herr Knorr, Ihre Geschichte kennen wir ja nun …«, meinte sie mit einem leichten Nicken in Knorrs Richtung. »Aber vielleicht will Herr Singh uns ja auch noch seine Geschichte erzählen? Ich finde es äußerst ungewöhnlich, dass es einen Mann wie Sie aus dem schönen Indien in das doch sehr staubige Afrika verschlagen hat.«

Rajiv lächelte verbindlich.

»In der Tat«, begann er mit seiner sanften, wohlklingenden Stimme. »Ich gebe zu, dass ich nicht ganz freiwillig hier bin. Gewisse Umstände haben mich vor einiger Zeit gezwungen, mein Land zu verlassen. Eigentlich hatte ich die Absicht, nach England zu gehen, doch der Zufall wollte es, dass unser Schiff bei einem Zwischenaufenthalt in Walfishbay einen Motorschaden hatte und ich zu einem längeren Aufenthalt gezwungen war. Ich nahm es als Wink des Schicksals und beschloss, von Bord zu gehen, um mir das Land anzusehen. In Windhuk traf ich auf Alfred, der mich dazu überredete, in den Norden zu ziehen. Den Rest der Geschichte kennen Sie ja.«

»Und warum sprechen Sie so ein hervorragendes Deutsch?«, fragte Jella. »In Indien wird meines Wissens neben den einheimischen Dialekten doch Englisch gesprochen. Sie können sich die Sprache doch nicht in so kurzer Zeit angeeignet haben!«

Rajivs Deutsch war tatsächlich beinahe akzentfrei. Er antwortete nicht gleich. Jella meinte einen Schatten über sein Gesicht huschen zu sehen.

»Ich hatte die Gelegenheit, in meiner Heimat die deutsche Sprache zu lernen. Mein Bruder und ich wurden von einer deutschen Lehrerin unterrichtet.«

»Dann müssen Sie aus vornehmen Kreisen stammen«, stellte Jella geradeheraus fest. Rajiv schüttelte leicht den Kopf. Seine Stimme klang distanzierter.

»Ich bin nur ein einfacher Mann auf der Suche nach einem neuen Sinn in meinem Leben. Mein altes Leben gehört der Vergangenheit an. Ich bitte Sie, das zu respektieren.«

»Themawechsel«, meinte Imelda energisch. »Ich werde uns jetzt noch einen Nachtisch holen, und dann gehen wir runter in den Laden, um die Herren wieder neu auszustaffieren.«

Rajiv wollte etwas einwenden, aber Imelda ließ ihn gar nicht erst dazu kommen. »Keine Widerrede, sagte sie. »Sie brauchen keine Angst zu haben, dass Sie zu tief in meine Schuld geraten könnten, denn ich kann es mir überhaupt nicht leisten, Ihnen die Waren zu schenken. Allerdings habe ich da eine Idee, wie Sie mir ihren Gegenwert rückvergüten können.«

Sie blinzelte ihrem erstaunten Sohn und der ebenfalls sprachlosen Jella verschwörerisch zu.

»Weißt du, was deine Mutter im Schilde führt?«, flüsterte sie Fritz zu.

»Keine Ahnung. Ich habe sie seit dem Tod meines Vaters noch nie so aufgekratzt erlebt.«

Während Fritz und Jella nach dem Essen nochmals nach ihren Tieren sahen, ging Imelda mit den beiden Gästen in den Kolonialwarenladen, um sie neu einzukleiden. Die drei kamen erst, nachdem es bereits dunkel war, wieder in die Wohnküche.

»Ihr habt euch ja ganz schön Zeit gelassen«, schmunzelte Fritz. »Ich wusste gar nicht, dass unsere Waren so etwas Besonderes sind.«

»Das sind sie in der Tat«, meinte Rajiv. »Ihre Mutter und Sie verfügen über das unausweichliche Gespür dafür, was die Menschen hier brauchen.«

Imelda lächelte geschmeichelt.

»Allerdings hat Herr Singh mich auf die Idee gebracht, noch den einen oder anderen zusätzlichen Artikel in mein Sortiment aufzunehmen.«

»Ach ja?«

Fritz zog erstaunt seine Augenbraue hoch. »Und was fehlt uns seines Erachtens noch?«

»Sie könnten die Schifffahrtslinie von Bombay nach England nutzen und so auch indische Waren beziehen. Meines Wissens laufen genügend englische Frachtschiffe die Walfishbay an. Wenn es gelingt, über günstige Zollbedingungen zu verhandeln, wäre es ein Leichtes, Safran, Koriander, Nelken, Pfeffer,

Stoffe und vielleicht auch Schmuck in Ihrem Laden anzubieten.«

»Mmmh.« Fritz strich sich nachdenklich über sein Kinn. »Das ist kein schlechter Gedanke. Ich kenne sogar den zuständigen Beamten. Das dürfte kein Problem sein.«

Er musterte den Inder nachdenklich.

»Und wieso machen Sie sich ausgerechnet über unseren Laden Gedanken?«

»Weil ich ihn darum gebeten habe«, fiel Imelda in das Gespräch ein. »Ich hatte da nämlich so eine Idee – und Herr Singh und Herr Knorr waren sofort damit einverstanden.«

»Was meinst du damit?«

»Ganz einfach. Ich möchte die beiden Herren bei mir einstellen! Die ersten Wochen werden Sie umsonst arbeiten, bis sie ihre Schulden bei mir getilgt haben. Danach werde ich sie bezahlen. Herr Singh übernimmt den Einkauf, und Herr Knorr wird sein Redetalent im Laden einbringen. Ich glaube, das ist für uns alle eine gute Lösung.«

Jella strahlte den verdutzten Fritz an.

»Weißt du, was Imelda uns damit sagen will?«, fragte sie.

»Keine Ahnung.«

»O Fritz, sei doch nicht so begriffsstutzig. Du wirst hier künftig nicht mehr gebraucht! Wir können gemeinsam nach *Owitambe* gehen und unser Haus bauen. Du wirst deine Auffangstation errichten und ich eine Krankenstation. Rajiv und Knorr sind unsere Rettung!«

Die Quelle

Jeden Morgen ritt Johannes mit Samuel einen anderen Teil seines Farmbesitzes ab. Die wenigen Regenfälle in diesem Jahr hatten auch seinen Rindern zugesetzt. Zwar verfügte *Owitambe* über einige Wasserquellen, doch so manche Quelle war mangels Regen beinahe am Versiegen. Johannes und sein Vorarbeiter besuchten regelmäßig jedes einzelne Wasserloch, um gegebenenfalls die Rinder in ein anderes Gebiet zu treiben. Außerdem mussten Zäune ausgebessert und der Zustand der Tiere begutachtet werden.

Die beiden Männer waren im Westen von *Owitambe* unterwegs und näherten sich der Nagelquelle, die sich direkt an der Grenze zu Rüdiger von Nachtmahrs Farmland befand. Die Quelle war einer der Streitpunkte zwischen den beiden Farmern. In Johannes' Kaufvertrag war eindeutig festgelegt, dass die Quelle zu *Owitambe* gehörte. Der Kontrakt war von höchster Stelle besiegelt und von Samuel Maharero und dem zuständigen Kolonialbeamten unterzeichnet worden. Johannes hatte Nachtmahr allerdings in guter Absicht erlaubt, einmal im Monat Teile seiner Rinderherde ebenfalls an der Nagelquelle saufen zu lassen. Nachtmahr hielt sich in der ersten Zeit an die Abmachung. Doch in den Monaten, in denen Johannes verschollen gewesen war und dessen damaliger Verwalter Victor Grünwald die Farm verwaltet hatte, hatte Nachtmahr es sich zur Gewohnheit gemacht, regelmäßig seine Tiere an die Nagelquelle zu treiben. Grünwald hatte sich nicht darum gekümmert. Auch nach Johannes' Rückkehr hatte Nachtmahr seine Tiere weiterhin an die Nagelquelle gebracht, bis Johannes ihm auf die Schliche gekommen war. Es war nicht Johannes' Art, gleich Streit anzufangen, aber diese Dreistigkeit konnte er nicht dulden, zumal die Quelle nicht genügend Wasser für so viele Tiere bot. Als er Nachtmahr auf dessen Farm *Hakoma* einen Besuch abstattete, um die Angelegenheit freundschaftlich zu regeln, hatte dieser ihn in einer höchst unhöflichen Art brüskiert. Nachtmahr hatte immerhin die Unverschämtheit besessen zu behaupten, dass die Nagelquelle ohnehin zu seinem Besitz gehörte und er es künftig nicht mehr dulden würde, dass ein verkafferter Farmer wie Johannes ihm irgendwelche Vorschriften mache. Johannes war wütend nach Hause geritten, hatte jedoch in der nächsten Zeit keine Gelegenheit gehabt, sich weiterhin um diese Sache zu kümmern, da Jellas und seine Hochzeit angestanden hatte.

Etwa einen Kilometer von der Nagelquelle entfernt hörten die beiden Männer das verzweifelte Muhen durstiger Rinder.

Johannes zog seine buschigen Augenbrauen zusammen.

»Was hat das zu bedeuten?«

Samuel trieb sein Pferd an.

»Die Kühe haben Durst«, rief er besorgt. »Vielleicht ist Quelle leer?«

»Das kann nicht sein!« Johannes holte zu Samuel auf. »Selbst wenn Nachtmahr sich nicht an die Regeln hält, kann die Quelle nicht so schnell versiegen. Das muss einen anderen Grund haben!«

Sie gaben ihren Pferden nochmals die Sporen und galoppierten direkt in Richtung Nagelquelle. Dort bot sich ihnen ein trauriger Anblick. Zwei Tiere waren bereits verendet. Die anderen standen apathisch und völlig ausgelaugt herum, während die stärkeren Tiere noch jämmerlich schrien – und das keine zwanzig Meter von dem Wasserloch entfernt. Einige Rinder hatten offene Fleischwunden. Johannes erkannte schnell, woher sie rührten.

»Verdammt!«, rief er außer sich. »Dieser elende Tierquäler!«

Mit einem Satz sprang er von seinem Pferd. Nachtmahr und seine Orlam hatten um die Nagelquelle einen dicken Stacheldrahtzaun errichtet. Während seine Rinder ungehindert an die Nagelquelle kamen, war Johannes' Tieren dieser Weg verbaut. In ihrer Verzweiflung waren die Rinder gegen den Stacheldrahtzaun gerannt und hatten sich dabei schwere Verletzungen zugezogen. Im Anblick des Wassers waren sie dazu verdammt, zu verdursten.

Empört warf Johannes seinen Hut in den Dreck.

»Wenn ich den erwische, dann mache ich Eingemachtes aus ihm! Bring die Zange, Samuel. Wir müssen diesen Zaun hier sofort niederreißen!«

Wenig später machten sich die beiden Männer daran, in den Zaun eine Öffnung zu schneiden. Dann begannen sie die erschöpften Tiere zum Wasserloch zu treiben. Inmitten des Getrampels und der laut schreienden Rinder überhörten sie die herangaloppierenden Pferde. Erst als die Reiter direkt vor ihnen scharf stoppten, registrierten Johannes und Samuel die Männer. Es waren zwei bewaffnete Orlam, Söldner, die Nachtmahr von der Grenze zum britisch-burischen Südafrika angeheuert hatte. Die Männer waren berüchtigt, jede schmutzige Arbeit anzunehmen, wenn sie nur ordentlichen Lohn einbrachte. Nachtmahr setzte auf diese Männer, weil sie außer Geld keine eigenen Interessen kannten. Bei ihnen war ein schmächtig aussehender, vielleicht achtzehnjähriger Junge, der sich offensichtlich in seiner bewaffneten Begleitung unheimlich stark vorkam. Johannes kannte ihn von Jellas Hochzeit. Es war der junge Achim von Nachtmahr, der ihre Hochzeit mit seiner Mistfuhre gestört hatte.

»Verschwinden Sie hier«, keifte der Junge mit überschnappender Stimme. »Und vorher richten Sie unseren Zaun wieder auf!«

Johannes sagte kein Wort. Er musterte den jungen Mann geringschätzig und trieb dann, nach außen völlig ruhig, die Tiere weiter zum Wasser.

»Muss ich Ihnen Beine machen?«, drohte der Junge. Seine Stimme hatte plötzlich etwas Kieksendes vor Empörung. Um seine Absicht zu unterstreichen, trieb er sein Pferd in die Herde und versuchte die Tiere auseinanderzubringen. Für Johannes war das Maß jetzt voll. Er griff dem Jungen energisch in die Zügel und ritt dicht neben ihn.

»Das reicht!«, raunzte Johannes mit gefährlicher Stimme. Achim starrte ihn eingeschüchtert an. Die beiden Orlam sahen den Jungen fragend an und erhoben leicht die Läufe ihrer Gewehre.

»Runter damit!«, donnerte Johannes wütend. »Ich habe genug von euren ehrlosen Spielchen.«

Achim schnappte nach Luft, aber bevor er etwas herausbringen konnte, schnitt Johannes ihm erneut das Wort ab.

»Und du Mistkutscher reitest jetzt sofort zu deinem Herrn Vater und richtest ihm aus, dass ich mir seine Unverschämtheiten keinen Tag länger gefallen lasse. Wenn er bis Morgen früh nicht den ganzen Zaun von meiner Quelle entfernt hat, werde ich mich an die zuständigen Behörden wenden. Hast du verstanden? Die Nagelquelle gehört eindeutig zu *Owitambe.*«

Er gab Achims Pferd einen kräftigen Klaps, sodass es samt seinem Reiter in die Savanne stob. Achim hatte Mühe, es zu zügeln. Als er Anstalten machte zurückzureiten, um sich Johannes erneut zu stellen, ertönte ein Schuss. Samuel hatte sich unbemerkt zu den Pferden begeben und Johannes' Büchse aus dem Halfter gezogen. Achim blickte erschrocken auf den dunkelhäutigen Samuel, der nun den Lauf des Gewehres in seine Richtung hielt. Die beiden Orlam warteten auf ein Zeichen ihres jungen Herrn. Sie waren unschlüssig, wie sie sich verhalten sollten. Doch Achim starrte kreidebleich auf den Gewehrlauf und zitterte wie Espenlaub. Dann gab er seinem Pferd die Sporen und ritt davon. Die beiden Orlam folgten ihm in einigem Abstand.

»Junger Herr hat Herz eines Hasen«, grinste Samuel.

»Das wird seinen Vater leider nicht davon abhalten, mir noch weitere Steine in den Weg zu legen«, knurrte Johannes.

Vorsichtshalber hatte Johannes einen seiner Männer als Posten an die Nagelquelle geschickt, was sich leider auch als notwendig erwies. Schon am nächsten Tag kam der Mann aufgeregt zurück zur Farm und berichtete, dass Nachtmahr höchstpersönlich mit einigen seiner Orlam den Zaun neu errichtet hatte und sogar bewaffnete Posten dort stationiert hatte.

»Jetzt reicht's!« Johannes schlug mit der Faust auf den Tisch. Er überlegte sich die nächsten Schritte und rief seinen Vormann.

»Samuel, du treibst die Rinder von der Nagelquelle erst einmal zu den Tieren im Norden.«

»Aber Herr, dort ist wenig Wasser für so viele Tiere«, gab Samuel zu bedenken.

»Es wird reichen müssen, bis ich die Angelegenheit in Otjiwarongo geklärt habe«, brummte dieser. »Oder willst du etwa einen bewaffneten Krieg gegen unseren Nachbarn anfangen?«

Samuel sah Johannes seltsam an. In seinen Augen schimmerte eine Mischung aus Trotz und unterdrückter Aggression. Für einen Augenblick hatte er das Gefühl, dass dem Herero der Gedanke an Gewalt durchaus gefiel. Aber dann senkte dieser den Blick und schüttelte leicht mit dem Kopf.

»Nein, Herr, ich werde machen, was du sagst.«

⋆

Nakeshi spielte mit ein paar anderen jungen Frauen mit einer harten Feldfrucht Ball. Ihr Spielfeld war ein etwas tiefer liegendes ausgetrocknetes Flussbett mit sandigem Boden. Es lag ganz in der Nähe des Elefantenlochs, wohin die Gruppe gezogen war. Plötzlich sprangen ein paar Jungs von der baumbestandenen Böschung zu der Gruppe hinab und versuchten, den Mädchen den Ball abzujagen. Der kleine Tikay, Nakeshis Neffe, schlich sich an seine Tante heran und entwand ihr den gerade gefangenen Ball. Dann raste er die Böschung hinauf und versuchte durch die dahinter liegenden Büsche zu entkommen, angespornt durch die johlenden Beifallsrufe seiner Freunde. Nakeshi lachte und setzte dem Jungen nach. Doch Tikay war flink und schlug Haken wie ein fliehender Hase. Schließlich, als es Nakeshi endlich gelungen war, ihm den Weg abzuschneiden, warf er die Feldfrucht einem anderen Jungen zu. Doch der war bereits von den Mädchen eingekreist worden, die den Ball mühelos wieder abfingen.

Bô saß auf der Böschung unter einer Kameldornakazie und kaute auf einem faserigen Zweig herum. Auf diese Weise reinigte er seine Zähne und genoss gleichzeitig den leicht süßlichen Geschmack des Holzes. Missmutig beobachtete er das fröhliche Treiben, aber vor allem Nakeshi, die immer noch so tat, als wäre er gar nicht vorhanden. Mit ihren anmutigen Bewegungen und ihrer Geschicklichkeit stach sie unter all den jungen Frauen hervor. Ihr Körper war wohlgeformt und kräftig und dennoch leicht und wendig wie der einer jungen Antilope.

Sie gab sich völlig dem wilden Spiel hin und ging ganz darin auf. Alles, was Nakeshi tun wollte, tat sie mit vollem Einsatz. In den wenigen Tagen, die sie hier bei ihnen lebte, hatte sie sich die Achtung der ganzen Gruppe erworben. Sie unterstützte die Frauen beim Suchen von Feldkost und fragte sie über die Wirkung der einzelnen Pflanzen aus. Sie hatte Kwi einen schlimmen Dorn aus dem Fuß entfernt und die Wunde behandelt. Zu allen in der Gruppe war sie freundlich und hilfsbereit, nur ihm gegenüber verhielt sie sich ablehnend oder sogar feindselig. Wusste sie denn nicht, wie sehr er sie begehrte? Wie gern hätte er über ihre festen, vorstehenden Pobacken gestrichen und dabei mit seinen Lippen ihre Brüste liebkost. Allein der Gedanke ließ ihn eine sehnsüchtige Erregung spüren. Er hatte Nakeshi nie vergessen, obwohl er versucht hatte, sein Herz dazu zu zwingen.

Twi hatte ihn entdeckt und gesellte sich zu ihm. Er war mit einigen anderen Männern auf der Jagd gewesen, jedoch ohne Beute zurückgekehrt. Er nahm neben Bô im Schatten des Baums Platz und beobachtete das Spiel.

»Es ist gut, dass die Leute wieder spielen«, meinte er zufrieden. »Nakeshi hat ihnen Hoffnung gebracht.« Bô schwieg betrübt. Leider galt das für ihn nicht.

»Tsa und Kumsa versuchen alles, um ihre Aufmerksamkeit zu gewinnen. Anstatt ihre Familie mit Fleisch zu versorgen, schenken sie ihre wenige Beute Nakeshi.«

»Nakeshi ist verheiratet!«, sagte Bô grimmig. »Gao wird sich über Nakeshis Bewunderer nicht freuen. Ich kenne ihn.«

»Pah! Vergiss Gao«, meinte Twi mit einer wegwerfenden Handbewegung. »Sie hat ihn nach dem Tod unseres Vaters verlassen.«

»Sie hat ihn verlassen?«, fragte Bô verblüfft. »Hat Gao sie etwa schlecht behandelt?«

Twi zuckte mit den Schultern. »Wie man's nimmt. Nakeshi geht ihren eigenen Weg. Sie tut, was ihr gefällt. Das hat Gao nicht gefallen. Sie haben dauernd gestritten. Kein Wunder. Es ist nie gut, wenn eine Ehe nicht aus freiem Willen geschlossen wird!«

Bô schüttelte ungläubig den Kopf. Das verstand er nicht. Seiner Meinung nach war Nakeshi in Gao verliebt gewesen.

»Was interessiert dich das überhaupt?«, fragte Twi. Er musterte Bô neugierig und grinste schließlich. »Du bist damals ihretwegen weggegangen, stimmt's?« Freundschaftlich knuffte er Bô in die Seite.

»Sie wollte mich nicht«, gab er traurig zu. »Ich war ja auch nur ein halbblinder Krüppel, und Gao ist einer der besten Jäger, die ich kenne. Was sollte sie schon mit mir anfangen?«

»Du bist einer der besten Fährtenleser und Jäger unserer Gruppe.«

Bô lachte verbittert auf. »Ja, aber das wusste ich lange nicht. Nach dem Unglück dachte ich, dass mich die Geister meiner Ahnen verflucht haben. Ich fühlte mich hilflos und dachte, dass ich für die Gruppe unnütz bin. Deshalb zog ich fort.«

»Nakeshi ist eine Heilerin«, sagte Twi ernst. »Sie sieht immer hinter die Dinge. Dein blindes Auge hat sie sicher nicht gestört. Sie hätte dir beigestanden.«

»Das hätte sie nicht.« Bô schüttelte den Kopf. »Schließlich habe ich selbst gehört, wie sie Nisa gestanden hat, dass sie Gao heiraten will.«

Twi seufzte.

»Frauen sind wie launische Nashörner. Man weiß nie, was in ihren Köpfen vorgeht.«

★

Der neue Distriktchef in Otjiwarongo war erst seit wenigen Monaten in seinem Amt. Sein Vorgänger war von seinem Amt abgezogen worden, weil er korrupt und alkoholabhängig gewesen war. Zwei Eigenschaften, die dem neuen Distriktchef ganz und gar abgingen. Mit der ihm eigenen Akribie und preußischen Disziplin ging er seit Wochen daran, die Unregelmäßigkeiten seines Vorgängers aufzuklären und Angelegenheiten neu zu bearbeiten. Sorgfältig arbeitete er Akte für Akte durch, versah sie mit seinen Anordnungen, leitete sie weiter und wandte sich der nächsten zu. Links von ihm türmten sich die in Angriff zu nehmenden Unterlagen, rechts wuchs der ordentliche

Stapel mit den bearbeiteten Akten. Seine Vorstellungen von Amtsführung waren klar umrissen. Es galt, Paragrafen einzuhalten, die von der deutschen Kolonialabteilung in Berlin extra für das Schutztruppengebiet Deutsch-Südwest erlassen worden waren. Zu seinem Leidwesen strebte sein höchster Vorgesetzter im Schutztruppengebiet, Gouverneur Leutwein, nicht immer diesen Zielen entgegen. Die Toleranz, mit der der Gouverneur die einheimischen Afrikaner behandelte, war für ihn äußerst befremdlich. Nicht nur, dass der Gouverneur durchaus freundlichen Umgang mit diesen aufsässigen Herero führte, anstatt den zunehmenden Überfällen, die von ihnen ausgingen, endlich Einhalt zu gebieten. Mindestens genauso schlimm fand er es, dass Leutwein nichts dagegen unternahm, dass immer mehr Deutsche Beziehungen zu afrikanischen Frauen unterhielten, obwohl, wie es selbst die Rheinische Missionsgesellschaft ausdrückte, sie sich damit mit einer »tiefer stehenden« Rasse einließen. Die Kinder, die solchen Mischbeziehungen entsprangen, waren, sofern sie ehelich geboren wurden, damit nach dem Gesetz über die »Erwerbung und den Verlust der Bundes- und Staatsangehörigkeit« vom 1. Juni 1870 somit *deutsche* Staatsangehörige. Was für ein Unding! Der Distriktchef schüttelte sich bei dem Gedanken, was für Konsequenzen diese Vermischung der Rassen für das Deutsche Reich haben konnte. Seiner Meinung nach waren alle Afrikaner arme, ziemlich geistlose Menschen, denen nur Gott und die deutsche Moral noch helfen konnten, zu anständigen, zivilisierten Menschen zu werden. Nur das Verbot von standesamtlichen Ehen, wie es der stellvertretende Gouverneur Tecklenburg heftigst forderte, würde dieser elenden Rassendurchmischung noch Einhalt gebieten können.

Es klopfte. Bevor der Distriktchef sein gebieterisches »Herein« rufen konnte, öffnete sich schon die Tür, und ein hochgewachsener Mann mittleren Alters betrat die Amtsstube.

Der Distriktchef kräuselte missliebig die Stirn. Auch über die

Achtung vor höher stehenden Amtspersonen hatte er seine eigenen Ansichten.

»Ich habe noch nicht ›Herein‹ gesagt«, meinte er deshalb ungnädig. Den Mann kümmerte diese Bemerkung offensichtlich wenig.

»Ich komme in einer wichtigen Angelegenheit«, bemerkte er knapp. Der Distriktchef musterte den Eindringling genauer. Er kannte diesen Mann. Das war doch dieser Farmer von der südöstlich gelegenen Farm direkt am Waterberg. Ein Afrikanerfreund namens Sonthofen, der seine Arbeiter sogar an seinem Gewinn beteiligte. Sofort hatte er wieder jene unschöne Szene vor Augen, als ihm dieser Sonthofen vor wenigen Wochen triumphierend die von höchster Stelle bewilligte Erlaubnis zur Heirat einer dunkelhäutigen Himba auf den Schreibtisch gelegt hatte. Er selbst hatte den Antrag auf die Heirat selbstverständlich abgelehnt. Seine Stimmung verschlechterte sich zusehends.

»Ich habe jetzt keine Zeit«, schnauzte er deshalb den Eintretenden ziemlich unwillig an. »Sehen Sie nicht, dass ich zu tun habe?«

Sonthofen ließ sich von seiner Schroffheit nicht abschrecken. Im Gegenteil. Er knallte dem Distriktchef den Kaufvertrag von *Owitambe* auf den Schreibtisch und deutete auf einen bestimmten Vermerk.

»Was soll das?«, fragte der Distriktchef indigniert. Was bildete sich dieser verkafferte Farmer überhaupt ein?

»Nehmen Sie sofort das Papier von meinem Tisch und verschwinden Sie!«, herrschte er ihn an.

»Einen Dreck werde ich tun«, sagte Sonthofen grimmig. Er sah den Beamten aus funkelnden Augen an, während sich seine Augenbrauen einander gefährlich annäherten. Einen Augenblick überlegte der Distriktchef, der von seiner Statur her eher schmächtig war, ob dieser Mensch vielleicht auch zu unmittelbarer Gewalt neigen konnte.

»Meinen Sie etwa, ich komme nur aus Jux und Dollerei hierher?«, polterte dieser Mensch ihn in einer Lautstärke an, die ihm gewiss nicht zustand. Der Distriktchef beschloss um seiner eigenen Sicherheit willen, diesen Grobian anzuhören.

»Um was geht es also?«

»Mein Nachbar, Rüdiger von Nachtmahr, hat sich ein wertvolles Stück meines Landes unter den Nagel gerissen, obwohl ich eindeutig beweisen kann, dass dies widerrechtlich geschehen ist. Lesen Sie das! Danach werden auch Sie erkennen, dass ein Eingreifen durch die Obrigkeit unabdingbar ist!«

Vom donnernden Tonfall in Sonthofens Stimme verunsichert, rückte der Distriktchef seine Brille zurecht und las den Abschnitt. Er beschrieb aufs Genaueste den Grund und die Ausdehnungen von *Owitambe.*

Fragend sah der Distriktchef Sonthofen an.

»Na und? Und worin soll nun diese Vertragsverletzung liegen?«

»Hier!« Johannes deutete mit dem spitzen Finger auf den Passus, worin die Nagelquelle erwähnt war. »Kurioserweise behauptet mein werter Nachbar Rüdiger von Nachtmahr ebenfalls, dass ihm diese Quelle zusteht. Er hat die Dreistigkeit besessen, diese Quelle einzuzäunen. Meine Tiere wären beinahe alle verendet. Verstehen Sie nun meine Empörung?«

»Immer mal langsam!« Der Distriktchef bemühte sich, seine Autorität zurückzugewinnen. »So schnell ist der Fall nicht zu klären. Herr von Nachtmahr ist ein ehrenwerter Bürger unseres Schutzgebiets. Er hat selbst beim Militär gedient und sich dort seine Sporen verdient. Ihre Anschuldigung belastet diesen makellosen Bürger schwer.«

»Was ja auch der Wahrheit entspricht«, konterte Sonthofen wütend. »Außerdem habe ich einen Zeugen. Mein Vorarbeiter Samuel wird Ihnen alles bezeugen.«

»Ich nehme an, dieser Vorarbeiter ist ein Weißer?«, fragte der

Distriktchef. Er fühlte, wie er wieder Oberwasser gewann. Natürlich war er längst im Bilde, dass auf Sonthofens Farm fast ausschließlich Schwarze beschäftigt waren.

»Ich wüsste nicht, was das hiermit zu tun hat«, meinte Sonthofen. »Er ist ein Herero, und er ist mein Zeuge.«

»Hmm. Das macht die Sache nicht einfacher.«

»Was wollen Sie damit sagen?«

Sonthofen beugte sich über den Schreibtisch und blickte dem Distriktchef nun drohend in die Augen.

»Rücken Sie mir gefälligst von der Pelle!«, japste der aufgebracht. Die eben gewonnene Sicherheit verflog wie eine Rauchwolke.

»Erst, wenn Sie mir in dieser Angelegenheit Ihre Hilfe zusagen.«

»Sie, Sie drohen mir?«

Kleine Schweißperlen bildeten sich auf der Stirn des Distriktchefs. Mühsam erinnerte er sich wieder seiner Autorität.

»Wenn Sie weiterhin so unverschämt sind, lasse ich sie von meinen Soldaten entfernen«, schnaufte er und holte tief Luft. Dass ihm das nicht schon viel früher eingefallen war!

Genervt ließ sich Sonthofen auf den Stuhl am anderen Ende des Schreibtischs fallen. Er nahm seinen Hut vom Kopf und strich sich über sein wirres, rotgraues Haar.

»Sehen Sie«, versuchte er es jetzt mit ruhiger Stimme. »Der Zaun, den Nachtmahr errichten ließ, hindert meine Tiere daran, an das Wasserloch zu kommen. Zwei sind schon verendet. Im Moment habe ich die Tiere zwar an anderen Orten auf meinem Land untergebracht, aber das geht nicht lange gut. Die Regenzeit war dieses Jahr nicht so ausgiebig wie sonst. Es fehlt überall an Wasser. Aus nachbarschaftlicher Güte habe ich Nachtmahr die eingeschränkte Nutzung der Quelle zugestanden. Aber er hat diese Duldung ausgenutzt und lässt meine Quelle jetzt auch noch von seinen Leuten abriegeln. Das ist kriminell!«

»Und was ist, wenn im Kaufvertrag Nachtmahrs etwas anderes steht?«, bohrte der Distriktchef nach.

»Das ist nicht möglich«, erklärte Sonthofen ruhig. »Die Grenzen meiner Farm sind im Katasteramt in Windhuk genau vermerkt. Davon können Sie sich selbst überzeugen. Nachtmahr ist im Unrecht.«

»Gut«, meinte der Distriktchef und fühlte, wie er langsam wieder an Boden gewann. »Dann werden wir das in Windhuk überprüfen lassen.«

Sonthofen sah den Distriktchef fassungslos an.

»Das ist jetzt nicht Ihr Ernst!«, meinte er. »Bis dahin sind meine Rinder elendiglich zu Grunde gegangen. Sie müssen wenigstens die alten Zustände wiederherstellen, bis die Sache offiziell geklärt ist.«

Der Distriktchef gab sich keine Mühe, sein Lächeln zu verbergen. Wie sehr er doch die Paragrafen liebte. Sie gaben ihm Sicherheit und das Gefühl von Ordnung.

»Tut mir leid, da habe ich genaue Order«, gab er Sonthofen unmissverständlich zu verstehen. »Ich werde Ihren Fall weiterleiten und in Windhuk klären lassen. Aber bis das geschehen ist, sind mir die Hände gebunden, und ich kann in keiner Weise eingreifen.«

»Und wie lange dauert das?«, fragte Sonthofen misstrauisch.

Der Distriktchef deutete auf den Stapel mit unerledigten Akten. »Eines nach dem anderen«, meinte er überheblich. »Außerdem haben wir hier noch ganz andere Sorgen. Selbst wenn ich wollte, könnte ich keinen meiner Leute hier entbehren. Sie wissen doch selber, dass überall marodierende Hererobanden die Gegend unsicher machen. Wir befinden uns hier im Herzen ihres Einflussgebiets und müssen mit dem Schlimmsten rechnen. Es wäre verantwortungslos, auch nur einen Mann wegen solch einer, sagen wir mal, läppischen Angelegenheit abzukommandieren.«

Sonthofen sprang aufgebracht von seinem Stuhl und riss seinen Kaufvertrag wieder an sich.

»Sie lassen mir keine andere Wahl«, zischte er. »Bis Sie etwas unternommen haben, sind meine Rinder tot. Das kann ich nicht zulassen! Ich werde Ihren jämmerlichen Distrikt umgehen und mich direkt an den Gouverneur wenden. Herr Leutwein ist immerhin ein Mann der Tat und nicht ein jämmerlicher Lakai seiner Paragrafen!«

Damit machte er auf dem Absatz kehrt und ließ einen sprachlosen Distriktchef zurück.

Hakoma

»Hast du schon gehört?«, fragte Jella aufgebracht. Sie hielt eine etwas ältere Zeitung in der Hand, die Johannes von seinem Besuch in Windhuk mitgebracht hatte. »Im Deutschen Reich wird mobil gemacht. Seit einiger Zeit hat der Große Generalstab in Berlin die Leitung über den Feldzug gegen die Namas übernommen. Der Oberbefehlshaber ist ein gewisser Generalleutnant Lothar von Trotha, ein ganz harter Hund!«

Fritz, der im Salon in einem Ohrensessel saß, zog Jella auf seinen Schoß und streichelte sanft über ihren sich vorwölbenden Bauch.

»Du solltest dich nicht so aufregen«, lächelte er. »Das tut unserem Kind bestimmt nicht gut.«

»Ich rege mich nicht auf«, beschwichtigte ihn Jella. »Nur ein ganz kleines bisschen. Ich verstehe nur nicht, warum der Kaiser nicht auf Vermittlung setzt. Wenn vernünftige Menschen mit den Stammesführern der Nama und Herero verhandeln würden, gäbe es sicherlich eine friedliche Lösung. Dann müssten keine zusätzlichen Schutztruppen nach Afrika entsandt werden. Samuel Maharero soll durchaus zugänglich sein.«

»Dein Wort in Gottes Ohr«, seufzte Fritz. »Gouverneur Leutwein hat sein Bestes versucht. Leider stieß seine milde Art nur auf wenig Gegenliebe. Der Kaiser fürchtet um sein Ansehen, wenn er hier in seinen Schutzgebieten nicht mit harter Hand durchgreift. Er hat Angst, England und Frankreich gegenüber sein Gesicht zu verlieren.«

»Pah.« Jella pustete sich eine rote Locke aus ihrem Gesicht.

»Das alles kommt doch nur daher, dass die afrikanische Bevölkerung etwas anderes unter einem Schutztruppengebiet versteht als die Deutschen.«

»Ich wusste gar nicht, dass dich diese Dinge so interessieren«, meinte Fritz erstaunt. »Du hättest Politikerin werden sollen!«

»Wäre ich auch geworden, wenn man Frauen dafür nicht für zu dumm hielte!«, konterte Jella schnippisch. Ihre limonengrünen Augen funkelten herausfordernd. »Hast du dir schon mal überlegt, dass die meisten Deutschen hier in Deutsch-Südwest nichts anderes im Sinn haben, als die Afrikaner auszubeuten und zu enteignen? Am liebsten würden die Siedler hier die Schwarzen doch in Reservate einsperren, wenn sie denn als billige Arbeitskräfte nichts mehr taugen. Was meinst du, wie viele Herero zum Beispiel von *Hakoma* wegziehen mussten, nur damit Nachtmahr seine Farm bekam? Waren es dreißig oder vierzig Menschen? Wo leben sie jetzt? Man hat sie mit ein paar Rindern und Alkohol abgespeist und sie in wasserarme Gebiete abgedrängt. Wenn das keine Ausbeutung ist!«

Fritz zuckte bedauernd mit den Schultern. »Das sind die üblichen Verträge. Alle Kolonialmächte gehen so vor. Immerhin hat unsere Anwesenheit auch Vorteile. Denk nur an die Missionsschulen. Hier bekommen auch die Schwarzen die Möglichkeit, lesen und schreiben zu lernen. Die Kinder werden es einmal besser haben.«

»Werden sie nicht«, widersprach Jella hitzig. »Solange wir Weißen die afrikanische Bevölkerung nicht als gleichrangig ansehen, so lange werden sie es trotz Bildung nicht besser haben. Die Unruhen bei den Schwarzen sind nur zu verständlich. Ihnen wird allmählich klar, dass sie nur ausgebeutet werden. Sie versuchen sich jetzt, ihr Recht zurückzuholen. Ich kann sie jedenfalls verstehen!«

Ein kräftiger Tritt gegen ihre Bauchdecke unterbrach Jellas Redefluss.

»Aua«, stöhnte sie leicht. So lange das Baby auch gewartet hatte, sich zu melden, umso intensiver waren jetzt seine Bewegungen in ihrem Bauch.

»Ich glaube, das Kleine hat seine eigene Meinung zu dieser Angelegenheit«, schmunzelte Fritz. »Nimm es als Warnung. Wenn einer unserer Nachbarn deine liberale Meinung zu hören bekommt, dann wird er dich noch in der Kolonialabteilung anschwärzen. Zum Glück leben wir hier auf *Owitambe* wie in einem kleinen Paradies. Ich glaube nicht, dass wir Übergriffe zu befürchten haben.«

»Gebe es Gott«, lenkte Jella ein. »Sieh mal, da kommen Sarah und Raffael!« Sie winkte ihnen zu und forderte sie auf, sich zu ihnen zu gesellen.

Sarah begrüßte ihre Stieftochter lächelnd und setzte sich auf das Sofa. Sie trug ihre langen, zu vielen Zöpfen geflochtenen Haare in einer kunstvollen Frisur. Es war das Einzige, was sie als Himba kennzeichnete. Ihr blauer Rock und die rote Bluse waren europäischer Herkunft. Der kleine vierjährige Raffael kletterte sogleich auf Jellas Schoß und streichelte ihren Bauch.

»Dauert es noch lange, bis das Baby rauskommt?«, fragte er neugierig. Er hatte eine auffallend helle Hautfarbe und leicht rötlich schimmerndes Haar, während seine Augen wie schwarze Kohle temperamentvoll leuchteten.

»Ein paar Monate wirst du schon noch warten müssen«, lachte Jella und strich ihm über den Kopf.

»Lass das«, meinte Raffael und drückte Jellas Hand weg. »Ich bin kein kleiner Junge mehr!«

»Natürlich nicht. Wie konnte ich das nur vergessen! Hat sich Vater wieder beruhigt?«, wandte sich Jella nun an ihre Stiefmutter. Sarah verzog bekümmert das Gesicht.

»Er ist wütend«, sagte sie. »Der Kapitän in Windhuk war sehr unfreundlich. Um die Sache mit der Quelle wird er sich so schnell nicht kümmern. Sie haben andere Sorgen.«

»Kann man die Sache denn nicht vernünftig regeln?«, fragte Fritz nicht zum ersten Mal. Sarah schüttelte den Kopf.

»Nachtmahr hasst Johannes, weil er eine dunkelhäutige Frau hat. Und er hasst ihn doppelt, weil er mit ihr einen Sohn gezeugt hat.«

Jella legte ihre Hand auf Sarahs. »Er ist ein sturer Dummkopf. Mein Vater hätte keine bessere Frau finden können!«

Sarah erwiderte den Händedruck und lächelte warm.

»Vielleicht möchte Fritz nach *Hakoma* reiten«, schlug sie beinahe schüchtern vor. »Seine Zunge wird vielleicht die richtigen Worte finden.«

Fritz sah Sarah nachdenklich an. »Der Gedanke ist mir tatsächlich auch schon gekommen«, meinte er. »Wenn Johannes nichts dagegen hat, will ich es gern versuchen. Wir sollten alles unternehmen, um diese Angelegenheit schnell und ohne Gewalt zu regeln.«

»Und ich werde dich begleiten«, meinte Jella unternehmungslustig. »Ich wollte Nachtmahrs Frau Isabella schon längst einmal kennenlernen. Man munkelt, dass sie ziemlich kränklich ist. Vielleicht kann ich ihr ja helfen.«

Fritz' Bedenken bezüglich ihrer Schwangerschaft wischte sie wie üblich einfach beiseite. Und so war es bald beschlossene Sache, dass sie am nächsten Morgen nach *Hakoma* aufbrechen würden.

Nach dem Frühstück spannte Fritz die leichte Kutsche an, half Jella in den Wagen und sprang leichtfüßig auf den Kutschbock. In zügigem Trab fuhren sie in Richtung *Hakoma.* Jella genoss die gemeinsame Fahrt mit Fritz. Seit ihrer Rückkehr von der Hochzeitsreise hatten sie nur die Nächte miteinander verbringen können. Die Tage waren für sie beide voller Arbeit gewesen. Eifrig hatten sie sich in ihre gemeinsame Zukunft gestürzt und als Erstes den Umzug der Wildtiere nach *Owitambe* organisiert. Fritz und sie standen schon vor dem Morgengrauen auf. Fritz machte nun Pläne für ihr künftiges Haus. Es sollte ein solides Steinhaus mit mindestens vier Schlafräumen werden. »Wir wollen Gäste haben und außerdem …«, sein Blick war auf Jellas Bauch geschweift, »… und außerdem brauchen unsere Kinder auch viel Platz.« Hauptsächlich kümmerte sich Fritz jedoch um die Tiere auf der Farm. Er half Samuel und Johannes beim Aussortieren der Zuchttiere und untersuchte sie auf ihren Gesundheitszustand. Außerdem wollte er damit beginnen, Pferde zu züchten. Jella kümmerte sich derweil um andere Dinge. Gemeinsam mit Nancy hatte sie einen alten Werkzeugraum in einem der Schuppen leer geräumt und darin eine provisorische Krankenstation errichtet. Ausgerechnet Raffael war ihr erster Patient gewesen. Der temperamentvolle Vierjährige hatte sich mit Samuels achtjährigem Sohn Mateus angelegt und war auf der Flucht vor ihm unglücklich gestürzt und hatte sich den Kopf an einem Stein gestoßen. Blutüberströmt hatte ihn Sarah zu Jella gebracht, die die Wunde sogleich säuberte und mit drei Stichen nähte. Obwohl Raffaels Gesicht seine Schmerzen durchaus widerspiegelte, hielt er tapfer aus, ohne zu weinen. Doch kaum war der erste Schock überwunden, stampfte er wütend mit seinem Fuß auf dem Boden auf und meinte grimmig: »Das nächste Mal blutet Mateus!«

Sarah sah ihren Sohn streng an. »Niemand blutet nächstes Mal! Wieso legst du dich mit älteren Jungs an?«

»Sie ärgern mich, weil ich anders bin«, knurrte Raffael.

Jella strich ihrem kleinen Bruder begütigend über den Kopf. »Hey«, meinte sie. »Ich war auch immer anders als die anderen. Das muss nicht immer schlecht sein. Sieh doch selbst, was aus mir geworden ist!«

Raffael betrachtete Jella kritisch und versuchte die Worte seiner großen Schwester einzuordnen. Da er offenkundig zu keinem Ergebnis kam, drehte er sich wortlos um und marschierte zur Tür. Erst als er schon fast draußen war, wandte er sich nochmals um.

»Ich will aber nicht anders sein«, schimpfte er und stapfte mit energischen Schritten davon.

Jella machte es Spaß, wieder in ihrem alten Beruf arbeiten zu können. Es gab ihr das Gefühl, gebraucht zu werden. Natürlich gab es auf der Farm noch genügend andere Arbeit für sie zu tun, aber Kochen und Wäschewaschen sah sie eher als notwendiges Übel denn als Erfüllung an. Fritz und Johannes unterstützten sie mit ihrer kleinen Krankenstation, so gut es ging. Der nächste Arzt war weit entfernt, sodass eine tatkräftige Krankenschwester so viel wert war wie ein ausgebildeter Arzt. Unter Fritz' Anleitung hatte Jella sogar schon eine Blinddarmoperation durchführen müssen. Samuel hatte Jella eines Tages aufgeregt zu sich gerufen. Seine Frau Teresa klagte über schreckliche Bauchschmerzen und wand sich auf der Matte in ihrer Hütte. Jella erkannte nach wenigen Handgriffen, dass Teresa kurz vor einem Blinddarmdurchbruch stand. Sorgenvoll wog sie die Möglichkeiten ab. Teresa war nicht mehr transportfähig. Sie musste sofort operiert werden.

»Hol Fritz«, befahl sie Samuel. »Er soll sich beeilen.«

Als Fritz wenig später in die Hütte kam, bestätigte er ihre Befürchtungen.

»Du musst sie operieren«, sagte er ernst.

Jella sah ihren Mann entsetzt an.

»Aber das kann ich nicht! Ich bin keine Ärztin. Wenn etwas schiefgeht, dann werde ich mir mein Leben lang Vorwürfe machen.«

»Sie wird sterben, wenn du es nicht tust«, drang Fritz in sie. Mit zusammengepressten Lippen deutete er auf seine fehlende Hand. »Glaub mir, ich würde es tun, wenn ich zwei Hände hätte. Ich werde dich anleiten.«

Jella nickte. Fritz hatte recht. Sie war Teresas einzige Chance. Sie musste es wagen. Der Vorarbeiter sah sie mit schreckgeweiteten Augen an.

»Du willst schneiden?«, fragte er entsetzt. »Aufschneiden wie totes Tier? Nein, nein, nein! Ich werde laufen und Medizinmann holen! Er vertreibt Geister, die Teresa quälen!«

Fritz legte seine Hand auf Samuels Arm.

»Vertrau Jella. Sie ist eine große Medizinfrau! Sie wird Teresa wieder gesund machen. Wir haben keine Zeit mehr, um deinen Medizinmann zu holen.«

Samuel weinte wie ein kleines Kind. Doch Fritz und Jella ließen nicht locker. Immer wieder erklärten sie dem verzweifelten Mann, wie wichtig die Operation war. Schließlich stimmte er widerwillig zu. Fritz brachte ihn zu Johannes, der sich um ihn kümmerte.

Jella bereitete unterdes alles in ihrer Krankenstation vor. Durch ihre Arbeit an Robert Kochs Institut hatte sie gelernt, dass Sauberkeit das höchste Gebot bei solch einem Eingriff war. Also ließ sie Nancy saubere Tücher und Bettlaken sowie eine Schüssel mit kochendem Wasser bringen, in dem sie die Instrumente sterilisierte. Nachdem der Behandlungstisch zum Operationstisch umfunktioniert war, holten sie Teresa und begannen den Eingriff. Während Fritz Teresa mit Chloroform betäubte, wusch sich Jella gründlich die Hände. Sie zitterten wie Espenlaub, als sie das Skalpell aufnahm. Allein der Gedanke, in Teresas Bauchdecke schneiden zu müssen, verursachte ihr Übelkeit. Sie war sich der ganzen Tragweite dessen bewusst, was nun vor ihr lag, wusste, welche Verantwortung sie mit diesem Eingriff auf sich nahm. Alle würden ihr die Schuld geben, wenn Teresa jetzt starb. Der Gedanke ließ sie in Panik ausbrechen. Was maßte sie sich an? Schließlich war sie keine Ärztin.

»Ich kann das nicht«, rief sie verzweifelt. Schweiß tropfte von ihrer Stirn. Fritz tupfte ihn behutsam ab und sprach ihr Mut zu.

»Du kannst es sehr wohl«, antwortete er auf seine ruhige Art. »Du bist die Einzige, die Teresa noch retten kann.«

Jella nahm allen Mut zusammen, schloss kurz die Augen und durchschnitt dann die Bauchdecke. Es war weniger schlimm, als sie gedacht hatte. Schon bald wurden ihre Hände ruhiger, und auch ihr Verstand arbeitete wieder zuverlässig. Schritt für Schritt befolgte sie Fritz' Anweisungen und entfernte schließlich den entzündeten Wurmfortsatz mitsamt den Eiterherden. Danach desinfizierte sie die Wunde und vernähte sie. Als Teresa wenig später aufwachte und sich infolge der Narkose in hohem Bogen übergab, weinte Jella vor Dankbarkeit. Erschöpft lehnte sie sich an Fritz' Brust und ließ ihren Tränen freien Lauf. Teresa erholte sich schnell und war schon bald wieder wohlauf. Sie erzählte überall herum, welch große Heilerin die junge Herrin war, was wiederum zur Folge hatte, dass sich Jella bald nicht mehr vor neuen Patienten retten konnte.

»Weißt du, was mir dauernd durch den Kopf geht?«, fragte Jella nachdenklich. Sie hatte es sich im Polster der Kutsche bequem gemacht. Fritz drehte sich zu ihr um und hob fragend eine Augenbraue.

»Dass ich in meiner kleinen Krankenstation eigentlich ständig an meine Grenzen stoße. Dabei tue ich Dinge, die ich streng genommen als Krankenschwester gar nicht tun dürfte«, meinte sie. »Ich fühle mich so unzulänglich.«

»Inwiefern? Du leistest ausgezeichnete Arbeit.«

»Eben nicht!« Jella wirkte unglücklich. »Ich bin vielleicht eine ganz gute Krankenschwester, aber wirklich heilen kann ich viele Krankheiten nicht, weil mir dazu die Grundlagen und die Praxis fehlen. Ich würde so gern studieren und mehr wissen.«

Fritz lachte warm.

»Wir sind hier nicht in Deutschland«, sagte er. »Hier in der Wildnis gelten oft andere Regeln. Du hast bei Professor Koch eine bemerkenswert gute Ausbildung genossen, die in vielem weit besser ist, als viele approbierte Ärzte sie vorweisen können. Außerdem kenne ich keinen Mediziner, der so aufmerksam an die Anamnese seiner Patienten geht, wie du es tust. Du beobachtest scharf und ziehst keine voreiligen Schlüsse. Es ist meines Erachtens sogar ein Vorteil, dass deine Gedanken nicht allzu akademisch strukturiert sind. Dadurch stehen dir auch neue Wege offen. Kaum ein arrivierter Mediziner aus Europa würde zum Beispiel auf die Idee kommen, auch die Heilkunst der Afrikaner mit in sein Repertoire aufzunehmen. Du hast damit ja schon gute Erfolge vorzuweisen. Außerdem kennst du meine sämtlichen Medizinbücher besser als ich selbst. Für mich bist du längst eine hervorragende Ärztin.«

Jella schüttelte den Kopf. Fritz' Kompliment rührte sie und schmeichelte ihr. Dennoch wurmte es sie immer noch, dass eine Gesellschaft, die Frauen nicht als vollwertige Mitglieder ansah, es ihr verwehrt hatte, Medizin zu studieren.

Fritz hielt die Kutsche an, sprang vom Kutschbock und stieg zu ihr in den Wagen, um sie in den Arm zu nehmen. Er küsste sie zärtlich auf den Mund und sah sie liebevoll an. Dabei zupfte er vorsichtig eine Strähne aus ihrem Gesicht.

»Du behauptest ja nicht, eine Ärztin zu sein. Für die Menschen hier bist du eine Heilerin. Jeder Stamm hat seine eigenen Medizinmänner, denk nur an Nakeshi. Bei dir ist es ganz ähnlich. Du hast die Fähigkeit, den Menschen zu helfen. Aber wenn du willst, werde ich dich unterrichten. Wer weiß, vielleicht werden die Behörden das ja sogar eines Tages anerkennen.«

Jella lachte hart, doch dann begegnete sie Fritz' Blick, und ihre Züge wurden wieder weich.

»Du bist einfach der wunderbarste Mann, denn ich finden konnte!«

Nach gut zwei Stunden näherten sie sich *Hakoma.* Die Farm lag ein ganzes Stück westlich von *Owitambe* und verfügte bei weitem nicht über so fruchtbares Land. Außerdem wurden die wenigen saftigen Weidegründe auf *Hakoma* von Nachtmahr viel zu intensiv genutzt. Auf *Owitambe* ließ man die Herden nicht zu groß werden und trieb sie ständig von einer Weide zur anderen. Dadurch konnte sich der abgegraste Boden schnell wieder erholen. Zwar war der Profit nicht so hoch wie bei einer intensiven Nutzung, dafür aber umso nachhaltiger. Die Rinder waren besser ernährt und gaben mehr Milch. Einige von Nachtmahrs ursprünglich saftigen Weiden lagen mittlerweile schon brach. Die ausgetrocknete Erde war aufgebrochen und karg. Kein Wunder, dass sich Nachtmahrs Interesse nun auf das wesentlich fruchtbarere *Owitambe* richtete.

Als sich die Kutsche schließlich einer prächtigen, von zwei Seiten zugänglichen, gemauerten Auffahrt näherte, kam Jella dann doch ins Staunen. Rüdiger von Nachtmahr hatte sich kein einfaches Steinhaus errichtet, wie es die meisten Südwestler taten, sondern er hatte sich ein Schloss bauen lassen. Rechts und links eines zweigeschossigen Mittelbaus ragten zwei Türmchen in den Himmel. Eine breite Treppe führte zu einem erhöhten Portal; ein silberner Löwenkopf an der geschnitzten Eichentür diente als Klopfer.

Ein dunkelhäutiger Bambuse in schwarzweiß gestreifter Hose und Gamaschen öffnete ihnen mit einer leichten Verbeugung die Tür. Seine weiße Weste war frisch gestärkt. Rechts vom Eingang befand sich eine silberne Schale, in der Besucher ihre Visitenkarte ablegen konnten. Der Boden war mit schwarzweißen Fliesen ausgelegt, während eine schwarze geschwungene Marmortreppe ins obere Geschoss führte. Die Wände des Foyers zierten Trophäen. Ein riesiger ausgestopfter Elefantenkopf mit angehobenem Rüssel und ausgebreiteten Ohren blickte aus Glasaugen zu ihnen herab. Ihm gegenüber hing ein Nashornkopf, während auf dem Boden Fell und Kopf eines Löwen lagen. Jella schauderte, als sie daran dachte, wie herrlich die Tiere in der freien Wildbahn waren. Der Bambuse führte sie zu einer Sitzgruppe und bat sie, Platz zu nehmen, bis er den Herrschaften Bescheid gesagt habe.

Die beiden mussten nicht lange warten. Kurze Zeit später kam eine zierliche Frau von fast ätherischem Aussehen die Treppe hinunter. Ihre Schritte waren langsam, fast ein wenig zögerlich. In der Mitte der Treppe blieb die Frau einen Moment stehen. Das Licht, das durch das bunte Glasfenster hinter ihr schien, ließ sie wie eine zerbrechliche Porzellanfigur aussehen. Beim Anblick ihrer Besucher erschrak sie kurz, doch dann fasste sie sich ein Herz und stieg zu ihnen herab. Jella war überrascht, wie jung Isabella von Nachtmahr noch war. Ihr Vater hatte ihr erzählt, dass Rüdiger von Nachtmahr bereits weit über fünfzig Jahre alt war. Seinen fast erwachsenen Sohn Achim hatten sie ja auf der Hochzeit kennengelernt. Isabella hingegen mochte kaum älter als fünfunddreißig sein, auch wenn ein gewisser herber Zug in ihrem blassen Gesicht auf Verhärmung und verstecktes Leid hindeutete und sie wesentlich älter aussehen ließ. Es kostete sie offensichtlich einige Überwindung, die Besucher angemessen zu begrüßen.

»Ich bitte um Entschuldigung«, brachte sie mit leiser Stimme hervor. »Wir bekommen hier so selten Besuch. Ich … ich war darauf nicht vorbereitet.«

Ihr Gesicht errötete leicht, als sie entschuldigend auf ihr einfaches Kleid und die Schürze deutete.

»Aber ich bitte Sie«, ergriff Jella sogleich das Wort. Sie wollte dieser zerbrechlichen Frau alle Peinlichkeiten ersparen. »Wir haben uns zu entschuldigen, schließlich sind wir einfach hier so hereingeplatzt.«

»Ich war gerade beim Fensterputzen.«

Jella zog erstaunt die Augenbrauen hoch. Sie fand es höchst

ungewöhnlich, dass eine Baronin von Nachtmahr selber Fenster putzte. Überall im Haus schienen dafür Lakaien vorhanden zu sein.

»Aber bitte sehr«, meinte Fritz verbindlich. »Ich hoffe, wir kommen nicht ungelegen, aber wir waren gerade in der Gegend und beschlossen spontan, Ihnen und Ihrem Gatten einen Antrittsbesuch abzustatten. Wie Sie wissen, leben meine Frau Jella und ich nun ebenfalls auf *Owitambe*.«

Isabella nickte leicht und reichte Jella die Hand. Sie vermied dabei scheu jeden Blickkontakt. Was für eine feine und zartgliedrige Hand sie hatte. Sie passte gar nicht zu den eingerissenen Fingernägeln und den abgescheuerten Handflächen. Jella wagte kaum, diese Hand kräftig zu drücken.

»Ich freue mich, Ihre Bekanntschaft zu machen«, meinte sie freundlich. »Vielleicht können wir Frauen uns ja ein wenig unterhalten? Ich bin noch nicht sehr lange in Afrika und kenne mich nicht sehr gut aus. Sicherlich können Sie mir ein paar hilfreiche Tipps für das Leben hier geben?«

Isabella zuckte etwas zurück, als wäre sie gar nicht gewohnt, dass man sie um ihre Meinung bat. Aber dann sah sie kurz auf und lächelte, bevor sie sich Fritz zuwandte, der ihr ein paar galante Komplimente machte, bevor er sich nach dem Baron erkundigte.

»Rüdiger ist noch unterwegs«, sagte Isabella vorsichtig. »Er müsste allerdings jeden Augenblick zurück sein. Wenn Sie auf ihn warten wollen, dann lasse ich Ihnen gern etwas Tee und Gebäck bringen.«

Sie stand auf, um nach dem Personal zu rufen. Dann entschuldigte sie sich und ging hinauf, um sich umzuziehen. Der Bambuse und ein Dienstmädchen brachten unterdessen Tee und etwas Gebäck.

»Immerhin weiß Nachtmahr, wie man einen Haushalt führt«, meinte Fritz anerkennend und nippte an seiner dampfenden

Teetasse. »Der Tee ist ausgezeichnet. Er stammt bestimmt aus Indien.«

»Findest du es nicht seltsam, dass die Baronin Fenster putzt?«

Jella runzelte kritisch die Stirn. Das vornehme Gehabe im Hause Nachtmahr beeindruckte sie wenig. »Überhaupt macht mir die Frau einen verängstigten und nicht sehr gesunden Eindruck.«

Fritz stimmte ihr zu.

»Sie muss einmal eine wahre Schönheit gewesen sein«, meinte er anerkennend. »Wer weiß, was sie so verbittern ließ.«

Als Isabella von Nachtmahr zurückkam, sah sie wie verwandelt aus. Ihre Haare waren ordentlich hochgesteckt. Außerdem trug sie ein helles Chiffonkleid, das ihre zarte Figur vorteilhaft betonte. Sie lächelte, doch ihr Lächeln war starr und ohne Leben. Fritz und Jella gaben sich alle Mühe, eine Konversation in Gang zu bringen, doch Isabella antwortete nur einsilbig und mit Belanglosigkeiten. Offensichtlich war sie es nicht gewohnt, dass man sie in Unterhaltungen mit einbezog. Erst als Jella das Gespräch auf ihre Kinder brachte, taute sie etwas auf. Isabella und Rüdiger von Nachtmahr hatten zwei noch lebende Kinder. Nach dem achtzehnjährigen Achim hatte Isabella vier Fehlgeburten erlitten, bevor vor vier Jahren noch Nachzüglerin Sonja auf die Welt gekommen war.

»Sonja ist ein liebes Kind«, meinte Isabella mit einem warmherzigen Lächeln. »Sie ist mein Sonnenschein.« Über Achim verlor sie hingegen kein Wort.

»Ist sie hier?«, fragte Jella freundlich. »Ich würde sie gern kennenlernen.«

Isabella schüttelte bedauernd den Kopf.

»Sie hat gerade Unterricht in Benehmen. Rüdiger ist der Meinung, dass man damit nicht früh genug anfangen kann. Er wäre sehr ungehalten, wenn ich sie frühzeitig holen ließe.«

»So, so, Benimmunterricht!«, Fritz räusperte sich leicht und warf Jella einen amüsierten Blick zu. Genau wie sie musste er an den unschönen Vorfall an ihrer Hochzeit denken. Bei Nachtmahrs Sohn Achim war der Unterricht wohl nicht auf sehr fruchtbaren Boden gesunken. Isabella schaute Fritz verunsichert an. Offensichtlich schien sie von den Unternehmungen ihres Gemahls und ihres Sohnes nichts zu wissen. Überhaupt wirkte sie verhuscht und äußerst unsicher. Jella fiel auf, dass sie immer wieder mit einer Hand auf ihren Magen drückte und dabei leicht das Gesicht verzog. Außerdem hatte sie gelbliche Augäpfel, die auf eine Erkrankung der Leber schließen ließen.

»Ist Ihnen nicht gut?«, fragte sie besorgt. Isabella schüttelte entschlossen den Kopf.

»Danke, es geht mir gut. Eine kleine Magenverstimmung, nichts Ernstes.«

»Wenn Sie wollen, lasse ich Ihnen eine Medizin da.« Jella ließ nicht locker. »Ich bin Krankenschwester und kann Ihnen vielleicht helfen. Nur müsste ich zuvor einige Untersuchungen machen.«

»Danke! Das ist sehr freundlich.« Isabellas Haltung blieb ablehnend. »Meinem Mann wäre das bestimmt nicht recht.«

»Ach was!«, widersprach Jella. »Ich gehe jetzt schnell zur Kutsche und hole meine Tasche. Bis Ihr Mann kommt, sind wir längst fertig.«

Ohne Isabellas Meinung abzuwarten, ging sie hinaus, um das Notwendige zu holen. Fritz hatte ihr erst kürzlich seine lederne Arzttasche geschenkt, die mit allen erforderlichen Instrumenten wie Hörrohr, Spritzen, einfachem Operationsbesteck und Verbandsmaterialien ausgestattet war. Zudem führte Jella noch einige Fläschchen mit selbst hergestellter Medizin mit sich, von Chinarinde gegen Malaria bis hin zu Schmerzmitteln, sowie Kräuter und Wurzeln, aus denen sie Salben und Pülverchen oder Tinkturen herstellte. Einige Rezepte hatte sie von ihrer Freundin Nakeshi, die eine Heilerin bei den Buschmännern war. Mit ihr verband sie eine tiefe Freundschaft, die ihr selbst oft rätselhaft war.

»Wo können wir etwas ungestört sein?«, fragte sie, als sie zurückkam. Ihr Ton duldete keine Widerrede, sodass Isabella nichts anderes übrig blieb, als ihr zu folgen. Sie deutete auf den benachbarten Salon. Jella ließ Isabella vorangehen.

In diesem Moment ging die Eingangstür auf, und Baron Rüdiger von Nachtmahr betrat, gefolgt von seinem Sohn Achim, das Haus. Sofort änderte sich die Stimmung. Isabella blieb wie eingefroren stehen und versteifte ihre Schultern, bevor sie sich langsam umdrehte und mit einer Spur Furcht in den Augen ihren Gemahl musterte.

»Besuch?«

In Nachtmahrs Frage schwang neben einer gewissen Überraschung auch ein kaum zu überhörender Vorwurf. Gleichzeitig nahm er seinen verschwitzten Lederhut vom Kopf und hielt ihn seiner Frau entgegen, die sofort herbeieilte, um ihm den Hut abzunehmen. Nachtmahr sah sie dabei nicht an. Stattdessen zückte er das Monokel, um den Besuch eingehend zu mustern. Keine Begrüßung, kein Wort der Höflichkeit. Fritz war unterdessen aufgestanden und deutete eine leichte Verbeugung an, während Jella sich vor Empörung auf die Unterlippe biss. Dieser Mensch war ein Ausbund an Unhöflichkeit und Arroganz. Plötzlich durchbrach der Baron die Aura des Schweigens, indem er die feinen Antilopenlederhandschuhe laut gegen seinen Oberschenkel klatschte und betont langsam auf Fritz zuschritt. Sein Sohn Achim blieb vor der Eingangstür stehen und wartete wie ein Soldat weitere Anweisungen ab. Nachtmahr legte offensichtlich großen Wert auf Kleidung. Die beige Jagdhose war maßgeschneidert, genauso wie die taillierte, dunkelgrüne Jagdjacke. Seine Füße steckten in kniehohen Stiefeln aus feinstem, hellbraunem Wildleder. Die vornehme Kleidung stand in merkwürdigem Kontrast zu seinem sonstigen Erscheinungsbild.

Nachtmahrs Gesichtszüge waren eher von grober bäuerlicher Natur. Eine großporige Kartoffelnase ragte über einem dichten schwarzen Schnurrbart, der einen auffallend kleinen Mund zu verbergen schien. Jella hatte noch nie einen Mann mit so unglaublich starkem Bartwuchs und so vielen Haaren gesehen. Auch Hals, Arme, Handrücken und selbst die Fingerglieder waren von dichtem, schwarzem Haar bedeckt. Jella erinnerte das an einen Affen. Nachtmahr war nicht besonders groß, dafür drahtig und für sein Alter gut trainiert. Langsam kam er auf Fritz zu, setzte sich in einen Sessel und bedeutete ihm durch ein Kopfnicken, sich wieder zu setzen.

»Darf ich mich vorstellen?«, setzte Fritz zu einer höflichen Konversation an. Doch Nachtmahr schüttelte abfällig den Kopf.

»Nicht nötig. Ich nehme an, Sie sind der Schwiegersohn von Sonthofen, nicht wahr?« Er bedachte Fritz mit einem arroganten Lächeln. »Ich kann mir denken, weshalb Sie da sind.« Gleichzeitig griff er mit seinen haarigen Fingern in eine Silberdose und entnahm ihr eine Zigarette, um sie sich anzuzünden. Fritz bot er keine an. Genüsslich sog er den Qualm ein und deutete auf Jella, die immer noch mit ihrer Tasche im Türrahmen zum Salon stand.

»Ihre Frau?«, meinte er zu Fritz und musterte Jella aus kalten grauen Augen. »Wenigstens ist *sie* keine Schwarze.«

Jella setzte an, um dem Baron eine geharnischte Antwort entgegenzuschleudern. Doch Fritz sandte ihr gerade noch rechtzeitig einen warnenden Blick, der sie schweigen ließ. Scheinbar mühelos überging er die abfällige Bemerkung und tat so, als wären er und seine Frau höflich begrüßt worden.

»Ihre Frau war so nett, uns Tee und etwas Gebäck anzubieten«, meinte er verbindlich. »Wir waren in der Gegend und wollten die Gelegenheit ergreifen, Sie persönlich kennenzulernen.«

»So so.« Nachtmahr inhalierte erneut und ließ den Rauch

durch seine behaarten Nasenlöcher entweichen. »Und ich dachte schon, Sie kämen wegen meiner Quelle.«

Arglistig musterte er Fritz mit seinen kleinen, grauen Augen, die beinahe unter den buschigen Augenbrauen verschwanden. Fritz hielt es für klüger, die Unterhaltung vorerst in eine andere Richtung zu lenken. Er deutete auf Jella und Isabella und meinte:

»Meine Frau versteht etwas von Medizin. Sie wollte Ihrer Frau gerade etwas gegen ihre Magenkrämpfe verordnen. Sie haben doch nichts dagegen, wenn sich die beiden zurückziehen?«

»Magenkrämpfe?« Nachtmahr zog abfällig seine Augenbraue hoch. »Meine Frau soll sich nicht so anstellen. Sie will sich damit nur vor ihren Aufgaben drücken.«

»Rüdiger ...« Isabellas Stimme klang müde.

»Ihre Frau hat Schmerzen, sehen Sie das denn nicht?«, mischte sich Jella aufgebracht ein. »Außerdem vermute ich eine Leberentzündung. Wenn sie nicht in Behandlung geht, wird sie bald gar nicht mehr aufstehen können.«

Nachtmahr runzelte unwillig die Stirn und winkte abwertend in ihre Richtung.

»Tun Sie, was Sie nicht lassen können. Aber denken Sie nicht, dass ich Sie dafür bezahle.«

»Bezahlen?« Jella schäumte vor Wut. »Wenn Sie glauben, dass ...«

»Meine Frau nimmt selbstverständlich kein Geld«, unterbrach Fritz Jellas beginnenden Wortschwall. Er warf ihr nochmals einen warnenden Blick zu. Sie funkelte zurück, biss sich dann jedoch auf die Unterlippe und verschwand mit Isabella im angrenzenden Salon.

»Sie waren auf der Jagd?«

Fritz deutete auf die beiden Gewehre, die Achim, der immer noch abwartend bei der Tür stand, über der Schulter trug. Nachtmahr lachte trocken.

»Wie man's nimmt«, meinte er. »Wir haben eine Horde Affen abgeknallt, die hier auf der Farm nur Unfug anstellen. Ich erwarte demnächst Jagdgäste. Da kann ich dieses diebische Viehzeug hier nicht gebrauchen.«

Sein Blick verharrte auf Achim.

»Was stehst du noch rum und hältst Maulaffen feil?«, raunzte er seinen Sohn an. »Verschwinde und sorge dafür, dass die Kadaver entfernt werden!«

Achim wollte etwas erwidern, doch Nachtmahr jagte ihn mit einer ungnädigen Armbewegung davon.

Fritz' Mienenspiel ließ deutlich erkennen, dass er Mühe hatte, mit seiner Meinung über das Abknallen von Affen und das Aufnehmen von Jagdgästen hinter dem Berg zu halten. Stattdessen heuchelte er Interesse.

»Dann nehmen Sie also auch ausländische Jagdgäste bei sich auf?«

»Das ist ein Geschäft mit Zuwachsmöglichkeiten«, grunzte Nachtmahr selbstzufrieden. »Ich habe auf meiner Farm eigens ein paar Gästehäuser errichten lassen.«

»Sind Sie nicht in erster Linie Farmer?«

»Wie man's nimmt! *Hakoma* wirft nicht mehr genügend Profit ab. Viele Weiden sind ausgelaugt. Wir haben hier nur wenige Wasserstellen. Die Jagdgäste hingegen bezahlen gut. Hier am Waterberg gibt es genügend Tiere. Warum nicht das ein oder andere abknallen? Die meisten Wildtiere schaden doch sowieso nur.«

»Nicht, wenn man ihnen genügend Lebensraum belässt«, warf Fritz ein.

»Was für ein ausgemachter Unsinn«, lachte Nachtmahr überheblich. »Wir Deutschen sind hier in das Schutzgebiet gekommen, um den einfältigen Schwarzen zu zeigen, wie man richtig lebt. Wir beschützen die unzivilisierten Stämme, weil sie sich sonst gegenseitig die Schädel einschlagen würden. Dafür werden wir vom Kaiser mit Farmland belohnt. Die wilden Tiere auf unserem Eigentum sind eine Plage. Sie haben dort nichts zu suchen. Außerdem gibt es ohnehin viel zu viele. Sie vermehren sich ohne Unterlass. Was macht es schon, wenn man sie abknallt – vor allem, wenn ich damit eine Stange Geld verdiene?«

Fritz merkte, dass er nahe daran war, die Beherrschung zu verlieren. Er konnte es drehen und wenden, wie er wollte. Egal, welches Thema er anschnitt, mit diesem Mann würde er immer aneinandergeraten. Es gab keine Schnittmengen zwischen Nachtmahr und ihm. Der Baron war ein überzeugter Nationalist und Rassist, der von seiner radikalen Überzeugung um kein Jota abweichen würde. Die einzige Sprache, die er verstand, war die Sprache der Gewalt. Trotzdem versuchte Fritz, nun auf direktem Weg, Nachtmahr zum Einlenken zu bewegen.

»Mein Schwiegervater ist gerade in Windhuk auf dem Katasteramt«, erzählte er. »Dort lässt er amtlich feststellen, wem die Nagelquelle gehört. Wir haben keinerlei Zweifel daran, dass sie zu *Owitambe* gehört.«

»Jetzt gehört sie mir!«

Nachtmahrs Augen funkelten gefährlich. »Ich habe mein Eigentum abzäunen lassen – und jeder, der es unrechtmäßig betritt, wird von einem meiner Männer abgeknallt.«

»Das ist keine Lösung«, meinte Fritz. »Sobald der Sachverhalt klar ist, müssen Sie die Zäune entfernen lassen.«

»Das werden wir ja sehen«, lachte Nachtmahr verschlagen. »Oder glauben Sie, dass wegen dieser lächerlichen Auseinandersetzung die Schutztruppen eingreifen? Die sind mit ganz anderen Dingen beschäftigt. Überall im Land brodelt es. Die Kaffern werden allerorts aufsässig. Glauben Sie mir, die Soldaten haben anderes zu tun.«

»Sie haben dennoch auch polizeiliche Aufgaben zu erfüllen«, sagte Fritz hart. »Ich zweifle nicht daran, dass wir unser Recht bekommen werden.«

Nachtmahr stand aufgebracht auf.

»Ich glaube, es ist besser, wenn Sie jetzt gehen!«

Fritz ließ sich nicht aus der Ruhe bringen und startete noch einen letzten Versuch.

»Sehen Sie, uns liegt nicht daran, einen Streit mit Ihnen zu beginnen. Wir wollen Ihnen helfen. Mein Schwiegervater bietet Ihnen sogar an, auch in Zukunft ab und zu ein paar Ihrer Tiere an seiner Quelle zu tränken. Außerdem will er sich gern mit Ihnen über Ihre Rinder unterhalten. Wie Sie wissen, vermehren sich unsere Tiere sehr gut, weil wir sie abwechselnd auf unterschiedlichen Weiden halten, so wie es die Himbas und Herero schon seit Jahrhunderten tun.«

»Das ist doch Kafferngewäsch«, fauchte Nachtmahr. »Ich verbitte mir das in meinem Haus!«

Fritz erhob sich und rief nach Jella. Gemeinsam mit Isabella trat sie aus dem Salon und sah ihren Mann erwartungsvoll an.

»Wir gehen«, sagte Fritz kurz. Jella verstand und verabschiedete sich von Isabella.

»Sie müssen sich vorsehen. Sie leiden an einer schweren Gelbsucht. Ich werde in den nächsten Tagen noch einmal nach Ihnen sehen.«

Isabella lächelte zaghaft und nickte. Als sie bereits in der Tür standen, hielt Nachtmahr sie auf. Ein verschlagenes Lächeln glitt über seine Züge.

»Ich mache Ihnen ein anderes Angebot«, meinte er. »Ihr Schwiegervater darf seine Rinder an meiner Quelle tränken, wenn ich dafür das Land am Westrand des Plateaus erhalte.«

Fritz hielt die Luft an.

»Soll das ein Witz sein?«, fragte er ungläubig. »Das ist das Herzstück von *Owitambe.* Wenn wir das weggäben, würde unser Farmland auseinandergerissen. Abgesehen davon leben dort viele seltene Tiere.«

»Um so besser«, lachte Nachtmahr siegessicher. »Ohne die

Quelle wird Ihnen das Land ohnehin nichts nützen. Also sollten Sie sich meinen Vorschlag durchaus durch den Kopf gehen lassen. Oder wollen Sie lieber Ihr Vieh verrecken lassen?«

»Sie sind verrückt«, sagte Fritz zum Abschied. Es war nicht leicht, ihn aus der Fassung zu bringen. Aber die selbstherrliche Art Nachtmahrs, der sich wie ein Despot aufführte, brachte ihn an die Grenzen seiner Geduld. Er musste an sich halten, um dem Mann nicht zum Abschied einen ordentlichen Kinnhaken zu verpassen. Wahrscheinlich die einzige Sprache, die er verstand.

Der Rückweg nach *Owitambe* verlief ziemlich einsilbig. Fritz war maßlos enttäuscht. Er hätte seinem Schwiegervater gern bessere Nachrichten überbracht. Das Schlimme war, dass es wirklich schwierig sein würde, die Schutztruppen zur Klärung des Rechtsstreits zu bewegen. Abgesehen von der politischen Lage war der Distriktchef ihnen ohnehin nicht sehr geneigt. Nachtmahr war eindeutig im Vorteil.

Rechtsprechung

»Ejj, ejj! Lasst uns den Tanz des Regens tanzen«, meinte der alte Kwi, nachdem er seine Holzstückchen und Knöchelchen geworfen und eingängig begutachtet hatte. »Die Stäbchen haben gesprochen! Im Morgengrauen wird sich der Himmel zusammenballen und uns das Wasser bringen, das die Tsamma-Melonen wieder ergrünen lässt.«

»Gwi wird den Regen vorher vertreiben«, widersprach N!ore. »Wir haben seinen Groll auf uns geladen! Noch nie haben wir so lange auf Regen warten müssen.« Mit unverhohlenem Hass wies er mit seinem Finger auf Bô, der in aller Ruhe eine neue Sehne in seinen Bogen spannte.

»Bô ist schuld! Er hat Gwi, den arglistigen Geist, mit in unsere Gruppe gebracht. Seit er bei uns ist, hat es nicht mehr geregnet.«

»Halt den Mund«, sagte Kwi ungeduldig. »Wenn Bô nicht gewesen wäre, hätten wir kein neues Wasser gefunden. Er hat uns gerettet.«

»Das Wasser wird versiegen«, behauptete N!ore gehässig. »Außerdem schmeckt es faulig und macht Bauchweh.«

»Du hast Bauchweh, weil du zu viele Tsinbohnen in dich hineingestopft hast, anstatt deiner Frau und deiner Schwiegermutter etwas übrig zu lassen«, schimpfte Bau, der das Genörgel ihres Mannes schon lange missfiel. Sie warf Bô einen sehnsüchtigen Blick zu. Ob er sie nochmals mit in den Busch nahm? Wollüstig steckte sie einen Finger in den Mund und lutschte darauf herum. Doch Bô wich ihrem Blick geschickt aus. Sehnsuchtsvoll dachte sie an das eine Mal, als der junge Buschmann und sie einander nähergekommen waren. Niemals zuvor war ein Mann so zärtlich zu ihr gewesen. Er hatte genau gewusst, was einer Frau gefiel, obwohl sein Kopf nicht bei der Sache gewesen war. Bau war eine hübsche Frau, der die Liebe ihres Mannes N!ore allein nicht genügte. Immer wieder suchte sie Beziehungen zu anderen Männern und gab sich dabei nicht viel Mühe, sie vor den anderen zu verbergen. N!ore kümmerte sich nicht darum, solange sie ihn bevorzugt behandelte. Die anderen Männer bedienten ihren Körper, aber er besaß ihr Herz. Nur bei Bô war es anders gewesen. Seit er zu ihnen gekommen war, hatte sich vieles verändert. Er hatte ihm den Platz in seiner Gruppe streitig gemacht und seinen Neid geweckt. Bislang war N!ore der beste Fährtenleser der Gruppe gewesen. Die anderen waren ihm ohne Widerrede gefolgt, doch jetzt folgten sie Bô, der die Jäger nicht nur schneller zu Wild brachte, sondern auch noch ungewöhnliche Fallen baute, in denen er sogar Antilopen und Spießböcke fing. Nachdem er auch noch erfolgreich von der Wassersuche zurückgekommen war, stand Bô bei allen Buschmännern in hoher Achtung. Als N!ore sich bei Bau deswegen beklagte, weil ihn der Neid auf den Fremden beinahe zerriss, stieß er zu seinem Leidwesen auf wenig Verständnis. Im Gegenteil, sie hatte ihn deswegen sogar ausgelacht. War da nicht sogar ein Funkeln in ihren Augen gewesen, wenn sie von Bô sprach? N!ore hatte sich vorgenommen, seine Frau von nun an nicht mehr aus den Augen zu lassen.

N!ores Nörgeleien ungeachtet war Kwi aufgestanden und begann nun mit den ersten Schritten des Regentanzes. Chuka, Nakeshi und die anderen Frauen stimmten die ersten Verse des Regenlieds an, wobei sie sich sanft im Takt der Melodie wiegten. Nach und nach kamen die anderen Männer hinzu, stampften abwechselnd mit den Füßen auf den Boden, erst langsam und schwerfällig wie die ersten Tropfen eines schwülwarmen

Gewitters, dann immer schneller und tippelnder wie ein einsetzender Regenguss, bis ihre Bewegungen in zappelnder Wildheit einem Höhepunkt zusteuerten. Rhythmus und Melodie wechselten, wurden mal langsamer, mal schneller, waren mal laut und dann wieder leise und sacht, als wollten sie ausklingen, nur um dann wieder anzuschwellen. Der Tanz war anstrengend und kostete alle viel Kraft. Je weiter er voranschritt, desto mehr lösten sich die Seelen von ihren Körpern, um in der Anderswelt den großen Kauha um Wasser aus dem Himmel zu bitten. Mit vor Schweiß glänzenden Körpern taumelten die Buschmänner um die Feuer auf ihrem Versammlungsplatz, bis erst einer und schließlich immer mehr in den frühen Morgenstunden vor Erschöpfung zusammenbrachen, um an Ort und Stelle einzuschlafen.

Als der Mond unterging, erwachte Bô als Erster. Er rappelte sich auf und sah in die Richtung, aus der die Sonne sich gerade zu erheben begann. In ihrem schwachen Widerschein erkannte er die ersten Anzeichen eines fernen Gewitters.

Trotz des Morgengrauens verdunkelte sich der Himmel. Tiefviolette Wolkenmassen schoben sich vor die aufgehende Sonne und ballten sich zu gewaltigen Bergen auf, von dumpfem Donnergrollen begleitet. An ihren Rändern leuchteten helle Blitze, während die Luft um die Buschmänner von lähmender Schwüle erfüllt war. In diesem Moment war die Wüste still. Kein Laut außer dem Grollen des Donners war zu hören, bis sich mit einem Paukenschlag ein gewaltiger Blitz aus der Wolkenwand löste und in eine erhöht stehende Kameldornakazie einschlug. Von der Wucht des Einschlags wurde der Baum in der Mitte zerteilt und fing sofort Feuer. Ein paar Kinder begannen zu weinen. Die Buschmänner hatten sich sofort versammelt und starrten freudig auf das Naturschauspiel. Als die ersten fetten Regentropfen auf dem heißen Wüstensand aufsprangen und dort zerstäubten, ohne Feuchtigkeit zu hinterlassen, begann Kwi erneut zu tanzen.

»Ejj, ejje, ejj! Der Regen kommt! Lasst uns singen. Der Regen kommt!«

Seine Stimme klang beschwörend, fast ängstlich. Ein Gewitter bedeutete nicht immer Regen. Manchmal entlud es nur seine Wut und schickte Feuer und Verderben. In der Tat ließ der Regen nach und hörte schließlich ganz auf. Ängstlich betrachteten die Menschen das gewaltige Wolkenungetüm und beobachteten, wie es erneut Blitze und gewaltige Donnerschläge aus seinem Schlund schleuderte. Einzelne Windböen preschten nun in unberechenbaren Windhosen über die Dünenkämme dem Gewitter entgegen. Eine der Buschmannhütten wurde von einem Wirbel ergriffen und wie ein Spielzeug in die Luft geschleudert. Als sie auf dem Boden aufschlug, war sie in tausend Teile zerfallen. Die Buschmänner flohen unter einen großen Baum und drängten sich zusammen in der Hoffnung, dass kein Blitz sie treffen möge. Nur Kwi war auf dem Versammlungsplatz geblieben, um weiterzutanzen. Dann löste sich eine weitere Person aus der Gruppe und gesellte sich zu Kwi. Es war Nakeshi. Bô wusste, dass sie große Kräfte besaß. Auch sie sang gegen den immer stärker werdenden Wind an. Gemeinsam mit Kwi beschwor sie den Regen und besänftigte verärgerte Ahnen. Da, endlich wurden ihre Bitten erhört. Der Wolkenberg öffnete seine Schleusen und schickte graue Wassermassen aus seinem Inneren. Sofort lösten sich die Buschmänner aus dem Schutz des Baums und setzten sich dem willkommenen Regen aus. Lachend und tanzend breiteten sie ihre Arme aus. Einige streckten die Zungen heraus, um das kostbare Nass direkt aufzufangen. Innerhalb weniger Minuten füllte sich das Vlei unterhalb des Lagers mit Wasser. Anfangs nutzten das die Buschmänner, um darin zu baden. Doch schon bald gab es in dem bis dahin ausgetrockneten Flussbett eine reißende Strömung, und die Menschen brachten sich in Sicherheit. Tikay und einige andere Kinder legten sich auf den schlammigen Boden und wälzten sich wie Warzenschweine darin. Sie bewarfen sich gegenseitig mit Schlamm und lachten, bis ihnen die Bäuche wehtaten. Nakeshi umarmte Chuka und Twi, dann Tsa und Kumsa und die anderen. Als Bô sie ebenfalls in die Arme nehmen wollte, wandte sie sich brüsk ab und rannte davon.

Bô folgte ihr. Er war wütend und enttäuscht. Warum wies Nakeshi ihn so unverhohlen ab? Er hatte ihre Missachtung nicht verdient! Dieses Mal würde sie ihm keine Antwort schuldig bleiben. Hinter einem kleinen Felsvorsprung überholte er sie und versperrte ihr den Weg.

»Warum behandelst du mich wie ein stinkendes Erdferkel?« Sein Auge blitzte vor Empörung. Nakeshi war wie erstarrt stehen geblieben. Sie hob langsam den Kopf und sah ihm direkt ins Gesicht. Erschrocken stellte er fest, dass ihre Augen nicht nur vom Regen benetzt waren.

»Weißt du das wirklich nicht?«, fragte sie mit gepresster Stimme. Bô hob hilflos die Arme und schüttelte dann den Kopf.

»Ich habe dir nie etwas getan«, meinte er. Seine Wut war plötzlich verraucht.

»Du bist einfach weggegangen. Warum?«

»Das weißt du nicht?« Bô sah Nakeshi enttäuscht an. »Kannst du dir das denn nicht denken?«

Nakeshi biss sich auf die Unterlippe und nickte.

»Es war wegen mir! Du wolltest mich nicht!«

Bô starrte Nakeshi verständnislos an. Wie konnte sie so einen Unsinn glauben? Er suchte verzweifelt nach Worten, um ihr den wahren Grund für sein Verschwinden zu sagen. Schließlich hatte er Nakeshi und ihre Freundin Nisa damals belauscht. Sein Herz krampfte sich immer noch zusammen, wenn er daran dachte, wie Nakeshi und Nisa die Hochzeit mit Gao geplant hatten. Er hatte Nakeshi immer geliebt, doch sein Unglück, dass er durch einen Kameldorn sein Auge verlor, hatte ihn verzagen lassen. Er hatte sich damals unnütz gefühlt und unwürdig, Nakeshi zur Frau zu nehmen. Es hatte lange gedauert, bis er begriffen hatte, dass das ein Fehler gewesen war. Er hätte um sie kämpfen müssen, stattdessen war er geflohen.

»Du, du hast Gao genommen.«

»Weil du gegangen bist!«

»Es war mein Weg …« Oh, Kauha, weshalb fielen ihm die richtigen Worte nicht ein? »Ich konnte nicht anders. Es …«

»Schweig!«

Nakeshis dunkle Augen glitzerten in ihrem regennassen Gesicht schmerzerfüllt auf. Mit einer abrupten Bewegung wandte sie sich von Bô ab und rannte davon. Bô sah ihr fassungslos nach, als sie mit der grauen Regenwand verschmolz und hinter den ersten Dünen verschwand. Am nächsten Morgen teilte Twi ihm mit, dass Nakeshi wieder zu ihrem Stamm zurückgekehrt sei.

*

Raffael rannte schreiend in Richtung Farmhaus. In seinen Händen hielt er das selbst gebaute Modell eines Holzautomobils. Dicht hinter ihm folgten Mateus und zwei andere Kinder der Farmarbeiter, nicht weniger aufgeregt. Kurz vor der Verandatreppe hatten sie ihn eingeholt. Mateus, der um einiges größer und älter als Raffael war, hielt ihn fest und funkelte ihn wütend an.

»Wieso hast du unser Spiel zerstört?«

Raffael hielt seinem Blick trotzig stand. »Lass mich sofort los, sonst ruf ich meinen Papa!«

»Ruf ihn«, forderte Mateus. »Aber dann musst du ihm auch erklären, weshalb du meiner Giraffe den Hals gebrochen und Bens Löwen in den Busch geworfen hast.«

»Sie taugen nichts!« Raffael versuchte sich aus Mateus Griff zu befreien. Doch der Ältere hielt ihn eisern fest.

»Sag, warum hast du unser Spielzeug zerstört?«, wiederholte Mateus noch einmal.

»Es ist ein dummes Spielzeug. Es passt nicht zu meinem Automobil.«

Raffael wirkte immer noch keineswegs eingeschüchtert. »Ich will, dass ihr meine Spiele spielt, nicht eure dummen Negerspiele!«

»Du musst ja nicht mit uns spielen«, rief Ben empört. »Lieber Negerspiele als diese dumme Kutsche ohne Pferde. Ich bin dafür, dass wir sie zerstören!«

Ben griff nach Raffaels Automobil und entriss es ihm.

»Gib mir sofort mein Automobil zurück!«, schrie Raffael. Er hing an dem Fahrzeug, weil er es gemeinsam mit Jella in ihrer Werkstatt gebaut hatte. Wild strampelnd gelang es ihm schließlich, sich von Mateus loszureißen. Mit einem wütenden Schrei stürzte er sich auf den überraschten Ben, um ihm das Spielzeug wieder abzunehmen. Doch der war schneller und schleuderte das Automobil in hohem Bogen davon. Es landete auf einem Stein und zerbrach in der Mitte. Für eine Sekunde starrte Raffael auf das zerstörte Spielzeug, bevor er sich mit wütendem Gebrüll auf den älteren Ben stürzte. Mit voller Wucht rammte er ihm seinen Kopf in den Bauch, sodass er umfiel. Dann warf er sich auf ihn und begann ihn mit seinen Fäusten zu bearbeiten. Mateus und der andere Junge versuchten ihn von Ben zu trennen. Doch Raffaels Wut war stärker. Erst als Sarah hinzukam und ihn an seinem Hemdkragen hochzog, gelang es ihnen, den wild um sich schlagenden Jungen zu bändigen.

»Was soll das?«, fragte Sarah streng. »Wie kommt mein Sohn dazu, sich mit drei anderen Jungen zu schlagen?«

»Sie haben mein Automobil zerstört! Einfach so!«

Heulend zeigte der Junge auf das kaputte Spielzeug.

Sarah warf Mateus und den beiden anderen einen strengen Blick zu.

»Stimmt das?«

Mateus presste die Lippen aufeinander und nickte. Ben wollte etwas sagen, aber sein Freund gab ihm das Zeichen zu schweigen.

»Jetzt musst du sie bestrafen!«, forderte Raffael triumphierend. Doch Sarah dachte gar nicht daran. Stattdessen wandte sie sich nochmals an die Jungen.

»Ich kenne euch lange genug, um zu wissen, dass ihr nicht ohne Grund etwas zerstört«, meinte sie.

Mateus starrte auf einen Punkt vor Sarahs Füßen und schwieg weiterhin. Er war ein friedfertiger Junge, der lieber eine Strafe in Kauf nahm, als sich vor der Herrschaft zu verteidigen. Doch Ben war anders geartet.

»Raffael ist ein Spielverderber«, platzte es aus ihm heraus. »Immer will er, dass wir seine seltsame Kutsche bewundern. Aber wir wollen lieber mit unseren Wildtieren spielen. Er ist wütend geworden und hat Mateus Giraffe den Hals gebrochen und meinen Löwen in eine Dornenhecke geworfen. Er ist genauso schuld!«

Raffael warf seiner Mutter einen hilfesuchenden Blick zu. Doch Sarah sah ihn streng an.

»Sie glauben mir nicht, dass es in Deutschland Kutschen gibt, die von ganz allein mit einem Motor fahren.« Seine Stimme wurde zunehmend kleinlauter.

»Das ist kein Grund, anderen ihr Spielzeug zu zerstören. Du wirst dich entschuldigen und Mateus und Ben helfen, ihre Tiere wieder heil zu machen!«

»Aber …«

»Keine Widerrede!«

Raffael kämpfte mit sich. Schließlich rang er sich die erzwungene Entschuldigung ab.

Johannes brachte Raffael wie fast jeden Abend selbst ins Bett. Er hatte lange mit seinem immer noch schlecht gelaunten Sohn über den Vorfall geredet. Doch Raffael hatte sich nur schmollend umgedreht und trotzig die Wand seines Zimmers angestarrt. Schließlich war Johannes nichts anderes übrig geblieben, als ihn allein zu lassen. Er liebte den Jungen abgöttisch, auch wenn er sich Sorgen über den Jähzorn und die Eigenwilligkeit seines Sohnes machte. Es war ihm klar, dass ein Großteil seiner Schwierigkeiten daher rührte, dass sich der Junge weder als Weißer noch als Afrikaner fühlte. Auf *Owitambe* galten die Menschen zwar alle gleich viel. Doch die Realität machte auch vor der Farm nicht Halt. Die weißen Farmer in der Umgebung verachteten die Schwarzen, besonders die Herero, zu denen auch die Himbas gehörten. Bei jeder Gelegenheit wurden abfällige Bemerkungen über Johannes' Ehe mit Sarah gemacht. Und Raffael war in ihren Augen bestenfalls ein Balg, der keinerlei Ansprüche auf das Land hatte. Aus diesem Grund hatte Johannes auch die Heirat durchgesetzt, damit es ihm einmal möglich sein würde, Raffael gemeinsam mit Jella zu seinem Erben zu machen. Auch unter den Schwarzen hatte es der Junge nicht leicht. Immer wieder eckte er an und suchte mit ihnen Streit, obwohl die Kinder der Farmarbeiter ihn gern an ihren Spielen teilhaben ließen.

Müde von einem anstrengenden Arbeitstag gesellte er sich schließlich zu Sarah, Jella und Fritz, die unter dem sternenklaren Abendhimmel auf der Veranda noch bei einem Glas Bier zusammensaßen. Mit einem wohligen Seufzer ließ er sich neben Sarah nieder. Fritz schenkte seinem Schwiegervater unterdessen ein.

»Ich weiß nicht, wohin Raffaels Zorn noch führen soll«, meinte Johannes sorgenvoll. »Er bekommt seine Gefühle oft einfach nicht in den Griff.«

»Er ist ein sehr kluger Junge.«

Jella sah Raffaels Zukunft weitaus unproblematischer. Ihr Bruder folgte ihr, wann immer sie es zuließ, auf Schritt und

Tritt. »Er liebt es, bei Fritz oder mir in der Werkstatt oder im Labor mitzuhelfen. Bestimmt wird er mal Ingenieur oder Arzt.«

Johannes warf Jella einen abschätzigen Blick zu. »Der Junge wird einmal *Owitambe* erben«, knurrte er. »Setz ihm bloß keine unnötigen Flausen in den Kopf!«

Jella hasste es, wenn man über die Köpfe anderer hinweg über deren Zukunft entschied, und wollte dementsprechend etwas entgegnen. Aber dann fing sie Fritz' besänftigenden Blick auf und schwieg. Sie beschloss, das Thema zu wechseln.

»Wann werdet ihr endlich eure Reise zu Sarahs Familie antreten?«

In Sarahs Augen leuchtete nicht nur Freude auf. Johannes hingegen lächelte sie warm an. Er hatte seiner Frau vorgeschlagen, gemeinsam mit Raffael ihre Familie zu besuchen.

»Wenn's nach mir ginge, morgen.« Er nahm Sarahs Hand und spielte liebevoll mit ihren langen, kräftigen Fingern. »Es wird dir guttun, deine Familie bald wiederzusehen!«

»Dann solltet ihr euer Vorhaben so schnell wie möglich in die Tat umsetzen«, meinte Jella fröhlich. »Fritz, Samuel und ich werden uns um die Farm schon kümmern.«

Ihr Vater runzelte skeptisch die Stirn.

»Wenn das alles so leicht wäre«, seufzte er. »Dieser Nachtmahr lässt nicht locker. Er unternimmt alles, um die Nagelquelle in seine Finger zu bekommen. Das Verfahren zieht sich jetzt schon viel zu lange hin. Wir können nicht mehr lange auf die Quelle verzichten, ohne dass unsere Tiere leiden müssen. Immerhin will sich jetzt die Polizei der Sache annehmen. Auf meinen ausdrücklichen Wunsch hin wird in den nächsten Tagen ein Polizeioffizier die Quelle inspizieren. Allerdings glaube ich nicht, dass das etwas nutzt.«

»Du solltest nicht so negativ denken«, versuchte Fritz seinen Schwiegervater zu beruhigen. »Der Zaun ist unrechtmäßig errichtet. Bevor die Besitzverhältnisse der Quelle nicht eindeutig geklärt sind, hat keiner einen ausschließlichen Anspruch auf das Wasser. Lass mich das nur machen. Bis ihr zurück seid, ist alles geklärt.«

»Fritz hat recht!« Sarah ergriff nur selten das Wort. Doch jetzt sprach sie sich energisch für die Reise aus. »Lass uns morgen aufbrechen. Es ist höchste Zeit, dass unser Sohn auch den anderen Teil seines Lebens kennenlernt. In seiner Brust schlägt auch das stolze Herz eines Himba. Er muss lernen, es mit seinem weißen Blut in Einklang zu bringen.«

Johannes blieb bei seinem Zögern. Doch Jella, Fritz und Sarah gelang es schließlich, ihn zu der Reise zu überreden.

Doch dann war es wieder einmal Nachtmahr, der ihre Pläne zunichtemachte.

*

Nakeshi lief und weinte ohne Unterlass. Ihr Herz tat weh wie beim ersten Mal. Sie war Bô gleichgültig. Er hatte es selbst gesagt. Wie hatte sie sich nur einreden können, dass er je etwas für sie empfunden hatte? Nun wollte sie nur noch eines: fort von Bô und fort von seiner Gruppe. Twi und Chuka hatten versucht, sie zurückzuhalten. Doch Nakeshi ließ sich ihr Vorhaben nicht ausreden.

»Ich habe Sehnsucht nach unseren Leuten«, behauptete sie. »Ich habe nie gesagt, dass ich für immer im Sandveld bleibe.«

Chuka hatte geweint und sie angefleht, es sich noch anders zu überlegen.

»Geh nicht allein«, jammerte sie. »Die wilden Tiere werden dich auffressen. Du wirst verdursten und verhungern.«

Aber Nakeshi ließ sich nicht beirren. Ihr Entschluss stand fest. Sie nahm ihre Tasche und ein Straußenei mit Wasser, füllte ihre Vorräte auf und verließ noch am selben Tag die Gruppe.

Anfangs regnete es noch. Der Sand war schwer von der Nässe, sodass Nakeshi gut vorankam. Als der Regen schließlich aufhörte und die Sonne wieder ihre kräftigen Strahlen auf den Boden sandte, stiegen überall feine Dampfwolken von den Dünen auf. Die Namibwüste hatte sich innerhalb weniger Stunden verwandelt. Die wenigen Stunden Feuchtigkeit hatten ausgereicht, um die dürren, unscheinbaren Pflanzen zum Ergrünen zu bringen. Die tiefroten, dampfenden Sanddünen waren gesprenkelt von hellgrünen Grassoden. Doch Nakeshi hatte keinen Blick für die Schönheit ihrer Umgebung. Sie war enttäuscht und verletzt und wollte nur noch eine große Entfernung zwischen sich und Bô bringen. Ohne Pause lief sie bis Sonnenuntergang. Dann hüllte sie sich in ihren Umhang, trank einen Schluck Wasser und schlief sofort ein. Sie machte sich nicht einmal die Mühe, ein Feuer gegen die Wildtiere anzufachen. Die Gefahr war ihr schlichtweg gleichgültig.

Im Traum erschien ihr Bô. Er lachte sie aus. Sein Gesicht verwandelte sich in eine hässlichen Fratze, die ihr Angst machte und sie bedrohte. Sie floh vor ihm durch dorniges Gebüsch. Immer weiter ging es einen steilen Berg hinauf. Ihre Lungen barsten fast vor Anstrengung. Dann tat sich plötzlich ein jäher Abgrund vor ihr auf. Es gab keinen Weg zurück. Bô war ihr dicht auf den Fersen. Er war zu einem riesigen Monster angewachsen mit einem blutunterlaufenen Auge, das sie hasserfüllt anglotzte. Mit Entsetzen sah sie, wie Schlangen aus seinem blinden Auge krochen, während ein messerscharfes Raubtiergebiss nach ihr schnappte. Ihr blieb kein anderer Ausweg. Sie schloss die Augen und sprang in die Tiefe. In diesem Moment löste sich ihr Geist aus ihrem Körper und wurde sanft von einer großen, weißen Frau mit flammend roten Haaren aufgefangen.

»Jella«, seufzte sie erleichtert.

»Nakeshi.«

Wie freundlich ihre Stimme klang! Sanft wie ein Frühlingsregen und heilsam wie ein Kräutertrunk. Der Knoten in Nakeshis Brust begann sich zögernd zu lockern, während sie bitterlich weinend ihrer Sternenschwester ihren Kummer anvertraute. Jella hörte ihr aufmerksam zu. Sie streichelte Nakeshi und sprach sanft auf sie ein. »Hör auf dein Herz«, riet sie ihr. »Da ist kein Monster.«

Ängstlich wagte Nakeshi einen Blick auf die hohe Klippe. Tatsächlich. Das Monster war verschwunden. Stattdessen stand Bô dort oben und winkte ihr traurig zu.

»Siehst du«, meinte Jella. »Manchmal verwirren die Geister deinen Kopf, aber das Herz sagt dir die Wahrheit.«

Nakeshi verstand nicht recht, was Jella damit meinte, aber sie spürte, wie der Frieden wieder in ihre Seele zurückkehrte.

Beim Aufwachen am nächsten Morgen kam der Herzschmerz wieder, aber er war um eine Spur erträglicher geworden. Sie konnte ihn ein Stück weit in sich einschließen und wieder an andere Dinge denken. Neuer Lebensmut mischte sich unter ihren Kummer, und auch die Zuversicht, dass sie nicht allein war. Sie hatte immer noch ihre Leute, die sich über ihre Rückkehr freuen würden. Und da war Jella, deren Geist den ihren berührte und die immer für sie da war. Sie war fest entschlossen, Bô darüber zu vergessen.

Sie griff nach ihren Habseligkeiten und beschloss, von nun an achtsamer mit ihrem Leben umzugehen. In der nächsten Nacht würde sie ein Feuer gegen die wilden Tiere anzünden. Dann entdeckte sie die tote Agame neben sich. Der schlaffe Körper war noch warm. Argwöhnisch sah sie sich um. Wie war die Echse dorthin gekommen? Wie war sie gestorben? Sie hielt nach Spuren Ausschau, aber rund um ihren Lagerplatz konnte sie keinerlei Anzeichen von Menschen erkennen.

»Twi?«, rief sie verunsichert. Möglich, dass Chuka ihren Bruder geschickt hatte, um sie zurückzuholen. Niemand antwortete. Weit und breit war kein Mensch zu sehen.

»Zeig dich, Gwi«, rief Nakeshi. Vielleicht trieb der boshafte Geist ein Spiel mit ihr? Sie untersuchte das tote Tier, aber es sah weder krank noch gefährlich aus. Allem Anschein nach war es zufällig neben ihr gestorben. Wie auch immer. Die Agame war noch nicht lange tot und würde ihr Kraft für ihren weiteren Marsch bescheren. Also suchte sie Feuerholz und briet sich das Tier. Gestärkt und in wesentlich besserer Verfassung als am Vortag setzte sie endlich ihren Weg fort. Schon bald hatte sie die letzten Dünen hinter sich gelassen und durchwanderte eine hügelige Schotterlandschaft, die mit einzelnen großen Bäumen durchsetzt war. Die Gegend war karg und tierarm. Nur einmal entdeckte Nakeshi in der Ferne zwei Giraffen, die ihre langen Hälse in die Bäume steckten, um sich an den jungen Trieben gütlich zu tun. Noch hatte sie genügend Proviant in ihrem Lederbeutel, aber bald würde sie für neues Essen sorgen müssen. Immer wieder hielt sie nach Anzeichen von Feldkost Ausschau. Einmal fand sie eine Winkga-Schlingpflanze und grub ihre rübenartige Wurzel aus, die ihr bei den Weißen den Namen »Buschkartoffel« gegeben hatte. Das würde eine wohlschmeckende Mahlzeit geben. Sie verstaute sie in ihrer Tasche und richtete sich auf. Als sie sich noch einmal umschaute, nahm sie in der Ferne den Schatten einer Gestalt wahr. Mit einer Hand beschirmte sie ihre Augen und versuchte mehr zu erkennen. Der Art nach, wie sich der Schatten bewegte, musste es sich um ein größeres Tier handeln. Höchstwahrscheinlich ein Raubtier, weil es sich geschickt verbarg. Hatte es schon ihre Witterung aufgenommen?

Nakeshi überlegte fieberhaft, was sie tun konnte. Gut möglich, dass es sich um einen Wüstenlöwen handelte, einen Einzelgänger. Bestimmt war er hungrig. Eine Frau allein gegen einen hungrigen Löwen, nein, das sah gar nicht gut aus. Eilig raffte sie ihre Sachen zusammen und versuchte einen möglichst großen Abstand zwischen sich und den Schatten zu bringen. Sie war eine ausdauernde Läuferin, während Löwen immer wieder Pausen einlegen mussten. Dennoch würde sie sich eine Waffe herstellen müssen. Gut, dass sie noch etwas Raupengift in ihrem Beutel hatte. Im Lauf hielt sie Ausschau nach einem geeigneten Stück Holz. Sie fand schließlich einen langen, einigermaßen geraden Ast, den sie zu einem Speer machen konnte. Er lag schwer in der Hand und würde sich gut werfen lassen; sie musste ihn nur noch vorn anspitzen. Allerdings wollte sie keine Zeit verlieren. Je größer der Abstand zwischen ihr und dem Raubtier war, desto bessere Aussichten hatte sie, dass es die Verfolgung aufgab. Während sie weiterlief, versuchte sie mit dem Messer, das Jella ihr zum Abschied geschenkt hatte, den Speer zu vollenden. Es gelang nicht sehr gut, aber schließlich fand sie ihn spitz genug, um sich damit notfalls zur Wehr setzen zu können. Immer wieder huschte ihr Blick zurück an den Horizont. Noch einmal glaubte sie etwas zu sehen, was ihre Schritte noch schneller werden ließ. Nur wenige Stunden früher hätte sie die Situation ganz anders bewertet. Doch jetzt hing sie an ihrem Leben. Ihre Lungen brannten von dem schnellen Lauf, und sie sehnte sich nach einer kurzen Pause. Doch das Raubtier war immer noch hinter ihr. Die Sonne würde bald untergehen. Sie musste sich für die Nacht nach einem Baum umsehen. Löwen kletterten nicht gern. Zwar hatten die meisten auch vor Feuer Angst, aber Nakeshi wollte den Löwen nicht auf die Probe stellen. Es war gut möglich, dass sein Hunger noch größer war als seine Angst. Sie brauchte lange Zeit, bis sie endlich einen geeigneten Baum gefunden hatte, auf den sie klettern konnte, der aber für einen Löwen vemutlich zu hoch war. Mit letzter Kraft zog sie sich auf den unteren Ast einer Schirmakazie und kletterte von dort auf eine höher gelegene Astgabel. Dort richtete sie sich so gut es ging ein. Es würde eine kalte Nacht werden. Zitternd hüllte sich Nakeshi in ihren Lederumhang. Er war nicht besonders warm. Um sich von der Kälte abzulenken, richtete sie ihren Blick durch eine

Lücke in dem grünen Geäst auf den Sternenhimmel. Unzählige Lichtpunkte, die sich zu dicht gedrängten Sternenbildern zusammenfügten, leuchteten friedlich auf. Irgendwo dort oben war auch der Stern, der für sie stand. Dicht neben ihrem Stern befand sich der von Jella und der von Sheshe, deren Geist sie schon lange nicht mehr wahrgenommen hatte.

Nakeshi zwang sich, wach zu bleiben. Immer wieder lauschte sie in die Nacht mit all ihren seltsamen Geräuschen und fragte sich, ob der Löwe bereits in ihrer Nähe sein mochte. Doch sie hörte nichts. Ihre Augenlider wurden immer schwerer und gaben schließlich der Erschöpfung des anstrengenden Tages nach.

Das Knacken eines Astes riss sie abrupt aus ihrem Schlaf. Da war etwas unter ihr, direkt am Stamm des Baums. Sie beugte sich vor, um die Ursache für das Geräusch auszumachen. Leider war es zu dunkel, um etwas zu erkennen. Ihr Herz raste. Es konnte nur der Löwe sein! Er hatte sie gefunden. Sie schnupperte, um den scharfen Raubtiergeruch in die Nase zu bekommen, aber die Aufregung vernebelte ihre Sinne. Wieder knackte ein Ast. Nakeshi hörte jetzt, wie sich das Tier niederlegte. Langsam dämmerte ihr, dass sie in der Falle saß. Der Löwe wartete in aller Ruhe, bis sie vom Baum stieg. Dann würde er zuschnappen. Sie zitterte und umfasste ihren Speer noch fester. Wenn sie überleben wollte, musste sie sich dem Kampf stellen.

⋆

Der Ochsenwagen wurde gerade für die Reise ins Kaokoveld beladen. Samuel und Joseph schleppten mehrere Säcke mit Maismehl und einen weiteren Beutel mit Trockenfleisch heran, während Johannes seine Liste mit dem notwendigen Proviant durchging. Die Reise würde einige Wochen, wenn nicht gar Monate in Anspruch nehmen. Deshalb mussten sie gut gerüstet sein. Außer Lebensmittel und Kleidern wollten sie Werkzeug und Ersatzteile für den Wagen mitnehmen. Es gab nur wenige fest angelegte Pads, sodass ein Achsenbruch jederzeit möglich war. Jella hatte für Sarah bereits eine Reiseapotheke zusammengestellt und war gerade dabei, ihrer Stiefmutter die unterschiedlichen Medikamente und ihre Anwendungen zu erklären. Fritz hielt sich unterdessen mit Josua auf den Weiden auf, um einige ausgewählte Rinder einzutreiben. Johannes hatte vor, Sarahs Familie einige seiner Zuchtrinder zu schenken.

»Seht mal!« Jella deutete auf eine Staubwolke, die sich der Farm näherte. »Wir bekommen Besuch!«

Johannes blinzelte. Seine Augen waren in letzter Zeit nicht mehr so gut wie früher. Doch dann leuchtete sein Gesicht freudig auf.

»Das muss der Polizeioffizier sein. Endlich!«

Jella, deren Augen um einiges schärfer waren als die ihres Vaters, zog skeptisch ihre Augenbraue hoch.

»Ich möchte nur wissen, weshalb dann Nachtmahr und sein Sohn mit der Truppe reiten!«

»Nachtmahr?«

Johannes schüttelte verwundert den Kopf. Die Reitertruppe kam näher und nahm schärfere Konturen an. Zum allgemeinen Erstaunen war der Polizeioffizier nicht allein gekommen, sondern wurde von drei weiteren Schutztruppensoldaten begleitet.

»Ist das nicht ein bisschen übertrieben?«, fragte Jella. Die Soldaten waren bis an die Zähne bewaffnet. In scharfem Trab näherten sie sich nun dem Farmhaus und seinen Nebengebäuden. Johannes ging den Männern entgegen, um sie zu begrüßen. Doch der Polizeioffizier, ebenfalls ein Schutztruppensoldat, ließ ihn gar nicht erst zu Wort kommen. Er war ein kleiner, untersetzter Mann mit von der Hitze gerötetem Gesicht und einem dicken braunen Zwirbelschnurrbart.

»Johannes von Sonthofen?« Sein bayrischer Einschlag war kaum zu überhören.

»Derselbe«, antwortete Johannes knapp. Die betont distanzierte Art des Polizisten irritierte ihn. Hier draußen in der Wildnis verzichtete man in der Regel auf große Formalitäten.

»Gegen Sie liegen schwere Anschuldigungen vor!«

Johannes lachte ungläubig auf, doch dann fing er den schadenfrohen Blick seines Nachbarn auf und verstummte.

»Was soll das heißen?«, fragte er misstrauisch.

»Ebenselbiges«, blaffte Nachtmahr gehässig. »Sie sind ein elender Giftmischer! Dafür werden Sie verhaftet und verurteilt werden!«

Der Polizeichef wies Nachtmahr an, den Mund zu halten. »Das ist meine Sache«, brummte er. »Nicht die Ihre!« Dann wandte er sich etwas freundlicher an Johannes. »Ich möchte Sie bitten, mit mir nach Outjo auf die Polizeiwache zu reiten.«

»Heißt das, ich bin verhaftet?« Johannes Augen weiteten sich ungläubig. Dann verzog er sein Gesicht zu einem schiefen Lächeln. »Sie werden mir doch sicherlich vorher noch den Grund für Ihr ungewöhnliches Vorgehen verraten?«

Bevor der Polizeioffizier etwas dazu sagen konnte, mischte sich Rüdiger von Nachtmahr erneut in das Gespräch. Er war sichtlich erregt und äußerst aufgebracht. »Sie haben meine Quelle vergiftet und dadurch den Tod mehrerer Dutzend meiner Rinder herbeigeführt. Wenn einer meiner Leute von dem Wasser getrunken hätte, wäre er gestorben. Das ist versuchter Mord!«

Als ob es ein Beweis wäre, deutete er mit ausgestrecktem Arm auf den gepackten Ochsenwagen. »Und jetzt will er sich aus dem Staub machen!«

Der Polizeioffizier musterte kritisch den Wagen. »Sie wollten verreisen?«

Johannes nickte; die Verwirrung stand ihm ins Gesicht geschrieben. Diese Situation kam ihm mehr als bizarr vor. Jella, die in nur geringer Entfernung die Szene mitbekommen hatte, kam nun mit großen Schritten auf den Trupp zu.

»Meine Herren«, begrüßte sie die Soldaten und Nachtmahrs mit einem Kopfnicken. »Wollen Sie nicht die Freundlichkeit haben, abzusitzen und uns die Sachlage in Ruhe zu erklären?«

Der Polizeioffizier war durch Jellas forsches Auftreten sichtlich überrascht. Er war es nicht gewohnt, dass Frauen sich so selbstbewusst verhielten. Interessiert musterte er die große junge Frau, die seinem Blick erstaunlich offen standhielt. Sie war nicht nur energisch, sondern auch noch schwanger. Er räusperte sich etwas verlegen und drehte dabei an seinem dicken Schnurrbart. Schließlich willigte er ein und gab seinen Leuten den Befehl abzusitzen. Nur Nachtmahr und sein Sohn blieben unwillig auf ihren Pferden sitzen.

»Was soll das? Sie sollten endlich Ihre Pflicht tun und diesen Giftmischer abführen«, schnaubte Nachtmahr. Doch der Offizier ignorierte seine Bemerkung und folgte Jella mit seinen Männern auf die überdachte Veranda. Der Polizist war kein Unmensch, und wenn er schon einen Verdächtigen abzuführen hatte, dann fühlte er sich wenigstens verpflichtet, die Angehörigen über die Gründe aufzuklären. Jella bot den Soldaten Platz an und bat Nancy, ihnen eine Erfrischung zu reichen. Erst dann setzte sie sich ihrem Vater gegenüber ans andere Tischende.

»Ich bin sicher, es handelt sich um ein Missverständnis«, sagte sie verbindlich und lächelte dem Polizeioffizier charmant zu. Der kleine Mann drehte verlegen seinen Hut in den Händen und räusperte sich erneut. Es fiel ihm schwer, dem Charme der jungen Frau zu widerstehen. Sie war nicht wirklich schön, viel zu groß für eine Frau. Aber ihr gleichmäßiges Gesicht mit dem großen Mund und den hellgrünen Augen verriet sprühende Lebenskraft und einen unbändigen Willen.

»Nun, die Anschuldigungen sind schwer«, begann er. »Und die Beweislage scheint eindeutig. Jemand von der Farm – der Baron vermutet Ihren Vater als Täter – muss die Nagelquelle vergiftet haben. Es gibt ja keine anderen Nachbarn.«

»Aber das ist lächerlich«, polterte Johannes aufgebracht los. »Weshalb sollte ich meine eigene Quelle vergiften? Glauben Sie, ich bin verrückt?«

»Die Quelle gehört mir und nicht Ihnen, Sie Narr!«, rief Nachtmahr von seinem Pferd aus dazwischen. »Der Distriktchef ist genau meiner Meinung!«

Johannes bemühte sich um Fassung. »Das lasse ich mir nicht bieten«, zischte er wütend. »Baron von Nachtmahr hat keinerlei Rechte an der Quelle. Der Distriktchef kann dazu sagen, was er will. Er hat in dieser Sache überhaupt nichts zu melden. Die Gerichte in Windhuk verhandeln gerade in diesem Fall.«

Der Polizeioffizier runzelte überrascht die Stirn. »Dieser Sachverhalt war mir allerdings nicht bekannt«, meinte er. Er wandte sich leicht verärgert an Baron von Nachtmahr. »Sie haben mir versichert, die Quelle sei ihr Eigentum.«

»Ist sie auch!« Nachtmahr schnaubte verächtlich. »Da kann dieser Kaffernfreund behaupten, was er will.«

»Das werden wir ja sehen«, antwortete Johannes frostig. Nancy kam mit einem Tablett Gläser, einem Krug frischen Wassers und einer Flasche Branntwein an. Johannes gab ihr zu verstehen, dass er sie nicht weiter brauche, und übernahm das Einschenken selbst.

Er deutete auf den Branntwein und fragte den Polizeioffizier, ob er etwas davon kosten wolle. Der lehnte höflich ab, nahm aber gern von dem frischen Wasser. Seine Leute taten es ihm mit einem leichten Bedauern gleich.

»Ich dachte eigentlich, dass Sie im Auftrag des Distriktchefs hier sind. Ich habe ihm bereits vor einiger Zeit Meldung gemacht, dass die Nagelquelle unrechtmäßig eingezäunt wurde. Meine Rinder sind am Verdursten.« Er warf Nachtmahr einen finsteren Blick zu.

»Im Auftrag des Distriktchefs von Otjiwarongo?« Der Polizeioffizier sah ihn verblüfft an. »Nein, von ihm habe ich keinerlei Anweisungen erhalten. Ich habe ihn erst letzte Woche getroffen.«

Langsam begann Johannes der Zusammenhang zu dämmern. »Das heißt also, dass Sie der Distriktchef überhaupt nicht informiert hat?«

»Das ist niemals geschehen!«, bestätigte der Polizeioffizier. »Baron von Nachtmahr kam persönlich nach Outjo und hat mich dringlich um Polizeihilfe wegen seiner vergifteten Quelle gebeten. Das Vergiften von Wasser ist hierzulande ein schwerwiegendes Verbrechen. Deshalb bin ich sofort aufgebrochen.«

Johannes Hände ballten sich zu Fäusten. Er wusste nicht, was ihn mehr erboste, die Dreistigkeit seines Nachbarn oder das verantwortungslose Handeln des Distriktchefs. Die Vermutung lag nahe, dass Nachtmahr und der Distriktchef gemeinsame Sache machten. Gut möglich, dass Nachtmahr ihn bestochen hatte. Außerdem waren beide Rassisten. Johannes' liberale Art, mit den Schwarzen umzugehen, war den beiden augenscheinlich ein Dorn im Auge. Welch ein Glück, dass er darauf bestanden hatte, die Unterlagen für den Rechtsstreit persönlich nach Windhuk zu bringen.

»Waren Sie denn schon an der Quelle?«, fragte Jella neugierig. Der Polizeioffizier musste verneinen. »Ich werde den Tatort auf meiner Heimreise allerdings inspizieren«, versicherte er dienstbeflissen.

»Haben Sie etwas dagegen, wenn wir Sie begleiten?«

»In Ihrem Zustand?«

Der Polizist sah sie etwas pikiert an. Seiner Auffassung nach gehörte eine Frau an den Herd und nicht in die Wildnis, schon gar nicht in diesem Zustand.

»Mein Zustand geht Sie mit Verlaub gar nichts an«, antwortete Jella schnippisch und blitzte ihn herausfordernd an. »Ich bin durchaus in der Lage, auf mich selbst aufzupassen.«

Der Polizist hob beschwichtigend die Hände.

»Schon gut, aber Ihre Anwesenheit wird nicht vonnöten sein!«

»Da bin ich allerdings ganz anderer Ansicht«, meinte Jella selbstbewusst. »Ich könnte nämlich für Sie das Wasser und die Tiere untersuchen, um herauszufinden, an welchem Gift sie verendet sind. Vielleicht hilft uns das ja weiter. Wenn die Quelle wirklich vergiftet wurde, können Sie gezielt nach einem Giftbehälter suchen.«

Sie erklärte ihm, dass sie eine Laborausbildung genossen hatte und durchaus in der Lage war, analytische Untersuchungen vorzunehmen. Der Polizist lehnte ihr Anliegen rundheraus ab.

»Sie sollten sich um ihre Gesundheit und ihren Haushalt kümmern. Das gehört wohl eher zu Ihren Aufgaben.«

Jella sprang empört auf. Eine deutliche Antwort lag ihr auf der Zunge, als sie plötzlich Fritz' Hand auf ihrer Schulter spürte. Er war unbemerkt zu der Versammlung gestoßen.

»Darf ich wissen, was dich so empört?«, fragte er halb besorgt, halb amüsiert. Jella klärte ihn kurz über den Sachverhalt auf. »Der Herr Polizeioffizier misstraut meinen labortechnischen Fähigkeiten!«, klagte sie zum Schluss. »Und das wieder einmal nur, weil ich eine Frau bin, ha!«

»Beruhige dich, Liebes«, besänftigte sie Fritz. »Ich bin sicher, dass wir eine Lösung finden.«

»Ich finde die Idee, den Tatort zu besichtigen, gar nicht schlecht«, wandte er sich nun an den Polizeioffizier. »Sie könnten sich einen umfassenden Eindruck machen – und wenn es Sie stört, dass meine Frau die Untersuchungen leitet, werde ich das erledigen. Ich bin nämlich approbierter Veterinär und kann die Analyse ebenfalls vornehmen.« Er zwinkerte Jella zu und sah sie gleichzeitig warnend an. Jella kniff die Lippen zusammen. Immerhin schwieg sie.

»Was soll das?«, meuterte nun Nachtmahr. Sein Sohn Achim saß neben ihm auf dem Pferd und nickte finster. Er gab sich sichtlich Mühe, seinen Vater zu unterstützen. »Genau!« Er schielte Anerkennung heischend zu ihm hin. »Sie sollten diesen … diesen Negerfreund verhaften und ihn vor ein Gericht stellen. Hier braucht man keine lange Untersuchung. Einer, der die aufständischen Kaffern wie unsereinen behandelt, der hat Sitte und Anstand verloren.«

»Sei still!« Ungehalten wies Nachtmahr seinen Sohn zurecht, der wie ein geprügelter Hund auf seinem Sattel zusammensank. »Das alles ist reine Zeitverschwendung. Es liegt doch offen auf der Hand, dass sich Sonthofen an uns rächen wollte.«

»Zum letzten Mal«, polterte nun der Polizeioffizier ungehalten los, »diese Angelegenheit ist eine Sache der Polizei und nicht die Ihre. Ich entscheide selbst, was ich für richtig halte! Wir reiten jetzt zu der Quelle und sehen uns den Tatort an. Herr van Houten kann dort seine Analysen machen.«

Fritz lächelte Jella triumphierend zu. Sie verstand und verschwand, um die Laborutensilien einzupacken, die sie für die Analysen brauchte.

Schon von Weitem drang ihnen der durchdringende süßliche Geruch von verwesenden Tieren entgegen. Sie mussten sich Tücher vor die Nase halten, um den stechenden Gestank zu ertragen. Rund um die Quelle, die in einem kleinen, lichten Wäldchen lag, lagen vereinzelt tote Affen und eine Kudukuh mit ihrem Kälbchen. Sie waren elendiglich verendet.

Jella wandte sich erbost an Nachtmahr. »Warum haben Sie die Quelle nicht abgeriegelt? Diese Tiere hätten nicht sterben müssen!«

Nachtmahr zuckte verächtlich die Schultern. »Was kümmert es mich? Mir geht es um meine Rinder und um sonst nichts.«

»Und was wäre geschehen, wenn Menschen von diesem Wasser getrunken hätten?«, fragte Johannes finster. »Hier in der Nähe leben Buschmänner. Sie hätten ebenfalls sterben können.«

Nachtmahr lachte hämisch. »Soll'n sie doch verrecken, das elende Pack. Das sind Viehdiebe und sonst nichts!«

Aufgebracht trieb Johannes sein Pferd an Nachtmahrs Seite. »Ach ja?« Seine blauen Augen blitzen und seine rechte Faust war wie für einen Schlag zusammengeballt, dennoch beherrschte er sich. »Wäre es Ihnen dann auch egal, wenn Ihre kleine Tochter, Ihre Frau oder Ihr Sohn davon tränken? Wo liegt in Ihren Augen da der Unterschied?«

»Ganz einfach«, beschied ihn Nachtmahr kalt. »Bei meiner Familie handelt es sich um Deutsche, und sie gehören der weißen Rasse an. Allein das erhebt sie über jeden dieser Kaffern.«

Jella und Fritz waren unterdessen aus ihrer Kutsche gestiegen und machten sich an die Untersuchung der Quelle. Während Jella eine Wasserprobe aus der Quelle entnahm und sich sogleich auf der Pritsche ihrer Kutsche mit dem Mikroskop an die Untersuchung machte, überprüfte Fritz das Umfeld der Wasserstelle. Ihm fiel auf, dass Nachtmahrs Leute die natürliche Wasserquelle erweitert hatten, indem sie auf dem lehmigen Boden daneben ein Becken ausgehoben hatten, in das sie bei Bedarf das Wasser für eine größere Anzahl Rinder leiten konnten. Die toten Affen und die beiden Kudus lagen nicht etwa an der Quelle, sondern neben dem künstlichen Bassin. Er fragte den jungen Nachtmahr, wo die toten Rinder gelegen hätten. Achim von Nachtmahr wies auf das Bassin. »Sie lagen alle dort.«

Fritz nickte und begab sich zu Jella.

»Hast du etwas gefunden?«

Jella schüttelte den Kopf und tröpfelte noch eine weitere Wasserprobe auf ein neues Glasplättchen. Doch auch hier konnte sie keinerlei Bakterien oder Verschmutzungen erkennen.

»Jemand könnte natürlich Arsen oder ein anderes schwer nachweisbares Gift in die Quelle gegeben haben. Dazu muss ich es noch genauer zu Hause analysieren.«

Fritz deutete mit dem Kopf in Richtung des Bassins.

»Du solltest auf jeden Fall auch dort noch eine Probe entnehmen. So wie es aussieht, haben die Tiere nur aus diesem Becken getrunken.«

Jella sah ihn nachdenklich an.

»Es ist dasselbe Wasser«, gab sie zu bedenken.

»Nicht ganz.« Fritz deutete auf den Schott, der das Bassinwasser von der Quelle abtrennte. »Es könnte auch sein, dass nur das Bassinwasser vergiftet ist.«

»Das ist ja wohl völlig ohne Bedeutung«, meinte Nachtmahr ungeduldig. »Vergiftet ist vergiftet.«

»Richtig«, stimmte ihm Fritz zu. »Auf der anderen Seite wissen wir jetzt, dass nicht die Quelle, sondern nur das Wasser in dem Bassin vergiftet ist. Zumindest ist die Wasserstelle so nicht für immer zerstört.«

»Das heißt noch lange nicht, dass ihr deshalb mit einem blauen Auge davonkommt«, drohte Nachtmahr. Und an den Polizeioffizier gewandt: »Merken Sie denn nicht, wie diese Familie versucht, sie einzuwickeln?«

»Nun hören Sie doch auf! Sie sind ein intriganter …« Johannes und die beiden Nachtmahrs gerieten erneut aneinander, während Fritz und der Polizeioffizier die Streithähne zu beschwichtigen versuchten.

Jella hatte in der Zwischenzeit die Probe aus dem Bassin unter ihrem Mikroskop. Ungeachtet der Auseinandersetzungen der Männer machte sie sich eifrig Notizen, entnahm neue Proben aus dem Bassin und bat schließlich Fritz, die Kudukuh aufzuschneiden und ihr eine Probe aus deren Darm zu liefern, die sie ebenfalls eingehend untersuchte. Schließlich war sie fertig.

»Ich weiß jetzt, woran die Rinder und diese anderen Tiere gestorben sind«, sagte sie stolz. Schweißperlen standen auf ihrer Stirn, doch sie wirkte geradezu vergnügt. Alle sahen sie auffordernd an.

»Die Tiere sind mit ziemlicher Sicherheit an einem ganzen Cocktail von Bakterien erkrankt, die dem Wasser eine toxische Wirkung verliehen haben und so zu ihrem Tod führten.«

Nicht nur der Polizeioffizier sah sie verständnislos an. Jella wandte sich an Fritz und deutete auf das Bassin. »Dadurch, dass das Wasser im Bassin von dem Quellwasser abgetrennt wurde – und folglich im Vergleich zu der Quelle nur wenig und altes Wasser führt, ist es viel empfänglicher für diverse Gifte. Das Wasser vergiftet sich sozusagen von allein, wenn zum Beispiel zu viele Tiere gleichzeitig daraus trinken, ins Wasser koten oder womöglich darin verenden. Ich habe jede Menge des Escherichia-coli-Bakteriums und sogar Vibrio cholerae, den Verursacher der schlimmen Choleraseuche entdeckt. Der penetrante Geruch dieses Wassers deutet zudem auf Leichengifte und anderes hin.«

Der Polizeioffizier kratzte sich mit seinen kurzen Fingern am Kopf. »Also ich verstehe immer noch nicht ganz genau, worauf Sie hinauswollen.«

Fritz half ihm auf die Sprünge. Er deutete grimmig auf das Gatter, das die Nachtmahrs rund um die Quelle errichtet hatten.

»Wie Sie sehen, haben unsere Nachbarn die Quelle eingezäunt. In diesem kleinen Gehege waren bis zu einhundert Tiere untergebracht. Sie können sich vorstellen, wie eng es dort zuging. Was meine Frau Ihnen sagen will, ist, dass die vielen Rinder das Wasser in dem Bassin selbst vergiftet haben. Hätte Nachtmahr die Quelle nicht eingezäunt und dieses Bassin errichtet, würden seine Rinder alle noch leben!«

Er nickte Jella anerkennend zu. »Gute Arbeit!«, lächelte er stolz.

»Das sind doch alles nur Schutzbehauptungen!«, knurrte Nachtmahr ungehalten. Man konnte ihm ansehen, dass er lieber ein anderes Ergebnis gesehen hätte. Doch selbst er konnte sich Jellas logischer Argumentation nicht entziehen. Für den Polizeioffizier war die Lage jetzt klar. Er zeigte sich ziemlich ungehalten, weil Nachtmahr ihn auf eine falsche Spur gelockt hatte.

»Sie müssen froh sein, wenn Herr Sonthofen keine Verleumdungsklage gegen Sie einreicht«, knurrte er. »Lassen Sie sofort den Zaun um die Quelle einreißen und das Becken zuschütten.«

Nachtmahr fuchtelte aufgeregt mit seinen Armen. »Das ist unmöglich. Dann kann Sonthofen seine Rinder ja wieder auf meinen Grund treiben!«

»Sie tun gefälligst, was man Ihnen sagt«, drohte der Polizeioffizier. »Das ist eine dienstliche Anweisung! Einer meiner Männer wird die Ausführung der Arbeiten überwachen.«

Nachtmahr fügte sich endlich zähneknirschend und befahl seinen Männern, die Zäune zu beseitigen. Johannes, Fritz und Jella konnten sich ein Lächeln der Genugtuung kaum verkneifen. Achim schäumte vor hilfloser Wut.

»Die Quelle gehört trotzdem uns«, keifte er. »Glaubt bloß nicht, dass ihr jetzt wieder eure Rinder hierhertreiben könnt! Wir werden Wachen aufstellen, nicht wahr Papa?«

Nachtmahr grunzte. Bevor einer von ihnen etwas erwidern konnte, mischte sich der Polizeioffizier noch einmal ein.

»Sie werden überhaupt keine Wachen hier aufstellen«, polterte er los. »Auch hier in Deutsch-Südwest herrschen immer noch Gesetz und Ordnung. Solange der Streit um die Quelle nicht entschieden ist, können beide Farmen ihre Tiere an die Quelle treiben. Das wäre ja noch schöner! Wenn ich auch nur die kleinste Beschwerde höre, werde ich die Quelle persönlich bewachen lassen. Glauben Sie nicht, dass dann noch einer von ihnen einen Schluck Wasser für seine Rinder erhält!«

Nachtmahr gab seinem Sohn das Zeichen zum Aufsitzen.

Bevor er seinem Pferd die Sporen gab, drehte er sich nochmals um.

Sein behaarter Finger deutete hasserfüllt auf Johannes.

»Das wirst du noch bereuen, du elender Kaffernfreund!«

★

Vor Angst und Kälte zitternd kauerte Nakeshi auf ihrer Astgabel und erwartete mit bangem Herzen das Ende der Nacht. Das Raubtier unter ihr schlief unterdessen in aller Ruhe. Nakeshi konnte seinen gleichmäßigen Atem hören. Sie überlegte hin und her, wie sie den Schlaf des Tieres zu ihrem Vorteil nutzen konnte. Langsam entwickelte sie einen Plan. Sobald es hell genug war, wollte sie ihre Astgabel verlassen, um den Löwen von einem weiter unten befindlichen Ast aus anzugreifen. Mit dem Speer in der Hand würde sie sich auf das schlafende Tier stürzen, es mit ihrem Giftspeer töten oder wenigstens verletzen und dann ihr Heil in der Flucht suchen. Sie hoffte nur, dass das Gift, das sie mittlerweile auf ihre Speerspitze aufgetragen hatte, schnell genug wirkte.

Als sich der Horizont zu erhellen begann, tastete sich Nakeshi vorsichtig von ihrer Astgabel. Zentimeter für Zentimeter rutschte sie hinab, Stück für Stück, bis sie schließlich auf einen ziemlich waagerechten Ast gelangte, ungefähr zwei Meter über dem Boden. Mittlerweile konnte sie den schemenhaften Umriss des Raubtiers wahrnehmen. Allerdings war er sehr undeutlich, und sie erkannte nicht, wo sich sein Kopf befand. Sie würde sich noch einen Augenblick gedulden müssen, um sicherzugehen, dass sie ihn an der Vorderflanke, möglichst nah an seinem Herzen, erwischte. Der Speer allein konnte das Tier nicht töten. Das Gift musste möglichst rasch ins Herz gelangen. Ihre Hände waren feucht und umklammerten krampfhaft die Waffe. Hoffentlich wachte das Tier nicht vorher auf! Endlich lugte die Sonne eine Handbreit über den Horizont und erhellte die Landschaft. Doch der Löwe blieb im dunklen Schatten verborgen. Nakeshi wusste, dass sie nicht länger warten konnte. Das Tier konnte jeden Moment erwachen. Wenn es sie entdeckte, blieb ihr kaum genügend Zeit, um sich in Sicherheit zu bringen. Sie machte sich bereit und sprang. Doch in dem Moment, in dem sie sich entschlossen mit den Füßen von ihrem Ast abdrückte, bewegte sich das Tier und rollte sich zur Seite. Im Bruchteil einer Sekunde erkannte sie, dass sie falsch aufkommen würde. Allerdings befand sie sich bereits im Sprung und konnte ihre Richtung nicht mehr ändern. Instinktiv riss sie den Speer nach oben, um ihn nach der Landung gleich wieder einsetzen zu können. Der Aufprall war hart, doch es gelang ihr, sich abzufedern. Sofort ging sie wieder in Angriffsstellung und brachte den Speer in Position. Wild entschlossen versuchte sie den Löwen zu fixieren, sah, dass er sich im Halbschatten aufgerichtet hatte, wohl um sie anzugreifen. Die Entfernung zwischen ihr und dem Tier war zum Werfen zu gering. Sie konnte den Speer nur noch als Stichwaffe benutzen. Mit einem Schrei sprang sie auf ihn zu.

Ihr Sprung lief ins Leere. Stattdessen spürte sie, wie der Speer schmerzhaft aus ihrer Hand geschleudert wurde und eine Kraft, die ihrer weit überlegen war, ihr das Gleichgewicht raubte und sie auf den Boden stürzen ließ. Bäuchlings landete sie im Staub. Bevor sie sich umdrehen konnte, spürte sie ein schweres Gewicht auf sich. Hilflos vor Angst schloss sie die Augen und wartete auf den erlösenden Todesbiss.

Nichts dergleichen geschah. Stattdessen wurden ihre Hände hochgerissen und fest an den Boden geheftet. Allerdings nicht von tödlichen Löwenpranken, sondern von menschlichen Händen. Sie brauchte einen Augenblick, bis sie erkannte, dass ihr Angreifer kein Löwe war.

»Wolltest du mich wirklich töten?«

Nakeshis Herz blieb beinahe stehen, als sie erkannte, wen sie da beinahe getötet hätte.

»Du kannst loslassen«, keuchte sie schließlich. Die Hände gaben sie frei, und es gelang ihr, sich umzudrehen.

Ungläubig starrte sie in das ihr so wohlvertraute Gesicht. Ihr gegenüber kniete Bô, der sie grimmig anlächelte.

Nakeshi errötete vor Scham.

»Ich dachte, du wärst ein Löwe«, versuchte sie sich für ihren Angriff zu entschuldigen. »Weshalb bist du mir gefolgt?«

Bô wirkte plötzlich sehr verlegen. Sein Gesicht spiegelte Freude, aber auch Angst wider. Schließlich platzte es aus ihm heraus.

»Weil ich dich liebe!«, hauchte er heiser.

Nakeshi schüttelte ungläubig den Kopf. Sie musste sich verhört haben. Sie hatte sich bestimmt verhört! Ihr Herz raste wie wild. Tränen der Freude und Erleichterung rannen über ihre Wangen.

»Sag das noch mal«, forderte sie.

»Ich liebe dich«, antwortete Bô dieses Mal viel fester. Sein Auge musterte sie hoffnungsvoll. »Ich bin gekommen, um dir das zu sagen.«

»Deshalb bist du mir gefolgt?«

Bô nickte. Nakeshi fühlte sich wie ein junger Vogel, der zum ersten Mal vom Wind in die Lüfte gehoben wird. Sie lachte laut auf, und dann fiel sie Bô um den Hals und küsste ihn, bis ihr ganz schwindlig wurde.

Sarahs Geheimnis

Sarahs eigentlicher Name lautete Vengape. Doch daran wollte sie sich nicht erinnern. Vor vielen Regenzeiten, als sie ihre Heimat am Hoarusib Riviere verlassen hatte, hatte sie ihren Namen aufgegeben. Nichts sollte sie mehr an ihre Vergangenheit erinnern. Doch die nahm jetzt plötzlich gegen ihren Willen in Form von Albträumen wieder Gestalt an. Es war immer derselbe Traum, der sie wieder und wieder heimsuchte. Wie aus dem Nichts waren Etomakwa und die beiden Kinder da. Sie streckten ihre Arme nach ihr aus und lächelten glücklich. Sarah vergaß für einen Augenblick die Wirklichkeit und freute sich ebenfalls. Endlich! Sie waren da, und alles war gut. Ihr Herz sehnte sich danach, ihre Lieben in die Arme zu nehmen, aber es gelang ihr nicht, sie zu erreichen. Eine unsichtbare Barriere hinderte sie daran. Sie versuchte zu laufen, aber ihre Füße blieben bleischwer auf dem Boden haften. Eine verborgene Kraft hielt sie fest. Jeder Schritt kostete sie unendliche Überwindung. Je mehr sie sich mühte, desto weiter entfernten sich Etomakwa und die Kinder in einem plötzlich aufgezogenen Nebel. »Bleibt bei mir«, schrie sie verzweifelt, aber Etomakwa hörte sie nicht. Er nahm die beiden Kinder und verschwand mit ihnen im Nichts. Die Leere, die die drei hinterließen, zerriss Sarahs Herz und katapultierte sie aus dem Traum. Zurück blieb die grausame Erinnerung an diesen schrecklichen Tag, der ihr Leben für immer verändert hatte. Sarah war verzweifelt. Warum ließen die Geister der Vergangenheit sie nicht endlich in Ruhe?

Lag ein Fluch darin, dass sie mit einem weißen Mann ein Kind gezeugt hatte? Lag ein Fluch auf ihr? Sie hatte Johannes nie von ihrer Vergangenheit erzählt. Er wusste nicht viel mehr, als dass sie eine Himba war. Es gehörte zu ihrem Leben mit ihm, dass sie nie über die Vergangenheit sprachen. Sarah wusste, dass sie nicht Johannes' große Liebe war. Sein Herz gehörte immer noch Jellas Mutter. Sie hatte es immer akzeptiert und ihn nie danach gefragt, auch wenn der Gedanke sie manchmal verletzte. Ohne jemals darüber gesprochen zu haben, herrschte zwischen ihnen beiden eine stillschweigende Übereinkunft, dass nur die Gegenwart und die Zukunft für ihr Leben eine Bedeutung haben sollten. Doch seit Raffael größer und eigenständiger wurde, begann sich einiges zwischen ihnen zu ändern. Sie hatten etwas, was sie beide verband und auch wieder trennte. Johannes liebte seinen Sohn genauso sehr wie sie ihn liebte. Aber er machte den Fehler, ihn als Weißen zu sehen. Er wollte ihn zu einem Farmer, einem Weißen, erziehen, wie er es war. Doch Raffael trug auch noch die andere Seite in sich, sein Himbaerbe. Zudem war er kein einfaches Kind. Er widersetzte sich gern und ging lieber seine eigenen Wege. Er war nicht ausgeglichen, sondern äußerst empfindlich und emotional. So jung er noch war, spürte er doch, dass er anders war als die anderen Jungen auf der Farm. Er war kein Weißer wie sein Vater, und den Hererojungen auf der Farm fühlte er sich auch nicht zugehörig. Das machte ihn hilflos, und aus dieser Hilflosigkeit erwuchs sein Jähzorn. Sarah beobachtete es mit großer Sorge. Lange hatte sie sich eingeredet, dass es mit zunehmendem Alter besser werden würde, aber das war offenbar nicht der Fall. Sarah glaubte, dass der Junge erst seinen Frieden finden würde, wenn er auch seine zweite Seite, nämlich die ihres Volkes kennenlernte. Die Himba würden den Jungen vorbehaltlos in ihren Kreis aufnehmen, und das konnte ihm helfen, zu sich selbst zu finden und glücklich zu werden.

Doch zwischen dieser Erkenntnis und ihrer Ausführung stand Sarahs Vergangenheit. Sie hatte lange mit sich gekämpft, bevor sie Johannes den Vorschlag zu dieser Reise gemacht hatte. Er war sofort darauf eingegangen, wohl auch aus dem Gefühl heraus, dass er seiner Frau damit einen Herzenswunsch erfüllte. Wenn er nur gewusst hätte, wie gern sie darauf verzichtet hätte! Sarah hatte Angst vor dem Wiedersehen mit ihrer Familie. War sie nicht eine Verräterin an ihrem eigenen Volk? Die Albträume und Selbstzweifel wurden immer schlimmer, und mit ihnen kamen die Erinnerungen. Dann lag sie stundenlang wach und bereute es, dass sie ihren Mann zu dieser Reise überredet hatte.

Wegen der zunehmenden Unruhen, die sich unter den Namas im Süden und den Herero im Norden breitmachten, hatte Johannes darauf bestanden, nicht direkt in den Nordwesten des Landes zu ziehen, sondern einen Umweg über Okaukuejo entlang der westlichen Etoschapfanne durchs Ovamboland zu machen, um von dort aus in Richtung Westen ins Kaokoveld zu fahren. Es schien ihm sicherer, mit seiner kleinen Familie die Unruheherde weiträumig zu umgehen. Da sie nur zu dritt reisten, schloss sich Johannes, wann immer möglich, anderen Reisenden an. Bis zum Schutztruppenstützpunkt Okaukuejo waren sie sogar in Begleitung einer kleinen Schutztruppe. Außerdem hatten sich ihnen ein fahrender Händler mit einem riesigen Fass voller Branntwein und ein junger Geologe angeschlossen, der den Fluss Kunene im Norden erkunden wollte. Oft schlugen sie ihr Lager auf einer der Farmen auf, die auf dem Weg lagen. Die meisten Farmer waren froh, wenn etwas Abwechslung in ihr einsames Leben kam, und waren gern bereit, sie aufzunehmen, wenn sie dafür ein paar neue Geschichten zu hören bekamen. Hin und wieder wurden sie sogar zu einem einfachen, aber wohlschmeckenden Mahl eingeladen. Vor allem Theo Lutz, der fahrende Händler, schaffte es fast jeden Abend, sich ein kostenloses Essen zu beschaffen. Sein Vorrat an unterhaltsamen Geschichten schien unerschöpflich zu sein. Außerdem verstand er es, Komplimente zu machen, und eh man sich's versah, hatte er auch die ein oder andere seiner Waren an den Mann beziehungsweise an die Frau gebracht. Während die Frauen mehr auf Haushaltsgegenstände aus waren, hielten sich die Männer lieber an den Branntwein, den Lutz großzügig vorher verkosten ließ. Johannes fachsimpelte gern mit den Männern, während Sarah sich meistens im Hintergrund hielt. Obwohl keine der Farmerfrauen sie offen unfreundlich behandelte, spürte sie doch ihre musternden, skeptischen Blicke, sobald sie mitbekamen, dass sie mit Johannes verheiratet war. Es war nichts Ungewöhnliches, wenn ein Farmer eine farbige Geliebte hatte, aber es war etwas Unerhörtes, wenn ein Farmer eine Dunkelhäutige heiratete und damit deren Bankert legitimierte. In den Augen vieler Weißer war das Rassenschande. Sarah war es gewohnt, und es kümmerte sie nicht. Sie war viel zu sehr mit ihren eigenen Gedanken beschäftigt. Der kleine Raffael fühlte sich auf der Reise zunehmend wohler. Zum ersten Mal in seinem Leben hatte er *Owitambe* verlassen. Die Reise schien ihm wie ein einziges großes Abenteuer, und er freute sich, dass er endlich seinen Vater einmal ganz für sich hatte und nicht nur als Lehrmeister für irgendwelche dummen Arbeiten auf der Farm.

Der Junge war sehr wissbegierig. Aber ihn interessierten mehr technische Themen als die Haltung von Kühen. Sobald einmal eine Kleinigkeit an ihrem Ochsenwagen zu reparieren war, kniete er neben seinem Vater und versuchte ihm, so gut es ging, zur Hand zu gehen.

Mit jedem Tag, den sie sich dem Kaokoveld näherten, wurde Sarah schweigsamer. Teilnahmslos saß sie auf dem Kutschbock neben ihrem Mann und hing ihren immer schwerer werdenden Gedanken nach. Nach wie vor erledigte sie ihre täglichen Pflichten. Sie kochte, packte, antwortete auf Fragen, aber sie war nicht bei der Sache. Ihr Herz und ihre Gedanken waren ganz woanders. Johannes nahm es mit großer Besorgnis zur Kenntnis und versuchte, den Grund für ihre trübe Stimmung herauszufinden. Doch Sarah schüttelte nur den Kopf und verkroch sich noch mehr in sich selbst. Dann wurde sie plötzlich krank. Völlig unerwartet überraschte sie ein Malariaanfall mit hohem Fieber und Schüttelfrost. An eine Weiterreise war zunächst nicht zu denken. Sie schafften es gerade noch bis Okaukuejo, einem kleinen Ort mit steinernem Wachturm am Rande des großen Salzsees, den man Etoschapfanne nannte. Johannes mietete für seine Familie ein kleines, schmutziges Zimmer in dem heruntergekommenen Gasthaus des Ortes und überließ Sarah das einzige Bett. Jella hatte ihnen auch Chinin mit auf die Reise gegeben, was er Sarah sofort einflößte. Doch die Medizin schien nicht anzuschlagen. Sarahs Fieber stieg immer höher, bis sie nur noch delirierte. Johannes fragte die Wirtin, eine hagere Witwe mit verhärmten Gesichtszügen, nach einem Arzt.

»Gibt's hier nich«, beschied sie ihn unfreundlich. Stattdessen hakte sie misstrauisch nach. »Die Kaffernfrau da in Ihrem Zimmer hat doch wohl nichts Ansteckendes, oder? Sonst können se gleich wieder verduften.«

»Ich wüsste nicht, was Sie das angeht«, schnauzte Johannes ungehalten zurück. »Sie hat Malaria! Bringen Sie mir lieber saubere Tücher und einen Krug Wasser sowie einen Teller Suppe für meine Frau und den Jungen, aber ein bisschen plötzlich. Schließlich zahle ich dafür!«

Die Wirtin erschrak über den groben Tonfall und floh zurück in ihre Küche. Wenig später kam sie mit dem Geforderten zurück und stellte es mürrisch auf den wackligen Tisch. Dann verließ sie den Raum und knallte die Tür zu.

Raffael saß verängstigt in einer Ecke des Zimmers und starrte auf seine kranke Mutter. Trotz ihrer dunklen Haut war Sarahs Gesicht fahl und grau.

»Wird Mama sterben?«, piepste er mit zitternder Stimme. Johannes ging zu seinem Sohn und streichelte ihm unbeholfen über sein rötliches Haar.

»Nein«, brummte er. »Sie muss sich nur etwas ausruhen.«

Er inspizierte die Leintücher und tauchte sie nacheinander in das Wasser. »Du kannst mir helfen«, wandte er sich an seinen Sohn. »Wir müssen die nassen Tücher um Mamas Beine wickeln, um das Fieber zu senken. Alle paar Minuten müssen wir sie auswechseln und durch frische Tücher ersetzen. Du kannst immer wieder frisches Wasser holen. Tust du das?«

Raffael nickte eifrig. Er war froh, dass er etwas für seine Mutter tun konnte. Gemeinsam legten sie Sarah unentwegt Wadenwickel an, doch das Fieber sank nur wenig. Johannes versuchte ihr etwas Suppe einzuflößen, aber sie erbrach sie nach den ersten paar Löffeln. Raffael aß den Rest der Suppe und gähnte herzhaft. Es war schon längst Nacht, und er war hundemüde. Sein Vater bemerkte es erst jetzt. Er nahm eine Decke und legte sie für ihn auf den Boden.

»Leg dich dorthin«, forderte er ihn auf und wandte sich gleich wieder seiner Frau zu. Doch sein Sohn blieb stehen. Tränen der Verzweiflung rannen über sein Gesicht.

»Ich will, dass Mama mich ins Bett bringt«, schluchzte er hilflos.

»Das wird sie bald wieder tun«, versuchte Johannes ihn zu beruhigen. »Schlaf jetzt. Damit hilfst du deiner Mutter am meisten.«

Er gab seinem Sohn einen Kuss auf die Stirn und half ihm beim Hinlegen. Zu seiner Erleichterung schlief Raffael gleich ein. Schon bald war sein gleichmäßiges Atmen zu hören.

Sarah erwachte mit einem irrsinnigen Schrei. Ihre Augen waren weit aufgerissen und starrten an Johannes, der neben ihr im Sitzen eingenickt war, vorbei ins Leere.

Sie faselte etwas in ihrer Sprache und schützte mit ihren Händen ihre Scham. Johannes fuhr erschrocken auf und umfasste ihre Schultern, um sie zu beruhigen. Doch seine Frau schlug nach ihm und starrte ihn mit irrem Blick an.

»Ozondjimba-ndimba«, schrie sie angewidert.

Johannes, der Herero sprach und somit auch vom Himba-Dialekt einiges verstand, erschrak. Warum beschimpfte ihn seine Frau mit Erdferkel? Das war ein schlimmes Schimpfwort bei ihrem Volk. Erdferkel waren in ihren Augen widerliche Tiere, weil sie ihr Essen unter der Erde suchten.

»Ruhig, mein Liebes, ganz ruhig!«

Er nahm ein Glas Wasser und führte es an ihre aufgesprungenen Lippen. »Keiner tut dir was«, murmelte er besänftigend. »Du bist in Sicherheit.«

Seine Stimme beruhigte Sarah ein wenig. Für einen kurzen Augenblick klärte sich ihr Blick, und sie blickte ihn irritiert an. Dann schlossen sich ihre Augen, und sie fiel in einen todesähnlichen Schlaf. Für einen Augenblick glaubte Johannes, sie sei tatsächlich tot. Ihre Brust hob sich kaum noch, so flach war ihre Atmung. Verzweifelt streichelte er ihren leblosen Arm. Er wollte nicht noch eine Frau verlieren.

»Ich liebe dich«, schluchzte er mit tränenerstickter Stimme. »Bitte bleib bei mir!«

Warum hatte er Sarah noch nie gesagt, dass er sie liebte? Wusste sie es überhaupt? Die Worte waren bis zu diesem Tag immer nur Rachel, Jellas Mutter, vorbehalten gewesen. Wie eine Heilige hatte sie für ihn immer über allen Frauen gestanden. Sarah hatte sich immer damit abfinden müssen, dass sie nur die zweite Frau in seinem Herzen war. Erst jetzt spürte er, dass das nicht stimmte. Sie hatte längst sein ganzes Herz erobert. Die Zeit mit Rachel gehörte endgültig der Vergangenheit an. Seine Liebe zu ihr war eine idealisierte Erinnerung. Sarah hingegen war die Wirklichkeit. Was sollte er nur tun, wenn sie nun auch noch starb?

Ein unkontrollierbarer Weinkrampf überkam ihn. Er schluchzte laut auf und konnte sich kaum wieder fassen. Mit tränenblinden Augen starrte er auf die leblose Frau vor ihm und betete voller Inbrunst, dass Gott sie ihm nicht nehmen würde.

Der kleine Raffael schlief neben ihm den Schlaf der Unschuldigen.

*

»Es ist also Krieg!«

Jella richtete sich besorgt in ihrem Lehnstuhl auf. Trotz ihres zunehmenden Leibesumfangs war sie noch erstaunlich beweglich. Sie und ihr Mann saßen gemeinsam mit Alfred Knorr, der ihnen aus Imeldas Laden in Okakarara Waren und auch Zeitungen aus Windhuk geliefert hatte, auf der Veranda und diskutierten über die aktuelle Kolonialpolitik. Im Februar 1904 war Gouverneur Theodor von Leutwein faktisch seines Amtes enthoben worden. Wegen der zunehmenden Unruhen und Scharmützel im Land hatte nun der Große Generalstab in Berlin die Leitung des Feldzugs gegen die aufständischen Nama und Herero übernommen. Grund war, dass sich einige Siedler aus Deutsch-Südwestafrika beim Kaiser über die Kriegführung des Gouverneurs beklagt hatten. Sie war in ihren Augen nicht radikal genug gewesen. Außerdem befürchteten viele Weiße, dass ein vorschneller Frieden ihren eigenen Interessen zuwiderlaufen könnte. Die Rache- und Strafexpeditionen der Schutztruppen waren für viele Farmer eine willkommene Gelegenheit, die Grundeigentumsverhältnisse zu ihren eigenen Gunsten zu verändern.

Knorr, der sich mittlerweile vom engagierten Schutztruppensoldat zum friedliebenden Kolonialladengehilfen gemausert hatte, breitete die Windhuker Zeitung auf dem Tisch aus und klopfte mit seinem Zeigefinger auf eine kleine Mitteilung über die Ankunft des Kanonenboots *Habicht,* das als erste Verstärkung in Südwestafrika eingetroffen war.

»Was dieser Kapitän Gudewill da im Gespräch mit dem Zeitungsreporter preisgibt, das trifft genau den Geschmack von vielen Siedlern hier. Lesen Sie selbst!«

Fritz nahm die Zeitung und las vor:

»›Der Krieg ist in ein zweites Stadium getreten. Die härteste Bestrafung des Feindes ist notwendig als Sühne für die zahllosen grausamen Morde und als Garantie für eine friedliche Zukunft. Um Ruhe und Vertrauen der Weißen herzustellen ist völlige Entwaffnung und Einziehung von sämtlichen Ländereien und Vieh einzigstes Mittel.‹«

»Das ist ja unerhört!« Jella war erbost. »Wie kann man nur so menschenverachtend sein! Wollen die Herren Offiziere nun wirklich mit ihren Soldaten durch das Land ziehen und alle Herero, Namas, Ovambos und Buschleute in Reservate sperren? Wissen die denn nicht, was das bedeutet? Die Amerikaner haben auf diese Weise fast sämtliche Ureinwohner ihrer Heimat ausgerottet!«

»Ich fürchte, dass es sogar zu einem Blutbad kommen könnte«, befürchtete Fritz. »Dieser Generalleutnant von Trotha scheint ein erbarmungsloser Militär zu sein. Das hat er bereits in den Kolonialkämpfen in Deutsch-Ostafrika und China bewiesen. Wie es scheint, scheint er einen ›Rassenkrieg‹ anzustreben, in dem ›die aufständischen Stämme mit Strömen von Blut‹ vernichtet werden sollen.«

»Der will alle Kaffern töten lassen!«, pflichtete Knorr eifrig bei, ohne Jellas missfälligen Blick bei dem Wort »Kaffern« aufzufangen. Er war wieder einmal ganz in seinem Element und liebte es, mit seinem Wissen zu prahlen. »Noch an Bord der *Elisabeth Woermann* hat Trotha im Juni verkünden lassen, dass …

Moment, ich möchte die Stelle korrekt widergeben.« Er riss dem überraschten Fritz die Zeitung aus der Hand und suchte nach der richtigen Stelle.

»Ja, hier steht es: ›*Jeder kommandierende Offizier ist befugt, farbige Landeseinwohner, die bei verräterischen Handlungen gegen deutsche Truppen auf frischer Tat betroffen werden, z. B. alle Rebellen, die unter Waffen mit kriegerischer Absicht betroffen werden, ohne vorgängiges gerichtliches Verfahren nach dem bisherigen Kriegsgebrauch erschießen zu lassen.*‹«

Jella schüttelte fassungslos den Kopf.

»Aber damit entmündigt man die schwarze Bevölkerung ja endgültig. Samuel, Josua und viele der Herero, Namas und Ovambos haben selbstverständlich Schusswaffen. Sie haben genauso ein Recht auf sie wie jeder andere hier auch. Stellt euch nur vor, sie treffen aus Versehen mit der Waffe in der Hand auf Soldaten. Sie könnten dann sofort standrechtlich erschossen werden. Das darf man doch nicht zulassen!«

»Ich fürchte nur, dass die meisten Farmer das ganz anders sehen«, gab Fritz zu bedenken. Es widerstrebte ihm zutiefst, was im Moment im Land vor sich ging. Seine Erlebnisse im Burenkrieg steckten noch zu tief in ihm. Er hatte damals nicht nur den Verlust seines Vaters zu verschmerzen gehabt, sondern auch noch seine linke Hand dabei eingebüßt. »Schlimm ist nur, dass sie jetzt überall Freiwillige suchen, die sich diesem Krieg anschließen. Wie ich gehört habe, wollen Nachtmahr und sein Sohn auch mit von der Partie sein.«

Jella winkte abfällig mit der Hand.

»Das sieht diesem widerlichen Schuft ähnlich! Sicherlich wird er die Gelegenheit nutzen, um den Herero noch ein Stück von ihrem Land abzuluchsen, wenn es ihm schon bei uns nicht gelungen ist.« Sie lächelte triumphierend in die Runde. Vor ein paar Tagen hatte sie eine Depesche aus Windhuk erreicht. Darin war ihnen mitgeteilt worden, dass nach eingehender Überprüfung kein Zweifel daran bestünde, dass die Nagelquelle zu *Owitambe* und nicht zu Nachtmahrs *Hakoma* gehöre. Das würde ihren Vater bestimmt erleichtern. Nur schade, dass er erst nach seiner Rückkehr davon erfahren würde. Knorr, der von den Streitereien um die Quelle ebenfalls gehört hatte, freute sich mit ihnen.

»Dieser Nachtmahr ist ein ganz ungehobelter Mensch«, bestätigte er. »Ich habe ihn und einige seiner Männer noch vor wenigen Stunden ganz in der Nähe angetroffen. Wie es Sitte und Anstand gebieten, habe ich die Herrschaften freundlich gegrüßt. Aber dieser Baron hielt sich offensichtlich für etwas Besseres. Er hat mich nicht einmal eines Blickes gewürdigt. Im Gegenteil, mir schien, es war ihm sogar peinlich, mich zu sehen.«

»Peinlich?« Jella zog amüsiert die Nase kraus. Sie konnte sich beim besten Willen nicht vorstellen, wie einem Menschen der Anblick von Alfred Knorr mit seiner dicken Brille und dem ebenso opulenten Schnurrbart peinlich sein konnte.

»Nun«, Knorr schniefte wichtigtuerisch, wobei er seine Stimme senkte, »ich glaube, sie wollten nicht, dass ich sehe, was sie tun.«

Fritz horchte auf.

»Was soll das bedeuten?«, hakte er nach.

»Ich vermute, dass sie auf der Jagd waren. Die Männer waren bewaffnet und führten einen beladenen Wagen mit sich. Immerhin waren sie schon auf dem Gebiet von *Owitambe.*«

»Verdammt! Jetzt treibt Nachtmahr es zu weit!«

Fritz sprang auf. »Wenn ich den auf unserem Gebiet in die Finger bekommen, dann gnade ihm Gott. Mit seiner sinnlosen Großwildjägerei schafft er es noch, dass wir hier bald keine Wildtiere mehr haben. Ich muss sofort losreiten!«

Jella hielt ihn auf.

»Nachtmahr ist nicht dumm. Er wird nicht bei helllichtem Tag auf unserem Grund auf Jagd gehen. Bestimmt hat sich

Alfred Knorr getäuscht.« Knorr wollte widersprechen, aber sie gebot ihm mit einer Handbewegung Einhalt. Sie hatte jetzt wirklich keine Lust auf erneute Streitigkeiten. Vor allem wollte sie verhindern, dass Fritz wegen dieser Bemerkung ihren gemeinsamen Ausflug vergaß. Schließlich hatten sie sich vorgenommen, diesen Abend gemeinsam an ihrem neuen Lieblingsort auf dem Felsplateau zu verbringen. Fritz hatte frische Elefantenspuren entdeckt und war guter Dinge, dass sie dieses Mal die Gruppe zu Gesicht bekämen.

*

»Johannes …«

Sarahs Stimme ließ ihn aus seiner unbequemen Haltung aufschrecken. Er musste für einen Augenblick eingeschlafen sein. Für einen Augenblick war er verwirrt. Neben ihm flackerte die Petroleumlampe, und draußen war noch tiefe Nacht. Sarah sah ihn aus tief liegenden, dunklen Augen an. Sie war immer noch bleich und ausgezehrt, aber das kranke Grau in ihrer Gesichtsfarbe war etwas gemildert.

»Meine liebe, liebe Sarah!« Johannes kämpfte erneut mit den Tränen. Doch dieses Mal waren es Tränen der Erleichterung.

»Mir geht besser«, versicherte ihm seine Frau. Ihre Stimme klang erstaunlich kräftig. »Ich muss dir eine Geschichte erzählen.«

»Eine Geschichte? Hat das nicht Zeit, bis du wieder bei Kräften bist?«

Sarah schüttelte energisch den Kopf.

»Nein, es muss jetzt sein«, antwortete sie bestimmt. »Die Geister können zurückkehren und mich hindern. Du musst jetzt erfahren, was mich krank gemacht hat.«

Johannes verstand nicht, worauf sie hinauswollte. Sein Blick schweifte zu ihrem gemeinsamen Sohn, der eingerollt auf seinem unbequemen Lager auf dem Fußboden lag. Sein Gesicht war völlig entspannt, und sein Atem hob und senkte sich gleichmäßig. Sarah sah es ebenfalls und lächelte zum ersten Mal seit vielen Tagen. Dann begann sie zu erzählen.

»Es ist Geschichte von einer jungen Frau meines Stammes. Ihr Name war Vengape.« Sie machte eine kurze Pause, in der sie tief Luft holte. »Vengape war eine glückliche Frau, denn sie hatte einen kräftigen Mann und zwei kleine Kinder. Einen Jungen und ein Mädchen. Den Mann riefen sie Etomakwa, die Namen der Kinder habe ich vergessen.« Tränen glänzten in ihren dunklen Augen. Doch sie nahm sich zusammen und fuhr fort.

»Etomakwa war ein guter Hirte. Als er Vengape zur Frau nahm, waren seine Herden mit Rindern, Ziegen und Schafen noch klein. Doch Etomakwa war ein umsichtiger Mann. Er durchstreifte unablässig die Ebenen und Hänge des Gebirges auf der Suche nach Wasser und gutem Weidegrund für seine Tiere. Keiner kannte das Land so gut wie er. Immer war er es, der nach der Regenzeit die besten Weidegründe fand. Er führte seine Tiere dorthin und schon bald vergrößerten sich seine Herden, und er gewann überall großes Ansehen. Vengape kümmerte sich unterdessen um ihr Ondjuwo. Das ist ein Haus, das sie mit Etomakwa und den Kindern bewohnten. Ein Ondjuwo ist nicht wie ein Haus in *Owitambe.* Es ist rund und klein und hat nur einen Raum. Du musst dich tief bücken, um durch einen vorgebauten Eingang in sein Inneres zu gelangen. Vengapes Volk baut das Ondjuwo aus den biegsamen Wedeln der Makalanipalme und macht es mit einer Mischung aus Flusssand und Kuhmist dicht. Der Fußboden ist aus festgestampftem Mist. Er hält im Winter die Kälte ab und im Sommer die Wärme. In der Mitte des Ondjuwo befindet sich eine mit Steinen umringte Feuerstelle. Tagsüber wird hier gekocht, und nachts spendet das Feuer Wärme, Licht und Schutz gegen wilde Tiere.«

Sarah verstummte. Sie hielt ihre Augen geschlossen, als wäre sie tief in ihren Erinnerungen gefangen. Johannes streichelte sanft ihre Hand.

»Ruh dich aus«, meinte er besorgt. Doch Sarah schüttelte wieder den Kopf. Sie öffnete die Augen und begegnete fest seinem Blick. »Es ist für unseren Sohn«, sagte sie. »Du musst Vengapes Geschichte kennen!«

Dann wandte sie ihren Blick von ihm ab und fixierte einen unbekannten Punkt an der grauen, mit Flecken übersäten Zimmerdecke.

»Vengapes und Etomakwas Hütte war das einzige Ondjuwo in der Onganda. Etomakwa war ein guter Mann, aber er liebte die Einsamkeit. Seine Eltern waren schon lange gestorben und seine Schwestern waren streitsüchtig. Er suchte den Frieden. Deshalb lebten er und seine Familie ein Stück entfernt von den Ongandas ihrer Familien. Vengape gefiel das nicht. Sie liebte ihre Familie und wollte, dass Etomakwa in der Onganda ihrer Eltern lebte. Aber Etomakwa war eigensinnig und bestand darauf, dass sie ihre eigene Onganda hätten. Vengape war eine gute Frau und achtete den Wunsch ihres Mannes. Sie hatten ihr eigenes heiliges Feuer, und ihr Ondjuwo war gleichzeitig der Otjizero, die heilige Hütte. Etomakwa war großzügig. Er erlaubte Vengape, so oft sie wollte, ihre Familie zu besuchen. Und er lud ihre Familie ein, um Rituale in seiner Onganda abzuhalten. Seine Großzügigkeit wurde gerühmt. Denn er schlachtete bereitwillig Vieh für die Feste, und Vengape braute Kari, ein starkes Bier, das sie aus der Borke eines Baums, Grassaat und Honig herstellte. Vengape hatte oft Heimweh nach ihrer Familie, nur ihre Liebe zu Etomakwa ließ sie das einsame Leben ertragen.«

Sarahs Stimme wurde jetzt beinahe monoton. Leise, um Festigkeit bemüht, suchte sie nach den richtigen Worten.

»Die Einsamkeit bedeutete für Vengape nicht nur Heimweh. Sie bedeutete auch, dass sie keinen Schutz hatten. Die Himbas hatten viele Rinder und noch mehr Schafe und Ziegen. Das sprach sich weit herum und schaffte Neid unter den anderen Stämmen. Immer wieder drangen Viehräuber von den Nama ins Kaokoveld und nahmen den Himba ihr Vieh weg. Sie waren grausam und töteten Frauen und Kinder. Eines Tages arbeitete Vengape auf ihrem Feld. Die Kinder schliefen noch im Onjuwo, und Etomakwa war gerade dabei, das heilige Feuer ins Innere der Hütte zu tragen. Vengape sah zu spät, dass Reiter kamen. Als sie sie bemerkte, hatten sie ihre Onganda schon fast erreicht. Es waren Viehräuber, die bereits begannen, die Rinder- und Schafherden zusammenzutreiben. Mit einem lauten Schrei stürzte sie auf das Ondjuwo zu. Etomakwa kam sofort heraus. Als er die Räuber sah, wurde er wütend, griff nach seinem Speer und rannte auf die Viehräuber zu. Ihr Anführer zögerte keinen Augenblick. Er hob sein Gewehr und schoss Etomakwa nieder. Vengape sah es und unterdrückte nur mit Mühe einen Schrei. Dann kroch sie in das Ondjuwo, um die Kinder zu holen. Der Junge schrie, weil er aufgeweckt worden war. Das Mädchen floh sofort in die schützenden Arme der Mutter. Sie packte ihre beiden Kinder und zog sie hinter sich her aus der Hütte. Immer wieder versuchte sie den schreienden Jungen zu beruhigen, aber er schrie so laut, dass die Viehräuber auf sie aufmerksam wurden. Vengape rannte los. Sie wollte versuchen, sich und die Kinder zu verstecken. Die Onganda ihrer Eltern war etwa einen halben Tagesmarsch von der ihren entfernt. Ihre Hoffnung war, dass den Viehräubern die Tiere genügten. Aber sie wurde enttäuscht. Sie war noch nicht weit gekommen, als zwei der Viehräuber sie mit ihren Pferden aufhielten. Einer versuchte, ihr die Kinder zu entreißen, während der andere vom Pferd sprang, sie packte und ihren Lendenschurz herunterriss. Vengape schrie und wehrte sich. Sie strampelte und biss den Viehräuber ins Ohr, als er sie zu Boden zwang, um sich an ihr zu vergehen. Plötzlich sank der Körper des Viehräubers schwer auf ihr zusammen. Es dauerte einen Augenblick, bis sie begriff, dass der Mann tot war. Sie krabbelte unter seinem Körper hervor und sah, wie Etomakwa blutüberströmt mit dem anderen Nama kämpfte. Er versuchte ihn vom Pferd zu ziehen. Doch der Nama war bewaffnet und es gelang ihm, Etomakwa mit dem Gewehrkolben auf den Kopf zu schlagen. Vengape hörte, wie Etomakwas Kopf wie eine Kalebasse zerbarst. Sie erinnert sich noch heute an seinen Blick, der Wut und Verzweiflung zeigte, bevor er brach und starr und kraftlos wurde. Als der andere Viehräuber sah, dass sein Freund tot war, ergriff ihn namenlose Wut. Er schrie etwas in einer Sprache, die Vengape nicht verstand. Dann richtete er sein Gewehr auf die zwei Kinder, die sich mittlerweile ängstlich um ihre Mutter geschart hatten, und machte Vengape klar, dass sie zu ihm kommen sollten. Doch sie dachte nicht daran. Sie umschlang ihre Kinder mit den Armen und weigerte sich, ihm nachzukommen. Der Mann wurde noch wütender. Er trieb sein Pferd auf sie zu und brachte sie zu Fall. Das Mädchen schrie vor Schmerz auf, weil es von einem Pferdehuf getroffen war. Der Junge wurde weiter weggeschleudert. Ihn erschlug der Viehräuber als Erster. Dann tötete er das Mädchen mit einem Kopfschuss, um sich dann mit Vengape zu befassen.«

Sarahs Stimme verstummte endgültig. Ihre Hände waren fest in die Bettdecke verkrallt, und sie presste die Lippen fest aufeinander. Mit maßlosem Entsetzen begriff Johannes, dass Vengapes Geschichte gleichzeitig auch Sarahs Geschichte war. Er wusste nicht, was ihn mehr traf, sein Mitleid für seine Frau oder der Hass auf diese barbarischen Viehräuber und Mörder. Vergeblich suchte er nach tröstenden Worten. Er fand sie nicht, gleichzeitig wusste er, dass es sie auch gar nicht gab. Was für ein grenzenloser Egoist er doch all die Jahre gewesen war. Sarahs Zuneigung und Liebe waren für ihn immer etwas Selbstverständliches gewesen. Von Sarah hatte er verlangt, dass sie seine Sorgen verstand, obwohl er sie ihr nie anvertraut hatte, aber er selbst hatte sich nie für ihr vergangenes Leben interessiert.

»Verzeih mir!« Mehr Worte kamen ihm nicht über die Lippen. Sarahs Blick war immer noch fest an die Decke geheftet. Sie reagierte nicht auf ihn, sondern brachte im gleichen, monotonen Tonfall ihre Erzählung zu Ende.

»Vengape ertrug die Schändungen, die ihr der Mann angetan hatte. Sie flehte ihn nur an, sie danach zu töten. Doch den Gefallen tat ihr der Viehräuber nicht. Er ließ sie wie ein Stück Dreck zurück. Die Männer zerstörten ihre Onganda und nahmen alles Vieh mit sich. Dann war sie allein. Der Anblick ihrer ermordeten Familie raubte ihr fast den Verstand. Ihre Familie, ihr Leben war zerstört. Sie hatte als Einzige überlebt. Dann sah sie Etomakwas Messer, das er immer noch in der Hand hielt. Sie entwand es seinen Fingern und versuchte, sich selbst damit zu töten. Doch die Geister ließen es nicht zu. Sie versagte und ließ das Messer schließlich heulend fallen. Dann lief sie los. Ihre Schritte waren ziellos und unermüdlich. Stunden um Stunden kämpfte sie sich vorwärts, bis sie vor Erschöpfung zusammenbrach. Ohne Absicht begann sie sich von ihrer Heimat und ihrem Volk zu entfernen. Tagsüber brannte die Sonne auf ihr Haupt, und nachts fror sie in ihrer Nacktheit. Irgendwann brach sie zusammen, und ihr letzter Gedanke, bevor sie die Besinnung verlor, war, dass sie hoffte, nie wieder zu erwachen.

Doch die Geister können grausam sein. Vengape erwachte wieder, aber sie war nicht mehr Vengape. Sie war eine andere geworden. Vengape war in der Onganda mit ihrer Familie gestorben. Die Frau, die sie nun war, war eine andere. Eine Ovambofamilie fand sie, ausgetrocknet und dem Tod näher als dem Leben. Sie fragten nicht nach ihrer Geschichte, sondern halfen ihr, bis sie wieder zu Kräften gekommen war. Auch danach blieb sie bei den freundlichen Leuten und half bei der Arbeit auf dem Feld. Dann zog sie weiter. Die Ovambos hatten ihr erzählt, dass die Weißen genügend Arbeit hätten. Also zog sie weiter in den Osten und schließlich in den Süden. Sie blieb nie lange, denn sie hatte Angst, dass Vengape sie eines Tages einholen könnte. Irgendwann war ihre Wanderung zu Ende. Sie fand einen Mann, der wie ein Berg in ihrer Heimat war. Lange Zeit ließ er sie ihr Schicksal vergessen.«

Musht

»Wach auf Liebes! Ich glaube, sie kommen!«

Jella war sofort wach. Sie rieb sich die Augen und griff hastig nach ihrer Bluse und der Reithose, die sie bei den Ausflügen in die Wildnis stets zu tragen pflegte. Das Baby in ihrem Bauch rührte sich und stieß so heftig gegen ihre Bauchdecke, dass sie kurz das Gesicht verzog. Fritz sah sie besorgt an, doch Jella lachte beruhigend.

»Unser Kleines freut sich mit uns auf die Elefanten!«, behauptete sie.

Eilig schlüpfte sie in Kleider und Stiefel und krabbelte mit Fritz aus dem Zelt. Der helle südafrikanische Sternenhimmel strahlte wie eine weit gespannte Deckenbeleuchtung über ihnen. Ein Regen von Sternschnuppen löste sich aus dem Himmelsbild, um sofort wieder zu verglimmen. Jella schmiegte sich eng an Fritz. Ihr war kalt. Ihrer beider Atem vereinigte sich zu einer gemeinsamen Kondenswolke. Angespannt lauschten sie in die geheimnisvolle Dunkelheit. Etwas unterhalb aus dem Tal drang das Knacken und Abrupfen von Zweigen und Ästen zu ihnen empor. Dann wieder Schnauben und Stampfen, ein kurzes protestierendes Trompeten, sogar das Schlagen der riesigen Segelohren war zu hören. Sie befanden sich auf einer felsigen Anhöhe, etwa fünfzig Meter über dem Wasserloch, das Fritz extra für Wildtiere hatte anlegen lassen. Glücklich drückte er Jella an sich und gab ihr einen Kuss auf ihren verstrubbelten Scheitel. Wegen der Jagdlust der Weißen waren am Waterberg schon lange keine Elefanten mehr gesichtet worden. Menschen wie Nachtmahr hatten sie beinahe ausgerottet. Sie ließen sich für das Abschießen der Tiere sogar bezahlen, indem sie Reisende aus Europa oder Amerika zu den Tieren führten und ihnen Tipps gaben, wie sie am besten zu erlegen waren. Auf diese Weise war der Bestand an Nashörnern, Elefanten, Löwen, Geparden und Leoparden stark dezimiert worden, selbst Zebras und Antilopen gab es längst nicht mehr in so großer Zahl wie noch wenige Jahre zuvor. Fritz und Jella verabscheuten das zutiefst. Sie hatten einen gemeinsamen Traum. Sie wollten versuchen, die Wildtiere wieder an den Waterberg zu locken und ihnen dort einen Lebensraum zu geben. Sie hatten sich sogar einen Plan ausgedacht, wie sie die Farmer und ihre Viehherden schützen konnten: Starke Zäune sollten die Wildtiere davon abhalten, auf die Weiden zu gelangen. Außerdem hätten gezielt angelegte Wasserlöcher an entfernten Stellen die meisten Wildtiere von den Weiden fernhalten können. Doch bislang war Fritz' Idee bei den meisten Farmern auf wenig Interesse gestoßen. In ihren Augen waren nur tote Wildtiere gute Wildtiere. Dennoch hatte Fritz angefangen, Quellen zu fassen und Wasserlöcher anlegen zu lassen, die vielen Tieren zugutekamen. Mit der kleinen Elefantenherde konnte er seinen ersten Erfolg verbuchen.

»Kannst du ihre Kraft und ihre Mächtigkeit spüren?«, hauchte er Jella ins Ohr. Er genoss ihre Nähe und sog tief den Duft ihrer roten, lockigen Haare ein. Sie rochen nach kräftigen Kräutern und den violetten Blüten des Jacarandabaums. Bis zum Sonnenaufgang würde noch einige Zeit vergehen. Sie hatten noch genügend Zeit, um …

Jella spürte seine wachsende Erregung und drückte sich noch enger an ihn. Ein sanfter Kuss auf seine Halsbeuge ließ ihn erschauern. Dann fühlte er, wie ihre linke Hand langsam zu seinem Gürtel wanderte, ihn öffnete und anschließend die Hose aufzuknöpfen begann.

»Jella, was machst du da?«, stöhnte Fritz erregt. Es war das erste Mal, dass sie so offen die Initiative ergriff. Seine Hose rutschte ihm über die Knie, und er stand mit sichtbarer Erregung neben ihr. O Gott, diese Frau machte ihn noch wahnsinnig. Jetzt kniete sie sich vor ihm nieder und begann, ihn mit dem Mund in die Höhen der Lust zu entführen. Fritz schloss die Augen und gab sich für einen Augenblick ihren Zärtlichkeiten hin. Sanft drückte er ihren Kopf weg.

»Lass uns wieder ins Zelt gehen«, keuchte er. Doch Jella schüttelte nur den Kopf.

»Lass es uns hier draußen machen«, hauchte sie heiser. Scheinbar unabsichtlich fuhr sie sich mit der Zunge über die Lippen und sah ihn verführerisch an. Dann deutete sie auf die Kutsche.

»Ist das nicht viel zu unbequem?«, fragte Fritz mit einem Seitenblick auf ihren Bauch.

Jella zog ihn mit sich. Er musste aufpassen, dass er nicht über seine heruntergelassene Hose stolperte.

»Mach dir darüber mal keine Sorgen«, meinte sie unbekümmert. »Das Baby wird nur spüren, dass wir uns lieben.«

Sie kletterte auf den hinteren Sitz der Kutsche und knöpfte ihre Bluse auf. Ihre prallen, weißen Brüste glänzten im natürlichen Licht von Mond und Sternen, als sie sie ihm verführerisch entgegenstreckte. Fritz befreite sich hastig ganz von seiner Hose und kletterte ihr hinterher. Jella zog ihn zu sich und küsste ihn leidenschaftlich. Auch sie war nun nackt. Sie forderte ihn auf, sich auf den Sitz zu setzen, damit sie auf ihm reiten konnte. Sie begann mit sanften Bewegungen, die dennoch fest sein Glied umschlossen. Dann steigerte sie das Tempo und keuchte und stöhnte dabei vor Erregung. Fritz sah ihr verzücktes Gesicht und verlor schließlich den Rest seiner Zurückhaltung.

Bis zum ersten Morgengrauen hatten sie sich noch ein weiteres Mal geliebt, dieses Mal im Zelt unter den warmen Decken.

Fritz stellte nicht zum ersten Mal fest, dass die Schwangerschaft Jella noch begehrenswerter gemacht hatte. Und das nicht nur in körperlicher Hinsicht: Sie war weicher und reifer geworden und konnte viele Dinge viel milder beurteilen. Wenn sie sich allerdings etwas in den Kopf gesetzt hatte, dann war sie nach wie vor durch nichts und niemanden von ihrem Vorhaben abzubringen. Im orangefarbenen Licht des Sonnenaufgangs saßen sie nun auf einem runden Felsen, der wie die Murmel eines Riesen aussah, und beobachteten die kleine Elefantenherde unter ihnen. Sie bestand hauptsächlich aus Kühen und ihren Jungen. Zwei Jungbullen und ein älterer Bulle mit einem abgebrochenen Stoßzahn hielten sich ein ganzes Stück abseits. Der ältere Elefant benahm sich auffällig. Seine Ohren flatterten wild, und er ging immer wieder angriffslustig auf die Jungbullen zu, bis diese schließlich lauthals protestierend das Weite suchten. Sie gesellten sich zu den Kühen, die sich gerade daranmachten, weiterzuziehen. Der ältere Bulle blieb als Einziger zurück. Er suchte ein neues Ziel für seinen Unmut. Mit einem Mal rammte er unversehens einen Teakholzbaum, der in seiner Nähe stand. Immer wieder stürmte er auf ihn ein, bis er schief stand. Danach warf er ungeduldig seinen Kopf hin und her und suchte sich ein neues Opfer.

Dieses Mal wählte er eine Akazie. Doch auch die konnte seine Wut nicht bremsen.

»Was hat der Kerl nur?«, wunderte sich Jella. »Es sieht aus, als wäre etwas nicht in Ordnung.«

»Er ist eindeutig in der Musht«, meinte Fritz. »Aber das allein kann es nicht sein. Ein brünstiger Elefant benimmt sich zwar aggressiv und unberechenbar, aber dieser Kerl ist wirklich gefährlich. Wir müssen dafür sorgen, dass er nicht in die Nähe des Hererodorfes gelangt. In seinem Wahnsinn kann er für die Menschen eine wirkliche Bedrohung darstellen.«

Fritz dachte an das Dorf, das sich ungefähr fünf Kilometer von ihrem Standort befand. Nancys Familie lebte dort.

»Meinst du, der Bulle ist krank?«, fragte Jella. »Vielleicht hat seine Aufregung ja etwas mit seinem abgebrochenen Stoßzahn zu tun?«

»Gut möglich. Es könnte sich ein Abszess an der Zahnwurzel gebildet haben. So etwas verursacht wahnsinnige Schmerzen.« Er kratzte sich am Kopf. »Das Beste wäre, ich würde ihn betäuben und mir die Sache mal ansehen.«

»Jetzt?«

»Warum nicht? Wir haben alles hier.«

»Ich assistiere dir!«

Jellas Augen glänzten unternehmungslustig. Das war etwas, was von großem Interesse für sie war. Doch Fritz verbot es ihr energisch.

»Damit würdest du unnötig unser Kind gefährden. Außerdem bist du viel zu behäbig, um noch einen schnellen Spurt hinzulegen, falls wir vor dem Bullen fliehen müssen.«

Jella verzog mürrisch ihr Gesicht. Es gefiel ihr nicht, dass man sie immer wie eine Kranke behandelte, nur weil sie schwanger war. Allerdings hatte Fritz recht. Sie war in der Tat nicht mehr besonders beweglich. Schließlich versprach sie ihm, alles aus sicherer Entfernung zu beobachten und ihm notfalls mit dem Gewehr Deckung zu geben.

Fritz holte sich das lange Rohr aus der Kutsche und wählte aus einer Schachtel eine passende Betäubungspatrone. Die Vorrichtung war eine von Jellas Erfindungen, auf die sie besonders stolz war. Das Prinzip bestand darin, einem Tier aus sicherer Entfernung eine Spritze zu verabreichen und es damit zu betäuben. So konnte Fritz in Ruhe und ohne Gefahr kranken Tieren helfen. Jella hatte zufällig die Kinder auf der Farm dabei beobachtet, wie sie mit dem Mund durch ein hohles Schilfrohr Steinchen auf einen Baum schossen. Dieses Prinzip schien ihr geradezu ideal, um es auch auf größere Tiere anzuwenden. Das Blasrohr musste nur groß genug sein, dass man durch seine

Öffnung eine eigens präparierte Spritze, die mit einem genau dosierten Betäubungsmittel gefüllt war, auf das Opfer schießen konnte. Das klang sehr einfach. Doch Jella hatte einige Schwierigkeiten gehabt, bevor die Umsetzung gelang. Anfangs blieb die Betäubungspatrone immer wieder im Blasrohr stecken. Außerdem musste Jella die Spritze so modifizieren, dass sie beim Eindringen in die Haut abbrach, damit das Betäubungsmittel in den Kreislauf des Tieres gelangen konnte. Es hatte vieler vergeblicher Versuche bedurft, bevor Jellas Erfindung endlich funktionierte. Mittlerweile war sie so weit ausgereift, dass sie drei unterschiedliche Patronenarten entwickelt hatte, für kleine, mittlere und große Tiere. Der Haken war nur der, dass sie noch nie ein so großes Tier wie einen Elefanten betäubt hatten. Jella war sich plötzlich gar nicht mehr sicher, ob die Dosis wirklich ausreichen würde.

»Sei vorsichtig«, bat sie Fritz. »Selbst wenn der Elefant umfällt und liegen bleibt, kann es sein, dass er gleich wieder aufwacht. Sobald er sich regt, musst du so schnell wie möglich verschwinden.«

Fritz küsste Jella zärtlich auf die Stirn.

»Hab keine Angst«, meinte er vergnügt. »Ich bin schon mit ganz anderen Situationen zurechtgekommen.«

Jella ließ Fritz keinen Moment aus den Augen. Das Gewehr neben sich, beobachtete sie ihren Mann durch das Fernglas. Sie sah, wie er sich weiträumig dem Elefanten näherte und schließlich in einem Rosinengebüsch Deckung fand. Der Elefant hatte unterdessen davon abgelassen, weitere Bäume zu malträtieren. Instinktiv schien er zu spüren, dass noch jemand in der Nähe war. Misstrauisch in die Gegend äugend, stand er vor einer Akazie und wartete auf einen neuen Gegner. Für Fritz war es unmöglich, aus dem Gebüsch heraus auf den Elefanten zu zielen. Er musste frei stehen, um sicher zielen zu können. Außerdem funktionierte das Blasrohr nur aus kurzer Distanz. Deshalb wartete er, bis ihm der Bulle sein Hinterteil zuwandte. Langsam, ohne ein Geräusch zu verursachen, schälte er sich aus der Deckung. Gleichzeitig schob er vorsichtig die Patrone in den Lauf des Blasrohrs. Er hatte stundenlang damit geübt und war sich ziemlich sicher, dass er treffen würde. Die Patrone durfte nur nicht im Rohr stecken bleiben. Er setzte das Blasrohr auf seinen Armstumpf auf, zielte und blies die Patrone in Richtung des Bullen. Die Spitze blieb wackelnd in dessen Hinterteil stecken. Jetzt musste nur noch das Betäubungsmittel in seinen Blutkreislauf gelangen. Fritz zog sich eilig in seine Deckung zurück. Der Elefant drehte sich irritiert um und lugte angriffslustig um sich. Sein Rüssel nahm offensichtlich Fritz' Witterung auf, denn er bewegte sich plötzlich zielstrebig auf das Rosinengebüsch zu. Jella hielt den Atem an. Für den riesigen Bullen war das lächerliche Gestrüpp kein Hindernis. Doch plötzlich blieb er stehen und fing an zu wanken. Er versuchte sich dagegen zu wehren, doch dann knickten seine Vorderbeine ein, und er sank zur Seite. Zum Glück wartete Fritz noch eine ganze Weile ab, bevor er sich dem Koloss näherte. Jella wäre am liebsten zu ihm gelaufen, um ihm zu helfen. Sie wollte allzu gern untersuchen, inwieweit das Betäubungsmittel den Elefanten wirklich außer Gefecht gesetzt hatte, aber dann erinnerte sie sich wieder an ihr Versprechen und beobachtete aus sicherer Distanz, wie sich ihr Mann an dem Tier zu schaffen machte. Trotz seiner Behinderung hantierte er mit sicheren Handgriffen an dem Zahn und dem Mund des Elefanten herum. Die Entfernung war leider zu groß, als dass sie Genaueres hätte erkennen können. Warum brauchte er nur so lange? Jella wurde langsam unruhig. Die Betäubung würde mit Sicherheit bald nachlassen. Bewegte sich da nicht schon ein Ohr? Fritz sah es offensichtlich nicht. Vorsichtshalber nahm Jella das Gewehr zur Hand. Sie war nicht sehr geübt im Umgang mit der Waffe. Am liebsten hätte sie Fritz zugerufen, er solle sich vorsehen und endlich zu ihr zurückkehren, doch der arbeitete in aller Ruhe weiter. Erst als der Bulle seinen Kopf hochhob, erkannte Fritz den Ernst der Lage. Eilig packte er seine Sachen in seine Tasche und rannte auf direktem Weg auf den Hügel zu. Der Elefant wirkte immer noch benommen. Er hob seinen Kopf und versuchte aufzustehen. Zweimal misslang ihm das, bevor er endlich auf die Beine kam. Er schien nicht recht zu wissen, was mit ihm geschehen war, doch dann entdeckte er Fritz. Sofort begann der brünstige Bulle in ihm einen neuen Konkurrenten zu wittern. Mit einem lauten Trompetenruf und aufgestellten Ohren trabte er auf ihn zu. Jella blieb der Atem stehen. Der Elefant war viel schneller als Fritz, und der befand sich im Moment außerhalb einer sicheren Deckung. Nur noch wenige Schritte, dann würde das riesige Tier ihn erreicht haben. Sie musste seine Aufmerksamkeit von Fritz ablenken. Jella hantierte an dem Gewehr herum – mit dem Entsichern hatte sie keine Routine. Fieberhaft löste sie den Mechanismus, bevor sie endlich schoss. Der Elefant blieb wie angewurzelt stehen. Seine Ohren schlugen noch ein-, zweimal aufgeregt um seinen Kopf, dann wandte er sich um und trabte in die andere Richtung davon. Jella atmete tief auf. Das war gerade noch einmal gut gegangen.

Auf der Heimfahrt nach *Owitambe* sahen sie am Horizont dichte Rauchschwaden.

»Das sieht wie ein Buschbrand aus«, meinte Jella. »Es ist schon ziemlich trocken für diese Jahreszeit.«

»Das glaube ich nicht«, zweifelte Fritz. »Der Rauch kommt direkt aus der Richtung, in der auch *Hakoma* liegt.«

»Du meinst, die Farm könnte brennen?«, meinte Jella erschrocken. Fritz zuckte grimmig mit den Schultern.

»Und wenn schon. Aber irgendwie gefällt mir die Sache nicht. Ich werde Samuel bitten, nach *Hakoma* zu reiten, um zu fragen, ob sie dort Hilfe brauchen.«

»Du glaubst doch selbst nicht, dass Nachtmahr jemals unsere Hilfe annehmen würde!« Jella verzog angewidert das Gesicht. »Diese Hyäne wird höchstwahrscheinlich uns die Schuld an seinem Unglück geben.«

Fritz befürchtete das auch. Allerdings würde selbst Nachtmahr wissen, dass in schwierigen Situationen die Loyalität über allen Streitigkeiten stand.

»Wir leben hier in der Wildnis und müssen einander beistehen«, gab er deshalb zu bedenken. »Wenn Nachtmahr Hilfe braucht, wird er sich schon überwinden und sie von uns annehmen.«

Eine halbe Stunde später rollte ihre Kutsche in *Owitambe* ein. Zu ihrem Erstaunen erwartete sie dort ein kleiner Menschenauflauf. Ein gutes Dutzend Hereromänner aus Nancys Dorf hatten sich vor dem Farmhaus versammelt und warteten. Die Stimmung war aufgeheizt. Die meisten Männer waren bewaffnet, einige von ihnen warfen ihnen unverhohlen grimmige Blicke zu. Fritz ließ sich nicht aus der Ruhe bringen. Er brachte die Kutsche vor den Männern zum Stehen, sprang vom Kutschbock und half Jella beim Aussteigen. Erst dann ging er auf den Anführer der Herero zu, um ihn zu begrüßen. Es brodelte überall im Land. Rund um den Waterberg waren schon etliche Farmen überfallen worden. Es hatte viele Tote gegeben. Doch auf *Owitambe* war bisher alles friedlich geblieben. Fritz hoffte, dass sich die hier ansässigen Herero nicht den allgemeinen Tumulten anschließen würden.

»Was ist los?«, fragte er Mateus Waravi, den Häuptling des nächstgelegenen Dorfes, nach der üblichen Begrüßung. Er kannte den Mann als freundlichen, besonnenen Mann. Doch heute begegnete der ihm feindselig.

»Wir holen Nancy ab«, beschied er Fritz mit finsterer Miene. »Sie geht mit uns!« Mateus war Nancys Schwager und sorgte für ihre fünf Kinder. Fritz wusste, dass Nancy sich nach dem Tod ihres Mannes geweigert hatte, der Sitte entsprechend Mateus zu heiraten. Stattdessen hatte sie ihn dazu überredet, für ihre Kinder zu sorgen, im Gegenzug dafür erhielt er ihren Lohn. Da Johannes recht großzügig war, war das für Mateus ein lukratives Geschäft.

»Ist eines von Nancys Kindern krank?«, fragte er. Im gleichen Augenblick wurde ihm der Unsinn seiner Frage klar. Mateus wäre dann wohl kaum mit solch einem Aufgebot an bewaffneten Männern erschienen.

»Es ist Krieg«, knurrte Mateus einsilbig. »Wir sammeln unsere Leute und gehen weg von hier.« Ganz wohl schien ihm dabei nicht zu sein, denn er vermied es, Fritz in die Augen zu schauen.

»Das ist doch Unsinn!«, mischte sich nun Jella ein. »Leben wir hier denn nicht friedlich alle miteinander? Mein Vater beutet euch nicht aus. Im Gegenteil, er beteiligt euch an seinem Gewinn. Das wird auch in Zukunft so sein. Auch wenn die anderen Farmer das vielleicht anders sehen.«

Waravi sah Jella einen Moment lang in die Augen, um sich dann demonstrativ von ihr abzuwenden. Doch es war nicht Jellas Art, sich so einfach abspeisen zu lassen.

»Möchte Nancy denn überhaupt mit euch gehen?«, hakte sie nach. »Wo ist sie überhaupt?« Jella sah sich um. In diesem Augenblick trat die Haushälterin aus dem Hintereingang des Farmhauses, wo sich auch ihr Zimmer befand. In ihrer Begleitung befand sich ein ebenfalls bewaffneter Mann, der ihre wenigen Habseligkeiten trug. Nancys Gesicht war ganz aufgequollen vor Tränen. Als sie Jella erblickte, fing sie gleich wieder an zu heulen.

»O Jesus, Jesus, Jesus«, jammerte sie. »Was sind das nur für Zeiten!« Sie wackelte auf Jella zu und ergriff ihre Hände. »Du warst so gute Herrin«, stammelte sie aufgewühlt. »Ich werde dich nie vergessen. Ich werde euch alle nicht vergessen!«

Jella sah die gutmütige Haushälterin, die sie so sehr ins Herz geschlossen hatte, ungläubig an.

»Das ist nicht dein Ernst«, meinte sie erschrocken. »Niemand kann dich zwingen, von hier wegzugehen. Kehr sofort wieder um und pack deine Sachen aus!«

Nancy schüttelte den Kopf. »Das geht nicht«, meinte sie bekümmert. »Mein Volk zieht weg von hier.«

»Aber du kannst uns doch nicht einfach so im Stich lassen! Unser Baby kommt bald auf die Welt. Wie soll ich denn allein … Außerdem bist du meine Freundin!« Jella wollte sich einfach nicht damit abfinden. Sie würde alles versuchen, um Nancy zurückzuhalten.

»Überall ist Kampf«, schluchzte Nancy verzweifelt. »Die Soldaten nehmen Land, töten Rinder. Sie wollen uns wegschicken. Das ist nicht gut. Wenn wir bleiben, werden sie uns vertreiben. Sie …«

»Was ist denn das für ein Quatsch?«, fuhr ihr Jella dazwischen. »Keiner wird euch vertreiben. Wir sind doch Nachbarn und Freunde. Nichts wird sich ändern.«

Sie warf Waravi einen flehenden Blick zu. Doch der schüttelte nur bitter den Kopf.

»Weiße und wir keine Freunde mehr«, beharrte er barsch. »Weiße nehmen uns Land und Wasser weg. Weiße schicken Soldaten. Wir gehen jetzt zu großem Kapitän Samuel Maharero. Er wird entscheiden, was wir tun.«

»Heißt das, ihr gebt euer Dorf auf?« Jella konnte es immer noch nicht glauben.

»Lasst uns miteinander reden«, mischte sich Fritz wieder ein. »Wir setzen uns unter den großen Baum und versuchen eine Lösung zu finden. Ich bin überzeugt, dass die Soldaten euch kein Leid zufügen werden.«

Mateus Waravi deutete wütend auf einen seiner Männer, der einen verbundenen Kopf und einen Arm in der Schlinge hatte.

»Das waren die Männer von *Hakoma*«, rief er erregt. »Sie haben Thomas zusammengeschlagen, als er seine Rinder nach Hause treiben wollte. Danach haben sie ihm alle Tiere weggenommen!«

Fritz biss sich auf die Lippen. Leute wie Nachtmahr waren schuld daran, dass sich die Stimmung im Land immer weiter aufheizte.

»Das war gemeiner Viehdiebstahl und Körperverletzung«, pflichtete er ihm bei. »Wenn du willst, werde ich zum Distriktchef reiten und ihn anzeigen.«

Mateus spuckte vor Fritz aus. »Pah! Distriktchef nicht gerecht! Nachtmahr behauptet, das sind seine Rinder. Und Distriktchef sagt, er hat recht. Das Recht der Weißen ist nicht unser Recht. Herero immer böse!«

Fritz musste dem Häuptling leider recht geben. Es war allgemein bekannt, dass die Gerichte zweierlei Maß bei Weißen und Schwarzen anlegten. Falls Mateus wirklich klagte, hatte er wohl kaum eine Chance, dass die Rinder wieder an Thomas zurückgegeben würden. Wieder einmal wurde ihm bewusst, dass die Auflösung des Hererodorfes nur der Anfang war. Die Stimmung im Land hatte sich in den letzten Monaten immer weiter aufgeheizt. Die Herero begannen sich zu sammeln. Wie es schien, planten sie sogar einen Aufstand. Dazu kam dieser militante Generalleutnant von Trotha mit seinen willkürlichen Strafaktionen. So wie es im Moment aussah, lief alles auf eine kriegerische Auseinandersetzung hinaus. Es war zum Verzweifeln. Hilflos ließ er seine Schultern sinken.

»Ich wünsche euch viel Glück«, meinte er resignierend.

Jella sah ihren Mann empört an.

»Heißt das, du willst Nancy einfach so mit diesen Leuten ziehen lassen?«

»Sie wird es selbst entscheiden müssen«, meinte er traurig.

»Ich lasse das nicht zu!« Jellas Augen blitzten herausfordernd.

»Nancy, du gehst sofort wieder zurück ins Haus. Du kannst doch nicht mit diesen Männern in den Krieg ziehen!«

Mit einer energischen Handbewegung versuchte sie die Haushälterin zurück ins Haus zu schieben. Doch Nancy nahm eine von Jellas Händen und tätschelte sie beruhigend.

»Ich werde mit Mateus gehen«, sagte sie fest. »Dort ist meine Familie und meine Kinder.«

»Sie können auf *Owitambe* wohnen«, wandte Jella ein. Doch Nancy schüttelte nur den Kopf.

»Sie gehören zu meinem Volk«, sagte sie bestimmt. Sie kämpfte immer noch mit den Tränen, doch ihre Stimme gewann zunehmend an Festigkeit. »Ich mag nicht Krieg. Aber wenn unser Kapitän befiehlt zu kämpfen, dann müssen alle gehen. So ist Sitte in meinem Volk.«

Mit diesen Worten schritt sie stolz auf die wartenden Männer zu, die sich bereits anschickten zu gehen. Noch einmal drehte sie sich kurz um und winkte Jella mit Tränen in den Augen zu.

Jella fühlte sich elend. Ihr war, als wäre ein Stück von *Owitambe* mit Nancy gegangen. Die energische, muntere Haushälterin war wie ein guter Geist auf der Farm gewesen. Nichts und niemand hatte sie unterkriegen können. Jetzt war sie weg, und alles schien mit einem Mal so leer. Fritz nahm sie in den Arm und versuchte sie zu trösten. Doch Jella befreite sich schroff aus seiner Umarmung. Sie machte ihm Vorwürfe, dass er Nancy so kampflos hatte ziehen lassen.

»Mateus hat sie gezwungen«, behauptete sie. »Nancy wollte gar nicht mit ihren Leuten gehen. Du hättest ein Machtwort reden können!«

»Du hast doch selbst gehört, was sie zu dir gesagt hat«, entgegnete Fritz überrascht von ihrer heftigen Reaktion. »Es war letztendlich ihre Entscheidung. Ich hoffe nur, dass es nicht wirklich zum Schlimmsten kommt.«

»Ich finde, du warst feige«, beharrte Jella trotzig. So einfach wollte sie es ihm nicht machen. Ihrer Meinung nach hätte Fritz ruhig energischer auftreten können. Dann wären Mateus und seine Leute bestimmt auch ohne Nancy abgezogen. Fritz sah das allerdings anders. Überhaupt empörte es ihn, dass ihn seine Frau als feige bezeichnete.

»Du solltest deine Worte etwas sorgfältiger wählen«, beschied er seine Frau ungehalten. Doch genau diese Worte stachelten Jella noch mehr auf. Sie begann, ihn mit weiteren Vorwürfen zu überschütten.

»Wenn du dich nicht eingemischt hättest, wäre Nancy bestimmt noch hier!«, behauptete sie wütend.

»Wie kannst du so etwas sagen! Du reagierst völlig überzogen!«

»Ich?« Jella lachte hysterisch auf. Sie wollte Fritz gerade eine weitere Unmutsäußerung um die Ohren hauen, als Samuel sie unterbrach. Er stand ziemlich verlegen neben dem sich streitenden Ehepaar und suchte nach den geeigneten Worten. Da ihm offensichtlich nichts einfiel, deutete er nur auf den soeben eingetroffenen Orlam, der mit dem Hut in der Hand hinter ihm stand. Fritz hatte sich als Erster wieder in der Gewalt.

»Was will der hier?«, fragte er ungehalten. Er hatte sofort erkannt, dass es sich um einen von Nachtmahrs Männern handelte. Er mochte diese Leute nicht. Sie waren Söldner, meistens Mischlinge aus dem Grenzgebiet zu den Buren. Diese Männer kannten keine Skrupel und gehorchten bedingungslos dem, der ihnen am meisten bezahlte. Wenn einer von denen auftauchte, roch das geradezu nach Schwierigkeiten.

Doch der Orlam näherte sich ihm beinahe unterwürfig und verbeugte sich sogar vor Fritz.

»Meine Frouwe schickt mich«, sagte er in gebrochenem Deutsch. »Herero haben gemacht Überfall auf *Hakoma*. Wir tapfer gekämpft und getötet Feind. Aber auch Verletzte.

Frouwe bittet, dass Medizinfrau kommt nach *Hakoma.* Sohn verletzt.«

Er zögerte einen Augenblick, so als müsse er sich an etwas erinnern, dann fügte er noch ein »Bitte« hinzu.

Jella, deren Wut genauso schnell wieder verebbte, wie sie aufbrandete, sah Fritz vielsagend an.

»Der Rauch«, meinte sie. Fritz nickte.

»Ich werde sofort meine Tasche packen und mit dem Mann nach *Hakoma* reiten«, beschloss sie. Fritz machte Anstalten, sie davon abzuhalten, doch Jella unterband seine Versuche entschieden. »Du hast selbst gesagt, dass wir uns hier gegenseitig helfen müssen«, sagte sie selbstbewusst. »Nachtmahr sieht das wohl genauso.«

»Es war nicht Nachtmahr, der nach dir geschickt hat, sondern seine Frau«, gab Fritz zu bedenken.

»Und wenn schon! Es ist meine Pflicht, den Menschen zu helfen.«

»Dann lass mich wenigstens mit dir gehen!«

Jella winkte ab.

»Du wirst hier auf der Farm gebraucht. Wir waren schon viel zu lange fort. Josua kann mich begleiten. Ich habe ihn schon ein wenig eingelernt. Wenn er so weitermacht, wird er einmal ein passabler Sanitäter in meiner Krankenstation.«

»Was ist, wenn die Herero noch in der Nähe sind?«, sorgte sich Fritz.

»Sie werden mir nichts tun«, behauptete Jella fest. »Jedermann weiß, dass wir auf *Owitambe* unsere Leute gut behandeln. Außerdem habe ich noch nicht gehört, dass die Herero Frauen angreifen.«

Damit machte sie auf dem Absatz kehrt und verschwand in dem Schuppen, in dem sie ihre Krankenstation untergebracht hatte. Fritz seufzte resigniert. Von dieser Frau würde er noch so manche Überraschung zu erwarten haben!

Aufstand

Mit klopfendem Herzen näherte sich Sarah der Onganda ihrer Mutter. Johannes und Raffael warteten bei dem Ochsenwagen und den Rindern in einiger Entfernung. Die Himbafrau wusste nicht, wie und ob man sie überhaupt empfangen würde. In ihrer Eanda galt sie als verhext; ihre Angehörigen hielten sie für tot. Bevor sie sich auf den Weg zu der Onganda gemacht hatte, hatte sie ihre westliche Kleidung abgelegt und ihren Körper sorgfältig mit einer Mischung aus Butterfett, fein geriebenem Ocker und aromatischen Kräutern eingerieben. Dann hatte sie sich den Ledergurt um die Hüfte gebunden, an dem sie vorn und hinten zwei knielange Lederschurze befestigte. Zwischen ihren nackten, roten Brüsten hing die Ombongoro, eine breite Kette, die von einer riesigen Muschel geziert wurde. Ihre Haare waren am Hinterkopf zu mehreren Zöpfen geflochten; darauf saß eine Haube aus Lammfell, die Erembe.

Sie wies sie als verheiratete Frau aus. Raffael hatte den Wandel seiner Mutter mit großem Staunen zur Kenntnis genommen. Er hatte Sarah angesehen, als käme sie von einem anderen Stern.

»Du … du … du bist wunderschön«, platzte er plötzlich heraus. »Ich will mich auch so verkleiden.«

Sarah lächelte Raffael liebevoll zu.

»Alles zu seiner Zeit«, meinte sie. »Vielleicht wirst du schon bald Gelegenheit dazu haben.«

Dann ging sie auf Johannes zu, der ebenso sprachlos war wie sein kleiner Sohn, und gab ihm einen Kuss.

»Alles wird gut«, meinte sie leichthin. »In einer Stunde bin ich zurück.«

Die Onganda war von einem kreisförmigen Holzzaun aus Ästen umgeben, der mit Dornen gespickt war. Nur an einer Stelle war eine Öffnung, die man nachts mit Dornengestrüpp verschließen konnte. Innerhalb der Umzäunung standen mehrere Hütten, die Ondjuwos, und die etwas größere Hütte des Ältesten, die Otjizero, mit dem Blick auf den Eingang des Kälbergeheges. Zwischen der Otjizero und dem Kälberkraal glimmte das heilige Feuer. Kein Fremder, der den Ahnen der Onganda nicht vorgestellt worden war, durfte diese Stelle betreten.

Sarah blieb außerhalb des Zaunes stehen und rief:

»Moro, moro«, was so viel bedeutete wie: »Guten Tag. Ist jemand hier?«

Der Kraal lag ziemlich verlassen da, nur eine alte Frau und ein paar Kinder waren dort. Die Kinder rannten sofort neugierig herbei, während sich die alte Frau Zeit ließ. Die Kinder waren zu jung, um Sarah zu kennen.

»Woher kommst du?«, fragten sie neugierig. Sarah zeigte in die Himmelsrichtung, aus der sie gekommen war.

»Bist du allein?«

»Wo ist deine Familie?«

»Wie viele Rinder hat deine Onganda?«

»Empfängt man so Gäste?«, schimpfte die alte Frau und scheuchte die Kinder auseinander. Ihre Augen waren verschleiert und blickten an Sarah vorbei ins Leere. Die Frau war blind. Sarah erkannte sie sofort.

»Mutter Komiho?«

Ihr Herz schlug noch heftiger, dieses Mal vor Freude.

Die alte Frau stieß einen Schrei aus und wich erschrocken zurück.

»Vengape? Das kann nicht sein! Vengape ist verhext. Sie ist

zu den Ahnen gegangen. Verschon mich! Ich will noch nicht mit euch gehen!«

»Ich bin nicht tot«, versuchte Sarah zu beschwichtigen. »Ich bin wieder zurück.«

Sie streckte ihre Hand nach Komiho aus und berührte sie zärtlich an der Schulter. Komiho war die ältere Schwester ihrer leiblichen Mutter und hatte ihr immer besonders nahegestanden.

»Wäre ich ein Geist, könnte ich dich nicht berühren!«

Komiho dachte eine Sekunde nach und nickte dann erleichtert. Plötzlich rannen Tränen über ihre Wangen.

»Wir haben alle sehr lange geweint«, erklärte sie immer noch erschüttert. »Deine kleinen Kinder tot, dein Mann ebenfalls; alle grausam getötet. Wir haben sie begraben. Aber du, du warst nicht da. Wir haben überall gesucht. Es war so schrecklich.«

Sarah biss sich auf die Lippe.

»Ja, das war es!«

Es fiel ihr immer noch schwer, sich an das schreckliche Ereignis zu erinnern, aber seit sie Johannes alles erzählt hatte, brauchte sie die schreckliche Bürde nicht mehr allein zu tragen.

»Wer ist der Älteste in der Onganda?«, erkundigte sie sich.

Komiho lächelte. »Es ist immer noch dein Vater Venomeho.«

»Und Tjiveri, meine Mutter?«

Komiho schüttelte bedauernd den Kopf. »Sie ist im letzten Winter von uns gegangen. Sie war krank und hat Blut gehustet.«

Sarah nickte nur. Ihre Mutter hatte ihr nie besonders nahegestanden. Sie hatte nie Zeit für sie gehabt, weil sie ein Kind nach dem anderen geboren hatte. Deshalb war sie schon früh zu der kinderlosen Komiho gezogen, die sie wie eine Tochter behandelt hatte. Trotzdem war sie traurig. Sie hätte ihrer Mutter so gern Raffael gezeigt.

Komiho schickte unterdessen einen kleinen Jungen los, um Venomeho zu holen. Dann bat sie Sarah in den Kraal. Sie kroch in ihre Hütte und kam mit einer Kalebasse voll saurer Milch heraus.

»Das ist für dich«, meinte sie lachend. »Trink und stärk dich von der langen Reise. Und dann musst du mir erzählen, wie es dir ergangen ist.«

Sarah setzte sich neben der alten Komiho auf den Boden und trank.

Wenig später kamen Venomeho und ein paar junge Männer von den Weiden zurück. Die Nachricht von dem plötzlichen Auftauchen Vengapes hatte sich wie ein Lauffeuer verbreitet. Beim Anblick seiner tot geglaubten Tochter erstarrte Venomeho zur Salzsäule. Genau wie Komiho glaubte er einen Geist vor sich zu haben. Aber dann sah Vengape ihn mit einem scheuen Lächeln an und ging langsam auf ihn zu. Venomeho begann zu zittern und ungläubig seinen Kopf zu schütteln. Als seine Tochter unmittelbar vor ihm stand, packte er sie und drückte sie fest an sich. Eng umschlungen blieben die beiden stehen und bemerkten gar nicht, wie sich immer mehr Menschen aus den umliegenden Ongandas versammelten. Jeder wollte sich vergewissern, dass es wirklich Vengape war, die von den Toten zu ihnen zurückgekehrt war. Ungläubiges Gemurmel, Freudenrufe, Getuschel erfüllten den Kraal. Jeder wollte Vengape berühren. Das brachte Glück, von dem jeder ein wenig abhaben wollte. Sarah kannte viele der Dorfbewohner. Sie war mit ihnen aufgewachsen. Da waren Tanten und Onkel, Cousinen und Cousins, Neffen und Nichten. Auch eine Schwester und zwei ihrer Brüder kamen aus ihren eigenen Ongandas, um sie zu begrüßen. Sie redeten alle durcheinander, berührten Sarahs Arme und überhäuften sie mit Fragen und guten Wünschen. Gerührt nahm Sarah all die Segenswünsche entgegen, die sie von ihrer Familie bekam. Sie empfand sie wie wohltuenden Balsam, der ihr zusätzlich half, über die schlimme Vergangenheit hinwegzukommen. Venomeho beschloss, eine Zeremonie abzuhalten und zu Ehren der Ahnen eine Kuh zu schlachten. Er selbst suchte ein wertvolles Tier aus, während Sarah seine Herde bewundern musste. So verging viel Zeit, bevor sie die Gelegenheit bekam, von ihrer neuen Familie zu erzählen. Als Venomeho erfuhr, dass seine Tochter einen weißen Mann geheiratet hatte, verwandelte sich seine Wiedersehensfreude in Wut und Empörung.

»Wie kannst du deinem Vater das antun?«, fuhr er sie an. »Die weißen Männer tun nichts Gutes. Sie zerstören unsere Traditionen. Sie passen nicht in unser Leben. Er wird dich unglücklich machen! Du wirst ihn fortschicken.«

Sarah hatte mit einer ähnlichen Reaktion gerechnet. Ehen wurden in ihrem Volk nicht aus Liebe geschlossen, sondern um den Reichtum der Familie zu vergrößern. Deshalb hatte sie Johannes auch überredet, einige seiner besten Zuchtstiere als Geschenk mitzunehmen. Damit hoffte sie, ihren Vater milde zu stimmen.

»Johannes ist ein guter Mann. Er ist ein großer Magier. Ohne ihn würde ich nicht mehr leben. Er hat den bösen Zauber, der auf mir lag, weggenommen.«

»Sicher hat er nichts zu bieten!«, knurrte Venomeho verächtlich. »Die Weißen nehmen nur. Sie verstehen nichts von Tieren!«

Sarah widersprach ihm freundlich, aber bestimmt.

»Er ist sehr wohlhabend. Er hat viele Rinder. Er hat so viele Tiere, dass er dir einige schenken will.«

Venomeho horchte auf.

»Will er so leben wie wir?«, fragte er immer noch misstrauisch. Sein Widerstand begann in Erwartung des großzügigen Geschenks zu bröckeln.

Sarah hob vielsagend die Hände.

»Wir sind hier, damit unser Sohn seine Familie kennenlernt. Johannes und Raffael warten nicht weit von hier.«

Venomeho knurrte noch ein wenig, doch sein Gesicht hellte sich zusehends auf. Die Aussicht auf neue Tiere und einen neuen Enkel stimmte ihn schließlich gnädig.

»Ich möchte meinen Enkel und seinen Vater sehen. Hol sie her!«

⋆

Hakoma bot einen wüsten Anblick. Die Stallungen sowie einige Nebengebäude waren bis auf die Grundmauern niedergebrannt. Nur das Haupthaus war noch einigermaßen unversehrt. Überall stieg Qualm auf. Einige von Nachtmahrs Orlam waren mit den Aufräumarbeiten beschäftigt, während sich Isabella mit den Hausbediensteten um die Verletzten kümmerte, die im Schatten eines großen Mopanebaums lagen. Als Jella aufgebrochen war, war es noch früh gewesen. Jetzt war es kurz nach Mittag, als sie ankam. Sie stieg, so schnell es ihr Zustand erlaubte, von ihrer Kutsche und winkte Isabella zu. Die zarte Frau sah völlig erschöpft aus. Ihre feinen, weißblonden Haare, die sie sonst sorgfältig hochgesteckt trug, standen wirr von ihrem Kopf ab. Ihr Gesicht war voller Ruß.

»Gut, dass Sie da sind«, begrüßte sie Jella kraftlos. Mit einer hilflosen Geste zeigte sie auf die Zerstörung. »Ich weiß gar nicht, wo wir anfangen sollen. So viele Tote und Verletzte. Das kann doch nicht Gottes Wille sein!«

Jella tätschelte mitfühlend ihren Oberarm.

»Sie sollten sich etwas ausruhen«, riet sie ihr. »Das war alles ein wenig zu viel für Sie. Ich werde mich so lange um die Verletzten kümmern. Wo ist Ihr Sohn? Ist er schwer verletzt?«

Isabella zeigte auf das Haus. »Achim geht es ganz gut. Er beklagt sich über heftige Schmerzen, aber soweit ich es erkennen konnte, hat er nur einen Streifschuss abbekommen. Eine Hausangestellte kümmert sich um ihn. Wenn Sie wollen, führe ich Sie zu ihm.«

Jella befahl Josua, ihre Arzttasche zu holen, und verschaffte sich zunächst einen ersten Überblick über die Verwundeten. Drei Orlam waren tot, ebenso sieben der Angreifer. Ein Orlam hatte einen Bauchschuss und war in schlechter Verfassung. Jella befürchtete, dass das Zwerchfell verletzt war. Die Wunde musste so schnell wie möglich gereinigt und behandelt werden. Sie sorgte dafür, dass der Mann sofort ins Haus gebracht wurde. Die anderen Verwundeten litten an leichteren Schussverletzungen und Brandwunden. Darum konnte sie sich später kümmern. Doch zuvor wollte sie nach Achim sehen und sich selbst ein Bild über seinen Zustand machen. Der junge Mann lag in seinem Zimmer im ersten Stock. Noch bevor Jella sein Zimmer betrat, hörte sie munteres Stimmengewirr. So schlimm konnte es um den jungen Nachtmahr also nicht stehen. Sie klopfte an und trat ein. Sofort sank Achim schwer in seine Kissen zurück und begann zu stöhnen. Seine kleine Schwester Sonja saß neben ihm und schaute ihn erstaunt an. Offensichtlich verstand sie seinen plötzlichen Stimmungswechsel nicht. Jella runzelte verärgert die Stirn, verkniff sich aber eine anzügliche Bemerkung. Sie wollte nicht noch mehr Ärger mit der Familie haben. Mit geübten Griffen löste sie den Verband um seinen Oberarm und untersuchte die Wunde. Der Schuss hatte Achims Oberarm nur oberflächlich gestreift. Er war sicherlich schmerzhaft, aber völlig ungefährlich. Jella musste ihn nicht einmal nähen. Sie säuberte die Wunde nochmals und winkte dann Josua zu sich, damit er dem jungen Nachtmahr einen Verband anlegte. Daraufhin machte sie Anstalten, das Zimmer zu verlassen.

»Soll mich jetzt etwa dieser Bambuse verarzten?«, fragte Achim empört. »Dieser schmutzige Kerl wird mich umbringen. So etwas lasse ich nicht an mich heran.«

Jella bedachte Achim mit einem kalten Blick.

»Josua ist ein hervorragender Sanitäter und keineswegs schmutziger als Sie! Wenn Ihnen seine Behandlung nicht passt, können Sie ja selbst Hand anlegen. Wenn Sie entschuldigen, ich muss mich jetzt um die *wirklich* Kranken kümmern.«

Mit diesen Worten ging sie zur Tür.

»Aber ich habe noch mehr Verletzungen. Mein Kopf hat einen Schlag abbekommen, und mein linker Knöchel ist verstaucht. Sie müssen sich das ansehen.«

Die Türklinke in der Hand drehte sich Jella nochmals um.

»Um diese kleinen Blessuren kann ich mich im Augenblick wirklich nicht kümmern«, gab sie ungerührt zurück. »Es würde Ihnen nicht schaden, wenn Sie sich ein bisschen zusammennähmen. Nehmen Sie sich ein Beispiel an den Männern, die wirklich verletzt sind. Dagegen ist Ihre Schramme wie ein Mückenstich.«

»Das ist unerhört und nicht wahr!«, keifte Achim aufgebracht. »Die Verletzten draußen sind nur Schwarze. Sie können zu ihnen gehen, wenn Sie mit mir fertig sind. Kommen Sie sofort zurück!«

Jella verließ den aufgebrachten Achim kopfschüttelnd. Isabella folgte ihr schweigend.

»Er versucht so zu sein wie sein Vater«, versuchte sie ihren Sohn halbherzig zu entschuldigen. »Dabei ist er schwach und ängstlich wie seine Mutter. Er ist grausam und ungerecht, nur um seinem Vater zu imponieren. Doch Rüdiger fordert immer mehr von ihm, als er überhaupt zu leisten vermag.«

Jella war Achims Verhältnis zu seinem Vater im Moment herzlich egal. Sie überlegte fieberhaft, was sie mit dem Mann mit dem Bauchschuss machen sollte. Wahrscheinlich steckte die Kugel noch in seinem Bauch. Die Gefahr einer Infektion war sehr hoch, außerdem befürchtete sie einen Einbruch von Organen oder Organteilen. Sie musste schnell handeln. Doch was sollte sie tun? Wenn der Mann überleben sollte, dann musste sie ihn operieren. Aber sie war keine Ärztin. Zwar lernte sie eifrig aus Fritz' Büchern und kannte sich theoretisch in vielen Dingen aus. Aber es war doch etwas völlig anderes, es auch in die Praxis umzusetzen. Außerdem war sie allein. Jetzt bereute sie es doch, dass Fritz nicht mitgekommen war. Er war der Arzt. Mit seiner ruhigen Art hätte er ihr bestimmt gesagt, was sie tun sollte. Der Mann, ein ziemlich hellhäutiger Orlam um die vierzig, lag in einem Nebenzimmer auf einer Pritsche. Er wand sich vor Schmerzen und stöhnte, während aus dem Einschussloch in seinem Bauch unentwegt Blut sickerte. Jella befreite ihn von seinem Hemd und versuchte die Blutung zu stoppen, indem sie mit einem Tupfer Mull und saubere Tücher in die Wunde drückte. Je mehr Blut der Mann verlor, desto geringer waren seine Überlebenschancen. Gleichzeitig suchte sie nach der Stelle, an der die Kugel ausgetreten war. Vergeblich; das Geschoss befand sich also noch in seinem Körper. Der Orlam hatte starke Schmerzen. Er griff nach Jellas Hand.

»Wasser«, bat er flehend. »Ich solchen Durst.«

Doch Jella verweigerte es ihm. Die Gefahr, dass der Magen verletzt war, war viel zu groß. Ihr tat der Mann leid, aber sie konnte nicht viel für ihn tun. Ein Gefühl der Ohnmacht überkam sie. Warum nur war sie keine ausgebildete Ärztin? Dann hätte sie ihm bestimmt helfen können. Das Einzige, was sie tun konnte, war, dem Mann etwas Laudanum zu verabreichen. Dann würden seine Schmerzen wenigstens erträglich werden. Als sie das getan hatte, beruhigte sich der Orlam tatsächlich. Seine Augen trübten sich ein und blickten haltlos ins Leere. Mittlerweile hatte Jella die Blutung einigermaßen in den Griff bekommen. Sie verband die Wunde und beschloss, nach den anderen zu sehen. Isabella und Josua folgten ihr wie ein Schatten. Zu dritt behandelten sie die Verletzten und sorgten dafür, dass die Toten beerdigt werden konnten. Jella schonte sich nicht. Unermüdlich eilte sie von einem Kranken zum nächsten, bis sie plötzlich ein heftiges Ziehen in ihrem Bauch spürte, das sie vor Schmerz aufschreien ließ.

Isabella war sofort bei ihr. »Ist etwas mit Ihrem Baby?«, fragte sie besorgt. »Mein Gott, Sie sind ja ganz bleich! Setzen sie sich!«

Sie führte Jella zum Haus und nötigte sie, sich im Salon auf die Chaiselongue zu legen. Erst jetzt merkte Jella, wie erschöpft sie war. Die Verletzten hatten sie so in Anspruch genommen, dass sie überhaupt nicht an das Baby gedacht hatte. Dankbar nahm sie ein Glas Wasser entgegen und trank es in einem Zug leer. Zum Glück ließ das Ziehen nach einiger Zeit wieder nach und verschwand schließlich ganz. Es waren nur ein paar harmlose Vorwehen gewesen. Jella seufzte und lehnte sich zurück. Was für ein Tag! Isabella hatte ihr unterdessen aus der Küche etwas zu essen bringen lassen. Gern griff sie nach einem der belegten Brote und biss herzhaft hinein. Isabella saß ebenso erschöpft neben ihr.

»Sie müssen auch etwas essen«, forderte Jella sie auf. Doch Isabella schüttelte nur müde den Kopf. »Ich habe keinen Appetit. Allein der Gedanke an Essen lässt mich schaudern.«

Jella stutzte. Während sie ihr Brot aß, beobachtete sie Isabella von Nachtmahr und machte sich so ihre Gedanken. Die Baronin war völlig ausgemergelt. Ihre Haut schimmerte nach wie vor gelblich. Offensichtlich hatte sie die Entzündung ihrer Leber immer noch nicht überwunden. Wieder fielen ihr die abgearbeiteten Hände und das müde Aussehen auf. Es war nicht nur die Erschöpfung nach dem Überfall, sondern es waren Resignation und Leid, die diese Frau wie eine Aura umgaben. Schon bei ihrem letzten Besuch hatte sie den Verdacht gehabt, dass Nachtmahr seine Frau viel zu viel arbeiten ließ. Er verlangte von ihr, dass sie sich persönlich um alles kümmerte, obwohl sie genügend Bedienstete besaßen, die ihr einiges abnehmen konnten. War der Baron denn blind, dass er nicht sah, wie sehr er seine Frau überforderte? Jella fiel erst jetzt auf, dass sie den Baron den ganzen Tag über nicht gesehen hatte.

»Wo ist Ihr Mann eigentlich?«, fragte sie verwundert. »Ich habe ihn überhaupt nicht gesehen.«

»Er ist schon seit Tagen mit seinen Männern unterwegs. Er geht und kommt, wie er will«, sagte Isabella leise. Ihre Finger verhakten sich nervös ineinander. »Wahrscheinlich ist er wieder auf der Jagd. Er ist ganz besessen davon.«

»Heißt das, dass Sie und die Kinder ganz allein auf sich gestellt waren? Das ist ja schrecklich!«

Isabella sah sie aus müden Augen an. »Die Herero hatten es nur auf Rüdiger abgesehen. Sie hassen ihn, weil er sie wie Dreck behandelt. Neulich hat er einem von ihnen einfach seine Rinder weggenommen, nur weil der Mann mit den Tieren über ein Stück seines Landes gezogen war. Als der Herero sie zurückforderte, ließ er ihn von seinen Orlam verprügeln. Mich wundert nur, dass sie nicht schon viel früher gekommen sind. Als sie sahen, dass er nicht da war, brannten sie die Scheunen und Ställe nieder und trieben die Rinder fort, die auf *Hakoma* waren. Die Orlam versuchten sie daran zu hindern. Aber die Herero waren in der Überzahl.«

»Und ihr Sohn?«

Isabella verzog mitleidig das Gesicht. »Achim hatte sich in seinem Zimmer verkrochen. Er hatte Angst und keine Ahnung, was er tun sollte. Erst als die kleine Sonja ins Zimmer kam, besann er sich auf seine Beschützerpflichten und holte sein Gewehr. Damit ging er ans Fenster und begann wild zu ballern. Ich versuchte ihn noch davon abzuhalten, denn er hätte genauso gut einen von unseren Männern treffen können. Aber dann bekam er diesen Querschläger ab und wurde zum Glück außer Gefecht gesetzt.«

»Oh!« Mehr konnte Jella nicht dazu sagen.

»Wenn sein Vater das mitbekommt, wird es für ihn noch schwerer«, seufzte Isabella.

»Warum lassen Sie sich das alles gefallen?«, wollte Jella wissen. »Sie sind angeschlagen und arbeiten trotzdem viel zu hart. Wenn Sie so weitermachen, werden Sie eines Tages zusammenbrechen und nicht mehr aufstehen. Haben Ihnen meine Tropfen wenigstens geholfen?«

Isabella wich aus. »Danke, es geht mir viel besser«, behauptete sie. Jella war klar, dass sie log. Sie ahnte, dass Nachtmahr nicht bereit war, Geld für neue Medikamente auszugeben.

»Die Medizin hilft nur, wenn sie sie regelmäßig einnehmen«, sagte sie eindringlich. »Ich kann Ihnen gern noch mehr davon hierlassen.«

Isabella wehrte ab. Doch Jella griff in ihre Tasche und stellte ein Fläschchen mit einer braunen Flüssigkeit auf den Tisch.

»Nehmen Sie das. Das wird ihre angegriffene Leber stärken. Es ist ein pflanzliches Mittel aus Artischocken, Disteln und Schwarzkümmel. Ich stelle es selbst in meinem Labor her und schenke es Ihnen. Sie müssen mir allerdings versprechen, es regelmäßig zu nehmen.«

»Sie sind sehr freundlich.«

»Sie müssen sich schonen«, drang Jella weiter in die Frau. »Denken Sie wenigstens an Ihre Kinder.«

Isabella lachte hart. »Die Kinder, vor allem Sonja, sind der einzige Grund, warum ich das alles hier noch durchstehe.« Ihre tiefblauen Augen blickten sie dieses Mal offen an. »Ich hasse *Hakoma*. Ich hasse Afrika«, sagte sie aus tiefstem Herzen. »Und ich wünschte, ich wäre nie einverstanden gewesen, Rüdiger hierher zu folgen.«

Jella war überrascht über die plötzliche Offenheit. Sie spürte, dass die arme Frau etwas loswerden wollte, was sie schon lange bedrückte.

»Ich habe diesen Mann gegen den Willen meiner Eltern geliebt. Er war mittellos, noch dazu ein Arbeitersohn. Ein Fauxpas, der sich für eine Adlige nicht gehörte. Doch das war mir egal. Rüdiger war äußerst charmant und hatte gute Manieren.

Er war älter, gut aussehend und machte mir vollendet den Hof. Er gab mir das Gefühl, etwas Besonderes zu sein. Damals war ich jung und verliebt und habe seinen Avancen geglaubt. Ha!« Noch einmal lachte sie bitter auf. »Es kam, wie es kommen musste. Ich habe mich ihm hingegeben und wurde schwanger. Durch die Schwangerschaft hatte ich meinen Vater in Schwierigkeiten gebracht. Er war Abgeordneter und kurz davor, einen Ministerposten zu erhalten. Ein uneheliches Enkelkind hätte einen nicht wiedergutzumachenden Schatten auf seinen Ruf geworfen und seine Karriere vorzeitig beendet. Rüdiger hatte es von Anfang an darauf angelegt, meine Familie kompromittieren zu können. Großzügig bot er meinen Eltern an, mich trotz meiner Schande zu heiraten; dafür sollten sie ihm einen Titel besorgen und mir meine Erbschaft ausbezahlen. Er hatte schon damals vor, nach Deutsch-Südwest auszuwandern. Nur hatte ihm das nötige Geld gefehlt. Mein Vater willigte schließlich ein. Damals war ich im siebten Himmel. Doch das sollte sich schnell ändern. Ich war dumm genug zu glauben, dass Rüdiger mich um meinetwillen wollte. Doch kaum waren wir verheiratet, zeigte er sein wahres Gesicht. Immer wieder hielt er mir vor, was für ein verweichlichtes junges Adelsgeschöpf ich doch sei. Als guter Preuße wollte er mir Arbeitsmoral beibringen, damit ich ihm in der Wildnis eine brauchbare Frau abgäbe. Natürlich genüge ich seinen Ansprüchen nicht. Jeden Tag zeigt er mir seine Verachtung. Ich wäre schon längst wieder zurück nach Deutschland gefahren. Doch das ginge gegen Rüdigers Ehre. Er zwingt mich, hierzubleiben, sonst nimmt er mir meine Kinder.«

Isabella schluchzte verhalten auf. Tränen füllten ihre Augen.

Instinktiv griff Jella nach ihrer feinen Hand und streichelte über die Schwielen.

»Sie dürfen sich trotzdem nicht alles gefallen lassen«, meinte sie. »Sagen Sie Ihrem Mann, dass sie krank sind. Sie haben eine Gelbsucht, die nur durch Schonung heilen kann. Er muss auf Sie Rücksicht nehmen.«

Statt einer Antwort stand Isabella auf und räumte das Geschirr weg. »Ich muss jetzt wieder an die Arbeit«, entschuldigte sie sich. Sie tat so, als hätte das Gespräch gar nicht stattgefunden. »Rüdiger wird bald zurück sein. Wenn er die Verwüstung sieht, wird er furchtbar wütend werden. Ich muss alles tun, um seinen Wutausbruch in Grenzen zu halten.«

Jella wollte etwas erwidern, doch Isabella gab ihr das Zeichen zu schweigen. Sie wirkte sehr verbindlich.

»Es ist zu spät, um noch nach *Owitambe* zurückzufahren. Bleiben Sie heute Nacht hier. Ich lasse Ihnen ein Bett herrichten.«

»Das ist nicht nötig«, sagte Jella bestimmt. Schwerfällig erhob sie sich von ihrer Chaiselongue. »Ich werde gleich nochmals nach dem Orlam sehen. Es sieht nach wie vor kritisch mit ihm aus. Wenn Sie mir eine Pritsche in seinen Raum stellen lassen wollen, dann kann ich ihn heute Nacht beobachten. Josua und ich werden dann Morgen im ersten Morgengrauen nach Hause aufbrechen.«

Der Orlam starb in derselben Nacht. Jella hatte nichts anderes für ihn tun können, als seine Schmerzen mit Laudanum zu betäuben. Ohnmächtig hatte sie mit ansehen müssen, wie der Mann starb, Sie saß noch stundenlang neben seiner leblosen Hülle und weinte. Sie machte sich Vorwürfe. Hätte sie operiert, hätte sie den Patienten vielleicht retten können. Dieser Gedanke drehte sich wie ein irrwitziger Kreisel in ihrem Kopf und verursachte schmerzende Schuldgefühle. Dann fasste sie einen Entschluss. Sobald sie wieder in *Owitambe* war, würde sie noch mehr in Fritz' Medizinbüchern studieren. Sie würde ihren Inhalt in sich aufsaugen und verinnerlichen. Aber das sollte nicht alles sein. Sie nahm sich außerdem vor, künftig wenigstens einfache Operationen an Tieren vorzunehmen. Fritz war ein guter Lehrmeister. Er würde es ihr zeigen. Hatte er ihr nicht erzählt, dass Schweine dem menschlichen Körper sehr ähnlich waren? Beim nächsten Verletzten würde sie nicht tatenlos zusehen, wie er starb!

Gedankenverloren ruckelte sie gemeinsam mit Josua wieder zurück nach *Owitambe.* Sie waren längst schon wieder auf ihrem weiträumigen Farmgelände, als Josua auf eine Gruppe Reiter deutete, die von einem schweren Planwagen begleitet wurde.

»Das keine Männer von uns«, meinte er.

Jella beschirmte ihre Augen und versuchte Genaueres zu erkennen. Die Gruppe kam erst näher, doch dann drehte sie ab, als wolle sie Jella und Josua aus dem Weg gehen.

»Das gefällt mir nicht«, knurrte Jella. »Die Leute sind auf unserem Farmgelände. Die haben doch wohl nichts zu verbergen?«

Sie nahm Josua die Zügel aus der Hand und dirigierte das Pferd mit der leichtgängigen Kutsche in Richtung der Fremden.

»Das nicht gut«, sorgte sich Josua, der ein Ovambo war. »Vielleicht kriegerische Herero.«

»Quatsch«, beschied ihn Jella. »Die würden uns doch nicht aus dem Weg gehen. Wir sehen jetzt mal nach.«

Sie schnalzte mit der Zunge und ließ das Pferd antraben. Sobald die Gruppe bemerkte, dass Jella auf sie zuhielt, änderten sie ihren Kurs und kamen ihr entgegen. Mit gemischten Gefühlen erkannte sie Rüdiger von Nachtmahr und drei seiner Orlam. Alle waren schwer bewaffnet und sahen aus, als hätten sie längere Zeit in der Savanne verbracht. Ihre Kleider waren schmutzig und voller brauner Flecken. Einer von ihnen saß auf dem Kutschbock eines schwer beladenen Ochsenkarrens, der mit einer Plane fest verzurrt war.

Jella hielt sich nicht mit langen Begrüßungsworten auf.

»Was machen Sie auf unserem Land?«, fragte sie barsch.

»Ist das jetzt auch schon verboten?«, konterte Nachtmahr finster. »Meine Männer und ich waren in Okakarara. Wir wollten keinen Umweg machen, deshalb durchqueren wir *Owitambe.«*

Er zog seine Stirn kraus und deutete mit dem Finger auf sie. »Das Gleiche könnte ich Sie fragen. Sie kommen doch von *Hakoma.* Was hatten Sie dort zu suchen? Sie sind dort genauso wenig willkommen wie ich hier.«

Darauf hatte Jella nur gewartet.

»Danke für Ihre Freundlichkeit«, antwortete sie schnippisch. »Ich habe die letzten vierundzwanzig Stunden damit verbracht, Ihren Sohn und Ihre Männer wieder zusammenzuflicken. *Hakoma* wurde von den Herero überfallen.«

»Überfallen?« Nachtmahrs Gesicht wurde erst fahl und rötete sich dann vom Hals her. Gleichzeitig ballte er seine freie Hand zur Faust. »Diese Mistkerle«, knirschte er. »Die mach ich kalt. Jedem einzelnen von ihnen werde ich die Haut abziehen.« Erst sein zweiter Gedanke galt seiner Familie. »Was ist mit meinem Sohn? Warum ist er mit den Bastarden nicht fertig geworden?«

»Schön, dass sie so viel Anteilnahme zeigen«, konnte sich Jella nicht verkneifen. »Ihr Sohn hat bei der Verteidigung des Hauses einen Streifschuss abbekommen, vier Ihrer Männer sind tot, die anderen mehr oder weniger schwer verletzt.«

»Verdammt!« Nachtmahr schlug mit der Faust auf den Sattel, sodass sein Pferd leicht scheute. Es kostete ihn einige Mühe, sich wieder in den Griff zu bekommen. Sein Unterkiefer mahlte erregt hin und her, bevor er sich wieder Jella zuwandte.

»Wir wären sicher auch ohne Sie ausgekommen«, meinte er knapp. »Dennoch bedanke ich mich für Ihre Hilfe. Sie werden verstehen, dass ich jetzt sofort zurückmuss.«

Jella nickte. Doch dann fiel ihr noch etwas ein.

»Ihrem Sohn wird es bald wieder besser gehen, aber um Ihre Frau mache ich mir weit größere Gedanken. Sie ist krank!«

Nachtmahr hob misstrauisch eine Augenbraue und fixierte sie mit seinem finsteren Blick.

»Was geht Sie das an? Sind Sie etwa Ärztin?«

»Das bin ich nicht«, entgegnete Jella peinlich berührt. »Aber ich bin immerhin ausgebildete Krankenschwester und erkenne, wenn jemand an Gelbsucht leidet. Ihre Frau muss sich dringend schonen und die Medikamente einnehmen, die ich ihr gegeben habe. Wenn sie weiterhin so schuftet, wird sie bald ganz zusammenbrechen. Ihre Leber muss sich erholen. Sie sollten ihr Ruhe gönnen.«

»Ihre Anteilnahme können Sie sich sparen«, herrschte Nachtmahr sie an. »Noch einmal: Wir benötigen Ihre Hilfe nicht. Falls Isabella wirklich einmal krank werden sollte, so werden wir ganz sicher zu einem kompetenten Arzt nach Okahandja oder Windhuk gehen.« Er warf ihr einen verächtlichen Blick zu. »Und nicht zu einer hergelaufenen Frau, die sich als Wohltäterin aufspielt.«

Er wendete sein Pferd und gab seinen Leuten das Zeichen, weiterzuziehen. Jella blieb vor Zorn erstarrt zurück.

Noch eine ganze Zeit schimpfte sie wie ein Rohrspatz vor sich hin. In ihren Augen war Nachtmahr ein ungehobelter Idiot, den sie ans Ende der Welt wünschte. Dieser Ignorant hatte keine Achtung vor anderen Menschen. Da sie etwas vom Weg abgekommen waren, schlug Josua vor, einen Bogen zu fahren und sich der Farm vom anderen Ende her zu nähern. Das war bedeutend kürzer, als sich wieder zurück auf den Hauptweg zu begeben. Jella hatte nichts dagegen gehabt, obwohl sie dabei einen kleinen Ausläufer des Waterbergmassivs überqueren mussten. Direkt dahinter befand sich *Owitambe.* Der Weg schlängelte sich anfangs zwischen Felsgruppen bergauf, während die winterliche Sonne auf das silbrig graue Geäst der Rosinenbüsche brannte. Es war wieder Josua, der Jella aufgeregt auf etwas Ungewöhnliches aufmerksam machte. Der junge Ovambo zeigte in den Himmel, wo ein gewaltiger Schwarm Geier seine Runden drehte.

»Jesus Maria«, bekreuzigte er sich. »Da ist Tod.«

Er sah sich ängstlich um. »Vielleicht Löwen bei Jagd!«

Jella erschrak und umklammerte instinktiv Josuas Arm, als sie eine Gruppe Hyänen entdeckte, die sich ebenfalls an den Ort begaben, über dem die Geier kreisten. Sie schauderte bei ihrem Anblick. Aus gutem Grund verabscheute sie Hyänen aus tiefstem Herzen, seitdem sie selbst beinahe einmal zu ihrem Opfer geworden war. Das Pferd an der Kutsche schnaubte und tänzelte unruhig. Es schien ebenfalls zu spüren, dass hier etwas nicht in Ordnung war.

»Mir sind zu viele Aasfresser hier«, meinte Jella beunruhigt. »Das gefällt mir gar nicht. Lass uns so schnell wie möglich verschwinden!«

Sie schnalzte mit der Zunge und trieb das Pferd zu einem schnelleren Trab an. Der Weg wurde bald schmaler und zog sich schließlich entlang einer jäh abfallenden Felskante nach oben, sodass sie notgedrungen das Tempo wieder verringern mussten. Die Geier kreisten nun direkt über ihnen. Als sie schließlich den höchsten Punkt des kleinen Vorgebirges erreicht hatten, scheute plötzlich das Pferd und brach zur Seite aus. Durch den Sprung hätte es die Kutsche beinahe aus dem Gleichgewicht gebracht. Jella zog sofort an den Zügeln und versuchte das Tier von der Felskante weg zu dirigieren. Sie fürchtete, dass es in seiner Panik über den Abgrund schießen könnte. Nur mit Mühe gelang es ihr, das Pferd wieder einigermaßen unter ihre Kontrolle zu bringen. Die Zügel fest in der Hand, sprach sie beruhigend auf es ein, aber trotz ihrer Beschwichtigungsversuche blieb das Pferd nervös und aufgeregt. Immerhin gelang es ihr, das Tier zum Stehen zu bringen. Es zitterte am ganzen Leib. Jella holte erleichtert Luft. Das war gerade noch einmal gut gegangen! Erst jetzt nahm sie den metallischen Geruch von Blut war, der das Pferd so in Aufregung versetzt hatte. Ganz in ihrer Nähe musste etwas Schreckliches geschehen sein. Vielleicht waren dort Menschen, die ihre Hilfe brauchten. Sie gab Josua die Zügel in die Hand und stieg mit wackligen Beinen aus der Kutsche aus. Je näher sie dem Abgrund kam, umso stärker wurde der metallische Geruch. Es roch nach warmem, eben vergossenem Blut.

Den Anblick der toten Elefanten würde Jella ihr ganzes Leben nicht mehr vergessen. Grausam hingeschlachtet lagen die Kadaver der prächtigen Tiere in dem kleinen Talkessel unter ihr. Man hatte sie einfach dort hineingetrieben und dann feige abgeknallt. Kühe, Bullen und Kälber, die ganze Herde, die Fritz und sie noch vor wenigen Tagen so stolz beobachtet hatten, lagen tot und verstümmelt vor ihr. Ein einziger grauer Fleischberg. Kein einziges Tier besaß mehr Stoßzähne, was sie im Tod auf bizarre Weise entstellte. Die Elfenbeinjäger waren nicht zimperlich bei ihrer Arbeit vorgegangen und hatten die Tiere regelrecht zerfleischt. Ihre Köpfe waren zerhackt und nur noch blutige Fleischmassen. Auf ihren grauen Leibern saßen Geier und stießen ihre nackten Köpfe in die Löcher, die die Hyänen in die Eingeweide gerissen hatten. Jella umfasste schutzsuchend ihre Schultern und begann vor Entsetzen zu zittern. Dann übergab sie sich. Nicht einmal die Kälber, die ja noch keine nennenswerten Stoßzähne besaßen, hatten sie verschont!

Jella brauchte nicht lange, um sich alles zusammenzureimen. Nachtmahr und seine Männer waren genau aus dieser Richtung gekommen. Die braunen Flecken auf ihrer Kleidung, der Schmutz. Alles fügte sich aus den Einzelheiten zusammen. Sie waren nicht in Okakarara gewesen. Sie hatten meuchlings diese wundervollen Tiere getötet!

Waterberg

Bis zum Winter 1904 spitzte sich die Situation am Waterberg dramatisch zu. Die Herero wollten endgültig das Joch der Schutzherrschaft abstreifen. Von überallher strömten die Menschen an den Waterberg. Um die fünfunddreißigtausend Männer, Frauen und Kinder, dazu viele tausend Rinder, Schafe und Ziegen versammelten sich an den Wasserstellen um Hamakari. Samuel Maharero, ihr Kapitän, setzte alles auf eine Karte. Er hofte, dass die große kriegerische Menschenansammlung die Deutschen beeindrucken und zu Verhandlungen zwingen würde.

Tatsächlich hatten viele Farmer samt ihren Familien ihr Zuhause verlassen und Schutz in den befestigten Garnisonen von Okahandja und Grootfontein gesucht. Mit einer groß angelegten Vergeltungsaktion rechnete der Kapitän nicht.

Nicht weit von den aufständischen Herero entfernt befand sich *Owitambe*. Fritz und Jella hatten sich entschieden, auf der Farm zu bleiben. Jella wollte ihr Baby zu Hause auf die Welt bringen. Sie hatten keine Angst vor Übergriffen. Die Herero hatten zwar auch einige Wasserstellen auf ihrem Land besetzt, doch sie hatten aus sicherer Quelle erfahren, dass keiner der Kapitäne einen Überfall auf ihre Farm plante. Nicht alle Herero hatten *Owitambe* verlassen. Einige Familien hatten sich entschieden, gemeinsam mit den Ovambos und Damarras zu bleiben. Schließlich war die Farm zu ihrem Zuhause geworden. Die Beteiligung an den Erlösen der Farm bot ihnen und ihren Familien ein gutes Auskommen, das sie nicht verlieren wollten. *Owitambe* war die Heimat dieser Menschen, und die Sonthofens und van Houtens waren ein Teil von ihnen, trotz ihrer hellen Hautfarbe. Johannes, Sarah und der kleine Raffael waren immer noch bei den Himbas im Kaokoveld. Jella und Fritz hofften jetzt, dass sie dort blieben, bis sich die Lage entspannt hatte. Mit Sorge hörten sie die neuesten Nachrichten von der Aufrüstung der Schutztruppen. Seitdem im Mai Lothar von Trotha zum Oberkommandierenden von Deutsch-Südwestafrika ernannt worden war, um den Aufstand der Herero niederzuschlagen, war eine friedliche politische Lösung nahezu unmöglich geworden. General von Trotha strebte die Vernichtung der Aufständischen an, um ein Exempel zu statuieren. Seine Absicht war, alle verfügbaren Kräfte zu bündeln und die Herero mittels eines konzentrischen Angriffs zu einer Entscheidungsschlacht zu zwingen. Allerdings befanden sich große Truppenteile im Süden des Landes, um den Aufstand der Nama niederzuschlagen. Aus diesem Grund musste er Freiwillige und Reservisten rekrutieren. Rüdiger von Nachtmahr und sein Sohn Achim gehörten zu den Ersten, die sich meldeten. Immerhin hatte von Nachtmahr einmal dem königlich-sächsischen Kavallerieregiment angehört. Isabella und ihre kleine Tochter Sonja hatte der Baron in die Garnison nach Okahandja geschickt. General von Trothas Absicht war, den Aufstand mit einem Schlag militärisch zu beenden. Doch der neue Oberkommandierende der deutschen Streitkräfte hatte nicht mit den örtlichen Schwierigkeiten und den taktischen Fähigkeiten der Herero gerechnet. Die Herero waren kampferprobte Krieger mit guten Waffen. Ihr Aufstand war keinesfalls planlos verlaufen. Neben Angriffen auf Farmen führten die Herero Überfälle auf Depots, Eisenbahnlinien und Handelsstationen durch. Sie schwächten damit die Infrastruktur und sicherten ihren Nachschub. Die Krieger brannten die Höfe nieder und töteten die Männer. Frauen und

Kindern sowie Missionaren gestanden sie freien Abzug zu den nächsten Schutzstationen zu. Zu ihrer Taktik gehörte es auch, Gefallene vollkommen auszuplündern und sich nicht nur deren Waffen, sondern auch sämtliches persönliches Eigentum und die Uniformen anzueignen. Die Deutschen empfanden dies als äußerst abstoßend, da die Herero sich nicht scheuten, die deutschen Uniformen selbst anzuziehen und damit ihre Feinde zu verwirren. Durch diese List gelang es ihnen immer wieder, die Deutschen in einen Hinterhalt zu locken.

Auf der anderen Seite schaffte es das Deutsche Reich innerhalb kürzester Zeit, große Truppenkontingente nach Afrika zu verlegen. Innerhalb eines halben Jahres waren die Truppen von siebenhundertfünfzig Schutztruppensoldaten auf etwa fünfzehntausend aufgestockt worden. Damit hatten die Herero nicht gerechnet. Außerdem war es ihnen trotz Überzahl nicht gelungen, die Städte und Telegrafenlinien zu erobern. Nach etlichen Scharmützeln, die in zunehmendem Maße auch von den deutschen Schutztruppen gewonnen wurden, war das Herero-Volk des Kämpfens müde geworden und bereit, am Waterberg über ein Friedensangebot zu verhandeln. Doch ihre Kapitäne, allen voran Samuel Maharero, hatten mit dem friedfertigen Gouverneur Leutwein und nicht mit dem Vernichtungswillen eines Generals von Trotha gerechnet.

Am 11. August 1904 kam es zu der entscheidenden Schlacht am Waterberg. Von Trotha ließ zum Angriff blasen. Zahlenmäßig unterlegen, aber mit hervorragenden Waffen ausgestattet, griffen etwa tausendsechshundert Soldaten das Lager der Aufständischen von allen Seiten an. Von Trothas Ziel war es, die Herero vollständig zu unterwerfen. In einer Zangenbewegung sollten die sechs deutschen Abteilungen die Herero einkreisen und dann zum Kampf zwingen. Allerdings gab es innerhalb der deutschen Truppen Abstimmungsschwierigkeiten und Versorgungsprobleme, sodass es den Soldaten zwar gelang, die Herero um die Wasserstellen von Hamakari zusammenzutreiben, jedoch nicht, sie zum entscheidenden Gefecht zu stellen. Die Kapitäne der Herero konnten ihre Krieger versammeln und griffen die Deutschen im Osten an. Mit rund dreitausend Bewaffneten gelang es ihnen schließlich, die Frontlinie zu durchbrechen und mitsamt den Frauen, den Kindern und dem Vieh zu entkommen. Die Deutschen machten sich sofort an die Verfolgung der Aufständischen, mussten allerdings wegen Nachschubproblemen und einer Typhusepidemie bald aufgeben. Während ein kleinerer Teil der Herero nach Norden ins Ovamboland floh, zog ein Großteil weiter in Richtung des wasserarmen Sandfelds der Omaheke. Ihre Hoffnung war, in Britisch-Betschuanaland Zuflucht zu finden.

Für General von Trotha war die Schlacht am Waterberg zwar militärisch gewonnen. Doch er hatte sein Ziel, die Herero zu vernichten, noch nicht erreicht. Aus diesem Grund ließ er die Flüchtigen durch zangenförmige Ausfälle vor sich hertreiben, immer weiter hinein in die wasserarme Omahekewüste. Unter günstigen Umständen wäre die Durchquerung des Sandfelds für die Herero vielleicht möglich gewesen. Doch ausgerechnet in diesem Jahr waren die Wasserlöcher schon so gut wie ausgetrocknet. Infolge des Aufstands hatten es die Herero verpasst, ihre Brunnen ausreichend zu pflegen, sodass sie rascher austrockneten als gewöhnlich. Die Verfolger blieben ihnen dicht auf den Fersen und sorgten dafür, dass sie kein Wasser fanden. Oftmals erreichte der Flüchtlingsstrom eine Wasserstelle mit letzter Kraft, nur um festzustellen, dass sie entweder ausgetrocknet oder von den Soldaten vergiftet worden war. Die Kämpfe, der anstrengende Marsch und der Mangel an Verpflegung forderten ihren grausamen Tribut. Je weiter sie in die Omaheke vordrangen, desto zahlreicher wurden die Opfer. Frauen, Kinder und Alte waren die ersten Toten. Sie wurden nicht einmal begraben. Man war gezwungen, sie einfach liegen zu lassen. Der Weg durch die Omaheke war gepflastert von Leichen und aufgeblähten Tierkadavern.

Von Trotha kannte kein Erbarmen. Obwohl viele seiner Offiziere murrten und Kritik übten, verlangte der General die unbarmherzige Verfolgung der Aufständischen. Ihre Rückkehr nach Deutsch-Südwestafrika sollte mit allen Mitteln verhindert werden. Auf diese Weise verloren ungefähr vierzehntausend Menschen ihr Leben.

*

Staubig, aber guter Dinge waren Fritz, Imelda und Rajiv auf dem Heimweg nach *Owitambe.* Es war eine lange besprochene Sache, dass Fritz' Mutter rechtzeitig vor der Geburt ihres Enkelkindes bei Jella sein sollte. Bis zur Entbindung waren es zwar noch ein paar Wochen, aber Imelda hatte darauf bestanden, ihrer Schwiegertochter auch beim Einrichten des Kinderzimmers behilflich zu sein. Zu ihrer aller Erleichterung war auch Okakarara weitgehend von den Unruhen verschont geblieben. Der kleine Ort war im Augenblick mehr oder weniger verwaist. Die meisten weißen Siedler wagten sich noch nicht aus den Befestigungsanlagen nach Hause, und die ehemals dort wohnenden Herero waren auf der Flucht. Im Store gab es momentan nicht viel zu tun, sodass Alfred Knorr den Laden ohne Weiteres eine Zeit lang allein führen konnte. Zu Fritz' Überraschung hatte sich Rajiv Singh seiner Mutter angeschlossen. Fritz war es nicht entgangen, dass sich die beiden äußerst gut verstanden. Aber auch er freute sich auf die anregende Gesellschaft des Inders.

Kurz vor *Owitambe* stießen sie auf einen schwitzenden Traugott Kiesewetter. Der Missionar aus der Rheinischen Missionsstation war allein mit einem vollgeladenen Pritschenwagen unterwegs. Das war ziemlich ungewöhnlich, denn der dickleibige Geistliche war eher ein gemütlicher Typ. Umso mehr erstaunte es Fritz, dass er sich in diesen unruhigen Zeiten offenkundig auf eine längere Reise eingestellt hatte.

»Gott zum Gruße«, begrüßte ihn der Missionar sichtlich erfreut. »Ich hoffe doch sehr, dass ich Ihnen auf *Owitambe* willkommen bin.«

»Auch ich grüße Sie!«, erwiderte Fritz munter. »Darf ich wissen, was uns die Ehre Ihres Besuchs verschafft? Für die Taufe ist es noch ein wenig zu früh.«

Kiesewetter lachte höflich, aber dann deutete er ernst auf seine Ladung. »Ich suche nach Verbündeten, denn ich brauche Hilfe für eine große Unternehmung«, meinte in seiner breiten rheinischen Art. »Ich trage die feste Absicht, in der Omaheke herumirrende Hereroseelen zu retten.«

Fritz zog erstaunt die Augenbraue hoch. Sofort begann der redselige Missionar sein Anliegen vorzutragen. Wenige Tage zuvor hatte das zweite Bataillon des I. Feldregiments auf seiner Missionsstation Halt gemacht, um seine Wasservorräte aufzufrischen. Dabei war Kiesewetter mit Major Ludwig von Estorff ins Gespräch gekommen. Der Major hatte in der Schlacht am Waterberg mitgekämpft und hatte nun den Befehl, sich mit seinen Männern an der Treibjagd auf die Herero zu beteiligen. »Sie hätten den Mann mal sehen sollen«, meinte Kiesewetter kopfschüttelnd. »Der war völlig aus dem Häuschen. Die Mission, zu der man ihn verdonnert hatte, lag ihm wie ein Felsbrocken auf seiner Seele. Der Major brannte geradezu darauf, bei mir sein Gewissen zu erleichtern. Der sagte doch glatt, dass dieses Kommando einem Völkermord gleichkomme. Der Mann war verbittert und sagte wörtlich, dass diese törichte und grausame Politik ihn noch an seinem Verstand zweifeln ließ. Er selbst hatte versucht, bei General von Trotha Gnade für die Herero zu erwirken, doch der Mensch will die Vernichtung dieses Volkes!« Kiesewetter machte eine kurze Pause, um sich zu vergewissern, dass seine Zuhörer ihn verstanden hatten. Fritz, Imelda und Rajiv schüttelten fassungslos den Kopf. Sie hatten viele Gerüchte gehört, aber das schlug dem Fass den Boden aus. Kiesewetter erzählte weiter. Natürlich hatte er wissen wollen, was mit den gefangenen Herero geschah. Von Estorff berichtete daraufhin von Konzentrationslagern, die das Militär errichten ließ. Dort sollten alle Aufständischen untergebracht werden, nicht nur die Krieger, sondern auch Frauen, Alte und Kinder.

»Die Zustände in diesen Lagern sind erbärmlich«, hatte von Estorff mit sichtlichem Widerwillen berichtet. »Die Menschen leben im Dreck, werden schlecht versorgt und sind infolgedessen krank und apathisch. Viele werden den Winter nicht überstehen.«

Kiesewetter hatte das Gespräch tief aufgewühlt. Das Schicksal der herumirrenden Herero bewegte ihn. Viele von ihnen kannte er. Er hatte sie bekehrt, getauft und mit ihnen Gottesdienst gefeiert. War es nicht seine Christenpflicht, ihnen in ihrer Not beizustehen? Immerhin gab es nicht nur die Konzentrationslager des Militärs. In einigen Missionsstationen waren mittlerweile auch Auffanglager für die armen Verfolgten entstanden. Dort ging es ihnen um einiges besser. Zwar waren sie ebenfalls Gefangene, aber die Missionare kümmerten sich wenigstens um ein Mindestmaß an Sauberkeit und regelmäßiges Essen. Außerdem wurde keiner der Insassen zu Zwangsarbeit gezwungen. Traugott Kiesewetter hatte sich an jenem Tag entschieden, in die Wüste zu ziehen, um Überlebende zu finden. Allein, es fehlte ihm noch an Helfern.

»Und da habe ich sofort an Sie gedacht«, beendete der Geistliche seinen Bericht. Er sah dabei Fritz hoffnungsfroh an. »Sie sind mir sofort in den Sinn gekommen!«, schnaufte er. »Keiner kennt sich in der Omaheke so gut aus wie Sie. Man hat mir erzählt, dass sie genauso gut Spuren lesen können wie ein Buschmann. Keine Frage: Sie sind genau der richtige Mann für diese Aktion!«

Fritz schüttelte bedauernd den Kopf.

»Das ist völlig unmöglich. Sie werden leider auf mich verzichten müssen, Pastor. Ich werde auf *Owitambe* gebraucht. Meine Frau erwartet in wenigen Wochen ihr Baby. Ich kann sie jetzt nicht mehr für längere Zeit allein lassen.«

»Bis dahin sind wir doch längst wieder zurück.« Kiesewetter gab sich nicht so leicht geschlagen. »Denken Sie nur an die armen Frauen und Kinder, die wir beide retten könnten! Jeder Tag zählt jetzt!«

»Tut mir leid!«

Kiesewetter ließ betrübt seine Schultern sinken und seufzte: »Sie waren meine einzige Hoffnung! Aber Gottes Wege sind nicht immer gerade!«

»Kommen Sie trotzdem mit nach *Owitambe«,* schlug Fritz vor. Er hatte ein schlechtes Gewissen. Unter anderen Umständen hätte er den Pastor ohne zu zögern unterstützt. Das Schicksal dieser Menschen war ihm keinesfalls gleichgültig. »Stärken Sie sich und dann überlegen wir gemeinsam, wer für Ihre ehrenvolle Unternehmung noch in Frage kommt.«

Unvermittelt mischte sich nun Rajiv Singh in die Unterhaltung ein.

»Wenn Sie auch einen Andersgläubigen als Ihren Helfer akzeptieren, würde ich mich Ihnen gern anschließen«, meinte er zu ihrer aller Überraschung. »Auch wir Hindus kennen das Gebot der Nächstenliebe.«

Dabei sah er Imelda an, als ob er ihr etwas erklären müsste. Doch die lächelte ihn nur mit einer Mischung aus Stolz und unverhohlener Zuneigung an.

»Das ist eine wundervolle Idee«, fand sie. »Sie sollten Rajiv, ähm, Herrn Singh unbedingt als Begleiter in Erwägung ziehen!«

Traugott Kiesewetter strahlte bis über beide Ohren.

»Lasset die Schäflein zu mir kommen!«

Beim Abendessen auf *Owitambe* unternahm der Missionar einen erneuten Versuch, Fritz doch noch zu überzeugen. Dieses Mal wandte er sich an Jella und erzählte ihr von seinem Vorhaben. Eindringlich schilderte er abermals Estorffs schaurige Erfahrungen und legte in allen Einzelheiten dar, weshalb es aus christlicher Sicht so notwendig war, die fliehenden Herero zu retten. Jella hörte betroffen zu. Kiesewetter musste sie nicht von der Richtigkeit seines Unterfangens überzeugen. Allein die Vorstellung, dass auch Menschen, die sie kannte, schutzlos der Wüste ausgeliefert waren, tat ihr in der Seele weh. So kam sie ganz von allein auf die Idee, Fritz um Unterstützung zu bitten.

»Pastor Kiesewetter braucht dich«, stellte sie auf ihre unverblümte Art fest. »Keiner kennt sich in der Omaheke besser aus als du. Die Vorstellung, dass Nancy und ihre Kinder da draußen herumirren, macht mich ganz wirr vor Sorge. Wenn du sie suchen würdest, hätte ich wenigstens das Gefühl, dass wir etwas für sie tun.«

»Wir werden längere Zeit unterwegs sein«, warf Fritz ein. Er nahm Jellas Hand und streichelte sie besorgt. »Was ist, wenn das Baby früher kommt?«

»Mach dir darüber mal keine Gedanken!«, winkte Jella ab. »Imelda ist ja bei mir. Sie wird mir bei der Geburt ohnehin eine größere Hilfe sein als du.«

Sie warf ihm einen ihrer spöttisch-liebevollen Blicke zu.

»Ich würde ja selbst mitgehen, wenn es möglich wäre.«

»Gott bewahre!«

Fritz hob geschlagen die Arme. Im Grunde seines Herzens war er erleichtert, dass sogar Jella ihm dazu riet. Sie hatte recht, es war ihre christliche Pflicht zu helfen. Die Erinnerungen an den Burenkrieg waren noch längst nicht verblasst. Damals war er begeistert in den Krieg gezogen und hatte am eigenen Leib erfahren müssen, wie grausam und ungerecht er war. Der tragische Tod seines Vaters und der Verlust seiner Hand hatten ihn für lange Zeit zu einem gebrochenen Mann gemacht. Darüber hinaus war er gezwungen worden, zu töten, und hatte sich dafür gehasst. Damals hatte er sich geschworen, dass er nie wieder so ein Leid zulassen wollte. Er konnte Kriege nicht verhindern, aber er konnte dafür sorgen, menschliches Leid zu lindern.

»Also gut, ich komme mit.«

Fritz' dunkle Augen funkelten vor Unternehmungslust. Zärtlich zog er Jellas Hand an seine Lippen und sah ihr tief in die Augen. »Nun musst du mir nur noch versprechen, mit der Geburt unseres Kindes bis zu meiner Rückkehr zu warten.«

»Versprochen!«, lachte Jella.

Allerdings ahnte sie nicht, wie leichtfertig sie dieses Versprechen gegeben hatte.

*

»Ich will auch morgen mit den Jungen zum Ziegenhüten«, quengelte Raffael ungeduldig. »Ich weiß, wie man pfeift und schnalzt und wie man so die Ziegen und Kälber führt!«

Er baute sich vor seinen Eltern auf und gab eine Kostprobe seines mühselig erworbenen Könnens. Mittlerweile unterschied ihn nichts mehr von seinen Cousins und Cousinen. Vor einigen Tagen hatte sich Raffael seiner westlichen Kleider entledigt und Komiho um einen Hungergurt und zwei Lederschurze gebeten. Außerdem bekam er von ihr Hals-, Arm- und Knöchelreifen. Jetzt erinnerten nur noch seine im Sonnenlicht rötlich schimmernden Haare daran, dass er nur zur Hälfte ein Himba war. Der kleine Junge war seit ihrer Ankunft wie ausgewechselt. Denn im Gegensatz zu den Kindern auf *Owitambe* gaben ihm die Himbakinder keine Gelegenheit, sein aufbrausendes Temperament auszuleben. Natürlich war Raffael anfangs auch hier seinen Cousins und Cousinen gegenüber rechthaberisch und überlegen aufgetreten. Doch anstatt sich darüber zu ärgern, lächelten die Kinder nur freundlich und zogen sich dann von ihm zurück. Sie gaben ihm auch zu verstehen, dass er jederzeit gern wieder willkommen war, wenn sein »missmutiger Ahn ihn wieder in Ruhe gelassen hatte«. In ihrer Vorstellung waren Raffaels unangenehme Eigenarten die Folge einer kurzzeitigen Verzauberung. Raffael begriff schnell, dass es nur zwei Arten gab, wie er sich verhalten konnte. Entweder er beharrte weiterhin auf seinen eigenen Ideen und blieb allein, oder aber er ging auf die anderen zu. Allerdings war es in der Gemeinschaft der Himbas beinahe unmöglich, eigenbrötlerische Wege zu gehen. Dafür war das Leben miteinander viel zu eng verwoben. Außerdem lechzte er nach Anerkennung und versuchte sie dadurch zu gewinnen, dass er von ihnen zu lernen begann. Im Gegensatz zu ihm waren Himbakinder schon sehr früh selbstständig. Jungen in seinem Alter zogen ganz selbstverständlich mit den Ziegen und Schafen auf die Weide oder trieben Kälber in dornenumrangte Gehege, die sie selbst errichtet hatten. Die Kinder waren ganz erstaunt, dass Raffael nicht einmal das einfache hohe »Ah … ah« ausstoßen konnte, um die Schafe und Ziegen anzulocken. Ungeschickt versuchte er die Rufe, das Pfeifen und Schnalzen nachzumachen. Der erste Erfolg war kläglich, und er musste das gutmütige Lachen der Kinder ertragen. Raffael kam sich plötzlich dumm und unerfahren vor und begann zu weinen. Aber sein achtjähriger Cousin Katondoihe tröstete ihn und versprach, ihm alles Wichtige beizubringen. Zum ersten Mal in seinem Leben fand Raffael einen wahren Freund. Er wollte alles tun, um dem Älteren zu gefallen. Unermüdlich übte er die Befehle und Laute und machte schließlich auch Fortschritte. Endlich war Raffael so weit, und sein sehnlichster Wunsch war nun, mit seinen Cousins und Cousinen zum Ziegenhüten auszuziehen.

Sarah, die hier wieder ihren Himbanamen Vengape trug, und Johannes lauschten amüsiert und wohlwollend der Vorführung ihres Sohnes. Es war längst dunkel, und sie saßen um das wärmende Feuer. Neben ihnen streckte der alte Venomeho, Raffaels Großvater, seine Finger über die wärmenden Flammen. Dann griff er nach seiner Pfeife, die aus dem harten Holz einer großen Mopanewurzel geschnitzt war, und begann sie bedächtig mit dem Tabak zu stopfen, den er bei den Damarra in Sesfontein eingehandelt hatte. Erst nachdem er sie richtig gestopft hatte, entzündete er sie mit einem Stück glühender Holzkohle. Tief sog er den Rauch in seine Lungen. Doch der starke Tabak brachte ihn zum Husten, bis ihm die Augen tränten und er die Pfeife widerwillig an Johannes weiterreichen musste.

»Vielleicht bin ich zu alt zum Rauchen«, gestand er. »Aber ich bin ganz gewiss noch nicht zu alt, um euch von unserem Volk zu erzählen.« Er machte eine lange Pause.

»Doch bevor ich damit beginne, möchte ich mit meinem Enkel reden!« Er winkte Raffael zu sich heran. »Warum möchtest du mit den Kindern zum Viehhüten gehen?«, fragte er neugierig. »Weißt du nicht, wie anstrengend das ist? Dort draußen wird es heiß. Ihr seid den ganzen Tag auf den Beinen, müsst die dornigen Zweige zu festen Zäunen fügen und klettern, um verirrte Tiere zurückzuholen. Kannst du das?«

Raffael nickte eifrig.

»Katondoihe hat mir alles gezeigt«, behauptete er selbstbewusst. »Und klettern kann ich sowieso.«

Venomeho musterte ihn stolz. »Nun gut«, brummte er und forderte von Johannes die Pfeife zurück, die er tapfer rauchte. Einen weiteren tiefen Zug nehmend, begann der alte Mann in seinen Erzähltonfall zu verfallen. »Ich erkenne, dass in dir das Blut unseres Volkes fließt«, sagte er bedächtig. »Zieh mit den Jungen aus und werde ein guter Hirte. Eines Tages wird dir auch eine große Herde gehören!«

Raffael stieß einen lauten Jubelschrei aus und stürmte davon, um Katondoihe die gute Nachricht zu überbringen.

Johannes hatte dem Gespräch erst amüsiert zugehört, war aber dann ins Grübeln geraten. Seine Gedanken schweiften in den letzten Tagen immer öfter nach *Owitambe* und zu seiner Tochter. Wie mochte es ihnen ergangen sein? Mittlerweile war selbst bis in diese abgelegene Gegend die Nachricht von den immer schlimmer werdenden Unruhen gedrungen. Es gab zwar keine genauen Informationen, doch Johannes befürchtete, dass auch seine Farm in die Unruhen verwickelt werden konnte. Er hatte sich viel zu lange der Sorglosigkeit hingegeben. Nun war es Zeit zurückzukehren. Sarah und er waren sich immer einig gewesen, nur wenige Wochen bei den Himbas zu bleiben. Es sollte ein Kennenlernen werden, mehr nicht. Er warf einen verstohlenen Blick auf seine Frau, die mit einem vergnügten Lächeln an den Lippen ihres Vaters hing, der eine seiner vielen Geschichten zum Besten gab. Sie wirkte so locker und gelöst! Plötzlich war er sich gar nicht mehr sicher, ob sie wirklich noch einmal mit ihm zurück nach *Owitambe* wollte. Hier bei ihrer Familie hatte sie wieder zu sich selbst gefunden und ihre schrecklichen Erfahrungen endgültig überwunden. War sie noch die Frau, die er auf *Owitambe* kennengelernt hatte? Seine Frau hatte längst ihre westlichen Kleider abgelegt und trug Hungergurt und Lendenschurze wie die anderen Himbas. Auch Haartracht und Schmuck hatte sie angelegt. Nur hatte sie Johannes zuliebe auf die Rottönung ihrer Haut verzichtet, weil ihm der ranzige Geruch der aus Butterfett, Ocker und Kräutern hergestellten Farbe unangenehm in die Nase stach.

Sarah spürte Johannes' Blick und wandte sich ihm zu. Ihre Augen glänzten, und sie schmiegte sich vertrauensvoll an ihn. Erst als Johannes steif blieb, merkte sie auf und suchte in seinem Gesicht nach einem Grund. Doch Johannes schüttelte nur seinen Kopf und stand auf.

»Ich vertrete mir noch ein wenig die Beine«, brummte er einsilbig. Dann trat er durch die dornige Umzäunung hinaus auf die mit Schutt bedeckte Ebene des Kaokovelds. Vor ihm lagen die hoch aufragenden Tafelberge und Kegel, die eine gewaltige Bergkette bildeten. Der beinahe volle Mond tauchte sie in ein silbrig blaues Licht. Im Mondlicht waren auch die runden Gehege aus Steinen und Holz, die die Schafe, Ziegen und Kühe beherbergten, auszumachen. Mit einem Mal ertönte der geisterhafte Ruf einer Hyäne aus einer Schlucht oberhalb des Lagers. Unter den Schafen und Ziegen begann ein nervöses Drängeln und Schieben. Besonders die Jungtiere reagierten unruhig. Johannes trat zu ihnen und beruhigte sie durch sanftes Zureden. Dann verfiel er wieder in sein grüblerisches Schweigen.

»Was bedrückt dich, mein Geliebter?« Sarahs tiefe Stimme holte ihn unvermittelt aus seiner Grübelei. Er wollte etwas Nichtssagendes antworten, aber dann brach sein Unmut doch aus ihm heraus, und er machte ihm Luft.

»Es war ein Fehler, hierherzukommen«, sagte er ungewollt unwirsch. »Der Junge verwildert hier und wird sich umso schlechter wieder zu Hause einfinden.«

Die harten Worte stolperten ohne sein Zutun über seine Lippen.

Sarah wich erschrocken zurück.

»Deine Stimme lügt. Das ist nicht wahr«, sagte sie entsetzt. »Dein Sohn ist glücklich. Das können deine Augen nicht übersehen haben.«

»Wenn wir länger bleiben, wird er nicht mehr mit zurückwollen.« Sein Unmut wuchs immer noch. »Er gehört nicht hierher!«

»Er gehört auch nicht nach *Owitambe.«* Sarah wurde nun auch erregt. Sie sah ihren Mann herausfordernd an. Er hatte sie verletzt und in ihrer Ehre gekränkt.

»Wie kannst du so etwas sagen«, regte er sich auf. »Wir waren uns immer einig, dass der Junge aufwachsen muss wie ein zivilisierter Mensch.«

»Ach so?« Sarah verzog gekränkt den Mund. »Du meinst: Mein Volk ist weniger wert als deines?« Enttäuschung rang mit aufkeimender Wut. »Wieso willst du mich dann als Frau?«

Johannes schwieg betroffen. Ihm war klar, dass er den Bogen überspannt hatte. Er hasste Rassenvorurteile aus tiefstem Herzen. Für ihn waren alle Menschen gleich viel wert. Und doch hatte er sich in seinem Unmut über Sarahs Volk gestellt.

»Sarah, bitte …« Sein Versuch, die Wirkung seiner Worte abzuschwächen, scheiterte kläglich. »Du weißt, dass ich es nicht so gemeint habe. Ich schätze dein Volk. Ich liebe dich!«

»Dein Mund spricht Worte, die ich nicht verstehe«, entgegnete sie kühl. »Du sagst, du weißt, was für alle gut ist. Aber weißt du auch, was dein Sohn will?«, fragte sie. »Raffael trägt das Blut von dir und mir in sich. Du kannst sein Himbablut nicht rausnehmen. Und du kannst sein deutsches Blut nicht entfernen. Er muss selbst finden, wohin er gehört.«

Johannes ballte die Fäuste. Er fühlte, wie erneut die Gefühle in ihm aufwallten. Natürlich hatte Sarah recht. War er nicht damals als junger Mann auch seinen eigenen Weg gegangen und hatte sich über die Wünsche seines Vaters hinweggesetzt? Damals hatte er sich geschworen, mit seinen Kindern alles besser zu machen. Doch jetzt standen die Dinge anders. Raffael war intelligent, er musste auf eine gute Schule. Er war sein Sohn! Und dessen Zukunft lag bestimmt nicht in dieser kargen Wildnis! Und es war seine Aufgabe als Familienvorstand, dafür zu sorgen. Es war seine Pflicht!

»Wir können hier nicht mehr länger bleiben«, entschied er. Seine Frau hatte seine Entscheidung zu respektieren. Um seinen Worten die Härte zu nehmen, fügte er hinzu. »Natürlich war es wichtig für den Jungen, deine Familie kennenzulernen. Aber nun ist es höchste Zeit, dass er zu seinem richtigen Leben zurückfindet. Und das ist für ihn auf *Owitambe!*«

Sarah biss sich auf die Unterlippe. Johannes' Worte trafen sie wie Schläge. Er hatte kein Wort von dem verstanden, was sie versucht hatte, ihm zu sagen. Warum war nur das Leben eines Weißen für Raffael gut? Waren sie und ihr Volk so wenig wert, dass er nicht frei wählen durfte? Am liebsten hätte sie vor Empörung laut geschrien. Aber dann beherrschte sie sich doch. Auch in ihrem Volk gehorchte eine Frau ihrem Mann.

»Wir gehen wieder zurück«, presste sie hervor. Es kostete sie Mühe, keinerlei Emotionen in ihrer Stimme mitschwingen zu lassen.

Johannes nickte.

»Wir brechen auf, sobald der Mond voll ist!«

Falls Sarah darüber erschrak, ließ sie sich nichts anmerken. Sie drehte sich um und machte sich wortlos auf den Rückweg zu der Onganda.

Johannes spürte plötzlich, dass er die Sache ganz falsch und unsensibel angegangen war. Er hatte seine Frau tief verletzt. Das hatte er nicht gewollt. Verzweifelt versuchte er die Situation zu retten.

»Sarah«, rief er ihr hilflos hinterher. »Es ist nicht so, wie du denkst. Lass es mich dir erklären.«

Aber Sarah reagierte nicht.

Bedrückt und hundemüde kam Raffael am Abend des nächsten Tages von seiner ersten Hirtentour zurück in die Onganda. Er konnte sich kaum auf den Beinen halten und kroch sofort durch den engen mit Lehm verschmierten Holzeingang ihrer Hütte. Sarah folgte ihm, um ihm etwas zu essen anzubieten. Doch der kleine Junge trank lediglich aus der ihm gereichten Kalebasse einen tiefen Schluck saure Milch. Dann drehte er sich um und gab vor, zu schlafen. Seine Mutter legte ihm noch eine Decke um und ließ ihn dann in Ruhe.

Sarah hatte mit Johannes seit ihrer Auseinandersetzung kein einziges Wort mehr gewechselt. Noch am Abend war sie in

Komihos Hütte gezogen und hatte dort übernachtet. Den ganzen nächsten Tag war sie ihm aus dem Weg gegangen und hatte damit begonnen, sich von ihren vielen Verwandten zu verabschieden. Besonders ihre alte Tante Komiho wollte sich gar nicht damit abfinden, dass Vengape sie schon wieder verließ. Raffael hatte sie noch nichts von der bevorstehenden Abreise erzählt. Sie hatte ihm nicht seinen großen Tag verderben wollen. Außerdem fand sie, dass es die Aufgabe des Vaters war, seinen Sohn aufzuklären. Sie fürchtete sich davor, wie der Junge auf die bevorstehende Abreise reagieren würde. In ihren Augen schien er hier viel glücklicher zu sein als auf *Owitambe.*

Doch Raffael nahm die Nachricht völlig gelassen auf. Im Gegenteil, er schien sich auf die Heimreise sogar zu freuen. Den ganzen Tag über half er seinem Vater beim Packen des Planwagens und suchte nicht einmal die Nähe von Katondoihe und den anderen Hirtenkindern, als sie am Abend mit ihren Ziegen wieder zurückkamen. Sarah ahnte, dass etwas vorgefallen sein musste, aber Raffael wich ihr aus, als sie ihn darauf ansprach, und schwieg trotzig. Hatte Johannes vielleicht recht und der Junge hatte gemerkt, dass sein weißer Anteil in ihm doch stärker war? Sarah schüttelte unwirsch den Kopf. Manchmal wusste sie selbst nicht mehr, wohin sie gehörte.

Am nächsten Tag brachen sie auf. Wegen der Unruhen am Waterberg hatte sich Johannes entschieden, einen Umweg über die Etoschapfanne zu machen, um im Fort Namutoni auf eine Gelegenheit zu warten, sich einem bewaffneten Schutztrupp anzuschließen. Weder Johannes noch Sarah wussten von der Schlacht am Waterberg und ihren schrecklichen Folgen. Wie auf dem Hinweg vertraute Johannes darauf, dass sie bei weißen Farmern Unterschlupf finden und vielleicht ihre Vorräte würden auffrischen können. Doch die Gastfreundschaft, die in Deutsch-Südwest selbstverständlich war, wurde ihnen bei ihrer Heimreise nur sehr eingeschränkt gewährt. Grund dafür waren die Unruhen. Viele Farmer fürchteten sich vor den Schwarzen und witterten Aufruhr an jeder Ecke. Sie kapselten sich ab und suchten nur noch die Nähe von ihresgleichen. Die Mischehe zwischen Johannes und Sarah war ihnen jetzt erst recht ein Dorn im Auge. Einige Male wurden sie sogar mit wüsten Beschimpfungen von der Farm gejagt. »Du verkafferter Abschaum«, »Rassenschänder« und »Verräter« waren übliche Beschimpfungen. Johannes versuchte sich davon nicht abschrecken zu lassen, und auch Sarah zeigte keinerlei Regung. Aber Raffael machte die Ablehnung der Menschen sehr wohl zu schaffen. Eines Abends, als sie wieder einmal gezwungen waren, ungeschützt im Freien zu übernachten, brach es aus ihm heraus. Johannes hatte seinen Sohn zu Bett gebracht und wollte ihm gerade sein Lieblingsmärchen erzählen. Aber Raffael schüttelte nur genervt den Kopf.

»Ich mag das Märchen nicht mehr hören«, meinte er trotzig. »Das ist Kinderkram!«

»Ach ja?« Johannes horchte auf. Bislang konnte sein Sohn von Geschichten gar nicht genug bekommen. »Vielleicht möchtest du, dass ich dir etwas anderes erzähle?«

»Nein!«

»Ist etwas mit dir? Bist du zu müde für eine Geschichte?«

»Nein!«

»Bedrückt dich etwas?«

Raffael sah seinem Vater in die Augen. Er kämpfte offensichtlich mit den Tränen und dachte darüber nach, ob er überhaupt etwas sagen sollte. Schließlich platzte es aus ihm heraus.

»Warum bin ich nicht so wie du?«, wollte er wissen. »Ich hasse meine dunkle Haut. Wegen ihr hassen mich alle weißen Menschen.«

»Aber Junge! Das ist doch nicht wahr. Deine Haut ist wunderbar. Sieh nur, wie hässlich meine ist!« Er hielt Raffael seinen mit Sommersprossen bedeckten Arm hin, der von der Sonne krebsrot war. Der Junge sah kurz hin.

»Ja, weiß ist hässlich«, stimmte er schließlich zu. »Aber trotzdem ist ein weißer Mensch mehr wert. Warum?« Er wandte sich wieder seinem Vater zu. Dieses Mal war seine Miene trotzig herausfordernd. Johannes seufzte. Auf diese Frage hatte er schon lange gewartet. Er hatte nicht gedacht, dass es ihm so schwerfallen würde, seinem Sohn darauf zu antworten.

»Menschen mit weißer Hautfarbe sind nicht mehr wert als Menschen mit brauner, gelber oder roter Hautfarbe. Das Problem ist nur, dass sie meinen, sie sind mehr wert.«

»Warum glauben sie das?«

Johannes zuckte mit den Schultern. »Sie bilden sich etwas auf ihre Bildung ein, auf den Fortschritt, und glauben, ihn auch hierher nach Afrika bringen zu müssen, um den Völkern damit zu helfen.«

»Was ist ein Fortschritt?«, wollte Raffael wissen.

»Maschinen, Technik, bessere Medizin.«

»Und Kanonen und Gewehre?«

»Die auch!«

»Müssen die Afrikaner ohne den Fortschritt sterben?«

»Sicher nicht«, musste Johannes ehrlicherweise zugeben. Sein Sohn machte sich bereits mehr Gedanken über die Welt, als er gedacht hatte.

»Dann ist es besser, wenn sie wieder aus Afrika verschwinden«, zog Raffael als Resümee.

»Ich fürchte, das wird nicht so ohne Weiteres geschehen!«

»Wenn du nicht nach Afrika gekommen wärst, dann wäre ich ein richtiger Himba«, meinte der Junge plötzlich. Tränen schossen aus seinen Augen. »Und dann wäre mir die Schande erspart geblieben, und ich wäre ein guter Ziegenhirte geworden und hätte immer bei den Himbas bleiben können!« Die Heftigkeit, mit der er sprach, erschütterte seinen Vater.

»Was redest du da?«, fragte er sichtlich überrascht. »Du wolltest doch auch wieder zurück nach *Owitambe!*«

»Wollte ich nicht«, schluchzte Raffael. »Katondoihe und die anderen Kinder waren immer nett zu mir. Nicht so fies wie Mateus und Ben auf *Owitambe.* Ich wäre am liebsten für immer dort geblieben, aber dann haben sie mich ausgelacht, weil ich beim Ziegenhüten alles falsch gemacht habe!«

»Katondoihe hat dich bestimmt nicht ausgelacht!«

»Ich habe aber Angst gehabt!«, gestand Raffael kleinlaut. »Ich habe gesagt, dass ich ganz allein auf die jungen Zicklein aufpassen kann, während die anderen Kinder die Tiere zusammengetrieben haben, aber als ich allein war …« Er wich Johannes' Blick aus und starrte an die helle Tuchwand des Planwagens. »… da hörte ich plötzlich den Ruf eines Schabrakenschakals. Er war ganz nah!«

Johannes strich sanft über den Kopf seines Sohnes. Es rührte ihn, wie er sich für seine Angst schämte. Gleichzeitig wollte er ihm aus seiner Verlegenheit helfen.

»Ich habe auch schon oft Angst gehabt«, gestand er seinem Sohn. »Jeder Mensch hat Angst, egal, ob er eine weiße oder eine schwarze oder eine andere Hautfarbe hat. Dafür musst du dich nicht schämen.«

Raffael wandte sich wieder seinem Vater zu und sah ihn mit tränenverschmiertem Gesicht an.

»Ich bin dann weggerannt und habe mich in einem Felsunterschlupf versteckt. Und dann sind die Schakale wirklich gekommen und haben versucht, in das Zickleingehege zu kommen. Anstatt die anderen zu rufen, saß ich nur da und habe mich gefürchtet. Katondoihe hat mich dafür ausgeschimpft. Das wird er mir nie verzeihen!«

»Hast du denn noch einmal mit ihm geredet?«

»Natürlich nicht!«, schrie Raffael aufgebracht. »Er verachtet mich, genau wie die anderen Kinder. Und das nur, weil ich kein richtiger Himba bin! Ich bin kein Himba und ich bin kein Weißer! Ich bin ein Niemand!«

Johannes versuchte seinen Sohn zu beruhigen. Aber der Junge war so aufgebracht, dass er sich dagegen wehrte und sich in seinen Decken vergrub.

Hilflos betrachtete Johannes den Haufen, bevor er aus dem Planwagen kletterte, um sich schweigend neben seine Frau zu setzen, die ihn immer noch mit Missachtung strafte.

Kurze Zeit später näherten sie sich der Etoschapfanne. Etoscha bedeutete auf Ovambo »großer weißer Platz«. Die über hundert Kilometer lange Salzpfanne war jetzt während der trockenen Monate ausgedörrt und zersplittert wie ein gesprungener Spiegel. Die Pfanne war eine riesige, weiß schillernde Senke, die eine Salzkruste bedeckte, von der sich nur der baumbestandene Rand deutlich am Horizont abzeichnete. Ihre Oberfläche bestand aus grünlichem Lehm mit verstreuten kleinen Sandsteinbrocken von purpurner Farbe. Auf den ersten Blick sah diese Mondlandschaft lebensfeindlich und wenig einladend aus. Auf dem kargen Salzboden wuchs nur eine Grassorte, aber die war für zahlreiche Gnus, Oryxantilopen und Zebras eine nahrhafte Pflanze. In regenreichen Jahren füllte sich die Etoschapfanne mit Wasser, sodass sich Abertausende von Flamingos und anderen Wasservögeln darin niederließen, um zu brüten. Für andere Tierarten war dieses Wasser ungenießbar. Sie bezogen die lebensnotwendige Flüssigkeit aus den wenigen natürlichen Quellen der Salzpfanne.

Johannes hatte nicht vor, die Etoschapfanne direkt zu durchqueren. Er wählte die südliche Route, die sie an ausreichend Quellen vorbeiführen würde, deren Wasser von den Steilabbrüchen des südlichen Dolomitgesteins herrührte. Von dort floss Regenwasser in ein ausgedehntes System unterirdischer Spalten und Höhlen ab. Ihr Weg führte sie durch eine bizarre Savannenlandschaft, die die Einheimischen »Märchenwald« nannten. Seltsam geformte Moringabäume, die an skelettierte Geister- und Fabelwesen erinnerten, bildeten einen bizarren Kontrast zu der sonst eintönigen Landschaft. Diese flaschenähnlichen Bäume speicherten in der Regenzeit das Wasser in ihren aufquellenden Stämmen. Davon profitierten sie dann während der trockenen Monate. In der Polizei- und Militärstation Okaukuejo machten sie zwei Tage Rast und frischten ihre Vorräte auf. Die Station war nur spärlich besetzt, denn die meisten Soldaten waren zum Schutz der Farmer in den Süden beordert worden. Von dem leitenden Offizier erfuhr Johannes erstmalig von der Schlacht am Waterberg. Als er hörte, dass das Gefecht in Hamakari, ganz in der Nähe von *Owitambe* stattgefunden hatte, machte er sich große Sorgen. Wie mochte es Jella, Fritz und den Leuten auf der Farm ergangen sein? Waren auch sie Opfer von Plünderungen geworden? Gab es *Owitambe* überhaupt noch? Alles in ihm drängte nun nach Hause. Zwar warnte ihn der leitende Offizier eindringlich vor einer Weiterreise, denn Gerüchten und Nachrichten zur Folge sollten auch die Ovambos im Norden begonnen haben, sich gegen die Schutztruppen aufzulehnen. Doch Johannes kümmerte das wenig. Er schlug alle gut gemeinten Ratschläge in den Wind. Am folgenden Tag brachen sie in Richtung Fort Namutoni auf. Auf holprigen Wegen durchquerten sie die aus Mopanebäumen, Drusen- und Schirmakazien bestehende Savannenlandschaft südlich der Etoschapfanne. Alles schien friedlich. Weit und breit waren keine Aufständischen zu sehen. Die wenigen Farmen auf ihrem Weg ließen sie aufgrund ihrer schlechten Erfahrungen links liegen. Die Landschaft wirkte wie ein unberührtes Paradies. Einmal stießen sie auf eine kleine Gruppe Hei'lom-Buschmänner, die sie um etwas Mehl und Wasser anbettelten. Johannes gab gern etwas von seinen Vorräten ab und erfuhr dafür eine Abkürzung nach Fort Namutoni.

An der Wasserstelle bei Charitsaub bot sich ihnen ein atemberaubender Anblick, der Johannes schon seinem Sohn zuliebe dazu brachte, eine Zeit lang zu verweilen. Hunderte von Gnus, Springböcken und Steppenzebras drängten sich um die begehrte Wasserstelle, und auch einige Giraffen gesellten sich zu den Tieren. Obwohl die Tiere in den letzten Jahren stark bejagt worden waren, versammelten sie sich hier immer noch sehr zahlreich.

»So ähnlich müssen sich die Tiere um Noahs Arche gedrängt haben«, staunte Johannes und erzählte Raffael die Geschichte von dem alten Mann, der mit einem Schiff voller Tiere der großen Sintflut entkommen war.

Fort Namutoni war 1897 von der deutschen Kolonialverwaltung errichtet worden. Mit Okaukuejo bildete das Fort die Markierung der nördlichen Grenze des deutschen Einflussgebietes und war als Kontrollstelle gegen das Vordringen der Rinderpest aus den nördlichen Ovambogebieten gedacht. Eine weiße, zinnenbewehrte Außenmauer, die von Ecktürmen flankiert wurde, umschloss mehrere Innengebäude. Der Eingang führte durch ein befestigtes Tor, aus dem die Soldaten Ausfälle reiten konnten.

Johannes traf mit seiner Familie gegen Mittag in dem verschlafenen Fort ein. Das weit geöffnete Eingangstor wurde halbherzig von einem im Schatten eines Mopanebaums dösenden Soldaten bewacht. Als er ihren Planwagen entdeckte, rappelte er sich jedoch eilig auf und kam auf sie zu.

»Schön, mal wieder fremde Gesichter zu sehen«, grinste sie der Soldat vertrauensselig an und tippte mit dem Zeigefinger an seinen Südwesterhut. »Kommen Sie nur herein und fühlen Sie sich wie zu Hause.« Er zwinkerte Raffael verschwörerisch zu. »Im Moment ist hier ziemlich wenig los. Außer den lärmenden Tokos und ein paar frechen Affen gibt es hier rein gar nichts!«

Sie erfuhren, dass das Fort wegen des Hereroaufstandes unterbesetzt war. Lediglich eine kümmerliche Stallwache, die aus vier Soldaten und drei Farmern bestand, hielt sich im Moment in der kleinen Militärstation auf.

»Wer ist Ihr Vorgesetzter?«, erkundigte sich Johannes. Der Soldat zuckte gleichgültig mit den Schultern. »Wenn ich es genau überlege, dann ist Hauptmann Friedrich jetzt unser Chef. Er sitzt mit den anderen im Verwaltungsgebäude beim Kartenspielen – hat heute Geburtstag.«

Er deutete hinter sich auf ein weiß getünchtes Gebäude, das an die hinter ihm liegende Mauer angebaut war.

»Wenn Sie neue Vorräte brauchen … die finden Sie auf der anderen Seite. Karl Martens hat hier so etwas wie einen Store eingerichtet, wo Sie sich mit dem Notwendigen versorgen können. Wir essen hier immer alle gemeinsam. Fühlen Sie sich einfach wie zu Hause!«

Der Soldat tippte nochmals an die Krempe seines Hutes und begab sich dann wieder in den Schatten seines Baums. Johannes lenkte den Wagen vor den Store und band dort ihr Pferd an. Weit und breit war niemand zu sehen. Allerdings drang Gelächter aus dem gegenüberliegenden Verwaltungsgebäude. Alle im Fort lebenden Personen schienen sich dort aufzuhalten. Johannes ging mit Raffael an der Hand in das Gebäude, um ein Quartier für die Nacht zu erbitten. Sarah blieb bei dem Wagen zurück. Hauptmann Friedrich, zwei weitere Soldaten und zwei der drei Farmer saßen hemdsärmlig um einen Tisch, den sie vor den massiven Schreibtisch gestellt hatten, und spielten Karten. Dabei ging es hoch her. In der Mitte des Tisches stand eine Flasche Korn, die beinahe leer war. Dementsprechend war auch die Stimmung. Hauptmann Friedrich begrüßte Johannes und Raffael mit glasigen Augen.

»Sieh einmal an, wir haben Besuch«, lallte er fröhlich und winkte sie herbei. »Willkommen, willkommen!« Dann schien er sich plötzlich an seine Pflicht als Kommandant zu erinnern. Er erhob sich auf wackligen Beinen und deutete eine Verbeugung an. Johannes gab sich Mühe, den Zustand des Kommandanten zu ignorieren, und trug sein Anliegen vor. Hauptmann Friedrich, immer noch um Ernsthaftigkeit bemüht, versuchte Haltung anzunehmen. Dabei schlenkerte sein rechter Arm unkontrolliert in Johannes Richtung.

»Sie sind natürlich unser Gast! Fühlen Sie …« Ein lauter Rülpser unterbrach seinen Redefluss.

Er kicherte. »'tschuldigung. Ähm, was wollte ich noch mal sagen?«

»Machen Sie sich keine Umstände«, unterbrach ihn Johannes. »Sagen Sie uns einfach, wo wir etwas zu essen bekommen und die Nacht verbringen können. Damit wäre uns ausreichend geholfen!«

»Spielen Sie Karten?«, fragte Friedrich unvermittelt. Mit vorgehaltener Hand beugte er sich verschwörerisch in Johannes' Richtung. »Die Kerle haben nämlich keine Ahnung davon. Jawoll!«

Protestierendes Gegröle am Tisch war die Folge. Doch Friedrich gebot ihnen mit einer weiteren ausladenden Armbewegung Stillschweigen.

»Haltet's Maul! Ich bin der Chef!«

»Lass mich mal, Sepp!«, mischte sich nun ein wuchtiger Mann mittleren Alters ein. Er wirkte noch relativ nüchtern. »Sie bekommen einen völlig falschen Eindruck von uns«, versuchte er Hauptmann Friedrich zu entschuldigen. »Der Hauptmann hat nämlich heute Geburtstag. Deshalb feiern wir etwas ausgelassener.«

Johannes winkte ab. »Das stört mich überhaupt nicht. Uns ist mit einer Unterkunft und etwas Proviant für unsere Weiterreise völlig gedient.«

Der wuchtige Mann nickte und machte Anstalten, sich vom

Tisch zu erheben. Doch Friedrich protestierte. »Karl, du kannst uns jetzt nicht allein lassen! Wir brauchen dich!«

»Ihr kommt gut eine Weile ohne mich klar. Außerdem habe ich genug getankt! Auch für euch wäre es besser, wenn ihr jetzt Schluss machtet!« Er klopfte mit der Faust auf den Tisch und erhob sich endgültig. »Kommen Sie!«, winkte er Johannes zu sich. »Wir gehen jetzt in meinen Store!«

Sie waren gerade aus dem Verwaltungsgebäude getreten, als ihnen der Soldat vom Eingangstor aufgeregt entgegenkam. »Da ist etwas, das ist gar nicht gut«, stammelte er und zeigte in Richtung des Eingangstors.

»Was meinst du damit, Martin?«, knurrte Karl Martens.

»Ja, hörst du das denn nicht?« Martins Stimme überschlug sich. »Das sind mindestens fünfhundert Mann! Sie stürmen auf Fort Namutoni zu. Die wollen uns angreifen! Das muss ich Sepp sagen!« Damit stürmte er an ihnen vorbei ins Haus.

Johannes und Karl Martens begaben sich sofort zum Tor, das immer noch offen stand. Etwa einen Kilometer von ihnen entfernt hatte sich eine große Menschenmenge versammelt. Sie näherte sich ihnen auf breiter Phalanx.

»Mein Gott!«, stieß Martens überrascht aus. »Das sind ja Ovambos. Was zum Teufel wollen die von uns?«

Johannes' Kiefermuskulatur spannte sich besorgt. »Die sehen nicht sehr friedlich aus! Ich nehme mal an, die wollen Namutoni überfallen. Wir sollten schleunigst die Tore schließen!«

Er lief eilig zu einem der Torflügel und stemmte sich dagegen. Martens nahm sich den anderen vor. Gemeinsam schafften sie es, das Tor zu schließen und den schweren Holzriegel davorzuschieben. Dann befahl er Raffael, zu seiner Mutter zu gehen. »Geht in das Haus da drüben und verschließt die Tür«, befahl er seinem Sohn. »Kommt auf keinen Fall heraus und versteckt euch. Egal, was gleich passiert!«

Raffael zuckte zusammen. So hatte sein Vater noch nie gesprochen. Instinktiv begriff er den Ernst der Lage und wetzte zu seiner Mutter, die bereits vom Bock des Planwagens gestiegen war.

»Was haben Sie an Waffen?«, erkundigte sich Johannes energisch.

»Das weiß ich nicht so genau!«, überlegte Martens. »Aber sollten wir das nicht Hauptmann Friedrich überlassen?«

Johannes schnaubte verächtlich. »Der ist doch dicht wie eine Haubitze! Wir sollten sehen, dass möglichst alle Männer schnell wieder nüchtern werden. Wie heißt der Soldat, der Wache geschoben hat?«

»Martin Ludwig«, antwortete Martens. Zumindest der Kaufmann schien einigermaßen nüchtern zu sein.

»Gut! Er soll herkommen und mir erklären, wie die Kanonen funktionieren.« Er deutete auf den Mauerumlauf, auf dem einige Kanonen angebracht waren. »Wir müssen den Ovambos zeigen, dass sie kein leichtes Spiel haben! Beeilen Sie sich!«

Martens' wuchtige Gestalt bewegte sich eilig auf das Verwaltungsgebäude zu, aus dem gerade die betrunkene Besatzung torkelte. Johannes begab sich unterdessen zu Sarah und ihrem Sohn.

Zum ersten Mal seit ihrem Streit berührte er seine Frau an den Schultern.

»Ich habe viel falsch gemacht«, meinte er ernst. »Wenn das hier vorbei ist, dann müssen wir noch einmal reden.«

Sarah nickte und schenkte ihm ein zaghaftes Lächeln. Dann nahm sie Raffael und bugsierte ihn in den Store.

Nehale IyaMpingana war seit sechzehn Jahren König der Ondonga im Ovamboland. Er musste sich die Herrschaft mit seinem älteren Bruder Kambonde teilen, was zu einer fortwährenden Rivalität zwischen den Brüdern geführt hatte. Während

Kambonde sich bisher erfolgreich durch Passivität gegen den Einfluss der deutschen Schutzmächte gewehrt hatte, bevorzugte Nehale kämpferischere Methoden. Die Rinderherden der Ondongas waren in den letzten Jahren durch die Rinderpest stark dezimiert worden. Um eine Ausbreitung der Seuche zu verhindern, hatten die Deutschen eine Blockade errichtet, die verhinderte, dass die Ovambos Handel mit den Herero treiben konnten. Nehale empörte sich darüber, ohne etwas dagegen zu unternehmen. Erst als ihm die Nachricht überbracht wurde, dass die Deutschen zudem beabsichtigten, alle Ovambo-Rinder zu erschießen, beschloss er, sich zu wehren. Er wiegelte sein Volk zu einem Aufstand auf. Alle waffentragenden Männer mussten sich vor seinem Kraal versammeln. Dort schwang er eine mitreißende Rede:

»Wie lange wollen wir uns noch von den weißen Eindringlingen ärgern lassen?«, fragte er die Männer. »Sie kamen in unser Land, um uns vor Unruhen zu bewahren. Doch was machen sie stattdessen? Sie rauben uns unser Land und bringen uns Krankheit und Tod. Jetzt wollen sie uns auch noch unsere Rinder stehlen. Ich sage euch: Es ist genug!«

Unter den Männern gab es lautes Gemurmel und Zustimmung, als Nehale erneut ansetzte.

»Wir sind die Löwen!«, rief er kämpferisch. »Die Weißen sind nicht mehr als kleine feige Klippschiefer. Sobald wir brüllen, werden sie in ihren Löchern verschwinden!« Er hob kriegerisch seinen Arm. »Lasst uns ihre Festungen stürmen! Wir sind die Löwen!«

»Wir sind die Löwen!«

Die Männer ließen sich von Nehales Eifer anstecken und brüllten lauthals: »Wir sind die Löwen!«

Im Morgengrauen des nächsten Tages marschierten fünfhundert gut bewaffnete Krieger auf Fort Namutoni los. Nehale wusste, dass kaum ein Soldat das Fort bewachte und glaubte an einen leichten Sieg. Seine Absicht war es, die Deutschen durch die Zerstörung der Grenzbefestigungen weiter nach Süden zu treiben, damit sie ihren Einfluss auf Ovamboland erst gar nicht ausdehnen konnten. Die Kämpfe mit den Herero und den Nama hielten sie ausreichend beschäftigt, sodass die Ovambos kaum mit einem Vergeltungsschlag zu rechnen hatten. Ein weiterer Vorteil war, dass bei den Weißen niemand mit einem Angriff rechnete. Mit all seinen Männern stürmte Nehale auf Fort Namutoni los. Bis zum Abend wollte er das Fort zerstört haben.

Mit Johannes waren sie zu acht, viel zu wenig, um das Fort erfolgreich zu verteidigen. Hauptmann Friedrich und seine Zechkumpane waren mittlerweile wieder einigermaßen nüchtern. Martens hatte Eimer voller Wasser herangeschleppt und die Männer damit übergossen. Dies und die Angst vor dem bevorstehenden Angriff brachte sie schnell wieder zu Verstand. Friedrich ließ aus der Munitionskammer Waffen, Repetiergewehre und Dynamit holen. Dann machten sie in aller Eile die Kanonen an allen vier Mauerseiten schussbereit. Sie waren kaum damit fertig, als auch schon die ersten Schüsse gegen die Außenmauer krachten. Nehale hatte seine Krieger in zwei Trupps aufgespalten. Einer startete einen Angriff auf das Haupttor, während die anderen den Überraschungseffekt ausnutzen und versuchen sollten, die etwa sechs Meter hohe hintere Mauer zu überwinden. Doch Hauptmann Friedrich hatte den Plan schnell durchschaut und Johannes, Martens und den Gefreiten Ludwig am anderen Ende positioniert. Während er und ein Soldat das Feuer über dem Haupttor eröffneten, empfingen die anderen Männer den zweiten Trupp an der Rückseite. Nehale hatte nicht mit so einem erbitterten Widerstand gerechnet, sondern gehofft, dass ihm das Fort mehr oder weniger kampflos in den Schoß fallen würde. Deshalb hatte er seine Männer ohne Deckung stürmen lassen. Die Folgen waren fatal. Schon bei der ersten Angriffswelle wurden über zwanzig seiner Krieger getötet. Auf der Rückseite des Forts nochmals fünf. Er zog seine Männer wieder zusammen und entfernte sich ein Stück von dem Fort, um nochmals zu beratschlagen. Kurz vor Sonnenuntergang stürmten sie in geballter Formation erneut. Dieses Mal konzentrierten sie sich nur auf das Tor, das durch den ersten Beschuss schon ziemlich mitgenommen war. Alle Krieger zielten auf das immer maroder werdende Holztor. Nehale hoffte, durch die bloße Überzahl das Hindernis überrennen zu können. Doch auch das hatte Friedrich vorausgesehen und alle Männer nach vorn geholt. Mit Kanonen, Dynamit und Repetiergewehren schossen sie blind auf die stürmende Menge. Schreie, Explosionen, Rauch und schließlich auch der Geruch von Blut erfüllten den Abendhimmel an der Etoscha. Nehale verlor nochmals an die vierzig Mann. Enttäuscht und wütend blies Nehale zum Rückzug. Er beschloss, in den frühen Morgenstunden sein Werk zu vollenden.

»Wir können das Fort nicht halten!«, schnaufte Hauptmann Friedrich völlig außer Atem. »Wir haben Glück, dass sie uns nicht heute schon überrannt haben.«

Die Männer waren erschöpft und voller Staub und Ruß, aber keiner von ihnen war ernsthaft verletzt. Nur Johannes hatte von einem Querschläger eine tiefe Schramme an der Stirn, die heftig blutete.

»Wir müssen fliehen!«, meinte er und wischte sich mit dem Ärmel über sein mit Blut beschmiertes Auge. »Das ist unsere einzige Chance. Sie werden heute Nacht erneut angreifen. Sie wissen genau, dass das Tor fast gestürmt ist und werden die Dunkelheit ausnutzen, um es ganz zu zerstören. Bevor sie kommen, müssen wir verschwunden sein.«

Die Männer nickten. »Wir schlagen uns nach Tsumeb durch«, meinte Friedrich. »Dort ist die nächste Befestigung. Der Marsch durch die Savanne wird hart werden. Wir sollten uns deshalb mit ausreichend Wasser und Proviant eindecken.«

Johannes beschloss, den Planwagen zurückzulassen. Er würde ihnen auf ihrer Flucht nur hinderlich sein. Das Pferd konnte Raffael und den Proviant tragen. Bevor er das Tier abschirrte, vergewisserte er sich, dass Sarah und sein Sohn wohlauf waren. Die beiden hatten sich zwischen Getreidesäcke gekauert und dort die Schießerei abgewartet. Als Raffael sah, dass sein Vater blutete, begann er zu weinen. Sarah machte sich sofort daran, die Wunde zu reinigen und ihrem Mann einen Verband anzulegen, während er ihr erzählte, dass sich die Männer in Richtung Tsumeb durchschlagen wollten.

»Wir könnten uns ihnen anschließen«, schlug Johannes halbherzig vor. »Allerdings entfernen wir uns dann wieder von *Owitambe.* Aber wir hätten immerhin bewaffneten Geleitschutz. Was meinst du?«

»Deine Tochter bekommt bald ihr Baby. Sie braucht uns.« Sarah sah ihren Mann vertrauensvoll an. Die Missstimmung zwischen ihnen hatte sich mit den weißen Pulverwolken der Kanonen aufgelöst. Johannes wirkte erleichtert. Die Sorge um Jella und die Farm war größer als die Angst vor den Aufständischen. »Dann geht's jetzt also nach Hause!«

Wenig später trafen sie sich alle auf dem Exerzierplatz des Forts. Die Männer hatten ihre Pferde gesattelt und warteten in der Dunkelheit. Hauptmann Friedrich war umsichtig genug gewesen, die Hufe der Tiere mit Lumpen zu umwickeln.

»So werden wir leiser sein«, meinte er und reichte Johannes ebenfalls ein paar Lumpen. »Haben Sie nur dieses eine Pferd?« Er runzelte besorgt die Stirn. »In diesem Fall müssen wir zwei Pferde doppelt belasten.«

Die drei Farmer sahen sich an. Es war ihnen anzusehen, dass sie damit nicht einverstanden waren. Martens sprach als Erster aus, was sie alle beunruhigte.

»So werden wir es nie schaffen«, knurrte er unzufrieden. »Die Pferde werden das nicht sehr lange aushalten. Wenn wir nur im Schritttempo reiten können, holen uns die Ovambos im Handumdrehen ein.« Die beiden anderen Farmer nickten zustimmend, vermieden es allerdings, Johannes und seine Familie anzuschauen.

»Wir werden es dennoch versuchen müssen«, fuhr Hauptmann Friedrich ungehalten dazwischen. »Entweder wir schaffen es alle oder keiner schafft es!«

»Das ist sehr freundlich von Ihnen«, mischte sich Johannes nun ein. Er war eben damit fertig geworden, seinem Pferd die Lumpenschuhe anzuziehen. »Aber wir werden ohnehin nicht mit Ihnen kommen. Unser Reiseziel liegt in einer anderen Richtung. Wir werden über Otawi an den Waterberg ziehen.«

»Das werden Sie nicht schaffen«, gab Hauptmann Friedrich zu bedenken. »Auf Ihrem Weg liegen einige Ovambodörfer. Sie laufen dem Gegner direkt in die Arme.«

»Wir werden nachts reiten und uns tagsüber einen Unterschlupf suchen«, sagte Johannes entschieden. »Unser Entschluss ist gefasst. Wir werden in Richtung Süden ziehen. Möge Gott uns alle beschützen!«

Flüchtlingsleid

Rajiv und Fritz waren nun schon seit gut drei Wochen unterwegs. Rastlos waren sie durch die Omaheke gezogen und versuchten die möglichen Routen, die die verfolgten Herero genommen haben könnten, abzureiten. Traugott Kiesewetter hatte sie schon wenige Tage nach ihrem Aufbruch verlassen. Der großherzige, kleine Missionar war ein Mann Gottes und kein hartgesottener Abenteurer. Schon nach wenigen Tagen hatten die Sonne und das Geruckel auf dem Kutschbock ihn so zermürbt, dass ihn nur noch sein eiserner Wille bei der Stange hielt. Abends war er so erschöpft, dass er sich sofort zur Ruhe legte, manchmal sogar ohne vorher zu essen. Außerdem behinderte sein langsamer Wagen ihr Vorwärtskommen. Als Fritz dem Missionar nach ein paar Tagen riet, in die Missionsstation von Epukiro zu gehen, um sich dort direkt um die bereits geretteten Herero zu kümmern, war er nur allzu gern bereit, den Vorschlag anzunehmen. Das ersparte ihm immerhin den Anblick der ersten Leichen, auf die Rajiv und Fritz kurze Zeit später stießen. Ihr grässlicher Anblick gab einen bitteren Eindruck von dem, was diese armen Menschen in der Wüste erwartet hatte. Von den Schutztruppen getrieben, waren die Herero in verschiedenen Gruppen durch das Sandfeld gezogen. Die öde, flache Wüstenlandschaft zog sich bis ins britische Botswanaland, wo der Stamm bei Verwandten auf Zuflucht gehofft hatte. Unter besseren Bedingungen wäre die Durchquerung dieser Halbwüste durchaus möglich gewesen, denn es gab an einigen Stellen Wasser in der Tiefe. Doch von Trothas Soldaten jagten die Menschen unerbittlich und ließen ihnen keine Zeit, nach Wasser zu graben. Das wenige Wasser, das sie vorfanden, reichte weder für die Menschen und schon gar nicht für das ganze Vieh, das sie mit sich führten. So war der Weg ihrer Flucht gepflastert von verendeten Rindern, Schafen und Ziegen, die mit aufgetriebenen Bäuchen von Fliegen umschwärmt in der Wüste liegen blieben. Schon bald folgten die ersten toten Menschen, meist ältere Frauen und Männer, dann auch Kinder und ihre Eltern. Ihre ausgemergelten Gesichter, soweit sie noch zu erkennen waren, zeugten von den unmenschlichen Strapazen und Entbehrungen. Einmal stießen Rajiv und Fritz auf eine Gruppe Toter, die von einem Kugelhagel zerfetzt worden waren. Die beiden Männer hatten sich nur sprachlos angesehen und waren den ganzen Tag so tief erschüttert gewesen, dass sie unfähig waren, auch nur ein Wort miteinander zu wechseln. Jeder von ihnen ging auf seine Weise mit diesen schrecklichen Bildern um. Welcher Hass und welche Menschenverachtung steckten nur in Menschen, die Wehrlose einfach so niederstreckten?

Rajiv war der Erste gewesen, der das Schweigen gebrochen hatte. Der sonst so besonnene, in sich ruhende Inder wirkte aufgewühlt und beunruhigt. Zum ersten Mal, seit Fritz ihn kannte, erzählte er etwas von sich.

»Man kann seinem Schicksal nicht entfliehen«, stellte Rajiv bitter fest. »So sehr man es sich auch wünschen mag.« Er machte eine längere Pause, bevor er leise und sachlich seine Geschichte erzählte: »Ich war Befehlshaber meines Maharadschas und sollte aufständische Minas, einen wilden Stamm in meiner Heimat, bestrafen. Einige wenige Aufständische dieses Volkes hatten eine unserer Städte überfallen und die Tempel geplündert. Dabei waren sie überaus grausam vorgegangen und hatten jeden getötet, der sich ihnen in den Weg stellte. Der Maharadscha wollte, dass wir Gleiches mit Gleichem vergalten. Allerdings begnügte er sich nicht damit, nur die schuldige Diebesbande zu bestrafen, sondern er wollte Rache am ganzen Volk. Als wir uns dem ersten Dorf näherten, kamen uns ein paar Minamädchen mit Wasserkrügen auf ihren Köpfen entgegen. Sie waren auf dem Heimweg von einer nahe gelegenen Wasserstelle. Sie waren noch fast Kinder, die meinen Männern unbekümmert zuwinkten, da sie ja nicht ahnen konnten, was einige ihres Volkes angestellt hatten. Ohne mit mir Rücksprache zu nehmen, preschte mein übereifriger Hauptmann mit seinen Leuten auf die Mädchen zu. Er meinte rechtmäßig zu handeln. Schließlich hatte der Maharadscha selbst befohlen, alle Minas zu töten. Einem Mädchen gelang die Flucht. Sie rannte weg. Der Hauptmann streckte sie mit einer Kugel nieder. Als ich an ihr vorüberritt, hob die tödlich Verwundete noch einmal den Kopf und sah mich aus wunderschönen Mandelaugen voller Mitleid an. Sie sagte nur einen Satz. Doch nach diesem Satz war nichts in meinem Leben mehr so, wie es vorher war. Sie fragte: ›Warum? Sind wir nicht Menschen wie ihr?‹«

Rajivs fein geschnittene Gesichtszüge verhärteten sich. Seine gelbbraunen Augen überzog ein unendlich trauriger Glanz. »Ihre Worte hatten mein Innerstes berührt. Zum ersten Mal wurde mir klar, was ich schon viel früher hätte erkennen müssen. Der Krieg, das Töten ist ein schmutziges Geschäft. Ich verachtete plötzlich meinen Stand und fühlte mich für den Tod dieser Menschen persönlich verantwortlich. Verstehst du das, mein Freund?« Er hob seine Hand, als suche er Verständnis bei Fritz. Dieser nickte nur, während eine Flut von Gedanken ihn an seine eigenen Erlebnisse im Burenkrieg erinnerte.

»Nur zu gut«, entgegnete er mit rauer Stimme. Die Erinnerungen waren so nahe, dass es ihm wehtat. Sogar seine Hand, die es gar nicht mehr gab, begann zu schmerzen. Dieser Phantomschmerz überkam ihn immer, wenn er sich seelisch mit seiner Vergangenheit auseinandersetzte.

»Ich fühlte mich so schuldig«, fuhr Rajiv fort. »Zum ersten

Mal in meinem Leben empfand ich Mitleid. Ich stamme aus einer alten Kriegerkaste. Mein Vater, mein Großvater, mein Urgroßvater – sie alle dienten dem Maharadscha als Oberbefehlshaber, genau wie ich. Das Töten gehört zu unserem Handwerk. Ich hatte nie darüber nachgedacht, ob es Recht oder Unrecht war. Es war meine Bestimmung, mein Schicksal. Doch an diesem Nachmittag hatte der Feind für mich zum ersten Mal ein Gesicht bekommen. Ein unschuldiges, hilfloses Mädchen, das durch meine Schuld gestorben war. Mit einem Mal erkannte ich, dass ich so nicht mehr weiterleben wollte. Ich befahl meinen Leuten, umzukehren und das Dorf zu verschonen. Sollten andere diesen Frevel begehen.«

»Und dann hast du deinen Dienst quittiert und hast dein Land verlassen?«

Rajiv lachte bitter.

»O nein! So einfach haben sie mich nicht gehen lassen. Ich habe den Ruf unserer Familie beschmutzt. Ich war ein Verräter, der es nicht mehr wert war, zu leben. Obwohl der Maharadscha sehr gnädig war und mich aus seinen Diensten entließ, hatte ich nun meine ganze Familie gegen mich. Sogar meine Frau und meine Kinder wandten sich voller Verachtung von mir ab. Mein jüngerer Bruder bekam von meinem Vater den Auftrag, mich zu töten …«

Rajiv verzog in gramvoller Erinnerung sein Gesicht. »Nur einem guten Freund habe ich es zu verdanken, dass ich noch lebe. Er war Arzt und behandelte gerade meine Mutter in einem Nebenraum, als er zufällig etwas von dem Komplott mitbekam. Er warnte mich. Bei Nacht und Nebel floh ich aus unserem Palast und verließ wie ein Dieb mein Land. Ich werde niemals mehr dorthin zurückkehren können.«

Fritz legte seine Hand auf Rajivs Arm und lächelte ihm aufmunternd zu.

»Du bist ein tapferer Mann.«

Rajiv betrachtete ihn mit einem dankbaren Lächeln.

»Und du bist ein guter Freund.«

So waren sie einen um den anderen Tag durch das flache Sandfeld geritten, das nur von niederwüchsigem Gebüsch und vereinzelten Bäumen bewachsen war. Weit und breit war kein lebender Mensch zu sehen. Entmutigt und enttäuscht beschlossen sie, noch dem Lauf des Epukiro Rivier zu folgen, um dann ihre Suche abzubrechen.

Der dunkle Fleck am Horizont fiel ihnen zunächst gar nicht auf. Erst als er sich bewegte, wurden die Männer aufmerksam. Fritz zog sein Fernglas hervor und richtete es aus. »Es sind Flüchtlinge«, meinte er erleichtert und gab das Glas an Rajiv weiter, dessen Miene sich nun ebenfalls aufhellte.

»Hoffen wir, dass wir noch rechtzeitig kommen!«

Sie gaben ihren Pferden die Sporen und ließen sie in einem flotten Trab laufen. Nach etwa einer halben Stunde hatten sie die Menschengruppe erreicht. Es waren nicht viele, vielleicht sieben oder acht. Darunter zwei Frauen, aber keine Kinder. Die Freude der beiden Männer über ihre Entdeckung erstarb in dem Augenblick, als sie die Flüchtlinge erblickten. Die meisten von ihnen waren fast nackt. Die Reste ihrer Kleider hingen wie Fetzen an ihnen herab. Ihre Gestalten waren bis auf das Gerippe abgemagert. Sie konnten sich kaum auf den Beinen halten und scharten sich wie verängstigtes Vieh eng zusammen. Ihr Anblick war erbärmlich. Nur einer der Männer wagte überhaupt sie anzusehen. Fritz erschrak. Etwas im Gesicht dieses Mannes war ihm vertraut.

»Mateus Waravi?«, fragte er schließlich ungläubig. Der ältere Mann sah ihn aus glanzlosen Augen an. Er tat zumindest so, als würde er Fritz nicht erkennen. Dessen Blick schweifte über den Rest der Gruppe. Die anderen Männer waren ihm fremd, aber eine der Frauen drehte sich nun ihm zu und sah ihn hoffnungslos an.

»Herr Fritz«, hauchte sie mit schwacher, tonloser Stimme.

»Nancy!« Fritz war zutiefst erschüttert.

»Was haben sie nur mit dir gemacht?«

Die ehemalige Haushälterin von *Owitambe* war kaum wiederzuerkennen. Ihre kräftige, runde Gestalt war eingefallen und kraftlos. Bluse und Rock waren zerfetzt, und ihre Kopfbedeckung hatte sie verloren. Ihr krauses schwarzes Haar war stumpf und grau geworden, der Blick trüb und ohne Lebensmut. Fritz sprang von seinem Pferd und löste eilig die Wasserflaschen von seinem Sattelgurt. Er reichte eine der Flaschen Nancy, während Rajiv ebenfalls Wasser an die anderen verteilte. Die Flüchtlinge nahmen es dankbar an. Jeder von ihnen zwang sich dazu, nur ein paar Schlucke zu trinken, weil sie wussten, dass ihre ausgezehrten Körper nur wenig Flüssigkeit auf einmal aufnehmen konnten.

»Jetzt wird alles gut!«, meinte Fritz und versuchte ein Lächeln. Doch die ehemalige Köchin schien ihn gar nicht wahrzunehmen, sonder starrte apathisch über das weite Sandfeld. Er erklärte Mateus Waravi und seinen Leuten, dass er vorhabe, sie zu der Missionsstation in Epukiro zu bringen. Dort befand sich das nächste Auffanglager. Traugott Kiesewetter würde sich sicherlich gut um die Leute kümmern. Die Herero nahmen die Nachricht regungslos auf. Ihr Schicksal war ihnen längst gleichgültig geworden. Sein Blick fiel erneut auf Nancy, die so unendlich traurig wirkte. Plötzlich bekam er ein schlechtes Gewissen. Jella würde ihm nie verzeihen, wenn er sie nicht zurück nach *Owitambe* brachte. Er fragte ihren Schwager, was ihr geschehen sei. Mateus erzählte ihm in dürren Worten, dass Nancy auf der Flucht von ihren Kindern getrennt worden war. Es hatte ihr das Herz gebrochen. Sie hatte sterben wollen, doch das Schicksal hatte es nicht zugelassen. »Ihr Körper folgt uns«, sagte Mateus hart. »Aber ihr Geist weilt längst im Land unserer Ahnen.« Fritz biss sich fassungslos auf die Unterlippe. Er durfte nicht zulassen, dass ihr noch mehr Leid geschah. Plötzlich hielt er gar nichts mehr davon, die Gruppe in das Auffanglager zu bringen. Dort waren sie wiederum der Willkür der Schutztruppen ausgesetzt. Wer sagte denn, dass von Trotha sein Wort hielt und die Menschen nicht doch zum Tode verurteilte? Auf *Owitambe* dagegen waren die Menschen sicher. Sie konnten sich als Ovambos ausgeben, die bei ihnen arbeiteten. Je länger er darüber nachdachte, desto besser gefiel ihm die Idee. Er musste nur sehen, dass sie keinen deutschen Patroullien über den Weg liefen.

⋆

»Du musst jetzt ganz still sein«, mahnte Johannes seinen Sohn, den er auf den Rücken der Stute gesetzt hatte. Sarah verschmolz neben ihm mit der Dunkelheit. Die Lumpen um die Hufe des Pferdes dämpften dessen Schritte; trotzdem warfen sie immer wieder nervöse Blicke in Richtung der Angreifer. In einigen Hundert Metern Entfernung sahen sie die Feuer der Ovambos brennen. Die Krieger wirkten aufgebracht und schienen sich für einen erneuten Angriff zu wappnen. Ihre lauten, kriegerischen Gesänge hallten weit durch die Nacht. Johannes und seine Familie mussten sehen, dass sie eine möglichst große Strecke noch bei Dunkelheit zurücklegten, denn Namutoni lag in einer weiten Ebene, in der sie bei Tageslicht leicht zu entdecken waren. Hauptmann Friedrich und seine Männer waren in Richtung Osten geritten. Sie konnten ein ordentliches Tempo vorlegen und waren gewiss schon in Sicherheit. Johannes hoffte, dass die Ovambos den Spuren der Soldaten folgten und nicht seinen. Nur allmählich gerieten die Feuer der Ovambos außer Sichtweite. Dann hörten sie wildes Angriffsgeschrei, das von Gewehrschüssen unterstrichen wurde. Offensichtlich starteten sie nun den nächsten Angriff. Johannes lächelte zufrieden.

»Die werden ganz schön überrascht sein, wenn sie niemanden mehr im Fort vorfinden.«

Sarah nickte stumm. Der lange Marsch zehrte an ihren Kräften.

»Sobald es hell wird, suchen wir uns einen Unterschlupf«, versprach Johannes. »Aber jetzt müssen wir laufen. Die Dunkelheit ist unser einziger Schutz!«

Raffael war längst auf dem Rücken des Pferdes eingeschlafen. Sein Vater hatte ihn vorsichtshalber festgebunden, sodass er zusammengekauert auf einem Bündel Decken schaukelte. Sie liefen auf einem schottigen Pad bis zum Morgengrauen. Erst dann suchten sie sich im Schatten einer Schirmakazie einen Rastplatz. Erschöpft und müde legten sie sich, so wie sie waren, auf den Boden, während das Pferd angebunden und verborgen hinter einem Busch in der Nähe weidete. Bei Einsetzen der Dunkelheit zogen sie weiter. Obwohl der Mond hell schien, war der richtige Weg nur schwer zu finden. Johannes hatte zwar eine Karte, aber er konnte nicht immer die richtige Wegmarkierung ausmachen. So kam es, dass sie in ihrer zweiten Nacht einen falschen Weg einschlugen und direkt auf ein Ovambodorf zuliefen. Als sie ihren Irrtum bemerkt hatten, war es schon zu spät. Ein Ziegenhirte hatte sie bemerkt und lief unbekümmert auf sie zu. Als er erkannte, dass sie Fremde waren, hielt er inne und überlegte, was er tun sollte. Schließlich drehte er um und lief zurück ins Dorf. Johannes griff nach seinem Gewehr und entsicherte es. Sie würden sich nicht wehrlos in ihr Schicksal fügen. Doch nichts geschah. Der Ziegenhirte hatte sich wohl entschieden, keinen Alarm zu geben. Ein weißer Mann, eine schwarze Frau und ein kleiner Junge schienen für ihn keine Gefahr zu bedeuten. Johannes und Sarah atmeten erleichtert auf.

»Puh! Das ist gerade noch einmal gut gegangen«, seufzte er.

»Ich habe Angst«, meinte Sarah. »Der Junge wird von uns sprechen. Morgen werden sie unsere Spuren verfolgen.«

Johannes winkte leichtfertig ab. »Mach dir keine Sorgen! Ich glaube kaum, dass wir ihnen etwas bedeuten.«

Die Leichtigkeit, mit der er den Vorfall herunterspielte, war in Wirklichkeit nur vorgegaukelt. Wenn die Ovambos zu Nehales Stamm gehörten, dann waren sie tatsächlich in Gefahr. Als lebende Geiseln waren sie eine kostbare Ware, falls einmal Verhandlungen mit den Schutztruppen nötig sein sollten. Er trieb das Pferd zu einem flotteren Schritt an.

»Wir sollten trotzdem schnell verschwinden.«

Wieder liefen sie die ganze Nacht und dann noch den halben Tag. Erst als die Sonne ganz im Zenit stand, führte er sie zu einem zerklüfteten Felshügel, der einen talähnlichen Einschnitt besaß, in dem sie sich, ohne gesehen zu werden, verstecken konnten. Sarah war am Ende ihrer Kräfte, und Raffael quengelte ununterbrochen. Er war als Einziger einigermaßen ausgeschlafen. Allerdings taten ihm die Knochen weh, und er wollte sich die Beine vertreten. Alles in ihm drängte darauf, sich zu bewegen.

»Lass mich ein wenig spielen«, forderte er ungeduldig. Doch Sarah hatte wenig Verständnis für seine Launen und zwang ihn nach dem einfachen Essen, sich neben sie in den Schatten zu legen. Widerwillig streckte sich der Junge neben seiner Mutter aus und starrte in den wolkenlosen Himmel. Klippschiefer huschten unbekümmert zwischen den Felsvorsprüngen herum. Ob er wohl einen fangen konnte? Raffael linste zu seinen Eltern hinüber. Beide hatten die Augen fest geschlossen und atmeten gleichmäßig. Vorsichtig schälte er sich aus Sarahs Armen und erhob sich, um auf den Felsen mit den Tieren zu schleichen. Flink kletterte er auf die kleine Anhöhe und blickte bald ungehindert in die Ebene. Dort oben wehte ein sanfter Wind, der ihn angenehm kühlte. Raffael amüsierte sich über die Klippschiefer, die zwischen den runden Felsbrocken umherhuschten und sich überhaupt nicht um ihn kümmerten. Einer hielt hoch aufgerichtet Wache, während die anderen unbekümmert umhertollten. In seine Beobachtungen vertieft, entdeckte der

Junge die Reiter erst, nachdem sie ihn bereits entdeckt hatten. Sie riefen ihm etwas zu und winkten zu ihm hinauf. Erstaunt nahm er sie wahr. Wer sie wohl sein mochten? Der Gedanke, seine Eltern zu warnen, kam ihm erst gar nicht in den Sinn. Im Gegenteil, er winkte unbekümmert zurück. In seiner Vorstellung wurden sie nur nachts von Unbekannten verfolgt. Die Tage gehörten dem Frieden, sonst würden seine Eltern schließlich nicht schlafen. Die fünf Männer ließen ihre Pferde vor dem Felsen anhalten und winkten Raffael zu sich hinab. Der Junge überlegte nicht lange. Die Männer sahen freundlich aus, fand er.

»Moro, moro«, begrüßte er sie freundlich, als er unten war. Die Männer sahen sich erstaunt an.

»Du Himba?«, fragte ihr Anführer. Er war ein älterer Mann mit einer Narbe im Gesicht. Er sprach gebrochenes Herero und hatte kaum noch Zähne im Mund. Raffael stockte, wie immer, wenn man ihm diese Frage stellte. Außerdem fand er die Männer gar nicht mehr so freundlich, als er sie von Näherem betrachtete.

»Was los, Junge? Du verschluckt Echse? Wo deine Leute?«

Raffael fühlte sich eingeschüchtert. Der Mann mit der Narbe sah ihn grimmig an. Er wollte ihn nicht noch mehr verärgern, deshalb deutete er hinter den Felsen, von dem er gerade herabgeklettert war. Der Anführer gab den Männern einen Befehl in einer fremden Sprache, woraufhin sie zu der Stelle gingen, auf die der Junge gezeigt hatte. Wenig später kamen sie mit Johannes und Sarah zurück. Die Hände der beiden waren auf dem Rücken gefesselt.

Raffael starrte den Anführer mit wachsendem Entsetzen an. Erst jetzt dämmerte ihm, welchen fatalen Fehler er begangen hatte.

Gewitterwolken

»Kannst du denn wirklich nichts dagegen unternehmen?«, fragte Jella wütend. Schon wieder war eine ganze Herde Rinder verschwunden. Samuel schüttelte bekümmert den Kopf. Der Vorarbeiter war mit den wenigen Leuten, die noch auf der Farm geblieben waren, seit dem Morgengrauen unterwegs, um das Vieh, das ihnen verblieben war, in die Nähe der Farm zu holen. Seit der Schlacht am Waterberg herrschte im ganzen Land Chaos. Einige Hererogruppen waren nicht in die Omaheke geflohen, sondern versuchten sich in Richtung Norden durchzuschlagen. Auch sie wurden von den Schutztruppen verfolgt. Beide Parteien, Flüchtlinge wie Soldaten, brauchten Verpflegung und bedienten sich freimütig an dem, was sie vorfanden. Viele Farmer hatten durch den Krieg ihren gesamten Viehbestand verloren. Nur wenige, wie ihr Nachbar Nachtmahr, konnten es sich leisten, ihre Farm zu einer Art Festung auszubauen und ihr Eigentum zu bewachen. Jella und Fritz hatten darauf verzichtet.

Auf *Owitambe* arbeiteten Menschen aus allen Völkern. Sie hatten den Herero, die geblieben waren, Schutz und Sicherheit versprochen. Doch das Chaos nahm immer mehr zu. Wenn es so weiterging, würden auch sie einen Großteil ihres Besitzes verlieren.

»Unsere Leute haben große Angst«, erzählte Samuel. Er war einer der wenigen Herero, die immer noch treu zu ihr hielten. »Überall sind Soldaten. Sie kommen und töten und nehmen das Vieh, das sie finden.«

»Das ist eine bodenlose Ungerechtigkeit«, regte sich Jella weiter auf. Am liebsten wäre sie persönlich ins Hauptlager der Schutztruppen geritten, um sich zu beschweren. Leider ließ ihr Zustand das nicht zu. Sie musste tatenlos zusehen, wie immer mehr Arbeiter die Farm verließen, um ihre Familien in Sicherheit zu bringen. Wie konnte sie es den Menschen denn verübeln, wenn sie fort wollten?

»Es ist alles so sinnlos!«, klagte sie. Plötzlich fühlte sie sich müde und völlig erschöpft. »Wie sollen wir nur all die Arbeit ohne Hilfe schaffen?«

Ein fester Tritt gegen ihre Bauchwand ließ sie nach Luft schnappen. Das Baby meldete sich und erinnerte Jella daran, dass es nicht mehr lange auf sich warten lassen würde. Mit einem leisen Stöhnen lehnte sie sich gegen die Scheunenwand.

»Will Kind kommen?«, fragte Samuel besorgt.

Jella winkte ab.

»Nein, es wird noch eine Weile dauern«, behauptete sie und richtete sich wieder auf. Die Fürsorge des Vorarbeiters tat ihr gut. Ob er und seine Familie wohl auf der Farm bleiben würden? Auch sie waren Herero und mussten um ihr Hab und Gut fürchten.

»Wollt ihr auch fort?«, fragte sie von einer plötzlichen Angst getrieben. Sie fühlte sich zunehmend alleingelassen. Ihr Vater war immer noch nicht zurück, obwohl auch er versprochen hatte, rechtzeitig vor der Geburt zu Hause zu sein. Und von Fritz und Rajiv hatte sie noch gar nichts gehört. Die Farmarbeit, die Sorgen, die bevorstehende Geburt – alles machte ihr Angst. Samuel spürte die Sorgen seiner Herrin. Unbeholfen legte er seine abgearbeitete Hand auf Jellas Schulter und beruhigte sie.

»Teresa und ich bleiben hier«, sagte er bestimmt. »*Owitambe* ist auch unsere Heimat!«

Jella seufzte erleichtert auf und schenkte ihm ein warmherziges Lächeln. Das Ehepaar war auf *Owitambe* unersetzlich geworden. Samuel hatte sich als Vorarbeiter hervorragend erwiesen. Viele Arbeiten tat er selbstständig und in weiser Voraussicht, was längst nicht bei allen auf der Farm selbstverständlich war. Teresa half mittlerweile im Haus mit. Sie hatte nach Nancys Weggang deren Platz eingenommen. Zwar schmeckten ihre Gerichte fad und waren wenig abwechslungsreich, aber sie gab sich alle Mühe, ihr Repertoire zu erweitern. Imelda hatte sich mit Begeisterung Teresas angenommen und es sich zur Aufgabe gemacht, sie zu einer passablen Köchin auszubilden. Außerdem hatte Teresa vier Kinder und eine Menge Erfahrung beim Kinderkriegen. Das Baby in ihrem Bauch strampelte erneut. Jella biss die Zähne zusammen. Es fiel ihr immer noch schwer, sich damit abzufinden, dass sie nicht mehr so beweglich war. Wenn Fritz nicht bald nach Hause kam, würde sie ihr Versprechen nicht mehr einhalten können – und das Baby würde ohne ihn auf die Welt kommen.

Mit schweren Schritten wankte sie zurück zum Haus. Im Salon setzte sie sich in den gemütlichen Ohrensessel und legte die Füße hoch. Sie schloss die Augen, um ein wenig zu schlafen. Doch statt der ersehnten Ruhe setzten sich erneut trübe Gedanken in ihrem Gehirn fest. Wieso blieb Fritz so lange weg? Er war schon über drei Wochen unterwegs und müsste längst wieder zurück sein. Auch um ihren Vater machte sie sich Gedanken. Es sah ihm gar nicht ähnlich, dass er so lange fortblieb. Was, wenn sie gar nicht mehr kamen? Jella zwang sich, an etwas anderes zu denken. Ihr Blick fiel auf den kleinen Schildkrötenpanzer mit den Buschmannheilkräutern, den Nakeshi ihr geschenkt hatte. Wo ihre Freundin jetzt wohl war? Der Gedanke an Nakeshi ließ sie wieder ruhiger werden. Sie schloss die Augen und stellte sich das verschmitzte Lächeln ihrer Freundin vor. Sie erinnerte sich an ihr munteres, ansteckendes Lachen und fühlte, wie mit dieser Erinnerung ihre Sorgen wie ein sanfter Regenschauer hinweggespült wurden. Jellas Züge entspannten sich immer mehr, und sie fiel in einen kurzen, erholsamen Schlaf.

*

Mit einem verführerischen Lachen lockte Nakeshi Bô von den anderen fort. Es war heller Tag, aber sie hatte Lust, mit ihm Liebe zu machen. Sie hätte nie gedacht, dass ihr das einmal so viel würde bedeuten können. Bô war ein zärtlicher Mann, stürmisch und einfühlsam, der ihr zeigte, dass er nicht nur ihren Körper begehrte. Sobald sie sah, dass er ihr folgte, begann Nakeshi zu rennen. Bô setzte ihr mit langen Sprüngen nach. Sie schlug ein paar Haken und verschwand plötzlich hinter einer der vielen flachen Dünen. Bô versuchte ihr zu folgen, doch Nakeshi hatte sich versteckt. Nicht weit von ihm hörte er ihr neckisches Kichern.

Er war sich nicht sicher, aus welcher Richtung es kam. Dann war es wieder still.

»Du bist wie Gwi, der schalkhafte Geist«, protestierte Bô und setzte sich demonstrativ in den Sand. Scheinbar gelangweilt riss er einen der dürren Grashalme neben sich aus und kaute darauf herum. Als Nakeshi kurz darauf hinter seinem Rücken aus ihrem Versteck trat, tat er so, als höre er sie nicht. Erst als sie ihre Arme um seinen Hals legte, griff er nach ihr und zog sie zu sich herunter. Nakeshi erwiderte seinen Kuss und griff mit kundigen Händen unter seinen Schurz. Bô stöhnte vor Lust. Sie hatten sich erst vor wenigen Stunden geliebt, doch ihre Liebe war wie Honig: Sie konnten nicht genug davon bekommen. Bereitwillig überließ er sich Nakeshi, die seinen Schurz löste und seine Männlichkeit entblößte. Nakeshi war bereits nackt und spreizte ihre Beine, um sich von oben auf ihn zu setzen. Langsam glitt sie über ihn und nahm ihn wie einen Dorn in sich auf. Ihre Augen glänzten, als sie genüsslich auf ihm zu reiten begann. Ihre Bewegungen waren unregelmäßig, mal heftig, mal schnell, was Bô schier zum Wahnsinn brachte. Dann entzog sie sich ihm und fixierte ihn mit einem lustvollen Blick, der Bô fast den Verstand raubte. Ihrer beider Lust war kurz vor dem Siedepunkt, als sie ihn endlich noch einmal in sich aufnahm und sie beide mit einem lauten Stöhnen gemeinsam kamen. Normalerweise glitt Nakeshi gleich von ihm herunter, doch an diesem Tag blieben sie aufeinander liegen. Zärtlich streichelte sie seine Wange.

»Du hast den Samen für unser Kind gelegt«, meinte sie glücklich. Bô lachte unsicher. Ein Kind war etwas Wunderbares, aber woher wollte sie das wissen?

»Ich weiß es einfach«, beantwortete Nakeshi die ungestellte Frage. »Kauha hat zu mir gesprochen.«

Bôs Lachen wurde breiter. Er wusste, dass Nakeshi ein großes Num hatte und die Wahrheit sprach.

»Ich werde ihm ein guter Vater sein«, behauptete er stolz. »Es wird ein Kind der Namib!«

Ein Hauch von Unmut huschte über Nakeshis Gesicht. Bô hatte unbeabsichtigt etwas angesprochen, was ihr schon lange auf der Seele lag. Sie wollte die Namib verlassen. Sie fühlte sich hier nicht heimisch. Ihr fehlte die Savanne mit ihren Büschen und Bäumen, ihrer Vielzahl an Pflanzen und Tieren. Anfangs war sie gern zu Bôs Gruppe in die Namib zurückgekehrt. Hauptsache, sie war mit ihm zusammen. Außerdem hatte sie sich auf ihre Mutter und ihren Bruder gefreut. Doch schon bald hatte sie gespürt, dass ihr Num in den Weiten der Dünen nicht mehr so stark war. Sie bekam Angst, den Kontakt zu den Naturkräften zu verlieren. Sie spürte, dass ihre Sternenschwester Jella nach ihr rief, aber sie konnte ihr nicht antworten wie sonst. Und dann war da noch Chuka. Auch sie war hier nicht glücklich. Schon bald nach ihrem Wiedersehen hatte sie sich ihrer Tochter anvertraut.

»Als du weg warst«, hatte sie geklagt, »war da ein großes Loch in meinem Herzen. Mit dir ist auch mein Gestern gegangen. Das Heute hier gefällt mir nicht. Mein Herz schlägt besser in der Kalahari. Mir fehlen meine Schwestern und Brüder dort. Das Feldkostsammeln hier ist mühselig und wenig abwechslungsreich. Twi und Yo sind freundlich zu mir, aber sie können mir nicht meine Heimat ersetzen. Bring mich zurück!« Nakeshi verstand ihre Mutter nur zu gut. Sie wäre lieber heute als morgen mit ihr aufgebrochen. Nur Bô hinderte sie daran. Sie wagte nicht, ihn darauf anzusprechen, weil sie fürchtete, dass er nicht mit ihnen gehen würde. Er hatte lange gebraucht, um sich mit seiner Behinderung abzufinden. Jetzt schätzte ihn seine Gruppe als weisen Ratgeber und klugen Mann. Dass er auf der Jagd mit seinem einen Auge nicht mehr so erfolgreich war, spielte für sie keine Rolle. Wie aber würden ihre Leute in der Kalahari reagieren? Es konnte gut sein, dass sie ihn als unnützen Esser verspotteten. Dort musste er sich neu beweisen. Ob er das ihretwegen auf sich nehmen würde?

★

Der Weg nach *Owitambe* war beschwerlich. Um nicht entdeckt zu werden, mieden Fritz und Rajiv alle Siedlungen. Die Gefahr, einem der herumziehenden Suchtrupps in den Weg zu laufen, wurde mit jedem Stück, das sie sich dem Waterberg näherten, größer. Während Rajiv die ausgezehrten Menschen möglichst im Schutz von Bäumen und Gestrüpp anführte, ritt Fritz voraus, um die auf seiner Karte eingezeichneten Wasserstellen zu überprüfen und ihre Vorräte aufzufüllen. Er stellte Fallen, um kleinere Tiere zu fangen, weil er es wegen des lauten Knalls nicht wagte, ein Tier zu schießen. So weit es ging, marschierten sie in den frühen Morgenstunden und gegen Abend, wenn die Hitze des Tages abgenommen hatte. Die Nächte waren eiskalt; dennoch vermieden sie es, ein Feuer anzuzünden. Eng aneinandergekuschelt überstanden sie die kältesten Stunden, um dann wieder vor dem Morgengrauen weiterzuziehen. Mateus Waravi kümmerte sich um seine Leute, so gut es ging. Eine alte Frau, die wegen eines Dorns einen entzündeten Fuß hatte, trug er auf seinem ausgemergelten Rücken, bis Rajiv sich ihrer annahm und sie auf seinem Pferd sitzen ließ. Als sie eine baumlose Ebene passierten, suchten sie Schutz in dem tiefer gelegenen, trockenen Flussbett eines Riviere. Seine Böschungen boten ihnen einen guten Sichtschutz. Waravi suchte Fritz' Nähe. Die Ereignisse der letzten Monate hatten auch ihn schwer gezeichnet, und es drängte ihn, sich jemandem anzuvertrauen.

»Hereroland ist tot«, murmelte er traurig. Seine Augen füllten sich mit Tränen, und seine Hände ballten sich verzweifelt zu Fäusten, als er von der Schlacht am Waterberg und dem anschließenden Gemetzel zu erzählen begann. »Unsere Anführer waren sich sicher, dass wir es schaffen konnten. Wir waren so viele. Aber die Waffen der Deutji waren stärker. Trotzdem haben wir es geschafft, durchzubrechen. Doch dann haben uns die Soldaten verfolgt. Sie wollten nicht nur unseren Aufstand niederschlagen. Sie wollten unseren Tod! Wir haben den Orlog, den Krieg, verloren.«

»Wir haben uns verloren.« Es war der erste Satz, den Nancy seit ihrem Wiedersehen gesprochen hatte. Unbemerkt war sie neben die beiden Männer getreten. Ihre Augen wanderten unstet über den Horizont, als suche sie nach dem, was ihnen abhandengekommen war. Fritz legte mitfühlend seine Hand auf ihre Schulter. Er fühlte sich machtlos, weil die wenige Hilfe, die er diesen Menschen bieten konnte, nur ein Tropfen auf den heißen Stein war. Wie sollten sie nach diesen schrecklichen Erlebnissen jemals wieder ein unbekümmertes Leben führen? Er hoffte inständig, dass es ihnen gelingen würde, auf *Owitambe* nochmals von vorn zu beginnen.

Rajiv unterbrach seine Gedanken durch ein leises Räuspern.

Besorgt deutete er auf die heranziehenden Gewitterwolken. »Wir sollten so schnell wie möglich den Trockenfluss verlassen«, riet er.

»Das hat uns gerade noch gefehlt!«, fluchte Fritz. »Dadurch werden wir auf große Entfernungen für die Patrouillen sichtbar. Lass uns noch etwas abwarten. Vielleicht zieht das Gewitter ja noch in eine andere Richtung.«

Doch die dunkelschwarzen Gewitterwolken zogen in Windeseile direkt auf sie zu. Silbrig wabernde Regenschleier füllten bereits den Horizont. Als Fritz das sah, befahl er den Menschen, so schnell wie möglich das Flussbett zu verlassen. Noch bevor der Regen sie erreichte, würde der Riviere sich mit Wasser füllen. Von Ferne war bereits unheilvolles Brausen zu hören. Dann kam das Wasser in Sekundenschnelle. Schäumende Gischtflocken flogen über die Böschung, noch bevor das schlammigbraune Wasser um die Kurve schoss. Schmutzigbrauner Schaum klatschte an die felsigen Flussufer, die nun zu Brandungsmauern geworden waren. Erst viel später öffnete der Himmel über ihnen seine Schleusen. Gleichmütig ließen die Herero den prasselnden Regen über sich ergehen. Sie hockten sich dicht nebeneinander auf den Boden und warteten stoisch das Ende des Gewitters ab. Als der Regen endlich nachließ, dampfte die Landschaft. Feiner Nebel bildete sich über dem Land und zog die ersehnte Feuchtigkeit schon wieder gen Himmel ab. Dennoch hatte sie ausgereicht, um innerhalb weniger Stunden die Vegetation zum Wachstum anzuregen. Silbergras spross aus dem braunen Sandboden, und gelbe Morgensterne verwandelten alles um sie herum in einen Blütenteppich. Leider hatte keiner von ihnen Augen für dieses Wunder der Natur, denn durch das Gewitter waren sie nun gezwungen worden, über das flache Land zu marschieren, wo sie leicht zu entdecken waren.

»Wie lange brauchen wir noch bis *Owitambe?*«

»Wenn wir dieses Tempo halten können, noch etwa vier Tage«, antwortete Fritz. Stirnrunzelnd machte er sich über den nächsten Wegabschnitt Gedanken.

»Die Leute sind zu angeschlagen, als dass wir größere Umwege in Kauf nehmen könnten«, besprach er sich mit Rajiv. »Wir müssen den direkten Weg nehmen, sonst werden es nicht alle schaffen. Dazu brauchen wir jedenfalls eine Menge Glück, damit wir keinem Schutztrupp über den Weg laufen.«

Rajiv nickte und informierte Waravi. Ihnen blieb keine andere Wahl. Bevor sie sich auf den Weg machten, sammelten die Herero die Raupen auf, die überall vor dem Regen aus dem Sandboden gekrochen kamen. Sie stopften sich die Insekten direkt vom Boden in den Mund. Das eiweißreiche Fleisch gab ihnen neue Kraft für den bevorstehenden Marsch. Auch Fritz überwand sich zu dem wenig einladenden Mahl, während Rajiv sich angewidert abwandte. Er begnügte sich weiterhin mit den melonenartigen Knollen der Tsammas, deren fades Fleisch sie schon in den letzten Tagen genossen hatten.

Gegen Mittag des folgenden Tages näherte sich ihnen aus Nordwesten eine Staubwolke. Fritz erkannte sofort, dass es sich um Reiter handelte. Fieberhaft sah er sich nach einer Versteckmöglichkeit um. Weit und breit gab es weder eine Felsengruppe noch ausreichend Gebüsch, hinter dem sie sich verstecken konnten. Sie mussten sich den Männern stellen. Er rief Waravi zu sich und machte ihm klar, dass sie den Schutztruppen vorgaukeln mussten, er sei gerade dabei, sie in das nächstgelegene Auffanglager zu bringen. Mit ein bisschen Glück würden die Soldaten weiterziehen, um andere versprengte Gruppen zu suchen, und sie würden ihren Weg fortsetzen können. Waravi sah ihn verwundert an.

»Wieso machst du das?«, fragte er ihn. »Es ist viel leichter für dich, uns den Soldaten zu übergeben. Wenn die Deutji dir nicht glauben, werden sie dich bestrafen.«

»Zerbrich dir nicht meinen Kopf«, antwortete Fritz bitter. »Was die Deutschen mit euch machen, spricht gegen jede Menschlichkeit.«

Waravi schlurfte davon und hielt seine Leute dazu an, sich den Anschein von Gefangenen zu geben. Auch die alte Frau musste nun wieder laufen. Nancy löste sich aus der Gruppe. Schüchtern berührte sie Fritz' Arm.

»Danke! Menschen wie du sind wie Regen auf unfruchtbarer Erde«, meinte sie schlicht. Und zum ersten Mal glaubte Fritz so etwas wie ein angedeutetes Lächeln und etwas Hoffnung auf ihrem Gesicht zu sehen.

Die Staubwolke näherte sich und hielt direkt auf sie zu. Tatsächlich handelte es sich um einen kleinen Trupp von Schutzsoldaten, deren sandfarbene Uniformen sich langsam aus dem Staub herauslösten. Als Fritz ihren Anführer erkannte, fuhr ihm der Schreck in die Glieder.

»Was für ein denkwürdiges Wiedersehen«, rief Baron Rüdiger von Nachtmahr in adretter Schutztruppenuniform. Er parierte sein Pferd erst, als er direkt vor Fritz und Rajiv war. Selbst hier in der Wildnis verzichtete er nicht auf sein Monokel, mit dem er die Gruppe abfällig beäugte.

»Wohin wollen Sie mit dem Gesindel?«, wandte er sich an Fritz. Er behandelte ihn wie einen Untergebenen.

»Die Freude liegt ganz auf meiner Seite«, antwortete dieser knapp. »Wir haben uns dieser armen Menschen angenommen, um sie in die nächste Missionsstation zu bringen.« Fritz gab sich Mühe, nicht provozierend zu klingen.

Nachtmahr räusperte sich. Die Antwort schien ihn aus irgendeinem Grund nicht zu befriedigen. Erst jetzt entdeckte Fritz Nachtmahrs Sohn Achim, der wie gewöhnlich dem Vater wie ein Schatten folgte. Der junge Mann wirkte in seiner Uniform seltsam verloren, was ihn nicht davon abhielt, sich gleich wieder in den Vordergrund zu spielen.

»Das ist doch eine Lüge«, mischte sich Achim wichtigtuerisch ein. »Wir wissen doch alle, dass dieser Negerfreund die Herero niemals ausliefern würde. Sie sind ja nicht einmal gefesselt!«

Fritz beachtete den Jungen nicht. »Darf ich wissen, wer hier der leitende Offizier ist?«, wandte er sich scharf an Nachtmahr. »Ich glaube nicht, dass dieser Grünschnabel das Recht hat, solche Behauptungen aufzustellen.«

Nachtmahr warf Achim einen wütenden Blick zu, bevor er ebenso scharf antwortete.

»Tun Sie nicht so, als ob Sie nicht wüssten, wen sie hier vor sich haben!«, donnerte er los. »Ich befehlige diesen Trupp und habe die Aufgabe, Gesindel wie dieses einzusammeln und in ein Konzentrationslager zu überstellen. Dort wird man sie lehren, vor uns und dem Kaiser Respekt zu haben. Ab sofort werde ich mich um dieses Pack kümmern.«

»Das sehe ich anders«, entgegnete Fritz ruhig. »Ich habe diese Leute gefunden, deshalb werden sie auch bei mir bleiben. Sie kennen die Abmachung, die der Kaiser mit der Rheinischen Mission getroffen hat. Sie haben kein Recht, sich ihrer anzunehmen. Ich handele im Auftrag der Missionare.«

»Und wo, bitte, ist hier der verantwortliche Missionar?«, schnarrte Nachtmahr. Er warf Rajiv einen hämischen Blick zu. »Sie werden doch nicht etwa behaupten, dass dieser komische Heide ein Missionar ist?«

»Traugott Kiesewetter war den Strapazen dieser Reise nicht gewachsen«, erklärte Fritz, ohne sich provozieren zu lassen. »Wir sind in seinem Auftrag unterwegs.«

»Mir scheint allerdings, dass Sie etwas vom Weg abgekommen sind«, meinte Nachtmahr mit einem schmallippigen Lächeln. »Wenn ich es mir genau überlege, dann deutet die Richtung, in die Sie marschieren, eher auf den Waterberg als in die nächste Missionsstation.«

»Wir haben den Trupp gerade erst hier in der Gegend aufgelesen«, behauptete Fritz und erwiderte Nachtmahrs finsteren Blick fest. »Wenn Sie nichts dagegen haben, würden wir jetzt unseren Weg fortsetzen.«

Er gab seinen Leuten das Zeichen zum Aufbruch. Doch Nachtmahr fuhr ihm in die Parade.

»So einfach lasse ich Sie nicht gehen«, donnerte er. »Diese Menschen stehen von nun an unter meinem Schutz.« Er gab Achim und einem weiteren Soldaten den Befehl, die Herero in Gewahrsam zu nehmen. Doch Fritz stellte sich ihnen entgegen.

»Dazu haben Sie keinerlei Recht«, meinte er wütend. »Wenn Sie mir die Leute entziehen, werde ich Ihren diensthabenden Offizier informieren. Das verstößt gegen die humanitären Abmachungen, die von kaiserlicher Stelle aus angeordnet wurden.«

Nachtmahr wirkte leicht verunsichert. Dieser van Houten war durchaus in der Lage, seine Drohung wahrzumachen. Nach kurzem Zögern rief er seine Leute zurück. Doch Achim hatte mittlerweile Nancy entdeckt.

»Papa«, rief er aufgeregt.

Nachtmahr blitzte seinen Sohn ungehalten an. »Gefreiter Nachtmahr! Wie oft habe ich Ihnen schon gesagt, dass Sie nur reden dürfen, wenn sie gefragt werden!«

»Bi… bitte um Erlaubnis zu reden!«, stammelte Achim nervös. Sein dünner Arm fuchtelte wild in Richtung Nancy.

»Was ist denn mit dieser Frau?«, meinte Nachtmahr ungehalten. »Rede doch endlich!«

»Ich … ich … ich kenne diese Frau«, stotterte der junge Nachtmahr. »Sie gehört nach *Owitambe.* Sie war dort Köchin, ganz bestimmt. Van Houten wird sie nie in ein Lager bringen.«

Nachtmahrs Miene hellte sich schlagartig auf.

»Sieh einmal an!« Er fuhr sich mit der Hand über sein dunkelgrünes Stoppelkinn. »Stimmt es, was mein Sohn da behauptet?«

Fritz zuckte mit den Achseln. »Und wenn schon. Das ändert nichts an der Tatsache, dass ich mich um die Menschen kümmere.«

»Nun gut. Sie können die Leute zu der nächsten Missionsstation bringen. Allerdings …«, Nachtmahr räusperte sich zufrieden, »werden wir sie dorthin begleiten.« An seine Männer gewandt rief er: »Fesseln!«

Waravi löste sich plötzlich aus der Gruppe. Seine Haltung zeigte unerwartete Entschlossenheit.

»Ich gehe nicht mit diesen Soldaten«, verkündete er. »Lieber sterbe ich.« Er drehte sich um und schlurfte in Richtung Wüste davon. Die anderen Herero blickten ihm ratlos hinterher.

»Waravi, komm zurück!«, rief Fritz. Rajiv machte Anstalten, ihn zurückholen. Doch Achim von Nachtmahr war schneller. Er zückte seinen Revolver und zielte auf den wehrlosen Herero. Ein einzelner Schuss zischte durch die Luft und fand in Waravis Rücken sein Ziel. Ohne sich umzudrehen lief Mateus Waravi weiter. Dunkles Blut durchtränkte sein zerfetztes Hemd, während er noch ein paar Schritte weiterstolperte. Weitere Schüsse ertönten, die ihn in den Kopf und nochmals in den Rumpf trafen, bevor er schließlich zusammenbrach. Der junge Nachtmahr schwang triumphierend seinen Revolver durch die Luft. »Jetzt hat das Schwein, was es verdient«, jubelte er und sah sich beifallheischend nach seinem Vater um.

»Das war kaltblütiger Mord!« Fritz' Stimme bebte. Er hatte Mühe, seine Fassung zu behalten. Nachtmahr sah ihn kalt an.

»Mein Junge hat einen Flüchtenden erschossen«, sagte er ohne jede Rührung. »Das wird den anderen eine Warnung sein.«

Fritz konnte nicht glauben, was er da hörte. Erregt wie er war, bemerkte er nicht, wie sich eine Hand an seinem Unterschenkel zu schaffen machte und sein Jagdmesser aus dem Schaft zog. Als er es zur Kenntnis nahm, war es bereits zu spät. Nancy hob das Messer und stürzte sich mit einem wilden Schrei auf den jungen Nachtmahr. Bevor Fritz von seinem Pferd gesprungen war, hatte sie den jungen Mann bereits erreicht. Ihr Gesicht war zu einer wahnsinnigen Fratze verzerrt. Irr vor Schmerz und Verzweiflung stach sie dem jungen Nachtmahr von unten in den Bauch. Die Verzweiflung des Augenblicks verlieh ihr ungeahnte Kräfte, als sie mit dem Messer durch seine Bauchdecke hindurchfuhr und es wie beim Aufbrechen von Wild nach oben riss. Ein Schwall Blut färbte die Uniformjacke rot, während sie sich gleichzeitig von den herausquellenden Eingeweiden ausbeulte. Nancy stieß erneut zu, wie getrieben. Fritz war als Erster bei ihr und riss sie am Arm zurück. Achim von Nachtmahrs Gesicht war immer noch vom Triumph seiner eigenen Schandtat gezeichnet, als er mit einem beinahe erstaunten Blick an sich herabsah. Er öffnete den Mund, um etwas zu sagen, doch dann trübte sich urplötzlich sein Blick und er rutschte mit einem gurgelnden Stöhnen vom Pferd. Außer Fritz hatte keiner der anderen reagiert. Baron von Nachtmahr saß wie gelähmt auf seinem Pferd. Überraschung, Entsetzen und Fassungslosigkeit spiegelten sich auf seinem Gesicht wider, bevor es zu einer harten Maske erstarrte. Mechanisch, wie in Zeitlupe, griff er nach seinem Gewehr und zielte damit auf Nancy. Fritz gelang es gerade noch, sich und die Frau aus der Schusslinie zu ziehen, bevor der erste Schuss losging. Bevor Nachtmahr nachladen konnte, stürzte sich Fritz auf ihn und fiel ihm in den Arm.

»Hören Sie um Gottes willen auf«, rief er erregt. »Es ist genug Blut geflossen!« Nachtmahr rangelte um sein Gewehr, doch Fritz gelang es trotz seiner Behinderung, es ihm zu entreißen. In hohem Bogen schleuderte er es davon. Einer der Schutztruppenoffiziere hielt Nachtmahr davon ab, seinen Revolver zu ziehen. Er wurde wütend, ließ sich jedoch schließlich beruhigen. Erstaunlich gefasst stieg er endlich von seinem Pferd, um nach seinem Sohn zu sehen. Achims Augen starrten leblos in den Himmel. Statt sie zu schließen, blieb Nachtmahr vor ihm stehen und betrachtete den Leichnam mit einer Spur von Verachtung. Selbst im Tod war er nicht fähig, seinem Sohn gegenüber die Gefühle zu zeigen, die er möglicherweise für ihn empfunden hatte. Die anderen Soldaten saßen unschlüssig auf ihren Pferden und warteten auf einen Befehl. Vorsichtshalber hatten sie ihre Gewehre im Anschlag und versuchten, der Situation Herr zu bleiben. Auch Rajiv hatte seine Waffe gezogen. Doch keiner der Herero unternahm einen neuen Fluchtversuch. Fritz stellte sich schützend vor Nancy, die jetzt völlig apathisch neben ihm stand, als ginge sie die ganze Sache nichts an. Endlich wandte sich Nachtmahr um. Ohne seinen toten Sohn weiter zu beachten, trat er vor Fritz. Funkelnder, aus dem Verlust geborener Hass leuchtete aus seinen dunklen Augen, während seine Stimme merkwürdig kalt und nüchtern klang:

»Herr van Houten, Sie sind festgenommen.«

Fritz schüttelte verständnislos den Kopf. »Baron von Nachtmahr, ich verstehe Ihren Schmerz. Es …«

»Sie verstehen gar nichts«, zischte Nachtmahr, dessen Stimme sich mit unverhohlenem Hass füllte. »Sie sind ein kaltblütiger Mörder, ein elender Kollaborateur und Negerfreund. Ich werde Sie in Okahandja dem Kriegsgericht überstellen.« Er winkte zwei seiner Männer heran. »Fesselt den Mann. Er ist gefährlich.«

»Das können Sie nicht tun!«, protestierte Fritz. »Ich habe nichts getan!«

Von Nachtmahr fuhr herum. »Nichts getan?«, presste er mit geballten Fäusten hervor. »Sie sind schuld, dass mein Sohn tot ist. Und dafür werden Sie bezahlen. Dafür sorge ich, und wenn es das Letzte ist, was ich tue!«

Einen kurzen Moment lang spielte Fritz mit dem Gedanken,

einfach auf sein Pferd zu springen und zu fliehen. Doch dann musste er einsehen, dass die Soldaten im Vorteil waren. Außerdem würde Nachtmahr seine Wut dann direkt an den Herero auslassen. Zähneknirschend ließ er sich Handschellen anlegen und vertraute darauf, in Okahandja an höherer Stelle schnell Gerechtigkeit zu erfahren.

*

Der Morgen war ungewöhnlich schwül für diese Jahreszeit. Eine gelbliche Dunstglocke lag über dem Land, die das Sonnenlicht nur gefiltert auf die Erde strahlen ließ. Aus Furcht vor weiteren Plünderungen hatte Jella alle Zuchtbullen in die Stallungen und die Kühe auf die Weiden bringen lassen, die der Farm am nächsten lagen. Ihr war klar, dass das nicht lange gut gehen konnte, da die Weiden bald abgegrast sein würden und die Männer zusätzlich zu ihrer Arbeit Wasser von weither in Tankwagen heranschaffen mussten, um die Tiere zu tränken. Aber sie wusste sich einfach keinen anderen Rat, wie sie mit den wenigen Leuten, die noch auf der Farm geblieben waren, die Farm retten sollte. Trotz Imeldas Warnungen packte sie, wann immer es ging, selbst mit an. Gerade kam sie in ihrem Einspänner vom Kontrollieren der Weidezäune zurück und wollte noch schnell nach Fritz' Sorgenkindern, den Tieren, sehen, die ihr Gehege hinter dem Wohnhaus hatten. Pascha, der halbwüchsige Leopard, war in einem Extraverschlag mit vergittertem Auslauf untergebracht, während der alte General, der mürrische Pavian, das blinde Zebra Leopold und Duikduik, die dreibeinige Antilope, ein schönes, baumbestandenes Gehege bewohnten, aus dem sie hin und wieder mithilfe des schlauen Generals ausbrachen. Das Zebra besaß eine Vorliebe für Gemüse und hatte ihnen schon so manche Ernte im nahen Gemüsegarten vernichtet, während Duikduik am liebsten ins Haus hoppelte, um jemanden zu finden, der sie streichelte. Der General begab sich dann meist unter die große Schirmakazie, die die Farm wie ein großes Schutzdach überragte, und zeigte jedem die Zähne, der sich ihm ungebührlich näherte. Nur Pascha blieb in seinem Verschlag und kommentierte den Fluchtversuch der anderen Tiere mit neidvollem Miauen. Jella wollte sichergehen, dass die Tiere in ihrem Gehege waren. Sie hatte das unbestimmte Gefühl, dass sich durch die große Schwüle ein für die Zeit ungewöhnlich heftiges Gewitter zusammenbraute. Die natürlichen Geräusche der Savanne wirkten wie eingedämmt. Kaum ein Vogel war zu hören, und wenn doch, dann war es ein aufgeregtes, heiseres Kreischen, das wie eine Warnung durch den Busch tönte. Wie immer hatte Jella eine Kleinigkeit für die Tiere bei sich. Für gewöhnlich kamen die drei unverzüglich zum Gatter, um die Leckereien in Empfang zu nehmen. Doch heute ließ sich keines von ihnen blicken, obwohl sie mehrfach nach ihnen rief. Selbst Pascha lag zusammengekauert in einer dunklen Ecke seines Verschlags und regte sich nicht. Jella öffnete die Gittertür und warf ihm einen Knochen mit reichlich Fleisch daran hin. Der Leopard sah kurz auf, um seinen Kopf sofort wieder zwischen seine Pfoten zu legen. Das Futter interessierte ihn nicht.

»Was ist denn los mit dir?«, wunderte sich Jella. »Du bist doch sonst so ein Nimmersatt.«

In der Ferne war erstes Donnergrollen zu hören. Jella sah, wie Pascha zusammenzuckte.

»Fürchtest du dich – oder vermisst du Fritz genauso wie ich?«, fragte sie leise. Am liebsten wäre sie zu Pascha gegangen und hätte ihn in den Arm genommen, wie sie es vor Kurzem noch getan hatte. Sein weiches Fell würde sie sicher trösten. Leider war der Leopard mittlerweile zu groß und zu unberechenbar für solche Zärtlichkeiten. Nur Fritz konnte ohne Gefahr zu ihm in den Verschlag. Jella verschloss die Tür und betrat das Gehege der anderen Tiere. Zu ihrem Erstaunen befanden sich alle drei Tiere in seltener Eintracht in dem Unterstand, den Fritz ihnen selbst gebaut hatte. Der General zog es normalerweise vor, allein zu sein. Er duldete nur schwer die Nähe der anderen Tiere. Aber heute wirkte er eingeschüchtert, wenn nicht sogar verängstigt. Jella redete beschwichtigend auf die Tiere ein und bot ihnen die Leckerbissen an. Keines der Tiere rührte sie an. Jella fuhr sich mit der Hand über ihre schweißbedeckte Stirn. Ich sollte wohl zurück zur Farm gehen, überlegte sie erschöpft. Das Kontrollieren der Zäune hatte sie mehr angestrengt, als sie zugeben wollte. Sie begab sich auf den Rückweg. Das Laufen fiel ihr schwer, und plötzlich verkrampfte sich ihr Bauch und sie spürte ein Ziehen in ihrer Leistengegend, das ihr für kurze Zeit die Luft raubte. Sie klappte mit dem Oberkörper nach vorn und versuchte gleichmäßig zu atmen. Imelda hatte sie vorgewarnt und ihr die Atemtechnik für solche Wehen gezeigt. Tatsächlich verschwand das Ziehen nach kurzer Zeit, und sie konnte sich auf den Rückweg machen.

»Was bist du nur für ein ungeduldiges Kind«, schimpfte sie liebevoll und streichelte über ihren dicken Bauch. Von hinten betrachtet sah man ihr die Schwangerschaft selbst jetzt noch nicht an. Sie war schlank geblieben, aber von vorn und von der Seite betrachtet wölbte sich der Bauch so weit hinaus, dass man problemlos ein Glas Wasser darauf stellen konnte. Der Schmerz kehrte mit unerwarteter Heftigkeit zurück. Jella sackte in die Knie. Panik erfasste sie. Sie war sich sicher gewesen, dass das Baby noch ein, zwei Wochen in ihr bleiben würde. »O nein, nicht jetzt!«, stöhnte sie und raffte sich auf, um möglichst schnell ins Haus zu kommen. Dunkle Wolken verdüsterten die diesige Luft und tauchten die Landschaft in eine unheimliche Szenerie. Für einige Augenblicke war die Luft so voller Elektrizität, dass Jella das Gefühl hatte, ihr stünden die Haare zu Berge. Urplötzlich setzte ein heftiger, heißer Wind ein. Nicht weit von ihr türmte sich eine Windhose auf und raste fauchend auf sie zu. Jella raffte ihre Röcke und begann zu laufen. Zum Glück setzten keine neuen Wehen ein. Ihr Pferd wieherte und scheute. Sie hatte Mühe, es die wenigen Meter bis zum Farmhaus zu lenken. Dort kam ihr Imelda aufgeregt entgegen.

»Da bist du ja endlich«, schimpfte sie. »Ich habe mir schon Sorgen gemacht.«

»Mir geht es gut«, winkte Jella ab und beobachtete voller Unruhe das herannahende Unwetter. Der Horizont wurde von einer leuchtenden Blitzwand erhellt. »Weißt du, ob Samuel die Ställe gut verschlossen hat? Hoffentlich geraten die Bullen nicht in Panik. Da braut sich ordentlich was zusammen.«

»Samuel weiß, was er zu tun hat«, meinte Imelda ungehalten. »Komm lieber rein und ruh dich etwas aus.«

»Erst muss ich noch mein Pferd …«

»Du musst gar nichts!« Sie winkte Josua herbei und übergab ihm das Pferd, während sie Jella aus dem Einspänner half. Trotz ihrer Proteste führte Imelda ihre Schwiegertochter ins Haus. »Du kannst hier draußen sowieso nichts tun.«

Jella war insgeheim froh, dass Imelda sich so energisch um sie kümmerte. Sie bestand darauf, dass sie sich in den Ohrensessel setzte und die Füße hochlegte. Dann brachte sie ihr eine Tasse Tee und etwas Gebäck.

»Teresa wird immer besser«, schmunzelte sie, während Jella hungrig ein Stück Kuchen nahm und es hinunterschlang. Sie war seit dem Morgengrauen unterwegs und hatte nichts gefrühstückt.

Ein Donner, laut wie die Explosion einer Kanone, von weißgelben Blitzen begleitet, durchdrang den Salon. Jella und Imelda schreckten gleichzeitig zusammen und sahen einander besorgt an.

»Das war genau über *Owitambe!«,* meinte Jella tonlos. »Ich muss sofort nachsehen, ob alles in Ordnung ist. Sie schob ihre protestierende Schwiegermutter einfach beiseite und öffnete die Verandatür.

»Mein Gott!«, schrie sie entsetzt. »Der Blitz hat in den Bullenstall eingeschlagen. Ich glaube, er brennt. Schnell, wir müssen löschen. Läute die Glocke und rufe alle Leute zusammen!« Imelda stürzte zu dem kleinen hölzernen Glockenturm, der neben dem Haus stand, und gab Alarm. Jella eilte unterdessen zu den Stallungen. Erste Flammen züngelten bereits aus dem Dachstuhl, während die Tiere in panischer Angst zu schreien begannen. Ihr Gebrüll ging Jella durch Mark und Bein. Samuel und einige andere Männer waren bereits bei den Ställen. Er organisierte gerade eine Löschkette.

»Du musst die Tiere rauslassen«, schrie Jella ihm zu. Samuel sah sie entsetzt an. »Aber dann laufen sie weg«, sagte er.

»Tu, was ich sage!«, befahl Jella. »Sie werden verbrennen oder sich vor Panik gegenseitig tottrampeln.« Endlich begriff Samuel und rannte los.

Der Himmel über ihnen war gelblich grau und voller Spannung. Immer wieder entluden sich neue Blitze, und heftige Donnerschläge brachten die Wände der Holzscheunen zum Vibrieren. Das Buschland leuchtete im Licht der Blitze gespenstisch auf. Da und dort hinterließen die Einschläge kleine Feuerherde. Wo blieb denn nur der Regen? Jella spürte eine Welle von Panik und Entsetzen. Wenn es nicht bald regnete, konnte sich der Brand zu einem verheerenden Feuer ausweiten und die ganze Farm zerstören. Die Männer waren viel zu langsam beim Löschen des Stalles. Sie brauchten mehr Helfer und mussten eine Brandmauer errichten, damit das Feuer nicht auf die Nebengebäude übergriff. Verzweiflung erfasste Jella. Warum waren Fritz und ihr Vater nicht da? Die Männer hätten bestimmt gewusst, was jetzt zu tun war! Sie selbst fühlte sich nicht imstande, irgendetwas zu unternehmen. Imelda war mittlerweile wieder bei ihr. Entsetzt betrachteten sie beide das Unglück.

»O mein Gott«, klagte ihre Schwiegermutter. »Ihr werdet alles verlieren!«

Ihre Worte rüttelten Jella auf und brachten sie endlich zur Besinnung. Mit einem Mal hatte sie wieder klare Gedanken.

»Wir müssen die Frauen und älteren Kinder holen«, befahl sie entschlossen. »Sie können auch beim Löschen helfen«

Imelda nickte und eilte zu den Hütten, während Jella zu dem Löschtrupp ging und Josua und Elias aufforderte, das Feuer nicht nur von einer Seite zu löschen, sondern von mehreren. Samuel hatte unterdessen das Stalltor geöffnet. Die Bullen stürmten aufgeregt hinaus und zerstreuten sich in alle Richtungen.

»Versucht sie in einen der Pferche zu treiben«, schrie Jella ihm zu. »Sie dürfen nicht in die Savanne.« Samuel beeilte sich und holte aus dem benachbarten Stall ein Pferd. Er machte sich nicht einmal die Mühe, es zu satteln, sondern schwang sich so auf seinen Rücken, um die herumirrenden Tiere in eine Richtung zu treiben. Die Bullen folgten ihm bereitwillig. Unterdessen wies Imelda die Frauen und älteren Kinder ein. Zum Glück hatte *Owitambe* einen eigenen Brunnen, der ausreichend Wasser besaß. Die Flammen hatten mittlerweile den ganzen Dachstuhl erfasst. Die Balken knarrten unter den züngelnden Flammen, bevor sie mit ohrenbetäubendem Getöse einstürzten und ins Innere der Scheune stürzten. Feuerzungen schossen in den Himmel und erleuchteten ihn orangerot. Die Löschversuche waren ohne den Regen wie ein Tropfen auf einem heißen Stein. Jella sah schnell ein, dass sie das Gebäude nicht retten konnten. Sie mussten versuchen, ein Übergreifen der Flammen auf den benachbarten Pferdestall zu verhindern. Doch auch hier war es fast schon zu spät. Bis die Löschtrupps beim Pferdestall eintrafen, leckten bereits die ersten Flammen an seinem Dach. Schweren Herzens ordnete sie an, die Pferde ebenfalls freizulassen. Wahnsinnig vor Angst stürmten die Tiere wild auskeilend quer durch den Hof hinaus in die Savanne. Jella verbot sich jeden Gedanken an den Verlust, den sie möglicherweise gerade erlitten hatten, und kämpfte weiter. Sie eilte von Löschtrupp zu Löschtrupp und dirigierte sie, so gut sie konnte. Imelda legte mit den anderen Frauen selbst Hand beim Löschen an. Plötzlich ertönte aus dem hinteren Teil des Pferdestalls angstvolles Wiehern und Schnauben.

»Da ist noch ein Pferd drin«, schrie Jella. »O Gott! Es ist Hoffnung, unsere Zuchtstute! Wir müssen sie befreien!« Das Tier war das kostbarste Pferd, das sie besaßen. Ihr Vater hatte es von einem Trakehnergestüt extra aus Deutschland herschiffen lassen. Die trächtige Stute war in einer eigenen Box untergebracht. Ohne nachzudenken, stürmte sie in Richtung Stall. Samuel sah es und versuchte sie aufzuhalten. Doch Jella dachte nur an das arme Tier, das voller Todesangst dort eingeschlossen war. Sie riss sich von Samuels Hand los und eilte in den Stall, aus dem grauer Rauch drang. Um den Rauch abzuhalten, hob sie ihren Rocksaum und hielt ihn sich vor den Mund. Der Qualm biss in ihren tränenden Augen und vernebelte ihr die Sicht. Trotzdem kämpfte sie sich weiter. Die Stute tänzelte panisch in ihrer Box und trat mit aller Gewalt gegen die Wände. Jella musste den Rocksaum vor ihrem Mund fallen lassen, um den Riegel zu öffnen. Er klemmte, sodass sie mehrere Versuche benötigte, bevor er schließlich nachgab. Endlich! Jella hustete. Der giftige Rauch hatte bereits ihre Lungen angegriffen. Außerdem zerriss sie ausgerechnet jetzt eine neue Wehe. Keuchend sank sie in die Knie. »Ich muss ihr nach!«, dachte sie. Mühsam rappelte sie sich auf und stolperte dem Ausgang zu. Den brennenden Dachbalken sah sie erst, als er direkt vor ihr auf den Boden schlug. Er versperrte ihr den Weg nach draußen. Panisch sah sie sich um. Jede Bewegung war mittlerweile eine Qual. »Ich muss durch die Hintertür!«, dachte sie verzweifelt. Um sie herum wurde es immer heißer. Rauch und Flammen fraßen sich immer schneller voran und machten den Eingang, den sie benutzt hatte, unpassierbar. Sie kehrte um und tastete sich zur Rückwand der Scheune. Der Rauch nahm ihr jede Sicht, sodass sie auf gut Glück den Ausgang suchen musste. Hoffentlich brannte es dort noch nicht. Der Schmerz in ihrem Unterleib wurde immer unerträglicher. Sie schrie auf, was würgenden Husten und heftiges Ringen nach Luft nach sich zog. Voller Entsetzen spürte sie etwas Warmes, Flüssiges zwischen ihren Beinen.

»O nein!« Die Angst um ihr Kind machte sie fast wahnsinnig. Mit letzter Kraft versuchte sie auf die Knie zu kommen. Als das nicht gelang, robbte sie weiter. Mühsam schnappte sie noch einmal nach Luft. Neuer Rauch drang in ihre Lungen. Ihr wurde schwindlig, während ihr Geist sich immer mehr vernebelte. Fritz, ihre Mutter und ihr Vater tauchten vor ihrem inneren Auge auf und schließlich das entsetzte Gesicht ihrer Sternenschwester, bevor endlose Dunkelheit sie umfing.

Gefangenschaft

»Dieser Mann ist ein Kollaborateur und Mörder!« Nachtmahrs Augen funkelten unter den dichten Brauen. Fritz stand mit gebundenen Armen vor dem Schreibtisch des befehlsführenden Offiziers in Okahandja. Nach Tagen in einer muffigen, dunklen Zelle hoffte er nun endlich doch noch auf Gerechtigkeit. Wo Rajiv und die Herero waren, wusste er nicht. Er hoffte nur, dass Nancy noch lebte. Offensichtlich fokussierte Nachtmahr seinen ganzen Hass auf ihn.

»Dieser Mann hat sich geweigert, mir eine Gruppe Herero auszuliefern. Dabei kam es zu einem Streit, bei dem er meinen Sohn hinterrücks ermordete.«

»Was soll der Unsinn! Sie wissen, dass das nicht stimmt!«, widersprach Fritz. Er fühlte sich erschöpft. Der lange Marsch und die Haft hatten ihm zugesetzt. Tagelang hatte er an seiner Zellentür gestanden und vergeblich um eine Vernehmung gebeten. Man hatte ihn wie einen Schwerverbrecher behandelt. Er bemühte sich, ruhig zu bleiben, obwohl Nachtmahrs dreiste Anschuldigung ihn mächtig erregte. Bislang hatte er Nachtmahrs überzogene Reaktion als Folge der schrecklichen Ereignisse betrachtet. Nachtmahr war als impulsiver Mensch bekannt, aber Fritz war sich sicher gewesen, dass er sich über kurz oder lang wieder beruhigen würde. Das war allerdings nicht der Fall. Nachtmahrs dreiste Anschuldigungen konnten ihn hier an offizieller Stelle Kopf und Kragen kosten.

Fritz versuchte sein Gegenüber genau einzuschätzen. Der Offizier, ein etwa vierzigjähriger zierlicher Major, wirkte überarbeitet, wenn nicht gar überfordert, und schien wenig Lust zu haben, ein Militärtribunal abzuhalten. Vielleicht ließ sich die Gelegenheit ja mit ein paar vernünftigen Erklärungen lösen. Der Major blätterte lustlos in dem Bericht, den Nachtmahr verfasst hatte.

»Die Anschuldigungen, die Leutnant Nachtmahr hier vorbringt, sind schwerwiegend«, sagte er schließlich. Er vermied es, Fritz anzusehen. »Hier stehen Aussagen, nach denen sie nicht nur ein Kollaborateur, sondern auch noch ein feiger Mörder sind. Wenn das den Tatsachen entspricht, werden Sie dafür gehängt. Ist Ihnen das klar?«

»Ich bin weder ein Kollaborateur noch ein Mörder«, widersprach Fritz empört. »Fragen Sie die anderen Soldaten, die dabei waren. Sie werden bestätigen, dass ich Leutnant von Nachtmahrs Sohn nicht getötet habe.«

Der Major winkte ungeduldig ab. »Die Zeugenaussagen der anderen Soldaten liegen mir vor. Keiner von ihnen widerspricht Leutnant von Nachtmahrs Aussage.«

»Aber dann lügen sie!« Fritz Gesicht wurde aschfahl.

»Deutsche Soldaten lügen nicht!«, polterte Nachtmahr los. »Aber burische Einwanderer umso mehr. Dieser Mann wollte uns weismachen, dass er das Hereropack in ein Auffanglager der Rheinischen Mission bringen wollte. Tatsache ist jedoch, dass er eindeutig auf dem Weg zu seiner Farm war. Die Leute, die auf *Owitambe* leben, sind bekannt für ihre Negerfreundlichkeit. Außerdem hat mein Sohn die ehemalige Köchin der Farm unter den Gefangenen entdeckt. Das wurde ihm zum Verhängnis.«

»Ich gebe zu, dass unsere ehemalige Köchin unter den Herero war. Aber das ist noch lange kein Beweis dafür, dass ich sie nicht in ein Auffanglager der Mission bringen wollte«, verteidigte sich Fritz aufgebracht. »Und diese Anschuldigung gibt ihm noch lange nicht das Recht zu behaupten, dass ich seinen Sohn getötet hätte.«

»Du hast ihn erstochen, weil er den fliehenden Neger erschossen hat«, brüllte Nachtmahr. In seinen Augen blitzte ein irres Licht. Fritz schüttelte ungehalten den Kopf.

»Sie wissen ja gar nicht, was Sie reden.«

Der Major schlug mit der Hand auf den Tisch.

»Genug!«

Doch Fritz ließ sich nicht einschüchtern. Er blickte ihn eindringlich an. »Sie dürfen ihm nicht glauben.«

»Dann geben Sie uns doch mal *Ihre* Version der Ereignisse«, forderte der Major ihn auf. Seine Stimme klang ungeduldig, wenn auch nicht unfreundlich. Fritz räusperte sich. Es musste ihm gelingen, den Major zu überzeugen. In einfachen, klaren Worten versuchte er seine Sicht der Dinge darzustellen. Er verschwieg dabei auch nicht, dass er sich geweigert hatte, Nachtmahr die Herero zu übergeben. Der Major hörte ihm zu, sah aber dabei aus dem Fenster. Seine schlanken Finger spielten nervös mit dem Füllfederhalter auf seinem Tisch. Inwieweit er Fritz' Darstellungen Glauben schenkte, ließ er sich nicht anmerken.

»Sie kannten also die Herero, die sie aufgegabelt haben?«, fragte er, als Fritz zu Ende war. Er wandte sich ihm wieder zu.

»Ja«, gab Fritz zu. »Es waren Leute, die in der Nähe von *Owitambe* leben. Eine der Frauen war bei uns tatsächlich Köchin.«

»Liegt es da nicht nahe, dass Sie die Frau retten wollten?« Die Stimme des Majors hatte nun etwas Lauerndes. Fritz entschloss sich dennoch, ehrlich zu bleiben. Vielleicht konnte das den Offizier am besten überzeugen.

»Ich wollte die Menschen zurück in ihre Heimat bringen. Der Krieg gegen die Herero ist doch vorüber.«

»Sehen Sie«, keifte Nachtmahr triumphierend. »Das beweist eindeutig, dass er ein Kollaborateur ist. Wer weiß, vielleicht stand er während des Aufstands sogar auf ihrer Seite. Allein, dass er von Krieg spricht und nicht von einem Aufstand, zeigt doch, auf welcher Seite er steht!«

»Ich stehe auf keiner von beiden Seiten«, sagte Fritz ungehalten. »Ich bin überzeugter Pazifist. Für mich sind alle Menschen gleich. Jeder hat das Recht auf ein menschenwürdiges Leben.«

»Wollen Sie damit sagen, dass ein Neger so viel wert ist wie ein Weißer?« Der Major hob missbilligend eine Augenbraue. »Damit begeben Sie sich auf ein gefährliches Terrain.«

»Der Unterschied zwischen hellhäutigen und dunkelhäutigen Menschen besteht allein in ihrer Hautfarbe«, sagte Fritz ruhig. »Mag sein, dass die Afrikaner andere Lebensgewohnheiten und einen anderen Glauben haben als wir, aber deswegen sind sie nicht weniger wert.«

»Ihre Einstellung zeigt mir, dass Sie zumindest mit den Aufständischen sympathisieren.«

»Ich sehe sie als Menschen. Ist das ein Fehler?«

»Die Menschen, denen Sie geholfen haben, sind Verbrecher. Sie sind in Deutsch-Südwest nicht länger erwünscht und werden interniert. Sie haben sich dagegen widersetzt.«

»Er muss gehängt werden«, mischte sich Nachtmahr ungefragt ein. »Gemeinsam mit dem Hereropack.«

Der Blick des Majors wanderte unschlüssig von Nachtmahr zu dem Angeklagten. Offensichtlich befand er sich in einer Zwickmühle. Auf der einen Seite hielt er Fritz' Version von Achims Tod für durchaus plausibel. Nachtmahr war auch in der Truppe wegen seines aufbrausenden und herrschsüchtigen Charakters nicht unumstritten. Es war ihm durchaus zuzutrauen, dass er seine Leute unter Druck gesetzt hatte. Auf der anderen Seite hatte Fritz gerade unverhohlen zugegeben, gegen das Kriegsrecht verstoßen zu haben.

»Hier wird niemand gehängt«, meinte er schließlich nach längerem Nachdenken. »Allerdings kann ich die zugegebene Fluchthilfe nicht einfach unter den Tisch kehren.«

»Ich bestehe darauf, dass dieser Kerl hingerichtet wird«, empörte sich Nachtmahr.

»Halten Sie den Mund«, wies der Major ihn scharf zurecht. »Sie sind nicht befugt, sich in meine Angelegenheiten zu mischen, Herr Leutnant.«

Nachtmahr nahm zähneknirschend Haltung an. Der Major wandte sich nun an Fritz.

»Sie haben sich soeben eindeutig als Verräter an der deutschen Sache ausgewiesen. Damit sind sie als Kollaborateur überführt.«

»Ich habe mich nie …«

»Schweigen Sie!« Der Offizier hatte sein Urteil gefällt. Nun wollte er die Sache so schnell wie möglich zu Ende bringen.

»Sie haben mit den Aufständischen gemeinsame Sache gemacht, deshalb werden wir Sie auch genauso behandeln wie sie. Morgen geht ein Trupp los in das Konzentrationslager nach Lüderitz. Sie werden den Zug begleiten. Wenn Ihnen das Schicksal dieser Wilden so sehr am Herzen liegt, können Sie auch ihr Schicksal teilen. Sollen sich meine Kollegen im Süden doch mit Ihnen herumschlagen.«

Fritz traute seinen Ohren nicht. Der Major wollte ihn tatsächlich deportieren. Allein bei der Vorstellung drehte sich ihm der Magen um. Er wusste noch aus der Zeit der Burenkriege, wie es in solchen Lagern zuging. Auf keinen Fall würde er sich wehrlos fügen. Im Bruchteil einer Sekunde überschlug er seine Fluchtchancen. Sie waren zu fünft in dem Raum. Nachtmahr, der Major, zwei Soldaten und er. Das Fenster in den Hof stand offen. Er musste den Augenblick der Überraschung nutzen. Mit einem kräftigen Ellenbogenschlag knockte er den neben ihm stehenden Soldaten aus. Dann sprang er hinter den Schreibtisch und schubste den Major beiseite. Mit einem Satz sprang er auf den Fenstersims und von dort nach draußen in den Innenhof des Forts. Mit gebundenen Händen versuchte er die Pferde zu erreichen, die am anderen Ende des Hofes standen. Seine Flucht war von vorneherein ein sinnloses Unterfangen. Der Innenhof war voller Soldaten. Bevor Fritz auch nur die Pferde erreicht hatte, hatte der Major Alarm geschlagen.

»Nehmt den Mann gefangen«, schrie er aufgebracht. Nachtmahr stand ebenfalls am Fenster. Sein Gesicht zeigte von Hass erfüllte Entschlossenheit, als er seine Pistole aus dem Koppel löste und auf den Flüchtenden richtete. Ein Schuss hallte über den Kasernenhof, und Fritz fiel getroffen in den Kies.

*

Johannes hätte sich ohrfeigen können, dass er so unbekümmert gewesen und einfach eingeschlafen war. Als die Ovambos sie mit groben Fußtritten aus dem Schlaf gerissen hatten, war es zu spät gewesen, um noch nach seinem Gewehr zu greifen. Ehe sie sich's versahen, waren er und seine Frau gefesselt gewesen.

Die Männer waren Ovambos vom Stamm der Ondongas. Nehale hatte mehreren Trupps den Auftrag erteilt, die Gegend auszukundschaften. Er wollte rechtzeitig darüber informiert werden, falls die Deutschen Truppen schickten. Die fünf Männer diskutierten nun aufgeregt. Offensichtlich konnten sie sich nicht darüber einigen, was sie mit ihnen anstellen sollten. Sie unterhielten sich auf Oshivambo, einer Sprache, die Johannes nicht verstehen konnte.

»Verstehst du, was sie sagen?«, fragte er Sarah leise. Sie nickte. »Sie überlegen, ob sie uns laufen lassen oder …«, sie schluckte, »… uns erschießen sollen.« Sie achtete darauf, dass Raffael nichts hörte. »Der Mann mit der Narbe ist dafür, uns laufen zu lassen. Die anderen möchten sich für ihre toten Brüder an dir rächen.«

Johannes kaute nervös auf seiner Unterlippe. Das sah nicht gut aus. Einer der Männer sah ihn hasserfüllt an und spuckte ihm ins Gesicht. Er war so überrascht davon, dass er nur verwirrt blinzelte, als ihm der Speichel quer über sein Auge lief. Dem Ovambo schien die Demütigung nicht zu genügen. Er holte mit dem Gewehrkolben aus und setzte an, ihm damit das Gesicht zu zertrümmern. Der ältere Mann mit der Narbe fiel ihm in den Arm. Er schimpfte und schubste den Spucker verächtlich beiseite. Offensichtlich war er derjenige, der das meiste zu sagen hatte. Der Spucker zog sich widerwillig zurück, und auch die anderen beruhigten sich allmählich.

»Du mitgehen«, sprach er schließlich in gebrochenem Herero und deutete auf die drei. »Du Gefangene von Häuptling Nehale!« Er zeigte mit dem Zeigefinger auf seine Brust. »Ich Hidipo. Ich bringe zu Nehale!«

Er wandte sich ab und ging zu seinem Pferd. Die Männer setzten Raffael wieder auf den Rücken der Stute, während sie Sarah und Johannes wie angebundenes Vieh hinter sich herzogen. Die ersten Kilometer ließ Hidipo die Pferde traben, sodass die beiden Gefangenen Mühe hatten, Schritt zu halten. Als Sarah aber stolperte und von den Pferden mitgeschleift wurde, verlangsamten sie das Tempo und ließen die Pferde Schritt gehen.

Spät in der Nacht näherten sie sich endlich dem Dorf, in dem Nehale sich aufhielt. Ein dichter Palisadenzaun umgab kreisförmig die Rundhütten im Innern. In der Mitte des Dorfes war ein großer Platz, auf dem ein einladendes Feuer prasselte. Trommeln und Gesang waren zu hören. Die Männer feierten ihren Erfolg mit selbst gebrautem Bier. Hidipo ließ die Pferde vor dem Palisadenzaun stehen und löste die Fesseln der Gefangenen. Offensichtlich rechnete er mit keinem Fluchtversuch. Raffael war so müde, dass er sich weigerte zu laufen. Er weinte. Johannes nahm ihn schnell auf seinen Arm. Hidipo knurrte unwillig und trieb sie mit seinem Gewehrkolben vor sich her. Sie hatten den ganzen Tag keinen Schluck Wasser bekommen und waren am Ende ihrer Kräfte. Mühsam schleppten sie sich über den Dorfplatz zu einem großen Feuer, an dessen Seite auf einem erhöhten Hocker Häuptling Nehale saß. Er war ein groß gewachsener schlanker Mann mittleren Alters. Seine wachen Augen musterten eingehend erst Johannes und anschließend seine Frau. Als sein Blick auf den Jungen fiel, der völlig regungslos über Johannes Schulter hing, winkte er eine der Frauen herbei. Sofort kamen zwei Mädchen und reichten dem Jungen und seinen Eltern in einer Tonschale Wasser, das sie dankbar annahmen. Nehale rief nun Hidipo. Die beiden unterhielten sich leise, wobei Hidipo wild gestikulierte. Schließlich ließ er die drei zu sich ans Feuer bringen und bot ihnen einen Platz neben sich an. Die beiden Mädchen brachten Getreidebrei und etwas Blattgemüse herbei und stellten die Schüssel vor ihnen ab.

»Esst«, forderte Nehale sie in fließendem Herero auf. »Ihr seid meine Gäste.«

Johannes sah den Häuptling unsicher an. Ohne seine Miene zu verziehen, forderte der sie nochmals auf zu essen. Sarah ließ es sich nicht ein drittes Mal sagen. Sie nahm etwas Getreidebrei und Gemüse mit den Fingern und formte einen kleinen Knödel, um ihn Raffael in den Mund zu schieben. Der Junge war immer noch ganz geschwächt. Als er jedoch ein paar Bissen zu sich genommen hatte, kehrten seine Kräfte langsam zurück. Nehale nickte zufrieden. Er ließ die drei in Ruhe essen und beobachtete unterdessen das Treiben rund um das zentrale Feuer. Im Gegensatz zu den anderen Männern trank er kein Sorghumbier, sondern begnügte sich mit Wasser. Schließlich stand er auf und ging grußlos davon. Johannes fiel auf, dass er sein rechtes Bein nachzog. Hidipo kam auf sie zu und bedeutete ihnen mitzukommen. Er führte sie in eine leer stehende Rundhütte.

»Hier schlafen«, meinte er und stieß Johannes grob an. Die drei krochen durch einen Ledervorhang ins Innere und ließen sich so, wie sie waren, auf den Boden fallen.

Riccarda

Fassungslos und zu Tode erschöpft standen Imelda und die anderen Bewohner von *Owitambe* vor den niederbrennenden Stallungen. Mittlerweile hatte endlich der Regen eingesetzt und den Menschen beim Löschen geholfen. Das Farmhaus und die anderen Nebengebäude waren gerettet, sämtliche Stallungen niedergebrannt. Doch darüber mochte sich niemand freuen, denn alles wurde von Jellas Tod überschattet. Nachdem die Stute ins Freie gestürmt war, hatten sie alle darauf gewartet, dass ihre Retterin ihr folgen würde. Sie hatten Jellas Schatten gesehen, wie er sich auf den Ausgang zubewegte. Doch dann war der brennende Dachbalken herabgestürzt und hatte ihr den Rückweg abgeschnitten. Keiner von ihnen wollte sich ausmalen, welch schrecklichen Tod die junge Herrin gefunden hatte.

Imelda war immer noch starr vor Schmerz und Entsetzen. Sie fühlte sich wie versteinert. Dumpf vor sich hin starrend stand sie neben Samuel und seiner Frau Teresa vor den langsam verglimmenden Trümmern. Irgendwo unter dem schwarzen, dampfenden Gebälk waren ihre Schwiegertochter und ihr ungeborenes Enkelkind verschüttet. Wie ungerecht doch die Welt war! Imelda spürte, wie der Schmerz stoßweise kam. Nun hatte sie alles verloren, was ihr jemals lieb gewesen war. Es war nicht ihre Art, schnell zu verzweifeln, doch in diesem Augenblick glaubte sie innerlich zerrissen zu werden. Sie schluchzte laut auf und ließ sich auf die Knie sinken. Ihr ganzer Körper bebte, während sie laut ihre Verzweiflung in die Nacht schrie. Samuel und die anderen standen hilflos neben ihr. Viele hatten Tränen in den Augen und fielen einander vor Trauer in die Arme. Wieder einmal war ihre Zukunft ungewiss.

Die Menschen von *Owitambe* waren so in ihrem Schmerz und in ihrer Trauer gefangen, dass sie taub für den Schrei des neugeborenen Babys waren.

»Sie lebt. Ich spüre es!«

Nakeshi winkte Bô, ihr zu folgen. Bô wusste, dass es keinen Zweck hatte, sich seiner Frau zu widersetzen. Ihre Sternenschwester hatte sie zur Geburt ihres Kindes gerufen, und Nakeshi hatte ihn überredet mitzukommen. Obwohl es reiner Wahnsinn war, wollte sie in diese brennende Hölle. Feuer gehörte zu den Dingen, die ein Buschmann am meisten fürchtete. Kein Mensch ging freiwillig in die Nähe solcher Flammen! Nakeshi machte sich bereits an der Tür zu schaffen. Bô warf einen ängstlichen Blick auf die hölzerne Wand. Sie konnte jeden Augenblick einstürzen. Durch die Ritzen zwischen den Brettern drang gefährlicher Rauch.

»Das wird gleich einstürzen«, warnte er. Doch Nakeshi kümmerte das nicht. Mit einem resignierten Seufzer half er schließlich seiner Frau. Als sie die Türe öffneten, schlug ihnen Hitze und eine riesige Rauchschwade entgegen. Beide husteten.

»Wir krabbeln hinein«, keuchte Nakeshi. »Da unten ist am wenigsten Qualm.« Auf allen vieren begab sie sich ins Innere der Scheune. Bô war ihr dicht auf den Fersen. Nicht weit von der Tür lag tatsächlich eine Gestalt.

»Sternenschwester«, flüsterte Nakeshi und berührte traurig die leblose Gestalt.

»Sie ist tot. Lass uns rausgehen«, meinte Bô nach Luft ringend.

»Wir nehmen sie mit. Vielleicht können wir ihr Kind retten.« Nakeshi zog an ihren Beinen. Jella war schwer. Mit vereinten Kräften gelang es den beiden Buschmännern, sie nach draußen zu ziehen, bis sie in sicherer Entfernung zu der brennenden Scheune waren. Mit kundigen Händen betastete Nakeshi erst Jella und dann ihren geschwollenen Leib.

»Meine Sternenschwester hat kaum noch Leben in sich«, meinte sie bekümmert. »Aber das Baby lebt.«

»Wir können ihnen nicht helfen«, meinte Bô traurig.

»Ich werde sie nicht alleinlassen!«

Nakeshi griff in ihren Lederbeutel und suchte nach dem kräftigenden Harz, von dem sie immer einen Vorrat bei sich hatte. Sie brach ein Stück ab und schob es sich in den Mund. Als es weich war, schob sie die mit Kräutern, Harz und Antilopenkot gepresste Masse in Jellas Mund.

»Schluck es, Sternenschwester«, sang sie. »Du brauchst die Kraft für dein Baby.« Sie wiederholte den Gesang immer wieder, bis schließlich Jellas Augendeckel zu flattern begannen und sie kurz aus ihrer Ohnmacht erwachte. Ein Hauch von einem Lächeln schimmerte kurz auf ihrem Gesicht, als sie Nakeshi erkannte.

»Schluck«, beharrte diese. Jella gab sich alle Mühe. Sie kaute und schluckte, aber dann verlor sie erneut die Besinnung.

Die Buschmannfrau spreizte Jellas Beine und schob ihren Rock beiseite.

Sie tastete nach dem Kind, um zu erkunden, wie es ihm ging. Bô stand hilflos daneben und wandte sich ab. Geburten waren Frauensache; das ging Männer nichts an.

Nakeshi sah kurz auf. Ihre Stirn war sorgenvoll gerunzelt. »Das Baby ist bereit für die Geburt. Aber es braucht die Kraft der Mutter. Wenn meine Sternenschwester nicht presst, kann es nicht herausschlüpfen. Außerdem liegt die Nabelschnur um seinen Hals.«

Die Lage war äußerst kritisch. Wenn Jella nicht mehr erwachte, war auch das Baby verloren. Normalerweise wirkte die Medizin schon nach kurzer Zeit, aber Jella war schwer verletzt und hatte kaum noch Kraft in den Lungen.

Nakeshi begann wieder zu singen und betete darum, dass Kauha Gwi, den schalkhaften Geist des Todes, von ihr abhielt.

»Nakeshi«, flüsterte eine schwache Stimme.

Die Buschmannfrau antwortete mit einem ernsten Lächeln.

»Wenn du den nächsten Schmerz spürst, musst du pressen.«

Jella blinzelte zustimmend mit den Augenlidern. Doch mit ihrer Ohnmacht waren auch ihre Wehen verschwunden. Nakeshi registrierte es mit Sorge. Sie horchte an Jellas Bauch. Das Kleine wurde immer schwächer. Sie kramte nochmals in ihrem Beutel und fischte ein getrocknetes Kraut heraus, das sie zwischen ihren flachen Händen zerrieb. Schließlich schob sie es Jella in den Mund, die es mit ein wenig Wasser aus dem Straußenei hinunterspülte. Keine Minute später setzten die nächsten Wehen ein. Jellas Körper wurde von der Wucht des Schmerzes in die Höhe katapultiert. Ein heiserer Schrei quälte sich über die verätzten Stimmbänder. Nakeshi fühlte wieder zwischen Jellas Beinen und nickte.

»Gut so«, murmelte sie. »Mach weiter so.«

Die Wehen kamen nun immer heftiger und in kurzen Abständen. Jella presste, so gut sie konnte, aber dann spürte sie, wie ihre Kraft schlagartig nachließ. Die Schatten neuer Ohnmacht griffen nach ihr.

Verzweifelt versuchte sie dagegen anzugehen. Unterdessen griff Nakeshi ihr durch den Muttermund, um das Kleine von der Nabelschnur zu befreien. Sie war nicht nur um den Hals, sondern auch um den Oberarm gewickelt.

»Kein Schlaf, kein Schlaf«, rief Nakeshi verzweifelt. Sie mühte sich vergebens, die Schnur zu lösen. »Halte durch!« Wenn Jella jetzt die Besinnung verlor, würde das Baby ersticken. Noch einmal bäumte sich deren Körper von dem Wehenschmerz auf. Diesmal bekam Nakeshi das Baby besser zu fassen. Es gelang ihr, die Nabelschnur zu entwirren und das Baby ganz aus dem Mutterleib zu ziehen.

Sie hielt das blutverschmierte Neugeborene in ihren Armen und säuberte vorsichtig seinen Mund. Das kleine, runzlige Wesen blinzelte ruhig in die Nacht.

»Sieh nur, Sternenschwester«, lachte Nakeshi überglücklich. »Du hast eine kleine Tochter.«

In diesem Augenblick öffnete das Kleine seinen Mund und begann lauthals zu schreien.

Jella versuchte zu lächeln, doch die Schatten einer neuen Ohnmacht legten sich erneut über sie.

Imelda nahm das Klopfen auf ihrer Schulter kaum wahr. Der Schmerz machte sie taub für die Welt um sie herum. Erst als sie das Wimmern eines Babys hörte, richtete sie sich kurz auf. Benommen blickte sie auf die Buschmannfrau und das hellhäutige Baby.

Nur langsam ließ sie das Unmögliche in ihren Gedanken zu. Das konnte doch nicht sein!

»Ist das … ist das …?«

Die Buschmannfrau drückte ihr wortlos das Baby in die Arme. Imeldas Tränen versiegten und machten einem ungläubigen Staunen Platz. Wie zart und wohlgestaltet das kleine Mädchen war. Es hatte einen dunklen Haarschopf wie sein Vater und schien auch sonst viel von ihm zu haben. Vorsichtig steckte sie ihren kleinen Finger in den weit geöffneten Mund, der sich zu einem kräftigen Schreien geöffnet hatte. Das Neugeborene beruhigte sich sofort und begann heftig zu saugen. Erneut tippte die Buschmannfrau an ihre Schulter. Sie wirkte besorgt und bedeutete Imelda, ihr zu folgen. Vorsichtige Hoffnung machte sich breit.

»Lebt die Mutter auch?«, fragte sie mit bebender Stimme. Die Buschmannfrau schien sie nicht zu verstehen.

»O mein Gott!« Imelda rappelte sich eilig auf. Kurzerhand übergab sie Teresa das Baby und eilte ihr nach.

*

Johannes gewöhnte sich nur schwer an seine Gefangenschaft bei den Ovambos. Tage und Wochen verstrichen, ohne dass etwas geschah. Für einen Mann wie ihn war es schwer, zur Untätigkeit verdammt zu sein. Mehrmals versuchte er vergeblich, den Häuptling um ihre Freilassung zu bitten. Nehale gab sich einsilbig und wenig interessiert an seinen Bitten. Ohnehin war er die meiste Zeit unterwegs und ließ sich nur selten in dem Dorf sehen. Hidipo war während seiner Abwesenheit das stellvertretende Dorfoberhaupt, das mit Argusaugen darüber wachte, dass sie keinen Fluchtversuch unternahmen. Er war nicht unfreundlich, doch er zeigte ihnen unmissverständlich, dass sie Gefangene waren. Das Dorf bestand aus etwa fünfzehn Kraalen, Rundhütten, die nur einen Eingang, aber kein Fenster hatten. Besonders im Sommer war es darin unerträglich heiß, und die Luft war abgestanden und muffig. Anfangs verbrachte die Familie viel Zeit in der Hütte. Man brachte ihnen Essen und Trinken und ließ sie nur die Notdurft draußen verrichten. Nach einiger Zeit stellte Hidipo einen grimmig dreinblickenden Hünen ab, der sie auf Schritt und Tritt begleitete. Mit ihm durften sie sogar das Dorf verlassen, allerdings niemals gemeinsam. Um das Dorf befand sich ein Palisadenzaun. Außerhalb weideten die Rinder, wobei die Hirten darauf achteten, dass die Tiere nicht in die Nähe der aus Gras geflochtenen Getreidespeicher kamen, die auf Stelzen standen. Sarah warnte ihren Mann und ihren Sohn, sich nicht zu sehr mit den Ovambos einzulassen.

»Sie haben mächtige Zauberer, die gern Todesflüche ausstoßen«, meinte sie. »Außerdem soll es in jedem Dorf Hexen geben, die Krankheiten und Unglück heraufbeschwören können.«

Johannes gab nicht viel auf Sarahs Aberglauben und die damit verbundene Gefahr, wurde allerdings schon bald eines Besseren belehrt. Eines Tages kam ein Zauberer in das Ovambodorf. Es handelte sich um einen hochgewachsenen Mann in mittlerem Alter. Außer seinem ledernen Lendenschurz trug er ein Leopardenfell um seine Schultern. Der Federschmuck auf seinem Kopf ließ ihn noch größer aussehen, als er ohnehin schon war. Die Männer, die ihn begleiteten, trugen seine Zauberausrüstung, die aus Kräutern, Kalebassen, Knochen und dem heiligen Messer bestand. Sobald er das Dorf betreten hatte, wurde er von den Bewohnern umringt und ehrfurchtsvoll begrüßt. Hidipo lud ihn auf den Dorfplatz ein und bot ihm Essen und Sorghumbier an. Der Zauberer setzte sich majestätisch auf einen thronähnlichen Hocker, der gleich hoch war wie der des Häuptlings. Bevor er etwas zu sich nahm, beschwor er die Geister der Ahnen, die Glück und Frieden auf das Dorf bringen sollten. Erst dann unterhielt er sich mit Hidipo.

Johannes hatte der Ankunft des Zauberers keine besondere Bedeutung beigemessen, aber Sarah war ganz aufgeregt gewesen und hatte darauf bestanden, dass sie alle in ihre Hütte gingen, bevor der Zauberer sie zu Gesicht bekam.

»Er wird uns verfluchen«, fürchtete sie. »Raffael hat rötliche Haare, das allein kann schon ein Grund sein, dass er ihn für einen Dämon hält.«

Johannes nahm seine Frau beschwichtigend ihn den Arm. »Das ist doch alles Aberglaube. Keiner wird uns etwas anhaben. Dafür sind wir für Nehale viel zu wichtig.«

»Dieser Mann ist mächtiger als du denkst. Vielleicht will er ja Nehale gegenüber seine Macht demonstrieren. Er kann unsere ganze Familie durch einen Fluch töten. Ich habe so etwas selbst erlebt!« Erregt befreite sie sich aus seiner Umarmung. »Er darf unseren Sohn auf keinen Fall zu Gesicht bekommen, hörst du?«

»Ist ja gut!« Johannes hob seine Hände. »Wenn du willst, bleiben wir eben alle in unserer Hütte.«

Keine fünf Minuten später wurde er jedoch zu Hidipo gerufen. Sarahs Augen weiteten sich entsetzt, während sie ihren Sohn fest umklammerte. Johannes nickte ihr aufmunternd zu und begab sich nach draußen.

Der Zauberer betrachtete den weißen Mann abschätzend. Sein hageres Gesicht mit den tief liegenden Augen strahlte Machtbewusstsein, aber auch Verschlagenheit und Habgier aus. Johannes begegnete unerschrocken seinem Blick. Er war fest entschlossen, sich nicht einschüchtern zu lassen.

»Wa tokelwapo«, grüßte er freundlich.

Der Zauberer nickte.

»Oho popi oshivambo?«, fragte er mit unbewegter Miene. Johannes schüttelte den Kopf. Mehr Oshivambo beherrschte er nicht. Zu seiner Überraschung antwortete der Zauberer in fließendem Herero.

»Du bist Gast bei Häuptling Nehale?«

Etwas Lauerndes lag in seiner Stimme.

Johannes zuckte mit der Schulter. »Wie man's nimmt. Nehale ist sehr großzügig und lässt es mir an nichts mangeln.« Er vermied mit Absicht, seine Frau und den Sohn zu erwähnen. Der Zauberer lächelte über die diplomatische Antwort, dann forderte er ihn auf, neben ihm auf dem Boden Platz zu nehmen. Ein Dorfbewohner kam auf sie zu. Er verbeugte sich vor dem Zauberer und trug wild gestikulierend ein Anliegen vor. Der Zauberer hörte ihm aufmerksam zu und stellte viele Fragen. Dann begannen die beiden zu verhandeln. Schließlich nickte der Zauberer zufrieden und bedeutete dem Mann, die anderen Dorfbewohner zu holen. Ohne den am Boden sitzenden Johannes anzusehen, gab er ihm eine Erklärung.

»Ich bin ein mächtiger Zauberer«, behauptete er selbstbewusst. »Ich kann in die Seelen der Menschen schauen. Dieser

Mann sagt, dass ihm zehn Rinder gestohlen worden sind. Er möchte, dass ich herausfinde, wer sie gestohlen hat.«

Unterdessen eilten alle Dorfbewohner herbei und versammelten sich um den Zauberer. Ihre Mienen drückten Sorge, wenn nicht sogar unverhohlene Angst aus. Der Zauberer richtete sich zu seiner vollen Größe auf. Mit einer befehlsgewohnten Geste gab er seinen Begleitern das Zeichen, seine Zauberutensilien vor ihm auszubreiten. Er umkreiste die Lederdecke mit den Gerätschaften und Kräutern und griff schließlich nach einer Kalebasse, in die er einige Kräuter gab. Unter lautem Gesang begann er die Kräuter in der Kalebasse zu zerreiben. Seine Augen weiteten sich und funkelten die Umstehenden der Reihe nach wild an. Immer wieder blieb sein Blick für längere Zeit auf einzelnen Personen haften.

Die Betroffenen heulten auf, und der Angstschweiß brach ihnen aus allen Poren. Auch Johannes, der die Szene aus der letzten Reihe beobachtete, wurde auf diese Art begutachtet. Gleichmütig hielt er dem Blick des Zauberers stand. Für einen kurzen Augenblick glaubte er sogar deswegen Verärgerung in dessen Augen zu erkennen. Dann wandte der Zauberer sich wieder ab, rührte noch einmal in der Kalebasse; dann schüttelte er sie und sah hinein.

»Nangolo!«, rief er mit einem lauten Schrei und deutete mit ausgestrecktem Arm auf einen Mann in der Menge.

»Nangolo!«

Der Betroffene zuckte wie vom Blitz getroffen zusammen und schüttelte heftig den Kopf. Jammernd bekundete er seine Unschuld und flehte den Zauberer an, seine Anschuldigung zurückzunehmen. Der Mann, der ihn angeklagt hatte, grinste zufrieden. Johannes vermutete sofort ein abgekartetes Spiel.

Er fragte Hidipo, der ihm widerwillig erklärte, was nun geschah.

Mit eindringlichen Worten gebot der Zauberer nun dem Beschuldigten, die Beute freiwillig herauszurücken. Doch dieser wehrte sich und versicherte nochmals, dass er die Rinder nicht gestohlen hatte. Der Zauberer nickte finster.

»Dann wird ein Zauber die Wahrheit ans Licht bringen«, verkündete er mit düsterer Miene. Er füllte etwas Wasser in die Kalebasse und stellte sie in die Mitte des Dorfplatzes. Der vermeintliche Dieb musste sich davor hinknien.

»Wenn du nicht gestohlen hast, dann wird sich dein Gesicht auch nicht auf dem Wasser zeigen«, donnerte er. Der Mann zitterte am ganzen Körper, als er sich vornüberbeugte und in sein Spiegelbild sah.

»Er ist schuldig!«, donnerte der Zauberer. »Das Gesicht des Diebes leuchtet auf der Wasseroberfläche.«

Lautes Gemurmel, Erleichterung, aber auch Furcht und Mitleid waren unter den Dorfbewohnern zu spüren. Der Zauberer blickte zufrieden. Er genoss diesen Augenblick seiner Macht. Noch einmal hob er beide Hände und gebot den Umstehenden Schweigen. Mit feierlicher Miene wandte er sich an den Ankläger und fragte, ob er über den Dieb den Todesfluch senken sollte. Nangolo warf sich vor dem Ankläger auf die Knie und flehte um Gnade. Doch der schüttelte ungnädig den Kopf und verlangte den Todesfluch.

»Verdammter Hokuspokus«, murmelte Johannes verärgert, während der Zauberer mit schwungvollen Gesten und donnernder Stimme seinen Fluch aussprach. Die Dorfbewohner zerstreuten sich nur langsam, um heftig diskutierend wieder ihren alltäglichen Beschäftigungen nachzugehen. Unterdessen übergab der Ankläger dem Zauberer fünf Rinder und erhielt von Nangolo dafür zehn Stück zurück, die er ihm angeblich gestohlen hatte.

Am nächsten Tag fand man Nangolo tot in seinem Kraal. Eine Giftschlange hatte ihn im Schlaf getötet.

*

Jellas Zustand blieb lange kritisch. Beinahe drei Tage lag sie ohne Bewusstsein. Ihr Atem ging schwer und röchelnd, außerdem hatte sie durch die Geburt sehr viel Blut verloren. Nakeshi blieb wie ein Schatten bei ihrer Freundin. Sie kühlte ihre fiebrige Stirn und versorgte die Brandwunden an ihren Beinen. Um ihre kleine Tochter kümmerte sich unterdessen eine Ovambofrau mit Namen Maria, die vor Kurzem ebenfalls entbunden hatte und die Kleine mit ihrem Kind stillte. Als Jella endlich erwachte, war sie zu schwach, um sich selbst um ihr Baby zu kümmern. Sie war nicht einmal fähig, es zu stillen, denn ihre Brüste waren durch die schwere Krankheit trocken geblieben. Tief gerührt hatte sie ihre kleine Tochter lange angesehen und ihr schließlich den Namen Riccarda gegeben. Es war ein alter Name, der »die Entschlossene« bedeutete. In Anbetracht ihrer denkwürdigen Geburt schien Jella der Name nur passend. Das kleine Mädchen gedieh prächtig und verlieh dadurch seiner Mutter die Kraft, sich stetig zu erholen. Nach Wochen im Bett wagte sie endlich die ersten Spaziergänge und bestand darauf, sich selbst um ihre Tochter zu kümmern. Als Nakeshi sah, dass ihre Sternenschwester wieder so weit hergestellt war, wurde es Zeit für sie zu gehen.

Sie wollte Bô folgen, der bereits zu ihren Leuten vorausgegangen war. Noch bevor der Mond sich neu füllte, beabsichtigte sie jedoch wieder nach ihr zu sehen. Jella ließ ihre Lebensretterin nur ungern ziehen, auch wenn sie wusste, dass ihre Freundin nicht einmal zwei Tagesreisen von ihr entfernt war. Kein Mensch gab ihr so viel Zuversicht wie diese kleine Frau, denn die Sorge um Fritz und Rajiv überschattete selbst die Freude an ihrer Tochter.

Imelda war bereits zweimal in Otjiwarongo gewesen, um sich nach ihrem Sohn und Rajiv zu erkundigen. Doch in keiner Behörde wusste man etwas über ihren Verbleib. Auch Traugott Kiesewetter war noch nicht in seine Missionsstation zurückgekehrt. Die Lage im Land hatte sich ein wenig beruhigt, und es waren zumindest im Norden keine weiteren Aufstände zu befürchten. Die übrig gebliebenen Herero waren alle auf der Flucht ins Ovamboland oder befanden sich in den Konzentrations- und Auffanglagern.

So vergingen weitere Wochen und Monate, in denen sich die beiden Frauen, so gut es ging, um die Farm kümmerten. Sobald Jella wieder einigermaßen bei Kräften war, begann sie mit dem Wiederaufbau der Stallungen. Sie zeichnete Pläne, und Samuel setzte sie mit seinen Leuten um. Am Weihnachtsabend waren Imelda, Jella und die kleine Riccarda allein. Imelda hatte es sich nicht nehmen lassen, einen kleinen Weihnachtsbaum zu besorgen, der im weitesten Sinne sogar einem Tannenbaum glich. Sie hatte ihn liebevoll geschmückt und darauf bestanden, dass sie das Fest wie immer feierten. Nach der Bescherung gab es ein festliches Abendessen, das aus Bohnen, Süßkartoffeln und einem herrlich duftenden Antilopenbraten bestand. Obwohl sich beide Frauen Mühe gaben, den Anschein von Normalität zu erwecken, fiel es ihnen schwer, den Abend so richtig zu genießen. Neujahr kam und verstrich, und allmählich endete die Regenzeit und der Winter begann. Alle Nachforschungen über den Verbleib der Männer waren im Sand verlaufen. Johannes blieb genauso verschollen wie Fritz und Rajiv.

Es war Mitte Juni 1905. Ein unvergleichlicher Sternenhimmel strahlte über *Owitambe.* Da Neumond war, blinkten die Sterne besonders hell. Keine andere Lichtquelle trübte ihre Strahlkraft. Die Nächte waren jetzt bitterkalt, dennoch setzten sich die beiden Frauen in warme Wollstolen gehüllt auf die Veranda. Riccarda schlief friedlich in ihrem Bettchen im Haus. Aus der Wiege, die Fritz ihr gezimmert hatte, war sie längst herausgewachsen.

Lange Zeit schwiegen die Frauen und hingen ihren eigenen

Gedanken nach, die sich um nichts anderes drehten als die Sorge um ihre Lieben.

»Ich spüre, dass Fritz lebt«, unterbrach Jella das Schweigen. Sie sagte den Satz trotzig, so, als könne sie ihn dadurch wahr machen. »Aber es macht mich wahnsinnig, dass ich nicht weiß, wo er steckt.«

»Wir müssen lernen, uns der Wirklichkeit zu stellen.« Imelda schluckte schwer. Sie war viel zu sehr Realistin, als dass sie sich etwas vormachen konnte. Nur allzu gut wusste sie, wie leicht man in diesem wilden Land ums Leben kommen konnte. Im Gegensatz zu ihrer Schwiegertochter befürchtete sie das Schlimmste. Insgeheim hatte sie längst alle Hoffnungen begraben, zumindest, was ihren Sohn und Rajiv anging. Der Kummer drückte ihr die Kehle zu.

»Am Tag vor seiner Abreise hat mir Rajiv seine Liebe gestanden«, murmelte sie leise. Es war das erste Mal, dass sie darüber sprach.

Jella war nicht sonderlich überrascht. Sie hatte es geahnt. Die liebevollen Blicke, die sich die beiden zugeworfen hatten, waren niemandem verborgen geblieben.

Sie tastete nach der Hand ihrer Schwiegermutter und drückte sie.

»Sobald es geht, werde ich alle Missionsstationen abreiten«, versprach sie. »Du wirst sehen, wir werden sie finden.«

Imelda begann zu weinen. Sie wünschte sich, sie hätte etwas von Jellas Zuversicht.

»Kommt Alfred Knorr wirklich gut im Store zurecht?«, versuchte Jella das Gespräch auf ein anderes Thema zu lenken. Imelda schniefte.

»Er geht mit seinen Angebereien ganz Okakarara auf die Nerven.« Nun musste sie gegen ihren Willen sogar lachen. »Aber er ist der geborene Verkäufer. Seit er da ist, geht niemand mehr aus meinem Laden, ohne etwas gekauft zu haben. Mach dir keine Sorgen, ich kann auf jeden Fall bei dir bleiben, bis hier alles wieder seinen Weg geht.«

Jella begann von den Fortschritten bei den Bauarbeiten zu erzählen.

»Samuel wird jeden Tag besser. Er und die anderen Farmbewohner arbeiten von Sonnenauf- bis Sonnenuntergang. Den Pferdestall haben sie bereits wieder aufgebaut, und die Bullen werden bis Ende des Monats auch wieder ein Dach über dem Kopf haben.«

Hufgetrappel näherte sich der Farm. Jella horchte auf. »Wer kommt da denn noch so spät?« Sie erhob sich, um nachzusehen. In der Dunkelheit konnte sie nichts erkennen. Sollte sie Alarm schlagen? Dann hörte sie eine allzu bekannte Stimme.

»Jella, Jella, wir sind wieder da!«

Ein strahlender Raffael lief aus der Schwärze der Nacht ins Petroleumlicht der Veranda. Jella traute ihren Augen nicht. Erst als ihre Beine von zwei Kinderarmen fest umschlungen wurden, erkannte sie, dass es kein Wunschgedanke war.

»Das gibt es doch nicht«, stammelte sie fassungslos. »Wir haben schon das Schlimmste befürchtet!«

Sie lachte und weinte zur gleichen Zeit, während sie ihren Vater, Sarah und den kleinen Bruder abwechselnd umarmte und immer wieder an sich drückte. Alle waren so in ihrem Glück gefangen, dass niemand die vierte Person bemerkte, die still etwas abseits in der Dunkelheit stand. Imelda war die Erste, der sie auffiel.

»Habt ihr einen von Sarahs Verwandten mitgebracht?«, fragte sie und deutete mit dem Kopf in Richtung Dunkelheit. »Wir können ihn doch nicht einfach so stehen lassen!«

Sie trat auf den Mann zu, um ihn ins Helle zu holen. Mit jedem Schritt, dem sie sich ihm näherte, bekam sie ein mulmigeres Gefühl. Die Umrisse des Mannes waren ihr seltsam vertraut. Ihr Herz beschleunigte seinen Schlag, bis es schließlich wild zu hämmern begann und ihre Knie schwach werden ließ.

»Rajiv?«, flüsterte sie ungläubig.

»Namaste.«

Der Klang seiner Stimme war genauso weich und sehnsuchtsvoll, wie sie ihn in Erinnerung hatte.

Langsam trat der Inder aus der Dunkelheit und lächelte.

In aller Eile richteten die beiden Frauen für die Vermissten ein Abendessen her. Nur gut, dass Teresa längst bei ihrer Familie war, denn sie wollten den Abend unter sich genießen. Zur Feier des Tages öffnete Jella sogar eine Flasche südafrikanischen Weins. Sie saßen um den großen Tisch neben der offenen Küche und redeten wild durcheinander. Johannes hielt stolz seine kleine Enkeltochter im Arm und konnte gar nicht genug von ihr kriegen. Das Baby war in dem Tumult längst aufgewacht und musterte neugierig das Gesicht seines Großvaters. Ihre Hand hielt fest Raffaels Finger umklammert; der Junge stand direkt neben ihr und verkündete allen stolz, dass er nun Onkel sei.

»Ich werde dich immer beschützen«, behauptete er großspurig.

Alle lachten. Seit langer, langer Zeit herrschte so etwas wie Unbeschwertheit auf *Owitambe.* Nur Jella blieb in sich gekehrt und dachte an Fritz, der ihr genau in diesem Moment so schmerzlich fehlte.

Sie wandte sich an Rajiv, der neben der immer noch fassungslosen Imelda saß.

»Und du weißt wirklich nicht, was aus Fritz geworden ist?«, fragte sie zum hundertsten Mal. Rajiv bedauerte.

»Nachtmahr wollte uns ins Fort von Okahandja bringen. Ich hatte das Gefühl, dass er sich an Fritz rächen wollte. Er behauptete, dass er schuld am Tod seines Sohnes sei.«

»Aber das ist doch absurd«, empörte sich Jella. Plötzlich wurde sie aschfahl und umklammerte mit ihren Fingern die Tischkante. »Und wenn sie ihn dafür hingerichtet haben?«

»So etwas darfst du nicht einmal denken!«, widersprach ihr Vater. »Die Schutztruppen haben ganz andere Sorgen, als einen diplomatischen Konflikt mit Südafrika heraufzubeschwören. Fritz ist immer noch Bure. Er sitzt wahrscheinlich im Gefängnis. Ich werde mich in den nächsten Tagen auf den Weg machen und herausfinden, was mit ihm ist.«

Jella seufzte. Immerhin gaben ihr die Worte ihres Vaters ein wenig Hoffnung zurück.

»Erzähl uns endlich deine Geschichte, Rajiv«, wandte sich nun Imelda an den Inder. »Ich platze vor Neugier, wie du den Soldaten entkommen bist.«

Rajiv verneigte sich höflich in ihre Richtung.

»Sie haben deinen Sohn gefesselt und uns gezwungen, zu Fuß zu gehen. Nachtmahr wollte Fritz demütigen. Sein Augenmerk war völlig auf ihn gerichtet. Um mich kümmerte man sich nicht besonders. Ich wurde gezwungen, hinter den Herero herzulaufen. Es war leicht für mich, mich in einem unbeachteten Augenblick seitlich in die Büsche zu schlagen.« Er blickte Jella entschuldigend an. »Es war Shivas Wille, dass ich allein fliehen sollte. Dein Mann war zu gut bewacht.« Sie nickte ihm verständnisvoll zu.

»Ich lief quer durch die Savanne und vermied es, Menschen zu begegnen, vor allem den Weißen.« Rajiv sah in die Runde. »In diesen Zeiten sind alle Menschen dunkler Hautfarbe verdächtig.«

»Warum bist du nicht gleich nach *Owitambe* gekommen?«, wandte Jella ein. »Wir hätten schon lange etwas unternehmen können.«

»Es war leider nicht mein Karma.« Rajiv hob bedauernd die Hände. »Natürlich wollte ich so schnell wie möglich zu euch.

Ich konnte den Waterberg schon von der Ferne sehen. Doch dann stürzte ich in eine gut getarnte Tierfalle. Flüchtende Herero hatten sie angelegt. Ich brach mir ein Bein und stieß mir den Kopf an. Mein Glück war, dass die Herero mich vor den Löwen entdeckten.« Er grinste entschuldigend. »Ich muss wohl eine Zeit lang mein Gedächtnis verloren haben. Auf jeden Fall wusste ich nicht mehr, wer ich war. Die Herero, die mich gefunden haben, pflegten mich und nahmen mich mit auf die Flucht in den Norden. Es waren großherzige Menschen, vor denen ich großen Respekt habe. Sie zogen zu ihren Stammesfreunden, den Ovambos. Der Rest ist schnell erzählt. Wir landeten im selben Dorf wie dein Vater. Als ich ihn sah, fiel es mir wie Schuppen von den Augen, und ich erinnerte mich auf einmal an meine Herkunft. Es klingt unglaublich, aber es ist wahr.«

Johannes bestätigte Rajivs Version.

»Rajivs Ankunft war dann auch indirekt unsere Rettung. Nehale war durch den nicht versiegenden Flüchtlingsstrom völlig überfordert. Jeden Tag kamen mehr Menschen. Ich nutzte die seltene Gelegenheit seiner Anwesenheit, um mit dem Häuptling zu reden. Nehale ist ein ruhiger, besonnener Mann, der genau weiß, was er will. In gewisser Weise schätze ich ihn sogar. Der Mann sprach nicht viel, aber was er sagte, hatte Hand und Fuß. ›Das Dorf ist zu klein für so viele Menschen‹, meinte ich. Nehale, der in Gedanken versunken war, schaute auf.

›Ja.‹

›Verteilst du die Herero auf andere Dörfer?‹, wollte ich wissen.

Er lachte bitter auf.

›Wie denn?‹, fragte er. Seine tief liegenden Augen bohrten sich in meine. ›In den anderen Dörfern ist es nicht anders.‹

›Du meinst, dass alle Dörfer Flüchtlinge aufgenommen haben?‹ Erst jetzt wurden mir die Ausmaße dieses schrecklichen Krieges klar.

›Ihr Deutschen tötet alle Herero‹, schimpfte Nehale. ›Sie kommen hierher, um zu überleben.‹

Bis dahin hatte ich weder etwas von den Konzentrationslagern noch von den Sammellagern erfahren. Es war lange her, dass wir *Owitambe* verlassen hatten. Nehale erzählte mir von den Flüchtlingsströmen, von den vielen Toten und Gefangenen. Das Grausen, das ihn dabei überkam, ergriff auch mich.

›Nicht alle aus meinem Volk sind so‹, verteidigte ich mich bedrückt, und dann erzählte ich ihm von *Owitambe* und unserem Traum, dass Schwarze und Weiße gemeinsam und voneinander profitierend in diesem wundervollen Land leben sollten.

›Warum tust du das?‹, fragte er neugierig. ›Du könntest alles haben. Warum teilst du es mit den anderen?‹

›Weil es für alle reicht und alle so viel zufriedener sind‹, erklärte ich. Nehale hörte mir aufmerksam zu, während ich mich immer mehr in Eifer steigerte. Es tat so gut, von zu Hause zu erzählen. Dabei erklärte ich ihm auch, wie wichtig es für uns war, endlich wieder zurückzukehren. Nehale sah mich lange nachdenklich an.

›Würdest du mir ein Kleidungsstück von dir überlassen?‹, fragte er unvermittelt. Ich verstand nicht. ›Ich habe nur das, was ich anhabe‹, erklärte ich. Nehale zuckte mit den Schultern. ›Gib mir dein Halstuch.‹

Ihm schien viel daran zu liegen, also gab ich es ihm. Ungläubig starrte mich der Ovambohäuptling an. ›Du gibst mir wirklich etwas von deiner Kraft?‹, fragte er. Ich nickte, ohne zu wissen, was er meinte. Erst später erklärte mir Sarah, dass kein Ovambo einem anderen freiwillig ein Kleidungsstück überlässt, weil er sonst um seine Kraft fürchten muss und leichter zu verhexen ist. Im Nachhinein überfällt mich bei diesem Gedanken immer noch ein leichter Schauer. Ich habe selbst erlebt, was die Zauberei bei den Ovambos anrichten kann. Immerhin versprach mir Nehale, es nie gegen mich zu verwenden.«

»Und dann?«

Johannes verzog seinen Mundwinkel. »Dann nickte er mir zu und ließ mich grußlos stehen. Am nächsten Tag brachte Hidipo das Pferd und unser Gepäck und führte uns aus dem Dorf. Er gab uns sogar Wasserflaschen und einen kleinen Sack voller Getreide mit. Außerhalb des Dorfes lagerten die Flüchtlinge. Wir mussten direkt an ihnen vorbei. Mitten unter ihnen saß Rajiv. Ihr könnt euch vorstellen, wie überrascht ich war, ihn zu sehen. Als ich Hidipo bat, ihn mit uns ziehen zu lassen, willigte er ohne Bedenken ein.«

Fritz

Eiskalter Winternebel, undurchdringlich und zäh, lag wie ein Kissen über ihnen. Es war, als wäre die Welt um sie herum von dichtem feuchtem Grau verschluckt worden. In der Ferne rauschte das Meer. Sehen konnten sie nichts. Es war nicht mehr weit bis zum menschenverachtenden Ziel ihrer unmenschlichen Reise. Fritz schleppte sich neben den anderen Gefangenen her. Keiner sprach. Wozu auch? Ihr Schicksal war besiegelt. Man hatte ihnen Hände und Füße gebunden, sodass sie nicht fliehen konnten. Viele der Herero vermochten sich kaum aufrecht zu halten. Die schlechte Verpflegung und der lange Marsch forderten ihren Tribut. Tagsüber war es brüllend heiß, während es nachts und in den Morgenstunden bis zum Gefrierpunkt abkühlte. Husten und Fieber breiteten sich aus, was den Leutnant und seine Soldaten jedoch nicht davon abhielt, sie weiter anzutreiben. Einige der Schutztruppensoldaten schwangen wie Sklavenhalter Nilpferdpeitschen und ließen sie ohne zu zögern auf den Rücken der Zurückbleibenden niederknallen. Fritz hatte ihre unbarmherzige Härte auch schon zu spüren bekommen. Nancy lief direkt neben ihm und stützte ihn, wenn er ins Straucheln kam. Sein Allgemeinzustand war nicht besonders gut, denn er litt immer noch an den Folgen seiner Schussverletzung. Seit ihrem Abtransport aus Okahandja war die ehemalige Köchin keinen Schritt von ihm gewichen. Sie schien sich ihm verpflichtet zu fühlen und tat alles, um ihm seine Situation zu erleichtern. Bei jeder Mahlzeit bot sie ihm uneigennützig ihre Essensration an, was er natürlich höflich, aber entschieden ablehnte. Fritz trug Nancy nichts nach. Im Gegenteil. Ohne sie hätte er es nicht geschafft. Die Schussverletzung an seiner Schulter war im Fort lediglich notdürftig versorgt worden. Es war nur ein Streifschuss gewesen, aber er hatte viel Blut verloren. Dann hatte sich die Wunde entzündet, und er wäre wohl an Wundbrand gestorben, hätte Nancy sie nicht ausgebrannt und täglich mit ihrer ohnehin knapp bemessenen Trinkwasserration gereinigt und neu verbunden. Fiebernd hatte er den ersten Teil des Transports in einer Eisenbahn überstanden.

Ab Keetmanshoop mussten sie marschieren. Viel zu viele der etwa hundert Gefangenen hatten die Strapazen nicht überlebt. Fritz konnte sich kaum erinnern, wie viele Gräber er und die anderen Männer gezwungen waren auszuheben.

Lüderitz war nur eine kleine Siedlung, die aus einigen Baracken und einem Hafen mit drei Landungsbrücken bestand. Im Westen wurde die zum Meer offene Lüderitzbucht von einer länglichen, kargen Insel geschützt. Auf der vegetationslosen, schutzlos den rauen Atlantikwinden ausgesetzten Felseninsel standen abgesehen von einem Leuchtturm nur einige aus Ziegelsteinen errichtete Häuser. Eines davon war ein Feldlazarett, ein anderes diente als Quarantänestation. Die gesamte Insel bildete das Konzentrationslager. Der Name Haifischinsel rührte von den vielen Haien, die sich in den Gewässern rund um die Insel tummelten. Das Konzentrationslager war in verschiedene Sektionen unterteilt. Landwärts befanden sich die Versorgungseinrichtungen, daran schloss sich das Lager der Namas an, und am Sporn der Insel, wo die Gefangenen schutzlos dem Wind, dem Meer und dem Wetter ausgeliefert waren, hatte man die Herero untergebracht.

Als Fritz mit seinen Leidensgenossen in das trostlose Lager getrieben wurde, verlor selbst er für einen Moment die Zuversicht. Hier waren sie im wahrsten Sinne des Wortes vom Rest der Welt abgeschnitten und verloren.

Für ein Konzentrationslager war die Lage geradezu ideal. Der einzige Zugang zu der knapp zwei Kilometer langen Insel war eine winzige Landenge, die leicht von zwei Soldaten der Schutztruppe zu bewachen war. Das Lager selbst war durch Stacheldraht gesichert und wurde ebenfalls bewacht. Selbst wenn es dennoch einem Gefangenen gelingen sollte zu fliehen, dann erwarteten ihn im Meer nur der Kältetod oder die Haie. Trotz seines eigenen Unglücks schämte sich Fritz in diesem Moment dafür, ein Weißer zu sein. Unendliches Leid, Trauer, Krankheit, Hoffnungslosigkeit, Verzweiflung und Resignation schlugen ihm aus den dunkelhäutigen Gesichtern der Lagerinsassen entgegen. Die Unterkünfte der Menschen, soweit sie als solche zu bezeichnen waren, bestanden lediglich aus zerschlissenen Militärzelten oder provisorischen Behausungen, die die Menschen aus Latten, Planen oder anderen einfachen Baumaterialien selbst errichtet hatten.

Ein dickleibiger Unteroffizier, der für die Hererosektion verantwortlich war, ließ ihnen die Fesseln abnehmen. Als er Fritz erblickte, merkte er auf und ließ ihn zu sich rufen. Neugierig musterte er seine zerlumpte Gestalt.

»Sakradi«, fluchte er auf Bayrisch. »Wia kummt denn so oina wia du daher? Bist du oina von dena dreckata Negerfreind?«

»Fragen Sie den Leutnant«, entgegnete Fritz barsch. »Er wird Ihnen die amtliche Version liefern.«

Der Unteroffizier kniff abschätzend die Augen zusammen.

»Dann san'S oisa in Ihrana Augn unschuldig?«

»So unschuldig wie diese Menschen hier.« Er deutete mit dem Kopf auf die Herero. In diesem Moment waren ihm die Folgen egal, die diese Dreistigkeit mit sich bringen konnte. Doch der Offizier klatschte sich stattdessen lachend auf den Oberschenkel.

»Do legst di nieda!« Sofort wurde er wieder ernst und deutete auf einen anderen Offizier, der sich abseits hielt. »Mei, nur guat, dass des jetzt mia, dem Sepp Hofleitner, g'sogt host!« Er näherte sich ihm vertraulich. »Wenn i dir an guatn Rat gem derf, dann red so ned mit dem Leutnant Schöndorf. Des is ein ganz ein Deutscher. Der steckt di sonst sofort zu den Arbeitern an der Mole oder gar zum Gleisbau.«

Fritz zuckte gleichgültig mit den Schultern.

»Die Leut sterm hier wia d' Fliegn«, warnte der Unteroffizier. Seine Stimme klang bekümmert. Dann besann er sich jedoch wieder seiner Aufgaben und straffte sich. »Befehl is Befehl«, murmelte er. Sein Blick fiel auf Fritz Armstumpf. »I werd sehn, wos i für di tuan ko!«

Es war den Neuankömmlingen selbst überlassen, sich eine Unterkunft zu suchen oder zu bauen. Man hatte für die rund achtzig Menschen zusätzlich zwei Militärzelte aufgestellt. Doch sie waren rissig und äußerst zugig. Die meisten der entkräfteten Herero kauerten sich dennoch hinein, froh, erst einmal ein Dach über dem Kopf und ihre Ruhe zu haben. Fritz war ebenfalls todmüde, aber er hatte sich entschlossen, eine eigene Unterkunft zu bauen. Also machte er sich auf, um im Lager nach ein paar geeigneten Gegenständen zu suchen. Aus etwas Schwemmholz und einer Plane errichtete er sich schließlich im Schutz eines kleinen Felsvorsprungs eine Art Zelt. Unterdessen waren Decken ausgeteilt worden. Es waren viel zu wenige für so viele Menschen. Außerdem waren sie verlaust und starrten vor Dreck. Nancy hatte Fritz eine mitorganisiert. Er gab sie allerdings sofort weiter, als er einer Hererofrau über den Weg lief, die sich eine Decke mit ihren zwei kleinen, hustenden Kindern teilen sollte. In der nächsten Nacht bereute er seine Großzügigkeit, als er zähneklappernd in seiner Behausung fror.

Am nächsten Morgen erst wurden ihnen die ersten Lebensmittel zugeteilt. Einige der Internierten wurden unter Bewachung zu den Lagerhäusern geschickt, um Säcke mit Maismehl und Bohnen zu holen. Dazu gab es Feuerholz, ein paar Gusseisentöpfe und Blechschüsseln, die sowohl für das Trinken als auch für das Essen gedacht waren. Einige Metallfässer enthielten brackiges Wasser. Sofort machten sich die Frauen ans Kochen. Fritz wunderte sich, wie geordnet es dabei zuging. Er hatte damit gerechnet, dass nun ein Kampf um die Lebensmittel ausbrechen würde. Doch ganz einvernehmlich entstanden Gruppen, die Essgemeinschaften bildeten. Als das Essen fertig war, rief Nancy ihn zu ihrer Gruppe.

»Es ist fürchterlich«, entschuldigte sie sich. Sie überreichte ihm einen gefüllten Blechnapf. »Das Mehl ist wurmig und alt, die Bohnen nass und verfault.«

»Auf *Owitambe* werden wir wieder fürstlich speisen.«

Er setzte ein schiefes Grinsen auf, das Nancy dankbar erwiderte. Beide glaubten nicht mehr recht an eine glückliche Heimkehr. Wie es wohl Jella und dem Baby ging? Fritz' Herz zog sich schmerzhaft zusammen. Wie gern hätte er seine Frau noch einmal gesehen. Er hatte ihr versprochen, zur Geburt zu Hause zu sein. Jetzt war das Kind schon bald ein Jahr alt.

»Los aufstehen, antreten zum Morgenappell!«, donnerte die Stimme des Unteroffiziers Hofleitner. Sie riss Fritz aus seinen düsteren Gedanken. Ein paar Soldaten liefen durchs Lager und trieben die Neuankömmlinge wie Vieh zusammen. Diejenigen, die schon länger im Lager waren, stellten sich in geordneten Gruppen auf. Der bayrische Unteroffizier erklärte den Neuen, was sie erwartete.

»Damit ihr nicht auf dumme Gedanken kommt, werdet ihr arbeiten«, ließ er durch einen Dolmetscher erklären. »Es gibt das Projekt Wellenbrecher, das Projekt Mole, das Projekt Gleisbau und das Projekt Kirche. Arbeiten tun alle, die laufen können.«

Einzelne Soldaten musterten der Reihe nach die Menschen

und teilten sie zu den Arbeiten ein. Fassungslos verfolgte Fritz, wie sie auch alte Männer, Frauen und Kinder über fünf Jahren einteilten.

»Du da«, Hofleitner deutete auf ihn. »Du kommst mit mir. Du kannst in der Mannschaftsküche arbeiten.«

Fritz richtete sich auf. Er wollte auf keinen Fall bevorzugt behandelt werden.

»Das ist Weiberarbeit«, meinte er verächtlich. »Teilen Sie mich lieber in die Projektarbeit ein.« Er wusste, dass es Hofleitner nur gut mit ihm meinte. Er bot ihm eine leichtere Arbeit an, die ihm das Leben im Konzentrationslager erleichtern würde. Es fiel ihm schwer, das auszuschlagen, aber auf der anderen Seite würde er seine freie Zeit weiterhin im Lager verbringen müssen. Schon jetzt war seine Stellung als Weißer unter den Herero schwierig. Besonders die früheren Anführer waren ihm nicht unbedingt freundlich gesinnt. Wenn er jetzt eine Sonderbehandlung erfuhr, dann würden sie ihn das später im Lager spüren lassen.

Der Unteroffizier runzelte erstaunt die Stirn.

»Bist du narrisch?«, fragte er auf Deutsch. »Die Arbeit übersteht keiner länger als ein paar Wochen.«

Fritz zuckte mit den Schultern. »Das ist mir egal.«

Hofleitner schüttelte den Kopf. »Schickt ihn in die Dünen. Mit der einen Hand kann er wenigstens Steine klopfen«, befahl er schließlich.

Unter strenger Bewachung wurden die Zwangsarbeiter den unterschiedlichen Projekten zugeführt. Kurz nach Sonnenaufgang ging es los. Fritz gehörte nun zu den Schienenbauern. Gemeinsam mit Hunderten anderer Arbeiter marschierten sie in die Dünen, um den Bau der neuen Bahnstrecke Lüderitz–Keetmanshoop voranzutreiben. Für die Errichtung der Bahndämme waren Sprengungsarbeiten nötig. Fritz war zum Klopfen von

Steinen eingeteilt, die Frauen und Kinder in Körbe füllten und dann zum Dammaufschütten trugen. Die Lasten waren für die Kinder und Frauen viel zu schwer. Immer wieder brach jemand unter seiner Last zusammen. Blieben die Menschen zu lange liegen, kam einer der aufsichthabenden Soldaten und peitschte mit aller Kraft so lange auf sie ein, bis sie sich wieder erhoben. Die Aufseher machten keine Unterschiede. Kinder wurden genauso bestraft wie ihre Eltern und Großeltern. Nicht selten kam es vor, dass die Geschundenen für immer liegen blieben. Die Schinderei ging den ganzen Tag bis kurz vor Sonnenuntergang. Außer einer kurzen Mittagspause, in der sie eine wässrige Suppe zu essen bekamen, schufteten sie ohne Unterbrechung. Am ersten Abend war Fritz so erschöpft, dass er sich nach dem kärglichen Mahl nur noch in seinen Unterschlupf schleppte, um zu schlafen. Nancy hatte es noch schlimmer getroffen. Ihre Füße waren blau gefroren. Sie war dem Projekt Mole zugeteilt worden und musste im eiskalten Wasser stehend Steine schleppen. Nach wenigen Tagen schleppte sie sich nur noch hustend zur Arbeit. Die Leute im Lager starben wie die Fliegen. Durch die mangelhafte Ernährung litten die meisten Insassen an Skorbut. Auch Fritz hatte mittlerweile Zahnfleischbluten, obwohl es ihm im Vergleich zu vielen anderen noch ziemlich gut ging. Er verfügte über eine gute Konstitution, aber Nancy machte ihm zunehmend Sorgen. Ihre Haarwurzeln begannen bereits einzubluten, und sie litt an Durchfall und einer fiebrigen Infektion. Sie brauchte dringend etwas Ruhe. Fritz beschloss, sich an Unteroffizier Hofleitner zu wenden. Der Mann schien ein gutes Herz zu haben. Bei der nächsten Gelegenheit wandte er sich an einen der Aufseher und bat um eine Unterredung.

»Der Hofleitner wurde abkommandiert«, beschied man ihm unfreundlich. »Leutnant Schöndorf ist jetzt direkt für euch zuständig.«

»Dann melden Sie ihm, dass ich ihn sprechen möchte.«

»Ich werde sehen, was sich machen lässt«, brummte der Aufseher.

Doch Schöndorf ließ sich Zeit. Erst am übernächsten Tag nach der Arbeit führte man Fritz zu den Ziegelhäusern, wo auch die Kommandatur und das Gefängnis untergebracht waren.

»Sie wünschen?«, schnarrte der Leutnant. Seine dünnen Haare waren akkurat gescheitelt. Er musterte ihn aus wässrig blauen Augen. Fritz grüßte höflich und versuchte dann, dem Offizier die erbarmungswürdigen Zustände im Lager darzustellen. Schöndorf ließ ihn ausreden, während er gelangweilt den Dreck unter seinen Fingernägeln herauspulte.

»Ich möchte Sie bitten, wenigstens die Kranken, Frauen und Kinder von der Zwangsarbeit zu befreien«, beendete Fritz seine Ausführungen. Leutnant Schöndorf zog die Augenbraue hoch.

»Finden Sie Ihre Forderungen nicht sehr vermessen?«, fragte er schneidend. »Sie glauben doch nicht im Ernst, dass ich freiwillig auf die Arbeitskraft dieses Gesindels verzichte. Das Deutsche Reich braucht jede Hand!«

»Was nützt ihnen die Arbeitskraft, wenn die Menschen Ihnen wegsterben wie die Fliegen? Die Menschen brauchen eine bessere Versorgung. Ihnen fehlt Gemüse. Die Zähne fallen ihnen aus, und sie sterben alle an Skorbut. Das kann doch nicht Ihre Absicht sein! Ich appelliere an Ihr Mitgefühl!«

»Pah! Mitgefühl!« Schöndorf wedelte verächtlich mit der Hand.

»Was gehen mich diese Menschen an? Es sind Aufständische und noch dazu Neger. Sie haben sich gegen das Deutsche Reich gewandt und tragen jetzt ihre gerechte Strafe. Ob sie sterben oder nicht, wen kümmert es? Es kommen neue nach!«

Er sah ihn durchdringend an.

»Und was Sie betrifft, so rate ich Ihnen dringend, sich künftig um Ihre eigenen Angelegenheiten zu kümmern. Schließlich sind Sie um keinen Deut besser als dieses Pack!«

Bevor Fritz etwas erwidern konnte, winkte er einen Soldaten herbei.

»Abführen!«

Fritz kam sich wie ein geprügelter Hund vor. Wut und Empörung machten sich in ihm breit. Am liebsten hätte er diesen arroganten Lackaffen an seiner blitzblanken Uniform gepackt und durchgeschüttelt. Doch damit war niemandem geholfen.

Eines Morgens war Nancy so geschwächt, dass sie nicht mehr aufstehen konnte. Sie blutete nun auch aus dem Mund, und Fritz erkannte, dass sie den Tag nicht überleben würde. Er spürte, wie sein Herz sich verkrampfte. In seinen Wunschträumen waren sie eines Tages gemeinsam nach *Owitambe* zurückgekehrt. Daraus würde nun nichts werden. Nancy hustete und erwachte aus einem unruhigen Schlaf. Er bettete sie ein wenig bequemer. Seit es ihr so schlecht ging, hatte er sie zu sich in seine Unterkunft geholt. Ihre Nähe hatte ihn getröstet. Sie war der einzige Mensch im Lager, zu dem er Kontakt hatte. Die anderen Herero mieden ihn weitgehend. Manche zeigten auch offen ihre Verachtung.

Nancy nahm seine Hand und suchte seinen Blick. Aus ihren Mundwinkeln lief ein feiner Strahl Blut.

»Ich gehe endlich zu meinen Kindern«, sagte sie schwach. Auf ihrem Gesicht erschien ein kurzes Lächeln. Fritz erwiderte den Druck ihrer Hand und meinte: »Du darfst nicht sterben! Was soll ich denn ohne dich tun?«

Nancy schüttelte leicht den Kopf. »Du bist starker Mann«, behauptete sie. »Du bleiben am Leben und gehen zurück zu Herrin. Herrin und Baby warten auf dich. Meine Kinder warten auch.« Der Druck ihrer Hand ließ nach. Fritz streichelte sanft über ihre eingefallenen Wangen. Noch einmal sah sie ihn an. »Du nicht sterben, du …«

Die Worte, die sie noch hatte sagen wollen, blieben für immer unausgesprochen. Ihr Blick brach und verlor jeden Glanz. Sie hinterließ eine Leere, wie eine ausgeblasene Kerze Dunkelheit brachte. Starr blickten ihre Augen an ihm vorbei in ein Jenseits, das ihm verschlossen war. Fritz legte seinen Kopf auf ihre Brust und weinte hemmungslos. Er weinte um Nancy, aber er weinte auch um die anderen Toten und, wenn er ehrlich war, weinte er auch um sich. Denn eines war ihm durch Nancys Tod zur bitteren Wahrheit geworden: Auch er würde in diesem Lager sein Ende finden. Aber er würde es nicht kampflos tun.

*

»In ein Konzentrationslager?« Jella schnappte ungläubig nach Luft. Ihr Vater war gerade aus Okahandja zurückgekehrt und berichtete im Salon über seine Nachforschungen. Er nickte grimmig. »Ich konnte es anfangs auch nicht glauben.«

»Und was wirft man ihm vor?«

»Er soll von Nachtmahrs Sohn umgebracht haben und ein Kriegsverräter sein.«

»Aber Rajiv kann bezeugen, dass es nicht so war! Wurde er denn vor ein Gericht gestellt?«

»Nicht einmal das«, knurrte Johannes. »Dieser feine Major fand es eine elegante Lösung, ihn sich mit seiner Abschiebung vom Hals zu schaffen. Ich habe mich natürlich sofort in Windhuk über ihn beschwert.«

»Und was haben sie gesagt? Ist er schon frei?«

Jella musste erst einmal ihre Gedanken ordnen. In die Freude darüber, dass Fritz lebte, mischte sich nun Sorge und Angst. Sie hatte Schauriges über die Konzentrationslager gehört. Zwangsarbeit, Krankheit, Tod. Mein Gott, sie durfte gar nicht daran denken, was Fritz dort alles zustoßen konnte.

Ihr Vater schüttelte bedauernd den Kopf.

»Leider hat man mir nicht sehr viel Hoffnung gemacht. Für die Kolonialverwaltung ist Fritz ein Verräter. Natürlich habe ich einen Anwalt eingeschaltet, aber auch der gab sich sehr verhalten. Das Einzige, was wir im Moment erreichen können, ist, dass er in ein ordentliches Gefängnis nach Windhuk überstellt wird und wir von da aus ein neues Verfahren beantragen.«

»So lange können wir nicht warten!« Jellas hellgrüne Augen blitzten entschlossen. »Die deutschen Mühlen mahlen viel zu langsam. Bis da etwas geschieht, ist Fritz längst tot. Wir müssen ihn da rausholen!«

»Wie stellst du dir das vor? Willst du ihn etwa aus dem Lager befreien?« Johannes versuchte seine Tochter zu beruhigen. »Du wirst sehen, alles geht schneller, als du denkst!«

»Nicht schnell genug«, entgegnete Jella heftig. »Jeder Tag, den er in diesem Lager verbringt, kann ihn umbringen. Dabei werde ich nicht untätig zusehen! Außerdem …« – bei diesem Gedanken wurde es Jella schwindlig – »… wer sagt denn, dass die Behörden überhaupt etwas unternehmen? Du hast selbst gesagt, dass die Schutztruppen mit der Niederschlagung des Namaaufstands beschäftigt sind. Da ist Fritz für sie doch nur eine Lappalie.«

In dieser Beziehung musste Johannes seiner Tochter allerdings recht geben. Er seufzte. Jella spürte, wie sie die Tränen nicht länger zurückhalten konnte.

»Ich will nicht, dass er stirbt«, schluchzte sie.

»Ich werde dir helfen.« Rajivs ruhiger Einwand ließ alle aufhorchen.

»Wie stellst du dir das vor?«, fragte Imelda. Rajiv zuckte mit den Schultern. »Wir werden einen Plan brauchen und ihn dann befreien.«

In Jellas tränenverschmierten Augen leuchtete ein kleiner Hoffnungsschimmer.

Am nächsten Tag tauchten Nakeshi und Bô auf *Owitambe* auf. Nakeshi hatte einen Monat zuvor einen gesunden Jungen zur

Welt gebracht, den sie in Erinnerung an ihren Vater ebenfalls Debe genannt hatten.

»Er hat ein starkes Num«, erklärte Nakeshi stolz. Sie trug ihren schlafenden Sohn in einer Lederschlaufe eng an ihrem Körper. Die kleine Ricky, die ihre ersten Gehversuche am Rockzipfel ihrer Mutter versuchte, starrte das kleine Baby verzückt an. Jella hob sie hoch, und sie quietschte vor Vergnügen. Die beiden Frauen lachten.

»Ich glaube, sie ist ganz verliebt in deinen Sohn«, behauptete Jella. Nakeshi stimmte ihr zu. Doch dann wurde sie ernst.

»Auf deinem Gesicht wohnen dunkle Wolken«, sagte sie. »Was bekümmert dich, Sternenschwester?«

Jella nickte bekümmert. Dann erzählte sie ihrer Freundin, was sie erfahren hatten.

»Alle wollen mich trösten«, meinte sie resigniert, »aber in Wirklichkeit können wir gar nichts tun.«

Nakeshi schüttelte unwillig den Kopf. »So spricht der Hase, wenn er vor der Schlange steht.«

Jella verstand nicht. Nakeshi half ihr auf die Sprünge.

»Geh an diesen traurigen Ort und hilf deinem Mann. Du bist nicht allein«, meinte sie, als sei es die selbstverständlichste Sache auf der Welt.

*

Die schwere körperliche Arbeit unter den unmenschlichen Bedingungen forderte ihren Tribut. Die Sprengungen und das Schlagen der Steine wirbelten meterhoch Sand und Staub auf. Die Zwangsarbeiter waren nicht nur gezwungen, in dieser Staubwolke zu arbeiten, sondern sie atmeten unentwegt die schädlichen Staubpartikel ein. Husten und chronische Atemnot waren die Folge. Es gab kaum einen unter den Gleisarbeitern, der nicht davon betroffen war. Wenn sich die Kolonne abends zurück ins Lager schleppte, waren die Menschen vom Staub weiß gepudert. Aber es war nicht die Schinderei, die Fritz zunehmend zermürbte, es war das Elend im Lager, das ein menschenwürdiges Leben nahezu unmöglich machte. Die hygienischen Bedingungen waren grauenvoll. Das Trinkwasser war alt und brackig. Die rostigen Tonnen dienten gleichzeitig als Waschgelegenheiten; das Wasser war verunreinigt. Wegen des felsigen Untergrunds gab es kaum Latrinen. Die Lagerinsassen verrichteten ihre Notdurft anfangs zwar außerhalb des Lagers, doch bald war auch dazu kaum noch Platz, weil ständig neue Häftlinge hinzukamen. Der Geruch von Fäkalien, Schweiß und Krankheit überzog das Lager wie ein Todeshauch. Nancys Tod hatte Fritz verändert. Die Köchin war immer noch ein Anker für ihn gewesen, eine Verbindung in seine alte Welt. Sie hatte ihn ständig an seine Familie erinnert und ihm die Kraft gegeben, das ganze Leid zu ertragen. Die Erinnerung an *Owitambe* war wie eine Festung, die er rund um sich errichtet hatte. Nun, da sie nicht mehr da war, begann die Mauer zu bröckeln. Fritz' Hoffnung auf Freiheit schwand; er flüchtete sich zunehmend in seine düsteren Stimmungen und ertrank in seiner Einsamkeit. Hilflos musste er mit ansehen, wie rings um ihn die Leute starben. Es gab zwar ein Feldlazarett auf der Insel, aber der zuständige Arzt war maßlos überfordert und außerdem ein Trunkenbold, der allenfalls sporadisch nach den Kranken im Lager sah. Trotz der täglichen Erschöpfung konnte Fritz nächtelang nicht schlafen, weil das Grauen des Sterbens ringsum ihn bis in den Schlaf verfolgte. Weinend kauerte er sich in seinem Unterschlupf zusammen und wartete darauf, dass ein neuer unbarmherziger Tag anbrach. Seine Sinne begannen sich langsam zu trüben.

Bald wusste er nicht einmal mehr, wie lange sein Martyrium schon andauerte. Die Herero hatten Fritz mittlerweile als einen der ihren akzeptiert – wenn man angesichts der Gleichgültigkeit, die sich unter ihnen breitgemacht hatte, überhaupt von »akzeptieren« sprechen konnte. Im Prinzip war jeder mit seinem eigenen Überlebenskampf beschäftigt.

Vielleicht hätte Fritz sich ganz aufgegeben, wenn er nicht Kido, einen etwa siebenjährigen Namajungen, kennengelernt hätte. Der Kleine arbeitete seit einiger Zeit in seiner Nähe. Er musste die Steine, die Fritz klein schlug, in einen Korb legen und auf den Eisenbahndamm schütten. Tapfer versuchte der Junge, seine Arbeit zu verrichten, obwohl er fast unter der schweren Last zusammenbrach. Jedes Mal, wenn er zu Fritz kam, lächelte er ihn unbekümmert an, als wäre das Leid, das sie umgab, gar nicht vorhanden. Sein Lachen war wie Medizin und linderte Fritz' Depressionen. Schon bald versuchte er dem Jungen seine Arbeit zu erleichtern, indem er ihm beim Befüllen des Korbes half. So konnte sich der Junge wenigstens für kurze Zeit ausruhen. Kido nutzte die Verschnaufpausen, um Fritz zu unterhalten. Munter plapperte er drauflos und erzählte von seinem früheren Leben. Er erzählte von seinem Dorf, seinen Eltern und Geschwistern und dem unbeschwerten Leben, das er in den Karasbergen geführt hatte, so, als würde er immer noch dort sein. Dem Jungen gelang es in diesen Momenten, sein reales Leben völlig auszublenden. In seinen Gedanken lebte er immer noch in seinem Dorf. Eher beiläufig erfuhr Fritz, dass Kido Waise war. Seine Eltern waren vor Kurzem gestorben. Jetzt fühlte sich niemand für ihn verantwortlich. Fritz tat es leid, dass Kido im anderen Teil des Lagers lebte. Er hätte den Jungen gern auch abends um sich gehabt. Seine fröhliche Art heiterte ihn auf. Oft fragte er sich, woher er seine gute Laune nahm; schließlich hatte er alles verloren. Der Aufseher, ein junger schlesischer Gefreiter, duldete stillschweigend Fritz' Hilfe. Vielleicht empfand er tatsächlich so etwas wie Mitleid für den Jungen. Eines Tages wurde er jedoch durch einen anderen ersetzt. Der neue Aufseher war im ganzen Lager wegen seiner Unberechenbarkeit gefürchtet. Er war leicht zu erregen und strafte die Zwangsarbeiter oft grundlos ab. Keiner benutzte seine Nilpferdpeitsche öfter als er.

»Was soll das?«, herrschte er Fritz an, als er wie üblich Kidos Korb befüllte. »Der Junge ist alt genug, um die Arbeit selbst zu tun.«

Kido sprang erschrocken auf und machte sich eilig daran, die Steine selbst in den Korb zu legen. Doch Fritz legte ihm beschwichtigend die Hand auf die Schulter.

»Wenn ich dem Jungen helfe, schafft er seine Arbeit viel besser«, argumentierte er ruhig.

»Du hast hier gar nichts zu sagen, du Kaffernfreund«, schrie der Aufseher. Die Adern an seinem Hals quollen dabei wie Gummischläuche hervor. »Wenn ich dich und den Jungen noch einmal erwische, dann setzt es eine Tracht Prügel.« Drohend winkte er mit seiner zusammengerollten Peitsche. »An die Arbeit, aber zackig!«

Fritz und Kido sahen sich kurz an und taten, was man ihnen befohlen hatte. Nach einigen Stunden waren die Kräfte des Jungen erschöpft. Seine Schritte wurden immer langsamer, bis er schließlich unter seiner Last zusammenbrach.

»Kido!«

Fritz warf seinen Hammer beiseite und eilte zu dem Jungen. Kido versuchte sich aufzurappeln, aber er schaffte es nicht allein.

»Setz dich und ruh dich ein wenig aus«, meinte Fritz. »Ich werde so lange deinen Korb befüllen.«

»Tu das nicht!« Kido sah sich ängstlich nach dem Aufseher um. »Mann böse, wird schlagen.«

Fritz lächelte ihm aufmunternd zu. »Da mach dir mal keine Sorgen. Er wird uns schon nicht sehen.« In aller Ruhe befüllte er seinen Korb.

Doch der Aufseher schien den ganzen Tag nur auf so eine Gelegenheit gewartet zu haben. Unvermittelt stand er plötzlich neben ihnen und stieß mit einem Stiefeltritt den fast gefüllten Korb um.

»Ihr elendes Pack«, rief er außer sich. »Ihr verkauft mich wohl für dumm!«

Außer sich vor Zorn rollte er seine Peitsche aus und schlug damit auf Kido ein. Der Riemen traf den Jungen quer über das Gesicht. Vor Schmerz heulte er jämmerlich auf und betastete seine Augenbraue, die von dem Schlag aufgeplatzt war. Der Aufseher war noch nicht fertig mit ihm. Er kannte keine Grenzen. Erneut hob er den Arm, um noch einmal zuzuschlagen. Fritz hatte genug. Mit einem Satz sprang er auf den Mann zu und entwand ihm seine Waffe.

»Du wirst nicht noch einmal ein wehrloses Kind schlagen«, rief er empört, »sonst bekommst du es mit mir zu tun.«

Der Aufseher war außer sich. Ungläubig starrte er auf Fritz und seine Peitsche.

»Gib mir die Peitsche zurück.« Seine Augen funkelten gefährlich, und er zog seine Pistole. Fritz tat, wie ihm geheißen, und warf ihm die Peitsche zu. Der Aufseher fing sie geschickt auf. Ein gemeines Grinsen breitete sich auf seinem Gesicht aus.

»Und jetzt werde ich es euch besorgen.« Um seinen Drohungen Nachdruck zu verleihen, entsicherte er die Waffe und zielte damit auf Fritz Kopf. Kidos Augen weiteten sich vor Entsetzen, während sich in seinem Kopf ein ganzer Film an schrecklichen Erinnerungen abspulte. Sein Blick wurde leer, und sein Kopf füllte sich mit schrecklichen Bildern, die er die ganze Zeit versucht hatte zu verdrängen: die Vergewaltigung seiner Mutter, die Schreie seiner kleinen Geschwister aus der brennenden Hütte, der tote Vater … und jetzt sein einziger Freund. Schemenhaft bekam er mit, wie der Aufseher die Peitsche führte und damit auf Fritz eindrosch. Dem ersten Schlag konnte sein Freund gerade noch ausweichen, aber der zweite und dritte Hieb trafen ihn auf der Brust und am Hals. Beim vierten

Schlag brach er zusammen. Kidos Augen waren immer noch weit aufgerissen, aber plötzlich trat Entschlossenheit auf sein Gesicht. Mit einem lauten Schrei stürzte er sich auf den Aufseher und rammte ihm seinen Kopf in den Magen. Der kleine Bursche war viel zu schmächtig, als dass er den Mann hätte umwerfen können. Aber immerhin krümmte der Aufseher sich vor Schmerz und ließ für einen Augenblick von seinem Opfer ab. Womit der kleine Namajunge nicht gerechnet hatte, war, dass die Wut des Mannes jetzt auf ihn gelenkt war. Der Aufseher packte ihn am Kragen und schleuderte ihn in hohem Bogen von sich. Kido prallte hart auf den Steinen auf und jammerte vor Schmerz. Nun war er das Ziel der grenzenlosen Wut. Ohne mit der Wimper zu zucken, hob der Menschenschinder die Pistole und erschoss den wehrlosen Jungen.

»Du gemeiner, hinterhältiger Mörder!«

Fritz rappelte sich auf. Seine Schmerzen waren für den Augenblick vergessen, da ihn eine ohnmächtige Wut über diese sinnlose Tat erfüllte. Mit all seiner gebündelten Kraft stürzte er sich auf den Aufseher. Er schlug ihm mit einem Fußtritt die Peitsche aus der Hand und versuchte vergeblich, nach der Pistole zu greifen. Der Aufseher erholte sich rasch von dem Überraschungsangriff und trat Fritz mit dem Knie ins Gesicht. Der Schmerz vernebelte kurz Fritz' Sinne. Doch seine Wut war so groß, dass er die gebrochene Nase vergaß und sich sofort wieder auf den Mann warf. Am Rande registrierte er, dass sein Gegner versuchte, mit der Pistole auf ihn zu zielen. Im letzten Augenblick gelang es ihm, mit seiner einen Hand das Handgelenk mit der Waffe zu umfassen und den Lauf von seinem Körper wegzudrehen. Ein Schuss löste sich direkt neben seinem Ohr. Fritz bot seine ganze Kraft auf, um den Arm weiter nach hinten zu drehen. Schließlich schrie sein Gegner auf und ließ die Pistole fallen. Rasch versuchte Fritz sie an sich zu nehmen. Doch der Aufseher hatte bereits sein Messer gezogen und stürzte sich wieder auf ihn. Mit blutunterlaufenen Augen versuchte er es Fritz in die Rippen zu stechen. Nur eine Seitwärtsrolle rettete ihm das Leben. Der Messerstich lief ins Leere. Durch die Wucht seines Anlaufs geriet der Angreifer ins Straucheln und fiel vornüber. Er schlug der Länge nach hin und blieb regungslos liegen. Fritz wartete darauf, dass er aufstand und weiterkämpfte. Aber der Mann rührte sich nicht. Unterdessen waren einige Aufseher herbeigeeilt. Sie packten Fritz und warfen ihn zu Boden. Einer von ihnen drehte den reglos daliegenden Aufseher um. Er war tot. Bei seinem Sturz war der Mann in sein eigenes Messer gefallen.

Fritz wurde zum Tode verurteilt. Er war beinahe froh darum, denn so würde sein Leiden endlich ein Ende haben. Noch eine letzte Nacht in der eiskalten Zelle, dann hatte er es überstanden. Seine Erschießung war für den nächsten Tag anberaumt. Noch vor dem Morgengrauen würde man ihn holen. Leutnant Schöndorf hatte nicht viel Federlesen gemacht und ihn ein paar Tage nach dem Vorfall des Mordes angeklagt. Fritz hatte bei der Verhandlung geschwiegen, was ihm als Geständnis ausgelegt wurde. Wozu sollte er sich rechtfertigen? Sein Vertrauen in Gerechtigkeit war restlos erschöpft. Allein die Tatsache, dass er in den Tod eines Soldaten verwickelt gewesen war, machte ihn zum Schuldigen. Außerdem bedauerte er den Tod des Aufsehers keine Sekunde, aber er weinte um Kido, der so tapfer versucht hatte, ihm das Leben zu retten. Fritz saß auf dem Boden und umfasste mit seinem Arm die Unterschenkel. Er fror erbärmlich. Das Fieber fraß sich durch seinen Körper wie ein gieriges Monster.

»Jella«, hauchte er sehnsüchtig in den lichtlosen Raum. Der Gedanke, dass er sein Kind nie sehen würde, schmerzte mehr als alle Wunden. »Ich vermisse euch so sehr«, schluchzte er. Dann lachte er ein heiseres Lachen, das aus der Tiefe seiner Verzweiflung geboren war. Er musste an den Priester denken, den sie gerade von der Missionsstation zu ihm geschickt hatten. Er hatte tatsächlich versucht, ihm vom Reich Gottes zu erzählen, das ihn gnädig aufnehmen würde, wenn er nur aufrichtig seine Tat bereute.

»Ich soll bereuen, dass der Mann tot ist?«, hatte er gefragt. Allein die Vorstellung ließ ihn lachen. »Dieser Mann hat ein unschuldiges Kind getötet und wollte dasselbe mit mir machen. Aber das interessiert ja keinen, weil die Menschen im Lager nur als Abschaum betrachtet werden. Jedes Tier ist hier mehr wert.«

Der Priester hob beschwichtigend die Arme. »Wir sind alle Kinder Gottes. Leider gibt es auch verirrte Schafe wie Sie und andere Menschen hier, aber das Reich Gottes wird uns alle aufnehmen.«

Fritz hatte ihm zugestimmt, aber seine Stimme troff dabei vor Sarkasmus. »Ja, wie recht Sie haben! Allerdings glaube ich, dass die verirrten Schafe nicht wir Gefangene sind, sondern Leute wie Sie, die uns dazu machen.«

»Versündigen Sie sich nicht noch mehr«, antwortete der Priester streng. »Nicht alle heißen diese Lager gut. Wir Missionare setzen uns sehr wohl dafür ein, dass sie bald aufgehoben werden.«

»Ja, wenn alle Lagerinsassen gestorben sind.« Fritz' Augen bohrten sich in die des Priesters. »Aber das wird wohl auch nicht mehr allzu lange dauern.«

»Ich verstehe in Anbetracht Ihrer Lage ja Ihren Sarkasmus«, entgegnete der Geistliche, »aber Sie sollten in den letzten Stunden Ihres Lebens an Ihr Seelenheil denken und …«

»Ach, hören Sie doch damit auf«, unterbrach ihn Fritz barsch. »Ich werde keine Sekunde an mein Glück im Jenseits verschwenden. Scheren Sie sich zum Teufel! Sie verschwenden hier nur Ihre Zeit.«

Er wandte sich von dem Geistlichen ab und wartete ungeduldig, bis er die Zelle verlassen hatte. Mittlerweile bedauerte er es, dass er den Mann hatte gehen lassen, denn die Einsamkeit quälte ihn. Sein Kopf dröhnte, als explodierten Feuerwerkskörper in ihm. Er lehnte ihn gegen die kalte Mauer und versuchte an Jella zu denken. Mit geschlossenen Augen versuchte er sie sich vorzustellen. Ihre wilden, roten Locken, das breite Lachen und die herrlichen, hellgrünen Augen, in die er wie in einen Bergsee eintauchen konnte. Aber ihr Bildnis verzerrte sich immer wieder. Es wurde von Kido überlagert, wie er blutüberströmt mit ungläubig aufgerissenen Augen leblos dagelegen hatte.

Das Rasseln der Zellentür riss ihn aus seinen düsteren Gedanken. War es endlich so weit? Die Zelle hatte kein Fenster, sodass er nicht wusste, welche Tages- oder Nachtzeit gerade herrschte. Als das Licht aus dem Flur ihn streifte, blinzelte er wegen der ungewohnten Helligkeit. Einer der Wachsoldaten trat mit einem Tablett herein. Die Henkersmahlzeit, fuhr es ihm durch den Kopf. Der Tod kam näher.

»Ich habe keinen Hunger«, knurrte er, obwohl das mehr als eine Lüge war. Der Soldat kümmerte sich nicht darum, sondern stellte das Tablett auf den Tisch.

»Iss oder lass es bleiben«, meinte er. »Es wird deine letzte Mahlzeit sein.« Der Mann hatte es offensichtlich eilig, wieder in die Wachstube zu kommen. Fritz hörte ungewohnte Geräusche. Er merkte auf. Neben seiner Zelle war der Wachraum, das einzige weitere Zimmer in dem kleinen Ziegelbau. Die beiden Wachsoldaten hatten offenkundig Damenbesuch.

»Nur nicht so stürmisch, mein Lieber«, drang eine weibliche Stimme an sein Ohr. »Wir wollen doch erst noch ein wenig in Stimmung kommen, bevor es zur Sache geht.«

Das Gluckern einer Flüssigkeit in ein Glas war zu hören. Fritz war sich sicher, dass er Halluzinationen hatte. Er kroch bis zur Zellentür und legte sein Ohr daran.

»Der Schnaps ist im Preis inbegriffen«, flötete die weibliche Stimme, die den beiden Wachsoldaten eindeutige Avancen machte. Fritz kicherte irr. »Ich bin verrückt«, lachte er. »Jetzt haben die Dirnen schon Jellas Stimme.« Wie schön sie klang. Er hatte sie die ganze lange Zeit im Ohr gehabt. »Hör nicht auf zu reden!«, bettelte er.

Jella schenkte den beiden Wachsoldaten zum dritten Mal ein und prostete ihnen zu. Während sie an ihrem Glas nur nippte, tranken die Soldaten es in einem Zug aus. Der jüngere der beiden starrte sie verdutzt an und sank dann mit seinem Kopf auf den Tisch. Der ältere Soldat lachte hämisch.

»Der Jungspund kann einfach nichts vertragen.« Sein Blick ruhte begehrlich auf Jellas Ausschnitt. »Können wir jetzt endlich anfangen?«

»Lass uns erst noch austrinken, Süßer.«

»Aber das ist das letzte Glas«, lallte der Ältere und grapschte nach ihrem Busen. »Und dann gehen wir zur Sache, was?« Jella schenkte ihm ein zuckersüßes Lächeln. »Darauf kannst du Gift nehmen«, flötete sie und hoffte, dass der Typ nun endlich genug hatte. Nakeshi hatte dem Schnaps einen Pflanzensud zugefügt, von dem sie behauptete, dass er die Männer zum Schlafen bringe. Jella zweifelte jedoch mittlerweile an seiner Wirkung. Zumindest der eine Soldat wirkte dafür ziemlich unempfänglich. Er erhob sich von seinem Stuhl und wankte in Richtung Tür, um sie abzuschließen. Jella erschrak. Sie hatte sie mit Absicht offen gelassen. Auf keinen Fall durfte der Soldat das tun, denn draußen warteten Nakeshi und Bô auf ihren Einsatz. Jella hasste sich für das, was sie jetzt tat, aber ihr blieb keine andere Wahl. Sie stellte sich dem Soldat in den Weg, schlang ihre Arme um seinen Hals und blickte ihn so verführerisch an, wie sie es nur fertigbrachte.

»Wie magst du es denn am liebsten?«, hauchte sie ihm angeekelt ins Ohr. »Soll ich dir einen blasen?«

Ihre Worte zeigten sofort Wirkung. Der Soldat blieb stehen und betrachtete sie mit unverhohlener Lust.

»Und danach besorge ich es dir von hinten.« Jella entwand sich schnell seinem Zugriff und floh hinter den Schreibtisch.

»Du bist aber ein ganz Wilder«, heuchelte sie. »Darauf trinken wir einen.« Schnell goss sie ihm das Glas voll und schob es ihm zu. Der Soldat zögerte einen Augenblick, bevor er sein viertes Glas leerte. Seine Augen verrieten, dass er bereits Mühe hatte, Jella zu fixieren. Er war so damit beschäftigt, ihre zwei Körper, die er sah, wieder zu einem zusammenzufügen, dass er nicht merkte, wie die beiden Buschmänner den Raum betraten und sich hinter dem Gewehrschrank versteckten. Während Bô mit Pfeil und Bogen im Anschlag Rückendeckung gab, schlich sich Nakeshi unbemerkt zu dem Schlüsselbord und nahm den Schlüssel. Dann huschte sie in den Nebenraum mit der Zelle.

Der Soldat schüttelte benommen seinen Kopf. »Was is'n das für'n Schnaps?«, wollte er wissen. »Mir is so komisch.« Er wankte auf sie zu, um sie zu umarmen. Geschickt wich sie ihm nochmals aus. Wenn der Mann sich nur nicht umdrehte. Aus den Augenwinkeln heraus sah Jella, dass Nakeshi Schwierigkeiten mit dem Schlüssel hatte. Verdammt, warum schlief der Mann nicht endlich ein? Allmählich bekam Jella Angst, dass ihr Plan doch noch schieflaufen würde. Wenn der Mann Alarm schlug, waren sie erledigt.

»Warum gehs du dauernd weg?«, fragte der Soldat benommen. Das Rasseln des Schlüsselbundes war jetzt deutlich zu hören.

»Da war doch was!« Plötzlich wurde er misstrauisch. Zum Glück war seine Reaktionsfähigkeit schon eingeschränkt. Bevor er sich umdrehen konnte, lenkte Jella ihn erneut ab, indem sie ihren Rock bis über ihre Knie anhob.

»Na, wie gefällt dir das?« Sie hasste sich für das, was sie tat. Der Mann griff nach ihrem Schenkel und zog sie zu sich heran.

Jella wurde schlecht. Sie kämpfte gegen ihre schlimmsten Erinnerungen, aber es gelang ihr nicht, sie abzuschütteln. Als sich der Soldat mit heftigem Keuchen zu ihr rüberbeugte, hielt sie es nicht mehr aus. Sie griff nach dem nächstgelegenen Gegenstand, in ihrem Fall die gipserne Kaiserbüste auf dem Schreibtisch, und zog sie dem Soldaten mit aller Kraft über den Kopf.

Puh! Das war knapp! Jella strich sich eine Locke aus dem Gesicht und schielte auf den k.o. geschlagenen Mann. Sie zitterte ein wenig. Der andere Soldat schnarchte, den Kopf immer noch auf dem Schreibtisch. Sie durften keine Zeit verlieren; er konnte jeden Augenblick aufwachen. Schnell eilte sie Nakeshi zu Hilfe. Der Buschmannfrau war es endlich gelungen, die Tür zu öffnen. Dunkelheit und schrecklicher Gestank schlug ihnen entgegen. Als Jella Fritz erblickte, erschrak sie zutiefst. Sein Gesicht war ausgezehrt und hager. Die Augen lagen tief in ihren Höhlen und starrten sie mit ungläubigem Staunen an.

»Du bist es wirklich!«, stammelte er. Sein zotteliger Bart reichte ihm bis zur Brust. Er war völlig abgemagert und am Ende seiner Kräfte. Trotzdem schenkte er ihr ein Lächeln, das sie für einen Augenblick alle Gefahr vergessen ließ. Wortlos fiel sie ihm um den Hals und wünschte sich, dass er sie nie wieder losließe.

Es war Nakeshi, die sie in ihrer Wiedersehensfreude störte. »Wir müssen fort«, drängte sie. »Männer können gleich aufwachen.«

»Kannst du gehen?«, fragte Jella besorgt. Fritz grinste schief. »Ein Stück weit vermutlich schon.«

»Rajiv wartet gleich hinter der Insel mit Pferden. Sobald wir sie erreicht haben, sind wir in Sicherheit.«

Flucht

Bô erwartete sie vor der Baracke. Er begrüßte Fritz mit einem fröhlichen Grinsen und half den beiden Frauen, ihn zu stützen. Fritz war kaum fähig, sich auf den Beinen zu halten. Er biss die Zähne zusammen und versuchte zu gehen. Immer wieder sackte er zusammen.

»So schaffen wir es nie«, sorgte sich Jella. Bis zu der Landenge, die die Haifischinsel mit dem Festland verband, waren es noch fast hundert Meter. Sie mussten dabei immer wieder Umwege in Kauf nehmen, um sich im Schatten der Baracken zu halten. Doch dann kam ihnen unerwartet Rajiv zur Hilfe. Wie ein Phantom tauchte er plötzlich aus den schwarzen Schatten auf.

»Kommt schnell!«, flüsterte er. »Ich habe die beiden Wachsoldaten betäubt. Sie werden jedoch nicht lange ohnmächtig sein.« Er griff Fritz unter den Arm und zog ihn hoch. Scheinbar mühelos hob er ihn sich über die Schulter und schleppte ihn huckepack von der Insel. Hinter ein paar Felsen warteten die mit Proviant bepackten Pferde.

»Wir müssen in den Dünen verschwunden sein, bevor die Soldaten Alarm schlagen«, warnte Rajiv. »Sie werden in der Dunkelheit sicherlich nur die Umgebung von Lüderitz absuchen. Ab morgen müssen wir mit einem Suchtrupp rechnen.«

»Wirst du es schaffen, dich auf einem Pferd zu halten?«, fragte sie besorgt. Fritz schien kaum bei Besinnung zu sein. Er nickte schwach, aber er lächelte. Mit Rajivs und Bôs Hilfe hievten sie ihn auf den Pferderücken. Vorsichtshalber banden sie ihn fest. Dann setzten sie sich in Bewegung und ritten den Weg, den

Bô ihnen wies. Die Namib war Bôs Heimat. Er kannte ihre Tücken, aber auch ihre verborgenen Schätze. Nakeshi und Bô saßen gemeinsam auf einem Pferd. Man sah den beiden an, dass ihnen ganz und gar nicht wohl auf seinem Rücken war. Wenn es nach ihnen gegangen wäre, wären sie lieber gelaufen, aber dann wären sie zu langsam gewesen. Jella hielt sich dicht neben Fritz und achtete darauf, dass er nicht herunterfiel. Ab und zu hielten sie kurz an und sie flößte ihm Wasser und eine stärkende Medizin ein. Wieder einmal bewährte sich Nakeshis Naturapotheke. Jella nahm etwas von dem mit Harz, Antilopendung und Kräutern geformten Klumpen und kaute ihn weich, bevor sie ihn Fritz in den Mund schob. Nach einer kurzen Ohnmacht wachte er auf und fühlte sich um einiges besser. Bis zum Morgengrauen hatten sie den Kutchabriviere erreicht, in dessen Schutz sie die erste Rast einlegten. Sie betteten Fritz in den Schatten eines Köcherbaums und legten sich ebenfalls zur Ruhe. Als Jella nach ein paar Stunden aus einem komaähnlichen Schlaf erwachte, stellte sie zu ihrem Schrecken fest, dass Fritz nicht mehr neben ihr lag. Sie fuhr hoch und musste lächeln. Fritz ließ sich gerade von Rajiv den Bart und die Haare scheren. Als er sie entdeckte, strahlte er sie an. Sein Fieber war etwas gesunken, was allerdings nicht über seinen jämmerlichen Allgemeinzustand hinwegtäuschte. Jella ging zu ihm hinüber und gab ihm einen Kuss.

»Ich habe dich so vermisst«, flüsterte sie zärtlich. Fritz nahm ihre Hand, legte sie an seine frisch rasierte Wange und schloss die Augen. Er hatte offensichtlich Mühe, die richtigen Worte zu finden.

»Rajiv hat mir erzählt, dass wir eine Tochter haben«, sagte er mit rauer Stimme. Er ließ seinen Tränen ungehindert ihren Lauf. »In all der Zeit meiner Gefangenschaft hat nur der Gedanke an dich und das Baby mich am Leben gehalten.«

Jella war tief erschüttert. Was hatten sie ihm nur angetan?

»Jetzt wird alles gut«, sagte sie. Fritz deutete über die weite felsige Ebene mit ihrem goldgelben Gras, das im Wind hin und her wogte. In der Ferne schimmerten mal rötlich braun, mal bläulich die steilen Tirasberge. Darüber wölbte sich der azurblaue Himmel, über den nur ab und zu ein paar Federwölkchen stieben.

»Das ist das Schönste, was ich jemals gesehen habe«, schluchzte er, und dann senkte er seinen Kopf an Jellas Brust und weinte ohne Hemmungen.

Von den Tirasbergen, die sie östlich liegen ließen, zogen sie weiter in Richtung Norden zum Naukluft-Gebirge mit seinen bis zu dreihundert Meter hohen Dünen. Ihr Ziel war die südlich von Swakopmund liegende Walfischbucht. Dort würde Imelda auf sie warten.

»In wenigen Tagen wirst du unsere Tochter sehen«, meinte Jella, während sie in dem gusseisernen Topf mit dem herrlich duftenden Antilopeneintopf rührte. Zum ersten Mal seit ihrer Flucht hatten sie es gewagt, ein Feuer anzuzünden. Fritz schwieg und stocherte mit einem Stock in der Glut. Er schien gar nicht bei ihr zu sein. Dabei wollte sie ihn nur etwas aufmuntern. Seine trübe Stimmung mit den schweren Depressionen machte ihnen allen zu schaffen. Ihr Mann vermied es, über seine Erlebnisse in dem Konzentrationslager zu erzählen; dabei trug er schrecklich daran. Jedes Mal, wenn sie ihn darauf ansprach, wich er ihr aus und begnügte sich mit einsilbigen Antworten. Jella ließ es dabei bewenden. Immer wieder musste sie an ihre eigene Vergewaltigung in Berlin denken. Es hatte Jahre gedauert, bis sie einigermaßen darüber hinweggekommen war. Sie würde ihm viel Verständnis entgegenbringen müssen. Auch ihre Zukunft machte ihr zunehmend Sorge. Bislang hatten sie sie in ihren Gedanken und Gesprächen völlig ausgeklammert. Nach *Owitambe* konnten sie nun nicht mehr zurück. In den Augen der Schutztruppen war Fritz ein Kapitalverbrecher. Er war zum Tode verurteilt worden und würde überall gesucht werden. Über die Telegrafenstationen würde bald ganz Deutsch-Südwest von seiner Flucht erfahren. Womöglich lobte man sogar eine Belohnung für seine Ergreifung aus. Jella schauderte. Als sie vor wenigen Wochen Fritz' Flucht geplant hatten, hatte alles so einfach ausgesehen. Die Aussicht, endlich etwas tun zu können, hatte sie alle beflügelt. Jetzt war Fritz frei, aber wo sollten sie hingehen? Gemeinsam mit Johannes und Imelda hatten sie beschlossen, dass sie erst einmal Deutsch-Südwest verlassen mussten. Am einfachsten war dies mit dem Schiff von der britisch besetzten Walfischbucht. Imelda wollte dort mit Riccarda auf sie warten. Von dort fuhren ständig Dampfboote in Richtung Kapstadt. Aber auch dort konnten sie nicht auf Dauer bleiben. Die britische Polizei kooperierte mit den Deutschen. Die Gefahr, ausgeliefert zu werden, war zumindest vorhanden.

Jella pustete sich eine Locke aus dem Gesicht. Sie durfte sich nicht zu viele Sorgen machen.

Rajiv saß ihr schweigend gegenüber. Er beobachtete sie und lächelte ihr aufmunternd zu.

Bô führte sie nun tief in die Namibwüste hinein. Ein breiter, rot schimmernder Dünengürtel mit vereinzeltem buschigem Grasbewuchs zog sich scheinbar endlos hin. Die Sichel- und Sterndünen waren oft weit über hundert Meter hoch, und das Vorankommen wurde immer beschwerlicher. Immer öfter mussten sie ihre Pferde hinter sich herführen, und auch die Wasserversorgung machte Jella Sorgen. Aber der Buschmann kannte sich aus. Er fand genügend Tsamma-Melonen, die nicht nur Energie, sondern auch Flüssigkeit für Mensch und Tier lieferten. Zu ihrer Überraschung gab es auch Wasserlöcher und Wild in der roten Wüste. Die beiden Buschmänner fingen kleinere Säugetiere und hin und wieder sogar eine Antilope. Um die vierzig Meter tiefe Schlucht des Tsauchabriviere nicht durchqueren zu müssen, umgingen sie ihn in westlicher Richtung. Kurz vor Sonnenuntergang am zehnten Tag ihrer Flucht erreichten sie das Sossuvlei, eine riesige Lehmpfanne, die von gewaltigen Sterndünen umgeben war. Jella schnappte vor Staunen nach Luft und stoppte ihr Pferd. Die Dünen waren bestimmt dreimal so hoch wie die, die sie bislang gesehen hatten.

Aufgeregt zeigte sie auf eine Gruppe von Oryxantilopen, die gerade in weiten Sprüngen über einen scharf gezogenen Dünenkamm setzten. Die untergehende Sonne intensivierte die Sonnenseite der roten Namibdünen und ließ sie wie ein glühendes Feuer leuchten, während die sonnenfernen Rückseiten in bläulich schwarze Schatten eintauchten. Das einzigartige Naturschauspiel beeindruckte sie tief. Selbst Fritz' verschlossene Miene entspannte sich für einen Augenblick, und er schenkte Jella ein lang ersehntes Lächeln. Ihr Herz schlug ein wenig schneller, und sie ertappte sich dabei, wie sehr sie sich auch körperlich nach ihm sehnte. Im Windschutz einer Düne suchten sie sich einen Lagerplatz. Als die anderen sich zum Schlafen hinlegten, lockte Jella ihren Mann ein Stück weit von den anderen weg, um mit ihm allein zu sein. Sobald die anderen außer Hörweite waren, umschlang sie ihn sehnsüchtig mit ihren Armen. Fritz erwiderte ihren Kuss zurückhaltend. Er war fern all der Leidenschaft, die sie sonst von ihm kannte. Enttäuscht ließ sie von ihm ab.

»Liebst du mich nicht mehr?«, fragte sie scheu. Im fahlen Mondlicht sah Fritz noch hagerer aus. Er schüttelte leicht den Kopf.

»Ich liebe dich mehr als mein Leben.« Seine Stimme war kaum mehr als ein Hauch. Seine Augen spiegelten Verzweiflung und Leid. »Es ist nur…«, er suchte nach den richtigen Worten. »Ich kann dich nicht berühren, ohne an die vielen Toten zu denken. Ich kann sie nicht verdrängen, verstehst du?«

Seine Gesichtszüge verhärteten sich. »Die Gefangenschaft hat mich zu einem anderen gemacht. Vielleicht wird es nie mehr so sein, wie es war.«

Damit wandte er sich abrupt ab und ging zurück zu ihrem Lager. Jella fühlte, wie die Tränen in ihr hochstiegen. Fritz' Worte hatten sie verletzt. Sie verstand seinen Kummer, aber musste er sie deswegen abweisen? Sie fühlte sich so weit von ihm entfernt. Verwirrt und ratlos machte sie sich daran, die hohe Düne im Sossuvlei zu erklimmen. Das kühle Mondlicht erhellte die blauschwarze Nacht und ließ den Dünengrat wie einen schwarzen Weg vor ihr erscheinen. Ihre Füße sanken tief in den weichen roten Sand ein, als sie sich an den Aufstieg machte. Die Anstrengung half ihr ein wenig, sich zu beruhigen.

»Sternenschwester?«

Nakeshis Stimme drang leise durch die Nacht. Jella war froh, sie zu hören. Sie blieb stehen und wartete, bis die Freundin bei ihr war.

»Jella sieht traurig aus«, meinte die Buschmannfrau. Sie wies mit dem Kopf nach oben. »Du willst dort oben nach einer Antwort suchen?«

Jella zuckte mit den Schultern. Doch Nakeshi nickte ernst. »Manchmal braucht man die Welt unter sich.«

Gemeinsam setzten sie den Aufstieg fort, bis sie endlich den Dünenkamm erreicht hatten. Der Himmel spannte sich mit seinem Sternenzelt weit über sie, während das Meer der Dünen in die Unendlichkeit zu streben schien.

»Fritz ist sehr krank«, unterbrach Nakeshi das Schweigen. »Gwi und seine Llangwasi haben seine Seele mit bösen Pfeilen vergiftet.«

Jella sah ihre Freundin dankbar an. Einmal mehr bewies sie Feingefühl und Einfühlungsvermögen. Wie konnte eine Buschmannfrau ihr so nahestehen? Sie stammte aus einem völlig anderen Kulturkreis, und doch kannte sie keinen anderen

Menschen, mit dem sie sich auf eigenartige Weise so verbunden fühlte.

»Vielleicht plagen ihn ja wirklich Geister«, meinte sie verzweifelt. »Aber ich finde einfach keinen Weg, sie zu vertreiben. Er will mich nicht mehr.«

Nakeshis zarte Hand ruhte mitfühlend auf ihrem Arm.

»Kannst du nicht eine Geistreise unternehmen und ihn von seinem Leid erlösen?« Jella schämte sich fast für den Vorschlag, aber hatte sie nicht selbst erfahren, dass bei den Buschmännern Dinge möglich waren, die in ihrer Welt unvorstellbar waren? Nakeshi wog ernst den Kopf.

»Nakeshi kann Pfeile nicht lösen.«

Jella seufzte. Es war eine dumme Idee gewesen, zu fragen. Wahrscheinlich funktionierte diese Art von Magie nur unter Buschmännern.

»Sternenschwester selbst kann Pfeile lösen«, setzte Nakeshi nach. Jella sah sie überrascht an.

»Ich? Ich bin keine Heilerin, und schon gar keine Mystikerin.«

»Doch, dein Num sehr groß«, widersprach die Buschmannfrau. Sie ergriff Jellas Hand und zog sie hoch.

»Meinst du wirklich?«

Jella kam sich lächerlich vor. Sie war keine Buschmannfrau. Doch Nakeshi ließ nicht locker. Sie begann sich hin- und herzuwiegen, während ihre Lippen erst leise, dann immer lauter werdend eine Melodie anstimmten. Ungeschickt versuchte Jella, die Schritte ihrer Freundin nachzuahmen. Schon wegen ihrer Körpergröße kam sie sich wie ein Trampel vor. Andauernd fiel sie aus dem Takt. Nakeshi schien das nicht zu stören. Sie ließ Jellas Hand jedoch nicht los. Als sie die Augen schloss und sich auf dem schmalen Dünengrat ganz der Führung ihrer Freundin überließ, wurde es etwas besser. Dann spürte sie, wie ein Funken von Nakeshis Hand auf sie übersprang und sie innerlich zu erwärmen begann. Ihr war, als hätte die Buschmannfrau eine kleine Flamme in ihr entfacht. Schnell loderte sie auf und wurde zu einem Feuer, das sie von Innen heraus erhellte. Ihre Lippen begannen von allein Worte zu formen, die mit Nakeshis in Einklang standen. Sie wunderte sich nicht mehr, dass es ihr gelang. Immer schneller wurden ihre Bewegungen, immer hektischer ihr Gesang, dann spürte sie einen Ruck, und sie entglitt ihrem eigenen Körper. Voll Staunen sah sie Nakeshi unter sich auf der Düne stehen und tanzen. Ihre eigene Körperhülle lag neben ihr. Ein kurzer Schreck, dann fühlte sie, wie ihr Geist von diesem Ort weggezogen wurde, hinein in Fritz' Vergangenheit und Leid.

Als sie aus der Trance erwachte, war nichts mehr wie zuvor.

Fritz saß etwas abseits auf einem Fels und stierte auf die karge Wüstenlandschaft, während die anderen noch mit dem Bepacken ihrer Pferde beschäftigt waren. Wie so oft in den letzten Tagen überließ er sich ganz seiner Depression. Er hätte sich freuen müssen, über die gelungene Flucht, über Jella, über seine kleine Tochter, die er nun bald sehen würde. Doch er verspürte nur eine große Leere, die immer wieder von den grausamen Bildern seiner Erlebnisse überdeckt wurden. Noch zwei Tage, dann hatte die lange Reise ein Ende und sie würden die Walfischbucht erreichen. Aber was folgte dann? Sie strebten einer ungewissen Zukunft entgegen, und er haderte mit sich und seinem Schicksal. Auch wenn die Flucht nach Kapstadt gelang – was sollten sie dort tun? Sie mussten Südafrika schnell verlassen, doch in welches Land sollten sie von dort ausreisen? Deutschland kam nicht in Frage, vielleicht England oder Holland? Den Gedanken hatte er schnell wieder verworfen. Ohne ausreichende Geldmittel würden sie als Familie kaum in diesen Ländern überleben können. Je näher sie ihrem Ziel kamen, umso sicherer wurde er sich, dass er seiner Frau und seinem

Kind diese Zukunft ersparen musste. Schließlich wurde nur er gesucht, Jella und seine Tochter dagegen nicht. Er konnte und wollte den beiden diese Unsicherheit nicht zumuten. Jella und ihrer beider Tochter gehörten nach *Owitambe.*

Rajiv gesellte sich zu ihm und nahm auf dem gegenüberliegenden Felsen Platz. Wie es seine Art war, drängte er sich in keiner Weise auf. Fritz war seinem Freund dankbar dafür. Auf der anderen Seite drängte es ihn, sich jemandem anzuvertrauen.

»Ich werde Südwest allein verlassen«, teilte er dem Inder mit. »Jella und unsere Tochter werden zurück nach *Owitambe* gehen.«

»Ich nehme an, du hast mit ihr schon darüber gesprochen?«, fragte Rajiv. Fritz schüttelte den Kopf.

»Das hat noch Zeit.«

»Das wird deiner Frau nicht gefallen«, stellte Rajiv fest.

»Daran kann ich nichts ändern. Irgendwann wird sie jedoch feststellen, dass es besser für sie ist.«

»Was ist besser für mich?« Jella war unbemerkt zu den Männern getreten. Fritz zuckte kurz zusammen, doch er fasste sich schnell.

»Ich werde allein nach Kapstadt reisen«, teilte er ihr knapp mit. Jella warf Rajiv einen kurzen Blick zu, bevor sie ihm antwortete.

»Das habe ich mir fast gedacht«, sagte sie überraschend gefasst. Fritz blickte sie befremdet an. Er hatte mit Aufbrausen, Wut, mit einer typischen Jellareaktion gerechnet, aber nicht mit dieser fast schon an Gleichmut grenzenden Antwort. Dennoch fühlte er sich genötigt, sich ihr zu erklären.

»Ich kann dir und unserer Tochter diese ungewisse Zukunft nicht zumuten. Wir …«

Jella machte eine wegwerfende Handbewegung.

»Schon gut, spar dir deine Worte. Ich akzeptiere deine Entscheidung.«

Fritz war sprachlos. Eigentlich hätte er sich über das Verständnis seiner Frau freuen müssen, aber stattdessen fühlte er sich tief gekränkt. Er wollte etwas sagen, aber dann ließ er es doch bleiben. Es war ja für sie alle leichter, wenn sie die Lage gleich beurteilten.

»Allerdings …«, Jella war noch fertig, »… musst du unter diesen Umständen verstehen, dass es besser ist, wenn du unsere Tochter erst gar nicht zu sehen bekommst. Sie wird sonst nie verstehen, weshalb du sie gleich wieder verlassen hast.«

Fritz schluckte, aber dann gab er mit einem kurzen Nicken sein Einverständnis. Es war sicher besser so.

Die nächsten beiden Tage gingen sich die beiden so weit es ging aus dem Weg. Jella suchte immer wieder Rajivs Nähe. Die beiden schienen sich bestens zu unterhalten. Manchmal lachten sie sogar. Fritz spürte Eifersucht. Was tuschelten die beiden so vertraut miteinander? Immer wieder musste er sich zwingen, wegzusehen.

Auf Nebenwegen erreichten Fritz und Rajiv die Walfischbucht. Jella war mit den beiden Buschmännern nach Swakopmund geritten, um Imelda von ihrer sicheren Ankunft zu informieren. Am Abend wollten sie sich an der Anlegestelle treffen, wo er die Schiffspassage, die Imelda auf einen fremden Namen gebucht hatte, antreten sollte. Im Morgengrauen würde das Dampfschiff nach Kapstadt ablegen. Im Stillen hoffte Fritz, dass Jella ihre Drohung, ihm Riccarda ganz vorzuenthalten, nicht wahrmachen würde. Zu seiner großen Enttäuschung kam sie jedoch nicht einmal selbst mit in die Walfischbucht, um sich von ihm zu verabschieden. Imelda betrat allein die kleine Schänke, in der sie sich verabredet hatten. Sie hatte Tränen in den Augen, als sie ihren Sohn und schließlich auch Rajiv in ihre Arme schloss. Fritz sah sie erstaunt an. Er erfuhr erst jetzt, dass die beiden ein Paar waren.

»Ich wünsche euch alles Gute«, meinte er schließlich trocken. Er spürte ein schmerzliches Ziehen in seiner Brust und wünschte sich, dasselbe würde auch für Jella und ihn gelten. Es gelang ihm nur mit Mühe, seine Gefühle zu unterdrücken. Als seine Mutter ihn nach seinen Plänen fragte, antwortete er einsilbig, versprach aber, sich unter falschem Namen zu melden. Sein letzter Abend in Afrika in der dunklen, verqualmten Schänke war kein sehr lustiger. Imelda wirkte ziemlich durcheinander und machte es ihm auch nicht leichter. Bei aller Erleichterung über seine Rettung fiel es ihr offensichtlich schwer, ihn gleich wieder ziehen zu lassen. Immer wieder stiegen Tränen in ihre Augen; sie griff nach seiner Hand und drückte sie ergriffen. Schließlich war es Zeit, sich zu verabschieden. Sie standen am Quai vor dem Landesteg des Dampfschiffes. Die meisten Passagiere waren bereits an Bord. Fritz konnte sich eine letzte Frage nicht verkneifen.

»Warum hat Jella sich nicht wenigstens von mir verabschiedet?«, fragte er. In diesem Moment gelang es ihm kaum, seine Enttäuschung zu verbergen. Imelda sah ihn seltsam an.

»Deine Frau wird wissen, was sie tut«, meinte sie. Fritz biss sich auf die Unterlippe. Vielleicht war es ja auch gut so; schließlich war es seine Entscheidung gewesen.

Von der Schiffsreling aus betrachtete er, wie seine Mutter und Rajiv aus dem Lichtkegel der Schänke in der tiefen Dunkelheit verschwanden. Mit ihnen verschwand auch seine Vergangenheit. Rajiv hatte ihm eine Flasche Schnaps besorgt. Fritz beschloss, sie in seiner Kajüte zu leeren.

Als er am nächsten Morgen mit brummendem Schädel aufwachte, hatte das Schiff längst abgelegt. Der Schnaps hatte seinen Kummer nicht gelindert. Im Gegenteil, er fühlte sich noch elender als am Abend zuvor. Er schleppte sich an das Oberdeck, um etwas frische Luft zu atmen. Sie schipperten mit einer nachziehenden Rauchfahne entlang der nebligen Küste. Möwen umschwirrten das Schiff und begleiteten das Getöse des Schiffsmotors mit lauten Schreien. Trotz des Nebels konnte Fritz an der Küste einige Pelikane ausmachen. Sie fischten mit ihren sackartigen Schnäbeln nach Küstenfischen. Er war so in seine Gedanken vertieft, dass er gar nicht mitbekam, wie ihn eine kleine Hand am Hosenbein zupfte. Erst als ein forderndes »hoch« erklang, blickte er auf das kleine Mädchen neben ihm. Sie hatte dunkles, glattes Haar und herrlich lebhafte bernsteinfarbene Augen, die ihn erwartungsvoll anblickten. Ein kleines Fingerchen zeigte zu den Möwen in der Luft.

»Vogel sehen«, meinte sie ernst. Etwas in ihrem Gesichtsausdruck kam Fritz seltsam bekannt vor. Er schaute sich um und entdeckte die Mutter des Kindes. Er hätte es sich denken können. Fritz suchte nach Worten, wollte protestieren, den Kapitän zum Umdrehen bewegen, doch dann platzte in ihm der Knoten, der sich für so lange Zeit auf seine Seele gelegt hatte, und er nahm seine Frau wortlos in die Arme.

ZWEITER TEIL

Rajasthan (Indien)

Südwestafrika
1919/1920

»Star of India«

Der aromatische Duft des Würztees stieg Jella in die Nase, noch bevor Jamina das Glas auf den kleinen Beistelltisch neben ihren Korbsessel gestellt hatte.

»Hhm! Chai massala!«, seufzte sie wohlig und streckte ihre müden Beine aus. Sie nahm das geschwungene Teeglas vorsichtig auf und nippte an dem heißen Getränk. Der Geruch von Ingwer und Kardamom stieg ihr in die Nase. Das war genau das Richtige nach einem anstrengenden Arbeitstag. Sie saß auf der Dachterrasse ihres Haveli und genoss den sanften Abendwind, der durch die kunstvoll geschwungenen Arkadenbögen strich. In der Ferne läuteten die Glocken des Jagdish-Tempels zum Gebet. Das Rufen und Feilschen der Händler und Passanten mischte sich mit dem Gelächter der Wäscherinnen am Picholasee, die gerade ihre Wäsche zusammenpackten, um zu Hause das Essen für den nächsten Tag vorzubereiten. Eine Kuh muhte laut vor Hunger, und aus dem Rosegarden hörte man das Gebrüll eines hinter Gitter gehaltenen Tigers. Der Tumult und Krach aus der Stadt stand in krassem Gegensatz zu der Ruhe, die der Picholasee verströmte. Die Sonne lag wie ein Ball auf den Aravellibergen und verwandelte den See in einen blauroten Wasserteppich, in dessen Mitte ein prächtiger, weißer Palast stand, dessen vergoldete Kuppelspitzen wie Signallichter zur Stadt hin leuchteten. Das späte Sonnenlicht spiegelte sich auf dem weißen Marmor und verlieh ihm etwas märchenhaft Unwirkliches.

Jella bat Jamina zu sich. Die ältere Frau, die gerade verblühte

Blumen aus einer Wasserschale klaubte, eilte herbei und verbeugte sich, wobei sie mit zusammengelegten Händen ihre Stirn berührte.

»Memsahib.«

»Ist Riccarda schon aus der Schule zurück?«

»Ja, Memsahib.«

»Dann sag ihr, ich erwarte sie hier oben.«

Jamina wirkte plötzlich verlegen.

»Das kann ich nicht, Memsahib.«

Jella horchte auf. »Und wieso nicht, wenn ich fragen darf?«

»Miss Riccarda ist noch einmal weggegangen.«

Jamina versuchte sich offensichtlich um eine klare Antwort herumzudrücken. »Sie wird bald wieder hier sein«, versicherte sie verlegen.

Jella roch sofort Lunte. »Sie wird doch nicht etwa zum Wagenfest gegangen sein?«, fragte sie ärgerlich. Sie hatte ihrer Tochter unmissverständlich klargemacht, dass sie es nicht wünschte, dass sie allein an solchen Massenveranstaltungen teilnahm. Jaminas Schweigen war Jella Antwort genug. Verärgert richtete sie sich auf.

»Sag Riccarda, wenn sie zurückkommt, dass sie sich sofort, hörst du, *sofort,* bei mir melden soll!«

Jamina zuckte zusammen. Jella bereute bereits, dass sie so laut geworden war. Sie hatte vergessen, wie feinfühlig die Dienerin war.

»Verzeih, ich wollte dich nicht erschrecken, aber ich habe es ihr ausdrücklich verboten.«

»Radhu ist bei Ricky. Sie wird auf sie aufpassen. Bestimmt wollen sie nur die Tempeltänzerinnen sehen.«

Jaminas Beschwichtigungsversuch erreichte das genaue Gegenteil.

»Tempeltänzerinnen, wenn ich das schon höre!«, prustete Jella empört. »Seit Wochen liegt sie uns damit in den Ohren. Stell dir nur vor, Ricky will Tänzerin werden! Neulich hat sie doch allen Ernstes den Wunsch geäußert, eine Tanzausbildung in einem Gurukulam zu beginnen.«

Jella schauderte allein bei dem Gedanken. Sie hatte keine Ahnung, woher ihre Tochter ihre seltsamen Vorlieben für Musik und Tanz hatte. Von ihr und auch von ihrem Vater wohl ganz bestimmt nicht! Das Kind war so anders als sie beide! Jella fiel es schwer, das zu akzeptieren. Wenn es nach ihr ginge, würde Ricky nach dem College auf eine englische Universität gehen und etwas Ordentliches studieren, damit sie einmal selbstständig über ihr Leben bestimmen konnte. Sie sollte es einfacher haben als sie selbst in ihrer Jugend und unabhängig sein. Stattdessen musizierte sie lieber und studierte Tänze ein.

»Miss Ricky ist sehr glücklich beim Tanzen«, verteidigte Jamina ihren Liebling. Sie kümmerte sich um das Mädchen, seit die Familie vor beinahe fünfzehn Jahren nach Indien gekommen war, und liebte sie wie eine eigene Tochter. Doch Jella wollte davon nichts hören. Sie bedeutete der Dienerin gereizt, dass sie gehen konnte, und versuchte erneut, sich zu entspannen. Doch die Ruhe war dahin. Warum stellte sich Ricky dauernd gegen sie? Sie wollte für ihre Tochter doch nur das Beste.

Manchmal war ihr das junge Mädchen richtig fremd. Nicht nur äußerlich unterschieden sich die beiden Frauen. Jella war groß, immer noch schlank und in ihren Bewegungen eher zielstrebig, während Riccardas zartgliedriger Körper neben ihr wie eine Gazelle neben einem Trampeltier wirkte. Ricky war sehr musikalisch, außerdem bewegungsbegabt und verträumt. Oft schwebte sie gedankenverloren durch die Räume, irgendeine Melodie summend, die ihr gerade durch den Kopf ging, und bekam nicht einmal mit, wenn man sie ansprach. Sie war eine gute Schülerin, aber anstatt sich wie ihre Mitschülerinnen auf eine anständige Zukunft zu konzentrieren, wollte sie partout etwas Musisches erlernen. Sie hatte eine wohlklingende Stimme und spielte hervorragend Klavier. Das war ja schön und gut, aber warum musste ihr Fritz auch noch Tanzunterricht erlauben? Das Tanzen war Rickys wahre Leidenschaft. Sie lernte schnell und beherrschte schnell alle gängigen Tanzarten, aber das reichte ihr nicht. Jetzt wollte sie auch noch die indischen Tänze erlernen. Jella sah das alles mit großem Befremden. Sollte Ricky doch Spaß an ihrem musischen Hobby haben … Aber das war noch lange kein Grund, daraus gleich einen Beruf zu machen. Sie stieß einen langen Seufzer aus.

»Du hörst dich müde an.« Fritz war unbemerkt auf die Dachterrasse getreten und setzte sich in den zweiten Korbsessel neben seine Frau. Auch er wirkte ziemlich angespannt und müde. Mit seinen fünfzig Jahren sah er immer noch sehr gut aus und wirkte attraktiv und jugendlich. Feine Lachfältchen hatten sich neben seinen dunklen Augen eingegraben. Sein Haar war mittlerweile ergraut, aber immer noch dicht und voll. Er übergab Jella einen dicken Brief. Als sie sah, dass er von »Owitambe« stammte, erhellte sich schlagartig ihr Gemüt.

»Von Vater?«, fragte sie, obwohl sie die Antwort längst kannte.

»Nun mach schon auf«, drängte Fritz. »Ich will unbedingt wissen, wie es allen geht!«

Jella riss das Kuvert auf und entnahm einen mehrseitigen Brief. Dabei fiel eine Fotografie auf den Boden. Fritz hob sie auf und reichte sie ihr.

»Oh, sieh mal, wie groß Raffael geworden ist«, staunte sie und deutete auf einen hochgewachsenen, jungen Mann in Anzug und mit sorgfältig gekämmtem Haar. Auf den ersten Blick fiel nicht unbedingt auf, dass seine Mutter eine Schwarze war. Seine Haut war dafür, wie auch auf dem Schwarzweißfoto erkennbar war, ungewöhnlich hellhäutig, nur die Form seiner Nase und die breiten Lippen verrieten seine Abstammung.

Allerdings sah er auf dem Foto ziemlich mürrisch drein. Jella musterte nun auch die anderen Personen auf dem Bild. Neben Raffael standen ihr Vater Johannes und seine Frau Sarah. Jella fiel auf, dass ihr Vater krumm geworden war und schlohweißes Haar bekommen hatte. Natürlich waren auch an ihm die Jahre nicht spurlos vorübergegangen. Jella rechnete nach. Dreiundsechzig Jahre war ihr Vater nun alt. Sein hageres Gesicht blickte starr in die Kamera und ließ eine Spur von Verbitterung erkennen. Seine Himbafrau Sarah dagegen hatte sich äußerlich kaum verändert. Ihr Lächeln wirkte warm und verständnisvoll wie eh und je. Neben Jellas Familie waren noch Fritz' Mutter Imelda und ihr indischer Mann Rajiv zu sehen sowie der Vorarbeiter Samuel mit seiner Frau Teresa und ihrem Sohn Mateus.

»Wie gern wäre ich jetzt bei ihnen!«, seufzte sie sehnsuchtsvoll.

Nach all den Jahren in Indien war es ihr nie gelungen, sich hier wirklich heimisch zu fühlen. Ihr Herz war bei ihrer überstürzten Flucht in Afrika geblieben. Dabei konnte sie sich nicht über ihr Leben beklagen. Es ging ihnen allen gut. Sie besaßen ein schönes Haus, hatten ein ausreichendes Einkommen und eine gesunde Tochter – und doch waren sie hier nicht so zu Hause, wie sie es in *Owitambe* gewesen waren. Fritz erging es ähnlich, auch wenn er es nicht so zeigte. Er stürzte sich lieber in seine Arbeit als Hoftierarzt und versuchte den Intrigen am Hofe des Maharanas von Udaipur, so gut es ging, aus dem Weg zu gehen. Eine Reihe von Helfern ermöglichte es ihm, auch Operationen an Tieren durchzuführen. Ihm oblag nicht nur das Wohlergehen der über hundert Pferde und zwanzig Elefanten am Hof des Fürsten von Mewar, sondern er war auch für die Tiermenagerie im Rosegarden sowie für die Wildtiere in den Wäldern verantwortlich.

Jella begann vorzulesen:

Tjike!
Liebe Jella, lieber Fritz, meine tanzende Gazelle!

Uns geht es so weit gut! Die Farm wirft ordentliche Erträge ab, vor allem seitdem wir endlich mit unserer Karakulschafzucht Erfolg haben. Die Lämmer haben ein sehr schönes, gelocktes Fell, das mit jedem Persianerfell aus Buchara konkurrieren kann. Der Pelzgroßhändler Paul Thorer aus Leipzig ist sehr zufrieden mit unserer Ware und ordert mehr Felle, als wir ihm überhaupt liefern können. Natürlich haben wir weiterhin auch Rinder auf Owitambe, allerdings ist der Bedarf nach Fleisch in den letzten Jahren eher zurückgegangen. Samuel ist immer noch mein Vorarbeiter, obwohl auch er alt geworden ist und immer schlechter sieht. Seine Söhne Ben und Mateus helfen zwar auch auf der Farm mit, aber es fehlt ihnen eindeutig die Weitsicht ihres Vaters. Wir könnten weitaus effektiver wirtschaften, wenn sie mehr Engagement zeigten.

Jella runzelte die Stirn.

»Merkst du das auch?«, fragte sie irritiert. »Das hört sich ja richtig negativ an, obwohl es gute Nachrichten sind.«

Fritz zuckte mit den Schultern.

»Johannes ist besorgt. Er macht sich eben Gedanken, wie es mit *Owitambe* weitergehen soll.«

»Wir hätten schon längst wieder zurückgehen sollen«, überlegte Jella nicht zum ersten Mal. »Wir könnten auf *Owitambe* noch einmal von vorn anfangen.«

»Wie stellst du dir das vor?«, widersprach Fritz. »Bis vor Kurzem tobte noch überall Krieg. Eine Schiffsreise wäre viel zu gefährlich gewesen. Außerdem waren wir uns doch einig, dass sich die politische Lage in Südwest erst einmal stabilisieren sollte, bevor wir zurückgehen.«

Jella war zu müde, um weiterzudiskutieren. Sie nahm den Brief erneut zur Hand und las.

Ihr Vater beschrieb in allen Einzelheiten das Leben auf der Farm, erläuterte längst überfällige Reparaturen und erzählte von Plänen, die er hatte verwerfen müssen, weil sie über seine Kräfte gingen. Je weiter sie las, desto stärker wurde ihr Eindruck, dass ihr Vater nicht nur missmutig, sondern beinahe depressiv klang. Aus jeder einzelnen Zeile sprach Verbitterung. Erst gegen Ende seines Briefes ging er auf die Familie ein:

Raffael beendet in den nächsten Wochen das Gymnasium in Windhuk. Er ist ein guter Schüler, obwohl es ihm seine weißen Mitschüler nicht immer leicht machen. Er schweigt sich darüber aus, aber ich weiß aus erster Hand, dass selbst einige Lehrer gegen ihn sind, weil er ein Mischling ist. Aber die Schikane wird bald ein Ende haben, wenn der Junge wieder auf der Farm ist. Es wird noch ein Stück Arbeit kosten, ihm seine Flausen aus dem Kopf zu treiben. Er ist ein schwieriger junger Mann geworden, der noch nicht einsehen will, dass sein Platz an meiner Seite ist. Leider lässt ihm seine Mutter viel zu viel durchgehen. Sie ist eben eine Himba und wird nie verstehen, warum es wichtig ist, dass der Junge einmal mein Nachfolger wird. Wozu soll ich denn sonst all die Jahre geschuftet haben? Ich habe Owitambe für meine Kinder aufgebaut! Da du das Land verlassen musstest, ist es jetzt seine Aufgabe, die Farm in die Zukunft zu führen. Aber der Junge zeigt kein Interesse für den Farmbetrieb. Er liebt Automobile, von denen es jetzt zunehmend mehr in Südwestafrika gibt, und er streitet gern. Sein Gerechtigkeitsgefühl ist schon beinahe krankhaft. Die harte Arbeit wird ihm wohl helfen, seine Hörner abzustoßen. Meine Hoffnung ruht darin, dass er nach der Schule mehr Einsicht zeigt. Vielleicht war es ja nur der Einfluss der Stadt, der ihn auf den falschen Weg gebracht hat …

Es folgten noch weitere Ausführungen über die politischen Veränderungen der letzten Jahre. Johannes ließ sich lang und breit darüber aus, wie sehr sich das Land verändert hatte, seitdem im Jahre 1915 die Südafrikanische Union während des Ersten Weltkriegs Deutsch-Südwest eingenommen und unter ihr Mandat gestellt hatte. Seit den Versailler Verträgen gab es nun auch offiziell keine deutschen Kolonien mehr. Einige deutsche Siedler waren von den Südafrikanern nach Deutschland zurückgeschickt worden, andere arrangierten sich mit den Südafrikanern und bewirtschafteten weiterhin ihre Farmen. Darunter waren auch Johannes und sein Nachbar Baron von Nachtmahr gewesen. Der Einfluss aus Südafrika machte sich bald überall bemerkbar. Immer mehr Buren zogen in das Land und übernahmen die verlassenen Farmen. Mit ihnen kam auch der zunehmende Rassismus. Die Forderungen nach Homelands wurden immer lauter. Demnach sollte jeder der vielen einheimischen Bevölkerungsgruppen ein eigenes Territorium zugewiesen werden, das sie nicht dauerhaft verlassen durften. Johannes' Empörung wirkte echt, gleichzeitig aber auch resignierend.

Wenn die Südafrikaner ihre Pläne tatsächlich umsetzen, dann verliere ich die meisten meiner Arbeiter und Teilhaber. Ovambos, Herero, Nama und Damarra, sie müssten alle die Farm verlassen. Ich mag mir gar nicht ausmalen, was das für uns bedeutet. Du glaubst nicht, wie sehr ich mir jeden Tag wünsche, dass Ihr damals nicht gezwungen worden wäret, das Land zu verlassen. Ich bin ein alter Mann und langsam müde vom vielen Kämpfen.
Ich wünsche Euch sehr, dass Ihr alle gesund und guter Dinge seid.
Mit herzlichen Grüßen von allen auf Owitambe
Euer
Vater, Schwiegervater und Großvater

Jella ließ den Brief auf ihren Schoß sinken und schloss einen Moment die Augen. Wie gern wäre sie jetzt auf *Owitambe* und würde ihrem Vater helfen! Sie sehnte sich nach dem spröden Charme dieser weiten Landschaft, nach den Tieren, den Menschen dort und vor allem nach ihrer Familie, die sie dort gefunden hatte.

Bei aller Sehnsucht wusste sie, dass sie nicht klagen durfte. Hatte nicht Indien ihr das ermöglicht, wovon sie all die Jahre geträumt hatte?

Sie war Ärztin geworden, auch ohne Universitätsabschluss und enge Konventionen. Dass sie hier in Indien eine neue Heimat und Lebensperspektive gefunden hatten, hatten sie Rajiv Singh zu verdanken. Es war seine Idee gewesen, dass sie in seinem Heimatland Zuflucht suchten. Er hatte ihr kurz vor ihrer Flucht einen schwarzen Edelstein aus den Bergen Rajasthans überreicht, der in eine sternförmige, goldene Fassung eingelassen war. Auf den ersten Blick wirkte der Stein wie ein Onyx, aber wenn man ihn genau betrachtete, dann tanzte auf seiner geschliffenen Oberfläche ein weißer Stern. Der »Star of India« war ein äußerst seltener Stein, der Maharadschas und ihren Angehörigen vorbehalten war. Ihm wohnte die Kraft inne, seinen Träger auf Reisen zu beschützen.

»Geht damit zu Salim Mohan«, hatte Rajiv ihr eingebläut. »Er ist ein alter Freund und wird euch helfen, sobald ihr ihm den Stein zeigt. Aber hütet euch, den Stein den falschen Leuten zu zeigen. Ich habe mächtige Feinde am Hof in Udaipur, die den Stein erkennen würden und sich über euch indirekt an mir rächen könnten.«

Ihre Flucht hatte sie damals von der Walfischbucht über Kapstadt nach Bombay geführt. Von dort waren sie mit der Eisenbahn durch die Wüste Thar nach Udaipur gereist, der Hauptstadt des Maharana von Mewar. Es hatte einige Mühen gekostet, bis es ihnen gelungen war, bei Salim Mohan vorzusprechen. Er war der Leibarzt der fürstlichen Familie und hatte einigen Einfluss. Als Angehöriger der obersten Kaste war es unter seiner Würde, unbedeutende Mlecchas, wie die Ungläubigen genannt wurden, zu empfangen. Erst als Fritz den damaligen englischen Chief Commissioner, den höchsten Kolonialbeamten des Reiches, um Hilfe bat, erhielten sie endlich eine Audienz. Jella war äußerst skeptisch gewesen, was diesen Hofarzt betraf. Wieso sollte er ihnen behilflich sein, wenn er jetzt schon so überheblich war? Es kam ihr unendlich arrogant vor, dass er sich so zierte, sie zu empfangen. »Der ist ja eingebildeter als der Kaiser!«, hatte sie sich empört. Damals hatte sie noch keine Ahnung von dem komplizierten indischen Kastensystem gehabt. Der Empfang hatte tatsächlich etwas frostig begonnen. Salim Mohan ließ sie spüren, dass er sie mehr oder weniger nur aus erzwungener Höflichkeit empfing. Über zwei Stunden ließ er die Familie warten, bevor er sich bequemte, sie zu begrüßen. Dann allerdings besann er sich der traditionellen Gastfreundschaft der Rajputen und führte sie in einen kunstvoll bemalten Raum seines Haveli, dessen geschwungene Fenster einen Blick auf den mächtigen Stadtpalast des Maharana zuließen. An den Wänden waren Darstellungen des Flöte spielenden Gottes Krishna, der von mehreren Gespielinnen umtanzt wurde. Auf dem schwarzweißen Intarsienboden war ein kostbarer, in hellen Blautönen geknüpfter Seidenteppich ausgelegt, in dessen Mitte ein niedriger Sandelholztisch stand. Als Sitzgelegenheit dienten bunte, bestickte Kissen. Salim bot ihnen Platz an und ließ für sie Tee und für Ricky mit Limone und Minze aromatisiertes Wasser bringen. Der Leibarzt des Maharana war ein schlaksiger Mann mit einer dicken Brille, die seine dunklen Augen stark vergrößerte. Sein grüner Turban war fast größer als sein Kopf, und seine leichte Baumwollhose, über die er ein knielanges Hemd trug, schlotterte um seine knochigen Glieder. Salim Mohan kam rasch auf den Punkt.

»Was wollen Sie von mir?«, fragte er ohne Umschweife. Jella war überrascht, weil sie sich auf ein langes, belangloses Vorgeplänkel eingestellt hatte. Jedoch kam seine direkte Art ihr wiederum sehr entgegen. Gegen alle Sitte übernahm sie das Wort. Sie zog den »Star of India« aus ihrer Tasche und überreichte ihn ihrem Gastgeber.

»Wir sollen Sie von Rajiv Singh grüßen. Es geht ihm gut. Er lebt jetzt in Afrika.«

Nun war es an dem Hofarzt, überrascht zu sein. Er sah abwechselnd den Stein und dann wieder sie an. Beinahe ehrfurchtsvoll strich er über die glänzende Oberfläche des schwarzen Juwels.

»Rajiv lebt«, sagte er gerührt. »Der Stein sagt mir, dass ihr ihm sehr nahestehen müsst. Er hätte ihn niemals weggeben, wenn ihr nicht in großer Not gewesen wäret. Erzählt, wie ich euch helfen kann.«

Sie mussten ihm nun alles, was sie über Rajiv wussten, erzählen. Fritz erwähnte auch, dass sie aus politischen Gründen gezwungen waren, ihre afrikanische Heimat zu verlassen. Er gab keinen genauen Grund an, aber das interessierte den Arzt auch nicht. Er war so fasziniert von Rajivs Schicksal und ihrer Geschichte, dass er immer wieder ungläubig den Kopf schüttelte. Die Freude über das glückliche Schicksal seines Freundes erfüllte ihn immer mehr. Ohne dass sie um etwas bitten mussten, erklärte sich Salim bereit, ihnen in ihrer neuen Heimat behilflich zu sein. Es war kein leeres Versprechen. Innerhalb kürzester Zeit organisierte er für sie ein geräumiges Haus, ein Haveli, das einstmals einem Kaufmann gehört hatte. Da sie nur wenig Geld besaßen, hatten sie erst das großzügige Angebot abgelehnt, aber Salim wollte davon nichts wissen. »Die Miete könnt ihr mir bezahlen, wenn Fritz sein erstes Gehalt bekommt«, hatte er schmunzelnd gemeint und ihnen dann mitgeteilt, dass der Maharana einen neuen obersten Tierpfleger suchte, was gleichbedeutend war mit der Stelle eines Tierarztes. Fritz' Behinderung spielte dabei keine Rolle, denn es gab genug kundige

Helfer, die ihm zur Hand gehen konnten. So fügte sich eins ins andere, und schon bald führten sie ein angenehmes Leben. Jella kümmerte sich um den Haushalt und die kleine Ricky, während Fritz seiner neuen Arbeit mit großer Freude nachging. Eines Tages brachte Salim ihnen Jamina und ihren Sohn Bali. Die beiden waren Flüchtlinge aus den Überschwemmungsgebieten des Ganges und suchten Unterkunft und Arbeit. Sie hatten alles verloren und waren beinahe am Verhungern. Der Arzt hatte sie unterwegs aufgelesen und empfahl sie der Familie als Hausangestellte. Bali tat sich als Koch und Botenjunge hervor, und Jamina kümmerte sich um den Haushalt und besonders liebevoll um die kleine Ricky.

Jella hatte plötzlich wieder mehr Zeit und schon bald das dringende Bedürfnis, etwas Sinnvolles zu tun. Fritz und sie hatten sich natürlich Geschwister für Ricky gewünscht, aber aus irgendeinem Grund war sie nicht wieder schwanger geworden. Vermutlich war Rickys schwere Geburt schuld daran. Jella hatte lange mit ihrem Schicksal gehadert. Sie fühlte sich als Versagerin und unnütz, bis Salim Mohan sie eines Tages fragte, ob sie ihm in seiner Praxis nicht zur Hand gehen wollte. Der Arzt war längst zu einem engen Freund geworden und verkehrte oft in ihrem Haus.

»Sieh mal«, hatte er gesagt, »die indischen Frauen sind sehr schamhaft. Sie lassen es nicht zu, dass ein Mann sie berührt. Wenn ich eine Untersuchung mache, dann stehe ich hinter einem Vorhang und lasse die Dienerinnen oder Freundinnen die Patientin abtasten. Aber die meisten haben keine Ahnung und geben mir falsche Auskünfte. Du kennst dich dagegen mit dem menschlichen Körper aus. Deine Beobachtungen können also von großem Nutzen sein.« Jella musste nicht lange überlegen. Sie war froh, endlich wieder eine sinnvolle Aufgabe zu bekommen. Sie kümmerte sich zwar gern um ihre kleine Tochter, aber die Beschäftigung mit ihr füllte nicht den ganzen Tag aus. Fritz riet ihr ebenfalls zu. Sie wusste längst, dass es ursprünglich seine Idee gewesen war und er Salim Mohan dazu angeregt hatte, sie zu fragen. Umgehend hatte sie ihre neue Arbeit aufgenommen. Sie assistierte dem Arzt in seiner Praxis und begleitete ihn zu vielen Hausbesuchen, auch an den fürstlichen Hof. Nur zum Maharana und seiner Rana ging Salim ohne sie.

Es war erstaunlich, wie viel Jella von dem Arzt lernen konnte, denn Salim hatte sowohl in Oxford studiert als auch die klassische indische Ayurvedamedizin erlernt. Bisher unbekannte Welten eröffneten sich ihr, und sie sog ihr neues Wissen wie ein Schwamm auf. Nach drei Jahren war sie Salim in vielem ebenbürtig und in manchen Dingen sogar überlegen. Der ältere Arzt begann, auf ihre Ratschläge zu hören, und fragte sie immer häufiger nach ihrer Diagnose. Bald überließ er ihr eigene Patienten, vor allem Frauen, und behandelte sie wie eine Partnerin. Jellas Traum war Wirklichkeit geworden. Sie hätte zufrieden sein können, wenn da nicht die vielen armen Menschen auf der Straße gewesen wären. Tag für Tag, wenn sie durch die schmalen Gassen der lebhaften Stadt ging, sah sie das Elend der mittellosen Menschen. Ihr Leid rührte sie tief. Ihnen half niemand. Wie oft musste sie sehen, wie eine unsachgemäß behandelte Wunde zu Wundbrand und Tod führte, ganz abgesehen von den diversen Durchfallerkrankungen, von Malaria und Lepra. Jella beschloss, etwas zu unternehmen. Ihr Haus war groß genug, dass sie darin eine kleine Arztpraxis einrichten konnte. Also bat sie Fritz und Bali, den ehemaligen Lagerraum des Haveli zu räumen. An zwei Tagen in der Woche wollte sie nun darin für die Armen der Stadt Sprechstunde abhalten. Doch ihr Vorhaben war bei Weitem nicht so einfach, wie sie es sich vorgestellt hatte.

Anfangs blieb die Praxis leer, obwohl sie immer wieder Leute direkt ansprach. Die Menschen scheuten sich, zu der Mleccha, der Andersgläubigen, zu gehen. Sie misstrauten der weißen Frau und ihrer fremdartigen Medizin, weil sie keine von ihnen war. Jella war enttäuscht. Schließlich blieb ihr nichts anderes übrig, als sich wieder um ihre wohlhabenden Patienten zu kümmern. Eines Tages war sie auf dem Heimweg vom Basar. Sie hatte sich ein paar Kräuter besorgt, um neue Salben anzurühren. Gemächlich schlenderte sie mit ihren Einkäufen durch die engen Gassen, als sie Zeugin wurde, wie ein einfacher Arbeiter von einem Bambusgerüst stürzte, das am Palast des Maharana angebracht worden war. Der Mann hatte das Gleichgewicht verloren und war kopfüber mehr als zehn Meter hinab in die Tiefe gestürzt. Etwa drei Meter vor seinem Aufprall bekam er eine Querstrebe des Gerüsts zu fassen, die seinen Sturz für einen Augenblick abbremste, bevor er unten hart aufprallte. Der Mann war verletzt, aber nicht tot. Vor Schmerz wimmernd blieb er auf dem Boden liegen, während sich rasch eine Menschentraube um ihn bildete. Ratlos starrten ihn die Menschen an und blickten voller Bedauern auf seinen rechten Arm, der in einer unnatürlichen Stellung von seinem Rumpf abstand. Allen war klar, dass der Unfall den Mann zu einem Krüppel gemacht hatte. Von nun an würde er sich nicht mehr um seine große Familie kümmern können. Jella dachte nicht lange nach. Sie verschaffte sich Platz und eilte zu dem Verletzten. Um sie herum ertönte Murren und Unmut. »Kümmere dich um deine eigene Familie«, keifte eine Frau in rotem Sari. »Der Mann braucht dein Mitleid nicht.« Jella scherte sich nicht darum. Sie vermutete, dass der Arm nur ausgekugelt war, und kniete nieder, um den Mann zu untersuchen. Bevor sie ihn berührte, erklärte sie kurz, dass sie Ärztin sei. Doch der Mann wehrte sie erschrocken ab und rutschte trotz seiner Schmerzen von ihr weg.

»Berühr mich nicht!«, rief er mit weit aufgerissenen Augen.

»Ich will dir helfen«, beruhigte sie ihn auf Hindi. Sie musste all ihren Wortschatz zusammenkratzen, um ihm geduldig zu erklären, dass er Glück gehabt hatte und nicht weiter schwer verletzt war. »Wenn du mir vertraust, dann verspreche ich dir, dass du bald wieder hier arbeiten kannst.«

Die Tatsache, dass sie die Sprache der Einheimischen sprach, beruhigte nicht nur den Verletzten, sondern fand auch bei den Umstehenden Beifall. Schließlich ermunterten sie den Verletzten sogar, sich von der Fremden helfen zu lassen.

»Du versprichst mir wirklich, mich zu heilen?«, fragte der Mann zum wiederholten Mal. In seiner Stimme war immer noch Misstrauen. Jella nickte geduldig. »Allerdings wird es ziemlich wehtun«, fügte sie hinzu.

Der Mann nickte. »Du kannst mich anfassen«, meinte er schließlich. Sie ließ es sich nicht zweimal sagen. Kurz entschlossen griff sie mit der einen Hand an die Schulter und zog mit der anderen ruckartig an dem verletzten Arm. Ein hörbares Knacken, gefolgt von einem gellenden Schrei, und der Arm war wieder in seinem Kugelgelenk. Gebannt verfolgte die Menge, was nun geschah.

»Versuche deinen Arm anzuheben«, gebot ihm Jella. Mit schmerzverzerrtem Gesicht gelang es dem Arbeiter, ihn leicht anzuheben. Dann strahlte er.

»Ich kann ihn wieder bewegen!«, rief er jubelnd. Sofort setzte unter den Umstehenden eine heftige Diskussion ein. Aus dem anfänglichen Murren war mittlerweile beifällige Zustimmung geworden.

»Du musst den Arm noch eine Zeit lang schonen«, ermahnte Jella ihren Patienten. »Komm mit mir in meine Praxis. Dort lege ich dir einen hilfreichen Verband an.« Der Arbeiter folgte ihr nun bereitwillig. Gestützt von seinen Kollegen und verfolgt von einer Schar Neugieriger begaben sie sich zu Jellas Praxis. Das »Wunder« sprach sich in Windeseile herum, und schon bald konnte sich Jella vor neuen Patienten nicht mehr retten. Schon nach kurzer Zeit hatte sie so viel zu tun, dass sie sich nur noch um die einfachen Leute kümmern konnte, was ihr den Spitznamen Memsahib Dawa einbrachte, was so viel wie Medizinfrau bedeutete.

Fritz erhob sich von seinem Stuhl und lehnte sich an eine der bogentragenden Säulen der Terrasse. Die letzten Strahlen der Sonne verglommen im See und tauchten ihn in vollkommene Dunkelheit. Einzelne Lichter erschienen wie tanzende Punkte.

»Ich habe läuten hören, dass wir zum Jahresfest des Maharanas eingeladen werden. Das wäre ein großer Aufstieg für uns«, meinte er und riss Jella damit abrupt aus ihren Gedanken.

»O nein, verschone mich«, stöhnte sie, als ihr der Gehalt seiner Worte bewusst geworden war. »Allein der Gedanke, mit all den englischen Ladys und den fürstlichen Hofdamen Konversation zu betreiben, verursacht mir Kopfschmerzen. Darauf kann ich gut verzichten.«

Fritz verzog ärgerlich das Gesicht.

»Es gehört nun mal zu unseren Pflichten. Wir können uns nicht immer aus allem heraushalten. Die Engländer und auch einige Adlige am Hof zerreißen sich ohnehin schon ihre Mäuler über unser Leben. Wenn wir eine Einladung bekommen, was dank Lady Gainsworthys Einfluss möglich sein könnte, dann erwarte ich, dass du mit mir dorthin gehst.«

»Lady Gainsworthy, natürlich«, meinte Jella spitz. »Ich hätte mir denken können, dass sie dahintersteckt.«

»Ich bin der Gattin des neuen Chief Commissioners sehr dankbar dafür.«

Jella winkte ab. Sie wollte keinen Streit. »Schon gut, ich werde mich zusammennehmen.«

Sie wusste, dass ihr Mann recht hatte und dass die Einladung für seine Karriere am Hof von großer Bedeutung war. Und Frauen begleiteten nun mal ihre Männer zu solchen Anlässen. Das Leben in der englisch-indischen Gesellschaft war für sie mehr als anstrengend, weil ihr jede diplomatische Geschicklichkeit abging. Vor allem machten ihr die Kolonialbeamten mit ihren snobistischen Familien zu schaffen. Sie brachten nicht nur ihre Teetassen und Möbel aus England mit, sondern auch ihre Bräuche. So manch einer, der aus einer einfachen Familie stammte, versuchte in den Kolonien Karriere zu machen und gab sich deshalb besonders elitär. Für Jella waren offizielle Empfänge wie ein Besuch im Haifischbecken. Am schlimmsten war die unberechenbar intrigante Lady Gainsworthy, die Frau des neuen Chief Commissioners. Obwohl sie erst wenige Monate in Udaipur waren, beherrschte sie jeden Empfang und liebte es, dabei ihre klebrigen Spinnfäden auszuwerfen, in denen man sich unrettbar verstricken konnte. Dabei ging sie äußerst subtil und raffiniert vor. Wer etwas erreichen wollte, kam an dieser mondänen Frau nicht vorbei. Zu ihren größten Bewunderern gehörte ihr Gatte. Er war bedeutend älter als sie und eindeutig stolz, dass er eine so schöne Frau sein Eigen nennen konnte. Dabei schien er gar nicht zu bemerken, dass sie ihm unentwegt Hörner aufsetzte und ihn schamlos ausnutzte. Als höchster Kolonialbeamter, der nur dem Gouverneur unterstand, hatte er eine Menge Einfluss in der englischen Gesellschaft, aber auch am Hofe des Maharana. Geschickt verstand es Lady Gainsworthy, diesen Vorteil für sich auszunutzen. Die Art, wie sie ihren Ehemann für ihre Zwecke benutzte, war überaus erfolgreich. Es war ein offenes Geheimnis, dass selbst der Chief Commissioner ihre Launen fürchtete und ihr lieber nachgab, als selbst ein Opfer ihres Unmuts zu werden. Lady Gainsworthy ging unter vorgehaltener Hand der Ruf voraus, dass durch ihren Einfluss schon so manche verheißungsvolle Offizierskarriere beschleunigt oder frühzeitig beendet worden war, wenn der Betreffende ihr nicht zu Willen sein wollte. Jella fürchtete die Begegnungen mit dieser Frau, denn es war nur eine Frage der Zeit, bis sie mit ihr aneinandergeraten würde.

Von Westen her zogen tiefschwarze Wolken über der Stadt auf. Ein starker Wind türmte sie rasch zu riesigen Wolkenbergen. Die Luft war unerträglich schwül und voller Elektrizität.

»Wo bleibt Ricky nur?«, sorgte sich Jella. »Es ist schon längst dunkel, und sie ist immer noch nicht da!«

Das Wagenfest

»Du musst ganz leise sein!«

Radhu zog Ricky von der Treppe weg in einen schmalen, dunklen Gang, an dessen Ende sich eine Falltür befand. Das fünfzehnjährige Blumenmädchen lauschte kurz, dann öffnete sie vorsichtig die Klappe und stieg hinunter. Ricky folgte ihr. In dem kleinen Raum war es stickig und heiß. Als sie sich aufrichtete, stieß sie sich den Kopf an.

»Autsch!«

Radhu hob erschrocken den Finger vor den Mund und lauschte in die Dunkelheit. Nichts tat sich. Ricky hörte Stimmen von dem Raum direkt neben ihnen. Fragend sah sie ihre Freundin an.

»Das ist die Familie des Hausbesitzers. Sie verfolgen den Umzug vom Raum nebenan«, erklärte Radhu und fügte stolz hinzu: »Ich habe diesen kleinen Speicherraum schon als Kind entdeckt und komme öfters hierher. Du bist die Erste, der ich ihn zeige.«

Ricky brauchte eine Weile, bis sie sich an die Dunkelheit gewöhnt hatte. Die niedere Kammer, in der sie sich befanden, war Teil eines heruntergekommenen Hauses, das sich genau an der Straße befand, an der gleich der große Tempelumzug vorbeiführen würde. Der Raum wurde seit Jahren nicht benutzt. Früher mussten hier einmal Waren, die Luft benötigten, gelagert worden sein. Deshalb war die steinerne Außenwand in regelmäßigen Abständen durchlöchert. Für die beiden jungen Frauen hatte das den Vorteil, dass sie ungehindert hinunter auf die Straße blicken konnten. Ricky raffte ihren Sari und machte es sich auf dem Boden bequem. Wäre ihre Haut nicht porzellanfarben gewesen, hätte man sie für eine Inderin halten können. Radhu setzte sich neben sie. Sie mussten noch eine ganze Weile warten, bevor das große Wagenfest zu Ehren des Hindugottes Lord Jagannath losging. Jagannath war eine von neun Inkarnationen des Gottes Vishnu. Sein Name bedeutete »Herr des Universums«. Einmal im Jahr, zwischen Juni und Juli, das dem Hindumonat Ashada entsprach, wurde zu Ehren des Lord Jagannath sowie seiner beiden Geschwister Balabhadra und Subhadra ein großes Fest veranstaltet, an dem die Dreigottheit durch die Straßen der Stadt gefahren wurde. Jeder, der an diesem Tag einen Blick auf die Statue des Lord Jagannath erhaschen konnte oder den Wagen berührte, auf dem das Idol transportiert wurde, oder auch nur die Seile, an denen der Wagen gezogen wurde, der war von seinen weltlichen Sünden reingewaschen und hatte gute Voraussetzungen für eine Wiedergeburt in einer höheren Kaste.

Der Umzug entsprach einem Volksfest mit Musik, Tanz, Blumen und zahlreichen Straßenverkäufern, die für das leibliche Wohl sorgten. Ricky war allerdings an etwas ganz anderem interessiert. Seit sie gehört hatte, dass die drei Wagen der drei Gottheiten von Tempeltänzerinnen des Gurukulam begleitet wurden, war es ihr brennender Wunsch, den Umzug zu sehen. Sie hatte von den Tänzerinnen wundersame Dinge gehört. Radhu selbst hatte ihr erzählt, dass nur die begabtesten und musischsten Mädchen des Landes in dem Gurukulam wohnen und ihre Ausbildung genießen konnten. Der Guru selbst reiste durch das ganze Land und erwählte sich seine Tänzerinnen aus allen Kasten. Ein Leben voller Tanz und Musik, wie wunderbar musste das wohl sein! In ihren Tagträumen malte sich Ricky manchmal aus, wie es wäre, wenn sie zu solch einer Ausbildung erwählt würde. Zu ihrem Leidwesen hatte sie bislang nie die

Gelegenheit gehabt, die Tänzerinnen bei einem ihrer wenigen öffentlichen Auftritte zu bewundern. Ihre Eltern hatten wenig Sinn für diese Musen. Ihre Mutter würde ihr wahrscheinlich am liebsten jeden Umgang mit Musik verbieten! Für sie zählten nur Fakten. Ricky ließ sich davon nicht beeindrucken. Sie hatte gelernt, sich auf ihre Weise vor der Ignoranz ihrer Eltern zu schützen. Weil sie offene Konflikte scheute, suchte sie sich andere Wege, wie sie ihre Interessen durchsetzen konnte. In Jamina hatte sie eine treue Verbündete. Die Kinderfrau liebte sie abgöttisch und war wie Wachs in Rickys Händen. Die ältere Frau hatte ihrem Schützling auch heute den Rücken freigehalten, als sie sich nach der Schule heimlich mit ihrer indischen Freundin Radhu, einer Blumenverkäuferin vom Jagannath-Tempel, in der Stadt getroffen hatte.

Um in der Menge nicht aufzufallen, hatte sich Ricky einen grünen Sari angezogen, der wunderbar zu ihren bernsteinfarbenen Augen passte. Der Umzug sollte am frühen Nachmittag beginnen. Ricky hoffte sehr, dass er nicht länger als zwei Stunden dauern würde. Bis ihre Mutter aus der Praxis nach Hause kommen würde, musste sie unbedingt zu Hause sein. Doch die Zeit verstrich, ohne dass etwas geschah. Eigentlich hätte sich Ricky schon längst auf den Heimweg machen müssen. Da vernahmen sie endlich das laute Tröten der Blechblasinstrumente, die den Beginn des Umzugs ankündigten. Auf der Straße hatte sich eine riesige Menschenmenge angesammelt. Sie drängten sich direkt unterhalb der jungen Frauen. Es mussten Tausende sein. Einige Soldaten in den Uniformen des Maharana sorgten dafür, dass sie nicht über die mit roter Farbe gemalten Striche drängten, die die Gasse für die Prozession markierten. Dann verteilten Leute aus großen Körben Prashad, geweihte Speise, die den Menschen bei ihrer Läuterung helfen sollten. Ricky knurrte der Magen, als der Duft der knusprig gebackenen Rotis und würzigen Samosas, Dhal und Gebäckstückchen bis in ihr

Versteck hinauf waberte. Um besser sehen zu können, presste sie ihr Gesicht an das Steingitter. Radhu kicherte.

»Du bist wie ein kleines Kind«, spottete sie. »Du wirst deine Tänzerinnen schon noch früh genug zu Gesicht bekommen.«

Ricky winkte ungeduldig ab. Sie erwartete, dass der Umzug sie jeden Augenblick erreichen würde, aber es dauerte nochmals eine halbe Ewigkeit, bevor die erste Musikkappelle um die Ecke bog. Der Krach war ohrenbetäubend, als sie durch einen in Rot- und Orangetönen gehaltenen Triumphbogen aus Stoff marschierten. Die beiden jungen Mädchen hielten sich die Ohren zu, als die mit europäischen Musikinstrumenten ausgestattete Truppe an ihnen vorüberzog. Ricky glaubte, dass die Priester den Engländern damit ihre Ehrerbietung erweisen wollten; allerdings schien keiner der Spieler auch nur eines der Instrumente wirklich zu beherrschen. Das Resultat war eine schreckliche Kakophonie. Unbeeindruckt von dem Höllenlärm schritt nun ein mächtiger Elefantenbulle einher. Kopf, Rüssel und Ohren waren mit bunten Ornamenten bemalt, während mehrere Blumengirlanden aus Lotus und Hibiskus an seinen Flanken herabhingen. Hinter seinen Ohren saß der stolz lächelnde Mahout mit dem riesigen, roten Rajputhenturban. Die Menge jubelte ihm zu und lobte lauthals das prächtige Aussehen seines Elefanten. Nun folgte eine Gruppe von Flötenspielern und Trommlern. Der durchdringende, weittragende Ton der Nagesh-warams wurde von dem sonoren Klang der Thavil-Trommeln begleitet. Ricky fühlte die Resonanz der Instrumente in ihrem ganzen Körper. Auf einem von einem Kamel gezogenen Wagen saß eine Gruppe Frauen. In ihren Nasen steckten große, goldene Ringe, und ihre Arme und Beine waren ebenfalls mit Schmuck behängt. In der Mitte des Wagens brannte ein heiliges Feuer, um das sie kauerten und mit heiseren Stimmen Mantras sangen. Zwischen den einzelnen Gruppen drückten sich Essensverkäufer und Wasserträger herum. Für ein paar Rupien konnte man sich den an einer Kette hängenden Metallbecher von einem tragbaren Wassertank auffüllen lassen und daraus trinken. Direkt unter den beiden Mädchen befand sich ein Wagen voller Zuckerrohr. Mit einer Metallpresse quetschte der Verkäufer Saft aus dem Zuckerrohr und verkaufte ihn an die Passanten. Mit Asche beschmierte Sadhus, die außer einem Lendentuch um ihre Hüften nichts anderes trugen, trabten mit ins Jenseits gerichteten Blicken an ihnen vorbei. Einige der nach Erleuchtung suchenden Männer waren bis auf das Skelett abgemagert. Wahrscheinlich hungerten sie schon lange, um ihrer Erlösung näher zu kommen. Andere waren ziemlich fett und sahen keineswegs so aus, als würden sie sehr darben. Ricky wusste, dass von Männern aus reichen Familien erwartet wurde, dass sie eine kurze Zeit unter den Heiligen lebten, weil es gut für ihr Karma war. Ein ohrenbetäubender Trommelklang, der von einer riesigen Dhol herrührte, kündigte endlich die Trimurta, die Dreigottheit des Lord Jagannath, an. Doch bevor der erste Wagen um die Ecke bog, stolzierten schlanke Frauen mit farbenprächtigen Saris in Gelb-, Rot-, Grün- und Blautönen an ihnen vorüber. Auf ihren Köpfen balancierten sie glänzende Metallgefäße, die Kalashs, in denen ein Kohlefeuer brannte. Dann erschien der erste Wagen. Ricky hielt die Luft an. Das von oben bis unten mit Silber beschlagene Gefährt war an die sechs Meter hoch. Sie konnte direkt einen Blick auf das auf Blumen thronende Idol werfen. Irgendwie war sie enttäuscht, denn Lord Jagannath war nichts als eine kleine, aus Niem-Holz geschnitzte Statue mit einem viel zu großen Kopf und überdimensionalen Augen, der auf einem einfachen Körper ohne Arme und Beine thronte. Sein Gesicht war schwarz, und sein Körper war in ein gelbes, kostbares Gewand gehüllt. Auf Radhus Gesicht erschien ein verzücktes Lächeln. Sie legte ihre Hände zusammen und berührte damit immer wieder ihre Stirn.

»Nilaachala-nivaasaaya, nityaaya paramaatmane;

balabhadra subhadra bhyaam, jagannaathaaya te namah«, intonierte sie das Mantra, das die Verehrung der Gottheit und ihre Bitte um Erlösung von ihren Sünden zum Ausdruck brachte. Als der zweite und schließlich auch der dritte Wagen endlich vorübergezogen waren, ertönte der ziehende Klang von Sitar und Vina, die von mehreren Tablas begleitet wurden. Der warme, volle Klang der gurgelnden Trommeln, der von den Zupf- und Streichinstrumenten melodiös umspielt wurde, brachte Rickys ganzen Körper zum Vibrieren, und sie ertappte sich dabei, wie sie sich zum Rhythmus der Melodie zu wiegen begann. Und dann kamen sie. Zwölf Mädchen, einige von ihnen höchstens zwölf Jahre alt, wiegten sich im Rhythmus der klassischen indischen Instrumente. Sie trugen allesamt rote Seidensaris, deren Ränder mit blauvioletten Bordüren reich verziert waren. Um ihre Taillen lag ein Gürtel aus mehreren Reihen unterschiedlich großer Glöckchen. Eine breite Silberkette mit einem Amulett zierte ihren Hals, während die Glöckchen um Fuß- und Handgelenke die Musik rhythmisch untermalten. Auf den Köpfen trugen sie ein kostbares Diadem, das mit unterschiedlich großen roten Rubinen durchsetzt war, und ihre Stirn zierten taubeneigroße Opale. Die Bewegungen der Tänzerinnen waren fließend wie ein munterer Bach am Ende der Monsunzeit. Dann verhielten sie für einen Augenblick und erstarrten mit angewinkeltem Bein und über dem Kopf gefalteten Händen in einer ruhigen Pose. Ihre stark geschminkten Gesichter sandten ein Lächeln in die Menge, das erwärmte. Ebenso unvermittelt nahm die Musik wieder an Tempo auf, und die Tänzerinnen vollführten im Gleichklang rasche, kontrollierte Bewegungen. Ricky war völlig gebannt. Nie in ihrem Leben hatte sie großartigere Tänzer gesehen. Als sie gewahr wurde, dass sich die Zuschauer nun den Tänzerinnen anschlossen, stand ihr Entschluss fest.

»Ich muss raus«, rief sie viel zu laut. Radhu sah sie erschrocken an. Doch das junge Mädchen war wie infiziert. Sie sprang auf und machte sich daran, die Leiter hochzusteigen.

»Bleib hier! Du wirst dich verlaufen«, flüsterte Radhu.

»Nicht, wenn du bei mir bist«, rief Ricky vergnügt. »Nun beeil dich schon!«

Radhu blieb gar nichts anderes übrig, als ihrer Freundin auf die Straße zu folgen. Ricky hatte sich nicht vorgestellt, was für ein Gedränge in den schmalen Gassen herrschte. Ehe sie sich's versah, war sie in den Strudel der Menschen hineingezogen worden und wurde mit ihnen getrieben. Als sie sich nach Radhu umsah, konnte sie sie nirgends entdecken.

»Auch egal«, murmelte sie und versuchte, näher an die Tänzerinnen heranzukommen. Sobald sie eine kleine Lücke zwischen den Menschen entdeckte, drückte sie sich durch. Schließlich war sie bis zur ersten Reihe vorgestoßen. Die Mädchen tanzten wie in Trance, und Ricky spürte plötzlich, wie der Rhythmus auch in ihre Beine sprang und sie unwillkürlich versuchte, die komplizierten Tanzbewegungen nachzuahmen. Die tosende, jubelnde Menge um sie herum nahm sie ebenso wenig wahr wie den jungen, festlich gekleideten Mann, der ihr seit geraumer Zeit folgte. Erst als sich die Prozession vor dem Jagannath-Tempel auflöste, kam sie wieder zur Besinnung. Nassgeschwitzt und beseelt von dem gerade Erlebten stand sie vor dem Tempel und beobachtete die Tänzerinnen aus dem Gurukulam, die sich vor den Stufen des Tempels versammelten. Sie wurden von einer älteren Frau weggeführt, die streng darauf achtete, dass die Mädchen sich zügig auf den Heimweg machten. »Ich muss wissen, wo sie hingehen und wie sie wohnen«, dachte Ricky, ohne auf die dicken Wolken zu achten, die sich über dem Abendhimmel zusammenballten. Sie folgte der Gruppe durch die dunklen verwinkelten Gassen der Altstadt und versuchte sich den Weg zu merken. Doch bald schon verlor sie die Orientierung. In diesem Teil der Stadt war sie noch nie gewesen. Dann öffnete der Himmel seine Schleusen. Es regnete nicht mehr, sondern es schüttete wie aus Eimern. Ricky konnte keine fünf Meter weit durch den grauen Regenschleier sehen. Ehe sie sich's versah, hatte sie die Tänzerinnen aus den Augen verloren.

»So ein Mist«, schimpfte sie laut vor sich hin. Sie machte auf dem Absatz kehrt, um nach Hause zu laufen. Dabei prallte sie gegen eine Gestalt, die dicht hinter ihr gelaufen war. Erschrocken trat sie zurück. Erst jetzt wurde ihr bewusst, wie dunkel es schon war. Außer dem Mann, dessen Gesicht sie nicht erkennen konnte, war niemand in ihrer Nähe.

»Verzeihung«, murmelte sie auf Hindi, drückte sich an ihm vorbei und verschwand in einer der Gassen.

»Warte«, antwortete der Mann in fließendem Englisch. Seine Stimme klang jung. »Du gehst in die falsche Richtung.« Er zeigte auf eine andere Gasse. »Zum Jagannath-Tempel geht es hier entlang.«

Ricky stutzte. »Woher willst du wissen, dass ich dorthin will?«, fragte sie misstrauisch. Das Gesicht des Mannes lag immer noch im Dunkeln. Er war schlank und nicht sehr groß. Sie beschloss für sich, dass er nicht gefährlich sein konnte. Langsam ging sie zurück. Der Sari klebte eng an ihrem Körper. Sie war bis auf die Haut durchnässt.

»Woher willst du wissen, wohin ich will?«, wiederholte sie ihre Frage. Die Stimme des jungen Mannes klang amüsiert, als er ihr antwortete.

»Du bist den Tänzerinnen gefolgt und hast dich offensichtlich verlaufen«, stellte er fest. »Und ich bin dir gefolgt, weil ich mir schon dachte, dass so etwas passieren wird.«

»Ach ja?« Ricky schnappte irritiert nach Luft. »Findest du nicht, dass deine Behauptung ziemlich unverschämt ist?«

»Unverschämt genug, um einem so hübschen Mädchen wie dir aus der Patsche zu helfen.«

»Ich stecke in keiner Patsche! Außerdem komme ich ganz gut allein zurecht«, behauptete Ricky aufgebracht.

»Dann kann ich also jetzt gehen«, meinte der junge Mann. Ricky hörte den Spott in seiner Stimme, als er sich umdrehte und davonging. Eine Ratte huschte über ihre Füße, die knöcheltief in dem Wasser standen, die der ergiebige Monsunregen gebracht hatte. Plötzlich bekam sie Panik. Sie war hier mutterseelenallein.

»Warte!« Ihre Stimme überschlug sich fast. Die Schritte verstummten. Ricky stolperte hinter dem Unbekannten her. Das Regenwasser lief ihr in Bächen über das Gesicht.

»In der Tat bin ich mir im Moment nicht ganz sicher, welches der richtige Weg zum Tempel ist«, gestand sie kleinlaut. »Wenn du vielleicht so nett wärst, ihn mir zu zeigen?«

Der junge Mann lachte leise. Diesmal lag kein Spott mehr in seiner Stimme.

»Dann komm erst mal«, meinte er und eilte ein Stück voraus, bis er zu einer überdachten Hofeinfahrt kam, unter der er Schutz suchte. In der Hofeinfahrt hing eine Laterne, die das Gesicht des Mannes beleuchtete. Erst jetzt erkannte Ricky, wie jung er war. Er mochte nur ein paar Jahre älter als sie sein. Zweifellos stammte er aus einem vornehmen indischen Haus. Seine Haut war hell, das Gesicht ebenmäßig mit einer leicht gekrümmten Adlernase. Unter seinem rotgrünen Turban schimmerte kräftiges blauschwarzes Haar hervor.

»Wir sollten warten, bis der Guss vorüber ist«, schlug er vor. Aber Ricky schüttelte heftig den Kopf.

»Auf keinen Fall!«, meinte sie entschieden. »Ich muss auf dem schnellsten Weg nach Hause.«

Der Mann zuckte bedauernd mit den Schultern und fragte sie nach ihrer Adresse.

»Bring mich zum Jagannath-Tempel zurück«, sagte sie ausweichend. »Von dort finde ich den Weg allein.« Sie wollte auf keinen Fall, dass der Unbekannte sie nach Hause begleitete. Auch ohne seine Begleitung würde es Ärger genug geben.

Als sie den Tempel im strömenden Regen erreichten, verabschiedete sich ihr Retter von ihr. Den ganzen Weg hierher hatten sie kein Wort miteinander gewechselt.

»Das nächste Mal solltest du mehr auf den Weg Acht geben«, ermahnte er sie. »Es gibt hier auch Diebe und andere Halunken.« Seine unergründlichen Augen leuchteten im Regen. Ricky hätte ihn zu gern nach seinem Namen gefragt, aber aus irgendeinem Grund getraute sie sich nicht. Sicher fand er sie nur albern.

»Danke«, murmelte sie deshalb nur und eilte die Gasse entlang, die hinunter zum Picholasee führte. Der junge Mann blieb stehen und sah ihr nachdenklich hinterher.

Unstimmigkeiten

»Und wie lange dauert der Durchfall deiner Frau schon?« Jella kämpfte gegen die aufsteigende Übelkeit. Der Geruch von Erbrochenem und Kot in der einfachen Lehmhütte war unerträglich.

»Zwei Tage«, jammerte ihr Mann, ein einfacher Kesselflicker. »Und sie wird immer schwächer und schwächer. Sie kann einfach nichts bei sich behalten.«

Der Mann kniete verzweifelt neben seiner Frau, die auf einer einfachen aus Gräsern geflochtenen Matte lag, und wischte ihr das eben Erbrochene vom Mund. Jellas Blick fiel auf die Kalash, in der die Familie ihr Trinkwasser aufbewahrte. Das Wasser war trüb und voller Würmer. Ein schrecklicher Verdacht keimte in ihr auf.

»Habt ihr kein sauberes Wasser?«

»Es ist das Wasser, das wir immer holen.«

»Ihr dürft es nicht trinken! Deine Frau ist krank, weil das Wasser schmutzig ist. Leiden noch mehr Menschen in deinem Viertel an dieser Krankheit?«, fragte sie.

»Die Frau meines Nachbarn und ihr kleiner Junge sind seit heute krank, aber die Straße hinunter soll es auch einige Fälle geben.« Der hohlwangige Mann sah sie aus tief liegenden Augen an. »Wird meine Sita sterben?«, fragte er ängstlich. Jella wollte nicht lügen. Es stand nicht gut um die Frau. Sie hatte schon viel zu viel Flüssigkeit verloren. Hilflos zuckte sie mit den Schultern.

»Ich weiß es nicht«, meinte sie resigniert. »Sita muss auf jeden Fall viel trinken. Besorg ihr sauberes Wasser und gib dieses Pulver ins Wasser.« Sie reichte ihm ein Papiertütchen mit fein gemahlenem Salz und Zucker aus ihrer Tasche. »Das wird ihren Körper stärken.« Sie deutete nochmals auf das Wassergefäß.

»Woher kommt das Wasser? Hast du nicht gesehen, wie verdreckt es ist?«

»Wir holen es aus unserem Brunnen, wie immer«, meinte der Kesselflicker zerknirscht. »Der Monsun bringt den Schmutz. Es ist jedes Jahr dasselbe.«

Jella schüttelte entsetzt den Kopf. Wie oft hatte sie die Menschen hier schon vor verschmutztem Wasser gewarnt und ihnen erklärt, dass es der Grund für viele Krankheiten war.

»Ihr dürft das Wasser aus eurem Brunnen auf keinen Fall mehr benutzen«, warnte sie den Mann eindringlich. »Ihr müsst das Wasser aus einer sauberen Quelle holen.«

»Aber die Menschen aus dem angrenzenden Stadtteil werden das nicht dulden. Sie jagen uns davon, wenn wir zu ihnen kommen.«

»Dann müssen wir eben mit ihnen reden«, meinte Jella entschlossen. Sie gab dem Kesselflicker noch ein paar Anweisungen und machte sich dann auf den Weg zu dem Brunnen. Es war, wie sie befürchtet hatte. Der Brunnen, aus dem die Menschen dieses armen Stadtteils ihr Wasser bezogen, war durch die anhaltenden Regenfälle verschmutzt worden. Müll, Fäkalien und auch tote Ratten waren in sein Wasser gelangt und hatten ihn vergiftet. Sie fragte nach dem Haus des Mannes, der für das Stadtviertel zuständig war. Jedes noch so arme Viertel der Stadt hatte eine Art Ortsvorsteher, der sich für die Menschen verantwortlich fühlte. Sie musste den Mann dazu bewegen, mit dem Verantwortlichen des angrenzenden Viertels zu einer Einigung bezüglich der Wassernutzung zu kommen – wenigstens so lange, bis sich die Qualität des Wassers verbessert hatte. Vikram, ein dunkelhäutiger Sattler, hörte sich Jellas Vorschläge ruhig an.

»Es ist die Cholera«, meinte Jella schließlich. »Ihr werdet sie alle bekommen und sterben wie die Fliegen, wenn ihr weiter von eurem Wasser trinkt. Du musst dich mit deinen Nachbarn einigen.«

Vikram hatte berechtigte Zweifel.

»Wir sind Shudras«, jammerte er. »Nur einfache Handwerker. Unsere Nachbarn aber gehören zu den Vaishyas, den Kaufleuten und Händlern. Sie spucken auf uns einfache Leute. Sie gehören zu den Zweimalgeborenen. Ihre Kaste ist viel höher. Sie werden uns niemals erlauben, von ihrem Wasser zu trinken.«

»Das weiß ich«, stöhnte Jella, der das Kastenproblem im Laufe der Jahre nur allzu vertraut geworden war. »Wir müssen trotzdem mit ihnen reden.«

»Es ist sinnlos!«, beharrte Vikram. Jella platzte der Kragen.

»Schluss jetzt«, schimpfte sie. »Du kommst mit mir. Wir werden sie schon überzeugen, oder willst du, dass alle Menschen hier sterben? Auch vor deiner Familie macht die Krankheit nicht Halt.«

Vikram schüttelte resigniert den Kopf und führte sie schließlich zu Jeteendra, dem angrenzenden Ortsvorsteher. Jella fand es eine himmelschreiende Ungerechtigkeit, wie die indische Gesellschaft in unterschiedliche Kasten gegliedert wurde. Wer das Glück hatte, als Priester, Krieger oder Kaufmann geboren zu werden, hatte ein annehmbares Leben zu erwarten. Die vierte Kaste der Shudras, der Pachtbauern, Handwerker, Diener und Tagelöhner dagegen galt als Abschaum der Gesellschaft. Unter ihnen standen nur noch die Kastenlosen, die Unberührbaren. Die Kasten grenzten sich streng voneinander ab; besonders die Shudras behandelte man fast wie Aussätzige. Man heiratete nur innerhalb seiner eigenen Kaste. Selbst das war nicht einfach, denn jede der vier Kasten war nochmals in zahllose Unterkasten gegliedert, die ebenfalls hierarchisch angeordnet waren.

»Hör endlich auf zu klagen und halt gefälligst den Mund«, befahl Jella dem jammernden Vikram, als sie endlich vor einem etwas größeren, aber immer noch sehr einfachen Haus standen, das dem Stoffhändler Jeteendra gehörte. Den ganzen Weg über hatte ihr der Sattler vorgejammert, wie sinnlos ihr Unterfangen war.

Jeteendra war ein Hüne von einem Mann, mit dunkler Haut und einem fleischigen Gesicht. Er begrüßte Jella ehrerbietig. Die Memsahib Dawa war in der ganzen Stadt bekannt und geachtet. Als er jedoch Vikram neben ihr sah, spuckte er auf den Boden.

»Was will der hier?«, fragte er abfällig. Jella erklärte ihm ausführlich die Sachlage. Jeteendra schien wenig beeindruckt.

»Was kümmert mich das Schicksal der Shudras?«, meinte er gleichgültig. »Es ist ihr Karma, wenn sie sterben sollen.«

»Es wird auch dein Karma sein zu sterben«, sagte Jella und sah Jeteendra fest in die Augen. Er war gut einen Kopf größer als sie und doppelt so breit. Doch davon ließ sie sich nicht einschüchtern.

»Wie meinst du das?«

Jeteendras Tonfall wirkte leicht verunsichert.

»So, wie ich es sage. Der Cholera ist es nämlich egal, zu welcher Kaste du gehörst. Wenn du deinen Nachbarn nicht hilfst, wird die Epidemie sich rascher ausbreiten, als du dir vorstellen kannst. Bald wird sie auch an eure Türen klopfen.«

»Du lügst«, behauptete der Stoffhändler. Er musterte Jella argwöhnisch aus seinen kleinen Augen. »Es ist genau andersherum. Die Shudras werden die Krankheit in unser Viertel bringen. Ich werde das niemals zulassen. Ich möchte sie hier nicht sehen. Geht jetzt!«

»Sei doch vernünftig!« Jella überlegte verzweifelt, wie sie den Stoffhändler doch noch zum Einlenken bewegen konnte. Der Mann war stur, wenn nicht sogar einfältig. Es musste einfach einen Weg geben! Doch für Jeteendra stand die Sache fest, und er machte Anstalten, in seinen Laden zurückzugehen. Plötzlich eilte eine Frau auf sie zu und warf sich vor Jella nieder.

»Memsahib Dawa«, heulte sie. »Du musst schnell in mein Haus kommen. Mein Mann – ich glaube, er stirbt. Er kann seit Tagen nichts mehr bei sich behalten.« Jella versuchte die Frau zu beruhigen und fragte, wo sie wohne.

»Mein Haus ist gleich hier um die Ecke. Die Kinder haben mir erzählt, dass du in unserem Viertel bist. Ich danke den Göttern dafür. Komm, komm!«

Jella schickte die Frau voraus, dann sah sie Jeteendra mit gerunzelter Stirn an. »Glaubst du nun, was ich dir sage?«, fragte sie. »Es ist schon schlimmer als befürchtet. Wer weiß, vielleicht ist euer Brunnen auch schon verschmutzt. Wer soll euch dann helfen?«

Jeteendra kratzte sich verlegen unter seinem Turban.

»Ist ja gut«, brummte er schließlich. »Wenn unser Brunnen noch zu gebrauchen ist, dann können die Shudras auch bei uns Wasser holen.« Mit einem verächtlichen Blick auf Vikram fügte er hinzu: »Aber nur nach Eintreten der Dunkelheit. Am Tag will ich keinen von euch sehen!«

»Ein weiser Entschluss«, lobte Jella erleichtert. »Wenn ihr mich nun entschuldigt.« Mit großen Schritten eilte sie zu dem Haus der Frau. Der Geruch, der ihr beim Betreten des Hauses entgegenschlug, war derselbe, den Jella aus dem Haus des Kesselflickers kannte. Es handelte sich ohne Zweifel um Cholera. Sie kam zu spät. Der Mann, ein Goldschmied, war wenige Minuten zuvor an der Krankheit gestorben. Seine Frau lag klagend über seinem schmächtigen Körper und streichelte ihm immer wieder über sein fahles, eingefallenes Gesicht. Jella schob sie mit sanfter Gewalt von ihrem toten Mann weg.

»Du musst dafür sorgen, dass er schnell verbrannt wird«, ermahnte sie die unglückliche Frau. »Du willst sicherlich nicht, dass deine Kinder ebenfalls sterben und du selber auch.« Die Frau nickte unter Tränen, erhob sich aber sofort, um ihre Nachbarn zu Hilfe zu holen. Jella untersuchte unterdessen die Wasserbehälter der Familie. Das Wasser schien in Ordnung zu sein. Als die Frau mit zwei Männern zurückkehrte, fragte Jella sie nach dem Verlauf der Krankheit aus. Offensichtlich hatte sich der Goldschmied auf einer Reise, von der er erst vor ein paar Tagen zurückgekehrt war, infiziert. Wenn die Menschen Glück hatten, war ihr Wasser noch rein. Sie beschloss, eine Probe mitzunehmen und zu Hause zu untersuchen. Danach machte sie sich auf den Weg zurück zur Hütte des Kesselflickers. Sita lag immer noch apathisch in ihrer Ecke. Ihr Mann versuchte geduldig, ihr etwas Wasser mit den aufgelösten Mineralien einzuflößen. Doch kaum hatte sie ein paar Tropfen hinuntergewürgt, erbrach sie sich auch schon wieder. Die Frau lag immer noch in ihren Exkrementen.

»Du musst versuchen, sie sauber zu halten«, ermahnte sie den Kesselflicker. »Ihr müsst alle auf Sauberkeit achten! Ab heute Abend könnt ihr das Wasser aus dem Nachbarviertel holen.« Der Mann wollte noch etwas sagen, doch Jella war schon auf dem Weg zum nächsten Patienten. Es tat ihr weh, den Kesselflicker und seine Familie ohne weitere Hilfe zurücklassen zu müssen, aber jetzt musste sie alles tun, um eine Epidemie zu verhindern. Den Bewohnern der Nachbarhütte ging es noch erheblich besser als Sita. Jella gab auch ihnen etwas von dem Mineralpulver und trichterte ihnen ein, sich sauberes Wasser zu beschaffen. Dann eilte sie weiter. Insgesamt zählte sie elf Fälle. Abgekämpft und am Ende ihrer Kräfte schaute sie noch bei Salim Mohan vorbei und berichtete ihm von dem Ausbruch der Seuche. Es war seine Sache, den Maharana und die englische Kolonialbehörde zu informieren. Erst dann machte sie sich auf den Heimweg.

Jamina bedurfte keiner großen Worte, um zu sehen, wie erschöpft ihre Herrin war. Sie wies Bali an, Wasser heiß zu machen und es für ein Bad in die Zinkwanne im Badezimmer zu füllen. Als er fertig war, aromatisierte sie das wohltemperierte Wasser mit ayurvedischen Ölen und frischen Blumen. Jella ließ sich mit einem wohligen Seufzen in das entspannende Nass gleiten, streckte sich aus und schlief sofort ein. Als sie eine halbe Stunde später erwachte, stand eine Tasse dampfender süßer Chai Massala neben ihr. Sie schlürfte den milchigen Würztee und überdachte nochmals den langen Tag. Tausende von Gedanken schwirrten durch ihren Kopf. Hatte sie alles richtig gemacht? Was konnte sie noch tun, um die Leute vor dieser schrecklichen Krankheit zu schützen? Wie konnte die Familie des Kesselflickers überleben, wenn Sita starb? Sie verdiente als Wäscherin weitaus mehr als ihr Mann …

Ihr knurrender Magen erinnerte sie, dass es auch noch andere wichtige Dinge gab. Fritz und Riccarda würden sicherlich schon mit dem Essen auf sie warten. Sie zog sich rasch an und bürstete ihr volles, rotes Haar, das von einigen silbernen Strähnen durchzogen war. Es war immer noch schwül und sehr heiß, aber wenigstens ließen die Regenfälle langsam nach. Der Monsun neigte sich seinem Ende zu.

Ricky saß bereits im Speisezimmer. Ihre schlechte Laune war ihr von weitem anzusehen. Sie hatte immer noch Hausarrest und ließ deswegen ihre Eltern jeden Tag von Neuem ihren Unmut spüren. Jella hatte längst Mitleid mit ihrer Tochter. Ihr Ärger über Rickys heimliches Verschwinden am Wagenfest war längst verraucht. Fritz dagegen blieb unerbittlich. Er war außer sich gewesen, als Ricky völlig durchnässt lange nach Einbruch der Dunkelheit endlich zu Hause aufgetaucht war. Seine heftige Reaktion hatte sogar Jella erstaunt, als er sie zu zwei Wochen Hausarrest und Musikverbot verdonnerte. Rickys Vergehen hatte sein Vertrauen in sie erschüttert. Noch mehr hatte es ihn jedoch gekränkt, dass sie ihnen vorwarf, sie wie eine Gefangene zu behandeln. »Ihr nehmt mir die Luft zum Atmen«, hatte sie gesagt und war dann in Tränen aufgelöst aus dem Zimmer gestürmt. Fritz sah seine Autorität als Vater untergraben und wollte daraufhin ein Exempel statuieren. Wütend war er seiner Tochter gefolgt und hatte den Hausarrest auf unbestimmte Zeit verlängert. »Erst wenn du dich in angemessener Form bei uns entschuldigst, werde ich darüber nachdenken, die Strafe auszusetzen!«, hatte er gebrüllt. Aber Ricky dachte gar nicht daran. Sie fühlte sich im Recht und fand die heftige Reaktion ihres Vaters ungerechtfertigt. Sie wollte sich niemals entschuldigen. Für Jella war die Angelegenheit bereits am nächsten Morgen erledigt, während ihr Mann auf Rickys Übellaunigkeit mit eisigem Schweigen reagierte. Sie fand, dass die beiden es langsam übertrieben. Seit dem Vorfall waren immerhin schon sechs Wochen verstrichen.

»Wie war dein Tag?«, grüßte Jella in betont munterem Ton.

»Wie soll er schon gewesen sein?«, maulte Ricky, während sie mit der Rückseite ihrer Gabel Figuren auf die weiße Tischdecke zeichnete. »Als Gefangene im eigenen Haus hat man keine großen Freuden.«

Jella beschloss, über ihre provozierende Unverschämtheit hinwegzugehen.

»Ist dein Vater da? Er wollte heute früher kommen.«

Ricky zuckte gleichgültig mit den Schultern und malte weiter mit ihrer Gabel auf der Tischdecke herum.

»Dann lass uns schon mal mit dem Essen anfangen«, seufzte Jella und bat Jamina, die Speisen hereinzutragen. Bali hatte ein Thali gemacht. Gemeinsam mit seiner Mutter trug er eine große Metallplatte herein, auf der zahlreiche Näpfe mit unterschiedlichen Speisen standen. Neben einer Gemüsebrühe gab es Linsensuppe, köstlich duftende Currys in Rot-, Grün- und

Gelbtönen, Raita, eine Joghurtsoße mit Gurken, Zwiebeln, Tomaten und Korianderblättern, sowie Samosas, unterschiedlich gefüllte Gemüseteigtaschen, Chutneys und knusprig gebackene Roti. Jella liefen die Augen über.

»Bali, du hast dich heute selbst übertroffen«, lobte sie den jungen Koch. »Ich habe einen Riesenhunger. Guten Appetit«, wünschte sie ihrer Tochter und lud sich gleich mehrere Portionen gleichzeitig auf ihren Teller. Ricky nahm sich nichts. Jella wurde langsam ärgerlich. Ihr Tag war anstrengend genug gewesen, da hatte sie nicht die geringste Lust, mit der zur Schau gestellten miserablen Laune ihrer Tochter konfrontiert zu werden.

»Wenn du schon keinen Hunger hast, dann kannst du von mir aus auch in dein Zimmer gehen. Ich habe keine Lust, mir von dir den Appetit verderben zu lassen.«

Ricky zog einen Schmollmund und blitzte ihre Mutter angriffslustig an. Aber dann verzichtete sie auf eine beleidigende Antwort und stand wortlos auf. Ohne sie eines Blickes zu würdigen, ging sie zur Tür. Dort stieß sie gegen ihren Vater, der gerade das Zimmer betreten wollte. Sie wollte sich grußlos an ihm vorbeidrücken, doch er hielt sie auf.

»Hallo, meine Gazelle«, begrüßte er sie ausgelassen. »Seid ihr schon mit dem Essen fertig? Es tut mir leid, dass ich zu spät bin.«

Ricky erwiderte die ungewohnt herzliche Begrüßung mit einem finsteren Blick. Doch Fritz übersah ihn geflissentlich. Er nahm seine Tochter am Arm und führte sie zurück ins Speisezimmer.

»Ich habe wundervolle Nachrichten«, strahlte er und gab Jella einen zärtlichen Kuss auf die Stirn. »Besonders Ricky wird sich über die Abwechslung freuen.«

»Ich freue mich zur Zeit über gar nichts mehr«, brummte Ricky leise. Sie war fest entschlossen, ihre schlechte Laune beizubehalten, egal, was ihr Vater verkündete. Wider Willen heiterte sich ihre Stimmung dann aber doch auf.

»Wir haben eine Einladung in die Durbar des Maharanas – alle drei. Es wird ein festlicher Empfang mit Essen und …« – Fritz zwinkerte seiner Tochter kurz zu – »… und Tanz! Neben indischen Tanzvorführungen wird auch europäische Musik gespielt.«

Jella verdrehte genervt die Augen, doch Rickys Herz schlug schneller. Durbar, Musik und indische Tänze, das war ihre Welt. Es würde wundervoll werden! Vielleicht würde sie noch mal die Tänzerinnen aus dem Gurukulam sehen. Doch dann fiel ihr wieder der Hausarrest ein, und das erstickte ihre Freude im Keim. Ihre Eltern würden sie sicherlich nicht mitnehmen. Vielleicht sollte sie sich doch entschuldigen? So eine Gelegenheit würde sich so schnell nicht wieder ergeben. Aber da war auch noch ihr Stolz. Sie war immer noch der Meinung, dass ihre Eltern sie falsch behandelten. Hätten sie ihre musischen Vorlieben mehr respektiert, wäre es auch nicht nötig gewesen, sich ihren Anordnungen zu widersetzen. Ihr Gesicht verdüsterte sich erneut. Missmutig verschränkte sie ihre Arme. Fritz sah enttäuscht auf seine beiden Frauen.

»Was ist? Freut ihr euch gar nicht? Es ist eine Auszeichnung. Lady Gainsworthy hat ein gutes Wort für mich … ähm … ich meine … für uns eingelegt. Alle wichtigen Personen des Fürstentums werden anwesend sein.«

»Wie aufregend«, meinte Jella ironisch.

Fritz lächelte sie um Verständnis bittend an. »Ich weiß, mein Schatz, dass du offizielle Anlässe verabscheust. Aber das hier ist etwas ganz Besonderes. Es ist das Thronfest des Maharanas, ein ausgelassenes Fest, an dem die ganze Stadt teilnehmen wird. Das können wir uns nicht entgehen lassen.«

Er wandte sich nun Ricky zu.

»Nun mach doch nicht so ein Gesicht«, meinte er freundlich. »Ich weiß genau, was du denkst. Du glaubst, dass wir dich nicht mitnehmen, weil du Hausarrest hast.«

Ricky starrte weiterhin trotzig auf einen unbestimmten Punkt auf dem Boden, als ihr Vater nach einem kurzen Räuspern fortfuhr. »Ich habe in den letzten Tagen viel nachgedacht. Ich habe einen Fehler gemacht, indem ich dich so hart bestraft habe. Ich habe mir eingebildet, dass ich dir wieder vertrauen kann, wenn ich dich bestrafe, aber das funktioniert wohl so nicht. Vielleicht sollten wir deine Vorlieben für die Musik und den Tanz doch ernster nehmen.« Fritz ignorierte das protestierende Stirnrunzeln seiner Frau. »Du hast mein Vertrauen enttäuscht, und das hat mir sehr wehgetan, aber ich hatte nicht überlegt, weshalb du es getan hast. Vielleicht willst du es mir ja bei Gelegenheit einmal erklären.«

Ricky sah ihren Vater erstaunt an. Sie war nicht in der Lage, diesen plötzlichen Sinneswandel so schnell nachzuvollziehen. Aber das war wohl auch nicht nötig. Wichtig war, dass er ihr verziehen hatte und bereit war, die Angelegenheit zu vergessen. Es war wie ein Wunder. Eine Riesenlast fiel von ihrem Herzen, und sie fühlte sich leicht wie ein Vogel. Plötzlich war es ganz leicht, wieder mit ihren Eltern zu reden.

»Es tut mir leid, dass ich euch hintergangen habe«, meinte sie fast fröhlich. »Ich werde es nicht wieder tun.«

»Gott sei Dank!« Jella atmete hörbar auf. »Dann ist der Haussegen ja wiederhergestellt. Unter diesen Umständen will ich auch nicht länger eine Spielverderberin sein und versuchen, meinen ganzen Charme auf dieser Durbar zu versprühen.« Schicksalsergeben erhob sie ihre Hände. »Auch wenn ich es sicherlich bereuen werde.«

Die Zeit bis zu dem großen Thronfest verging wie im Flug. Das Haus war wieder von Rickys Musik erfüllt, während ihre Eltern ihren täglichen Arbeiten nachgingen. Jellas Hauptaufgabe bestand darin, sich in den Armenvierteln um die Cholerakranken zu kümmern. Dank ihres raschen Handelns gab es bald keine neuen Fälle mehr. Salim Mohan hatte wie versprochen beim Maharana vorgesprochen und ihn dazu bewogen, alle Brunnen in der Stadt und im weiteren Umkreis überprüfen zu lassen und dafür zu sorgen, dass die verseuchten Wasserstellen versiegelt wurden. Die sauberen Brunnen wurden unter königliche Obhut gestellt, wobei Soldaten dafür sorgten, dass die Wasserverteilung auch über die Kastengrenzen hinweg funktionierte. Die Infektionsherde waren so bald ausgemerzt. Sita überlebte die Seuche nicht. Die Frau des Kesselflickers war noch in derselben Nacht gestorben. Jella war darüber tief bekümmert, weil sie wusste, dass die Familie nun noch ärmer sein würde, als sie es ohnehin schon gewesen war. Die Tatsache, dass die anderen Kranken dank der Mineralien, die sie ihnen verabreicht hatte, überlebt hatten, tröstete sie nur wenig. Sie hätte so gern mehr getan. Es musste doch möglich sein, die Krankheit bereits im Körper zu bekämpfen. Sie dachte an einen Impfstoff, ähnlich dem, den es gegen die Pocken bereits gab. Am liebsten hätte sie selbst daran geforscht und ihre Erfahrung, die sie bei Professor Robert Koch in Berlin erworben hatte, angewandt, doch dazu fehlte ihr einfach die Zeit. Die einfachen Leute der Stadt nahmen sie mittlerweile voll in Anspruch. Als Memsahib Dawa, als Medizinfrau, war sie für alles Mögliche zuständig. Sie musste kleinere Wunden versorgen, Brüche einrichten, Erkältungen behandeln und immer wieder auch Operationen durchführen. Man rief sie sogar, um Streit zu schlichten. Kurzum, sie war mit ihrer täglichen Arbeit voll ausgelastet. Für ihre Behandlungen bekam sie meist kein Geld. Die Armen nahmen ihre Hilfe wie selbstverständlich an und dankten ihr nicht einmal. Dafür brachten sie ihr Geschenke. Frische Blumen, Gemüse, einen einfachen Armreif und hin und wieder sogar ein Huhn. Jella beschämten diese Geschenke oft, denn sie wusste, dass sie angesichts der Verhältnisse, in denen die einfachen Menschen lebten, damit überreich beschenkt wurde. Allerdings fand ihre

Arbeit nicht in allen Gesellschaftsschichten Zuspruch. Die englischen Ladys sahen Jellas Einsatz für die einfachen Leute mit offener oder versteckter Missbilligung. Für eine weiße Frau in den Kolonien war es nicht schicklich zu arbeiten, schon gar nicht in einem Männerberuf und erst recht nicht für die Armen. Am liebsten hätte Jella die Gesellschaft dieser hochnäsigen Damen ganz gemieden, aber Fritz bestand darauf, dass sie sich ab und zu sehen ließen, schon allein, um das Gerede in Schranken zu halten. Mit zusammengebissenen Zähnen und eingefrorenem Lächeln überstand sie die Empfänge, zu denen sie sich sehen lassen musste, und ertrug die Schmähungen und Spitzen nur ihrem Mann zuliebe. Vor allem Lady Gainsworthy tat sich gern damit hervor, während sie Fritz offen zeigte, wie attraktiv sie ihn fand. In solchen Momenten sehnte sich Jella besonders nach dem einfachen Leben in Afrika zurück. Auch am Hof des Maharana gab es einige Hofdamen, die sich äußerst ungnädig darüber zeigten, dass Jella keine Zeit mehr für sie hatte. Nur wenn Salim sie persönlich darum bat, assistierte sie ihm noch hin und wieder in den vornehmen Häusern und fürstlichen Palästen. Jella fand die indische High Society mindestens so schwierig wie die englische, aber sie wusste auch, dass sie es nicht übertreiben durfte, denn die Inder waren mindestens so erfindungsreich im Spinnen von Intrigen wie die Engländer.

Aufregung

Der Klassenraum war von konzentrierter Stille erfüllt. Außer Blätterrascheln und gelegentlichem Räuspern war nichts zu hören. Raffael überflog soeben die dritte von fünf Prüfungsaufgaben und lächelte. Die Analysisaufgaben waren überschaubar und leicht zu lösen. Er griff nach seinem Füller und machte sich an die Lösung. Konzentriert, wie er war, merkte er nicht, wie ihm sein Vordermann, Jon Baltkorn, einen Zettel unter seine Arbeitsblätter schob. Dr. Hartriegel machte seinen ersten Rundgang. Der schmächtige Mathematiklehrer schaute seinen Schülern über die Schulter und ließ hier und da ein vielsagendes Räuspern hören. Bei Jon Baltkorn schüttelte er nur den Kopf. Dann fiel sein Blick auf den Tisch von Raffael. Der junge Mann lächelte ihm freundlich zu. Wohlwollend betrachtete Dr. Hartriegel die Ergebnisse seines besten Schülers, als er plötzlich das Blatt mit der Formelsammlung und Lösungsansätzen erblickte.

»Was ist das?«, fragte Dr. Hartriegel irritiert. Raffael blickte auf den Zettel und schüttelte ahnungslos den Kopf.

»Ich weiß es nicht«, meinte er. Hartriegel griff nach dem Zettel und verzog, nachdem er ihn betrachtet hatte, enttäuscht das Gesicht.

»Von Ihnen hätte ich das am wenigsten erwartet«, sagte er. »Das ist Betrug! Packen Sie Ihre Sachen und gehen Sie mir sofort aus den Augen. Für Sie ist die Prüfung beendet!«

»Ich … ich verstehe nicht …«

»Wollen Sie etwa leugnen, dass das hier eine Formelsammlung mit Lösungsansätzen ist?«

Raffael starrte fassungslos auf das Blatt.

»Der Zettel gehört mir nicht. Das müssen Sie mir glauben!«

»Raus!« Hartriegel sagte es leise, aber mit einer so unmissverständlichen Drohung, dass Raffael schweigend seine Tasche packte und eilig den Raum verließ. Erst als er draußen auf dem Gang stand, wurde ihm die volle Tragweite dieses Vorfalls klar. Jemand hatte versucht, ihn absichtlich hereinzulegen, damit er die Zulassung zur Reifeprüfung nicht bekam. Raffael war außer sich.

»Baltkorn, das wirst du mir büßen!«

Heißer Jähzorn wallte in ihm auf, als ihm klar wurde, dass kein anderer ihm das angetan haben konnte. Am liebsten wäre er zurück in den Raum gestürmt und hätte sich diesen Burschen direkt vorgeknöpft. Leider musste er einsehen, dass das nicht möglich war. Nur mit Mühe gelang es ihm, seine Wut wieder unter Kontrolle zu bringen. Wenn er noch eine Schlägerei anfing, dann würde er ohnehin von der Schule verwiesen werden. Direktor Griepich hatte ihm das bei seinem letzten Ausraster unmissverständlich klargemacht. Nein, er würde mit Hartriegel reden müssen. Ungeduldig wartete er das Läuten der Glocke durch den Pedell ab. Seine Mitschüler verließen das Klassenzimmer und bedachten ihn teils mit mitleidigen, teils jedoch auch mit schadenfroher Miene. Raffael versuchte, sie zu ignorieren. Nur Baltkorn, der offen grinste, warf er einen mörderischen Blick zu. Dann betrat er den Klassenraum. Dr. Hartriegel war gerade dabei, die Prüfungsbögen nachzuzählen und beachtete ihn nicht.

»Herr Dr. Hartriegel …« Raffael versuchte seiner Stimme einen möglichst souveränen Tonfall zu verleihen. »Könnte ich Sie sprechen?«

Hartriegel drehte sich kurz um. Dann zählte er weiter, ohne ihn zu beachten.

»Sie müssen mir glauben, dass es mir nie einfallen würde, zu betrügen!« Raffael versuchte möglichst viel Überzeugungskraft in seine Worte zu legen.

Ein unerbittliches Schnauben war die Antwort.

»Der Zettel stammt nicht von mir. Das schwöre ich beim Leben meiner Mutter.«

»Passen Sie auf, was Sie da sagen!«, donnerte Dr. Hartriegel und wandte sich ihm endlich zu. »Was Sie getan haben, lässt sich nicht mehr rückgängig machen. Es ist unverzeihlich.«

»Aber ich habe nichts getan! Jemand muss mir den Zettel untergeschoben haben.« Raffael spürte, wie ihm die Felle davonzuschwimmen begannen.

»Ich werde den Vorfall der Lehrerkonferenz mitteilen müssen. Sie wissen, dass danach ihre Zulassung zur Reifeprüfung in Frage stehen wird?« Sein Tonfall ließ keine Zweifel zu. Etwas milder fügte er hinzu. »Wie konnten Sie mich nur so enttäuschen?« Er war sichtlich verletzt. »Sie waren mein bester Schüler!« Raffael ließ seine Schultern sinken. Die Fakten sprachen offensichtlich gegen ihn. Dennoch wollte er nichts unversucht lassen, um seine Unschuld zu bezeugen. Er machte nochmals einen hilflosen Ansatz.

»Die Aufgaben waren leicht. Ich brauche dazu keine Formelsammlung.«

Dr. Hartriegel wurde langsam ungehalten. »Hören Sie auf, sich so haltlos zu verteidigen!« Sein von Gichtknoten verunstalteter Zeigefinger pochte anklagend auf das Beweisstück, während seine kleinen grauen Augen ihn hart über den Rand seiner Brille musterten. »Das ist leider ein eindeutiger Beweis. Gehen Sie mir aus den Augen!«

»Sie müssen doch sehen, dass das nicht meine Handschrift ist«, versuchte es Raffael nochmals. Sein Blick blieb verzweifelt auf dem Spickzettel haften. Mehr zufällig entdeckte er, dass die Formeln zum größten Teil unkorrekt wiedergegeben waren. Ein Hauch von Hoffnung keimte in ihm auf.

»Bitte, geben Sie mir eine Chance!« Mit Tränen in den Augen bat er Dr. Hartriegel, die bereits gelösten Aufgaben mit dem Spickzettel zu vergleichen. »Wieso sollte ich mir einen Spickzettel mit falschen Formeln machen?«, fragte er schließlich verzweifelt.

Dr. Hartriegel dachte einen Augenblick nach, dann lenkte er ein. Er mochte den jungen Sonthofen im Gegensatz zu vielen anderen seiner Kollegen. Der junge Mann war der einzige Mischling an der Schule und wurde deshalb von den meisten Schülern und auch vielen Lehrern verachtet. »Bastard« und »verkafferte Brut« waren Ausdrücke, die er täglich aushalten musste. Dabei war der Junge intelligent, hatte eine schnelle Auffassungsgabe und den unbedingten Willen, die Schule gut abzuschließen. In den naturwissenschaftlichen Fächern machte ihm so schnell keiner etwas vor, ebenso wenig wie in Latein und Altgriechisch. Sein analytischer Geist und ein fast schon fanatisches Gerechtigkeitsstreben machten ihn zu einem herausragenden und mustergültigen Schüler, wenn ihm nicht sein Jähzorn einen Strich durch die Rechnung gemacht hätte. Immer wieder geriet er deswegen mit der Schulordnung in Konflikt. Es hätte Dr. Hartriegel leidgetan, wenn er ihn von der Reifeprüfung hätte ausschließen müssen. Er zog Raffaels Prüfungsbogen hervor und verglich ihn sorgfältig mit dem Spickzettel.

»Hhm«, brummte er schließlich und sah ihn an. »Fast keine der auf dem Spickzettel vorkommenden Formeln stimmt mit Ihren Lösungsansätzen überein«, gab er zu. »Wie es aussieht, hat sich jemand einen üblen Scherz mit Ihnen erlaubt.« Seine Stirn kräuselte sich. »Haben Sie eine Idee, wer das gewesen sein könnte?«

Raffael biss sich auf die Lippen. Natürlich wusste er, wer dahintersteckte, und es wäre ihm eine Genugtuung gewesen, Jon Baltkorn dafür büßen zu sehen, aber es widersprach seiner Ehre, einen Mitschüler zu verraten. Er schüttelte den Kopf.

Hartriegel sah ihn durchdringend an. »Schade«, meinte er schließlich bedauernd. »Dann wird der Kerl also ungeschoren davonkommen.«

Raffael schwieg.

»Sie können Ihre Prüfung morgen wiederholen«, meinte Hartriegel sichtlich erleichtert. Er räumte die Prüfungsbögen in seine Ledertasche und erhob sich. Bevor er den Klassenraum verließ, drehte er sich noch einmal um. »Passen Sie auf, dass Sie sich nicht zu sehr provozieren lassen«, warnte er ihn. »Es gibt genügend Leute in meinem Kollegium, die Sie bei dem geringsten Anlass nur allzu gern der Schule verweisen würden.«

»Neger-Streber«, zischte Jon Baltkorn und warf Raffael einen triumphierenden Blick zu. »Du meinst wohl, du bist was Besseres, du einfältiger Betrüger?«

Offener, schadenfroher Hass loderte ihm entgegen. Raffael versuchte ruhig zu bleiben. Wie gern hätte er dieser Ratte einen Denkzettel verpasst. Doch Hartriegels Warnung hallte noch in ihm nach. Er rang sich ein überhebliches Lächeln ab, was Baltkorn kurz verunsicherte.

»Dir wird dein blödes Negergegrinse schon noch vergehen«, höhnte er. »Mit dem Betrug lassen die dich nie zur Reifeprüfung zu.«

»Da muss ich dich leider enttäuschen«, gab Raffael scharf zurück. »Dein mieser kleiner Trick hat nämlich nicht funktioniert. Und weißt du auch, warum nicht?«

Baltkorn bemühte sich, gleichgültig zu wirken. »Ich weiß nicht, wovon du sprichst, Sonthofen!«, behauptete er.

»Nein?« Raffael warf einen heißen Blick in die umstehende Runde seiner Mitschüler. »Baltkorn war leider nicht in der Lage, die Formeln, die er mir untergeschoben hat, richtig abzuschreiben! Dr. Hartriegel ist das sofort aufgefallen!« Mit erhobenem Kopf verließ er die Runde. Er hatte Baltkorn vor allen entlarvt und lächerlich gemacht. Sofort entbrannte eine heftige Diskussion. Einige schmähten Baltkorn, andere zogen sich zurück. Selbst seine besten Freunde zeigten ihr Missfallen. Raffael genoss seinen Triumph, auch wenn er wusste, dass sein Kontrahent nun nichts unversucht lassen würde, um ihm das heimzuzahlen. Er würde sich vorsehen müssen.

*

Der prächtige, wuchtige Bass der Dhol-Trommel ließ Rickys Zwerchfell vibrieren, während der durchdringende, weit tragende Ton der Nagesh-waram, einer langen hölzernen Tröte, die Härchen auf ihren Armen aufstellte. Die aufgeregt tuschelnde Menge verstummte, während beide Instrumente noch einmal die Ankunft des Maharana ankündigten. Ricky warf einen aufgeregten Blick auf ihre Eltern. Ihre Mutter und ihr Vater saßen neben ihr auf der Tribüne der englischen Gäste, mit offensichtlich unterschiedlicher Begeisterung. Während Fritz sich angeregt mit Lady Gainsworthy unterhielt, saß Jella griesgrämig daneben und beobachtete das herzliche Lachen ihres Mannes mit offensichtlichem Befremden. Ricky scherte sich nicht darum. Soeben defilierte die fürstliche Garde an ihnen vorüber. Hundert ausgezeichnete Rajputhen-Krieger marschierten in rot betressten grünen Uniformen und mächtigen roten Turbanen an ihnen vorbei. An ihren Gürteln wippten blank geputzte, geschwungene Säbel, während sie stolz ihre Gewehre in die Luft reckten. Sie bildeten die Vorhut des Maharana von Udaipur, der, wie jedes Jahr, den Tag seiner Thronbesteigung feierte. Der Maharana saß in einer prächtigen Sänfte, die auf dem Rücken eines bunt bemalten Elefanten sanft hin und her schaukelte. Die Sänfte war mit goldenen Metallplättchen beschlagen, auf die eine große Sonne punziert war. Sie war eine Anspielung auf den Sonnengott Surya, von dem die Familie des Maharana abzustammen vorgab. Alle Maharanas dieser Dynastie nannten sich selbst die »Söhne der Sonne«. Über der Sänfte befand sich ein goldener Stoffbaldachin, an dem viele hell klingende Glöckchen hingen. Auf einem großen Kissen hatte es sich der Maharana im Schneidersitz bequem gemacht. Sein fein geschnittenes Gesicht mit dem kurz geschnittenen grauen Bart zeigte ein mildes Lächeln, während er der Menge auf dem riesigen Zeremonialplatz gemessen zuwinkte. Neben dem gemächlich einherschreitenden Elefanten ging der ebenfalls uniformierte Mahout, der den Elefanten mit einem eisernen Haken den Weg wies. Hinter dem Maharana folgte auf wesentlich kleineren Elefanten das königliche Gefolge, das aus seinen Söhnen und Töchtern bestand. Die Umfassungsmauer der erhöhten Terrasse, die den Palast rechts und links neben dem Haupteingang umgab, hatte genau die Höhe des Elefantenrückens. Der Mahout dirigierte das riesige Tier geschickt zu der Rampe, sodass der Maharana ohne Mühe direkt vom Rücken seines Elefanten auf die Terrasse treten konnte. Als Sohn der Sonne musste sich der Kopf des Herrschers der Mewaren immer über seinen Untertanen befinden. Mithilfe zweier Diener verließ der Maharana seine Sänfte und präsentierte sich dem Volk. Es war mucksmäuschenstill. Erst als er seine Hände erhob, setzte tausendfacher Jubel ein. Die Menschen, die sich auf dem großen Zeremonialplatz vor dem Palast versammelt hatten, waren außer sich. Neben dem Maharana war eine riesige Waage aufgestellt. Auf einer Waagschale befand sich ein Brokatkissen, die andere war leer. Der Maharana nahm auf dem Kissen Platz und gab seinem Wesir den Befehl zu beginnen. Der oberste Hofbeamte klatschte in die Hände, worauf mehrere Diener mit vollen Säcken in den Händen aufmarschierten. Einer nach dem anderen schüttete den Inhalt seines Sackes auf die leere Waagschale. Eine Flut von kleinen Silbermünzen prasselte herab, bis sich die Schale mit dem Maharana anhob und mit der Schale voller Silber im Gleichgewicht stand. Später würden die Diener das Silber in die Menge werfen. Ricky beobachtete mit offenem Mund die gewaltige Menge an Silbermünzen. Das musste ein Vermögen sein!

»Was für ein großzügiger Mann dieser Maharana ist«, tuschelte sie begeistert in Richtung ihrer Mutter. Jella rümpfte die Nase. Sie war ganz anderer Meinung. »Anstatt einmal alle Jubeljahre dem Volk etwas Gutes zu tun, wäre es besser, wenn er das Geld in Schulen oder Krankenhäuser investierte«, meckerte sie. »Was denkst du, was das gleich für eine Prügelei geben wird, wenn die Diener das Geld verteilen. Ich sehe schon, dass ich morgen eine Menge zu tun haben werde.«

»Immer siehst du nur das Negative«, tadelte Ricky, knuffte ihre Mutter dabei aber freundschaftlich in die Seite. Jella lachte. »Du hast ja recht«, meinte sie einsichtig. »Ich sollte wohl einfach versuchen, diesem Tag etwas Gutes abzugewinnen.« Als ihr Blick kurz darauf ihren Mann streifte, verflog die gute Laune wieder. Worüber plauderte er nur so amüsiert mit dieser zickigen Lady Gainsworthy? Nun erdreistete sich diese Person auch noch, ihrem Mann neckisch mit dem Fächer ins Gesicht zu stupsen! Und Fritz quittierte es auch noch mit einem Lachen. Jella fühlte Unbehagen. Es gefiel ihr nicht, wie ihr Mann mit dieser Person herumturtelte. Einen Moment lang war sie versucht, ihm ein deutliches Zeichen zu geben, aber dann erklang noch einmal die Doha, und der Maharana verabschiedete sich von seinem Volk mit erhobenen Händen in das Innere des Palastes. Das war gleichzeitig das Zeichen für die geladenen Gäste, sich von ihren Tribünenplätzen zu erheben und sich in die Durbar zu begeben. Jella nahm Fritz' dargereichten Arm mit einem frostigen Lächeln entgegen, was jener nicht zu bemerken schien, weil Lady Gainsworthy sich gleichzeitig mit einem verführerischen Augenaufschlag von ihm verabschiedete. Für Jella hatte sie nicht mehr als ein oberflächliches Kopfnicken übrig. Jella kochte. Sie hasste dieses gesellschaftliche Getue, aber am meisten missfiel ihr, wie Fritz sich von dieser Frau umgarnen ließ. Oder bildete sie sich das nur ein? Am liebsten hätte sie ihn sofort darauf angesprochen, doch Ricky hakte sich gut gelaunt in ihren anderen Arm ein und plauderte ohne Unterlass.

»Hast du gesehen, wie prächtig die ganze Stadt geschmückt ist?«, fragte sie. »Die Häuser und Straßen, ja die meisten Zuschauer sind mit Blumengirlanden geschmückt. Ich rieche ihren Duft bis hierher! Ist das nicht wunderbar?«

Die geladenen rajputhischen und englischen Gäste schritten gemeinsam entlang der mächtigen Palastmauer durch einen weitläufigen Garten, der sie unter duftenden Rosenlauben, vorbei an munter plätschernden Springbrunnen, zur Durbar, der Audienzhalle des Maharanas, führte. Der Garten lag an der rückwärtigen Seite des Palastes und war dem See abgewandt. Ricky stellte staunend fest, dass der mächtige, elfenbeinweiß getünchte Palastkomplex eigentlich aus vier Hauptpalästen und vielen kleinen Zusatzgebäuden bestand. Die unteren Stockwerke hatten einen festungsartigen Charakter mit nur wenigen Fenstern, die vergittert waren. Der schmucklose, lediglich zu Verteidigungszwecken dienende Unterbau wurde durch einen verschwenderisch gestalteten Überbau ergänzt. Es gab Terrassen, kunstvolle Balkone, luftige Pavillons auf runden Türmen, die eine wundervolle Sicht auf den Picholasee und die Aravalliberge erlaubten. Ihre Dächer waren vergoldet und blinkten im Sonnenlicht, dass Ricky die Augen zukneifen musste. Als sie schließlich die Durbar betraten, hielt sie vor Staunen die Luft an. Im Laufe der Jahre hatte sie schon viele schöne Häuser zu sehen bekommen, aber die Audienzhalle des Maharana übertraf einfach alles. Was für ein verschwenderischer Reichtum! Ricky schätzte, dass die Durbar mindestens hundert Meter lang und dreißig Meter breit war. Die Halle war ein hoher Raum mit einem Galerieumlauf unter der Decke. Fritz erklärte ihr, dass die Frauen der Maharanas von dort oben unbemerkt die zeremoniellen Abläufe und Empfänge beobachten konnten. Bis vor Kurzem war es ihnen nicht erlaubt gewesen, bei offiziellen Anlässen persönlich anwesend zu sein. Der untere Teil der Halle bot an einer Längsseite mehrere Bogennischen, von denen eine erhöht und besonders groß und prächtig ausgestattet war. Hier stand der Thron, von dem aus der Maharana den ganzen Saal im Auge behalten konnte. Die Wände zwischen den Nischen waren mit lebensgroßen Porträts vormaliger Maharanas geschmückt. Feine ornamentale Wandmalereien und Spiegel ergänzten den Schmuck. An der Decke prangten gewaltige Kristalllüster, die der Maharana eigens in Europa hatte anfertigen lassen. Sie reflektierten das Licht der Lampen, das sich in den zahlreichen Spiegeln vervielfachte und den Saal zusätzlich erhellte. Zwischen den Lüstern hingen gewaltige rote Fächer, die man bei Bedarf absenken und schwenken konnte, um die Gäste mit frischer Luft zu verwöhnen. Für das Dinner anlässlich des Krönungstages waren Tische aufgestellt worden, die jeweils acht Personen aufnehmen konnten. Kostbare Kristallgläser und feinstes englisches Porzellan glänzten auf den blütenweißen Damasttischdecken. Zwischen den eintreffenden Gästen tummelten sich unauffällig Diener in weißen, knielangen Kurtas und schmalen Hosen. Um die Hüften hatten sie rote Stoffgürtel gebunden. Auf ihren Köpfen trugen sie rote Rajputhenturbane. Auf Silbertabletts boten sie den Gästen kalte Getränke an. Ricky nahm sich eine kühle Zitronenlimonade und sah sich suchend um. Ihre Mutter war in ein Gespräch mit Salim Mohan vertieft. Sicherlich sprachen sie wieder über medizinische Dinge. Ihr Vater unterhielt sich mit dem Chief Commissioner und seiner Frau, was mindestens ebenso langweilig war. Ricky beschloss, sich ein wenig umzusehen, bevor sie ihren Tischplatz suchte, der bei den jüngeren Teilnehmern des Festes sein würde. Der Maharana und seine Familie waren noch nicht erschienen, was die Gäste ausnutzten, um einander zu begrüßen und belanglose Höflichkeiten auszutauschen. Einige englische Ladys trugen die mittlerweile in Europa modern gewordenen knielangen Cocktailkleider mit gewagten Ausschnitten, die von langen Federboas notdürftig verdeckt wurden. Ricky fand ihre ondulierten Pagenfrisuren elegant und die Art und Weise, wie sie ihre Zigaretten auf langen Perlmuttspitzen rauchten, mondän und weltgewandt, während die Offiziere in ihren gebügelten Ausgehuniformen steif und hölzern wirkten. Sie selbst trug ein bodenlanges, enges Tanzkleid aus weicher, blauer Seide, das ihr Jamina nach der Vorlage einer englischen Modezeitung geschneidert hatte. Der zartblaue Stoff unterstrich ihren hellen Teint und verlieh ihr etwas von einer Elfe. Die schweren schwarzen Haare hatte sie zu einer Hochsteckfrisur getürmt. Um ihren Hals trug sie einen tiefblauen tropfenförmigen Saphir, den ihr Salim zu ihrem fünfzehnten Geburtstag geschenkt hatte. Selbst ihre Mutter hatte sich für diesen Anlass zu einem neuen Kleid überreden lassen. Sie trug ein gerade geschnittenes, grünes Satinkleid mit schmalen Trägern. Vorder- und Rückendekolleté waren gleichermaßen groß. Der einfache Stoff war mit feinen Glasperlen in derselben Farbe durchsetzt. Seit einiger Zeit trug sie ihre Haare nur noch halblang. Ihre wilde Lockenpracht bändigte sie mit einem Stirnband, das als Verzierung einen limonengrünen Topaz hatte und gut zu der Farbe ihrer Augen passte. Ricky fand ihre Mutter wunderschön. Einige der indischen Gäste waren ebenfalls europäisch gekleidet. Ricky kamen sie irgendwie seltsam vor, weil sie zwischen ihren traditionell gekleideten Landsleuten fast wie Fremdkörper wirkten.

Die große Tür des Seiteneingangs ging auf. Ricky rechnete damit, dass nun der Maharana eintreten würde, doch stattdessen kam seine Familie in den Saal. Die Rana, die Frau des Herrschers, war nicht darunter, aber seine fünf Kinder und andere Mitglieder der königlichen Familie. Da Ricky nicht sehr groß war, konnte sie nur einen oberflächlichen Blick auf sie werfen, bevor sie sich unter die Menge mischten. Ricky entdeckte Sally O'Brian. Sie war eine Mitschülerin von ihr und als Tochter eines englischen Offiziers ebenfalls eingeladen. Sie winkte ihr zu und gab ihr mit Zeichen zu verstehen, dass ihr Tischplatz bei ihr sei. Ricky wollte sich gerade zu ihr begeben, als sie angesprochen wurde.

»Schön, dich wiederzusehen, schöne Unbekannte!«

Ricky drehte sich um. Direkt vor ihr stand der junge Mann, der sie nach dem Wagenfest aus dem Labyrinth der Gassen geführt hatte. Überrascht nahm sie seine Erscheinung wahr. Er war in prächtige Gewänder gekleidet. Der Stoff seiner knielangen Jacke war mit Gold- und Silberfäden durchwirkt, auf denen kleine Perlen gestickt waren. Darunter trug er eine eng anliegende, dunkle Seidenhose und weiche, hellbraune Lederstiefel mit hochgebogenen Spitzen. Der Turban auf seinem Kopf war aus demselben Material wie seine Jacke. In seiner Mitte prangte ein taubeneigroßer Rubin.

»Heißt das, du gehörst zur königlichen Familie?«, platzte es unvermittelt aus ihr heraus. Der junge Mann lachte herzlich.

»Daran kann ich leider nichts ändern«, meinte er mit einer leichten Verbeugung. »Mein Name ist Mukesh al wa Khan aus der Dynastie der Lisodier. Ich bin der älteste Sohn des Bruders des Maharana.«

»O je!« Ricky hielt sich die Hand vor den Mund und versuchte sich zu erinnern, was Jamina ihr über die Hofetikette erzählt hatte. Außer einem Knicks fiel ihr nicht viel ein. Allerdings wäre sie sich ziemlich albern dabei vorgekommen. »Sehr erfreut, Eure Majestät«, meinte sie deshalb steif.

Mukesh verzog sein Gesicht. »Willst du nicht lieber Mukesh zu mir sagen?«, fragte er. »Du würdest mir eine große Freude damit machen. Ich gebe nämlich nichts auf die ganze Etikette.«

Er deutete auf die Menschen um sich herum. »Das alles hier

ödet mich ziemlich an«, meinte er gelangweilt. »Keiner der Menschen hier sagt, was er wirklich denkt. Das wahre Leben findet nicht hinter den Palastmauern statt, sondern da draußen.«

Ricky sah den jungen Neffen des Maharana befremdet an. Sie selbst war beeindruckt von dem Reichtum um sie herum und konnte sich kaum etwas Aufregenderes vorstellen.

»Das verstehe ich nicht«, gab sie unumwunden zu. »Ich wäre froh, wenn ich hier leben könnte. Es muss herrlich sein, tun und lassen zu können, was man will!«

Mukeshs Miene verdüsterte sich.

»Das sagst du nur, weil du den goldenen Käfig, in dem wir leben, nicht kennst. Ich darf noch nicht mal ohne Erlaubnis meines Vaters den Palast verlassen – und wenn, dann nur zu öffentlichen Anlässen. Beinahe jede Minute meines Lebens ist verplant. Es …« Etwas abrupt unterbrach er sich und starrte an ihr vorbei ins Leere. Dann besann er sich wieder und fragte sie höflich nach ihrem Namen. Ricky antwortete ihm, gleichzeitig war ihre Neugier geweckt. Der junge Fürst schien Geheimnisse zu haben.

»Dann warst du also damals heimlich in der Stadt?«

Mukesh hob verschwörerisch zwinkernd den Zeigefinger vor die Lippen.

»Aber nicht verraten!«

»Ich dachte immer, niemand kann unbemerkt diesen Palast verlassen.«

»Es gibt Mittel und Wege, wie es doch möglich ist«, meinte Mukesh verschmitzt. »Ich kenne nicht nur einen Geheimgang im Palast, der hier hinausführt.«

»Und warum tust du das? Ich meine, was ist da draußen so Besonderes?«

Der junge Fürst sah sie kopfschüttelnd an.

»Du scheinst aber auch wirklich gar keine Ahnung zu haben.«

Er klang amüsiert, aber dann wurde er wieder ernst. »Das alles hier sieht nur von Außen betrachtet so wunderbar aus«, klagte er. »Du kannst dir nicht vorstellen, wie eng das Leben eines Mitglieds des königlichen Hofes ist. Jeder Tag, jede Stunde verläuft nach strengen Vorgaben. Persönliche Vorlieben, Neigungen, Wünsche und Träume sind uns nur in sehr engen Grenzen erlaubt. Meine Geschwister haben sich daran gewöhnt, aber ich war für ein paar Jahre mit dem Thronfolger in England. Die Zeit dort hat mich vieles anders sehen lassen. Ich fürchte, dass mich der Kontakt zu euch Europäern sehr verändert hat.« Er erzählte Ricky, dass sein Vater plante, ihn als engsten Berater des zukünftigen Maharanas zu empfehlen, aber er verspürte keinerlei Lust, darin seine Zukunft zu sehen.

»Der junge Prinz ist launisch und faul. Seine Stimmungen sind nur schwer zu ertragen. Aber das ist nicht das Schlimmste.« Er machte eine kleine Pause, in der er zu überlegen schien, inwieweit er sich ihr anvertrauen konnte. Rickys bernsteinfarbene Augen weiteten sich vor Neugierde, sodass der schmale helle Streif um ihre Pupillen zu leuchten begann. Mukesh sah sich ermuntert. »Ich finde, dass sich das indische Volk vom Joch der Engländer befreien sollte. Viel zu lange waren der Maharana und die Maharadschas die Marionetten der englischen Königin«, verriet er ihr mit gedämpfter Stimme. Er achtete darauf, dass ihnen niemand zuhörte. »Die indischen Herrscher genießen ihren Reichtum und lassen zu, dass unser eigenes Land ausblutet. Entweder sie übernehmen wieder Verantwortung für ihr Volk oder sie müssen abdanken. Das ist nicht nur meine Meinung. Es gibt viele Inder, die sich nichts sehnlicher wünschen, als dass England endlich seine Kolonialansprüche auf Indien aufgibt.« Mukesh unergründlich schwarze Augen funkelten im Licht der Kristalllüster. »Hast du von dem Massaker in Amritsar im April dieses Jahres gehört?«

Ricky zuckte mit den Schultern. Sie hatte keine Ahnung von

Politik. Immerhin erinnerte sie sich wage. »Dort gab es einen Aufstand, nicht wahr?«

»Pah!« Mukesh winkte verächtlich ab. »Es war eine friedliche Demonstration gegen die britische Kolonialmacht. Die indische Bevölkerung ist es leid, für die Briten und nicht für ihr eigenes Land zu arbeiten. Der indische Nationalkongress hat dazu aufgerufen; Mohandas Gandhi und seine Anhänger waren auch dabei. Viele tausend Menschen sind durch Amritsar gezogen. Doch dem englischen Gouverneur vom Punjab wuchs die Sache über den Kopf. Er befahl, die Demonstration aufzulösen. Brigadegeneral Reginald Dyer nahm sich daraufhin hundertundfünfzig mit Gewehren bewaffnete Fußsoldaten und sorgte dafür, dass die Demonstranten, als sie sich in einem von Mauern umgebenen Park befanden, diesen nicht mehr verlassen konnten. Er besetzte den einzigen Fluchtweg und ließ seine Männer auf die Menge feuern. Über fünfhundert unbewaffnete Demonstranten, Muslime, Hindus und Sikhs, Männer, Frauen und Kinder, wurden niedergemetzelt. Weit über tausend schwer verletzt …«

»Das ist ja entsetzlich!« Ricky war erschüttert. Niemals zuvor hatte sie sich Gedanken über das Verhältnis der Inder zu den britischen Besatzern gemacht. Mukeshs Augen funkelten vor Erregung. Er ballte die Hände zu Fäusten. »Das Schlimmste daran ist, dass kein Fürst in ganz Indien daran Anstoß genommen hat. Sie tun einfach so, als ob sie das alles nichts anginge.«

Ricky begann zu verstehen. »Du fühlst dich also schuldig?«, fragte sie zaghaft. Mukesh nickte finster. »Am liebsten würde ich mich Gandhi anschließen und mit ihm und seinen Freunden für die Freiheit kämpfen. Aber dazu bin ich leider zu feige.«

»Wieso erzählst du mir das alles?«, fragte sie nun doch.

Mukesh betrachtete sie eingehend. Das Funkeln seiner Augen wurde milder. »Ich möchte, dass du mich näher kennenlernst.«

Ricky wusste nicht, was sie darauf antworten sollte. Es war ihr peinlich, gleichzeitig fühlte sie sich geschmeichelt. Zum Glück musste sie nicht darauf antworten, denn ein Gong erklang, woraufhin der Maharana den Durbar betrat. Alle drehten sich in Richtung des Herrschers und machten ihm eine Gasse frei, durch die er zu seinem Thron schritt. Nur Mukesh schien das nicht weiter zu beeindrucken. Er tippte Ricky leicht auf die Schulter.

»Soll ich dir den Palast zeigen?«, fragte er. Ricky reagierte erst nicht. Sie war viel zu vertieft in den faszinierenden Anblick des Respekt einflößenden Maharanas.

»Du interessierst dich doch für die Tänzerinnen aus dem Gurukulam. Sie werden heute Abend ebenfalls auftreten. Wenn du willst, zeige ich dir, wo sie untergebracht sind.«

Beim Wort »Tänzerinnen« merkte sie auf. So beeindruckt sie von der zur Schau gestellten Pracht war, Tanz und Musik interessierten sie mehr. Sie fühlte, wie ihr Herz vor Vorfreude schneller zu schlagen begann. »Das würdest du wirklich tun?«, fragte sie aufgeregt. Einen kurzen Moment überlegte sie, ob es schicklich war, sich so einfach mit einem Unbekannten davonzumachen. Sie hätte wenigstens ihren Eltern Bescheid geben müssen, aber dann entschied sie sich dagegen.

»Lass uns gehen«, meinte sie munter.

*

Jella trennte sich nur ungern von ihrem väterlichen Freund Salim Mohan, als die Aufforderung erging, an den Tischen Platz zu nehmen. Sie sah sich nach Fritz um, der in ein angeregtes Gespräch mit dem Chief Commissioner und einem indischen Abgeordneten vertieft war. Sie seufzte. Fritz war ihr ein Rätsel. Er schien sich inmitten dieses Wolfsrudels auch noch wohlzufühlen.

»Sieh an, Misses van Houten«, flötete jemand hinter ihr.

Jella wandte sich unangenehm berührt um. Hinter ihr stand Lady Gwyneira Gainsworthy und musterte sie unverhohlen von oben bis unten. Automatisch begann sie an ihrem Kleid zu zupfen. Gleichzeitig ärgerte sie sich, dass sie sich von dieser Frau so leicht verunsichern ließ. Sie nickte ihr mit einem steifen Lächeln zu.

»Lady Gainsworthy!«

Die Frau des Chief Commissioners legte ein gekünsteltes Lächeln auf, bevor sie genüsslich einen langen Zug aus ihrer schwarz lackierten Zigarettenspitze nahm. Ihre behandschuhte linke Hand hatte sie dabei adrett auf die Hüfte gestützt. Jella musste widerwillig zugeben, dass sie dabei eine ausgesprochen gute Figur machte. Die etwa dreißigjährige Lady Gainsworthy war gut einen Kopf kleiner als Jella und gertenschlank. Ihre weißblonden Haare trug sie als modernen Pagenschnitt, wobei fein ondulierte Löckchen ihre Stirn wie das Muster einer griechischen Vase schmückten. Dazu trug sie ein eng anliegendes blassrosa Seidenkleid, das gerade mal bis zu ihren Knien reichte. Die Brustwarzen ihrer kleinen, aber wohlgeformten Brüste waren durch den Stoff unanständig deutlich sichtbar. Um Hals und Arme trug sie eine dunkelblaue Federboa. Lange, juwelenbesetzte Ohrringe baumelten bis zu ihren Schultern. Ihre großen Augen, deren Blick oftmals ins Leere ging, waren von einem kalten, verschwommenen Blau. Jella erinnerten sie an die Augen eines Fisches. Lady Gainsworthy war sich ihrer Wirkung bis ins kleinste Detail bewusst. Jede Bewegung, jede Geste und jeder Augenaufschlag waren bei ihr geplant. Als sie den Rauch ihrer Zigarette ausstieß, blies sie ihn so knapp an Jellas Kopf vorbei, dass diese husten musste.

»Verzeihen Sie«, meinte sie nachlässig. »Das war wirklich ungeschickt von mir.«

Jella lag eine unfreundliche Antwort auf der Zunge, doch dann beherrschte sie sich und zwang sich zu einem erneuten gefrorenen Lächeln. Es war deutlich zu spüren, dass Lady Gainsworthy es darauf anlegte, sie lächerlich aussehen zu lassen. Tatsächlich begann Jella bereits, sich neben der so viel zarteren, geschmeidigen Erscheinung der Engländerin derb und unbeholfen vorzukommen.

Lady Gainsworthy genoss ihre Überlegenheit. Sie hakte sich ohne zu fragen bei Jella ein und teilte ihr mit, dass sie und Fritz die Ehre hätten, heute an ihrem Tisch Platz zu nehmen.

»Ich habe es Fritz … ähm … Ihrem Mann zuliebe arrangiert, dass Sie beide bei uns sitzen können«, tat sie verschwörerisch. »Es war nicht leicht, den Zeremonienmeister davon zu überzeugen, dass Ihr Platz nicht bei dem indischen Personal, sondern bei uns Europäern ist.«

»Wie freundlich von Ihnen«, presste Jella hervor. Das war eine glatte Lüge. Sie zog allemal die Gesellschaft der Inder vor, auch wenn es dort genauso Intrigen und Tratsch gab. Noch etwas ließ sie stutzen. Wie kam diese Person überhaupt dazu, ihren Mann beim Vornamen zu nennen? Als ob die Frau des Chief Commissioner ihre Gedanken erraten hätte, lieferte sie ihr eine Erklärung.

»Ihr Mann hat Ihnen doch sicherlich erzählt, dass wir in Zukunft noch häufiger miteinander zu tun haben werden?« Lady Gainsworthys Lächeln war wie klebriger Zuckerguss.

»Noch häufiger?« Jella horchte abermals auf. In ihr schrillten sämtliche Alarmglocken. »Ich wusste nicht, dass mein Mann mit Ihnen zu tun hat!«

»Hat er Ihnen das nicht erzählt?«, fragte Lady Gainsworthy mit gespieltem Erstaunen. »Fritz – Sie haben doch nichts dagegen, wenn ich ihn so nenne – hat sich bereit erklärt, für unsere Charity nächsten Monat ein Pferderennen zu organisieren. Wir planen das schon seit Wochen.«

»Nein, das hat er nicht«, schnappte Jella verärgert nach Luft. »Er muss es wohl nicht für besonders wichtig erachtet haben.«

Lady Gainsworthy ließ ihren Arm los und sah sie mit großen Augen an. »Dann hat er Ihnen auch nicht erzählt, dass wir uns schon seit geraumer Zeit jeden Donnerstagnachmittag bei mir zu Hause austauschen?«

Jella spürte, wie sie rot wurde. Das war die Höhe. Was spielte die Frau für ein infames Spiel? Um nicht völlig dämlich dazustehen, tat sie so, als wäre sie über alles informiert. »Ach, diese Donnerstagstreffen«, winkte sie betont unbekümmert ab. »Natürlich, jetzt erinnere ich mich wieder.«

Sie waren mittlerweile an ihrem Tisch angelangt, wo Fritz gut gelaunt auf sie wartete. Am liebsten hätte Jella ihn sofort zur Rede gestellt. Wie konnte er es wagen, sie so zu hintergehen! Stattdessen warf sie ihm einen mörderischen Blick zu. Fritz hob unangenehm berührt eine Augenbraue. Lady Gainsworthy nutzte die Gelegenheit.

»Ihre reizende Frau hat mir gerade von ihrer interessanten Arbeit erzählt«, behauptete sie und bedachte ihn mit einem verführerischen Augenaufschlag. Fritz lächelte erfreut. »Dann habt ihr euch also etwas angefreundet?«, wandte er sich an seine Frau. Jella kochte noch mehr.

»Wie man's nimmt«, antwortete sie patzig.

»Ich glaube, wir sollten jetzt Platz nehmen.« Fritz verbeugte sich entschuldigend in Richtung Lady Gainsworthy, um dann seiner Frau pflichtschuldig den Stuhl zurechtzurücken. Anschließend nahm er neben ihr Platz.

»Musstest du wieder so unfreundlich sein?«, fragte er verärgert. »Lady Gainsworthy gibt sich alle Mühe, uns ein wenig in die englische Gesellschaft zu integrieren.«

»Du weißt, dass ich darauf keinen Wert lege«, zischte Jella böse. Ihr Gegenüber, Sir Gainsworthy, lächelte ihr unterdes freundlich zu.

»Was für eine nette Idee von Gwyneira, Sie und Ihren Gatten an unseren Tisch zu tauschen«, meinte er augenzwinkernd.

»Von allen Europäern hier in der Stadt, kann man wohl sagen, sind sie wohl die bemerkenswertesten.«

»Wie meinen Sie das?«, fragte Jella leicht irritiert. »Etwa, weil wir keine Engländer sind?«

»Ich bitte Sie«, winkte Gainsworthy ab. »Wir Engländer sind ein liberales Volk.«

»Mein Mann findet es wohl ungewöhnlich, dass Sie beide als einzige Europäer in diesem Bezirk im Dienste von Indern stehen. Sie, Fritz als Tierarzt und Vertrauter des Maharana …« Sie blinzelte ihm zu, während sie ihren Satz, ohne Jella anzusehen, gelangweilt beendete: »… und Sie als Armenärztin.«

»Der Maharana hat sich schon anerkennend über sie geäußert, liebe Mrs. van Houten«, rettete Sir Gainsworthy die Situation. »Es ist wirklich außerordentlich, was Sie leisten! Bestimmt ist es Ihnen zu verdanken, dass sich die Cholera unter der Bevölkerung nicht weiter ausgebreitet hat.«

Jella sah den Chief Commissioner erstaunt an. Er schien aus ganz anderem Holz geschnitzt zu sein als seine Frau.

»Das ist sehr freundlich von Ihnen.«

Fritz erkundigte sich nach Riccarda.

»Soviel ich weiß, hat sie ihren Platz bei den jungen Leuten am anderen Ende des Saales. Wahrscheinlich ist sie längst dort«, meinte Jella kurz angebunden.

Unterdessen wurden von den weiß gekleideten Dienern das Essen aufgetragen und Wein eingeschenkt. Neben den hauptsächlich vegetarischen Gerichten für die indischen Gäste gab es auch Hühnercurry und Wildfleisch mit unterschiedlichen Chutneys, knusprig gebackenes Roti, frisches Naanbrot und Raita, eine mit Minze gewürzte Joghurtsoße. Zum Dessert wurden Kuchen, Puddings und Obstsalate gereicht, die zum Teil frisch flambiert wurden.

Gainsworthy, der sich ständig über seinen weißen Backenbart strich, widmete sich Jella während des Essens interessiert und begann sie über ihre Arbeit auszufragen. Anfangs beantwortete sie seine Fragen recht zurückhaltend, aber als sie herausfand, dass der Chief Commissioner ernsthaftes Interesse an ihrer Tätigkeit zeigte, wurde sie ausführlicher und fühlte sich bald ganz in ihrem Element. Lady Gainsworthy missfiel das angeregte Gespräch, weil es bald auch das Interesse der anderen Sitznachbarn auf sich zog. Ziemlich abrupt unterbrach sie Jellas Ausführungen.

»Darling, du wolltest uns doch erzählen, was der Maharana zu dem Pferderennen gemeint hat«, ermahnte sie ihn. Gainsworthy zuckte unangenehm berührt zusammen, wandte sich jedoch sofort wie eine willenlose Marionette seiner Frau zu und schien Jella von einem auf den anderen Augenblick vergessen zu haben.

»Natürlich, meine Liebe.«

Er bedachte seine Frau mit einem verliebten Dackelblick und erzählte ihr und den anderen Tischgenossen, dass der Maharana vorhatte, eine große Tigerjagd abzuhalten, zu der sie alle geladen seien. Der Abschluss sollte dann ein Pferderennen sein, an dem britische gegen rajputhische Reiter antreten würden. Sollte ein britischer Reiter gewinnen, wollte der Maharana den ausgesetzten Preis verdoppeln und einem Wohltätigkeitszweck zukommen lassen. Lady Gainsworthy strahlte und nahm dankend die Glückwünsche der anderen Tischgäste entgegen. Auch Fritz gratulierte ihr und bedachte sie mit einem unanständig langen Blick, wie Jella fand.

»Darf ich fragen, wofür das Geld der Wohltätigkeitsveranstaltung bestimmt ist?«, fragte sie, nur um nicht weiter darüber nachgrübeln zu müssen, was Fritz an dieser schrecklichen Frau fand. Im Grunde genommen hatte solch eine Veranstaltung ja durchaus etwas Positives. Mit dem eingenommenen Geld konnten Schulen oder Krankenhäuser unterstützt werden.

»Wir werden das englische College unterstützen«, meinte

Lady Gainsworthy stolz. »Von dem Geld sollen Möbel für ein neues Studierzimmer gekauft werden.«

»Wie bitte?« Jella war einigermaßen sprachlos. »Das ist wohl nicht Ihr Ernst!«

Die Gattin des Chief Commissioners sah sie indigniert an. »Was soll das? Ich kann mich nicht erinnern, dass Sie Mitglied in meinem Komitee wären.«

»Nein, das bin ich nicht«, wehrte sich Jella. »Aber vielleicht ist es mir erlaubt, dazu meine Meinung kundzutun?«

»Jella, lass es gut sein!« Fritz sah sie eindringlich an. Doch das brachte sie erst recht auf die Palme. Lady Gainsworthy sah Fritz mitleidig an.

»Aber bitte, mein Lieber, lassen Sie Ihre Frau doch zu Wort kommen«, flötete sie. Jella ließ sich das nicht zweimal sagen.

»Ich bin der Meinung, dass unser College vermögend genug ist. Außerdem sind die Möbel im Studierzimmer völlig ausreichend und noch ganz in Ordnung. Finden Sie nicht, dass es andere Einrichtungen gibt, die das Geld weitaus notwendiger brauchen? In der einheimischen Schule beim Basar brechen schon die Mauern ein. Die Kinder benötigen dringend Schreibmaterial und gut ausgebildete Lehrer. Oder …«

Lady Gainsworthy unterbrach sie amüsiert. »Und was bitte geht das uns an? Diese Dinge sind die Angelegenheiten des Maharanas. Er muss sich schon selbst um sein Volk kümmern. Wir haben andere Prioritäten.«

»Ach ja?« Jellas Augen blitzten herausfordernd. Sie war nicht länger bereit, mit ihrer Meinung hinter dem Berg zu halten. »Wollen Sie damit sagen, dass die indische Bevölkerung die Briten nichts angeht? Gehört das Land denn neuerdings nicht mehr zum britischen Weltreich?«

»Jella! Du missverstehst Lady Gainsworthy.«

Fritz versuchte noch einmal, sie zu besänftigen. Aber Jella rückte energisch von ihm ab. »Bist du nun etwa auch dieser

Meinung?«, blaffte sie ihn an. »Jeder, der in diesem Land lebt, trägt eine Verantwortung für seine Mitbewohner. Ich finde es lächerlich, wenn das Geld einer Wohltätigkeitsveranstaltung für neue Möbel verschwendet wird, wenn keine hundert Meter davon entfernt die Menschen hungern müssen und zudem keine Bildung haben.«

»Das ist impertinent«, schimpfte Lady Gainsworthy. »Die Arbeit als Armenärztin hat Sie wohl völlig um den Verstand gebracht. Ich habe ja immer gesagt, dass so eine Arbeit den Blick auf die Realität verstellt. Sie arme Frau!«

Jella warf ihre Serviette auf den Tisch. »Das muss ich mir nicht bieten lassen! Wenn hier jemand den Verstand verloren hat, dann Sie. Ihre Lebensanschauung ist allenfalls als dekadent zu bezeichnen. Wenn Sie mich bitte entschuldigen; ich fühle mich unpässlich.« Damit erhob sie sich und rauschte unter den befremdeten Blicken der sie umgebenden Gäste aus dem Saal.

Tigerjagd

Ricky schwebte im siebten Himmel. Sorgfältig kontrollierte sie nochmals ihr Gepäck. Während ihre Eltern seit Wochen nur noch das Notwendigste miteinander sprachen, war sie rundum glücklich. Ihr Vater würde sie tatsächlich anstelle ihrer Mutter auf die Tigerjagd mitnehmen. Jella hatte sich strikt geweigert, an so einer dekadenten Massenschlachtung, wie sie es nannte, teilzunehmen. Sie hatte Fritz bittere Vorwürfe gemacht, obwohl sie wusste, dass er gar keine andere Wahl hatte. Der Maharana erwartete von ihm, dass er den Ablauf der Jagd mitorganisierte. Irgendwie hatte Ricky das Gefühl, dass noch etwas anderes hinter dem Streit steckte, doch das kümmerte sie im Moment wenig, denn schließlich war sie es, die davon profitierte. Die Tigerjagd war die Gelegenheit, Mukesh wiederzusehen!

Sie hatte sich zum ersten Mal in ihrem Leben unsterblich verliebt. Allein der Gedanke an den eigenwilligen jungen Mann ließ ihr Herz höher schlagen. In ihren Tagträumen durchlebte sie immer wieder die wundervollen Stunden mit ihm. An jenem Tag des Thronfestes hatte er ihr Dinge und Kostbarkeiten gezeigt, die ihre Vorstellungskraft weit überstiegen hatten. Über zum Teil verborgene Wege waren sie durch das Labyrinth der Palastgänge gewandelt. In ihrer Erinnerung wurden die großzügigen Gänge, Zimmer und Innenhöfe zu einer Orgie aus Spiegeln, buntem Glas und erlesenem Marmor. Einige Zimmer, in denen marmorne Betten standen, waren mit vergoldeten Wandmalereien ausgestattet. Es gab Höfe, deren Mosaikböden aus Halbedelsteinen bestanden. Außerdem konnte sie die ausgefallenen Sammlungen von Jagdtrophäen, einzigartigen Gläsern, Porzellan und archaischen Waffen bewundern. Aber das alles war nichts im Vergleich zu der Begegnung, die sie mit einer der Tänzerinnen aus dem Gurukulam hatte. Mukesh hatte ihr ein Mädchen in ihrem Alter vorgestellt, das an diesem Abend seine erste Tanzvorstellung geben sollte. Dem jungen Fürsten zuliebe erzählte ihr die Tänzerin namens Sita von ihrer Ausbildung. Im Alter von fünf Jahren hatte ein Guru ihr Talent erkannt und sie von ihren Eltern weggeholt. Von diesem Zeitpunkt an musste Sita sich den harten Regeln des Gurukulams unterwerfen. Ihre Eltern hatte sie seither nur ein Mal gesehen. Sie hatte lernen müssen, dass der Gurukulam nun ihre Familie war. Neben dem Unterricht in Philosophie, Musik und Tanz hatte sie feste Pflichten im Haushalt. Ricky erfuhr außerdem, dass der Tanz als Philosophie und als Ausdrucksmittel für die gereifte Persönlichkeit der Tänzerin galt. Sita erhob sich und begann, ihr eine komplizierte Schrittabfolge zu zeigen. Dann forderte sie Ricky auf, es ebenfalls zu versuchen. Erst scheu, dann aber mit zunehmendem Enthusiasmus begann Ricky die gezeigten Schritte auszuprobieren. »Du bist begabt«, lobte Sita. »Wenn du willst, können wir uns an meinem freien Nachmittag treffen, dann zeige ich dir noch mehr.« Ricky strahlte über beide Ohren, nachdem Sita sich verabschiedet hatte.

»Weißt du, wie sehr ich mir das gewünscht habe?«, wandte sie sich begeistert an Mukesh. Als er sie fragte, warum sie dann keine Ausbildung als Tänzerin oder Musikerin anstrebte, musste sie ihm gestehen, dass es auch in ihrem Leben Einschränkungen gab, die dagegen standen, dass sie so hätte leben können, wie sie wollte. In Mukeshs Blick lagen so viel Mitgefühl und Verständnis, dass Ricky alles gar nicht mehr so schlimm erschien. Nie zuvor hatte sie sich einem jungen Mann so nahe gefühlt. In gewisser Weise teilten sie beide ein ähnliches Schicksal. Gebannt hatte sie seinen Geschichten gelauscht und dabei völlig die Zeit vergessen. Das Dinner war schon längst vorüber, als sie wieder zurück in die Durbar gekommen waren. Zum Glück war sie nicht vermisst worden, was sie wohl dem Umstand zu verdanken hatte, dass ihre Mutter schon längst wegen einer Unpässlichkeit die Veranstaltung verlassen hatte. Bevor Mukesh zu seiner Familie ging, flüsterte er ihr zu, dass er Mittel und Wege finden würde, um Riccarda wiederzusehen. Leider hatte sie seither nichts mehr von ihm gehört; sie wusste aber, dass er ebenfalls zu der Tigerjagd gehen würde.

»Ricky! Kommst du endlich? Die Automobile des Maharanas warten nicht ewig!«

Sie zog den Reißverschluss ihrer Reisetasche zu und eilte die Treppe hinunter. Ihr Vater stand bereits an der Tür.

»Sagt Mutter uns nicht Lebewohl?«, fragte sie verwundert. Das Gesicht ihres Vaters verhärtete sich. »Wahrscheinlich hat sie zu tun«, brummte er. »In zwei Tagen sind wir ja wieder zurück.«

»Ich geh noch schnell runter in ihre Praxis!« Sie stellte ihre Tasche neben ihren Vater und ging die Stufen hinunter zum ehemaligen Lagerraum des Haveli, in dem ihre Mutter jetzt ihre Praxis hatte. Tatsächlich war Jella gerade damit beschäftigt, ein erkältetes Kind abzuhorchen. Als sie Ricky sah, lächelte sie.

»Ich wollte mich von dir verabschieden«, meinte Ricky. »Warum kommst du nicht schnell nach oben? Vater wartet auch.«

»Tut er das?« Jella klang nicht sehr begeistert.

»Ihr müsst euch wieder vertragen!«, forderte Ricky. »Die Stimmung im Haus hält ja kein Mensch aus.«

Jella hob das Kind vom Behandlungstisch und überreichte es zusammen mit einem selbst gemischten Hustensaft seiner Mutter. »Du musst deinem Sohn morgens und abends einen kleinen Schluck davon geben. In ein paar Tagen ist er wieder gesund.«

Die Frau nickte, nahm ihren Jungen und verließ den Raum. Jella wusch sich die Hände und umarmte dann ihre Tochter.

»Mach's gut, meine Kleine«, sagte sie. »Und genieß die Zeit.«

»Und du willst wirklich nicht mit?«

Ihre Mutter schüttelte den Kopf. »Ganz bestimmt nicht! Du weißt ja, dass ich diese gesellschaftlichen Verpflichtungen hasse. Es ist einfach nicht meine Welt.« Ricky schickte sich an zu gehen, doch Jella hielt sie nochmals auf.

»Hat dein Vater sonst noch etwas gesagt?« Sie wirkte leicht unsicher. Ricky bedauerte. Als sie wieder nach oben ging, hatte sie ein merkwürdiges Gefühl. Ihre Eltern hatten auch früher schon hin und wieder gestritten, doch dieses Mal war es anders. Ihr kam es vor, als wäre ein tiefer Graben zwischen den beiden entstanden.

Die Tigerjagd fand außerhalb der Stadt am Rande der Berge statt. Entlang der schroffen Felswände und steilen Hänge dehnte sich ein riesiger Urwald aus, in dessen Mitte die Überreste eines alten Forts standen. Vor vielen Hundert Jahren war der zerfallene Palast die Trutzburg eines lokalen Herrschers gewesen, bis der Sultan von Delhi sich eines Tages mit seinen Truppen das ergiebige Jagdgebiet erobert und das Fort zerstört hatte. Vor mehreren Generationen war das Jagdgebiet in die Hände der Maharanas von Udaipur gefallen, und es gehörte unter anderem zu Fritz' Aufgaben, dafür zu sorgen, dass keine Wilderer die Wildtiere töteten. Es war eine zweischneidige Pflicht, die ihm da übertragen worden war. Auf der einen Seite sollte er die Tiere vor den Einheimischen schützen, auf der anderen Seite gingen der Maharana und seine Gäste hin und wieder rücksichtslos auf die Jagd. Vor allem auf die prächtigen Tiger und Leoparden hatte es der Herrscher abgesehen. Sein Palast war voll von Trophäen, und sie waren ein beliebtes Gastgeschenk für die britischen Herrscher. Diese Jagden fanden meist nur alle zwei Jahre statt, sodass sich der Tierbestand immer wieder erholen konnte. Im Grunde seines Herzens verabscheute Fritz die Jagd, und er hatte wie immer versucht, ihr fernzubleiben. Doch dieses Mal bestand der Maharana auf seine Anwesenheit.

Die Jagd und das sich anschließende Pferderennen stellten ein großes gesellschaftliches Ereignis dar. Auf einer idyllisch gelegenen Waldlichtung, die von einer riesigen Würgefeige beherrscht wurde, war ein komfortables Zeltlager errichtet worden. Der Banyanbaum mit seinen weit ausgreifenden, bis zu zwei Metern über dem Boden aufragenden Luftwurzeln war ein Parasit, der sich mit seinen unzähligen Verästelungen und Verzweigungen um den Stamm eines Wirtsbaums gelegt hatte. Seine Ausmaße waren so gewaltig, dass man zwischen den Luftwurzeln hindurchschlüpfen konnte und dabei das Gefühl bekam, in einem Märchenreich zu wandeln. Die aufgestellten Zelte waren mit Betten, Kleidertruhen und kleinen Tischen vollständig eingerichtet. Emsige Diener eilten mit silbernen Teekannen umher und servierten den bereits eingetroffenen Gästen Tee und andere Getränke.

Ricky traf gerade mit Sally O'Brian in einem der acht Horstmann-Automobile ein. Der Maharana hatte sie erst kürzlich aus dem englischen Bath importieren lassen. Mit unsicheren Schritten entstiegen die beiden Mädchen dem Gefährt. Die Fahrt mit dem offenen Dreisitzer war laut und ziemlich holprig gewesen, da die Wege unbefestigt und voller Schlaglöcher waren. Trotzdem war es herrlich gewesen. Der Fahrer, ein ewig grinsender Rajputhe, hatte ihnen stolz erklärt, dass das Auto so viel Kraft habe wie zwanzig Pferde. Ricky hätte gern noch mehr erfahren, aber der Motor des Fahrzeugs war so laut, dass ihnen jegliche Unterhaltung unmöglich war. So hatten sie sich bequem in die roten Ledersessel gelehnt und den frischen Fahrtwind genossen. Für beide war es die allererste Autofahrt. Ein Diener nahm ihr Gepäck ab und brachte sie zu ihrer Unterkunft. Rickys Vater war mit dem Pferd vorausgeritten, um dafür zu sorgen, dass genügend Treiber für die morgige Jagd vorhanden waren. Gegen Nachmittag waren alle Gäste da und trafen sich in zwangloser Runde. Cocktails und Champagner wurden zu Samosas und anderen kulinarischen Köstlichkeiten gereicht. Sally und Ricky standen etwas verloren zwischen den vielen Erwachsenen, bis Ricky endlich Mukesh entdeckte. Er stand bei seinen Geschwistern und Cousins. Sie winkte ihm schüchtern zu. Sofort löste sich der junge Mann aus seiner Gruppe und kam mit einem strahlenden Lächeln auf sie zu. Mit zusammengefalteten Händen verbeugte er sich vor den beiden.

»Namaste! Ich freue mich, dass du hier bist.« Seine glänzenden schwarzen Augen lösten bei Ricky ein nervöses Kribbeln aus. »Wie wäre es, wenn ihr mit zu meiner Familie kommt?« Ricky zierte sich. Sie wollte nicht, dass Sally erriet, wie sehr sie sich über Mukeshs Angebot freute. Aber ihre Schulfreundin war weitaus unkomplizierter, als sie gedacht hatte. Sie knuffte sie in die Seite und meinte:

»Stell dich nicht so an! Das ist die königliche Familie! Da müssen wir hin! Wann hat man schon mal so eine Gelegenheit?«

Tatsächlich waren Mukeshs Geschwister, Cousins und Cousinen ihnen gegenüber sehr aufgeschlossen. Sie begrüßten sie freundlich in perfektem Englisch und betrugen sich auch sonst wie gewöhnliche junge Menschen. Sally bewunderte den Sari von Mukeshs Schwester Alisha. Sie mochte etwa fünfzehn Jahre alt sein, also im selben Alter wie sie. Alisha lächelte geschmeichelt und bot ihr sofort an, sich einen Sari aus ihren Kleidern auszusuchen. Die beiden Mädchen verschwanden kichernd in einem der Zelte. Mukesh grinste zufrieden. Er schob Ricky etwas beiseite und flüsterte ihr ins Ohr. »Ich möchte dir gern etwas zeigen. Kommst du mit?« Seine Stimme war wie Samt.

Ricky spürte wieder das wundervolle Kribbeln und errötete, als sie ihm zustimmte.

*

»Hoh, mein Guter!« Fritz tätschelte den Hals des nervösen Kamal. Irgendetwas beunruhigte den Vollblüter. Er war das beste Pferd im Stall des Maharana und der Favorit im Rennen am übernächsten Tag. Das Pferd schnaubte und warf seinen Kopf hoch. Fritz sah sich um und entdeckte Lady Gainsworthy, die mit einem strahlenden Lächeln auf ihn zukam.

»Mein lieber Fritz«, schalt sie ihn freundlich, »wo bleiben Sie nur? Ich vermisse Sie schon den ganzen Tag!«

Kamal wieherte und begann zu stampfen, sodass Fritz ihn nur mit Mühe beruhigen konnte. Die Anwesenheit der fremden Frau brachte das Pferd völlig aus der Fassung.

»Bitte halten Sie sich fern«, warnte Fritz. »Kamal mag keine Frauen. Er wird in ihrer Anwesenheit immer ganz aggressiv. Bitte entschuldigen Sie.«

Er trat aus der Box und begrüßte sie mit einer höflichen Verbeugung.

»Lady Gainsworthy! Ich freue mich, Sie zu sehen.«

»Nun seien Sie doch nicht so steif!«, tadelte sie ihn beleidigt. »Bei unserem letzten Treffen haben Sie mich noch Gwyneira genannt.«

Sie reichte ihm die Hand. »Nun kommen Sie schon! Die Gesellschaft hat sich schon längst versammelt. Es ist unhöflich, eine Lady warten zu lassen.«

»Es tut mir leid, Gwyneira«, entschuldigte sich Fritz. »Ich bin noch nicht einmal umgezogen. Den ganzen Tag über habe ich auf dem Pferd gesessen und die Gegend inspiziert. Wie es aussieht, wird die Jagd morgen erfolgreich werden. Ich habe mehrere Tigerspuren im Bergwald entdeckt.«

»Sie wirken nicht sehr glücklich darüber«, meinte Gwyneira

stirnrunzelnd. »Missgönnen Sie dem Maharana etwa seine Tiger?«

Fritz presste die Lippen zusammen, sodass seine Wangenknochen sich strafften. »Wenn ich ehrlich bin, verabscheue ich die Jagd«, gestand er. »Was hat es schon für einen Sinn, diese wundervollen Tiere zu töten? Es ist nicht nur grausam, sondern auch ungerecht. Die Tiere haben gegen die Übermacht der Treiber und Jäger kaum eine Chance.«

Gwyneira tätschelte mitfühlend seine Hand. »Sie Armer! Was müssen Sie deswegen für Qualen ausstehen! Aber was haben Sie schon für eine Wahl? Schließlich sind sie der Ernährer Ihrer Familie. Ich verabscheue dieses sinnlose Töten ebenfalls. Es zeigt doch nur, wie barbarisch die meisten Männer sind. Mein Mann hat sich zum Beispiel in den Kopf gesetzt, mir einen Tiger als Bettvorleger zu schießen. Ist das nicht furchtbar?«

Sie sah ihm tief in die Augen, bevor sie fortfuhr. »Es ist wunderbar, dass Sie anders empfinden. Ihre Frau kann sich glücklich schätzen. Wo ist sie überhaupt? Ich habe sie noch gar nicht gesehen.«

Fritz räusperte sich. »Meine Frau lässt sich entschuldigen«, meinte er. »Ich habe an ihrer Stelle meine Tochter mitgebracht.«

Lady Gwyneira zog erstaunt die Augenbraue hoch. »Ihre Frau lässt sich in der letzten Zeit überhaupt recht selten sehen. Schämt sie sich etwa wegen ihres Fauxpas während des Thronfestes? Sagen Sie ihr, dass ich ihr längst verziehen habe.«

Fritz lächelte dankbar. »Das ist sehr freundlich von Ihnen. Ich habe ihr mehrere Male nahegelegt, sich bei Ihnen zu entschuldigen. Ich bin sicher, dass sie es noch nachholen wird.«

Sie traten aus dem Stallzelt, das etwas abseits der Unterkünfte stand. Fritz verabschiedete sich von Gwyneira und versprach ihr, bald wieder zu ihr zu stoßen. Dann begab er sich in sein Zelt, um sich umzuziehen. Ganz im Gegensatz zu seiner Frau hatte Gwyneira Größe gezeigt. Sie hatte Jella verziehen, obwohl sie sich so unmöglich verhalten hatte. Er nahm es Jella immer noch übel, dass sie sich bei jenem Dinner so undiplomatisch verhalten hatte. Offensichtlich war es ihr völlig gleichgültig gewesen, welches Licht dieser Vorfall auch auf ihn warf. Als er sie am nächsten Morgen daraufhin ansprach, hatte sie die Dreistigkeit besessen, ihm auch noch eine Mitschuld zuzusprechen. Sie hatte ihm vorgeworfen, dass ihm das gesellschaftliche Geplänkel wichtiger sei als ihre Familie. Als er ihr zum wiederholten Mal erklärt hatte, dass es taktisch notwendig sei, sowohl mit dem indischen Hof als auch mit den Briten auszukommen, hatte sie nur harsch aufgelacht und ihm vorgeworfen, seine Grundüberzeugung aufgegeben zu haben, nur um Karriere zu machen. »Der Fritz, den ich in Afrika kennengelernt habe, hätte nie bei einer Tigerjagd mitgemacht.« Die Worte hatten sich wie ein Stachel in sein Fleisch gebohrt. Er war daraufhin furchtbar wütend geworden und hatte ihr sogar angeboten, sich von ihr zu trennen. Daraufhin hatte sie seltsam gefasst reagiert. »Das wird wohl das Beste sein«, hatte sie ihm geantwortet und dann das Zimmer verlassen. Seither hatten sie nur noch das Notwendigste miteinander gesprochen. Noch am selben Abend war Jella in ein anderes Zimmer umgezogen. Es war, als hätte jemand eine Mauer zwischen ihnen errichtet. Auch wenn es ihm schwerfiel, es zuzugeben: Fritz fühlte sich von Jella nicht nur gekränkt, sondern er hatte das Gefühl, dass er ihr im Laufe der Jahre unwichtig geworden war. Jella fand ihre Erfüllung in ihrer Arbeit als Ärztin. Er selbst spielte offensichtlich keine große Rolle mehr. Das Schlimme daran war, dass Jella vor allem in einem recht hatte. Die Tatsache, dass er die Tigerjagd mitorganisierte, widersprach tatsächlich seinen Moralvorstellungen. In Afrika hatte er noch für den Erhalt des Elefantenbestandes gekämpft; jetzt half er, die wundervollen Tiger zu töten. Er wusste, dass es unter Umständen zu einem richtigen Gemetzel kommen konnte. In manchen Fürstentümern wurden bei einer großen Tigerjagd bis zu zwanzig Tiere auf einmal getötet. Das war blanker Wahnsinn. Trotzdem war er gezwungen mitzumachen. Hatte er denn eine andere Wahl? Wenn er nicht seine Stellung verlieren und damit ihr sicheres Einkommen verlieren wollte, musste er mitmachen. Schließlich waren sie auf sein Einkommen angewiesen.

Er blickte in den Spiegel über der Waschschüssel. Sein nasses, graues Haar hing ihm wirr ins Gesicht, während er sich musterte. Für einen Mann um die fünfzig sah er immer noch erstaunlich gut aus. Sein Körper war kräftig und gut trainiert, seine Gesichtszüge waren straff, auch wenn sich um die Mund- und Augenwinkel feine Fältchen gebildet hatten. Und trotzdem verabscheute er sich für das, was er morgen tun musste. Um nicht weiter darüber nachdenken zu müssen, zog er seine Taschenflasche hervor und trank einen ordentlichen Schluck Whisky daraus. Er war ganz gewiss kein Trinker, doch heute hatte er das Gefühl, dass es ihm helfen würde. Das Getränk rann wohltuend durch seine Kehle und wärmte seinen Magen. Er nahm gleich noch einen Schluck. Zum Teufel mit dem schlechten Gewissen. Langsam begann er sich besser zu fühlen. Als er schließlich sein Zelt verließ, war die Flasche fast leer.

*

»Komm hier entlang!« Mukesh führte Ricky durch das Labyrinth des Banyanbaums hindurch. Dahinter befand sich dichter Urwald.

»Wir müssen den Hang hinaufklettern. Ich helfe dir.«

»Willst du mir nicht sagen, was wir dort oben wollen?«, fragte Ricky, die keine Lust hatte, ihr helles Sommerkleid schmutzig zu machen. Statt einer Antwort reichte Mukesh ihr seine Hand. Sie fühlte sich warm und fest an. Bereitwillig folgte sie ihm nun auf einen überwachsenen Pfad. Der Weg war breiter, als sie gedacht hatte. Eukalyptusbäume, Dattelpalmen und Palisander bildeten ein dichtes Grün. Der Duft von Mangobäumen stieg ihr in die Nase. Ein paar Affen turnten über ihnen im Geäst und beschimpften die Eindringlinge.

»Das sind Hanumans Affen«, erklärte Mukesh lachend. »Sie passen auf, dass niemand diesen Ort entweiht.«

Ricky sah ihn fragend an.

»Die Affen sind uns Hindus heilig«, erklärte ihr Begleiter bereitwillig. »Sie sind sehr mutig, wie Hanuman der Affengott. Sieh nur!« Er nahm einen Stein und warf ihn mitten in die Horde. Das Gebrüll wurde nun noch aufgeregter, und plötzlich zischte ein Wurfgeschoss haarscharf an Mukeshs Kopf vorbei. Ricky schrie erschrocken auf. Doch Mukesh lachte nur.

»Keine Angst, das sind nur Drohgebärden! Sie sind schon wieder verschwunden. Komm jetzt. Wir sind gleich da.«

Obwohl die Sonne noch nicht untergegangen war, war es im Dschungel bereits dunkel und geheimnisvoll. Unbekannte Vögel kreischten aus dem Dickicht, und das Knacken von Ästen verriet die Anwesenheit anderer Tiere ganz in ihrer Nähe. Ricky fühlte ein aufregendes Prickeln, als sie endlich den Hügelrücken erklommen hatten und wieder im Licht der untergehenden Sonne standen. Die ganze Landschaft war in ein kräftiges Orange getaucht und schaffte eine unwirkliche Realität. Nur wenige Schritte von ihnen entfernt stand eine zerfallene Ruine, die einmal ein Wachturm gewesen war. Mukesh schob mit einem Ast die Dornen vor dem Eingang weg und führte Ricky hinein. Im Turm war es eng, düster und roch modrig, aber eine schmale Steintreppe führte an den Wänden entlang nach oben auf die Aussichtsplattform. Erneut ergriff Mukesh Rickys Hand und machte sich an den Aufstieg. Der Turm war höher, als sie gedacht hatte. Seine Decke war zum Teil eingestürzt, sodass sie ein Stück Himmel durch die bemoosten Steine sehen konnte. Ricky war nicht besonders mutig. Dummerweise warf sie einen Blick nach unten, und ihr wurde sofort schwindlig.

Angsterfüllt blieb sie stehen und lehnte sich an die kühle Wand. Mukesh drückte beruhigend ihre Hand.

»Ich halte dich«, versprach er und zog sie sanft, aber energisch weiter. Ihre Hände waren schweißnass und ihr Herz klopfte bis in den Hals, aber sie folgte ihm. Dann hatten sie es endlich geschafft, und alle Ängstlichkeit war wie weggeblasen. Der Ausblick, der sich ihnen nun bot, war einfach atemberaubend. So weit das Auge reichte, dehnte sich unter ihnen der Urwald aus. Er war gar nicht so dicht, wie Ricky vermutet hätte. Neben undurchdringlichen Zonen gab es lichte Wälder und sogar freie Lichtungen, groß wie zehn Kricketfelder. Ein schmaler Fluss schlängelte sich durch das riesige Gebiet. Links von ihnen zog sich eine blaugrüne, schroffe Hügelkette hin, die in die Ebene vor ihnen abfiel. Die Sonne lag wie ein roter, dunstiger Ball auf dem Horizont. Ihr abendliches Licht ließ den Fluss silbrig funkeln, als wäre jede kleine Welle ein Spiegel, der das Licht zurückwarf. Ein Nachtvogel schrie seinen schrillen Ruf, und irgendwo in der Dunkelheit des Urwalds war das mächtige Brüllen eines Tigers zu vernehmen.

»Wie schön das ist!«, rief Ricky begeistert aus. Gebannt betrachtete sie, wie sich die Sonne verabschiedete und einen dunklen Schleier über die Landschaft warf. Zuerst gingen die Lichter des Flusses aus, die Reflexionen des Sonnenlichts, dann verschwanden nach und nach die Bäume, bis nur noch der Himmel blau und türkis die Überreste des Tages verriet. Schrilles Schreien und das Schwingen großer Flügel rissen Ricky aus ihrer romantischen Stimmung. Aberhunderte von riesigen Flugtieren erhoben sich von dem großen Baum direkt neben ihnen in die Lüfte. Ricky fühlte die Luft ihrer Flügelschläge auf ihrer Haut und rettete sich panisch in Mukeshs Arme, der sie rasch mit sich auf den Boden drückte. Sie blieben geduckt und warteten, eng an die Brüstung des Turms gekauert, den unerwarteten Überfall ab.

»Was ist das?«, japste sie erschrocken nach Luft. »Diese Biester greifen uns ja an!«

»Das sind nur Flughunde«, beruhigte sie Mukesh. »Es tut mir leid, dass ich sie vorher nicht gesehen habe. Sie verbringen den ganzen Tag in Bäumen und fliegen bei Einsetzen der Dunkelheit auf die Jagd. Du musst sie doch kennen. Es gibt sie auch in der Stadt.«

»Aber nicht in diesen Mengen«, schnaubte Ricky, der ihre erneute Ängstlichkeit mittlerweile peinlich war. Was musste Mukesh nur von ihr denken. Wenige Augenblicke später hatten sich die Flughunde in alle Richtungen zerstreut. Schwarze Nacht senkte sich herab, und es wurde stockdunkel.

»Wie kommen wir hier nur wieder runter?« Ricky konnte gegen ihre neue Angstattacke nichts tun. Allein der Gedanke an den schmalen Abstieg ließ Panik in ihr aufsteigen »Man sieht ja die Hand vor den Augen nicht.«

Aus der Dunkelheit neben ihr klang spöttisches Lachen. »Ich liebe es, wenn Mädchen Angst haben«, meinte Mukesh. »Meine Schwestern reagieren auch immer so panisch, wenn etwas Unvorhergesehenes geschieht.«

»Sehr witzig!« Plötzlich wurde Ricky wütend. »Bist du etwa nur mit mir auf diesen dämlichen Turm geklettert, um mich vor Angst bibbern zu sehen? Machst du das mit allen Mädchen?«

»Aber nein!« Mukeshs Stimme wurde sofort wieder ernst. Er nestelte in seinen Kleidern herum und zog etwas heraus. Das Reiben und Zischen eines Streichholzes war zu hören, dann wurde es hell. In der anderen Hand hielt er eine kleine Öllampe, die er nun entzündete und vor sie hinstellte. Im Flackern des Lichts erkannte Ricky erst, wie nah sie beieinandersaßen. Sie rückte sofort von ihm ab, doch Mukesh legte seine Hand auf ihre und sah sie an.

»Du bist das erste Mädchen, dem ich diesen Turm zeige«, meinte er verlegen. »Du musst mir glauben, dass ich dir keine

Angst einjagen wollte. Ich wollte nur, dass du das hier siehst. Es ist der schönste Platz, den ich kenne.«

Ricky entzog ihm die Hand und räusperte sich. »Wir sollten jetzt aufbrechen. Sicherlich werden wir schon vermisst.« Obwohl sie sich um Haltung bemühte, klopfte ihr Herz wie wild, und ihr wurde heiß und kalt. Wie sollte sie sich nur verhalten? Verlegen ließ sie sich von Mukesh aufhelfen, der mit der Lampe in der Hand den Weg wies. Schweigend machten sich die beiden an den Abstieg, den Ricky weitaus weniger schlimm fand als den Aufstieg, da sie in der Dunkelheit nicht sah, wie tief der Abgrund war. Als sie aus der Ruine getreten waren, blieb Mukesh plötzlich stehen. Seine schwarzen Augen glänzten im gelben Licht der Flamme wie flüssiges Blei, als er sich vorbeugte und Ricky unvermittelt küsste. Überrascht ließ sie es geschehen. Sie spürte die Wärme seiner Lippen auf den ihren und wieder das aufregende Kribbeln, das sie völlig aus der Fassung brachte. In ihr jubelte es, gleichzeitig hatte sie Angst vor dem, was jetzt kommen würde. Als Mukesh sich von ihr löste, standen sie beide verlegen nebeneinander. Sie vermieden jeden Blickkontakt und sagten kein Wort. Schließlich nahm Mukesh wie selbstverständlich ihre Hand und führte sie zurück zu der Gesellschaft.

*

Die frische Abendluft verstärkte die Wirkung des ungewohnten Alkohols. Fritz schüttelte leicht benommen den Kopf. Es war schon lange dunkel, und die Party war in vollem Gange. Überall waren Eisenkörbe mit Holzfeuern aufgestellt, die neben dem Licht auch Wärme ausstrahlten. Er sah sich nach Ricky um und entdeckte sie fröhlich lachend mit ihrer Freundin Sally inmitten von jungen Indern. Einer der jungen Männer – Fritz glaubte in ihm den Neffen des Maharana zu erkennen – schien sie ganz in seinen Bann gezogen zu haben. Wie süß sie lächelte! Er war hingerissen von seiner einzigen Tochter. Sie schien sich wohlzufühlen und wunderbar zu amüsieren. Und genau das wollte er jetzt auch tun. Er hielt nach Gwyneira Ausschau. Irgendetwas in ihm suchte ihre Nähe. Vielleicht war es das Mitgefühl und die Anteilnahme an seinem Dilemma, die ihn vorhin im Stall so beeindruckt hatten? Auf jeden Fall hatte es gutgetan. Aber da war auch noch etwas anderes, was ihn anzog. In ihrer Nähe fühlte er sich als Mann bewundert und auch begehrt. Jella hatte ihm schon lange nicht mehr dieses Gefühl gegeben. Manchmal wurde er das Gefühl nicht los, dass sie ihn verachtete. Weg mit diesen Gedanken!

Wie die meisten der anderen Gäste trug Fritz einen hellen Anzug mit einem einfachen Binder, der allerdings etwas schief saß. Er steuerte durch die Menge und begrüßte hier und da einige Bekannte. Manche saßen an Tischen und aßen etwas von den ständig wechselnden Speisen, andere unterhielten sich mit Champagnergläsern in der Hand. Im Hintergrund spielte eine indische Combo englische Musik auf. Der Maharana hatte eigens für die Party eine Tanzbühne aufstellen lassen. Fritz nahm sich von einem Tablett ein Whiskyglas und leerte es in einem Zug. Dann stellte er das Glas zurück, um sich ein weiteres zu nehmen. Keine zehn Schritte entfernt unterhielt sich Gwyneira mit ein paar anderen englischen Ladys. Sie stand wie immer im Mittelpunkt, und ihr Lachen war weithin zu hören. Es hörte sich lockend und verführerisch an. In großen Schritten steuerte Fritz auf die Damen zu und begrüßte sie mit einer galanten Verbeugung. Die amüsierten Blicke der Ladys ermunterten ihn, launige Komplimente zu verteilen.

Schließlich eröffnete die Combo mit einem flotten Foxtrott die nächste Tanzrunde. Fritz leerte sein nächstes Glas und trat entschlossen an Lady Gainsworthy heran.

»Gnädige Frau! Erweisen Sie mir die Ehre des nächsten Tanzes?«

Gwyneira schenkte ihm ein strahlendes Lächeln und reichte ihm ihre Hand. Fritz hauchte einen Kuss auf ihren Handrücken und führte sie auf die Tanzfläche. Da ihm die linke Hand fehlte, musste er Gwyneira nah an sich drücken, damit sie ihm nicht entglitt. Sie lag wie eine Feder in seinen Armen.

»Ich hoffe, ich habe sie nicht gestört?«

»Ganz und gar nicht«, hauchte sie und legte für einen Moment ihren Kopf auf seine Schulter. »Sie wissen gar nicht, wie sehr ich Ihre Nähe genieße.«

Fritz fühlte sich beschwingt, als er mit Gwyneira in munteren Drehungen über das Tanzparkett wirbelte. Der nächste Tanz war ein langsamerer Swing. Wiederum passte sich Gwyneira wie selbstverständlich seinen Schritten an. Als schließlich zum Abschluss ein langsamerer Walzer erklang, schmiegte sie sich eng an ihn. Der Duft ihres schweren Parfüms umnebelte seine ohnehin berauschten Sinne. Mit einem Mal spürte er, wie Blut in seine Lenden schoss, und er versuchte etwas Abstand zu dieser aufregenden Frau zu bekommen. Doch Gwyneira drückte sich noch enger an ihn heran und blickte ihm schließlich mit einer klaren Aufforderung in die Augen. Fritz war noch nicht betrunken genug, um nicht Herr seiner Sinne zu sein. Sanft, aber entschieden sorgte er für etwas Abstand. Schließlich war er verheiratet. Gwyneira seufzte enttäuscht, ließ es aber geschehen. Nach dem Tanz reichte sie ihm ein Glas Champagner.

»Trinken Sie! Sie sehen aus, als könnten Sie es gebrauchen.«

Fritz nahm das Glas und trank es leer, ohne die Augen von ihr zu lassen. Doch dann begannen die Konturen der Ladys um ihn herum zu verschwimmen, und er musste sich ein Auge zuhalten, um sie wieder scharf zu sehen. Ganz am Rande nahm er wahr, wie die Frauen über ihn zu tuscheln begannen und schließlich kicherten, als er Mühe hatte, aufrecht stehen zu bleiben.

»Sie sollten zu Bett gehen«, sorgte sich Lady Gwyneira. Doch Fritz schüttelte energisch den Kopf.

»Nein«, lallte er. »Ich habe mich noch gar nicht richtig amüsiert.« Er griff nach dem nächsten Glas. »Außerdem muss ich dem Maharana noch etwas mitteilen.« Zum Abschied tippte er mit seinem Zeigefinger an die Stirn und wankte in Richtung des Zeltes, wo der Maharana mit dem Chief Commissioner und anderen Ehrengästen tafelte. Er schaffte keine fünf Schritte, dann spürte er, wie sich alles um ihn herum zu drehen begann. Lady Gainsworthy winkte einen Diener herbei und ließ den Betrunkenen in sein Zelt schaffen. Danach kehrte sie zu ihren Freundinnen zurück. Eine halbe Stunde später schlüpfte sie unbemerkt zu Fritz ins Zelt.

*

»Ich mache mir Sorgen um euch«, begann Salim auf seine ruhige, bedächtige Art. Er hielt ein Glas Chai Massala in der Hand und schlürfte von dem heißen Würztee mit Milch. »Ich finde, du hättest Fritz nicht allein auf die Tigerjagd gehen lassen sollen. Du weißt doch genau, wie sehr er darunter leidet.«

Jella blickte von ihrem Mikroskop auf und fuhr sich über ihre müden Augen. »Er hätte sich weigern können, die Jagd zu organisieren«, meinte sie hart. »Außerdem ist Ricky bei ihm.«

»Das meinst du nicht im Ernst.« Salim runzelte seine ohnehin zerfurchte Stirn. »Weshalb glaubst du denn lässt er sich auf das blutige Geschäft ein? Doch nicht, weil es ihm Spaß macht.«

Jella pustete sich unwillig eine Locke aus dem Gesicht. »Das weiß ich auch. Er tut es, weil er sich uns gegenüber verpflichtet fühlt. Würde er sich weigern, würde er seine Stellung verlieren und wir unseren Lebensunterhalt. Das reibt er mir oft genug unter die Nase.«

»Macht er dir Vorwürfe wegen deiner Arbeit?«

Jella zuckte müde mit den Schultern. Ihr Rücken schmerzte und ihr Magen knurrte. Sie hatte den ganzen Tag noch keinen Bissen zu sich genommen.

»Ich weiß es auch nicht. Er beschwert sich nicht direkt, dass ich von den Menschen hier keinen Lohn verlange. Dafür verlangt *er* dauernd Dinge von mir, zu denen ich weder Zeit noch Lust habe.«

Salim lächelte fein. »Du meinst die gesellschaftlichen Anlässe, zu denen du ihn begleiten sollst?«

Jella stimmte zu. »Ich kann das einfach nicht«, stöhnte sie. »Dieses affige Getue und scheinheilige Gerede. Jede Minute, die ich dort verbringe, ist verlorene Zeit. Ich verstehe das nicht. Fritz war immer meiner Meinung. Doch jetzt blüht er in Gesellschaft geradezu auf, vor allem seit diese Lady Gainsworthy in der Stadt ist. In Anwesenheit dieser raffiniert berechnenden Frau komme ich mir immer wie ein ungehobelter Trampel vor.«

»Ich dagegen schätze deine gerade Art«, meinte Salim Mohan mit väterlicher Zuneigung. »Du lässt dich nie verbiegen, nicht einmal deinem Mann zuliebe. Aber ist das immer klug? Vielleicht solltet ihr endlich miteinander reden.«

»Vielleicht hast du ja recht«, gab Jella zu. »Wir hatten nach dem Thronfest einen schrecklichen Streit. Ich habe Fritz böse Dinge an den Kopf geworfen, für die ich mich jetzt schäme. Aber auch er hat mich verletzt. Seither bin ich mir nicht mehr sicher, ob er mich überhaupt noch liebt.«

»Du musst es herausfinden«, riet ihr Salim. »Je schneller, desto besser. Ich werde noch heute Nacht zu der Jagdgesellschaft aufbrechen, damit ich vor Sonnenaufgang dort bin. Der Maharana wünscht meine Anwesenheit, falls es einen Unfall geben sollte. Möchtest du nicht mitkommen? Ich kann mir vorstellen, dass Fritz es als positives Zeichen sehen würde.«

»Du meinst, ich soll den ersten Schritt machen?«, fragte Jella entsetzt. Sie wollte brüsk ablehnen. Aber dann besann sie sich. Salim Mohan hatte recht. Ihre Reaktion war damals möglicherweise wirklich etwas überzogen gewesen. Warum hatte sie sich auch einmischen müssen? Damit hatte sie Fritz nur blamiert. Schließlich hatte er sich freiwillig bereit erklärt, das Pferderennen zu organisieren. Vielleicht würde sich ja alles wieder einrenken lassen, wenn sie ihn um Verzeihung bat? Entschlossen erhob sie sich von ihrem Laborplatz. »Ich komme mit«, meinte sie, von plötzlicher Zuversicht erfüllt. »Um wie viel Uhr holst du mich ab?«

*

Als Fritz erwachte, hatte er einen schrecklichen Brummschädel. In seinem Kopf hämmerte eine ganze Armee von Steinbrucharbeitern. Er hatte Mühe, die Augen zu öffnen. Wie spät mochte es sein? Hoffentlich hatte er nicht verschlafen. Es war noch dunkel. Nur eine Paraffinlampe blakte neben seinem Bett. Was zum Teufel war geschehen? Er konnte sich an nichts erinnern. Mit einem leisen Stöhnen setzte er sich auf. Neben ihm räkelte sich eine Gestalt.

»Nun, mein Held, wie geht es dir?«

Ein weißer, schlanker Arm wand sich besitzergreifend um seine nackte Brust. Fritz drehte sich erschrocken um. Neben ihm lag ebenfalls nackt Gwyneira Gainsworthy. Was war geschehen? Verdammt! Er konnte sich an nichts mehr erinnern. Nur, dass er sich gestern betrunken hatte. O Gott, Jella! Der Gedanke an seine Frau trieb ihm die Schamesröte ins Gesicht. Hatte er sie etwa betrogen?

»Haben wir …« Er räusperte sich verlegen. »Bin ich Ihnen etwa zu nahe getreten?« Eine dumme Frage in Anbetracht der Situation. Gwyneira lachte lasziv.

»Das kann man wohl sagen. Du warst zwar ziemlich betrunken, aber dein kleiner Mann stand stramm wie ein Soldat! Komm, lass es uns noch einmal tun. Es wird erst in einer Stunde hell.« Sie fasste in sein Haar und versuchte, ihn zu sich herunterzuziehen. Doch Fritz war absolut nicht dazu aufgelegt.

»Lassen Sie das!«, meinte er aufgewühlt. »Ich wollte das nicht. Es tut mir leid. Ich kann mich einfach an nichts erinnern.«

Gwyneira lachte noch einmal. »Ich werde es dir so besorgen, dass du es beim nächsten Mal nicht vergisst«, hauchte sie verführerisch. »Nun komm schon!« Ihre Hand fuhr unter der Decke zu seinem Geschlecht und begann damit zu spielen. Fritz schob ihre Hand peinlich berührt weg und sprang aus dem Bett. Sein Kopf drohte zu platzen. Er griff nach dem nächstliegenden Kleidungsstück und bedeckte sich. Doch Gwyneira gab nicht auf. Seine Weigerung schien sie noch mehr zu erregen. Sie räkelte sich auf dem Bett und bot ihm einen freizügigen Blick auf ihre geöffneten Schenkel, während sie mit ihren Fingern an ihrer feuchten Klitoris spielte.

»Siehst du denn nicht, wie scharf ich auf dich bin?«, lockte sie ihn. »Komm und besorg es mir dieses Mal richtig! Du darfst mit mir tun, was du willst. Auch schlagen ...«

Fritz fühlte sich von dem nuttigen Verhalten Gwyneiras abgestoßen. Es erregte ihn nicht im Geringsten. Bei klarem Verstand hätte er sich nie auf diese Frau eingelassen. Er hatte eine gewisse Sympathie für sie empfunden, aber er wäre niemals so weit gegangen. Er schämte sich zutiefst und versuchte verzweifelt, sich an den gestrigen Abend zu erinnern. Doch da war nichts als Dunkelheit. Er musste diese Frau so schnell wie möglich loswerden. Jella durfte niemals von dieser Nacht erfahren.

»Bitte geh jetzt«, bat er. »Ich weiß nicht, was heute Nacht passiert ist. Wenn ich dir zu nahe getreten sein sollte, so tut es mir leid. Ich erinnere mich an nichts. Du bist sicherlich eine wundervolle Frau, aber wir sind verheiratet. Ich möchte, dass wir uns nie wieder sehen!«

»Tut es dir etwa um deine Frau leid?«, fragte Gwyneira verächtlich, während sie die Decke wieder über sich zog. »Vergiss sie!« Sie machte keinerlei Anstalten, das Bett zu verlassen. Fritz begann sich anzuziehen.

»Niemals«, meinte er, ohne sie anzusehen. »Ich liebe meine Frau wie keinen anderen Menschen auf der Welt. Noch nie hat mich eine andere Frau interessiert. Es ist mir rätselhaft, wie *das* passieren konnte.«

»Willst du damit sagen, dass du mich nicht begehrst?« Gwyneira richtete sich auf. Ihre Augen funkelten gefährlich.

»Ja.«

»Das wagst du mir so einfach zu sagen, du ... du ... Waschlappen?«

Ihre Stimme klang unerfreulich schrill und viel zu laut.

»Sei doch leise«, mahnte Fritz. »Oder willst du, dass das ganze Lager davon Wind bekommt? Was meinst du eigentlich mit Waschlappen?«

»Idiot!«, zischte Gwyneira hämisch. »Wahrscheinlich bekommst du schon lange keinen mehr hoch. Die ganze Nacht habe ich versucht, mit dir ein wenig Spaß zu haben, aber du hast nur geschnarcht und deinen Rausch ausgeschlafen. Versager!«

»Heißt das, du wolltest mich gegen meinen Willen verführen?«, fragte Fritz ungläubig. Auf der einen Seite war er richtig erleichtert, auf der anderen Seite brachte ihn diese Ungeheuerlichkeit auf.

»Gegen deinen Willen, dass ich nicht lache«, spottete Gwyneira boshaft. »Beim Tanzen gestern habe ich doch gemerkt, wie scharf du auf mich warst.«

»Ich war betrunken. Das hatte nichts zu bedeuten.« Er hatte sich fertig angezogen und ging zum Zelteingang. »Wenn ich in fünf Minuten wiederkomme, möchte ich, dass du hier verschwunden bist«, sagte er scharf.

»Du wagst es also, mich rauszuschmeißen?« Gwyneira war außer sich. Ihr Begehren schlug in lodernden Hass um. »Das wirst du mir büßen«, zischte sie. »Mich hat noch nie ein Mann ungestraft zurückgewiesen.«

Fritz verließ umgehend das Zelt. Draußen holte er erst einmal tief Luft. Die Nacht war eiskalt, und sein Atem schlug dunstigen Rauch. Die Sterne begannen bereits am Himmel zu verblassen. Vergeblich versuchte er einen klaren Gedanken zu fassen. Sein Kopf tat immer noch schrecklich weh.

»Fritz?«

Eine wohlbekannte Stimme näherte sich ihm aus der Dunkelheit. Er zuckte erschrocken zusammen und schielte zu seinem Zelt, in dem Gwyneira sich immer noch aufhielt.

»Jella! Was machst du denn hier?«

»Dasselbe könnte ich dich fragen«, entgegnete Jella freundlich. »Konntest du wegen der Jagd nicht schlafen?«

Ich wollte, es wäre so, dachte Fritz zerknirscht. Seine Frau stand nun genau vor ihm und sah ihn erwartungsvoll an. Nach allem, was geschehen war, wagte er nicht, sie zu küssen.

»Ich freue mich, dich zu sehen«, meinte er halbherzig. Er hoffte inständig, dass Gwyneira nicht im nächsten Moment aus seinem Zelt trat.

»Ich bin gekommen, weil es mir leidtut«, begann Jella auf ihre direkte Art. »Ich habe überreagiert und dich unnötig vor allen blamiert. Das tut mir leid. Nimmst du meine Entschuldigung an?«

Fritz traute seinen Ohren nicht. Seine Frau überraschte ihn jedes Mal aufs Neue. Mit ein paar Worten gelang es ihr, die Mauer einzureißen, die sie beide zwischen sich erbaut hatten. Sie hatte das getan, wozu er nicht fähig gewesen war. Ihre limonengrünen Augen glänzten hoffnungsfroh im schwachen Dämmerlicht. Fritz Herz krampfte sich vor Freude, aber auch Scham zusammen.

»Ach Liebes«, meinte er unbeholfen und streichelte sanft über ihre Wange. »Ich bin es, der sich entschuldigen muss. Ich war stur und engstirnig und habe viele Fehler gemacht. Die Arbeit am Hofe des Maharanas war mir viel zu wichtig, dabei habe ich sogar meine Überzeugungen geopfert. Das ist mir erst heute Nacht klar geworden. Wirst du mir verzeihen?«

Statt einer Antwort küsste Jella ihn heftig auf den Mund. Ihre warmen Lippen mochten jedoch nicht den Knoten in seiner Brust zu lösen. Zum Glück schien sie es nicht zu bemerken. Er nahm sie und führte sie weg von seinem Zelt.

»Lass uns ins Küchenzelt gehen und sehen, ob wir schon eine Tasse Tee bekommen«, schlug er vor. Eng umschlungen schlenderten sie dorthin. Sie sahen nicht, wie Lady Gainsworthy aus Fritz Zelt schlich und ihnen mit hasserfülltem Blick nachsah.

Verbotene Liebe

Raffaels Herz schlug bis zum Hals, als das Mädchen sein Lächeln erwiderte. Unbemerkt von ihren Mitschülerinnen, die neben ihr herumalberten, winkte sie ihm jetzt sogar heimlich zu. Kein Zweifel! Sie wollte ihm etwas mitteilen. Hatte sie vielleicht eine Antwort für ihn? Er hatte nicht zu hoffen gewagt, dass sie überhaupt auf seinen Brief reagieren würde. Oder bildete er sich das alles nur ein? Bislang war alles nur Spekulation. Wie schön sie war! Das helle Haar fiel ihr wie ein weizengelber Vorhang über den Rücken. Ein einfaches himmelblaues Haarband hielt die Haare aus ihrer hohen Stirn mit den graublauen Augen und dem feinen Lächeln. Obwohl sie nur ein schlichtes, wenn auch gut geschnittenes graues Kleid trug, sah sie bezaubernd aus. Raffael musste aufpassen, dass er sie nicht zu unverhohlen anstarrte, sodass es womöglich den Aufsichtslehrerinnen oder ihren Mitschülerinnen auffiel. Schnell schlüpfte er wieder in den Schatten seines Baums. Es war riskant genug, sich jeden Tag unbemerkt vom eigenen Pausenhof zu stehlen, da es den Schülern untersagt war, zu der Mädchenschule auf der anderen Straßenseite zu gehen. Für Baltkorn wäre diese Entdeckung ein gefundenes Fressen gewesen, um ihn erneut anzuschwärzen. Doch seit Raffael dieses Mädchen bei einem Wohltätigkeitsbasar entdeckt hatte, war es ihm nicht mehr aus dem Kopf gegangen. Wie lange hatte er darüber nachgegrübelt, wie er sich dem schönen Mädchen aus der Nachbarschule nähern konnte. Nicht einmal ihren Namen kannte er. Wochenlang hatte er sie heimlich jede Pause beobachtet, ohne

Hoffnung, dass sie jemandem wie ihm jemals Aufmerksamkeit schenken könnte. Er befürchtete, dass sein dunkelhäutiges Erbe einmal mehr verhindern würde, ein normales Leben in der weißen Gesellschaft zu führen. Raffael war sich darüber im Klaren, dass er vermutlich nie Chancen bei einem weißen Mädchen aus gutem Hause haben würde. Dann geschah eines Tages das Unglaubliche. Das Mädchen hatte ihn bemerkt und ihm verschämt, aber eindeutig zugelächelt. Wie sehr hatte ihn diese Geste aufgewühlt!

Die folgende Nacht hatte er kein Auge zugetan. Durfte er sich vielleicht doch Hoffnung machen? Er würde es nur herausfinden, wenn er in die Offensive ging. Also hatte er sich überwunden und ihr heimlich während der sonntäglichen Messe, an der die Schüler der Mädchen- und Jungenschule gemeinsam teilnahmen, einen Brief mit einem schwärmerischen Gedicht zugesteckt, in dem er sie zudem um ein Treffen bat. Tagelang war nichts geschehen, doch jetzt schöpfte er neue Hoffnung. Mit angehaltenem Atem beobachtete er, wie sie sich von ihren Mitschülerinnen davonstahl und rasch den mit Gittern umzäunten Schulhof verließ. Sich immer wieder umsehend, kam sie direkt auf den Jacarandabaum zu, aus dessen Schutz heraus er sie beobachtete. Ohne Umschweife zog sie einen kleinen Brief aus ihrer Kleidertasche und steckte ihm diesen zu. Ihre graublauen Augen musterten ihn für einen Augenblick neugierig. Raffael suchte nach Worten, wollte etwas sagen, aber das Mädchen schüttelte nur kurz den Kopf und wies auf den Schulhof. Dann lächelte sie und kehrte eilig zu den anderen zurück. Raffael glaubte, sein Herz müsse vor Aufregung zerspringen. In der Ferne hörte er, wie der Pedell mit seiner Glocke das Ende der Pause verkündete. Doch das war ihm egal. Zuerst musste er wissen, was in dem Brief stand. Rasch faltete er ihn auseinander und las:

Lieber Unbekannter!
Stehen Sie tatsächlich jeden Tag meinetwegen hinter dem Baum? Ich kann es gar nicht glauben, denn ich bin es nicht gewohnt, dass man mir so viel Aufmerksamkeit schenkt. Ihre Worte, Ihr Gedicht haben mich sehr berührt, und ich habe lange darüber nachgedacht, wie ich Ihnen antworten kann. Nun habe ich ein Gedicht von Richard Dehmel gefunden, das mir für diesen Anlass sehr geeignet schien. Vielleicht empfinden Sie die Frage ja auch als Antwort?

Die Frage
Kann ich dein Herz beglücken?
liebreiche Seele, nein.
Ich kann dich an mein Herz drücken,
fühlen mußt du's allein.

Noch im glückhellsten Gesange
schwebt ein dunkler Klang;
lausch ihm nicht zu lange,
sonst wird dir bang.

Ob ich dir tausendmal sage:
ich liebe dich –
immer doppelt bebt drin die Frage:
liebst du mich? –

Am Sonntag nach dem Gottesdienst haben wir bis zum Mittagessen eine Stunde Freizeit. Ich warte auf Sie bei dem Schuppen hinter der Kirche. Bitte seien Sie diskret. Es darf uns auf keinen Fall jemand zusammen sehen. Das müssen Sie mir versprechen!
Ihre Sonja

Raffaels Hände zitterten vor Aufregung. Sonja, was für ein schöner Name. Er atmete tief ein und meinte ihren zarten Veilchenduft noch in der Nase zu spüren. Wie selbstsicher sie gewesen war. Hätte er doch nur den Augenblick ihres Beisammenseins festhalten können! Zwei lange Tage würde er sich noch gedulden müssen, bis er sie wiedersehen konnte. Er faltete Sonjas Brief sorgfältig zusammen und steckte ihn ein. Dann eilte er zurück in den Unterricht. Er hatte Glück, dass Dr. Hartriegel noch nicht im Klassenraum war. Baltkorn grinste hämisch, als er an ihm vorbeiging. Wahrscheinlich hatte er sich eine neue Gemeinheit für ihn ausgedacht. Bevor er sich auf seinen Stuhl setzte, vergewisserte er sich, ob nicht Wasser oder Farbe darauf war. Seit dem missglückten Versuch, ihn um seinen Schulabschluss zu bringen, ließ sein Mitschüler keine Gelegenheit aus, ihn zu provozieren. Raffael gab sich alle Mühe, überhaupt nicht darauf zu reagieren. Es gab genügend Leute an der Schule, die es nur allzu gern gesehen hätten, wenn er kurz vor dem Schulabschluss von der Schule verwiesen worden wäre. Sein einziger Trost war, dass ihn nur noch drei Wochen vom Ende seiner Schulzeit trennten. Danach würde er nie wieder mit solchen Rüpeln wie Baltkorn und dessen Freunden unter einem Dach leben müssen. Er hasste das Internatsleben. Die engen Regeln und starren Vorschriften passten so gar nicht zu seinem Naturell. Er war schon immer ein Einzelgänger gewesen und fand es unerträglich, Tag und Nacht mit den anderen Schülern zusammen eingesperrt zu sein. Auf der anderen Seite ging er gern zur Schule und sog alles Wissen wie ein Schwamm in sich auf. Die schriftlichen Prüfungen hatte er mit Leichtigkeit bestanden. Nun musste er noch ein paar Kolloquien überstehen, doch auch davor war ihm nicht bange. Er durfte sich nur nicht provozieren lassen. Doch Baltkorn machte es ihm nicht leicht. Einmal fehlte ihm beim Mittagessen sein Nachtisch. Als Raffael aufstand, um sich bei der Köchin zu beschweren, trat ihm Baltkorn in den Weg. Er hielt zwei Schüsselchen mit Schokoladenpudding in den Händen.

»Oh, tut mir leid, Sonthofen«, grinste er. »da habe ich doch aus Versehen deinen Pudding mitgehen lassen.« Er sah sich rasch um, ob man sie beobachtete, dann spuckte er blitzschnell auf die braune Puddinghaut und reichte ihm das Schälchen. Raffael schluckte und biss die Zähne zusammen. Scheinbar gleichmütig nahm er das Schälchen und ging damit an seinen Platz. Ein anderes Mal zog er ein frisches Hemd aus seinem Spind und musste feststellen, dass an diesem und auch an den anderen alle Knöpfe abgeschnitten waren. Raffael musste erst beim Hausmeister um Nähzeug bitten, um die Knöpfe wieder anzunähen. Dadurch verpasste er das Frühstück. Mit geballten Fäusten überstand er die höhnischen Kommentare von Baltkorn und seinen Freunden, obwohl alles in ihm nach Rache schrie. Allein der Gedanke an Sonja ließ ihn die Gemeinheiten seiner Mitschüler ertragen, aber er schwor sich, es ihnen irgendwann einmal heimzuzahlen.

Üblicherweise fand jeden Sonntag in den unterschiedlichen Kirchen ein Gottesdienst statt, zu dem alle Schüler, die in Windhuker Internaten untergebracht waren, zu gehen hatten. Raffael und auch Sonja mussten sich in der evangelisch-lutherischen Christuskirche oberhalb der Innenstadt einfinden. Sie war im Jahre 1910 als Zeichen des Friedens nach den Kämpfen der Deutschen gegen die Namas und Hereros im neogotischen Stil errichtet worden. Der prächtige rote Sandsteinbau mit den weiß umrandeten Fenstern und Giebeln war die prächtigste und auch größte Kirche der Stadt. Kaiser Willhelm II. hatte die Buntglasfenster gestiftet und seine Frau eine prächtige Altarbibel. Doch Raffael hatte an diesem Tag keinen Sinn für die schönen Details in der Kirche. Immer wieder reckte er seinen Hals, um Sonja zwischen ihren Mitschülerinnen auszumachen. Endlich hatte er sie entdeckt. Doch sie hatte keinen Blick für ihn übrig, sondern war ganz in ihr Gebetbuch vertieft. Enttäuscht gab auch Raffael sich den Anschein, als konzentriere er sich auf den Gottesdienst. In Wirklichkeit prasselten die Ermahnungen des Pfarrers an ihm wie kaltes Wasser ab. Als die Menge der Gläubigen nach dem Ende des letzten Liedes in Richtung Ausgang strömte, blieb Raffael auf seinem Platz sitzen. Er tat so, als wolle er noch etwas in seinem Katechismus nachschlagen. Erst als die Kirche leer war, begab er sich hinaus. Die Schüler hatten sich bereits alle zerstreut und genossen die seltene Freizeit bis zum Mittagessen. Vereinzelt standen Grüppchen von Bürgern aus der Stadt herum, die sich miteinander über die Neuigkeiten der letzten Woche austauschten. Wie gewöhnlich bedachten einige der Gläubigen Raffael mit abfälligen Blicken. Er versuchte es wie immer zu ignorieren, auch wenn ihn ihre Abneigung kränkte. Als er festgestellt hatte, dass niemand mehr auf ihn achtete, machte er sich auf den Weg zu dem Schuppen ein Stück hinter der Kirche. Ehemals hatte er als Warenlager der Schutztruppensoldaten gedient, doch seit die Südafrikaner Südwestafrika unter ihr Protektorat gestellt hatten, stand er leer.

Sonja saß in der Dunkelheit des Schuppens auf einem halb zerschlissenen Stoffballen, der wohl darin vergessen worden war. Sie hatte ein helles Sommerkleid an und die Haare zu einem geflochtenen Kranz hochgesteckt. Das verlieh ihrem schmalen Gesicht eine gewisse Ernsthaftigkeit, die Raffael sehr gefiel. Sie hatte ihn noch nicht entdeckt. Einen kurzen Moment zögerte er. Plötzlich fürchtete er sich vor einer Abfuhr. Er war es gewohnt, dass hellhäutige Mädchen ihn bestenfalls in Ruhe ließen. Wie konnte er nur annehmen, dass ausgerechnet Sonja ihn mögen konnte? Doch dann drehte sie sich zu ihm um und lächelte. Mit raschen Schritten trat er auf sie zu.

»Ich dachte schon, Sie kommen nicht mehr«, begrüßte sie ihn mit einer klaren freundlichen Stimme. Er hörte sie zum ersten Mal. Raffael lächelte entschuldigend. »Ich wollte sichergehen, dass niemand mir folgt.« Er räusperte sich verlegen. »Ich habe mich übrigens sehr über das schöne Gedicht gefreut«, gestand er. »Meinen Sie es ernst mit der Frage, die Sie gestellt haben?«

Sonjas graublaue Augen blickten ihn klar an. »Ich meine alles ernst, was ich sage.«

»Ich auch!«

Raffael versank in den graublauen Ozeanen ihrer Augen. Eine Weile lang sprachen sie kein Wort, sondern sahen einander unverwandt an.

»Ich habe mich in Sie verliebt, seit ich Sie zum ersten Mal gesehen habe«, gestand er endlich. Er wunderte sich selbst, wie leicht ihm die Worte über die Lippen kamen. Ein Gefühl der Vertrautheit erfüllte ihn und nahm ihm jede Hemmung. Sonja lächelte und nahm seine Hand in ihre. Sie standen immer noch im Dämmerlicht des staubigen Schuppens, doch beiden war es, als machten sie eine Reise durch den Sternenhimmel. Raffaels andere Hand fuhr sanft über die aprikosenweiche Haut des Mädchens.

»Du bist das schönste Mädchen, das ich jemals gesehen habe«, meinte er ernst. »Ich hatte solche Angst, dass du mich zurückweisen könntest.« Der Wechsel zum vertrauten Du schien ihm die natürlichste Sache der Welt. Sonja schien nichts dagegen zu haben, sondern schmiegte ihren Kopf in seine Hand. »Auch ich habe mich in dich verliebt, vielleicht schon viel früher, als du denkst.«

»Ach ja?« Raffaels Herz klopfte wie wild. »Etwa auch bei dem Wohltätigkeitsbasar?«

Sonja schüttelte den Kopf. »Nein, viel früher. Erinnerst du dich an das Sommerfest bei den Weißens am Waterberg vor einem Jahr?«

»Nur ungern«, meinte Raffael, doch dann merkte er auf. »Sag bloß, du warst auch da? Ich musste leider ziemlich früh das Fest verlassen, weil …« Er schwieg verlegen. »Ach, das ist ja auch egal.«

»… weil du Baltkorn vor allen vermöbelt hast«, vollendete Sonja zu seiner Überraschung den Satz. »Alle haben es mitbekommen. Ich fand es damals eine himmelschreiende Ungerechtigkeit, dass man dir die Schuld an dieser Schlägerei gegeben hat. Zufälligerweise war ich nämlich Zeugin, wie er dich von hinten angegriffen hat.«

»Baltkorn ist eine feige, hinterhältige Ratte«, knurrte Raffael. »Er findet Spaß daran, Leute reinzulegen, von denen er meint, dass sie schon von Natur aus eine schwächere Position haben.«

»Fühlst du dich denn in einer schwächeren Position?«, fragte Sonja erstaunt. Raffael zuckte mit den Schultern.

»Ich bin ein Farbiger. Das sagt doch alles. Allerdings bin ich nicht bereit, zu akzeptieren, dass ich nur wegen meiner Hautfarbe weniger wert sein soll. Diese Einsicht habe ich meinem Vater zu verdanken. »

»Ich wünschte, ich könnte das auch von meinem Vater behaupten.« Ihre Stimme klang plötzlich traurig. »Wenn er herausbekäme, dass wir uns treffen, würde er dir die Haut abziehen.«

»So schlimm wird es wohl schon nicht werden«, meinte er zuversichtlich. »Wenn wir zwei nur zusammenhalten.«

Sie standen immer noch händehaltend dicht voreinander. Raffael hatte plötzlich das Bedürfnis, Sonja zu küssen, doch sie wehrte ihn ab. Das Gespräch hatte sie offensichtlich ernüchtert.

»Wir dürfen uns nicht mehr sehen«, sagte sie entschieden. »Es war ein Fehler, dass ich überhaupt gekommen bin. Du weißt ja nicht, wie grausam mein Vater sein kann! Ich könnte es mir nie verzeihen, wenn er dir etwas antäte.«

»Ich kann mich wehren«, versicherte er. »Und wenn es trotzdem Probleme gibt, können wir auch von hier weggehen. In drei Wochen habe ich meinen Schulabschluss in der Tasche.« Raffael gab sich betont zuversichtlich. »Wir könnten nach Kapstadt gehen, und wenn das nicht reicht, fliehen wir zu meiner Schwester nach Indien.«

Sonjas Gesicht entspannte sich, und ihr feines Lächeln kehrte zurück. »Das hört sich so tapfer an. Für mich ist noch nie jemand so entschieden eingetreten.«

Raffael zögerte nun nicht länger, sondern schloss sie fest in seine Arme. Dieses Mal ließ sie es zu. Ihr Gesicht lag wie ein Blütenblatt auf seiner Schulter, und er konnte durch sein Hemd hindurch ihren Atem spüren.

»Dein Vater muss ein ziemlicher Sturkopf sein«, meinte er. »Aber wir werden ihm die Stirn bieten und ihm zeigen, dass unsere Liebe stärker ist als sein Vorurteil. Irgendwann wird er schon zur Vernunft kommen.«

Sonja schüttelte bekümmert den Kopf. »Er wird es nie einsehen«, flüsterte sie. »Du weißt nicht, wie nachtragend ein Nachtmahr sein kann.«

»Nachtmahr?«

Raffael stieß Sonja unbewusst von sich und sah sie entsetzt an. »Willst du damit sagen, dass dein Vater Rüdiger von Nachtmahr ist?«

»Wusstest du das denn nicht?«, gab sie leicht gekränkt zurück. Die heftige Reaktion hatte sie verunsichert.

»O mein Gott!«, stöhnte Raffael und rieb sich die Schläfen. Dann begann er plötzlich zu lachen. »Ich glaube, ich habe ein großes Talent, mir Schwierigkeiten einzubrocken.«

»Das sage ich ja«, meinte Sonja traurig. »Wir dürfen uns nicht mehr sehen. Es gibt für uns keine Zukunft.«

»Natürlich gibt es die! Wir werden einen Weg finden. In drei Wochen können wir fliehen.«

»Das kann ich meiner Mutter nicht antun«, widersprach sie leise. »Es würde ihr das Herz brechen. Außerdem kränkelt sie!«

»Dann nehmen wir sie eben mit uns.« Raffaels dunkle Augen flackerten entschieden auf. Unerschütterliche Zuversicht und der Glaube an ihre Liebe erfüllten ihn, trotz aller Unwägbarkeiten. Er sah die junge Frau, die bis vor wenigen Tagen noch so unerreichbar für ihn schien und ihm jetzt ihre Liebe gestanden hatte, voller Leidenschaft an. »Ich werde einen Weg für uns beide finden«, versprach er voller Inbrunst. »Dafür verspreche ich dir mein Leben.« Er beugte sich zu ihr vor und verschloss ihre Lippen mit einem leidenschaftlichen Kuss.

Sarah bemerkte die Veränderung ihres Sohnes sofort. Schon am Tag seiner Ankunft in *Owitambe* erschien er gelöster und zufriedener, als sie ihn jemals zuvor erlebt hatte. Seiner Rückkehr auf die Farm hatte sie bei aller Freude auch mit gemischten Gefühlen entgegengesehen. Raffael und sein Vater waren beide Dickköpfe. Ihr Sohn noch dazu ein Heißsporn mit dem Hang zum Jähzorn. Die Mischung war explosiv, vor allem, weil Sarah fürchtete, dass Raffael kaum bereit war, sich den Wünschen seines Vaters unterzuordnen. Zu ihrer großen Überraschung war es bislang noch zu keiner Auseinandersetzung gekommen. Der junge Mann packte ohne Zögern bei der täglichen Arbeit mit an und half Samuel und dessen Söhnen. Sie grübelte, was ihren Sohn so verändert haben mochte, kam jedoch zu keiner wirklichen Erkenntnis. Entgegen seiner sonstigen Art widersprach er seinem Vater nicht, sondern hörte ihm aufmerksam zu. Johannes war davon so angenehm überrascht, dass auch er seine grummelnde Art aufzugeben begann und jegliche Konfrontation zu vermeiden suchte. Doch Sarah traute dem Frieden nicht. Spätestens wenn Johannes mit seinem Sohn über dessen Zukunft auf der Farm reden würde, würde sich eine neue Kluft auftun. Sarah fühlte sich zwischen den beiden Männern hin- und hergerissen. Es war wie ein Kampf zwischen ihren beiden Kulturen. Bei ihrem Volk war es selbstverständlich, dass ein Sohn den Weg beschritt, den die Ahnen von ihm forderten. Deshalb verstand sie ihren Mann, der forderte, dass Raffael sein

Lebenswerk fortführte. Auf der anderen Seite sah sie mit dem Herzen einer Mutter. Sie spürte, dass ihr Sohn für andere Dinge viel offener war. Er interessierte sich für Technik, aber auch für Philosophie und Geschichte. Dinge, von denen Sarah keine Ahnung hatte. Sie wusste nur, dass er in ihrem Dorf wohl ein geachteter Ratgeber gewesen wäre, weil er klug war und immer nach Gerechtigkeit strebte. Ihr Mann hatte die Hoffnung nie aufgegeben, dass sich sein Sohn doch noch für die Farmarbeit interessieren würde.

Je älter Johannes wurde, umso mehr setzte sich eine gewisse Halsstarrigkeit und auch Verbitterung in ihm fest. Die Jahre machten ihm zu schaffen. Seine Knochen schmerzten, wenn er morgens aufstand, und sie schmerzten erst recht, wenn er sich abends zur Ruhe legte. Sarah wusste, dass er es nie wirklich überwunden hatte, dass seine geliebte Tochter damals hatte fliehen müssen. Er vermisste sie mehr, als er jemals zugeben würde. Sie war so, wie er sich Raffael immer gewünscht hatte. Sarah bekümmerte das, weil sie spürte, dass der Vergleich ungerecht war. Warum nahm ihr Mann seinen Sohn nicht so an, wie er nun einmal war? Dann wäre für sie alle das Leben viel leichter. Sarah wusste um die Sorgen ihres Mannes, und sie liebte ihn immer noch, auch wenn er es ihr manchmal durch seine immer starrer werdende Art nicht leicht machte. Sie hoffte inständig, dass ihre beiden Männer einen guten Weg für die Zukunft finden würden.

Johannes grub gerade den Gemüsegarten mit einem Spaten um, damit sie neue Pflanzen setzen konnte. Er musste oft Pausen machen und rieb sich dabei den Rücken. Sarah setzte ihren Wäschekorb ab und schüttelte den Kopf.

»Die schwere Arbeit kann doch Mateus machen«, meinte sie. Doch Johannes schüttelte nur unwirsch seinen weißgrauen Kopf. »Das kleine Stück werde ich schon noch hinbekommen«, brummte er. »So alt, wie du immer tust, bin ich wirklich noch nicht. Wo ist eigentlich mein Sohn? Wird er mit uns essen?«

Sarah schüttelte den Kopf. »Er repariert mit Mateus das Windrad. Danach will er noch zu Nakeshi und Bô. Angeblich sind sie mit ihrer Gruppe wieder einmal in der Nähe. Ich nehme an, er wird über Nacht bleiben.«

»Der Junge scheint sich wirklich geändert zu haben«, meinte er zufrieden. »Die Jahre auf dem Internat haben ihn wohl doch zu einem Mann gemacht.«

»Nicht die Schule, die Zeit hat ihn zu einem Mann gemacht«, erwiderte Sarah lächelnd. Johannes bedachte seine Frau mit einem schiefen Grinsen, stimmte ihr aber zu. »Wie auch immer. Die Hauptsache ist, dass er sich hier auf der Farm einfügt.« Dann wechselte er das Thema. »Seit wann sind die Buschmänner denn wieder in der Gegend? Sie waren lange nicht hier.«

»Joshua hat ihre Spuren bei Erongo entdeckt. Er hat auch gesagt, dass es nicht mehr viele sind.«

»Ach ja?« Sein von der Sonne gegerbtes Gesicht zeigte Sorgenfalten, als er sich schweigend wieder an seine Arbeit machte. Bôs Gruppe wäre nicht die erste, die wegen der Lockungen der Zivilisation zerfiel. Immer mehr Traditionen begannen sich in den letzten Jahren aufzulösen. Johannes gefiel das ganz und gar nicht.

Raffael lief der Schweiß in Strömen über das Gesicht, als er gemeinsam mit Mateus das reparierte Windrad wieder in seine Position brachte. Die beiden jungen Männer befanden sich in etwa zehn Meter Höhe auf einem hölzernen Gestell und kontrollierten die Schrauben ein letztes Mal.

»Du kannst schon mal absteigen«, meinte Mateus. »Ich bringe das Rad allein in Position.«

Raffael nickte und machte sich an den Abstieg, während der Sohn des Vorarbeiters Samuel vorsichtig das Rad in den Wind stellte. Als es sich schließlich zu drehen begann, folgte er ihm. Als Jungen waren sich Mateus und Raffael spinnefeind gewesen, und auch jetzt betrachtete der junge Herero den Sohn des Chefs mit Misstrauen. Er hatte an seiner Arbeit zwar nichts auszusetzen, dennoch fürchtete er, dass Raffael sich über kurz oder lang als Chef aufspielen könnte und ihn zu irgendwelchen seltsamen Arbeiten auffordern würde, die er selbst nicht verstand. Mateus bangte auch um seine Position. Wenn Raffael jetzt auch auf der Farm arbeitete, würde er hier bald das Sagen haben. Das behagte ihm gar nicht, denn er wusste, wie jähzornig der junge Herr sein konnte.

»Brauchst du mich noch?«, fragte dieser.

»Nein. Für heute sind wir fertig. Ich werde jetzt zur Farm zurückkehren.«

»Gut.«

Raffael zog sein verschwitztes Hemd aus und wusch sich unter dem Wasserstrahl, der mithilfe des Windrades nun aus der Erde gepumpt wurde. Dann füllte er seine Wasserflasche und befestigte sie am Sattel seines Pferdes. »Ich werde erst morgen früh wieder auf der Farm sein«, teilte er Mateus mit. »Ich reite noch in den Busch.«

Mateus feixte. »Hast du vielleicht ein Liebchen dort?«

Raffael bedachte ihn mit einem seltsamen Blick. Für einen Augenblick fürchtete der Herero sogar, dass sein gefürchteter Jähzorn aus ihm herausbrechen könnte. Doch nichts dergleichen geschah. Der junge Herr grinste ihm freundlich zu, schwang sich wortlos auf sein Pferd und ritt davon.

Raffael kannte den Mankettibaum, unter dem sich die Buschmänner gern aufhielten. Er war nicht weit von Erongo entfernt. Nach gut einer Stunde Ritt hatte er ihn erreicht. Ein ganzes Stück vor dem Baum kam ihm Nakeshi lachend entgegen.

»Dein Pferd macht sehr viel Krach«, begrüßte sie den jungen Mann. Raffael grinste. Die Buschmänner hatten ein ausgezeichnetes Gehör, das dem vieler anderer Afrikaner bei Weitem überlegen war. Mit einem Schwung sprang er von seinem Pferd und begrüßte nun seinerseits herzlich die kleine Buschmannfrau, die er seit mehreren Jahren nicht gesehen hatte.

»Du bist ein kräftiger Mann geworden«, meinte Nakeshi anerkennend. »Komm mit zu unserem Lager. Bô hat einen Springbock erlegt. Wir haben viel zu essen.«

Die Tatsache, dass sie ihr Essen mit ihm teilen wollte, zeigte, wie sehr sie sich freute. Gemeinsam gingen sie das Stück zu dem großen Mankettibaum, unter dem die Buschmänner auch dieses Mal ihr Lager aufgeschlagen hatten. Die Menschen begrüßten ihn freundlich, und auch Bô strahlte, als er den jungen Mann sah. Raffael fiel sofort auf, dass die Gruppe viel kleiner als gewöhnlich war.

»Wo sind die anderen?«, wollte er wissen. »Ich vermisse Gao und Xisa und einige andere.«

Bôs Gesicht wurde traurig.

»Sie sind weg.«

»Zu einer anderen Gruppe?«

Bô schüttelte den Kopf. »Gao liest für den weißen Mann Spuren. Xisa arbeitet mit ihrer Familie auf einer Farm. Sie sind dort eingesperrt wie eure Tiere.«

»Warum sind sie weg?«

Bô zuckte mit den Schultern.

»Sie sagen, dort haben sie immer zu essen, und Wasser gibt es auch im Überfluss«, sagte Nakeshi. »Aber die Wahrheit ist, sie verlieren ihr Leben und ihre Familie. Gao ist dem Gift des weißen Mannes verfallen, das ihr Alkohol nennt. Sein Geist ist verwirrt, und er redet Dinge, die ihm die Llangwasi einreden.«

»Das tut mir leid«, sagte Raffael. Plötzlich musste er an das Volk seiner Mutter denken. Ob ihr Leben sich auch so zu verändern begann? Er schüttelte den Gedanken ab, weil er ihn unangenehm fand. Was hatte er schon mit den Himbas zu tun?

»Lasst uns essen und deine Ankunft feiern«, verkündete Bô.

Er schnitt ein ordentliches Stück Fleisch von dem gegrillten Springbock ab und reichte es Raffael. Nakeshi bot ihm gekochte Wurzeln und etwas Wasser aus einem Straußenei an. Dann bat sie ihn, von sich zu erzählen. Sie fragte nach Johannes und Sarah, und sie erkundigte sich nach Jella.

»Ich vermisse meine Sternenschwester«, seufzte sie traurig. So viele Monde sind vergangen, seit wir uns das letzte Mal sahen. Es wird Zeit, dass ich sie wieder zurückrufe.«

»Wenn das nur so einfach wäre«, meinte Raffael aus vollem Herzen. »Wenn Jella und Fritz hier wären, könnte ich frei sein.«

»Du bist frei«, stellte Nakeshi erstaunt fest. »Keiner hält dich gefangen.«

»Mein Vater will, dass ich die Farm übernehme«, erklärte Raffael bitter. »Für mich ist das eine Art Gefangenschaft. Ich habe andere Pläne für mein Leben. Leider akzeptiert das mein Vater nicht …«

Er starrte in die wärmende Glut. In ein paar Tagen fand wieder das große Sommerfest auf der Farm der Familie Weiß statt. Dann würde er Sonja wiedersehen. Er hatte ihr versprochen, bis dahin eine Lösung für sie beide gefunden zu haben. Doch bislang war ihm keine zündende Idee gekommen. Nach ihrem ersten Treffen hatten sie sich noch zweimal nach der Kirche getroffen. Die kurze Zeit hatte gereicht, um seine Gefühle für die junge Frau zu vertiefen. Er wollte mit Sonja sein Leben verbringen. Dafür würde er jedes Opfer bringen.

Mit der einsetzenden Dunkelheit kamen die letzten Jäger mit fröhlichem Gelächter zurück. Unter ihnen war auch Debe, der Sohn von Nakeshi und Bô. Mit seinen vierzehn Jahren war der Junge bereits größer als seine Mutter. Er hatte ihr spitzbübisches Lächeln und das ausdrucksstarke Gesicht seines Vaters. Stolz zeigte er seinen Eltern das Perlhuhn, das er in einer Falle gefangen hatte. »Fast hätte ein Schakal es mir vor der Nase weggeschnappt«, erzählte er stolz, »aber ich habe ihn mit einem Stock in die Flucht geschlagen. So … und so … und so!« Pantomimisch stürzte er sich mit einem imaginären Stock auf einen imaginären Schakal und vollführte dabei eine Art Tanz. Alle lachten, selbst Raffael wurde aus seinen grüblerischen Gedanken gerissen. Der Junge setzte sich zu ihnen und fing sofort an zu essen. Heute war ein Freudentag. Es kam nicht oft vor, dass es bei den Buschmännern Essen in Hülle und Fülle gab. Nach dem Mahl begann die alte Chuka an einem anderen Feuer Geschichten zu erzählen. Debe und Bô gingen zu ihr hinüber, um ihren Erzählungen zu lauschen. Raffael und Nakeshi blieben sitzen.

»Ich fühle, dass du noch mehr zu erzählen hast«, begann die Buschmannfrau nach einer längeren Zeit des Schweigens. »Du bist der Bruder meiner Sternenschwester und deshalb auch mein Bruder. Erleichtere dein Herz, wenn du magst.«

Raffael antwortete nicht. Stattdessen stocherte er im Feuer. Tausend Gedanken gingen ihm durch den Kopf, und wie so oft haderte er mit seinem Schicksal, ein Mischling zu sein. Wo war sein Platz in dieser Welt? Dabei konnte ihm wohl niemand helfen.

»Dein Herz wird leicht wie ein Vogel, wenn du deinen Kummer mit mir teilst«, ermunterte ihn Nakeshi noch einmal. Raffael sah sie unentschlossen an. Die Buschmannfrau strahlte eine selbstverständliche Sicherheit aus, die ihn ermutigte.

»Warum sieht jeder in mir nur das, was er ablehnt?«, fragte er sie. Auf ihren fragenden Blick erläuterte er ihr seine Andeutung. »Auf der Schule der Weißen wurde ich immer als Schwarzer behandelt. Bei den schwarzen Arbeitern auf der Farm gelte ich immer als Weißer. Keiner sieht mich so, wie ich wirklich bin.«

»Die Menschen sehen dich so, wie du dich ihnen zeigst«, sagte Nakeshi. »Sie spüren, dass du deinen Platz noch nicht gefunden hast. Wenn du bei den Weißen nicht glücklich bist, dann geh zu deiner Himba-Familie. Erst wenn du dich selbst erkannt hast, werden dich die Menschen so sehen, wie du bist.«

»Als ob ich nicht wüsste, wer ich bin«, fuhr Raffael auf. Die gut gemeinten Worte erregten sein Gemüt. »Ich bin ein Wanderer zwischen zwei Welten, dessen Schicksal es ist, nirgends akzeptiert zu werden.«

Nakeshi wiegte leicht den Kopf. »Du musst lernen, du selbst zu sein, und nicht wie ein kurzsichtiges Nashorn alle angreifen.«

»Das sind doch nur Worte«, meinte er ungehalten. »Sie helfen mir auch nicht weiter.«

»Ja, es sind nur Worte«, bestätigte Nakeshi. »Sie allein helfen nicht.« Sie beobachtete ihn aus ihren schrägen Augen, was ihn verlegen werden ließ. Plötzlich schämte er sich für sein heftiges Auftreten.

»Ich weiß, dass du es gut mit mir meinst«, entschuldigte er sich. »Aber alles ist im Moment so kompliziert. Ich habe mich in eine weiße Frau verliebt. Sie ist die Tochter des schlimmsten Feindes meines Vaters. Unsere Eltern werden niemals unserer Verbindung zustimmen.«

Nakeshi sah Raffael verständnislos an. »In meinem Volk haben die Eltern nichts in Liebesdingen zu sagen. Jeder Mann und jede Frau wählen den zum Partner, den sie lieben. Wenn ihre Eltern Streit haben, so ist das ihr Problem, nicht das der Liebenden.«

»Du kannst das nicht verstehen«, sagte Raffael in einem Anflug von Verzweiflung. »Sonja ist die Tochter von Baron von Nachtmahr. Du kennst ihn, er war es, der damals Fritz durch seine falschen Anschuldigungen ins Konzentrationslager gebracht hat.«

»Das ist schlimm«, stimmte Nakeshi ernst zu. »Ich werde Kauha bitten, dir zu helfen. Möge die Kraft der Geister mit dir sein.«

Das Gespräch mit Nakeshi hatte Raffael mehr aufgewühlt als beruhigt. Er stand auf und ging ein paar Schritte in die sternenhelle Nacht. In der Ferne hörte er das hässliche Keckern von Hyänen. Das Leben der Buschmänner erinnerte ihn plötzlich an seine Kindheit, als er mit seinen Eltern seine Himba-Familie besucht hatte. Soweit er sich erinnern konnte, war er damals sehr glücklich gewesen. Seine Cousins und Cousinen hatten ihn als einen der ihren angenommen, ohne Rücksicht auf seine Hautfarbe. Sie hatten sogar seinen ungestümen Charakter akzeptiert, ohne ihn deswegen abzulehnen. Aber das war Vergangenheit. In der Schule hatte er gelernt, wie rückständig diese nomadisierenden Viehhirten waren. Sie lebten wie die Buschmänner noch in der Steinzeit. Ihr Leben war primitiv und hart. Nakeshis Rat, sie noch einmal zu besuchen, erschien ihm abwegig, wenn nicht sogar absurd.

Vergeltung

»Das war ein wundervoller Abend«, schwärmte Jella. Sie waren gerade auf dem Nachhauseweg von ihrem Freund Salim Mohan, der eine kleine, zwanglose Abendgesellschaft gegeben hatte mit gutem Essen, schöner indischer Musik und launigen Gesprächen. »Kannst du dich noch an den Witz erinnern, den Salims Freund Nitish erzählt hat?«, kicherte sie. »Ich werde ihn bei nächster Gelegenheit Lady Gainsworthy oder noch besser gleich den Offizieren erzählen.«

»Untersteh dich!«, tadelte Fritz amüsiert. »Obwohl die Vorstellung allein schon einen gewissen Reiz hat.«

»Bekommst du ihn noch hin?«

»Wozu?«, neckte er. »Ich kann dir den Witz zehnmal erzählen, und du merkst ihn dir doch nicht!«

»Das spielt jetzt keine Rolle!« Jella zwickte ihn in den Arm. »Ich möchte eben noch einmal lachen!« Sie war leicht beschwipst, was sie noch unwiderstehlicher machte. Artig fügte er sich endlich ihrem Wunsch: »Ein Kind wird geboren. Nachdem es den ersten Schrei getan hat, sagt es: »A-Quadrat plus B-Quadrat gleich C-Quadrat.« Die Mutter ist entsetzt: »Herr Doktor, kann man dagegen nichts machen?« Der Arzt operiert das Kind und entnimmt ihm die Hälfte des Gehirns. Das Baby erwacht aus der Narkose und sagt: »Eins, zwei, drei, vier.« – »Es tut mir leid«, sagt die Mutter, »aber mein Kind ist immer noch zu intelligent.« Also operiert der Arzt noch einmal. Diesmal wird der Rest des Gehirns herausgenommen, das Kind erwacht und sagt: »Kompanie stillgestanden!«

Jella schüttelte sich erneut vor Lachen, und Fritz lachte mit. Es war weniger der Witz, der ihn amüsierte, als seine ausgelassene Frau. Er hatte sie schon lange nicht mehr so unbeschwert gesehen. Mittlerweile waren sie in ihrem Haveli angekommen, und er schloss die Tür auf. »Du musst etwas leiser sein«, mahnte er sie. »Sonst wecken wir noch Ricky und Jamina auf.«

»Das wäre schade.« Jellas Augen blitzten verführerisch, und er konnte nicht umhin, sie zu küssen. Doch sie entwischte ihm und schlüpfte an ihm vorbei ins Haus. »Ich warte oben auf dich«, flüsterte sie verheißungsvoll und begab sich durch die Dunkelheit zu dem schmalen Treppenaufgang, der in die Schlafräume führte. Seit der Tigerjagd teilten Jella und Fritz wieder ein Bett. Sie schaltete das elektrische Licht an und schmiss die Handtasche achtlos auf einen Sessel. Auf dem kleinen Beistelltisch fiel ihr ein runder Korb mit einem Deckel auf. Bestimmt ein Geschenk von einem meiner Patienten, dachte sie. Im Henkel des Korbs steckte eine kleine Karte.

In Dankbarkeit für Ihre Hilfe.

Der Text war auf Hindi verfasst, was Jella verwunderte, denn die meisten ihrer Patienten konnten weder lesen noch schreiben. Sie schob den Deckel ein Stück beiseite, um nachzusehen, was darin war, als Fritz sie von hinten um die Hüfte fasste und an sich heranzog.

»Ich weiß etwas viel Besseres«, flüsterte er heiser und begann ihren Sari zu lösen. Mit Genuss wickelte er das vier Meter lange Seidentuch von ihrem Körper, bis sie nur noch im Unterrock und einer kurzen, bauchfreien Bluse vor ihm stand. Unter dem transparenten Baumwollstoff ihres Rockes schimmerten verführerisch ihre Schenkel. Fritz zog seine Frau zu sich heran. Jella erwiderte seinen Kuss mit einer Leidenschaft, die ihn fast um den Verstand brachte. Seit ihrem Streit hatten sie auf eine ganz neue, aufregende Art und Weise wieder zueinandergefunden. Jella war nun auch im Bett selbstbewusster und fordernder geworden. Oft ergriff sie die Initiative, was ihn immer wieder überraschte. Manchmal glaubte er, dass er sie noch mehr liebte als jemals zuvor. Mit kundigen Händen begann nun auch sie, ihn auszuziehen. Sie half ihm aus der Hose und öffnete sein Hemd. Fritz zog sie mit sich auf das große Bett und löste die Haken, die ihre Bluse zusammenhielten. Ihre weißen, immer noch vollen Brüste sprangen ihm wie verheißungsvolle Äpfel entgegen. Er nahm eine Brustwarze in seinen Mund und knabberte sacht mit seinen Zähnen daran, bis Jella vor Lust leise aufschrie. Mit seiner Hand tastete er zwischen ihre Schenkel, um sie für sich bereit zu machen. Doch das war nicht nötig. Sie wand sich ihm entgegen und sah ihn herausfordernd an. Die Art, wie sie ihm ihre Lust zeigte, war für ihn die Aufforderung, sie heftig zu nehmen. Genussvoll stieß er in sie hinein. Wieder und wieder. Sie keuchte und leckte sich mit der Zunge über die Lippen, während er sich in ihren Schoß ergoss. Eng umschlungen schliefen sie schließlich gemeinsam ein.

Zwei Zimmer weiter schlief Ricky einen unruhigen Schlaf. Merkwürdige Albträume rissen sie in einen Sog aus Bildern, die in ihrer Wahrnehmung zur Realität wurden. Sie träumte von Afrika, das sie eigentlich nur von wenigen undeutlichen Schwarzweißfotografien kannte. Wie ein geisterhafter Beobachter schwebte sie über blauvioletten Tafelbergen mit schroffen, zerklüfteten Felswänden, die in eine rote, wüstenähnliche Landschaft ausliefen. Am Rande des Gebirges lag ein kleines Dorf mit runden, lehmverputzten Hütten und Menschen, deren Haare und Haut glänzend rot gefärbt waren. Sie entdeckte zahlreiche langhörnige Rinder, die in Kraalen aus Zweigen eingeschlossen waren. Bevor sie die Menschen in ihrem Dorf näher betrachten konnte, wurde sie wie von einem Windstoß weggetrieben, hin zu den Bergen, hinein in eine enge Bergschlucht. An einer Wasserstelle saß ein junger rothäutiger

Mann, nur mit einem Lendentuch aus Leder bekleidet. In seinen Händen hielt er einen langen Stab. Er sah unglücklich aus und schien tief in seinen Gedanken gefangen zu sein. Da kam plötzlich ein mächtiger Elefant auf ihn zu; der Mann bemerkte ihn nicht. Erst als der Elefant einen wütenden Trompetenruf von sich gab, sprang er auf. Doch es war zu spät. Das Tier spießte ihn auf seine Stoßzähne und schleuderte ihn weit von sich. Überall war Blut, und der Elefant zertrampelte den Mann zu einer breiigen Masse. Ricky schrie vor Entsetzen laut auf und erwachte schweißgebadet.

In dem Korb auf dem Beistelltisch begann es sich zu regen. Mit züngelnden Bewegungen tastete sich die Schlange in Richtung der schmalen Öffnung zwischen Deckel und Korbrand. Ihr Kopf und ein Stück ihres Körpers schlüpfte in wiegenden Bewegungen durch das Loch, während sie achtsam und gleichzeitig drohend ihren Halsschild mit dem brillenähnlichen Muster spreizte. Die Kobra züngelte in alle Richtungen, bis sie sich sicher war, dass keine Gefahr drohte. Dann glitt sie entlang des Korbes auf den kleinen Tisch und von dort auf den Boden. Hier war es kalt. Sie spürte, dass sie schnell Wärme aufnehmen musste, wenn sie nicht erstarren wollte, und richtete sich erneut auf. In der Höhe ihres Kopfes strahlte es warm. Die Kobra ertastete einen schmalen Schlitz zwischen Laken und Bettdecke, durch den sie sich geschmeidig hindurchschlängelte.

Rickys Nachthemd klebte trotz der Kälte der Nacht auf ihrer Haut. Der Traum hatte ihren Puls nach oben gejagt, und ihr Herz hämmerte wie wild. Mehrmals versuchte sie wieder einzuschlafen, doch sobald sie die Augen schloss, tauchte erneut der blutverschmierte Körper des jungen Mannes auf. Erschöpft stand sie auf, um sich ein Glas Wasser aus dem Krug auf dem Tisch einzuschenken. Sie trank es gierig, bevor sie sich wieder hinlegte. Ihr Körper zitterte, und sie hatte aus unerfindlichen Gründen Angst. Egal, was sie tat, sie wurde die schrecklichen Bilder nicht los. Schließlich entschloss sie sich, zu ihren Eltern zu gehen. Vielleicht konnte ihre Mutter ihr ja ein leichtes Schlafmittel verabreichen, das sie wieder zur Ruhe kommen ließ. Sie zündete die Petroleumlampe auf ihrem Nachttisch an, schlüpfte in ihre Pantoffeln und verließ das Zimmer.

Jella wachte auf, weil sie fror. Neben ihr tönten Fritz' gleichmäßige Atemzüge. Sie beschloss, sich eine Wolldecke zu holen. Schwungvoll schlug sie die Bettdecke zur Seite, als sie ein drohendes Zischeln direkt neben ihrem linken Fuß vernahm. Allein der Gedanke, dass ihre Befürchtung wahr sein konnte, ließ sie zu Stein erstarren. Reglos lag sie da und betete, dass sie sich irrte. Kalter Schweiß benetzte ihre Stirn, als sie endlich wagte, ihren Kopf ein wenig anzuheben. Im Zimmer war es ziemlich dunkel. Nur ein wenig Mondlicht drang durch die Fensteröffnungen. Es reichte aus, um ihrer Angst Gewissheit zu verschaffen. Direkt neben ihrem linken Unterschenkel lag ein dunkler, schlauchähnlicher Schatten, dessen eines Ende sich unruhig erhob und hin- und herschwankte. Jella verabscheute Schlangen nicht nur aus tiefstem Herzen, sie fürchtete sich mehr vor ihnen als vor jedem anderen Tier. Die unberechenbare Art ihrer Bewegungen, die schuppige Haut, die geschlitzten Pupillen, allein der Gedanke daran konnte schon eine Hysterie in ihr auslösen. In panischen Atemzügen hob und senkte sich ihr Brustkorb. Sie kämpfte mit dem Bedürfnis, laut zu schreien, weil der letzte Rest Vernunft in ihr sagte, dass dies ihr Ende sein konnte.

Sie musste Fritz wecken, aber ihr Hals war trocken, und sie bekam keinen Ton über ihre Lippen. Sie wusste nicht, wie lange sie so dalag. Sie wusste nur, dass sie sich keinen Millimeter vom Fleck rühren durfte, um das Reptil nicht zu erschrecken.

Plötzlich ging die Tür auf, und eine dunkle Gestalt huschte in das Zimmer.

»Mutter?«

Jella drehte leicht den Kopf und sah, wie ihre Tochter direkt auf ihr Bett zusteuerte. Sie musste gleich bei ihr sein. Unter Aufbietung all ihrer Kräfte hob sie ihren Kopf und krächzte: »Bleib stehen. In meinem Bett ist eine Schlange!«

Die Panik in ihrer Stimme ließ Ricky innehalten. Die Petroleumlampe in ihrer Hand beleuchtete das vor Schreck erstarrte Gesicht ihrer Mutter, als sie die Schlange entdeckte.

»Mein Gott!«, sagte sie seltsam gefasst. Im Gegensatz zu Jella sah Ricky Schlangen als durchaus faszinierende Tiere, zumindest sofern sie keine Giftschlangen waren. Immerhin half ihr das, in diesem Moment einen kühlen Kopf zu bewahren. »Rühr dich auf keinen Fall! Ich werde Vater wecken.«

»Beeil dich!«, keuchte Jella verzweifelt. »Ich halte es kaum noch aus!«

Fritz verfügte über einen gesegneten Schlaf und hatte immer noch nichts mitbekommen. Vorsichtig begab sich Ricky zu Fritz' Bettseite und tippte ihn leicht an. Um ihre Mutter nicht zu gefährden, wollte sie auf gar keinen Fall, dass er aufschreckte und eine unbedachte Bewegung tat. Als er verschlafen blinzelte, warnte sie ihn eindringlich.

»Beweg dich auf keinen Fall. In eurem Bett ist eine Schlange.« Fritz Augen weiteten sich erschrocken, doch er blieb gefasst.

»Wo ist sie genau?«

»Auf der anderen Seite des Bettes direkt an Mutters Fuß.«

»Dann kann ich mich also vorsichtig aus dem Bett rollen?«

Ricky nickte.

Fritz erfasste die Lage sofort. Sobald er aus dem Bett war, suchte er nach einem geeigneten Gegenstand. Sein Blick fiel auf eine Gardinenstange. Mit einem Ruck riss er sie vom Vorhang und trat zu Jella ans Bett.

»Ich werde die Schlange mit der Stange vom Bett katapultieren«, erklärte er seiner Frau. »Gleich bist du sie los.«

»Ich kann nicht mehr«, wimmerte Jella. Ein unkontrollierbares Zittern befiel sie und erfasste auch ihre Füße. Die Schlange richtete sich erneut auf und spreizte drohend ihr Halsband. Mit wiegenden Bewegungen lotete sie die Gefahr aus, die auf einmal für sie aufgetaucht war. Die zitternden Beine direkt neben ihr ließen sie wütend aufzischen. Sie bog ihren Körper zurück und stieß mit geöffnetem Maul zu. In diesem Augenblick wurde sie von Fritz' Stange durch die Luft gewirbelt. Sie drehte sich mehrmals um ihre eigene Achse und fiel dann auf den Boden. Sofort ging sie wieder in Angriffsstellung über. Dieses Mal war Fritz ihr Angriffsziel. Noch einmal schnellte ihr Körper vor, doch er wich bis zur Wand zurück und der Angriff ging ins Leere. Die Schlange floh nun unter das Bett und kroch direkt auf Ricky zu, die immer noch an derselben Stelle stand. Fritz rief ihr noch eine Warnung zu, doch bis sie die Schlange entdeckte, war es zu spät. Das Tier hob ein drittes Mal seinen Kopf und schnellte vor. Dieses Mal traf sie ihr Ziel.

Nägel mit Köpfen

Raffael war endlich zu einem Entschluss gekommen. Er würde Sonja bitten, seine Frau zu werden, und dann seinem Vater mitteilen, dass er *Owitambe* übernehmen würde. Es war keine leichte Entscheidung gewesen, aber es schien ihm der einzig mögliche Weg, um mit dem Mädchen, das er liebte, zusammenleben zu können. Wie er es auch drehte und wendete, es war die beste Lösung. Seinen Traum, Physik, Philosophie oder Jura zu studieren, um etwas in der Welt zu bewegen, würde er schweren Herzens aufgeben müssen. Es wurde Zeit, sich der Realität zu stellen. Sein Vater wurde alt und war ein Sturkopf. Er würde ihm nie ein Studium finanzieren, weil er fürchtete, dass *Owitambe* dann für immer verloren sein würde. Er selbst hatte zwar im Laufe der Jahre etwas Geld angespart, aber davon konnte er nicht für sich und seine junge Frau sorgen. Übernahm er hingegen die Farm und die Karakul-Schafzucht, konnte er darauf hoffen, dass sich seine Familie wenigstens in Bezug auf Sonja hinter ihn stellen würde. Er hatte zwar noch keine Vorstellung, wie er bei dem Baron um die Hand seiner Tochter anhalten sollte, aber das würde sich schon ergeben. Zur Not mussten sie warten, bis sie volljährig war. Doch zuallererst musste er wissen, was seine Angebetete dazu sagte.

»Es wundert mich, dass du dieses Jahr doch wieder mit auf das Sommerfest kommst«, meinte Imelda, die mit ihrem Mann Rajiv auf der Rückbank der Kutsche saß, die sie in Richtung der Farm der Weißens fuhr. Ihre Worte rissen Raffael mitten aus seinen Gedanken. Er und sein Vater saßen vorn auf dem

Kutschbock. Sie waren zu viert. Sarah hatte sich wie auch letztes Jahr geweigert, mit auf das Fest zu gehen, obwohl ihr Mann sie mehrmals gebeten hatte. Sie wollte ihm und sich die offene Ablehnung ersparen, die ihnen bei ihrer Anwesenheit entgegenschlagen würde. Raffael wusste, wie seine Mutter sich fühlte. Auch er hatte nur wenig Herzlichkeit auf dem Fest zu erwarten. Zwar duldete man ihn, schon allein, weil er der Sohn eines wohlhabenden, wenn auch umstrittenen Farmers war, gleichzeitig mieden ihn die gleichaltrigen jungen Männer, wohl auch, weil sie wussten, wie jähzornig er sein konnte. Im Jahr zuvor hatte er sich sogar zu einer Schlägerei hinreißen lassen. Damals hatte er sich geschworen, nie wieder auf dieses Sommerfest zu gehen. Doch jetzt würde er dort Sonja treffen, und das hatte seine Meinung grundlegend geändert.

»Ich hab es mir eben anders überlegt«, meinte er einsilbig.

Imelda musterte Raffael neugierig. »Angeblich hast du dich nach der Schule überraschend gut auf *Owitambe* eingelebt?«

»Ja, das hat er«, mischte sich Johannes stolz ein. »Mein Sohn macht sich prächtig. Seit er da ist, gibt sich auch Mateus wieder mehr Mühe. Nächste Woche nehme ich die beiden mit auf die große Schafauktion. So wie es aussieht, werden wir zum ersten Mal mit unseren nachgezüchteten Karakulschafen einen ordentlichen Profit machen. Die Wollqualität ihres Vlieses ist außergewöhnlich! Schon bald wird die Farm zu neuem Wohlstand kommen.«

Imelda bemerkte sehr wohl, dass Raffael dazu schwieg, und machte sich ihre eigenen Gedanken über den jüngeren Bruder ihrer Schwiegertochter. Sie kannte ihn gut genug, um zu wissen, dass er ganz andere Vorlieben als die Farmarbeit hatte. Auf der anderen Seite wusste sie, wie erleichtert Johannes sein würde, wenn sein Sohn sich endlich entschloss, seine Nachfolge anzutreten. Sie seufzte. Warum war das Leben nur immer so schwierig und kompliziert? Sie durchfuhren gerade einen lichten Wald, hinter dem bereits das Anwesen der Weißens begann. Ein Gelbschnabel-Toko flog unter lautem Protest auf und flatterte quer über ihre Köpfe.

»Der hat es ja ganz schön eilig«, schmunzelte Rajiv. »Sagt man nicht, dass Ärger bevorsteht, wenn so ein Vogel den Weg kreuzt?«

»Pfui, schäm dich!«, schimpfte Imelda mit gespielter Empörung. »Wenn du weiterhin so einen Unsinn redest, dann kommt der Ärger von mir!«

Die anderen lachten. Imelda musterte ihren Mann mit Wohlgefallen. Seit einigen Jahren kleidete er sich nicht mehr wie ein Inder, sondern trug einen hellen Sommeranzug und einen Strohhut. Auf den ersten Blick sahen die beiden wie ein ganz normales älteres Ehepaar aus. Nur wer Rajiv genauer betrachtete, erkannte, dass er kein Europäer war. Imelda liebte ihren zweiten Mann wie am ersten Tag. Die Ehe mit ihm ließ sie jünger erscheinen, als sie tatsächlich war. Sie war mittlerweile über fünfundsiebzig Jahre alt und wirkte immer noch rüstig und jugendlich, ganz im Gegensatz zu Johannes, den die schwere Arbeit auf der Farm und das ständige Grübeln vorzeitig hatten altern lassen. In dem Tal vor ihnen tauchte die Farm der Weißens auf. Sie bestand aus mehreren größeren Stallgebäuden und Scheunen und einem hübschen, weiß getünchten Steinhaus mit einer einladenden Terrasse. Eine der Scheunen hatte man leer geräumt und mit Tischen, Stühlen und einem Tanzboden ausgestattet. Helmut Weiß hatte eigens aus Europa ein Grammofon und Dutzende von Schellackplatten kommen lassen, um für die nötige Tanzmusik zu sorgen. Zwischen den Gebäuden hatte man Lampions aufgehängt, die am Abend für eine gemütliche Beleuchtung sorgen würden. Einige Schwarze machten sich bereits ans Anzünden der Feuer, über denen bald Ragouts in gusseisernen Töpfen schmorten, während verschiedene Arten von Wild- und Rindersteaks sowie pikant gewürzte »Boerewors«, eine spezielle Art von Bratwürsten, auf Rosten gegrillt wurden. Johannes lenkte die Kutsche zu den anderen bereits dort stehenden Fahrzeugen und übergab sie einem der schwarzen Bediensteten, der sich um ihr Pferd kümmern würde. Raf fael war bereits vom Kutschbock gesprungen, um Imelda herauszuhelfen, als lautes Motorengeräusch die Aufmerksamkeit aller auf sich zog. In flottem Tempo glitt ein eleganter, grüner Bugatti durch die Einfahrt und kam mit scharfem Bremsen genau vor der Terrasse des Wohnhauses zum Halten. Eine riesige Staubwolke hüllte die umstehenden Gäste ein und reizte sie zu missfälligem Husten. Als sich der Staub wieder legte, entstieg Rüdiger von Nachtmahr mit seinem gewohnt arroganten Lächeln dem Automobil. Er zog sich die feine Antilopenlederkappe vom Kopf und marschierte schnurstracks, ohne sich um die beiden anderen Insassen zu kümmern, auf den Gastgeber Helmut Weiß zu. Die Jahre hatten dem Baron nicht viel anhaben können. Die Bewegungen des mittelgroßen Mannes waren immer noch geschmeidig und raubtierhaft. Sein Haar war mittlerweile schlohweiß geworden, was in seltsamem Kontrast zu den dichten, immer noch schwarzen Augenbrauen und dem pechschwarz gefärbten Schnurrbart stand.

Raffaels Herzschlag beschleunigte sich, als er Sonja und ihre Mutter Isabella aussteigen sah. Sonja hatte ihre langen weizenblonden Haare zu einer halblangen modischen Frisur schneiden lassen, was sie damenhafter erscheinen ließ. Sie trug ein knielanges, gerade geschnittenes Charlestonkleid aus hellblauem Satin mit dunkelblauen Fransen. Die wohlwollende Aufmerksamkeit der vielen Leute schien ihr unangenehm zu sein, denn sie vermied verlegen jeglichen Augenkontakt. Ihre Mutter Isabella trug ein schlichtes, wenn auch teures, zartgelbes Sommerkleid, das ihre zerbrechliche Erscheinung noch ätherischer wirken ließ. Sie lächelte unsicher in die Menge, aber jeder, der sie genauer kannte, sah, dass ihr Lächeln nur gespielt war. Raffael kämpfte mit dem Wunsch, sofort zu Sonja zu gehen. Sie sah ihn nur einmal kurz an und folgte dann ihrer Mutter auf die Terrasse, wo ihr Vater mit Helmut Weiß ins Gespräch vertieft war.

»Das sieht dem Baron mal wieder ähnlich«, knurrte Johannes ungehalten. »Hält sich immer noch für was Besseres, obwohl seine Farm alles andere als erfolgreich ist.« Er spielte darauf an, dass Nachtmahr zwar auch in die vielversprechende Schafzucht eingestiegen war, aber im Gegensatz zu vielen anderen Farmern hartnäckig deutsche Heidschnucken züchtete, anstatt auf die wesentlich robusteren Karakulschafe zu setzen. Zwar war der Wollertrag von Karakulschafen geringer als der von anderen Schafrassen, dafür war das Fell der Lämmer umso wertvoller. Die Schafe stammten ursprünglich aus Buchara in Persien und aus Usbekistan und lieferten als Lämmer das begehrte Persianerfell. Mittlerweile war die Qualität der afrikanischen Felle fast gleichwertig mit den persischen, aber um einiges günstiger, auch wenn ein Mutterschaf pro Jahr nur ein Lamm zur Welt brachte. Immerhin waren die Schafe zäh und hatten sich prächtig an das Wüstenklima gewöhnt, während Nachtmahrs Heidschnucken eingingen wie die Fliegen.

Rajiv klopfte Johannes freundschaftlich auf die Schulter. »Nicht jeder ist so ein umsichtiger Mann wie du. Aber sieh mal, nicht alles an deinem Nachbarn ist schlecht. Seine Tochter zum Beispiel ist zu einem ausgesprochen hübschen Mädchen herangewachsen. Oder, was meinst du, Raffael?« Er zwinkerte dem jungen Mann verschwörerisch zu.

»Untersteh dich, meinem Jungen Flausen in den Kopf zu setzen«, donnerte Johannes. »Alles, was aus diesem Hause kommt, bringt nur Unglück.«

Raffael wollte etwas erwidern, verbiss sich dann aber doch lieber eine Bemerkung. Inzwischen hatte sich Helmut Weiß von Nachtmahr gelöst und kam mit ausgebreiteten Armen auf sie zu.

»Herzlich willkommen, liebe Nachbarn! Ich hoffe, ihr hattet eine gute Fahrt. Das Wetter ist ja wirklich wunderbar – als ob es das nicht immer wäre um diese Jahreszeit, haha!«

Sein feistes rotes Gesicht strahlte nur so vor guter Laune und Vorfreude. Weiß winkte einem der Diener, die mit Tabletts durch die Menge liefen. »Wie wäre es mit einem Begrüßungsbier für die Herren und einer kühlen Limonade für die Dame?«

Während die anderen dankbar zugriffen, nutzte Raffael die Gelegenheit, um sich unbemerkt zu verdrücken. Es gelang ihm, Sonja ein heimliches Zeichen zu geben. Sobald die Dämmerung begann, wollten sie sich treffen. Ungeduldig vertrödelte er die Zeit mit Rajiv und Imelda und achtete darauf, dass er Baltkorn und seinen Kumpanen aus dem Weg ging. Auf keinen Fall wollte er heute eine neue Konfrontation provozieren. Zum Glück waren Baltkorn und seine Freunde mit Trinken und schmutzigen Zoten beschäftigt. Nur einmal, als Baltkorn ausgerechnet Sonja eine anzügliche Bemerkung hinterherrief, war er kurz versucht, aus seiner Deckung aufzutauchen. Als die Sonne die Farm in ihr warmes, orangefarbenes Licht zu tauchen begann und die Schatten länger und die Hitze angenehmer wurde, schlich er unbemerkt hinter den Geräteschuppen, an den sich ein bewaldeter Hügel mit einem dicken Baobabbaum anschloss. Er verbarg sich hinter dem dicken aufgedunsenen Stamm des wasserspeichernden Baums und wartete. Wenige Minuten später entdeckte er Sonja, wie sie sich suchend nach ihm umwandte. Wie hübsch sie war! Ihre Bewegungen glichen der einer Gazelle, so zart und zerbrechlich. Als sie in die Nähe des Baobabbaums kam, wartete er, bis sie nah genug war, um sie dann zu erschrecken. Er trat von hinten auf sie zu und umfasste ihre schmalen Hüften. Sonja kreischte erschrocken auf und fuhr sich sogleich mit der Hand über den Mund, aus Angst, dass jemand sie gehört hatte.

»Du schrecklicher Mensch!«, japste sie vergnügt. »Du bist schuld, wenn wir hier entdeckt werden.«

»Psst!«

Raffael hatte tatsächlich etwas gehört. »Ich glaube, da kommt jemand. Der Krach kommt vom Geräteschuppen.« Er sah sich hektisch um. Die einzige Fluchtmöglichkeit, die sich ihnen bot, war, im Schatten der Bäume zu den nächstgelegenen Stallungen zu schleichen. Er nahm Sonja bei der Hand und nutzte die Deckung der Pflanzen. Ein paar Kinder rannten von dem Geräteschuppen in Richtung des Hügels. Sie jagten einander und waren ganz in ihr Spiel vertieft. Bevor die beiden die Rückseite des Pferdestalls erreicht hatten, begegnete ihnen einer der Pferdeknechte, der gerade mit einem Sack Hafer aus der Vorratskammer kam. Sie nickten ihm freundlich zu und warteten, bis er um die Ecke verschwunden war, dann huschten sie zu der Tür, die in die Sattelkammer führte. Hier hofften sie einigermaßen ungestört zu sein. Raffael öffnete den Riegel und zog Sonja mit sich in die Kammer. Es roch nach Leder und Pferdeschweiß. Immerhin drang durch ein kleines Fenster genügend Licht in die Kammer, sodass sie sich orientieren konnten. An den Holzwänden hingen Trensen, Halfter und Kutschgeschirr. Die Sättel waren auf Holzböcken aufgebockt. Ansonsten wirkte der Raum ziemlich ungemütlich. Nicht einmal eine Sitzgelegenheit befand sich darin. Raffael entdeckte eine Tür, die zu den Boxen der Pferde führen musste. Er öffnete sie einen Spalt und winkte Sonja herbei.

»Sieh mal! Hier ist es richtig gemütlich!«

Vor dem eigentlichen Pferdestall befand sich noch eine geräumige Box, in der man trächtige Stuten oder kranke Pferde separieren konnte. Sie stand leer, war aber mit sauberem, frischem Stroh ausgelegt. Der Stallbursche musste gerade erst mit seiner Arbeit fertig geworden sein, denn seine Mistgabel lehnte noch an der Holzwand der Box.

Sonjas Brustkorb hob und senkte sich vor Aufregung. Ihre Wangen glühten rosig, als sie Raffael in die Augen sah. Bevor sie etwas sagen konnte, zog er sie an sich und küsste sie. Bislang waren ihre wenigen Küsse immer scheu und fast verschämt gewesen, doch der Zauber dieses Augenblicks löste in beiden etwas aus, was sie so noch nie erfahren hatten. Als Raffaels Zunge an Sonjas Zähne stieß, öffnete sie zum ersten Mal bei einem Kuss ihren Mund. Um dem Eindringen seiner Zunge zu begegnen, stieß sie mit ihrer eigenen Zunge dagegen und spürte erstaunt, wie die Leidenschaft in ihr entfacht wurde. Da waren ein Ziehen zwischen ihren Beinen und ein Flattern unter ihrer Brust. Sie stöhnte und genoss es, als Raffael sie noch näher an sich heranzog. Plötzlich ließ er von ihr ab, genauso plötzlich, wie er sie geküsst hatte. Sie sah ihn enttäuscht an. In ihr brandeten die Gefühle wie die aufgewühlte See an einer Kaimauer.

»Was ist los?«, fragte sie erschrocken. Raffael nahm sofort ihre beiden Hände auf und begann sie hektisch zu küssen.

»Nichts ist los«, meinte er voller Inbrunst. Dann fiel er vor ihr auf die Knie. »Ich möchte dich nur bitten, meine Frau zu werden. Ich liebe dich, Sonja von Nachtmahr, wie niemanden sonst auf der Welt. Willst du mich heiraten?«

Die Inbrunst seines Antrags überwältigte Sonja. Noch nie in ihrem Leben hatte ihr jemand so vorbehaltlos seine Gefühle gestanden. Sie war verwirrt und gleichzeitig auch unendlich glücklich. In diesem Moment dachte sie nicht an die Schwierigkeiten ihrer Liebe. Sie sah nur den Mann, der sie aufrichtig liebte und begehrte, und sie war bereit, ihm alles zu schenken, was sie besaß.

»Ja«, sagte sie deshalb aus tiefstem Herzen. »Ja, ich will deine Frau werden! Am liebsten gleich!«

Raffael strahlte. In seinen dunklen Augen glitzerten Tränen. »Dann werde ich noch heute mit meinem Vater reden. Wir werden eine Lösung finden. Alles wird gut!«

»Ja, alles wird gut!«

Sie entzog ihm ihre Hände und drehte ihm den Rücken zu.

»Hilf mir«, forderte sie ihn auf. Ungläubig starrte Raffael auf die Häkchen an ihrem Kleid.

»Du meinst …? Willst du wirklich …?«

Sonja wandte ihm den Kopf zu und nickte bestimmt, während sie begann, das oberste Häkchen selbst zu lösen. Beim zweiten Häkchen half ihr Raffael, beim dritten rutschte ihr das Kleid von den Schultern.

*

Das Sommerfest der Weißens war wie jedes Jahr ein großer Erfolg. Nach einem Jahr harter Arbeit stellte es für die Farmer eine willkommene Abwechslung dar. Die Farmen lagen oft weit auseinander, und man hatte nur selten Gelegenheit sich zu treffen. Die Frauen tauschten sich über den neuesten Tratsch aus, und die Männer fachsimpelten über neue Zuchtmethoden oder über die Politik der Südafrikaner, die die Rassengesetze in Südwestafrika drastisch verschärft hatten. Das Fest war in gewisser Weise auch eine Art Heiratsmarkt, denn nirgendwo sonst im Jahr hatten die jungen Leute Gelegenheit, einander in so einem ungezwungenen Rahmen zu begegnen. Viele neue Verbindungen wurden hier angebahnt, wobei meist die Eltern ihre Hände im Spiel hatten.

Baron von Nachtmahr war beinahe pleite. Sein ausufernder Lebensstil, Misswirtschaft und falsche Entscheidungen hatten ihn an den Rand des Ruins getrieben. Außerdem liefen ihm die Arbeiter ständig davon, seitdem er die Orlams nicht mehr bezahlen konnte. Der einzige Trumpf, den er noch in der Tasche hatte, war seine Tochter Sonja. Wenn er sie gut verheiratete, würde er sich durch ihre Mitgift sanieren können. Die meisten Farmer kamen für Nachtmahrs Tochter erst gar nicht in Betracht. Er hielt sie für ausgemachte Trottel, unzivilisiertes Pack, das nichts im Kopf hatte und viel zu viel schuftete für den wenigen Ertrag. Die einzigen Farmer, die es im Laufe der Jahre zu einem gewissen Wohlstand gebracht hatten, waren Johannes Sonthofen und August Baltkorn. Beide hatten Söhne im heiratsfähigen Alter. Allerdings kam Sonthofen mit seinem rothaarigen Bastard ohnehin nicht in Frage, denn Nachtmahrs Hass auf die Familie war im Laufe der Jahre nicht geringer geworden. Natürlich hatte es ihm in den ersten Jahren eine gewisse Befriedigung verschafft, dass Sonthofens Tochter und Schwiegersohn spurlos aus Südwestafrika verschwunden waren. Seine Falschaussage hatte diesen van Houten zwar nicht, wie erhofft, an den Galgen gebracht, aber immerhin hatte sie die heile Familie auf *Owitambe* zerstört. Doch dieser Sonthofen war wie ein Stehaufmännchen; schon bald hatte er neuen Hass in Nachtmahr gesät, weil er seine Farm erfolgreicher und geschickter betrieb als er es jemals vermocht hatte.

Zum Glück gab es noch August Baltkorn. Er war ein reicher Mann mit weitreichenden Beziehungen. Ein südafrikanischer Bure, leidenschaftlicher Großwildjäger und er hatte einen gewissen Einfluss auf die Protektoratsregierung. Seine Familie konnte ihm von großem Nutzen sein. Noch viel besser gefiel ihm jedoch sein Sohn, den sich Nachtmahr gut als Schwiegersohn vorstellen konnte. Der junge Mann war ganz nach seinem Geschmack. Rücksichtslos, durchsetzungsfreudig und habgierig. Alles Eigenschaften, die einem jungen Mann zu Erfolg verhalfen. Außerdem verfügte die Familie über doppelt so große Ländereien wie *Owitambe* und *Hakoma* zusammen.

Den ganzen Nachmittag über und auch jetzt am frühen Abend hatte Nachtmahr Baltkorns Nähe gesucht. Dessen vierschrötige, unkultivierte Art stieß ihm zwar immer wieder auf, aber das war in Anbetracht des zu erwartenden Erfolgs leicht zu verschmerzen. Isabella hatte er dazu angehalten, sich mit Frau Baltkorn zu beschäftigen. Er hatte von ihr verlangt, dass sie sich mit ihr anfreundete. Doch Isabella schien wieder einmal maßlos überfordert zu sein. Ihre schrecklich zurücknehmende Art wollte so gar nicht zu der rotbackigen Eva Baltkorn passen, die außer Tratsch und Sticheleien keine anderen Gesprächsthemen kannte. Warum gab sie sich nicht mehr Mühe? Zu Hause würde er ihr ordentlich die Leviten lesen. Na warte! Nachtmahr warf ihr einen ungnädigen Blick zu und trank das ihm angebotene Glas Schnaps in einem Zug leer. Baltkorn, der neben ihm saß, klopfte ihm anerkennend auf die Schulter.

»Du bist mir ein echter Mann! Trinken wir noch einen!«

Nachtmahr hielt ihm grinsend sein Glas entgegen. Er hatte schon eine ganze Menge getrunken, aber sei's drum. Wenigstens hier lief alles so, wie er es sich vorgestellt hatte. Die beiden Männer waren sich tatsächlich nähergekommen, besonders als Nachtmahr ihm am Nachmittag seine Tochter vorgestellt hatte. Er beschloss, dass dies der richtige Zeitpunkt war, um noch einen Schritt vorzupreschen.

»Ich finde, wir sollten allmählich Nägel mit Köpfen machen«, schlug Nachtmahr kameradschaftlich vor. Er zupfte an seiner Fliege und lockerte sie. Das war normalerweise gegen seine Art, aber er fand, dass er sich dadurch mit Baltkorn, der schon längst nur noch hemdsärmlig dasaß, gemein tat.

»Nur zu, Rüdiger«, schnaufte Baltkorn. »Was hast du auf dem Herzen?«

Nachtmahr schüttete ihnen beiden noch ein Glas Schnaps ein.

»Dein Junge, wie heißt er doch gleich?«

»Jon.«

»Ja, der Jon, der scheint mir ein recht anständiger Bursche zu sein. Was hast du mit ihm vor?«

»Der Jon wird Farmer wie ich«, meinte Baltkorn. »Das ist längst abgemachte Sache. Außerdem hat der Junge seine eigenen Ideen bezüglich der Großwildjagd. Er will einen Exporthandel mit Elfenbein aufziehen. Wieso interessiert dich das?«

»Nun ja«, Nachtmahr strich sich bedächtig über seinen gefärbten Schnurrbart. »Du erinnerst dich doch an meine Tochter Sonja? Sie und dein Jon, findest du nicht auch, dass die beiden ein schönes Paar abgeben würden?«

Baltkorn lachte grob auf.

»Daher weht also der Wind.«

Nachtmahr legte vielsagend den Kopf zur Seite. »Nun ja, ich hatte das Gefühl, dass die beiden sich gut verstehen.«

»Hhm«, brummte Baltkorn, der ganz und gar nicht das Gefühl gehabt hatte, dass die beiden besonders gut harmoniert hatten. Er blinzelte gegen die Sonne. Auch ihm war der Alkohol zu Kopf gestiegen war. Allerdings war er nicht betrunken genug, um nicht seinen Vorteil zu erkennen. Er war zwar ein wohlhabender Mann, aber er stammte aus einer einfachen Familie. Seine Eltern waren einfache Landbauern in Südafrika gewesen. Rüdiger von Nachtmahr war dagegen ein Baron und seine Tochter eine Baronesse. Der Gedanke, seinem Sohn einen Adelstitel zu verschaffen, gefiel ihm. »Nun, warum nicht?«, erwog er. »Ich werde mit meinem Sohn reden.« Als er Nachtmahrs unschlüssige Miene sah, beruhigte er ihn. »Mein Junge ist wie Wachs in meinen Händen. Er tut immer, was ich ihm sage. Das habe ich ihm schon als Kleinkind beigebracht.« Er lachte und hob seine Rechte, so als würde er eine unsichtbare dritte Person schlagen. »Du kennst sicherlich die Erziehungsmethode.«

Nachtmahr grinste zufrieden.

»Aber natürlich. Auch Sonja wird keine Einwände haben.« Er hob sein Glas und prostete Baltkorn zu. »Dann stoßen wir doch auf unsere neue Verwandtschaft an! Ich werde gleich losgehen, um mit Sonja zu reden. Sorg du dafür, dass Jon auch bereit ist. Dann können wir noch heute Abend die Verlobung bekannt geben.«

»Warum nicht? Das wird mal wieder ein ordentliches Fest!«

Nachtmahr erhob sich wankend von seinem Stuhl. Der Alkohol begann seine Reaktionen zu verlangsamen. Isabella erhob sich ebenfalls, um ihm zur Hilfe zu eilen. Doch Nachtmahr wehrte sie ab. »Mach, dass du verschwindest«, fauchte er sie an. »Sag mir lieber, wo meine Tochter ist!«

»Was willst du von ihr?« Isabella hatte nur Bruchstücke des Gesprächs mitbekommen, da sie am anderen Ende der Tafel gesessen hatte.

»Sonja wird sich noch heute Abend verloben«, prahlte Nachtmahr mit leicht lallender Stimme. »Ich muss es ihr nur noch schnell sagen. Also los, wo ist sie?«

Er begann bereits wieder ungeduldig zu werden. Isabella wollte auf keinen Fall, dass ihr Mann einen seiner jähzornigen Ausbrüche bekam. Sie deutete wage in die Richtung, wo die anderen jungen Leute am Rande der Tanzbühne standen, obwohl sie wusste, dass Sonja nicht dort war. Sie hatte ganz genau gesehen, wie sie vor Einbruch der Dunkelheit in Richtung Geräteschuppen verschwunden war. Isabella ahnte, dass sie dort nicht allein hingegangen war. Ebenso wenig war ihr entgangen, dass auch der junge Sonthofen fehlte. Sie betete, dass dies nur ein Zufall war. Auf jeden Fall musste sie Zeit gewinnen und ihre Tochter warnen.

Nachtmahr hatte sich in der Zwischenzeit schon auf den Weg zur Tanzbühne gemacht. Er schob die Menschen, die ihm im Weg standen, ungnädig beiseite und rief lauthals nach seiner Tochter. Isabella versuchte ungesehen zu dem Geräteschuppen zu gelangen. Die Türen waren alle verschlossen. Ratlos sah sie sich um. Ein Stück weiter entfernt befanden sich die Pferdeställe. Sie ging durch das Haupttor hinein und fragte den Stallburschen, ob er ein junges Mädchen gesehen hätte. Der verneinte, also verließ sie den Stall und suchte weiter. Sie umrundete das Gebäude, in der Hoffnung, dass sich ihre Tochter dort finden lassen würde. Die Angst um ihr einziges Kind schnürte ihr die

Kehle zu. Hoffentlich bewahrheiteten sich ihre Befürchtungen nicht.

Dann vernahm sie in der Ferne das Gelächter junger Leute. Sie hatten sich an einem großen Baobabbaum versammelt und schäkerten miteinander herum. Bestimmt war Sonja dort. Erleichtert steuerte sie ihre Schritte in die Richtung. Auf halber Höhe der Pferdeställe hörte sie plötzlich von der Wand direkt hinter ihr wütendes Geschrei. Ihr Herz krampfte sich zusammen, als sie die Stimme ihres Mannes erkannte. Er war offensichtlich außer sich. Isabella wollte zurück zum Haupttor, um nachzusehen, aber dann entdeckte sie die Tür an der Rückwand. Sie rüttelte daran und stellte fest, dass sie unverschlossen war. Schnell schlüpfte sie hinein und folgte durch die Dunkelheit dem Lärm. Sie stieß sich an einem Holzbock mit Sätteln und tastete sich weiter, bis sie eine weitere Tür entdeckte und öffnete. Im Schein einer Stalllampe wütete Rüdiger. Seine Augen flackerten wahnsinnig, während er eine Pistole auf jemanden richtete, der hinter der Pferdeboxenwand stand. Sie erkannte einen nackten, bronzefarbenen Rücken und einen Kopf mit rötlichem, krausem Haar. Daneben tauchte jetzt der Kopf ihrer ebenfalls nur notdürftig bekleideten Tochter auf. Isabella rang nach Luft. Entsetzt schlug sie die Hände vors Gesicht.

»Beruhigen Sie sich doch«, versuchte der junge Sonthofen ihren Mann zu beschwichtigen. »Ich kann Ihnen alles erklären. Ihre Tochter und ich lieben uns.«

»Du verdammter Niggerbastard«, brüllte Nachtmahr außer sich. »Dir zieh ich die Haut vom Leib. Du hast meine Tochter geschändet. Dafür wirst du büßen.«

»Vater, er hat nichts getan, was ich nicht auch wollte«, wimmerte Sonja, die versuchte, ihre Blöße weiter zu verdecken.

»Zu dir komme ich nachher, du … du Hure!« Nachtmahrs Gesicht verzerrte sich zu einer wüsten Grimasse, als er vor seiner eigenen Tochter ausspuckte. »Ich verdamme dich, du elendes Weib. Geh mir aus dem Weg. Jetzt kommt dein Hengst dran.«

Er hatte die Pistole immer noch auf Raffael gerichtet. Isabella stieß einen spitzen Schrei aus. Nachtmahr wurde kurz abgelenkt. »Halt dich bloß da raus«, blaffte er sie an. »Das ist alles deine Schuld.«

Isabella hob verzweifelt die Hände vors Gesicht.

»Vater, du darfst Raffael nichts antun!« Sonja stellte sich ihrem Vater in den Weg. Ohnmächtig vor Wut packte Nachtmahr seine Tochter und schleuderte sie grob zur Seite. Sie stolperte und fiel, wobei ihr Kopf gegen eine Putzkiste mit Striegeln knallte. Für einen Augenblick blieb sie besinnungslos liegen.

»Wie können Sie es wagen?«, schrie Raffael außer sich. Isabella sah, wie der junge Mann zu der Mistgabel griff, die in seiner Nähe lehnte. Nachtmahr entsicherte die Pistole und schoss. Im selben Moment stieß der junge Sonthofen mit der Mistgabel zu. Zwischen Isabella und dem Geschehen war immer noch die Boxenwand, sodass sie nur das überraschte Gesicht ihres Mannes entdecken konnte. Er sah sie kurz an, dann sank sein Körper schwer auf den Boden. Wie in Trance eilte sie um die Boxenwand herum, wo ihre benommene Tochter und ihr von der Mistgabel aufgespießter Mann lagen. Der junge Sonthofen, nur mit einer Hose bekleidet, stand fassungslos daneben. Er starrte abwechselnd auf Sonja, die sich gerade wieder zu regen begann, dann auf Nachtmahr und schließlich zu Isabella.

»Ich habe ihn getötet«, meinte er tonlos. »Ich habe Sonjas Vater umgebracht.«

Er schüttelte den Kopf, so, als könne er dadurch Klarheit bekommen. Dann schnappte er nach seinem Hemd und den Schuhen und floh kopflos an Isabella vorbei durch die Hintertür ins Freie.

Diwali

Rickys Schrei löste Jellas von Panik hervorgerufenen Krampf. Sie wusste, dass etwas Schlimmes geschehen war. Während es Fritz endlich gelang, die Schlange zu stellen und sie mit einem Stuhl zu erschlagen, eilte Jella zu ihrer Tochter, die leichenblass am Boden hockte und sich ihr Bein hielt. Zwei deutlich sichtbare Blutstropfen markierten die Eintrittsstelle der Giftzähne. Jella hatte schon viele Schlangenbisse behandelt und wusste, dass die der Brillenschlange besonders gefährlich waren.

»Wir müssen sie aufs Bett legen. Sie darf sich so wenig wie möglich bewegen«, ordnete sie an. Gemeinsam mit Fritz hoben sie Ricky vorsichtig auf das Bett. Das Mädchen stand unter Schock und starrte sie nur mit weit aufgerissenen Augen an. »Du musst versuchen, ganz ruhig zu bleiben. Das Gift soll sich nicht in deinem Körper ausbreiten.« Jella streichelte beruhigend über ihre Wange und versuchte zu lächeln. »Du bist stark. Du wirst es schaffen«, sagte sie, obwohl sie wusste, dass die Chancen, einen Kobrabiss zu überleben, sehr gering waren. Ricky nickte tapfer. Dann begann sich der Schmerz in ihrem Bein wie Feuer auszubreiten.

»Wir müssen die Wunde öffnen und aussaugen«, meinte Fritz verzweifelt. Er war unter seiner gebräunten Haut mindestens ebenso fahl wie seine Tochter. Die Sorge um sie brachte ihn an den Rand des Wahnsinns. »Mein Gott, so tu doch endlich was!« Er machte Anstalten, selbst die Wunde zu öffnen, doch Jella hielt ihn davon ab. »Das hat überhaupt keinen Sinn«, rief sie. »Wenn wir die Wunde aussaugen, wird das Gift sich nur noch schneller im Körper ausbreiten. Wir müssen das Bein ruhig stellen und dafür sorgen, dass sie sich nicht aufregt. Noch steht sie unter Schock und spürt nur den Schmerz des Bisses, aber in wenigen Minuten werden die ersten Lähmungen einsetzen. Beruhige sie, ich gehe schnell runter in die Praxis und hole das Notwendige.«

Wenig später kam sie mit einer Schiene, Verbandsmaterial und einem Beruhigungsmittel zurück. Sie schüttete das Pulver in ein Glas Wasser und gab es Ricky zu trinken.

»Wap is mit meiner Lippe?«, fragte diese panisch. »Ich kann sie kaum noch spüren.«

»Du musst ganz ruhig bleiben!« Jella bemühte sich um einen sorglosen Ton. Sie war angespannt wie eine Feder. Ihre Nerven lagen blank, und sie wusste nicht, wie lange sie das durchhalten würde. Aber noch funktionierte sie. Fritz stand hilflos neben ihnen und fuhr sich immer wieder mit seiner einen Hand durch die ohnehin zerzausten Haare.

»Geh und mach uns einen Tee«, bat Jella mit einem aufmunternden Lächeln. »Wir werden ihn heute Nacht gut gebrauchen können.« Sie überlegte, wie sie ihre Tochter am besten auf die bevorstehenden Stunden vorbereiten sollte. Sie musste ihr sagen, was sie erwartete. Doch Ricky stöhnte nur noch. Ihr Bein war mittlerweile dick wie eine Pampelmuse angeschwollen und begann sich grünlich zu verfärben. Jella wusste, dass das Gift zweierlei Wirkungen hatte. Zum einen rief es starke Lähmungserscheinungen hervor, zum anderen wirkte es direkt an der Eintrittswunde und zerstörte dort das Gewebe. Sie musste es ruhigstellen und hoffen, dass die Wunde sich wieder schloss. Doch erst musste Ricky den Kampf gegen das Gift in ihrem Körper überstehen. Ihr linkes Augenlid hing bereits schlaff herunter, und ihr Blick trübte sich ein. Sie versuchte etwas zu sagen, doch sie brachte nichts als ein hilfloses Lallen zustande.

»Du musst kämpfen, mein Liebes«, sagte Jella voller Verzweiflung. »Lass nicht zu, dass dich das Gift tötet. Du schaffst es.«

Ohnmächtig musste sie mit ansehen, wie die Lähmungen den ganzen Körper ihrer Tochter ergriffen. Sie flößte ihr nochmals etwas Wasser ein, doch Ricky schaffte es kaum zu schlucken.

»Was geschieht nur mit unserer Tochter?«, fragte Fritz hilflos. Mit tränengefüllten Augen hielt er ein Tablett mit einer Kanne Tee in seiner Hand. Sie zitterte. Natürlich wusste auch er, was ein Kobrabiss für Folgen hatte. Er hatte schon Pferde daran verenden sehen, aber es war etwas völlig anderes, seine einzige Tochter so leiden zu sehen. Ricky zitterte jetzt am ganzen Leib. Sie versuchte sich aufzurichten und rang verzweifelt nach Luft. Jella drückte sie zurück auf das Kissen und versuchte sie mit sanften Worten zu beruhigen. Ihre Tocher krallte sich in das Laken und würgte. Jella half ihr, sich zur Seite zu drehen, als sich auch schon ihr Magen entleerte. Wieder rang Ricky nach Luft. Ihr Atem war kurz und hechelnd, dann erstarb er ganz. Wie eine Puppe lag sie leblos da. Nur das panische Augenrollen unter ihren gelähmten Augenlidern verriet, dass sie noch am Leben war. Jella reagierte sofort. Mit dem Finger säuberte sie Rickys Mund von den Resten des Erbrochenen. Rasch schloss sie ihn und überdehnte leicht ihren Hals. Jella atmete ein und umschloss mit ihrem Mund dicht Rickys Nase, während sie ihre Atemluft wohldosiert hineinströmen ließ. Dann richtete sie sich auf und beobachtete den Oberkörper ihrer Tochter. Zu ihrer Erleichterung hob er sich ein klein wenig an. Sie wiederholte die Beatmung wieder und wieder, bis Fritz sie antippte, um sie abzulösen. Abwechselnd verbrachten sie die nächsten Stunden mit dem Beatmen ihrer gelähmten Tochter. Sie sprachen kein Wort, sondern blickten jedes Mal ängstlich auf die leichten Bewegungen des zarten Oberkörpers, in der Angst, dass die von ihnen gespendete Luft nicht zum Überleben ausreichen könnte.

Als der Morgen sein erstes Licht durch die Fenster schickte, atmete Ricky immer noch nicht selbstständig. Jella wusste, dass ihre Chancen immer geringer wurden. Der Sauerstoff, den Fritz und sie ihr spenden konnten, würde auf Dauer nicht ausreichen, selbst wenn sie es noch den ganzen nächsten Tag durchhalten konnten. Dann geschah das, was sie schon längst befürchtet hatte. Rickys Oberkörper hob und senkte sich trotz Fritz' Beatmung nicht mehr. Jella fühlte, wie etwas in ihr zerriss. Kraftlos sank sie auf dem Boden zusammen und schloss die Realität aus ihrem Denken aus.

Nakeshi erwachte von heftigen Schmerzen in ihrer Brust. Wie ein Dolchstich hatte sie der Schmerz durchbohrt. Sie richtete sich auf und fühlte eine Welle von Leid, die wie Schlammmassen nach einem Regenguss durch ihr Inneres spülte.

»Sternenschwester«, rief sie erschrocken. Bô drehte sich schlaftrunken zu ihr um.

»Was ist geschehen?«, murmelte er. »Hast du schlecht geträumt?«

Nakeshi beruhigte ihren Mann und schlüpfte aus ihrer aus Zweigen und Ästen bestehenden Hütte. Die Nacht war nicht besonders kalt. Zerfetzte dunkle Wolkenberge trieben über einen mondbeschienenen Himmel und kündeten von baldigen Regenschauern. Wo sie den Himmel nicht vollständig verdeckten, blinkten hin und wieder einzelne Sterne auf. Nachdenklich betrachtete die Buschmannfrau das bizarre Schauspiel und ließ ihren Gedanken freien Lauf. Der Schmerz, den sie empfunden hatte, war stärker als alles, was sie jemals von Jella empfangen hatte. Etwas Schlimmes war geschehen! Ihre Sternenschwester brauchte Hilfe. Nakeshi begann sich in Trance zu singen. Erst langsam, dann immer schneller stampfte sie rhythmisch auf den sandigen Boden und bat Kauha, sie auf seinen Pfaden zu ihrer Sternenschwester zu führen.

Blind vor Schmerz starrte Jella ins Leere.

Ich habe versagt. Ricky ist tot.

Wie ein sich unendlich wiederholendes Mantra strömten diese beiden Sätze durch ihr Gehirn. Ihr Leid entriss sie der Wirklichkeit und schob ihre Wahrnehmung auf eine andere Ebene, die sie von allem isolierte und nur noch in die Vergangenheit blicken ließ. Schon einmal hatte sie den Tod eines geliebten Menschen miterleben müssen. Tatenlos hatte sie mit ansehen müssen, wie ihre Mutter neben ihr gestorben war. Deshalb hatte sie Ärztin werden wollen.

Ich habe versagt. Ricky ist tot.

Sie fühlte sich wie hinter einer dicken Glaswand, die sie von dem Hier und Jetzt trennten. Sie wunderte sich, dass Fritz ihre Tochter weiter beatmete. Wusste er denn nicht, wie sinnlos es war?

Ich habe versagt. Ricky ist tot.

Ricky, das Zimmer, ihr Mann – alles verschwamm vor ihren Augen. Alles wurde unschärfer und verzerrte sich. Jella war froh darum. Ein trüber, immer dichter werdender Schleier schob sich vor ihre Wahrnehmung, während sie in eine Dimension abglitt, die sie gegen allen Schmerz unempfänglich machte. Sie hörte nicht, wie Fritz aufschrie. Sie merkte nicht, wie er sie an den Armen schüttelte. Sie wusste nur, dass sie nie wieder in diese schreckliche Wirklichkeit zurückwollte.

Die Schwärze der Nacht verging, und der Morgen tauchte die Weiten der Kalahari in rosarotes Licht. Die Schatten der Nacht wichen der Kraft der Sonne, die schließlich über den Horizont trat und den Tag mit ihrer gleißenden Helligkeit überstrahlte. Sie stieg weiter in den Zenit und machte sich alsdann wieder auf die Reise hinter den Horizont. Nakeshi tanzte immer noch. Ihre Bewegungen waren mit der Zeit immer schleppender und langsamer geworden, bis sie schließlich vor Erschöpfung bewusstlos auf den Boden sank. Sofort waren ein paar Frauen bei ihr und trugen sie zurück in den Schatten des Mankettibaums.

Sie flößten ihr Wasser ein und fächelten ihr frische Luft zu. Mit einem tiefen Seufzer kehrte die Buschmannfrau wieder in das Leben zurück. Die Trance hatte sie völlig entkräftet. Traurig richtete sie sich auf. Alles war umsonst gewesen, denn sie hatte ihre Sternenschwester nicht in der Anderswelt finden können. Es würde Tage dauern, bis sie wieder kräftig genug war, es erneut zu versuchen. Dass sie es nochmals tun würde, stand für sie außer Frage.

»Wie lange befindet sie sich schon in diesem Zustand?«

Salim Mohan überprüfte nochmals Jellas Augenreflexe. »Sie reagiert ganz normal. Ich kann keine körperlichen Anzeichen einer Krankheit an ihr ausmachen.«

»Es war richtig unheimlich«, meinte Fritz hilflos. »Während ich Ricky beatmete, muss sie zusammengebrochen sein. Ich habe es erst bemerkt, als meine Tochter wieder anfing, von allein zu atmen. Ich drehte mich um, um Jella die wunderbare Nachricht mitzuteilen, aber da saß sie nur starr vor sich hinblickend auf dem Fußboden und reagierte auf nichts. Sie nimmt weder mich noch sonst jemanden wahr. Nicht einmal die Tatsache, dass Ricky überlebt hat, hat sie wieder zur Besinnung gebracht. Was ist bloß mit ihr geschehen?«

»Sie hat einen Schock erlitten«, meinte Salim beschwichtigend. »Die Schlange in ihrem Bett, der Schreck, nachdem Ricky gebissen wurde, und dann auch noch die Anstrengung durch die künstliche Beatmung. Es ist kein Wunder, dass sie zusammengebrochen ist. Ich bin sicher, in ein paar Tagen wird sich ihre Starre wieder ganz von allein lösen.«

»Ricky erkundigt sich dauernd nach ihrer Mutter. Was soll ich ihr nur sagen?«

»Verrate ihr nichts. Deine Tochter ist immer noch geschwächt und sollte sich nicht zusätzliche Sorgen machen. Sie hat wahnsinniges Glück gehabt. Die Schlange muss bei ihren ersten Attacken schon einen Teil ihres Giftes verloren haben. Nur so lässt es sich erklären, dass Riccarda die Attacke überlebt hat. Sie wird wieder gesund werden. Das ist jetzt die Hauptsache.«

Fritz klopfte Salim freundschaftlich auf die Schulter. »Ich bin froh, dass du so schnell gekommen bist.«

»Hast du erfahren, von wem der Korb mit der Schlange stammt? Das war eindeutig ein Mordanschlag!«

Fritz' Miene verdüsterte sich. »Der Korb war an Jella adressiert. Es ist offensichtlich, dass sie das Opfer sein sollte. Aber meine Frau ist bei ihren Patienten beliebt. Sie behandelt sie umsonst. Ich kann mir nicht vorstellen, dass einer von ihnen sich an ihr rächen will.«

»Hhmm!« Salim rieb sich den Finger an der Nase. »Das sieht mir ganz nach einem Racheakt aus. Vielleicht wollte derjenige – oder war es vielleicht auch eine Sie – *dich* damit treffen?« Er bedachte ihn mit einem mehrdeutigen Blick. Fritz hatte sich nach jener peinlichen Nacht vor der Tigerjagd Salim anvertraut. Er hatte mit jemandem reden müssen, um sein Gewissen zu erleichtert. Salim hatte ihm geraten, Jella nichts zu erzählen. »Man soll den Tiger nicht wecken, wenn er schläft«, waren seine Worte gewesen. Er hatte sich daran gehalten, aber wohl war ihm dabei nicht gewesen. Plötzlich begriff Fritz, was sein Freund mit seiner Anspielung meinte.

»Du glaubst …?« Fritz raufte sich die Haare. Hatte Gwyneira ihm damals nicht Rache geschworen? War die Frau tatsächlich so skrupellos, dass sie einen Mord begehen konnte? Ihn schauderte. Wie hatte er nur jemals auf ihre Schmeicheleien hereinfallen können?

»Das wird sie bereuen«, knirschte er aufgebracht. »Ich werde mich gleich aufmachen und sie zur Rede stellen.«

»Das würde ich mir an deiner Stelle gut überlegen«, riet Salim Mohan ernst. »Du vergisst, welche Stellung die Frau hier hat. Sie wird diese Gelegenheit nur nutzen, um euch endgültig aus dem Weg zu räumen.« Mit diesen Worten verabschiedete sich der Arzt und versprach, am Nachmittag noch mal nach den beiden Frauen zu sehen.

Zum Glück erholte sich Ricky überraschend schnell. Nur die Bisswunde an ihrem Bein heilte langsam, sodass sie gezwungen war, länger liegen zu bleiben, als ihr lieb war. Salim sah jeden Tag bei ihr vorbei und wechselte die breiigen Umschläge an ihrem Bein. Die Wunde schloss sich nur allmählich, dennoch war der Arzt zufrieden, denn es bildete sich keine Nekrose, wie man sie oft als Folge von Kobrabissen vorfand. Ungeduldig wartete Ricky ab, bis der Arzt ihr endlich erlaubte, wieder herumzulaufen.

»Aber sei vorsichtig«, ermahnte er sie. »Die Wunde ist noch nicht ganz geschlossen, Du musst auf jeden Fall vermeiden, dass sie sich nochmals entzündet.«

Salims Sorge war jedoch unbegründet. Der Heilungsprozess machte weiterhin gute Fortschritte, und bald war Ricky ganz genesen. Anders verhielt es sich mit Jella, deren Zustand nach wie vor unverändert war. Tagsüber saß sie auf einem Lehnstuhl unter dem Sonnendach auf der Dachterrasse und blickte über den See. Den Dingen des täglichen Lebens wie ankleiden, essen, sich waschen und so weiter kam sie unaufgefordert nach, doch sie tat es wie eine Maschine, ohne innere Anteilnahme. Sie nahm die Menschen um sich herum nicht wahr. Als Ricky ihre Mutter zum ersten Mal so erlebte, war sie fürchterlich erschrocken. Wo war die starke, selbstbewusste Jella, die ebenso streitbar wie liebevoll war? Wie konnte es sein, dass sie nicht einmal ihre eigene Tochter erkannte? Wie ein willenloses Lamm lebte sie unter ihnen, ohne die geringste Lebhaftigkeit zu versprühen. Auch ihr Vater wirkte hilflos. Liebevoll verbrachte er möglichst viel Zeit mit seiner Frau, erzählte ihr alltägliche Kleinigkeiten in der Hoffnung, dass sie endlich aus ihrer selbst gewählten Isolation finden würde, doch es änderte sich nichts.

So verging die Zeit, und Diwali, das große Lichterfest, näherte sich. Ricky mochte Diwali ebenso gern wie das christliche Weihnachten. Vor allem hoffte sie auf eine Gelegenheit, Mukesh endlich wiederzusehen. Seit jenem Abend vor der Tigerjagd hatten sie keine Gelegenheit mehr gehabt, sich zu sehen. Jamina und Bali wirbelten seit Tagen durch das Haus und trafen ihre Vorbereitungen zu dem großen, wichtigen hinduistischen Neujahrsfest. An Diwali wurde im Norden Indiens an Rama gedacht, wie er mit seiner Frau Sita und seinem Bruder Lakshmana nach vierzehnjährigem Exil im Dschungel in seine Hauptstadt Ayodhya zurückkehrte – so beschrieb es eine Episode im indischen Nationalepos *Ramayana.* Da es bei ihrer Rückkehr dunkel war, zündeten die Menschen am Wegesrand Öllampen für die Gottheiten an. Am fünfzehnten Tag des Hindumonats Kartik, was dem europäischen Kalender nach meist gegen Ende Oktober oder Anfang November war, wurden Öllampen in Reihen an Fenstern und Eingängen aufgestellt, sodass die ganze Stadt von freundlichen Lichtern hell erstrahlte. Auch Bäume und Dächer wurden erleuchtet. Sie sollten den Pitris, den Geistern der Toten, den Weg ins Land der Seligkeit weisen.

Selbst Rickys Eltern mochten das Fest und ließen es sich sogar gefallen, dass während dieser fünftägigen Feierlichkeiten Jamina und Bali das Regiment im Haus übernahmen und für die Einhaltung der Rituale sorgten. Am ersten Tag des Festes, der Dhanwantari Triodasi genannt wurde, wurde das Haus aufgeräumt und mit Blumengirlanden geschmückt. Für gewöhnlich gingen Jamina, Jella und Ricky an diesem Tag in die Stadt und erstanden neue Kleider und kleine Geschenke. Jamina bekam außerdem neues Kochgeschirr und etwas Schmuck.

Wegen Jellas Zustand mussten Ricky und die Dienerin dieses Jahr allein gehen. Jamina schleuste Ricky durch die engen Gassen und Winkel der Stadt und führte sie in unzählige der kleinen Läden und Buden. Fritz hatte ihnen ausreichend Geld mitgegeben, damit sie alles Notwendige besorgten. Ricky war ihrem Vater dankbar, dass er alles unternahm, um wenigstens ihr ein schönes Fest zu ermöglichen, und sie hatte sich fest vorgenommen, es sich trotz der widrigen Umstände nicht verderben zu lassen. Als Erstes schleppte Jamina sie zu einem Schneider, wo sie einen neuen Sari bekommen sollte. Ricky liebte indische Kleidung. Sie war nicht nur bequem, sondern auch ein wunderbares Tarnungsmittel, wenn sie heimlich ihre Freundin Radhu, das Blumenmädchen am Jagdish-Tempel, aufsuchte. Da sie ohnehin schwarze Haare hatte, ging sie in einem Sari oder einer Salwar ohne Weiteres als Einheimische durch. Jamina rümpfte die Nase, als der Schneider mit einem moosgrünen Stoff ankam.

»Willst du die lotusgleiche Schönheit meiner Herrin beleidigen?«, schimpfte sie ungehalten. »Grün ist keine heilige Farbe. Sie kommt überhaupt nicht in Frage!« Sie trat an die Regalwand, an der sich Hunderte verschiedene Stoffballen reihten. Mit kundigen Fingern prüfte sie Reihe für Reihe, ohne sich von der Vielfalt der Stoffarten und Muster verwirren zu lassen. Wenn ihr ein Stoff gefiel, zog sie ihn ein Stück heraus und prüfte seine Qualität. Der kleinwüchsige Schneider umtanzte sie eilfertig und pries die Außerordentlichkeit seiner Ware. Jamina schnaubte nur und wies ihn an, sich gefälligst herauszuhalten. Schließlich ließ der Schneider von ihr ab und besann sich seiner Rolle als Gastgeber. Er winkte seinen Gehilfen herbei und befahl ihm, für sie alle einen Chai Massala zu besorgen. Ricky machte es sich unterdes auf einem der bunt bedruckten Sitzkissen bequem und schlürfte genüsslich den heißen milchigen Würztee.

Jamina hatte endlich ihre Wahl getroffen und präsentierte ihrem Schützling einen karmesinroten Seidenstoff mit einer blauvioletten Bordüre, die stilisierte Zweige mit Vögeln darauf zeigte. Der Stoff warf schöne Falten, schmiegte sich jedoch leicht und locker an den Körper.

»Du wirst wunderbar darin aussehen!«, schwärmte Jamina. »Rot ist die Quelle der Schönheit. Dieser Stoff ist wie Musik. Er ist eine Raga und wird deine Seele zum Klingen bringen.« Sie winkte ungeduldig nach dem Schneider und ließ Ricky Modell stehen. Tatsächlich sah sie zauberhaft darin aus. Das Rot gab ihrem blassen Teint etwas Farbe und ergänzte sich vorteilhaft mit den bernsteingelben Augen und dem schwarzen Haar.

»Du wirst wie eine Prinzessin aussehen«, jubelte die Dienerin, während Ricky sich geschmeichelt im Spiegel musterte. »Darunter wirst du eine blaue Bluse und einen blauen Rock tragen. Blau ist die Farbe der Götter. Sie wird dich beschützen.« Der Schneider nahm rasch Maß und versprach, den Rock, die Bluse und den Sari in weniger als zwei Stunden fertig zu nähen.

In der Zwischenzeit besorgten sie Farbpulver, mit denen Jamina das Reismehl für die Kolams färben wollte. Sie war eine Meisterin im Anfertigen der symmetrischen, oft runden Muster, die während Diwali die Eingangsbereiche der Häuser schmückten. Zielstrebig steuerte die Dienerin auf einen Händler im hinteren Teil des Basars zu. Zwei heilige Kühe lagen direkt vor der Auslage. Sie waren für Diwali geschmückt worden und käuten in aller Seelenruhe wieder. Da es tabu war, sie wegzutreiben, umrundete Jamina die Tiere und versuchte von der anderen Seite ihre Auswahl zu treffen. Ricky liebte diesen Teil des Basars, wo die Gewürzhändler und Farbenhändler ihre Läden und Stände hatten. Es war ein Fest für Augen und Nase. Die unterschiedlichen Farbpulver wurden für allerlei heilige Zwecke verwendet, unter anderem wurden damit auch im Tempel die Segenszeichen auf die Stirn gemalt. Der Händler hatte die Farben auf quadratischen Holzschalen zu Pyramiden aufgehäufelt und glatt gestrichen. Strahlendes Safrangelb neben sattem Orange, tiefrotes Ockerrot neben leuchtendem Purpur, göttlich blaues Indigo, hellgrünes Malachit und grelles Violett, dann das intensive Ultramarinblau des gemahlenen Lapislazuli, dazu sanfte Zwischentöne in allen Farben. Vom Stand nebenan zog eine wahre Geruchslawine zu ihnen herüber. Es war eine Mischung aus Zimt, Kardamom, Nelken, unterschiedlichen Gewürzmischungen für die Zubereitung von Curry, Minze, zwanzigerlei Pfefferarten, Tee, Vanille, Kräuter und geheimnisvolle Mischungen von Heilkräutern. Jamina befand sich ganz in ihrem Element. Mit Eifer widmete sie sich den Angeboten, fragte nach, prüfte und handelte um jeden Paisa.

»Siehst du diese Kashmiri-Vanille?«, fragte sie. »Riech daran!«

»Sie ist in Ordnung, oder?« Ricky interessierte sich nicht für Gewürze.

»Pah!« Jamina hatte dafür nur ein Naserümpfen übrig. »Das ist miserable Ware. Die Stangen lassen sich kaum noch biegen. Sie sind alt und ganz gewiss nicht aus Kaschmir!« Sie begann mit dem Händler zu streiten, bis dieser schließlich ein Glas unter seiner Theke hervorzog, in dem sich eine bessere Qualität befand. Ricky ließ Jamina gewähren. Je länger sie in der Stadt blieben, umso größer war die Chance, dass sie vielleicht doch noch auf Mukesh traf. Sie sah sich auf den belebten Straßen um, in der vagen Hoffnung, ihn irgendwo zwischen den Menschen zu entdecken. Leider ohne Erfolg. Dabei hatte er ihr versprochen, dass sie sich an Diwali wiedersehen würden. »Ich werde dich finden«, hatte er an jenem Abend vor der Tigerjagd behauptet. Jetzt zweifelte sie daran.

Plötzlich wurde sie von einem Mann, der einen Lumpenwagen hinter sich herzog, angerempelt.

»Kannst du nicht aufpassen?«, schimpfte sie verärgert.

»Entschuldigung, Memsahib«, murmelte der Mann devot. Er ging gebückt und hatte einen vor Schmutz starrenden Lumpen über seinen Kopf gezogen. Ricky wollte sich schon ungnädig von ihm abwenden, als der Mann die Kopfbedeckung etwas anhob und sie breit angrinste. Sein Gesicht war schwarz verschmiert, sodass er kaum zu erkennen war. Erst auf den zweiten Blick erkannte sie Mukesh. Ihr Herz begann heftig zu schlagen. Sie wollte etwas sagen, doch Mukesh schüttelte nur den Kopf und deutete auf eine etwas abgelegene Gasse, in der ein Kupferschmied seine Werkstatt hatte. Sie verstand. Während der Lumpensammler seines Weges zog, tat sie eine Weile so, als interessiere sie sich für Jaminas Käufe.

»Ich werde schon mal vorausgehen«, meinte sie schließlich beiläufig, »ich möchte dort unten noch für meine Eltern ein Geschenk besorgen.« Sie zeigte auf den Laden eines Puppenbauers, der ganz und gar nicht in der Richtung lag, wo Mukesh auf sie wartete. Jamina war es nur recht. Sie roch gerade an einer neuen Teemischung. »Aber bleib nicht zu lange«, meinte sie nebenbei. »Wir müssen noch viel erledigen.«

Ricky eilte zu dem Kupferschmied, dessen Werkstatt im Moment leer stand. Sie sah sich suchend nach Mukesh um, konnte ihn jedoch nicht entdecken. Plötzlich zog sie jemand am Ärmel ins Innere der Werkstatt.

»Na endlich!«, strahlte der junge Mann. Sein geschwärztes Gesicht verschwamm mit dem Halbdunkel der Werkstatt, nur seine unergründlichen Augen glänzten daraus hervor. Beinahe verlegen ließ er sie los.

»Wie bist du aus dem Palast gekommen?«, fragte Ricky, um die Verlegenheit zwischen ihnen zu lösen.

»Einer der Geheimgänge endet genau am unteren Ende des Gangaur Ghat. Kurz vor seinem Ausgang habe ich mittlerweile ein ganzes Arsenal an Kostümen, mit denen ich mich verkleiden kann.«

»Hast du keine Angst, entdeckt zu werden?«

Mukesh zuckte mit den Schultern. »Der Geheimgang wird überhaupt nicht mehr benutzt. Wahrscheinlich ist er im Laufe der Zeit sogar in Vergessenheit geraten.«

»Ich habe schon überall nach dir Ausschau gehalten«, gestand sie leicht errötend. Mukesh streichelte sanft ihre Wange und gab ihr rasch einen Kuss. »Du bist sehr schön«, meinte er ernst. »Wie eine Lotusblüte bei Vollmond.« Dann besann er sich. »Leider haben wir jetzt nicht viel Zeit«, meinte er bekümmert und sah sich nach dem Kupferschmied um, der jeden Augenblick zurückkommen konnte. »Kannst du übermorgen, an Lakshmi Puja, zum Gangaur Ghat kommen? Wir könnten eine kleine Bootsfahrt auf dem See machen. Ich muss unbedingt mit dir reden. Schaffst du es, dich gegen Mitternacht aus dem Haus zu stehlen?« Sein Blick war hoffnungsvoll und sehnsüchtig. Rickys Herz klopfte vor Freude, dennoch zögerte sie einen Augenblick. Sie hatte sich noch nie bei Nacht heimlich aus dem Haus geschlichen. Jamina hatte einen leichten Schlaf und würde sie bestimmt nicht gehen lassen, falls sie sie ertappte. Dennoch wollte sie es versuchen. Ihr Vater schlief für gewöhnlich ziemlich tief, und ihre Mutter war zurzeit ohnehin keine Gefahr.

»Ich werde da sein.«

Der zweite Tag von Diwali war Narak Chaturdasi. Jamina bestand wie jedes Jahr darauf, dass Ricky noch vor Sonnenaufgang aufstand und ein Bad mit wohlriechenden Badeölen nahm. Während sie der jungen Frau den Rücken mit einem Naturschwamm abrubbelte, erzählte sie Ricky wieder einmal, weshalb es Brauch war, sich so früh schon zu reinigen.

»Wir Hindi gedenken heute Krishna, unserem blauhäutigen Gott. Er ist die achte Wiedergeburt von Vishnu und war ein mutiger Mann, der auch die Frauen liebte. Er war es, der einst den Dämon Narakasur besiegte und dadurch sechzehntausend Jungfrauen befreite. Nach dem schweren langen Kampf bestrich sich Krishna seine Stirn mit dem Blut des Dämonen und zog mit den Jungfrauen davon. Als Dank für ihre Befreiung badeten die Jungfrauen Krishna noch vor Sonnenaufgang in wertvollem Öl.«

»Ach Mina, das weiß ich doch alles«, seufzte Ricky, die es in Wirklichkeit genoss, jedes Jahr aufs Neue die Geschichte zu hören. »Kann ich dir nachher wieder beim Anfertigen der Kolams helfen?«, fragte sie. »Wenigstens ein Muster möchte ich selbst gestalten.«

Die alte Dienerin lächelte geschmeichelt und entblößte dabei ihre Zahnlücke. »Und später werde ich deine Hände mit Henna bemalen. Lakshmi liebt bemalte Hände und wird so ganz sicher in euer Haus kommen.« In ihren Augen lag ein mitleidiger Glanz. »Vielleicht gelingt es ja Lakshmi, den Dämon zu vertreiben, der in deine Mutter gefahren ist.«

Rickys gute Laune trübte sich auf einmal ein. Die meiste Zeit versuchte sie, nicht an den Zustand ihrer Mutter zu denken. Sie verdrängte einfach die Tatsache, dass Jella so fremd und unnahbar geworden war, aber jetzt musste sie an früher denken. Als sie ein kleines Mädchen gewesen war, hatte sie mit ihrer Mutter an diesem Tag Blumengirlanden gebastelt und versucht, von Jamina zu lernen, wie man Kolams macht. Sie war immer viel zu ungeduldig gewesen und hatte wenig Geschick bewiesen, dafür hatte sie sie mit lustigen Geschichten aus Afrika unterhalten. Nie hatte sich Ricky ihrer Mutter näher gefühlt als an diesem Tag an Diwali. Später hatte sich die ganze Familie in indische Gewänder gekleidet, und Ricky hatte mit ihrer Mutter die Öllämpchen in den Fenstern entzündet. Zu Sonnenuntergang beschenkten sie sich gegenseitig mit von Bali gefertigten Süßigkeiten und traten dann auf die Terrasse, um das Feuerwerk, das der Maharana an diesen Tagen ausrichten ließ, zu bestaunen. Dieses Jahr war nichts von der Freude, die sonst in ihrem Hause herrschte, zu spüren. Ricky beschloss nach dem Bad, ihre Mutter zu besuchen. Sie stieg die Treppen zu der Dachterrasse hinauf, um ihr die kunstvoll bemalten Hände zu zeigen. Jella saß wie immer in ihrem Lehnstuhl auf der Dachterrasse und blickte auf einen weit entfernten Punkt am Horizont. Ihre Mutter wandte nicht mal den Blick in ihre Richtung, als sie die Hände vor ihr ausbreitete. Ein dicker Kloß setzte sich in ihrem Hals fest. Sie fühlte sich von ihr allein gelassen. Dann wich ihre Beklemmung einem plötzlich aufwallenden Zorn.

»Verdammt. Du machst es dir viel zu einfach«, blaffte Ricky ihre Mutter an. »Wieso lässt du uns einfach so im Stich? Komm endlich zurück und kümmere dich um uns!«

Jellas Augen lösten sich von der undefinierbaren Stelle am Horizont, sie blinzelte und sah ihrer Tochter kurz in die Augen. Einen winzigen Augenblick lang hoffte Ricky, dass ihre Worte die Mutter erreicht hatten. Doch dann versteinerte sich deren Miene wieder, und ihr Blick wanderte zurück in die Leere. Ricky ballte verzweifelt ihre Hände zu Fäusten. Von unten drangen Stimmen zu ihr herauf. Sie hörte ihren Vater mit Salim Mohan reden. Sie sprachen über ihre Mutter und auch über sie. Ricky ging zur Treppe und lauschte der Stimme ihres Vaters.

»Deshalb habe ich mit Professor Sigmund Freud in Wien korrespondiert. Er ist der Meinung, dass Jella durch die Schlange tief traumatisiert worden ist. Die Schlange sei gewissermaßen zum Kondensationspunkt all ihrer Ängste geworden. Sie hat weiß Gott schon viele schlimme Erfahrungen in ihrem Leben mitgemacht. Wahrscheinlich hat sie sie nie richtig verarbeitet, sondern sich nur immer mit Neuem abgelenkt. Auf jeden Fall ist Professor Freud der Meinung, dass nur ein besonderes Ereignis, das man aber weder herbeiführen noch voraussehen kann, sie womöglich aus ihrer Apathie lösen könnte.«

»Das hört sich ziemlich kompliziert an«, meinte Salim. Seine Stimme klang eher kritisch. »Was bedeutet das konkret?«

»Ich überlege, zurück nach Afrika zu gehen«, sagte Fritz. »Jella war dort am glücklichsten. Ihr Vater und Bruder leben noch dort und auch meine Familie. Sie hoffen schon lange darauf, dass wir wieder zurückkehren. Vielleicht kommt meine Frau ja dort wieder zu Verstand.«

»Hast du keine Angst, dass du noch einmal im Gefängnis landest? Du warst für ein Kapitalverbrechen angeklagt. Das ist auch bei der neuen Regierung keine Kleinigkeit.«

»Mein Schwiegervater hat sich schon vor Jahren erkundigt. Es liegen keine Untersuchungen gegen mich mehr vor. Selbst wenn Baron von Nachtmahr nochmals auf einer Klage bestünde, so würde man ihr nicht nachgehen, weil es eine Generalamnestie gegen alle Insassen der deutschen Konzentrationslager gab.«

»Und was sagt eure Tochter dazu?«

»Sie wird vernünftig genug sein, uns zu folgen. Außerdem kann sie auch in Windhuk die Schule abschließen und …«

Ricky lauschte nicht weiter. Was sie gehört hatte, reichte ihr. Unbemerkt schlich sie in ihr Zimmer und setzte sich auf ihr Bett. Sie musste erst einmal Ordnung in ihre Gedanken bringen. Was ihr Vater da eben so scheinbar selbstverständlich gesagt hatte, war einfach unglaublich. Zurück nach Afrika! Sie konnte sich nichts Schlimmeres vorstellen. Natürlich wäre es schön, ihren Großvater und ihre Großmutter kennenzulernen. Aber die konnten sie genauso gut hier in Indien besuchen! Sie würde auf keinen Fall dorthin gehen. Ihr Vater konnte sie nicht dazu zwingen – und wenn doch, würde sie mit Mukesh fliehen.

So kam der dritte Tag von Diwali, der Lakshmi Puja, der zu Ehren der Glücksgöttin Lakshmi gefeiert wurde. An diesem Tag wurden die Lichter schon am frühen Morgen entzündet, denn die Glücksgöttin kehrte nur in die Häuser ein, in denen auch Licht brannte. Sie vergewisserte sich, dass die Behausungen aufgeräumt waren. Viele Geschäftsleute nahmen das zum Anlass, ihre Häuser neu anzustreichen. Sie schlossen ihre Buchhaltung ab und legten neue Geschäftsbücher an, in der Hoffnung, dass Lakshmi ihnen Erfolg schenkte. Lakshmi Puja fiel immer auf Neumond. Es war der letzte Tag im Kalenderjahr der Hindus. Dementsprechend feierten die Menschen ausgelassen auf den Straßen. Überall gab es Tombolas oder andere Glücksspiele. Für Ricky konnte der Tag nicht schnell genug vorübergehen. Ihr Vater hatte ihr halbherzig vorgeschlagen, mit ihr über den Basar zu gehen und ein wenig zu feiern. Doch Ricky hatte es mit grimmiger Miene ausgeschlagen. Daraufhin war Fritz sichtlich erleichtert in den Palast gegangen, angeblich um dort Schriftkram zu erledigen, der schon viel zu lange unerledigt herumlag. Ricky war es nur recht; sie hatten am Abend vorher eine heftige Diskussion gehabt, an deren Ende sie wütend das Zimmer verlassen hatte. Nach dem Abendessen, als Jella bereits wieder im Nebenzimmer saß, hatte Fritz ihr die Hiobsbotschaft überbracht, die sie schon vorher belauscht hatte. Er hatte kaum ausgeredet, als Ricky entgegen ihrer sonstigen Art völlig erregt dazwischengegangen war und ihm klipp und klar gesagt hatte, dass sie niemals bereit wäre, Indien zu verlassen. Ihr Vater war völlig überrascht gewesen und hatte versucht, sie mit ruhigen Argumenten zu überzeugen, doch Ricky hörte überhaupt nicht zu. Schließlich war auch Fritz wütend geworden. Ein Wort gab das andere, bis sie schließlich weinend das Zimmer verlassen hatte. Seither herrschte mehr oder weniger Funkstille. Ricky verbrachte den Großteil des Tages allein in ihrem Zimmer. Gegen Abend kam ihr Vater nach Hause, und sie nahmen schweigend mit Jella ihr Abendessen ein. Fritz versuchte es mit ein wenig Konversation, doch Ricky ignorierte ihn und boykottierte seine Versöhnungsversuche. Sie würde nicht aus Indien weggehen und sie hatte auch schon einen Plan, wie sie das verhindern konnte.

Kaum war das Essen beendet, legte sie ihre Serviette zusammen und stand auf.

»Ich bin müde«, bedeutete sie ihrem Vater knapp. Dann gab

sie ihrer Mutter einen Kuss und verschwand in ihrem Zimmer. Die nächsten Stunden schienen kaum zu vergehen. Sie hörte, wie die beiden Bediensteten nach Hause kamen und munter lachend in ihrem Zimmer neben der Küche verschwanden. Vom Esszimmer her hörte sie die schweren Schritte ihres Vaters. Er schien ständig auf und ab zu gehen. Schließlich verstummten sie, und Ricky bekam mit, wie ihre Eltern gemeinsam in ihrem Schlafzimmer verschwanden.

Ricky sah auf die Uhr auf ihrer Kommode. Es war immer noch viel zu früh, um zum Gangaur Ghat zu gehen. Sie legte sich auf ihr Bett und beobachtete die dunkle mondlose Nacht hinter den flackernden Öllampen auf ihrer Fensterbank. In wenigen Stunden würde der Mond aus dem Erdschatten hervortreten und an seinem rechten unteren Ende wieder zu leuchten beginnen. Wer weiß, vielleicht würde es genau dann geschehen, wenn sie und Mukesh in einem Boot über den See ruderten. Ob er sie wieder küssen würde? Ricky fühlte wieder das wohlige Kribbeln in ihrem Bauch. Sie war zum ersten Mal in ihrem Leben verliebt und malte sich die Zukunft mit Mukesh in den schönsten Farben aus. Sie würde Tänzerin werden und ihn betören. Irgendwann würden sie heiraten und Kinder bekommen, auch wenn Mukesh und ihre Familie dagegen wären. Sie würden schon einen Weg finden. Die romantischen Gedanken machten sie schläfrig, und schließlich schlummerte sie ein.

Das Trommeln einer ausgelassenen Festtagsprozession riss sie aus ihrem ungewollten Schlaf. Sie fuhr auf und blickte erschrocken nach der Uhr. Es war spät! Rasch stand sie auf und wickelte sich ihren neuen roten Sari um. Es war gar nicht so einfach ohne Jaminas Hilfe. Als sie fertig angekleidet war, fischte sie eine weiße Lotusblume aus der Wasserschale auf ihrer Kommode und steckte sie in ihr Haar. Zufrieden musterte sie ihr Spiegelbild. Wer nicht genau hinsah, würde sie für eine Inderin halten. Nun musste sie nur noch unbemerkt aus dem Haus schlüpfen.

Mukesh wartete wie versprochen an dem Ghat. Tagsüber wuschen hier die Frauen Wäsche, aber jetzt waren die Treppen, die zum See hinabführten, menschenleer. In der Mitte des Sees strahlten die Lichter aus den Fenstern des hell erleuchteten Sommerpalastes. Fröhliche Stimmen, Musik, Gelächter drangen aus allen Winkeln der Stadt. Nur hier unten war es ruhig. Das dunkle Wasser schlug in leichten, plätschernden Bewegungen an die steinernen Stufen. Mukesh hatte eines der Boote, mit denen die Diener die Vorräte auf die Insel des Sommerpalastes schafften, entwendet. Im Gegensatz zu den prächtig ausgestatteten fürstliche Nachen würde dieses nicht vermisst werden. Das Spiel mit dem Feuer machte Mukesh Spaß. Er wollte es genießen, solange es ihm noch möglich war, denn schon in wenigen Tagen würde sein sorgloses Leben ein Ende haben. Sein Vater und der Maharana hatten ihm erst vor ein paar Tagen unmissverständlich eröffnet, dass er sich nun seinen Aufgaben am Hof würde stellen müssen. Der Maharana wollte ihn sofort als eine Art Spion auf Reisen schicken, um in den anderen Fürstentümern Rajasthans herauszufinden, ob die Stimmung für oder gegen die Engländer war. Der Herrscher opponierte zwar nicht in der Öffentlichkeit gegen die britischen Besatzer, wollte aber auf dem Laufenden bleiben, falls sich doch einmal die Gelegenheit ergab, sich mit den anderen Maharadschas gegen die Engländer zu verbünden. Mukesh hatte nicht ablehnen können, denn er interessierte sich brennend für die überall im Land aufkeimenden Feuer des Widerstands – wenn auch aus anderen Gründen als der Maharana. Er sympathisierte seit Längerem mit Gruppierungen, die wie Mohandas Ghandi um individuelle Selbstkontrolle und Selbstbestimmung kämpften: Indien den Indern. Er war gegen Standesunterschiede und gegen das einengende Kastensystem. Seine neue Aufgabe würde es ihm ermöglichen, wertvolle Kontakte zu knüpfen, die er später einmal nutzen konnte. Er freute sich auf seine neue Aufgabe und würde sich ihr ganz hingeben.

Leider haftete an seiner Zukunft ein bitterer Beigeschmack. Er würde Ricky sehr lange nicht wiedersehen können, ja vielleicht würde er sie sogar verlieren. Anfangs hatte es ihm nur Spaß gemacht, einer jungen Europäerin den Kopf zu verdrehen. Es war ein Spiel mit dem Feuer und aufregend wie seine heimlichen Ausflüge. Die Engländerinnen, mit denen er es in Oxford zu tun gehabt hatte, waren dumme oberflächliche Gänse gewesen, die das Flirten lediglich als Spaß verstanden hatten. Bei Ricky hatte er schnell feststellen müssen, dass sie nicht nur seine Komplimente, sondern auch ihn selbst sehr ernst nahm. Das war eine völlig neue Erfahrung gewesen. Es schmeichelte ihm nicht nur; er musste sich eingestehen, dass er sich ernsthaft in die junge Frau verliebt hatte.

»Mukesh!«

Das Flüstern riss den jungen Mann aus seinen Gedanken. Er löste sich aus dem Schatten der Mauer, an die er sich gelehnt hatte, und trat in das dunkle Zwielicht.

»Ich bin hier.« Seine Stimme war rau vor Freude. Am liebsten hätte er Ricky sofort in seine Arme genommen. Doch er wollte sie nicht zu sehr bedrängen. Sie kam langsam auf ihn zu, und er stellte überrascht fest, dass sie einen Sari trug. In der Dunkelheit leuchtete eine weiße Lotusblüte in ihrem dichten, schwarzen Haar. Nie hatte er ein schöneres Mädchen gesehen! Mukesh streckte ihr beide Hände entgegen und führte sie zu dem flachen, aber breiten Nachen.

»Es ist schön, dass du hier bist«, raunte er in ihr Ohr, als sie vorsichtig hineinstieg. »Es tut mir leid, dass es nur der Lastkahn eines Dieners ist«, entschuldigte er sich. »Ich habe versucht, ihn so gemütlich wie möglich auszupolstern.«

Tatsächlich hatte er große Seidenkissen im Boot ausgelegt, auf denen es sich Ricky gemütlich machen konnte. Mit einem kräftigen Stoß stieß er sie vom Ufer ab und ruderte durch den immer enger werdenden Kanal, der vom Picholasee in den kleineren und unbelebten Fateh-Sagar-See mündete. Ricky lehnte sich in den Kissen zurück und ließ sich den lauen Fahrtwind um die Nase wehen. Plötzlich richtete sie sich auf und sah Mukesh an.

»Mein Vater will, dass wir schon bald alle nach Afrika zurückkehren«, sagte sie.

»Nach Afrika?« Mukesh horchte auf. »Und warum?«

»Es ist viel geschehen, seit wir uns das letzte Mal gesehen haben«, begann Ricky und dann erzählte sie ihm von dem Schlangenbiss und der als Folge einsetzenden rätselhaften Krankheit ihrer Mutter. »Mein Vater glaubt nun allen Ernstes, sie kann nur dort wieder gesund werden. Aber das ist Blödsinn. Ich werde auf keinen Fall in dieses schreckliche Land gehen.«

Mukesh musste die Nachricht erst verdauen. Er spürte Trauer und schmerzvollen Verzicht, aber in einem entfernten Winkel seines Wesens auch eine gewisse Erleichterung. Ihre Liebe hatte von Anfang an keine Zukunft gehabt, das war ihm immer klar gewesen. Er hatte sich nicht verlieben wollen, aber dann war es doch geschehen …

»Warum schweigst du?«, fragte Ricky verunsichert.

»Ich denke über unsere Zukunft nach«, bekannte er. Sie strahlte.

»Das tue ich auch die ganze Zeit. Ich werde nicht mit nach Afrika gehen. Ich werde hier in Indien bleiben, bei dir! Wir könnten fliehen und heiraten.«

»Du willst, dass wir heiraten?«, fragte Mukesh völlig überrumpelt. »Aber das geht doch gar nicht. Du bist nicht volljährig. Und überhaupt …«

»Das ist mir egal. Wir könnten auch in eine andere Stadt gehen und dort warten, bis ich alt genug bin.« Ihre Augen funkelten trotzig.

Mukesh beugte sich zu ihr vor. Es kostete ihn Überwindung, das zu sagen, was er jetzt sagte:

»Ich kann dich niemals heiraten«, meinte er bekümmert. »Jedenfalls nicht öffentlich. Ich bin ein Kshatriya; ich muss ein Mädchen aus meiner Kaste ehelichen, um nicht Schmach und Schande über meine Familie zu bringen. Mein Vater hat schon vor langer Zeit eine Frau für mich ausgewählt. In ein, zwei Jahren werde ich sie heiraten. So ist es vorherbestimmt.«

»Das hast du mir nie gesagt!« Ricky schluckte schwer. »Heißt das, dass du mich gar nicht liebst?« Ihre Stimme klang verzweifelt.

»Natürlich liebe ich dich«, entgegnete Mukesh heftig. Er versuchte, sie an sich heranzuziehen. Doch sie entzog sich ihm.

»Dann geh mit mir fort«, forderte sie. »Liebe ist stärker als diese dummen Regeln. Du hast selber gesagt, dass das Kastenwesen ungerecht ist!«

»Ich kann nicht mit dir fortgehen!« Er räusperte sich, um seine Worte wohl zu wählen. »In wenigen Tagen muss ich für längere Zeit verreisen. Ich weiß nicht, wann ich zurückkehre. Der Maharana hat mir einen wichtigen Auftrag übertragen, und ich habe mich bereit erklärt, ihn zu übernehmen. Durch meine Aufgabe werde ich vielleicht die Möglichkeit bekommen, für ein freies Indien zu kämpfen, ein Indien ohne Kastenwesen und ohne Bevormundung durch die Engländer. Nur wenn das gelingt, werden wir beide eine Zukunft haben!«

»Das ist nicht dein Ernst! Dir ist die Freiheit Indiens wichtiger als unsere Liebe?« Ricky holte tief Luft. »Du hast die ganze Zeit nur mit mir gespielt. Du bist ein erbärmlicher Lügner. Ich hasse dich! Fahr mich sofort zurück!«

Ricky richtete sich steif auf und sah ihn mit einem Blick an, der sein Herz beinahe zum Zerspringen brachte. Wie viel Kummer und zerstörte Hoffnung lag darin! Und er trug die Schuld daran. Mukesh schluckte schwer, nahm aber die Ruder wieder in die Hand. Es war richtig, was er tat. Er hatte keine andere Wahl. Und doch schmerzte ihn seine Entscheidung mehr, als er es für möglich gehalten hatte. Wortlos tauchte er die Ruder in das dunkle Wasser und brachte sie zurück zum Ghat. Ricky vermied jeden Blickkontakt mit ihm. Noch ehe sie richtig angelegt hatten, sprang sie aus dem Boot und war grußlos in der Dunkelheit verschwunden.

*

Nakeshi stand auf den Felsen von Erongo, unweit des Platzes, an dem sie ihrer Sternenschwester zum ersten Mal in der Hierwelt begegnet war. Ihr Gefühl sagte ihr, dass dies der richtige Ort war. Dieses Mal musste es gelingen! Die Sonne stand bereits im Zenit. Die Luft über dem Boden flirrte und verzerrte die Wahrnehmung. Eine Herde Zebras wurde von irgendetwas aufgeschreckt und setzte sich eilig in Bewegung. Die Hufe donnerten über die trockene Erde, während ihre gestreiften Körper mit der wogenden, heißen Luft zu einer wabernden Bewegung verschwammen. Die Buschmannfrau spürte, dass es ihrer Sternenschwester nicht gut ging. Sie litt mit ihr. Dieses Mal wollte sich nicht von den Llangwasi ablenken lassen, die das Gleichgewicht zerstörten, sondern sie wollte versuchen, zu Jella direkt durchzudringen. Es war gefährlich, was sie vorhatte, denn sie musste ihren Geist weit wegschicken. Außerdem war keiner ihrer Leute, der ein wenig Num besaß, in der Nähe, um sie wieder in die Hierwelt zu holen, falls sie in der Anderswelt verloren ging. Dennoch war sie bereit, es zu tun. Jetzt war der Zeitpunkt gekommen, um die Sternenschwester zurückzurufen.

*

Rickys Augen brannten von den vielen Tränen, die sie in ihrem Kummer vergossen hatte. Sie eilte die Treppen des Ghats hinauf und tauchte in die Gassen der Stadt ein, die sie mit ihren fröhlichen Geräuschen und dem Trubel bald verschluckten. Sie überlegte nicht, wohin sie lief, sie wollte nur weg. Weg von Mukesh, dem Verräter, der innerhalb von wenigen Augenblicken ihre Liebe zerstört hatte. Die Enttäuschung saß wie ein Dolch in ihrem Herzen, der sich immer tiefer bohrte. Ihr Leben schien plötzlich sinnlos und leer. Immer tiefer drang sie in das Gewirr der Gassen vor, vorbei an feiernden Menschen, die ausgelassen das Glück von Lakshmi suchten, sei es mit Wetten, in der Lotterie oder in einer der Opiumhöhlen, die wenigstens für eine kurze Zeit versprachen, das tägliche Leid vergessen zu lassen. Einige Male wurde sie angerempelt und mit anzüglichen Bemerkungen belästigt. Die Leute hielten sie offensichtlich für eine Inderin. Unter normalen Bedingungen wäre Ricky schamrot angelaufen, doch an diesem Abend prallten alle Zoten an ihr ab wie Wasser von einem Wachstuch. Die Nacht war schon weit fortgeschritten, als sie auf eine Gruppe von Frauen stieß, die eine Lichterprozession bildeten. Sie blieb stehen, um sie an sich vorbeiziehen zu lassen, denn die Gasse war eng. Die Frauen tanzten ausgelassen zu Flöte und Tabla, aber nicht anmutig und grazil wie die Tänzerinnen aus dem Gurukulam, sondern lasziv und ausschweifend. Ihre schmalen Hüften vollführten obszöne Bewegungen, die Ricky unangenehm berührten, aber dann doch wieder ihre Neugier erregten. Ihr Blick blieb immer wieder an den Frauen haften. Deren ungewöhnliche Größe war mindestens ebenso auffallend wie die stark geschminkten Gesichter und die gelbgrünen Saris, die sie trugen. Ricky konnte sich keinen Reim darauf machen, denn sie hatte solche Frauen in ihrem gut behüteten Leben noch nie gesehen. Selbst Radhu, das Blumenmädchen, hatte ihr nichts davon erzählt. Plötzlich kam eine der Frauen auf Ricky zu und streichelte ihr mit einem langen, kräftigen Zeigefinger zärtlich über die Wange.

»Ich segne dich, mein Kind«, sagte sie freundlich. »Möge Lakshmi dir dein Glück zurückbringen.« Dann reichte sie ihr ein Öllämpchen und reihte sich wieder in die tanzende Gruppe ein. Die freundliche Geste riss Ricky tatsächlich für einen

Moment aus ihrem Kummer. Neugierig blickte sie den weiterziehenden Frauen nach und fand sich unversehens in ihrem Gefolge. Tanzend und singend bewegten sich die seltsamen Frauen in Richtung Süden, an der östlichen Palastmauer entlang, bis sie schließlich die Altstadt ganz verließen und einen kleinen Hügel bergan stiegen, wo die Häuser einiger wohlhabender Kaufleute standen. Eines der ummauerten Häuser war besonders hell beleuchtet. Fenster und Türen waren mit Lichtern und Blumengirlanden ausgeschmückt, während ein riesiges, buntes Kolam kunstvoll den Eingangsbereich schmückte. Musik und Gelächter drang aus seinem Innern, und immer wieder konnte man Hochrufe und Gratulationen hören. Die Gruppe der Frauen marschierte direkt durch das ummauerte Eingangstor auf den Vorplatz vor dem Haus und begann seinerseits laute Musik zu machen. Ricky musste sich die Ohren zuhalten, so falsch und jaulend klangen die Töne. Die Frauen lachten und riefen immer wieder den Namen des Hausherrn.

»Dhirendra, Fürst der Tapferen, komm heraus«, skandierten sie. Lange Zeit geschah nichts. Schließlich erschien der Hausherr, ein nicht mehr ganz junger, ziemlich feister Mann mit schwarzem Schnurrbart und kostbaren Gewändern. Um seinen Hals hing eine gelbe Blumengirlande.

»Was wollt ihr?«, rief er ziemlich ungehalten. Er war auf der obersten Treppe seines Eingangs stehen geblieben, sodass er auf die Frauen hinabsehen konnte.

»Die Frage ist, was willst du, Fürst der Tapferen?«, fragte die Frau, die Ricky ihr Öllämpchen geschenkt hatte. Offensichtlich war sie die Anführerin. Sie fuhr sich lüstern mit ihrer langen Zunge über die grellrot geschminkten Lippen. Die anderen Frauen lachten anzüglich.

»Verschwindet«, befahl der Hausherr. »Ich will Leute wie euch nicht in meinem Haus haben.«

»Aber, aber.« Die Anführerin tat beleidigt. »Willst du etwa

nicht, dass wir dir zu der Geburt deines ersten Sohnes gratulieren? Gib uns eine anständige Belohnung, dann segnen wir deinen Sohn und dich dazu.«

»Ich brauche euren Segen nicht«, entgegnete der Hausherr aufgebracht. »Ihr seid doch nur billiges Gesindel!«

»Sind wir das?« Die Anführerin zog ihre nachgezogene Augenbraue hoch. Ihr Blick war nun drohend auf den geizigen Gastgeber gerichtet. »Ich bin von der Göttin Bahuchara Mata geweiht worden. Du weißt, dass ich dadurch segnen oder …« – sie machte eine ausgedehnte Kunstpause – »… verfluchen kann.«

»Lakshmi hat mich schon gesegnet«, behauptete der Hausherr selbstbewusst. »Ihr Schutz ist mir gut genug. Und nun verschwindet. Wenn ihr nicht sofort geht, lasse ich die Wachen holen.«

Er hob drohend seine Faust und verschwand im Haus. Ricky fühlte sich unbehaglich. Irgendetwas schien mit diesen Frauen nicht zu stimmen. Sie überlegte, wieder zurück in die Stadt zu gehen; auf der anderen Seite fürchtete sie sich vor der Dunkelheit. Fürs Erste beschloss sie deshalb zu bleiben. Die Frauen setzten nun erneut mit ihrer jämmerlichen Katzenmusik ein. Dieses Mal sangen sie dazu. Rickys musikalisches Gehör litt unter der schlimmen Kakophonie. Der Krach war so ohrenbetäubend, dass er die Unterhaltung im Haus übertönte. Erneut trat der Hausherr aus seiner Tür, doch die Frauen machten so lange weiter, bis schließlich auch die Gäste aus dem Haus traten, um nachzusehen, wer diesen Lärm veranstaltete.

»Willst du immer noch keine Segnung?«, fragte die Anführerin provozierend. »Oder glaubst du uns nicht, dass wir von Bahuchara Mata gesegnet sind? Willst du es sehen?«

Der Hausherr schüttelte erschrocken den Kopf. Er sah unentschlossen die feixenden Gäste und dann wieder die aufdringlichen Frauen an.

»Ich habe die Wachen bereits gerufen«, behauptete er. »Sie werden gleich hier sein und euch alle einsperren.«

»Niemand wird uns einsperren, Süßer«, flötete die Anführerin. Sie bewegte ihre Hüften, als befände sie sich in einem sexuellen Akt. Ein kurzer Blick zu ihren Freundinnen genügte, dann begannen auch sie, sich in gleicher Weise zu bewegen. Aus der Menge der Gäste kamen empörte Rufe. Der Hausherr reagierte mit lautem Schimpfen, das jedoch von einem immer stärker werdenden Trommelwirbel übertönt wurde, bis ein abschließender Tusch den Lärm beendete. In dem Moment, als die Trommel verstummte, hoben alle Frauen gleichzeitig ihren Sari hoch und entblößten vor den versammelten Gästen ihr Geschlecht. Ricky stand direkt neben ihnen. Zwangsläufig wurde auch sie gezwungen, die nackten Frauen anzusehen. Entsetzt starrte sie auf die teils verstümmelten, teils missgebildeten Genitalien.

Das waren keine Frauen, denen sie gefolgt war, aber es waren auch keine Männer. Es waren zweigeschlechtliche, zum Teil verstümmelte Wesen, die ganz bestimmt verflucht und gefährlich waren. Kopflos vor Schreck floh Ricky in die Dunkelheit.

*

Nakeshis Geist irrte durch die Anderswelt. Dichter gelber Nebel umgab sie wie ein Leichentuch. Egal, in welche Richtung sie ging, der Nebel wurde immer dichter. Sie hatte den Weg verloren.

Die Llangwasi spielten ihr einen Streich. Sie wollten, dass sie sich verirrte. Doch das durfte ihnen nicht gelingen. Unbeirrbar versuchte sie ihren Weg zu finden. In ihrer Not rief sie nach Debe, dem verstorbenen Vater.

»Hilf mir! Ich weiß nicht mehr, wo ich bin. Ich suche meine Sternenschwester, doch ich kann den Zugang zu ihrem Geist nicht finden!«

Die Nebelschwaden teilten sich, und eine Gestalt erschien, aber es war nicht Debe, sondern Sheshe, ihre zweite Sternenschwester. Nakeshi erschrak.

»Was ist mit dir geschehen?«, fragte sie. Ihre Tante sah schrecklich aus. Der Körper war eingefallen, und ihre Augen sahen bitter und verhärmt aus.

»Lass dich von meiner Hülle nicht blenden«, beschwichtigte Sheshe. »Was du siehst, ist das Abbild jener Frau, die aus der Welt der Weißen zu den Geistern gegangen ist. Es geht mir gut, denn jetzt bin ich bei unseren Ahnen. Warum rufst du nach Hilfe?«

»Ich suche meine Sternenschwester«, sagte Nakeshi, die spürte, dass ihre Kräfte langsam nachließen. »Ich muss sie finden, um sie zurückzurufen.«

Sheshe nickte. Ihr Blick war traurig und hoffnungslos, doch ihre Stimme klang zuversichtlich, so wie Nakeshi sie immer in Erinnerung gehabt hatte.

»Ein Teil deiner Sternenschwester irrt durch die Anderswelt. Ich habe sie gesehen. Sie hat sich selbst verloren. Du kannst sie nicht mehr retten.«

»Zeig mir den Weg! Ich werde es dennoch versuchen!«

Nakeshi wollte Sheshes Hand greifen. Doch diese hielt sie für einen Augenblick zurück. »Ich kann dich hinbringen, aber nicht mehr zurück. Weißt du, was das bedeutet?«

Nakeshi schluckte, aber dann nickte sie tapfer. »Ich werde vielleicht für immer hierbleiben müssen.«

»Wer weiß?«, murmelte Sheshe.

Sie glitten durch den dichten Nebel, bis sie in eine höhlenähnliche Umgebung kamen, die sich stark verzweigte. Wie ein Labyrinth führten zahllose Gänge in unterschiedliche Richtungen. Nakeshi hatte schnell die Orientierung verloren, denn sie musste aufpassen, dass sie Sheshe nicht verlor. Endlich gelangten sie an das Ende eines Ganges, der sich zu einem kleinen Höhlenraum weitete. Nakeshi wollte hineingehen, doch Sheshe hielt sie zurück.

»Ich muss jetzt wieder gehen. Von jetzt an bist du allein auf dich gestellt.«

Sie winkte ihr traurig zu und löste sich vor ihr auf. Nakeshi schluckte. Sie fühlte, wie sich auch ihr Geist in dieser Anderswelt aufzulösen versuchte, und kämpfte tapfer dagegen an. Plötzlich spürte sie die Anwesenheit eines anderen Ahnen, und tiefes Glück durchfuhr sie.

»Debe, mein Vater«, lächelte sie. »Was machst du denn hier?«

Debe kicherte, so wie er es oft während seines Lebens getan hatte. Sie drehte sich um sich selbst, um ihn zu entdecken, aber ihr Vater war nur in ihren Gedanken bei ihr.

»Geh, mein Kind«, meinte er freundlich. »Geh weiter und tu das, weshalb du hierhergekommen bist. Wenn du es schaffst, werde ich hier sein und dich sicher in dein Leben zurückführen.«

Debes Worte gaben Nakeshi neue Zuversicht. Sie betrat den Höhlenraum und bereute es sofort. Schmerz und Verzweiflung schlugen ihr wie eine Flutwelle entgegen. Doch es war kein frisches Wasser, das sich an ihr brach, sondern eine ansteckende Krankheit, gegen die man sich nicht wappnen konnte. Sie spürte, wie die Llangwasi versuchten, in ihr Inneres zu kriechen, um sie ebenfalls zu vergiften. Nakeshi versuchte sich an gute Dinge zu erinnern. Sie rief die Bilder von Bô und ihrem Sohn Debe in ihre Erinnerung und dem Glück, das sie miteinander genießen durften. Doch die Llangwasi zerrten und zupften an ihr, während sie weiter die Ecken und Winkel der Höhle abzusuchen begann. Dann endlich entdeckte sie in einer verborgenen Nische das blasse Abbild ihrer Sternenschwester. Sie kauerte ängstlich auf dem Boden, während die bösen Geister sie in Schacht hielten. Nakeshi handelte rasch.

*

Jella fuhr mit einem Ruck in die Höhe. Es war dunkle Nacht. Wie durch ein Wunder nahm sie ihre Umgebung mit einer Klarheit zur Kenntnis, die sie selbst erstaunte. Sie roch die würzige Nachtluft und die frischen Blumenblüten, die Jamina jeden Tag frisch in Wasserschalen füllte. Auf der Fensterbank brannten Öllämpchen. Es sieht aus, als wäre Diwali, dachte Jella erstaunt. Wie kann das sein? Waren sie nicht erst gerade bei ihrem Freund Salim Mohan gewesen? Doch natürlich, sie konnte sich genau erinnern. Es war ein lustiger Abend gewesen. Danach hatten Fritz und sie sich geliebt. Es war wunderschön gewesen. Liebevoll hörte sie auf die gleichmäßigen Atemzüge ihres Mannes neben sich. Aus der Stadt drang buntes Stimmengemurmel und Musik durch ihr Fenster. Jella stand auf und trat ans Fenster. Überall brannten Lichter, und die Menschen feierten, obwohl Mitternacht schon längst vorüber war. War tatsächlich Diwali? Verwirrt fuhr sie sich mit den Händen übers Gesicht. Wieso feierten die Menschen? Bis zum Lichterfest waren es doch noch Wochen!

Fritz regte sich. Verschlafen richtete er sich auf. Als er sie am Fenster stehen sah, sprang er aus dem Bett und kam auf sie zu. Behutsam fasste er sie an den Schultern, um sie zurück ins Bett zu führen.

»Was machst du da?«, fragte Jella konsterniert. »Ich bin doch kein kleines Kind!«

Erschrocken ließ er sie los. Auf seinem Gesicht war pure Überraschung zu sehen.

»Du, du redest!«, stellte er ungläubig fest.

»Natürlich. Das geschieht in meinem Fall nicht selten.«

»Du, du, du hast seit Wochen nicht gesprochen.«

Auf seinem Gesicht spiegelte sich Sorge, Verwunderung und grenzenlose Erleichterung. »Mein Gott, wir dachten alle, dass du nie wieder du selbst sein wirst«, seufzte er tief auf. »Du glaubst gar nicht, wie froh ich bin! Fühlst du dich gut?«

»Wieso sollte ich denn nicht?« Jella begann, sich noch unbehaglicher zu fühlen. Was hatte das alles zu bedeuten? Seit Wochen nicht geredet, das Lichterfest – und überhaupt.

»Waren wir heute Abend nicht bei Salim?«, fragte sie unsicher.

»Aber nein! Wir waren die ganze Zeit hier! Du kannst dich wirklich nicht erinnern, nicht wahr?«

Fritz umfasste erneut ihre Schultern und zog sie zärtlich an sich heran. Sein Brustkorb hob und senkte sich und strahlte auch auf Jella etwas Beruhigendes aus. Schließlich führte er sie zu dem Sessel neben dem Bett. Sie ließ es willig geschehen und wartete, bis Fritz sich neben sie gesetzt hatte.

»Was ist hier los?«, fragte sie verwirrt. »Wieso ist Diwali? Welchen Monat haben wir?«

»Es ist Anfang November.«

»Waas?« Jella fuhr sich durch die Haare. »Aber das kann doch nicht sein!«

»Du warst wochenlang nicht ansprechbar. Wir haben uns furchtbare Sorgen gemacht. An was erinnerst du dich als Letztes?«

»An unsere Liebesnacht …«

Fritz griff gerührt nach ihrer Hand und spielte mit ihren Fingern. Seine Backenmuskeln mahlten unruhig hin und her, als überlege er, was er sagen sollte. Schließlich sah er sie an.

»Du warst krank«, meinte er behutsam. »Du hast auf nichts und niemanden mehr reagiert. Es war, als wäre ein Teil von dir verloren gegangen.«

»Und das ist einfach so passiert?«, fragte Jella ungläubig. Sie war Ärztin und wusste genau, dass solch einer Reaktion immer ein Schock oder ein Unfall vorausging.

»Ricky hatte, nun ja, einen Unfall.« Er räusperte sich. »Du dachtest, sie wäre tot. Danach warst du nicht mehr ansprechbar.« Als er ihr erschrockenes Gesicht sah, fügte er schnell hinzu. »Keine Angst, unserer Tochter geht es gut. Sie ist völlig gesund.«

Jella seufzte erleichtert auf, dann erhob sie sich.

»Ich muss trotzdem rasch zu ihr«, meinte sie. »Sie soll sehen, dass es auch mir wieder gut geht.«

»Mitten in der Nacht?« Fritz zog amüsiert eine Augenbraue hoch. »Hat das nicht bis morgen Zeit?«

»Hat es nicht!«

Jella spürte, wie ihre alte Entschlossenheit zurückkehrte.

*

Ricky rannte in Richtung der hell erleuchteten Stadt, aber sie hatte sich den Weg nicht gemerkt. Nach kurzer Überlegung entschied sie sich für die Straße, die direkt in die Stadt zu führen schien. Leider musste sie, nachdem sie ein ganzes Stück Weg zurückgelegt hatte, feststellen, dass er in die falsche Richtung mitten aufs Land hinausführte. Notgedrungen musste sie zu der Weggabelung zurückkehren und sich neu entscheiden. Hinter sich hörte sie das höhnische Gelächter der schrecklichen Männerfrauen. Offensichtlich waren auch sie auf dem Rückweg. Auf keinen Fall wollte sie ihnen nochmals über den Weg laufen. Sie wählte nun den mittleren Weg und betete, dass es der richtige sein würde. Die schmale Staubstraße wand sich hügelabwärts und führte tatsächlich in die Stadt hinunter. Kaum hatte sie die Stadt erreicht, musste sie sich erneut entscheiden. Dieses Mal nahm sie die Gasse, die ihr am breitesten erschien. Doch nach wenigen Metern verzweigte sie sich erneut und dann wieder und wieder. Ehe sie sich's versah, hatte sie im Durcheinander der Gassen die Orientierung verloren. Die Menschen feierten immer noch, doch der Ton war aggressiver geworden, weil sich hauptsächlich Trunkenbolde in den Gassen herumtrieben. Wenn Ricky Menschen begegnete, vermied sie es, sie anzusehen. Mit gesenktem Kopf huschte sie durch das Labyrinth der Straßen und hoffte, durch Zufall an die Palastmauer oder eine bekannte Stelle zu kommen. Plötzlich befand sie sich am Ende einer Gasse, die in einen kleinen Hof mündete. Rundherum standen heruntergekommene Häuser, von denen eines eine Taverne zu sein schien. Mehrere Betrunkene torkelten gerade aus der Tür. Sie entdeckten das junge Mädchen und riefen ihr schmutzige Worte zu.

»Bleib hier, wir wollen deinen Lotusschoß kosten!«, rief einer. Ricky drehte sich panisch um und rannte weg von dem Hof. Die Männer verstanden das als Aufforderung. Sie sahen sich kurz an und setzten ihr schließlich nach. Ricky musste auf ihrer Flucht den Sari etwas raffen, da er sie am schnellen Lauf hinderte. Noch bevor sie die nächste Kreuzung erreicht hatte, hatte einer der Männer sie an der Schulter gepackt. Die anderen folgten ihm und umzingelten sie. Es waren drei betrunkene Männer. In ihren dunklen Augen funkelten Gier und Gewaltbereitschaft.

»Ich will als Erster«, forderte der größte der drei Männer. Er war ein hagerer Mann mit eingefallenen Wangen und einem schwarzen Schnurrbart. Er riss Ricky den Sari vom Kopf und griff grob in ihr Haar, um sie an sich heranzuziehen. Sein Atem roch nach fauligen Zähnen.

»Lass mich los«, wimmerte Ricky. Sie hatte schreckliche Angst und zitterte wie Espenlaub. In ihrer Panik hatte sie Englisch gesprochen. Der Hagere lachte rau. »Sieh an, eine Engländerin. So eine wollte ich schon längst mal ficken.«

Er stieß Ricky auf den Boden und löste gleichzeitig seinen Dhoti. Eilig begann er ihren Sari hochzuschieben. Ricky schloss die Augen. Ihre Hände krallten sich in den staubigen Boden. Sie war auf das Schlimmste gefasst. Doch plötzlich hörte sie Schritte. Einer der Betrunkenen rief.

»Das sind Hijras! Bloß weg von hier!«

Der Hagere ließ einen Moment von Ricky ab und sah auf.

»Verdammt!«, knurrte er. »Mit denen ist nicht zu spaßen. Machen wir, dass wir fortkommen!« Er band rasch seinen Dhoti um und stolperte seinen Freunden nach.

Ricky blieb wie versteinert am Boden liegen. Ihr Herz raste, während ihr Körper von einem unkontrollierbaren Zittern erfasst wurde. Tränen rannen über ihr nun schmutziges Gesicht, als sie entsetzt in das Gesicht einer dieser erschreckenden Mannfrauen sah. Es war dieselbe Frau – war es wirklich eine Frau? –, die ihr das Öllämpchen gereicht und so unanständig den Sari angehoben hatte. Ihre langen Finger strichen zart über ihre Wange, während die schwarz umrandeten Augen sie mitleidig musterten.

»Ruhig, meine Kleine, ganz ruhig«, sprach sie mit ihrer tiefen Stimme. Das Obszöne, Vulgäre darin war vollständig verschwunden. Ricky begann sich tatsächlich langsam zu beruhigen. Sie fühlte, wie das Zittern und die Starre nachließen. Die Hijra half ihr, sich aufzusetzen. Sie musterte sie eindringlich und warf den anderen einen mehrdeutigen Blick zu.

»Du bist Engländerin?«, fragte sie interessiert. Ricky zuckte leicht mit den Schultern. »Ich bin in Südwestafrika geboren«, sagte sie leise. Die Hijra lächelte zufrieden.

»Das spielt keine Rolle. Du siehst auf jeden Fall schrecklich aus.« Sie oder er machte eine ausladende, leicht übertrieben wirkende Bewegung. »Komm mit in unseren Gurukulam. Er ist gleich um die Ecke. Dort können wir dein ramponiertes Äußeres wieder ein wenig auffrischen. Danach sehen wir weiter.«

Ricky nickte ergeben. Sie war viel zu erschöpft, um sich noch gegen irgendetwas zu wehren. Außerdem stand sie immer noch unter Schock.

Entscheidungen

»Riccarda?«

Jella, gefolgt von Fritz, trat in die Dunkelheit des Zimmers. Sie rief nochmals nach ihrer Tochter, aber es blieb still. Fritz schaltete das elektrische Licht an. Gleißende Helle erfüllte den Raum mit dem unbenutzten Bett.

»Sie ist nicht da!«, stellte Jella fest.

Sie sah Fritz fragend an. Aus Angst vor einem neuen Schock trat er rasch zu ihr.

»Reg dich bitte nicht auf«, bat er, »es gibt bestimmt eine einfache Erklärung.« Erschrocken registrierte er, wie Jellas Blick wieder starr wurde. Sie stand wie festgefroren vor dem leeren Bett.

»Ist alles in Ordnung, Liebes?« Seine Stimme bebte.

In Jellas Kopf explodierte in diesem Moment ein ganzes Blitzgewitter. Fetzen von Erinnerungen bahnten sich ihren Weg aus dem Vergessen und fügten sich kaleidoskopartig zu einem Ganzen: die Schlange in ihrem Bett – Fritz, der das Reptil wegschleuderte – das Aufbäumen der Schlange – Ricky, die schrie – und schließlich der Kampf um ihr Leben, den sie verloren geglaubt hatte …

Fritz' ängstliche Frage riss sie zurück in die Realität.

»Ich bin in Ordnung«, sagte sie leise. »Ricky lebt, nicht wahr?«

»Aber ja! Sie ist wieder völlig gesund!«, versicherte Fritz eilig. »Alles wird gut!«

»Du musst keine Angst haben.« Ihre Stimme wirkte hölzern.

»Es ist nur, dass ich mich gerade eben wieder an alles erinnert habe.« Sie strich sich mit der Hand über die Stirn, so als wolle sie jede schlimme Erinnerung damit löschen.

»Hattet ihr Streit?«, fragte sie unvermittelt. Plötzlich war sie wieder ganz die kühle, überlegene Denkerin. Fritz musterte sie überrascht.

»Das kann man wohl sagen«, meinte er zerknirscht. »Ich habe ihr gesagt, dass wir alle nach Afrika zurückkehren. Man hatte mir Hoffnungen gemacht, dass du dich dort erholen könntest. Ricky hat äußerst übertrieben reagiert. Sie weigerte sich mitzukommen und war schrecklich wütend und aufgebracht. Eigentlich weiß ich gar nicht, warum.«

Jella überlegte.

»Ricky ist viel zu ängstlich, als dass sie einfach ausreißen würde. Sie ist bestimmt bei einer Freundin und übernachtet dort. Sie wollte dir einen Schreck einjagen, damit du siehst, wie ernst es ihr ist.«

Fritz sah sie zweifelnd an. »Dann lass uns das schnell nachprüfen.«

Während Fritz aus dem Zimmer eilte, um Bali zu wecken, damit er sich bei den O'Brians nach Ricky erkundigte, begab sich Jella zurück in ihr Zimmer, um sich anzukleiden. Ihr fiel plötzlich das Blumenmädchen am Jagdish-Tempel ein, mit dem Ricky sich angefreundet hatte. War sie nicht auch mit ihr am Wagenfest unterwegs gewesen? Gut möglich, dass sie bei ihr war. Dort würde sie als Nächstes nachsehen. Sie wusste, wo Radhus Familie lebte, seit sie die Zähne ihres Vaters behandelt hatte. Trotz all ihrer Sorge erkannte Jella, dass sie und ihre Tochter sich gar nicht so unähnlich waren. Als sie jung gewesen war, hätte sie vielleicht ähnlich trotzig gehandelt. Sie nahm sich fest vor, ihrer Tochter in Zukunft mehr Verständnis entgegenzubringen.

*

Als Ricky erwachte, drang helles Sonnenlicht in den Raum. Verstört betrachtete sie die fremde Umgebung, in der sie sich befand. Sie lag auf einem breiten, mit Schnitzereien verzierten Bett, über das ein blauer Baldachin gespannt war. Neben sich fand sie eine Schnur, an der man den Baldachin beiseiteziehen konnte. Hätte sie es getan, so hätte sie sich selbst in einem großen Spiegel betrachten können. Doch der Gedanke lag ihr fern. Stattdessen richtete sie sich auf und betrachtete die bunt bemalten Wände ihres Zimmers. Angeekelt wandte sie sich sofort wieder ab. Was sie dort sah, ließ sie vor Scham erröten. Die Wände waren allesamt mit obszönen, manchmal sogar gewalttätigen Bildern ausgestaltet. Sie zeigten in allen Einzelheiten, wie Männer mit Frauen, Frauen mit Frauen und Männer mit Männern sich körperlich vergnügten. Ricky hatte bislang nur eine vage Vorstellung von körperlicher Liebe, aber das, was sie hier sah, machte ihr Angst und stieß sie zutiefst ab. Erschrocken stellte sie fest, dass sie nur leicht bekleidet war. Außer ihrem Unterrock und der kurzen Bluse trug sie nichts. Wo war ihr Sari? Erleichtert entdeckte sie ihn, sauber und ordentlich zusammengelegt, auf einem Hocker. Rasch stand sie auf und wickelte sich den Stoff um ihren Körper. Sie musste sofort nach Hause. Ihr Vater würde sich schreckliche Sorgen machen – und das alles nur wegen Mukesh. Wie ein Gespenst war er wieder in ihren Gedanken lebendig. Es tat so weh, an ihn zu denken. Sie versuchte, die Erinnerung an ihn zu bannen, doch der Schmerz loderte wie ein Feuer in ihr. Mit tränengefüllten Augen trat sie aus dem Zimmer hinaus auf einen Flur, der sich zu einem Innenhof hin öffnete. Sie befand sich im ersten Stock einer Galerie, die um den Innenhof herumging, und versuchte sich zu erinnern, wo die Treppen hinunterführten. Wie war sie überhaupt hier hochgekommen? Das Letzte, woran sie sich erinnern konnte, war, dass sie mit den Hijras in ihren Gurukulam gegangen war. Sie wollte sich nur schnell frisch machen. Dann sollte sie nach Hause gebracht werden. Die Anführerin (oder der Anführer, je nachdem), die sich als Chitra vorgestellt hatte, war sehr freundlich gewesen und hatte ihr einen Tee bringen lassen. Danach musste sie wohl eingeschlafen sein.

Vom Innenhof drangen Stimmen zu ihr hoch. Ricky wollte sich eben bemerkbar machen, als sie hörte, wie man über sie sprach. Sie trat schnell weg von der Brüstung und lauschte.

»Ich bin der Meinung, dass wir ein ordentliches Lösegeld verlangen sollten«, sagte eine raue, ziemlich männlich klingende Stimme.

»Wie stellst du dir das vor?«, hörte Ricky Chitras sanftere Stimme. »Sie hat uns gesehen. Sie wird uns verraten.«

»Wir beide könnten für eine Weile die Stadt verlassen. In ein paar Monaten ist Gras über die Sache gewachsen, und wir kehren wieder zurück.«

»Ich weiß nicht. Der Gedanke gefällt mir nicht. Außerdem können wir sie nicht lange hier verstecken«, meinte Chitra. »Du kennst doch die Engländer. Bei uns suchen sie zuallererst.«

»Dann bringen wir sie eben weg.« Die raue Stimme lachte unangenehm auf. »Ich habe da einen Verwandten bei den Bhils im Schlangendorf. Dort ist sie ganz sicher.«

»Wie dumm und grausam von dir, Rama«, tadelte Chitra empört. »Wenn sie von einer Kobra gebissen wird, bekommen wir kein Lösegeld mehr.« Ricky schauderte. Wovon sprachen die Hijras?

»Außerdem …«, Chitra machte eine kleine Pause. »Außerdem möchte ich nicht, dass das Mädchen leidet. Sie ist so zart und unschuldig. Wir behalten sie ein oder zwei Tage bei uns und bringen sie dann zurück. Ihre Eltern werden so dankbar sein, dass sie uns gern eine Belohnung bezahlen.«

»Ohoo!« Rama mit der rauen Stimme lachte zweideutig. »Du willst doch nicht etwa sagen, dass du dich verliebt hast? Willst du etwa vor ihrer Freilassung noch deinen Spaß mit ihr …«

»Hör auf mit dem Unfug«, unterbrach Chitra ihn ungehalten. »Sorg lieber dafür, dass sich unser ›Gast‹ wohlfühlt. Wir werden schon noch eine Lösung finden. Geh hoch und sieh nach, ob sie schon aufgewacht ist. Ich habe nicht besonders viel von dem Schlafmittel in den Tee gegeben. Eigentlich müsste sie schon längst aufgewacht sein.«

Ricky hörte, wie Rama die Treppen hochstieg und huschte schnell zurück in ihr Zimmer. Sie sah aus dem Fenster und überlegte, ob sie hinunterspringen konnte. Doch es war zu hoch. In diesem Moment öffnete sich die Tür, und Rama trat ein. Die Hijra war sehr groß und hatte breite Schultern wie ein Mann. Sie trug wie Chitra einen gelbgrünen Sari und eine gelbe Bluse. Ihre grell geschminkten Lippen lächelten hämisch.

»Sieh an, unser lieber Gast hat sich schon angekleidet.«

Ricky versuchte erst gar nicht, sich zu verstellen.

»Ich möchte nach Hause«, forderte sie mit fester Stimme. »Meine Eltern machen sich Sorgen.«

»Aber sicher, meine Liebe«, beruhigte sie Rama. Ihre Stimme triefte vor Spott. »Das gehört sich doch so.«

»Was wollt ihr von mir?« Rickys Stimme wurde unsicherer. »Meine Eltern sind nicht reich. Ihr könnt sie nicht erpressen.«

»Aber, aber.« Rama tat entsetzt. »Wer spricht denn da von Erpressung. Wir Hijras begehen keine Verbrechen. Sieh es doch einmal so: Wir haben dir gestern das Leben und deine Ehre gerettet. Ohne uns wärst du verloren gewesen. Ist es da nicht gerecht, dass uns deine Eltern dafür eine kleine Belohnung geben? Wir haben dich mit offenen Armen bei uns aufgenommen. Niemand hat dir etwas getan, obwohl …« – sie deutete auf die Wände und lachte rau – »… wir durchaus in der Lage wären, dir Dinge zu zeigen, von denen du nur träumen kannst.«

Ricky merkte, wie ihr die Schamesröte ins Gesicht stieg. Gleichzeitig wurde sie auch wütend.

»Das ist unanständig und gemein!«

Rama nahm es ungerührt zur Kenntnis. »Unten in der Küche gibt es frisches Roti, Chai und Curry. Wir sind nicht deine Dienerinnen. Wenn du Hunger hast, kannst du dich selbst bedienen.«

»Ich habe keinen Hunger, ich will nach Hause!« Rickys Augen füllten sich mit Tränen. Sie hatte das Gefühl, gleich ihre Fassung zu verlieren.

»Rama, ich habe dich doch gebeten, freundlich zu unserem Gast zu sein!«, tadelte eine ärgerliche Stimme hinter der großen Hijra. Rama flatterte gelangweilt mit den Augenlidern und deutete Chitra gegenüber eine ironische Verbeugung an. »Du weißt doch, wie schnell bei mir die Gäule durchgehen«, entschuldigte er sich. »Dann lass ich euch beiden Turteltäubchen mal allein.« Er oder sie blinzelte Ricky zweideutig zu und verschwand aus dem Raum.

Chitra stellte ein Tablett mit Tee und frischem, herrlich duftendem Roti auf den Hocker und nahm neben Ricky auf dem Bett Platz. Angewidert rückte die ein Stück weg von der Hijra.

In Chitras Lachen lag ein Hauch von Bitterkeit. »Ich fasse dich nicht an, wenn du mich nicht ausdrücklich darum bittest. So schlimm wie unser Ruf sind wir nun auch wieder nicht.«

Sie deutete auf das Tablett. »Du hast bestimmt Hunger.«

Ricky rührte sich nicht. Sie starrte trotzig auf einen Punkt vor ihren Füßen. Chitra ignorierte es und fuhr fort: »Zugegeben. Rama und noch ein paar andere von uns haben ein allzu loses Mundwerk. Das bringt unser Stand eben so mit sich. Wir sind Ausgestoßene und müssen sehen, wie wir überleben.«

»Ihr haltet mich gefangen«, meinte Ricky finster. »Und ihr wollt Lösegeld erpressen. Das habe ich vorhin selbst gehört.«

»Hör mal gut zu, Schätzchen«, meinte Chitra. Ihre Stimme wurde plötzlich hart und unduldsam. »Ich mache dir keinen Vorwurf, dass du eines dieser verwöhnten englischen Früchtchen bist, die sich für etwas Besseres halten. Es ist dein Karma.

Unser Karma ist ein anderes. Ich bin als Mann geboren worden, habe mich aber immer als Frau gefühlt. Das wäre nicht weiter schlimm gewesen, denn ich hätte auch als Mann mit Männern Liebe machen können.«

»Hör auf, das ist eklig«, flehte Ricky angewidert. Aber Chitra fuhr ungerührt fort. »Ja, wie wahr. Es ist eklig, aber es kommt noch viel schlimmer. Du wirst es nicht gern hören, dennoch verlange ich es von dir. Ich will, dass du meine Geschichte hörst.«

Chitras versuchte, ihre Stimme nüchtern klingen zu lassen; dennoch hörte Ricky heraus, dass sie bewegt war. »Meine männlichen Geschlechtsorgane waren nur kümmerlich ausgeprägt, verstehst du? Ich war weder ein richtiger Mann noch eine Frau. Meine Familie hat mich schon von klein auf spüren lassen, dass ein Fluch auf mir lastet. Als ich sechs Jahre alt war, brachte mich mein Vater in den Gurukulam zu den Hijras. So macht man das, wenn man solch ein Zwitterwesen wie mich auf die Welt gebracht hat. Ich habe geweint und meinen Vater angefleht, mich wieder zu meiner Familie zurückzubringen, aber er hat sich nicht einmal umgedreht, als er gegangen ist. Wie ein lästiges Stück Dreck hat er mich zurückgelassen. Doch mein neues Leben war gar nicht so schlimm, wie ich dachte. Die Hijras waren gut zu mir. Sie waren mir Vater und Mutter – viel besser, als es meine leiblichen Eltern je vermocht hatten. Und weißt du auch, warum? Weil hier alle so sind wie ich. Wir sind keine richtigen Männer und auch keine richtigen Frauen. Unser Körper ist anders, aber glaub mir, wir haben die gleichen Gefühle wie jeder andere Mensch auch. Leider respektieren uns nur wenige. Deshalb zwingt uns unser Anderssein zu einem anderen Leben. Ich wurde schon als Kind kastriert. Sie haben mir die Eier und meinen Schwanz abgeschnitten. Was übrig ist, sieht wie eine weibliche Vagina aus.«

Ricky wagte einen verschämten Blick. Chitras Erzählung

ekelte sie, aber sie begann auch zu begreifen, dass die Hijras ein schreckliches Schicksal teilten. Mitleid regte sich in ihr.

»Aber das ist ja schrecklich«, meinte sie hilflos.

Chitra runzelte amüsiert die Stirn.

»Wie süß!«, kicherte sie. »Du zeigst Mitleid, das tun nur wenige. Aber ich kann dich beruhigen. Unser Leben ist nicht schrecklich. Es ist alles nur eine Frage der Sichtweise. Ich wollte die Kastration, denn sie bedeutete für mich eine Befreiung. Durch diesen Eingriff wurde ich zur Dienerin der Göttin Bahuchara Mata. Sie ist die Göttin der Gewaltlosigkeit. In ihrem früheren Leben war sie eine Prinzessin gewesen. Sie hat ihren Mann kastriert, weil er es vorzog, anstatt bei ihr im Ehebett zu liegen, in den Wald zu gehen und sich dort wie eine Frau zu benehmen. Durch die Kastration wurde ich zu einer Geweihten. Ich kann verfluchen und segnen. Davor haben die meisten Menschen große Angst. Du hast es gestern Nacht ja selbst gesehen.«

»Dann hat der Mann also doch noch gezahlt?« Ricky konnte Chitra auf einmal nicht mehr richtig böse sein.

»Und wie! Wir werden die nächsten Tage nicht arbeiten müssen«, meinte sie zufrieden.

»Was arbeitet ihr denn?« Wie naiv ihre Frage war, wurde Ricky erst bewusst, als Chitra mit einem Schmunzeln auf die Wandmalereien deutete.

»Das ist ein… ein Bordell, nicht wahr?«

Ricky war nicht wirklich schockiert. Sie hatte in der letzten Nacht so viel Unglaubliches erlebt, dass sie im Moment nichts mehr erschrecken konnte.

»Es ist schon in Ordnung, wenn du dich jetzt noch mehr vor mir ekelst«, meinte Chitra mit einem leicht wehmütigen Bedauern. »Aber es war ein Versuch wert, dir etwas zu erklären.«

»Ich ekle mich nicht vor dir«, gestand Ricky zu ihrer eigenen Überraschung. »Ich … ich habe nur mit Menschen wie euch noch nie zu tun gehabt. Wahrscheinlich hat mir meine Mutter sogar schon einmal von euch erzählt, und ich habe wieder einmal nicht zugehört.«

»Oh, das glaube ich nicht«, lachte die Hijra bitter. »Welche Mutter würde schon von uns erzählen!«

»Meine Mutter ist anders«, entgegnete Ricky. Der Gedanke an sie stimmte sie traurig. »Sie ist – oder war – anders als viele Frauen. Sie war Ärztin, bevor sie krank wurde. Sie behandelte die Menschen in der Stadt, die kein Geld haben.«

Chitra musterte Ricky ungläubig. »Es gibt nur eine Weiße, die sich um die Armen in der Stadt kümmert. Man nennt sie Memsahib Dawa.«

»Ja, so wird meine Mutter von den Leuten genannt.«

Die Hijra stand abrupt auf. Ihr geschminktes Gesicht mit den harten, kantigen Gesichtszügen war wie verwandelt.

»Komm mit mir«, befahl sie ohne Umschweife. »Wir haben keine Zeit mehr zu verlieren.«

*

Bis weit nach dem Morgengrauen hatten Jella und Fritz alle Gassen der Stadt durchstreift und die Menschen, denen sie begegnet waren, nach Ricky befragt. Doch niemand konnte ihnen Auskunft geben. Bali war unverrichteter Dinge von den O'Brians zurückgekehrt, und auch bei den anderen Freundinnen war Ricky nicht gewesen. Müde und erschöpft gingen sie schließlich zurück zu ihrem Haveli, um zu überlegen, was sie als Nächstes unternehmen wollten.

Jamina, die trotz aller Sorge um Ricky ihre Freude über Jellas Genesung nicht verbergen konnte, tischte ihnen ein kräftiges Frühstück auf, das weder Jella noch Fritz anrührten.

»Ich werde zum Chief Commissioner und zum Maharana gehen und sie um Hilfe bitten«, meinte Fritz. Er fuhr sich nervös durch sein strubbeliges Haar. Tiefe, dunkle Augenringe ließen ihn älter aussehen, als er war. Jella konnte ihm deutlich ansehen, dass er sich Vorwürfe machte. Sie selbst wunderte sich über ihre eigene Gefasstheit. Obwohl es keinen Anlass dazu gab, hatte sie das unbestimmte Gefühl, dass es Ricky gut ging. Ihre Gedanken wanderten zu ihrer Sternenschwester Nakeshi. Sie hatte von ihr geträumt, bevor sie in der Nacht aus ihrer Starre erwacht war – oder war es Wirklichkeit gewesen? Nakeshi hatte sie wachgerüttelt und aus ihrem finsteren Verlies befreit. Sie hatte ihr gesagt, dass sie zurück zu ihrer Familie und auch zurück zu ihr musste. Als ob Fritz ihre Gedanken erraten hätte, meinte er.

»Ist der Gedanke, nach Afrika zurückzukehren, wirklich so falsch gewesen?«

Jella sah ihren Mann nachdenklich an.

»Wenn ich ehrlich bin, dann träume ich jede Nacht, seit wir hier sind, von *Owitambe.* Und jeden Morgen wache ich mit diesem Gefühl von Sehnsucht auf, das mir sagt, dass ich eigentlich ganz woanders sein möchte als hier in Indien. Ich habe mir immer Mühe gegeben, diese Träume beiseitezuschieben, weil ich wusste, dass unser Leben nun hier stattfindet. Das war viele Jahre auch sicher gut so. Vor allem, als ich endlich als Ärztin arbeiten konnte, war vieles ganz gut zu ertragen, aber mein Herz ist immer in Afrika geblieben.«

»Mir geht es ebenso«, meinte Fritz. »Ich habe Sehnsucht nach unseren Familien, aber auch nach dem weiten, ursprünglichen Land und den Tieren.«

Jella lachte laut, auch wenn ihr Lachen nicht wirklich unbekümmert war. »Und ich habe immer gedacht, das Leben hier bedeutet dir besonders viel. Warum haben wir nur nie darüber geredet?«

»Ich war ein Idiot. Die Anerkennung, die ich durch den Maharana bekommen habe, hat mich blind gemacht. Erst auf der Tigerjagd ist mir klar geworden, dass ich mich all die Jahre habe verbiegen lassen. Ich werde meine Arbeit am Fürstenhof aufgeben, denn ich bin nicht länger bereit, die Tiere des Maharanas zu pflegen, nur damit er sie nach Gutdünken jagen und vernichten lassen kann. Wir hätten schon viel früher zurückgehen sollen, dann wäre es auch Ricky leichtergefallen.« Er machte Anstalten aufzustehen. »Ich werde jetzt losgehen und die Suchaktion in Gang bringen.«

Von unten drangen laute Geräusche zu ihnen hinauf. Fritz und Jella sahen sich fragend an. Irgendetwas war geschehen. Sie eilten beide gleichzeitig zur Treppe, wo sie Freudenrufe vernahmen. Sie stammten eindeutig von Jamina, und dann hörten sie Rickys glockenhelle Stimme. Die beiden Eheleute fassten sich kurz an den Händen. Die Sorge fiel wie ein schwerer Sack voller Steine von ihnen beiden ab, und sie lächelten einander erleichtert zu. Im Erdgeschoss erwartete sie ein bizarres Bild. Die zarte Ricky stand in ihrem roten, verschmutzten Sari zwischen zwei hochgewachsenen, stark geschminkten Frauen. Jella und Fritz trauten ihren Augen kaum, als sie erkannten, dass es Hijras waren. Aber dann überwog die Freude über das Wiedersehen. Mindestens ebenso überrascht staunte Ricky über ihre Mutter, die wieder völlig normal schien. Ihre Augen weiteten sich ungläubig, bevor sie ihr schließlich mit einem lauten Jubelschrei in die Arme lief. Jella war so überwältigt, dass ihr die Tränen nur so aus den Augen liefen. Sie drückte ihre Tochter so heftig an sich, dass diese leicht aufschrie.

»Du quetschst mir ja die Rippen aus dem Leib«, stöhnte Ricky glücklich. Sie wand sich aus der Umarmung ihrer Mutter und trat etwas verlegen vor ihren Vater. Offensichtlich suchte sie nach entschuldigenden Worten. Doch Fritz dachte gar nicht daran, sie zu rügen. Ein breites Lächeln erschien auf seinem Gesicht, und dann drückte auch er seine Tochter an sich, bis sie sich erneut beschweren musste. In all der Wiedersehensfreude standen die beiden Hijras gerührt daneben. Niemand nahm wirklich Kenntnis von ihnen. Ricky musste ihre Geschichte erzählen und erst, als sie zu Ende gekommen war, wandte sich die Aufmerksamkeit den beiden Transsexuellen zu.

Jella erkannte Chitra, die Anführerin des Gurukulams, sofort. Ihre Tochter hatte Glück gehabt, dass sie ihnen und nicht schlimmeren Halunken über den Weg gelaufen war. Sicherlich waren die Hijras nicht der geeignete Umgang für sie. Chitra war mit allen Wassern gewaschen. Sie wusste, wie man aus der Angst der Menschen Profit schlagen konnte, und ging dabei nicht gerade zimperlich vor. Auf der anderen Seite kümmerte sie sich wie eine Mutter um ihre Schützlinge, half ihnen, ihr schweres Schicksal zu akzeptieren und sorgte dafür, dass diese sich nicht zu ausufernd verhielten. Sie hatte ein gutes Herz und damit ihre Wertschätzung verdient. Jella wusste genau, wie schwierig und auch gefährlich das Leben der Transsexuellen war. Sie waren ausgeschlossen von der strengen Kastengesellschaft und damit auch in gewisser Weise vogelfrei. Schon einige Male hatte sie schwere Verletzungen versorgen müssen, die die Hijras vom prügelnden Mob hatten einstecken müssen. Im Gegenzug rächten sich die Hijras mit Provokationen und Erpressungen. Deshalb war es umso erstaunlicher, dass die beiden Ricky freiwillig nach Hause gebracht hatten.

Jella faltete die Hände vor ihrer Brust und verbeugte sich.

»Namaste.«

Die beiden erwiderten ihre Verbeugung und lächelten freundlich zurück. Auch Fritz erwies ihnen seine Ehrerbietung.

»Wir sind euch natürlich zu großem Dank verpflichtet«, begann er. »Es war sehr großmütig von euch, unsere Tochter vor diesen Burschen zu retten.« Er räusperte sich kurz und griff dann in seine Jackentasche. »Wir werden uns selbstverständlich dafür erkenntlich zeigen.« Er zog ein Bündel Rupien heraus. Doch Chitra wehrte ihn beleidigt ab.

»Behalte dein Geld. Wir haben deiner Tochter wegen Memsahib Dawa geholfen.« Sie verbeugte sich ehrerbietig vor Jella. »Du bist eine gute Frau. Ich segne dich und deine Familie.«

Mit ernster Miene hob Chitra ihre Hände in die Höhe und murmelte einen Segensspruch. Dann gab sie Rama ein Zeichen und wandte sich zur Tür.

»Warte!« Ricky eilte den beiden Hijras nach. Kaum bei ihnen angekommen, stellte sie sich auf die Zehenspitzen und drückte erst Chitra und dann Rama einen schnellen Kuss auf die Wange.

»Danke«, murmelte sie verschämt. »Das werde ich euch nie vergessen.«

Rama schüttelte verwirrt den Kopf und ging rasch hinaus, aber Chitra wandte sich noch einmal um und zwinkerte Ricky gerührt zu.

Zurück nach Afrika

9 Monate später

»Ricky, Jella, nun beeilt euch doch endlich. Das Schiff wartet nicht auf uns!« Fritz winkte in dem chaotischen Getümmel am Hafen von Bombay einem Gepäckträger zu. Sofort umringte ihn eine Schar zerlumpter Gestalten, die sich auf die diversen Koffer und Taschen der kleinen Familie zu stürzen begann. Fritz musste ihnen Einhalt gebieten. Er suchte sich zwei vertrauenswürdig aussehende Träger aus und handelte mit ihnen einen Preis aus. In der Zwischenzeit hatten sich Jella und ihre Tochter endlich aus ihrer Rikscha geschält und den Fahrer für seine Dienste bezahlt. Es war drückend heiß, und am Horizont über dem graugrünen Meer türmten sich bereits neue, düstere Wolken für den nächsten ausgiebigen Regenguss auf.

»Wir sollten uns tatsächlich beeilen«, stöhnte Jella und fuhr sich mit einem nicht mehr ganz sauberen Taschentuch über ihr schweißnasses Gesicht. »Es wäre schön, wenn wir unsere Kabine noch vor der nächsten Sintflut erreichten!«

Sie griff nach ihrem Handgepäck und eilte Fritz hinterher auf den Kai zu, an dem der Postdampfer in Richtung Kapstadt auf sie wartete. Ricky folgte ihren Eltern und den Gepäckträgern missmutig. An der Absperrung, die nur die Reisenden und die Hafenbediensteten betreten durften, drehte sie sich nochmals um und beobachtete wehmütig das schmutzig bunte, ihr seit frühester Kindheit vertraute Leben auf den Straßen: Männer mit zerrissenen, fleckigen Dhotis balancierten Berge von Fladenbroten auf ihren Köpfen. Wasserverkäufer, Rikschafahrer, Frauen in bunten Saris, die auf dem Boden Haushaltsartikel verkauften. Das Klingeln in den Gebetstempeln, der Wirrwarr an Sprachen. Dazwischen britische Uniformierte hoch zu Ross, die in ihren gestärkten Uniformen einen seltsamen Kontrast zu dem einfachen Straßenleben bildeten. Das alles würde sie nun verlassen. Sie seufzte. Ganz im Gegensatz zu ihren Eltern freute sie sich immer noch nicht auf das neue Leben in Afrika. Indien war ihre Heimat. Deshalb nahm sie sich fest vor, sich in Afrika niemals heimisch zu fühlen.

Kurz vor dem Landungssteg platschten die ersten untertellergroßen Regentropfen auf sie herab. Fritz trieb nochmals zur Eile an, als er sah, dass der Schiffsoffizier bereits Anstalten machte, den Landungssteg einzuziehen. Sie waren auf ihrem Weg vom Hotel zum Hafen aufgehalten worden, als sie mit ihren Rikschas mitten in eine wilde Massenschlägerei geraten waren, die sämtliche Straßen blockiert hatte. Bis die Polizei vor Ort gewesen war, um die Streithähne voneinander zu trennen, war kostbare Zeit verronnen. Der Bordoffizier gab zwei Matrosen ein Zeichen, woraufhin sie nochmals von Bord stiegen, um das Gepäck nach oben zu schaffen. Fritz übergab unterdessen die Bordkarten, während Jella und Ricky den Matrosen über die schmale Brücke an Bord folgten.

Das Dampfschiff, das sie zunächst nach Kapstadt bringen würde, war riesig. Obwohl Ricky sich vorgenommen hatte, nichts auf der Reise schön zu finden, war sie beeindruckt. Wie ein großes Haus türmte sich das dreigeschossige Oberdeck auf dem Schiffsrumpf. Es war in strahlendem Weiß gestrichen. Im Innern befanden sich ihre Kabinen sowie mehrere Aufenthaltsräume und der Speisesaal. Sogar ein Kasino und ein Tanzsaal waren vorhanden. Entlang der Deckaufbauten standen Sonnenstühle und kleine Tische, an denen livrierte Schiffsbedienstete Tee, Konfekt und Erfrischungsgetränke servierten. Jella und

Fritz teilten sich eine Kabine, Ricky bekam direkt neben ihnen eine eigene. Die Kabinen waren nicht besonders groß, dafür zweckmäßig und gemütlich. Ricky hielt es nicht lange in ihrer stickigen Unterkunft. Sie ließ ihren Koffer unausgepackt und begab sich sofort wieder an Deck. Die drei gewaltigen schwarzen Kamine des Schiffes stießen mittlerweile schwarzen Dampf in den blaugrauen Monsunhimmel, der seine Schleusen nun voll geöffnet hatte. Hellgraue Regenschleier peitschten über den Hafen und die dahinter liegende Stadt. Ein lautes Tuten gab das Zeichen, dass ihr Schiff ablegte.

Ricky stand mit der Stirn an die regennasse Glaswand gelehnt, die sie vom Außendeck trennte, und ließ ihren Tränen freien Lauf. Als das Schiff sich langsam von der Kaimauer zu lösen begann, wuchs in ihr der unbändige Wunsch, noch schnell an Land zu springen. Ihr war, als verlöre sie alles, woran sie bisher gehangen hatte – ihre Erinnerungen, ihre Freunde und Mukesh. Sie hatte ihn nicht vergessen können, obwohl sie sich alle Mühe gegeben hatte. Es tat immer noch weh, an ihn zu denken. Manchmal glaubte sie, dass der Schmerz niemals nachlassen würde, vor allem, nachdem sie ihm noch einmal nach jener schrecklichen Nacht bei einer Audienz des Maharana begegnet war. Wie unnahbar und fremd er in seiner Uniform gewirkt hatte. Um ihm nicht begegnen zu müssen, war sie in den Garten geflohen. Doch Mukesh hatte es bemerkt und war ihr gefolgt. Plötzlich war er hinter einem der Rosenbüsche hervorgetreten. Ihm blieb nicht viel Zeit, etwas zu sagen, weil andere Gäste sich ihnen näherten. Die kurze Zeitspanne, die ihnen blieb, nutzte er, um ihr etwas zuzuraunen. Ricky war sich immer noch nicht sicher, ob sie sich seine Worte nicht nur eingebildet hatte, aber in ihrer Erinnerung hatte Mukesh zu ihr gesagt: »Vergiss mich nicht! Ich werde dich immer lieben.« Sie war überrascht gewesen, erschrocken, geschockt, dann war sie überstürzt davongerannt, um sich in einer einsamen Ecke des

Gartens weinend zu verkriechen. Sie hatte Mukeshs Worte anfangs wie eine Ohrfeige empfunden. Ihr mühsam unterdrücktes Liebesleid war wie eine kaum verheilte Wunde nochmals aufgeplatzt. Wollte er sie verhöhnen?

Irgendwann hatte ihre Mutter sie entdeckt. Sie hatte sie wortlos in den Arm genommen und über ihren Kopf gestreichelt. Ricky war ihr noch heute dankbar, dass sie nicht nachgefragt hatte, sondern einfach für sie da gewesen war. Irgendwann hatte sie von sich aus von ihrer Liebe zu dem Neffen des Maharana erzählt.

Nun würde sie nie herausfinden, was Mukeshs Worte zu bedeuten hatten. Mit ihrer Ausreise aus Indien ließ sie auch ihre erste große Liebe zurück. Ricky schnäuzte bekümmert in ihr Taschentuch. Die mächtigen Motoren des Dampfschiffs begannen langsam Fahrt aufzunehmen, und der Abstand zu Bombay vergrößerte sich. Es dauerte nicht lange, dann war die Stadt im grauen Regenschleier des Monsuns verschwunden. Der Steuermann lenkte das Schiff aus der großen Bucht heraus, bis sie schließlich das Arabische Meer erreicht hatten.

In den folgenden Tagen ging es südwärts über den Indischen Ozean in Richtung des afrikanischen Kontinents. Nach ein paar Tagen überquerten sie den Äquator und hielten Kurs auf Britisch Ostafrika. Dort machte das Postschiff einen Zwischenhalt, um einen Teil seiner Ladung zu löschen und neue Fracht aufzunehmen. Jella nutzte die Gelegenheit, ihrem Vater ein weiteres Telegramm zu schicken. Sie machte sich allmählich Sorgen, denn er hatte bisher auf keinen ihrer Briefe und keines ihrer Telegramme geantwortet. Fritz, der seinerseits auch seine Mutter und Rajiv über ihre Rückkehr informiert hatte, beruhigte sie.

»Du weißt doch, wie das ist«, meinte er. »Johannes wird alle Hände voll zu tun haben. Schließlich ist der Weg zum Postamt weit! Wahrscheinlich hatte er einfach keine Zeit. Vielleicht hat er ja auch einen Brief geschrieben, der uns nicht mehr erreicht hat. Wir haben Udaipur ja bereits vor Monaten verlassen.«

»Ja, so wird es wohl sein!« Jella ließ sich nur allzu gern beruhigen. Sie wollte Fritz' Erklärung einfach glauben, weil sie sich so sehr auf *Owitambe* und ihre Familie freute.

Auch Fritz fühlte sich so wohl wie lange nicht mehr. In Mombasa hatte er von Salim Mohan ein Telegramm erhalten, das ihn sehr befriedigt hatte. In knappen Worten hatte ihm sein indischer Freund mitgeteilt, dass Lady Gwyneira nicht länger an der Seite des Chief Commissioners weilte. Der alte Mann hatte seine Gattin in flagranti mit seinem eigenen Neffen im Bett erwischt und sofort die Konsequenzen gezogen. Lady Gwyneira war gezwungen worden, beinahe mittellos das Land zu verlassen.

Von Mombasa aus nahm das Dampfschiff Kurs entlang der afrikanischen Ostküste. Sie passierten die Straße von Mosambik, die sich zwischen Madagaskar und dem Festland befand, und hielten auf das windige Südkap von Afrika zu. Drei Wochen nach ihrem Aufbruch aus Bombay erreichten sie Kapstadt, und noch einmal zehn Tage später landeten sie mit einem kleineren Frachtschiff in der Walfischbay nahe Swakopmund.

Jella war aufgeregt wie ein kleines Kind. Die letzte halbe Stunde, die das Schiff auf die Anlegestelle zusteuerte, lief sie nervös an Deck auf und ab. Sie erinnerte sich an ihre erste Ankunft in Afrika vor bald zwanzig Jahren. Damals war sie mit gemischten Gefühlen und im Bewusstsein einer ungewissen Zukunft von Bord gegangen. Jetzt wartete hier ihre Familie.

»Du wirst dich hier sehr wohlfühlen«, versprach Jella ihrer Tochter, die mürrisch auf die graugelbe Dünenlandschaft vor sich starrte. »Das Land sieht nur auf den ersten Blick so abweisend aus. Wenn wir erst einmal am Waterberg sind, dann wirst du aus dem Staunen gar nicht mehr herauskommen.«

»Hhm …«

Ricky schien nicht sehr überzeugt, aber Jella wollte sich von ihrer schlecht gelaunten Tochter keineswegs die Stimmung verderben lassen. Sie hakte sich bei Fritz ein, der ein paar Meter weiter an der Reling das Anlegemanöver beobachtete, und legte vertrauensvoll ihren Kopf an seine Schulter.

»Beinahe fünfzehn Jahre ist es her«, sinnierte Fritz glücklich. »Es ist gut, dass wir wieder zu Hause sind.« Er sah Jella aus seinen dunklen Augen zärtlich an. »Was warst du damals nur für ein wilder Feger.«

»Nur damals?« Jella rümpfte empört die Nase. »Heißt das, dass ich nun eine langweilige alte Schachtel geworden bin?«

Fritz strich ihr eine widerspenstige Locke aus ihrem Gesicht und lachte.

»Ich glaube, eher geht ein Kamel durchs Nadelöhr, als dass du langweilig wirst. Ich liebe dich!«

Er beugte sich zu ihr, um sie zu küssen, aber in diesem Moment entdeckte Jella am Kai zwei wohlbekannte Gestalten. Sie stupste Fritz zärtlich von sich und deutete mit dem Finger auf die Wartenden.

»Sieh nur, das sind deine Mutter und Rajiv. Was für eine Überraschung! Sie haben den ganzen langen Weg auf sich genommen, um uns zu begrüßen.«

Sie winkte zurück.

»Ricky, komm schnell, da unten ist deine Großmutter!«

Ihre Tochter bequemte sich nur zögerlich zu ihnen und zeigte wenig Begeisterung. Jella registrierte es mit einem Stirnrunzeln, schwieg aber.

Fritz drängte sie, sich gleich zum Ausgang zu begeben, wo ihr Gepäck bereits auf sie wartete. Jellas Nervosität war nun auch auf ihn übergegangen. Ungeduldig warteten sie, bis sie endlich über den Landungssteg das Schiff verlassen konnten.

Eine kleine, weißhaarige Frau drängte sich energisch durch die Menge auf sie zu. Mit Tränen in den Augen wurden sie von Imelda und ihrem Mann begrüßt.

»Wie schön!«, rief sie immer wieder. »Wie unendlich schön!« Abwechselnd warf sie sich Fritz und gleich darauf ihrer Schwiegertochter in die Arme. Ricky stand etwas abseits und betrachtete die überschwängliche Begrüßung mit sichtlichem Unbehagen. Doch ihre Großmutter überging ihre Unsicherheit und drückte auch sie fest an sich. Anschließend hielt sie Ricky mit ausgestreckten Armen von sich und musterte sie eingehend. Imeldas graue Augen funkelten unternehmungslustig, was Rickys Laune sofort hob. Das freundliche Gesicht ihrer Großmutter bestand aus Hunderten von feinen Fältchen, die wie ein Strahlenkranz in ihr Lächeln einbezogen wurden.

»Was für eine schöne junge Frau!«, lobte sie stolz und führte sie zu Rajiv, der gerade Fritz und Jella begrüßt hatte.

»Das ist Rajiv, mein Mann«, stellte sie vor. Ricky musterte den Inder erstaunt. Natürlich wusste sie, dass der zweite Mann ihrer Großmutter ein Inder war, aber von ihm ging etwas ganz Besonderes aus, das ihr seltsam vertraut vorkam. Doch bevor sie weiter darüber nachdenken konnte, verbeugte sich Rajiv mit einem feinen Lächeln.

»Namaste«, sagte er leise. Sein Haar war mittlerweile schlohweiß geworden und seine Haltung etwas gebeugt. Ansonsten strahlte er immer noch Kraft und jugendliche Neugier aus. Ricky erwiderte die ehrenvolle Begrüßung, und zum ersten Mal seit ihrer Ankunft lächelte auch sie.

Von Swakopmund nahm die kleine Reisegruppe die neue Eisenbahn in Richtung Tsumeb. Über Omaruru fuhren sie weiter in den Norden bis nach Otjiwarongo. Von dort war es nur noch ein Katzensprung bis an den Waterberg. Sie hatten sich darauf geeinigt, erst ein paar Tage in Okakarara bei Imelda und Rajiv zu bleiben, denn Imelda hatte von *Owitambe* nicht die besten Nachrichten für sie. Unterwegs erzählte sie von dem schrecklichen Vorfall auf dem Sommerfest der Familie Weiß.

»Raffael ist seit damals verschwunden«, meinte Imelda bedrückt. »Er hatte Angst, dass man ihn wegen Mordes anklagen würde. Ansonsten kann ich mir seine kopflose Flucht nicht erklären. Johannes hat dieser Vorfall das Herz gebrochen. Es war schon vorher nicht einfach mit ihm. Seit ihr Afrika damals Hals über Kopf verlassen musstet, hat er sich verändert. Er war oft missmutig und griesgrämig. Immer wollte er, dass alles so lief, wie er es sich in den Kopf gesetzt hatte. Es war nicht leicht mit ihm. Erst als Raffael sich nach seinem Schulabschluss unverhofft doch für die Farm interessierte, wurde er wieder etwas zugänglicher. Leider kam ja kurz darauf dieser schreckliche Unfall! Ich bin sicher, dass der Junge nur aus Notwehr gehandelt hat, auch wenn der alte Nachtmahr das Gegenteil behauptet.«

»Er ist gar nicht tot?«, fragte Jella.

Imelda schüttelte den Kopf. »Dieser Halunke – entschuldigt bitte den Ausdruck – hatte unglaubliches Glück. Nach ein paar Wochen war er wieder vollkommen gesund.«

»Warum hat Vater denn dann nicht nach ihm suchen lassen?«, fragte Jella, die diese Nachricht heftig aufwühlte. »Wenn Nachtmahr nicht getötet wurde, dann steht doch seine Aussage gegen die von Raffael.«

Imelda zuckte hilflos mit den Schultern. »Du kennst doch Nachtmahr. Sein Hass ist grenzenlos. Er hat seine guten Beziehungen zu den Südafrikanern spielen lassen und wird dafür sorgen, dass es zu einer Verurteilung kommt. Außerdem bezeugt seine Frau, dass er unschuldig angegriffen wurde.«

»Isabella? Sie wurde unter Druck gesetzt«, behauptete Jella empört. Fritz' Gesichtsmuskeln verhärteten sich. »Es wird höchste Zeit, dass man diesem Menschen das Handwerk legt.« Jella legte ihm beruhigend die Hand auf den Unterarm. Sie wusste, wie sehr er nach all den Jahren immer noch unter den Erinnerungen an seine Zeit im Konzentrationslager litt.

Wanderer zwischen den Welten

Rutako näherte sich mit seiner kleinen Rinderherde der Onganda seines Onkels. Das Anwesen bestand aus mehreren Rundhütten und einer größeren Speicherhütte, in deren Dach die Vorräte des Clans hingen. Er war längere Zeit fort gewesen und freute sich auf die Gemeinschaft seiner Familie. Yapuhwa, seine Lieblingscousine, kam ihm entgegen. Rutako fiel sofort auf, dass sie sich verändert hatte. Sie trug nicht mehr die Zöpfe der Kinder, sondern hatte ihre Haare in zahlreiche Haarsträhnen gedreht, die nun ihre Augen bedeckten. Um überhaupt etwas zu sehen, musste sie die Strähnen ständig zur Seite schieben. Doch diese kleine Unannehmlichkeit stand in keinerlei Verhältnis zu dem Stolz, den sie zur Schau stellte. Vor wenigen Wochen wäre sie in wilden Sprüngen auf ihn zu gejagt, doch die neuen Knöchelreifen, deren Perlen auf getriebenen Draht aufgezogen waren, wogen schwerer als die alten, die aus den Wedeln der Makalanipalme geflochten waren.

Yapuhwa strahlte bis über beide Ohren und wartete darauf, dass ihr Cousin sie angemessen begrüßte.

»Dein Gang gleicht dem einer Gazelle«, schmeichelte Rutako prompt. Er umarmte seine jüngere Cousine herzlich. »Die jungen Männer werden sich bald um dich reißen.«

Yapuhwa freute sich über das Lob. Sie verehrte Rutako vom ersten Augenblick an, als er vor einem Jahr zu ihnen gekommen war. »Meine Brüste beginnen zu wachsen. Ich bin jetzt kein Kind mehr«, sagte sie stolz. Sie war etwa zwölf Jahre alt und stand an der Schwelle zur Pubertät. Sie schob ihre Fransen aus der Stirn und fügte stolz hinzu. »Bald werde ich meine Blutungen bekommen und dann werde ich die Haartracht der Frauen tragen.«

Sie reckte sich und versuchte, möglichst erwachsen zu wirken.

»Der Mann, der dich zur Frau nimmt, wird einmal sehr reich sein. Willst du mir helfen, meine Rinder in das Gehege zu treiben?«

»Du hast sie gut gepflegt«, lobte Yapuhwa, während sie ihm half. »Ihr Fell glänzt wie die Haut unseres Volkes. Die neuen Kälber sehen gesund aus, und an der Form ihrer Hörner und an ihrem Fell wird Wapenga nichts auszusetzen haben.«

»Ist er schon wieder zurück?«

»Er sitzt vor seinem Ondjuwo und palavert mit Kathetaura.« Und mit einem mehrdeutigen Zwinkern fügte Yapuhwo hinzu: »Maipangwe ist auch dabei. Sie freut sich bestimmt, dich zu sehen.«

Rutako zog erstaunt eine Augenbraue hoch.

»Ach ja?«

Mittlerweile hatten sie die Tiere in den Kraal getrieben, der mit trockenen Ästen und Dornen umzäunt war, und dort eingesperrt. Auf dem Weg zur Hütte seines Onkels wurde es Rutako etwas unbehaglich. Er wusste, dass Kathetaura nicht ohne Hintergedanken zu Besuch bei Wapenga war. Schon bei dem letzten Treffen vor einigen Monden hatten die beiden Männer Bemerkungen über Maipangwe und ihn gemacht. Rutako hatte versucht, die Kuppeleiversuche nicht so ernst zu nehmen. Er mochte das hübsche Mädchen, denn sie war freundlich und lachte gern und viel. Außerdem machte sie keinen Hehl daraus, dass er ihr gefiel. Eigentlich musste er sich geehrt fühlen, denn sie stammte aus der angesehensten Familie des Schlamm-Clans. In den Augen aller war es richtig und gut, wenn er sie zur Frau nahm. Aus diesem Grund hatte ihm sein Onkel schon vor der üblichen Zeit einen Teil seines Erbes vermacht. Indem Wapenga ihm fünf trächtige Kühe und einen Stier geschenkt hatte, zeigte er Maipangwes Vater, dass er seinem Neffen vertraute. Er hatte Rutako allein mit den Tieren ins Kaokoveld geschickt, damit der junge Mann beweisen konnte, dass er ein guter Hirte war, der es verstand, seine Herde zu vermehren. Tatsächlich hatte er alle Tiere gut genährt zurückgebracht. Die Kühe hatten ohne Probleme ihre Kälber bekommen, und mittlerweile besaß der junge Mann elf gesunde Rinder. Und es würden bald noch mehr werden. Wapenga würde stolz auf ihn sein. Und dennoch war ihm nicht wohl. Die Zeit in der Einsamkeit hatte den jungen Mann reifen lassen. Sein flackerndes, oft aufbrausendes Wesen hatte in der spröden, aber beeindruckenden Kargheit der wilden Berglandschaft kein Ventil mehr gefunden. Sein Herz jedoch hatte immer noch nicht den Frieden gefunden, den er sich erhofft hatte. Er hatte zwar äußerlich den Namen Rutako angenommen, aber tief in seinem Herzen lebte immer noch Raffael, dessen Existenz er am liebsten auslöschen würde. Raffael hatte sich alle Mühe gegeben, ein guter Himba zu sein. Er war dankbar gewesen, weil Wapenga, der Nachfolger seines Großvaters Venomeho, ihn damals auf seiner Flucht so herzlich in seine Familie aufgenommen hatte. Am Anfang war ihm das neue Leben sogar leichtgefallen. Die Himba hatten ihn ganz selbstverständlich als Familienmitglied angenommen. Niemals gaben sie ihm das Gefühl, nicht zu ihnen zu gehören. Da der Cousin seiner Mutter nun das Familienoberhaupt war, wurde er automatisch als dessen Erbe angesehen. Bereitwillig hatte Raffael seinen alten Namen abgelegt und den neuen Namen Rutako angenommen. Mit dem Namenswechsel hatte er gehofft, seine Vergangenheit wie eine Schlangenhaut abstreifen und ein anderer, ein besserer Mensch werden zu können. Doch die Bürde, das Leben eines Menschen auf dem Gewissen zu haben, lag immer noch wie ein schwerer Stein auf seinem Gewissen. Selbst in der kargen Schönheit der wilden Berge ließ ihn der Gedanke nicht los, dass er den Vater des Menschen getötet hatte, den er am meisten liebte. Sein Tod würde immer zwischen ihm und Sonja stehen, selbst wenn die Umstände es zugelassen hätten, dass er wieder zu ihr zurückkehrte. Die ersten Tage auf seiner Flucht hatte er öfters mit dem Gedanken gespielt, sich den Polizeibehörden zu stellen, doch dann hatte er die Idee schnell wieder verworfen. Als Farbiger, der sich gegen einen Weißen gestellt hatte, durfte er auf kein Verständnis hoffen. Wer würde ihm schon glauben, dass er in Notwehr gehandelt hatte? Man würde ihn verurteilen, ohne dass er ein faires Gerichtsverfahren bekommen hätte. Die rassistischen Gesetze des südafrikanischen Protektorats waren beinahe noch unbarmherziger als die unter den deutschen Schutztruppen. Verzweifelt war er tagelang durch die Savanne geirrt, ohne einen Plan, was er nun mit seinem verkorksten Leben anstellen sollte. Weiße Siedlungen hatte er aus Angst vor Entdeckung gemieden. Als Hunger und Durst beinahe unerträglich geworden waren, hatte er sich in die Dörfer der Schwarzen geschlichen, um dort um etwas Maisbrei und Wasser zu bitten. Ihm war schnell klar geworden, dass sein Leben in der weißen Gesellschaft nun für immer vorüber war. Ohne Geld und Beziehungen war das Leben eines Mischlings nichts wert. Also schlug er sich nordwestlich durch das Owahereroland, bis er schließlich das Kaokoveld, die Heimat seiner Mutter erreicht hatte. In den einsamen Nächten unter dem klaren, eiskalten Sternenhimmel klammerte er sich an die Hoffnung, dass er bei dem Volk seiner Mutter Erlösung finden konnte. War er dort nicht einmal glücklich gewesen?

Es war ihm wirklich nicht schlecht ergangen, bis sein Onkel auf die Idee gekommen war, ihm eine Frau zu suchen.

Warum freute er sich nicht? Sein Leben war nun das eines Himba. Eine Heirat würde ihn endgültig an das Volk seiner Mutter binden. In den letzten Monaten hatte er schließlich gezeigt, dass er ein tüchtiger Hirte war. Mit Umsicht und Voraussicht hatte er seine Herde und damit sein Ansehen vermehrt. Raffael seufzte. Wahrscheinlich machte er sich einfach zu viele Gedanken.

Wapenga erhob sich, als er Rutako auf sich zukommen sah. Die Mitglieder seiner Familie hatten ihm längst von seiner glücklichen Rückkehr berichtet. Er ließ eine Kalebasse mit saurer Milch herbeischaffen und reichte sie mit einem anerkennenden Lächeln seinem Neffen. Rutako nickte dankbar und trank einen großen Schluck. Die fette Milch stärkte ihn und gab ihm das Gefühl, willkommen zu sein.

»Moro, moro«, begrüßte er nun auch Kathetaura und Maipangwe. »Mein Herz freut sich, euch in der Onganda meines Onkels wiederzusehen.«

»Die Freude ist ganz auf unserer Seite«, meinte Kathetaura. Er war ein groß gewachsener Mann in mittleren Jahren. Seine aufrechte Haltung und die sorgfältig gepflegte Ondumbu-Frisur, zwei lange, geflochtene Zöpfe, die unter einer Haube versteckt waren, deuteten seine Wichtigkeit an.

Er war das angesehene Familienoberhaupt des Schlamm-Clans und galt als sehr einflussreich. Seine dunkle Haut glänzte ebenso wie die seiner Tochter Maipangwe. Beide hatten ihre Körper mit dem buttrig roten Ockerfett eingerieben, das mit Harzen aromatisiert worden war. Maipangwe lächelte ihm scheu zu. Sie trug eine prächtige Ombongoro zwischen ihren birnenförmigen roten Brüsten. Die Tritonmuschel an der sorgfältig gearbeiteten Schmuckkette war besonders groß und strahlend. Raffael musste zugeben, dass sie bezaubernd aussah. Er erkannte vieles von seiner Mutter in ihr und fühlte sich gleich etwas besser.

Wapenga deutete auf ein leer stehendes Ondjuwo.

»Du kannst dort wohnen, solange du bei uns bist«, bot er seinem Neffen an. »Wir werden gleich eine Zeremonie abhalten. Tjireva hat frisches Kari gebraut. Wer weiß, vielleicht gibt es außer deiner glücklichen Rückkehr noch mehr zu feiern?«

Er deutete unverhohlen auf Maipangwe und ihn, was er als eindeutige Aufforderung verstand, noch heute um das Mädchen zu werben. In diesem Augenblick kam Katondoihe. Sein Cousin und bester Freund hatte ebenfalls von seiner Ankunft erfahren. Er besaß mittlerweile eine eigene Onganda, die allerdings nicht weit von Wapengas entfernt war. Auch er freute sich, den Heimkehrenden wiederzusehen.

»Mein lieber Bruder«, begrüßte er ihn herzlich. »Jeder im Tal lobt das Fell deiner schönen Rinder. Ich habe gehört, du willst dich verloben?«

Raffael errötete. Jeder Himba im weiten Umkreis schien mehr zu wissen als er. Sein Unwohlsein nahm schlagartig wieder zu. Alles ging ihm viel zu schnell. Wapenga trug den beiden jungen Männern auf, ein von ihm ausgewähltes Rind zu schlachten. Rutako führte das Schlachtrind unter einen schattigen Baum. Beim Töten eines Tieres durfte niemals Blut vergossen werden. Nur wenn ein wichtiges Sippenoberhaupt starb, wurde dem Tier die Kehle durchgeschnitten. Katondoihe packte das Rind um den Hals und warf sich mit aller Kraft auf das Tier. Raffael tat es ihm gleich und versuchte gleichzeitig, seine Vorderläufe zum Einknicken zu bringen. Gemeinsam rangen sie das Tier auf den Boden und drückten seinen Hals auf den staubigen Sand. Dann erdrosselten sie das Tier, indem Raffael ihm mit dem Knie die Kehle abdrückte. Nachdem das Tier verendet war, knuffte Katondoihe ihn kameradschaftlich in die Seite.

»Hast du sie schon gefragt?«

Raffael tat so, als verstünde er nicht.

»Was soll ich wen fragen?«

»Du weißt genau, was ich meine.« Katondoihe schlitzte mit seinem Messer die Bauchdecke des Rindes auf deutete auf die helle mit weißem Fett überzogene Innenseite des Fells. »Daraus kann man wundervolle Hauben für die Frauen machen«, grinste er vielsagend. »Schenk sie Maipangwe, dann weiß jeder, dass du sie zur Frau haben willst.«

»Ich brauche keine Frau«, knurrte Raffael unwillig.

»Jeder Mann braucht eine Frau«, widersprach sein Cousin. »Es wird Zeit, dass du an deine Zukunft denkst. Maipangwe ist das schönste Mädchen weit und breit. Sie wird dir viele Kinder gebären und dich zu einem wahrhaft reichen Mann machen. Du hast sie doch auch gern! Geh zu ihr.« Er klopfte ihm aufmunternd auf die Schulter.

Raffael schwieg. Vielleicht hatte Katondoihe ja recht. Wenn er Maipangwe heiratete, wurde die Tür zu seiner Vergangenheit endgültig geschlossen werden.

Das getötete Rind wurde zerlegt, und die Frauen der Onganda garten das Fleisch über kleinen Feuern. Tjivere, Wapengas Frau, bereitete aus den Innereien eine Art Pastete, die sie mit saurer Milch anrührte. Dazu kochte sie Kürbis und Wurzeln. Wie es Brauch war, musste Wapenga vor dem Fest erst seine Ahnen anrufen und Venomeho und dessen Vater Heova um den Segen und um eine glückliche Zukunft für die Familie bitten. Die Geister der Vorfahren beschützten die Familie einer Onganda nur, wenn man ihnen regelmäßig Opfergaben darbrachte und das heilige Feuer zwischen dem Otjizero, der heiligen Hütte, in der das Familienoberhaupt lebte, und dem Kälbergehege nie ausgehen ließ. Da die Himbas halbnomadisch lebten, zogen sie während eines Jahres bis zu zehnmal um. Es war Aufgabe der Frauen, aus den Ästen der Mopanebäume und angerührtem Kuhdung neue Hütten zu bauen und eine Onganda anzulegen. Das heilige Feuer wurde bei jedem Umzug in einem Lehmbehälter mitgeführt. Jeden Morgen führte das Sippenoberhaupt eine zeremonielle Milchprobe durch, um die

Ahnen zu bitten, die Milch von Tabus zu befreien. Keiner in der Gemeinschaft durfte vor dieser Zeremonie etwas von der frisch gemolkenen Milch trinken. Selbst die Kleinkinder bekamen ihr Frühstück erst danach.

Heute bat Wapenga seinen Neffen zu sich ans heilige Feuer und erwies ihm damit eine große Ehre.

»Hör gut zu, was die Ahnen zu dir sagen, Rutako«, forderte er ihn auf und gab eine Kräutermischung auf die glimmende Glut. Sofort entwickelte sich ein würziger Rauch. Wapenga bedeutete ihm, den Rauch tief einzuatmen. Raffael tat, was von ihm verlangt wurde, und merkte, wie sein Bewusstsein sich zu trüben begann. Das muntere Geplapper der Umstehenden rückte in den Hintergrund, stattdessen nahm er lautes Trommeln wahr, das sein Blut in rhythmische Wallungen versetzte. Der blaugraue Rauch des heiligen Feuers verfestigte sich und begann langsam Formen anzunehmen. Vor ihm tauchte das Abbild Venomehos auf. Er lächelte ihm wohlwollend zu. Raffael fand, dass er genauso aussah, wie er ihn als Kind in Erinnerung gehabt hatte. Hinter ihm standen noch andere Ahnen, die Raffael jedoch nicht kannte. Sie waren blasser als Venomeho und nicht so deutlich zu erkennen. Plötzlich füllten mehrere Stimmen Raffaels Kopf. Sie klangen wie ein mehrstimmiges Echo.

»Wanderer zwischen den Welten«, begrüßten sie ihn. Es fiel ihm schwer, in dem Widerhall den Sinn der Worte zu verstehen. »Folge dem Weg deines Herzens. Verbinde die Welten, die dich trennen und doch zusammenführen. Nimm sie an und höre auf dein Herz.« Die letzten Worte hörte er nur undeutlich, denn sie ertranken in einem wilden Trommelwirbel, der plötzlich abbrach.

Benommen schüttelte er den Kopf. War es Einbildung, oder hatte er gerade tatsächlich seinen toten Großvater gehört? Das weiße Erbe in ihm sagte, dass der Einfluss von Drogen ihm diese Visionen beschert haben musste. Der Afrikaner in ihm wusste jedoch, dass es Dinge gab, die mit dem Wissen der Weißen nicht zu erklären waren. Verwirrt dachte er über das gerade Erlebte nach: Wanderer zwischen den Welten hatte ihn Venomeho genannt. Was sollte das bedeuten? Von welchen Welten hatte der alte Mann gesprochen?

»Hast du die Worte der Ahnen verstanden?«, wollte Wapenga wissen.

»Hast du sie ebenfalls gehört?«

Insgeheim hoffte Raffael, dass sich sein Onkel irgendwie herausreden würde und ihm so die Gewissheit gab, dass er sich den Spuk nur eingebildet hatte. Doch er wurde enttäuscht. Wapenga wiederholte die Worte Venomehos wortgetreu.

»Ich weiß nicht, was er mir sagen will!«, behauptete Raffael trotzig. Doch Wapenga ließ sich nicht ablenken. »Venomeho sagt: »Nimm sie an und höre auf dein Herz!«

Er deutete auf Maipangwe, die etwas abseits mit den Frauen das Essen zubereitete. Raffael stand viel zu sehr unter dem Eindruck der Vision und den Folgen der berauschenden Kräuter, als dass er seinem Onkel hätte widersprechen können. Wenn die Ahnen so seine Zukunft sahen, dann sollte es wohl so sein!

Kathetaura und Maipangwe nahmen die gute Nachricht freudig auf, wenn auch keiner von beiden über Rutakos Entschluss besonders überrascht zu sein schien. Bei den Himbas wurden Hochzeiten in der Regel arrangiert. Sie sicherten den Zusammenhalt der verschiedenen Clans und auch die wirtschaftliche Zukunft. Von Raffael wurde erwartet, dass er es akzeptierte. Er bat Maipangwe, mit ihm ein wenig spazieren zu gehen. Er wusste, dass nun von ihm verlangt wurde, dass er offiziell um ihre Hand anhielt. Die junge Himbafrau machte es ihm leicht. Es war tabu, Zärtlichkeiten vor anderen auszutauschen, aber kaum waren sie ein Stück von der Onganda entfernt, hakte sie sich vertraulich bei ihm ein und strahlte ihn an.

»Wir werden viele Kinder haben.«

Sie wog eine ihrer rot gefärbten Brüste in ihrer Hand. »Sieh nur, wie kräftig sie sind. Willst du sie anfassen?«

Raffael war von ihrer offenen Lüsternheit ziemlich überrascht, vor allem, weil es ihn erregte. Zögernd umfasste er Maipangwes dargebotene Brust und knetete sie zwischen seinen Händen. Maipangwe begriff es als Aufforderung, nun ihrerseits unter seinen Lederschurz zu fassen. Raffael wollte zurückweichen, doch dann spürte er, wie er hart wurde, und gab bereitwillig nach. Er hatte monatelang in der Einsamkeit verbracht und sehnte sich nach etwas Nähe.

»Zeig mir, dass du ein Mann bist«, hauchte Maipangwe verführerisch. Sie zog ihn hinter einen dicken Baum und legte sich mit gespreizten Beinen auf den Boden. Da zögerte Raffael nicht länger und gab seiner lange aufgestauten Lust nach.

Als sie zum Dorf zurückkamen, war das Fest bereits in vollem Gange. Katondoihe machte mit einem mit einer Sehne gespannten Holzbogen Musik, und die anderen tanzten um ihn herum. Männer und Frauen tranken frisches Kari, das Tjiveri äußerst stark zu brauen verstand. Lautes Gelächter, Gesang und das Kreischen der Kinder erfüllten das Dorf. Niemand fand etwas dabei, dass die beiden Verlobten so lange weg gewesen waren. Offiziell waren sie zwar noch nicht verheiratet, doch es war durchaus üblich, dass ein Paar auch schon vor der Ehe miteinander intim war. Während Maipangwe kichernd mit den anderen Mädchen tuschelte und äußerst glücklich schien, litt Raffael unter seinem schlechten Gewissen. Während er in Maipangwes jungfräulichen Körper eingedrungen war, hatte er Sonjas Gesicht vor sich gesehen. Er hatte sich vorgestellt, dass sie es sei, der er gerade beilag. Erst nachdem er sich in Maipangwes Schoss ergossen und seine Lust schlagartig nachgelassen hatte, war ihm bewusst geworden, dass nicht sie seine Geliebte gewesen war. Er war über sich selber so beschämt gewesen, dass es ihn große Mühe gekostet hatte, nette Worte für Maipangwe zu finden. Schweigend waren sie den Weg zurückgegangen. Um nicht weiter nachgrübeln zu müssen, setzte er sich zu seinem Freund Katondoihe und trank einen kräftigen Schluck aus der Kalebasse mit Kari. Das Getränk zeigte bald Wirkung, doch anstatt Raffaels Stimmung zu heben, versetzte ihn der Alkohol in Trübsinn. Wapenga, Tjiveri, Maipangwe, sogar ihr Vater Kathetaura und schließlich auch Katondoihe begannen um ihn herumzutanzen. Die mit dichten Perlenreihen geschmückten Fußfesseln der tanzenden Mädchen stampften rhythmisch auf den staubigen Boden und brachten ihn zum Vibrieren. Katondoihe zog Raffael hoch und forderte ihn auf zu tanzen. Widerstrebend reihte er sich in den stampfenden Reigen ein und versuchte gegen seine Stimmung anzukämpfen. Schon bald gab er jedoch auf, setzte sich wieder auf seinen Platz und trank erneut von dem Kari. Schließlich war er so betrunken, dass er sich nur noch selbst bemitleidete. Wankend erhob er sich und begann auf Deutsch nach Sonja zu rufen. Schließlich weinte er wie ein kleines Kind, weil niemand sie zu ihm brachte. Die Himbas lachten und amüsierten sich über seinen Rausch. Nur Katondoihe beobachtete seinen Freund nachdenklich. Er war der Einzige, der ahnte, dass ihn etwas bedrückte. Schließlich packte er ihn und schleifte ihn zu seinem Ondjuwo, wo er sofort in einen komaähnlichen Schlaf versank.

Als Raffael am nächsten Morgen aufwachte, brummte es in seinem Kopf, als hätte jemand einen Wildbienenschwarm in ihm losgelassen. Er rappelte sich auf und kroch aus seinem Ondjuwo. Die Sonne stieg gerade auf und tauchte die karge Berglandschaft in pastellfarbene Töne. Der Schrei eines Tokos verkündete den beginnenden Tag. Schwankend, mit einknickenden Beinen, machte er sich auf, um nach seinen Rindern zu sehen. Auf halbem Weg begegnete ihm Katondoihe, der zu seiner eigenen Onganda unterwegs war.

»Du siehst scheußlich aus, Rutako«, begrüßte er ihn. Raffael verzog seinen Mundwinkel zu einem schmerzverzerrten Grinsen.

»Es geht mir schrecklich. Ich gehe zur Tränke, um meinen Kopf wieder klar zu bekommen.«

»Bist du sicher, dass das Wasser dir hilft?«, fragte Katondoihe. Er musterte seinen Freund kopfschüttelnd. »Du warst gestern nicht glücklich, obwohl dir Maipangwe als Frau versprochen wurde.«

»Das scheint nur so«, behauptete Raffael.

»Was heißt ›Sonja‹ in der Sprache der Weißen?«, wollte Katondoihe wissen. Raffael sah ihn erschrocken an.

»Es … es … bedeutet nichts«, stotterte er.

Katondoihe verzog sein Gesicht. »Deine Zunge spricht nicht die Wahrheit«, stellte er fest.

Raffael hatte nicht die Kraft, weiter zu leugnen. Vielleicht verschaffte es ihm ja Erleichterung, wenn er darüber sprach.

»Sonja ist die Frau, die ich liebe«, sagte er schlicht. »Sie ist eine Weiße. Ich kann nicht mehr zu ihr zurück, weil ich ihren Vater getötet habe. Mein Leben als Weißer ist vorbei.«

»Jetzt bist du ein Himba«, bestätigte ihm sein Freund. »Du bist ein guter Hirte, und wenn die Ahnen dir gewogen sind, wirst du auch bald der Vater vieler Kinder sein.«

»So wird es wohl sein!« Raffael klang nicht sehr glücklich.

»Maipangwe wird dir eine gute Frau sein«, sagte Katondoihe. »Die Liebe wird wie ein Vogel zu dir kommen.«

Raffael zuckte hilflos mit den Schultern. »Ich weiß nicht, wie ich es dir erklären soll«, meinte er. »Wapenga und du und Kathetaura und die anderen Männer, ihr alle habt mehrere Frauen und seid mit ihnen glücklich, aber bei dem Volk meines Vaters ist das nicht üblich. Wir lieben nur eine Frau. Ich empfinde genauso. Mein Herz sagt mir, dass es falsch ist, Maipangwe zu heiraten. Ich liebe sie nicht und werde es auch nie tun.«

»Deine Worte hören sich für mich fremd an«, bestätigte Katondoihe. »Wenn wir nicht wissen, was gut für uns ist, gehen wir dorthin.«

Er deutete auf die fernen Berge. »Geh fort und lausche auf die Stimme deiner Ahnen. Sie werden dir sagen, was gut für dich ist.«

Klare Worte

Erfreulich war, wie positiv sich Imeldas lebenslustige Art auf Ricky auswirkte. Während der gesamten Schifffahrt war sie einsilbig und verschlossen geblieben und hatte ihren Eltern bei jeder Gelegenheit gezeigt, dass ihr der Umzug nach Afrika missfiel. Egal, wie sehr sich ihre Eltern auch bemüht hatten, ihr die Vorzüge ihrer neuen Zukunft auszumalen, sie war uneinsichtig geblieben. Imelda und auch Rajiv spürten, wie schwer es ihrer Enkeltochter fiel, sich in dem für sie so fremden Land wohlzufühlen. Sie beschlossen kurzerhand, ihr keinerlei Gelegenheit zu bieten, weiter darüber nachzugrübeln. Kaum waren sie in Okakarara angekommen, hatte Imelda sich ihre Enkeltochter geschnappt und ihr handfeste Aufgaben in ihrem Kolonialwarenladen übertragen – unter dem Vorwand, dass ihr ebenfalls in die Jahre gekommenes Faktotum Alfred Knorr dringend Unterstützung brauchte. Knorr, der noch nie unter zu wenig Selbstwertgefühl gelitten hatte, nahm seine neue Gehilfin nur allzu gern unter seine Fittiche. Seine muntere, selbstgefällige Art gefiel Ricky, und schon bald hörte man sie mit oder auch über Alfred lachen. Mit Eifer sortierte sie die Waren und diktierte dem Faktotum Bestandszahlen. Sie half Bestellungen aufzugeben und interessierte sich sogar dafür, wie Imelda ihre überall gelobten Kuchen buk. Jella und Fritz waren ziemlich erleichtert, denn sie hatten sich in letzter Zeit oft Sorgen um ihre Tochter gemacht. Beide waren sich einig, dass Ricky unbedingt ihre Schulausbildung zu Ende bringen sollte. Sobald sich die Familie einigermaßen auf *Owitambe* eingelebt haben würde, sollte Ricky auf das Internat in Windhuk gehen. Danach würde man weitersehen.

Nach einer Woche in Okakarara hielt Jella es nicht länger aus. Sie drängte Fritz, endlich nach Hause aufzubrechen. Ricky trennte sich nur ungern von ihrer fröhlichen Großmutter, dem sanftmütigen Rajiv und vor allem von Alfred. Auch Knorr war älter geworden, allerdings war er nicht mehr so mager und hatte sogar ein kleines Wohlstandsbäuchlein angesetzt. Seit einigen Jahren lebte er mit einer Hererofrau namens Maria zusammen, die ihn nach allen Regeln verwöhnte. Imelda behauptete hinter vorgehaltener Hand, dass Maria der einzige Mensch war, der Alfreds Redefluss durch ihre Leckereien wenigstens hin und wieder zum Stillstand bringen konnte.

»Kann ich nicht noch etwas hierbleiben?«, fragte Ricky, als sie abfahrtbereit auf dem vollbepackten Ochsenkarren saßen. »Ich könnte Alfred doch noch ein paar Tage länger zur Hand gehen.« Sie warf ihm einen flehenden Blick zu. Wie auf Knopfdruck sprang Alfred in die Bresche.

»Nun«, er fuhr sich wichtigtuerisch über seinen grau gewordenen Schnurrbart, »keine Frage! Ich könnte Ihrer Tochter ein wertvoller Lehrer sein. Lassen Sie das junge Mädchen unbesorgt in meiner Obhut!« Er sah Rickys Eltern mit einem Blick an, der keinen Widerspruch duldete. Jella mühte sich um ein ernstes Gesicht.

»Da bin ich mir ganz sicher, mein lieber Alfred. Wer weiß, vielleicht wird meine Tochter Ihr Angebot ja auch eines Tages annehmen. Aber jetzt wartet ihr Großvater auf sie. Das werden sie doch sicherlich einsehen.«

»Es kommt immer auf den Blickwinkel an«, wandte Knorr fast beleidigt ein. »Unter gewissen berücksichtigenswerten Umständen wäre eine kleine Verzögerung nicht unbedingt schädlich.«

»Genau«, pflichtete Ricky ihm bei. »Ich kann mich an Großvater gar nicht mehr erinnern. Da kommt es auf ein paar Tage mehr oder weniger doch auch nicht an.«

»Du kannst jederzeit wiederkommen«, half Imelda. »Aber jetzt musst du erst einmal deinen Großvater begrüßen. Er wird sehr glücklich sein, dich wiederzusehen.«

Fritz gab ein schnalzendes Geräusch von sich und trieb die Ochsen mit der Peitsche an. Ruckelnd setzte sich der Planwagen in Bewegung. Durch die flachen Ausläufer der Kalahari ging es nun in Richtung Waterberg. Wie ein riesiger, roter Block lag das mächtige Tafelbergplateau in einer Landschaft mit locker verstreuten Bäumen. Erst am Fuße des Plateaus verdichtete sich der Bewuchs. In der Ferne entdeckten sie die hin- und herschwankenden Hälse einiger Giraffen. Jella erklärte ihrer Tochter, dass die Tiere sehr sozial seien und immer aufeinander Acht gaben.

»Giraffen schlafen im Liegen«, sagte sie. »Um nicht Opfer von Raubtieren zu werden, bleibt immer ein Tier wach und bewacht den Schlaf der anderen. Ihre Größe ist ein großer Vorteil, denn sie behalten immer den Überblick.«

Ricky konnte die Begeisterung ihrer Eltern für Tiere nicht recht teilen. Sie fand sie eher beunruhigend, wenn nicht sogar bedrohlich. Als sie zum ersten Mal das mächtige Brüllen eines Löwen hörte, erschrak sie so sehr, dass sie sich in den Fond des Planwagens verzog, obwohl das Tier mehrere Hundert Meter weit entfernt war.

Nach vielen Stunden Fahrt ging es den gewundenen Weg nach *Owitambe* hinauf. Das Ochsengespann mühte sich den roten Sandpad hinauf, bis endlich unter ihnen das in Felsen eingebettete weiße Farmhaus in Sichtweite lag.

Von Ferne sah alles aus wie immer. Die mächtige Schirmakazie breitete ihre Äste und Zweige wie einen schützenden Schirm über *Owitambe.* Jella fiel auf, dass einige neue Gebäude, offensichtlich Schafställe, hinzugekommen waren. Die mit Holzgatter versehenen Pferche standen jedoch im Moment leer. Bei näherem Hinsehen bemerkte sie, dass einige Zäune schadhaft waren und einer dringenden Reparatur bedurften. Jella stutzte, es war so gar nicht die Art ihres Vaters, die Dinge im Argen zu lassen. Überhaupt machte *Owitambe* einen leicht verwahrlosten Eindruck. Sarahs Garten, ihre ganzer Stolz, war ganz von Unkraut überwuchert. Daneben lag verlassen das Gehege, in dem Fritz damals seine hilfebedürftigen Schützlinge gepflegt hatte. Jella wusste, dass die Tiere mittlerweile längst an Altersschwäche verstorben sein mussten, dennoch machte sie der Anblick traurig. Der Schuppen, der einst als Unterschlupf für die Tiere gebaut worden war, war heruntergekommen und zum Teil eingefallen. Ein jüngerer dunkelhäutiger Mann mit einem Schubkarren voller Werkzeuge wurde auf sie aufmerksam. Er beschirmte seine Augen vor der blendenden Sonne, um die Ankömmlinge besser sehen zu können. Dann rief er auf Herero etwas über den Hof. Kurze Zeit später trat ein älterer Mann aus einem der Ställe. Er hatte Mühe zu laufen, was ihn nicht hinderte, möglichst schnell auf sie zuzukommen.

»Samuel«, rief Jella erfreut. Der alte Mann strahlte bis über beide Ohren und hob erfreut die Arme.

Fritz zog an den Zügeln und brachte das Ochsengespann zum Stehen. Jella war unterdessen schon vom Kutschbock gesprungen und lief dem Vorarbeiter entgegen.

»Fräulein Jella«, begrüßte sie der alte Mann gerührt. In seinen etwas trübe gewordenen Augen standen Tränen, die er sich unbeholfen aus den Augenwinkeln wischte.

»Wie geht es dir? Und Teresa und deinen Söhnen? Ich habe euch alle so vermisst«, meinte sie gerührt. Auch sie kämpfte mit ihren Tränen. Nach und nach versammelten sich noch einige andere Bedienstete der Farm um die Ankömmlinge.

»Ist das wirklich Mateus?«, fragte Jella ungläubig. Sie hatte

Samuels Sohn nur als kleinen Jungen in Erinnerung. Aus ihm war ein kräftiger junger Mann geworden, wenn auch etwas Verbittertes und Abweisendes in seinem Blick lag. Im Gegensatz zu Samuel und seiner Mutter Teresa verhielt er sich bei der Begrüßung zurückhaltend.

»Wo ist mein Vater?«, fragte Jella schließlich. »Ist er irgendwo auf den Weiden?«

Teresa sah ihren Mann ratsuchend an.

»Er ist doch nicht etwa krank?«, fragte Jella besorgt. Samuel zuckte hilflos mit den Schultern und deutete auf das Haus.

»Am besten sieht Fräulein Jella selbst nach«, meinte er verlegen.

»Und was ist mit Sarah? Sie müsste unsere Ankunft doch längst bemerkt haben?«

»Sarah hat *Owitambe* verlassen.«

Jella fühlte einen Kloß im Hals. Imelda und Rajiv hatten sie bereits vorgewarnt. Die verwahrlosten Gatter, der zerstörte Garten, die abblätternde Farbe an den Schuppen – ihr Blick wanderte kritisch über die Farm. Samuel bemerkte es sofort und senkte beschämt den Kopf.

»Ich bin alt«, gestand er zerknirscht, und mit einem bitteren Seitenblick auf Mateus fügte er leise hinzu. »Mein Sohn ist ein guter Arbeiter, aber sein Herz ist verbittert. Er tut nicht gern, was man ihm sagt.« Mateus nahm die harten Worte seines Vaters scheinbar gleichmütig zur Kenntnis, doch Jella sah, wie seine Augen empört aufflackerten. Auch hier schien einiges im Argen zu liegen. Sie bedeutete Fritz und Ricky, gemeinsam mit ihr ins Haus zu gehen.

Der Anblick war erschütternd. Jellas Vater saß am Esstisch mit einer halb leeren Flasche Branntwein vor sich. Sein Kopf ruhte auf den verschränkten Armen, während das gleichmäßige Heben und Senken seines Oberkörpers anzeigte, dass er schlief. Im

Zimmer roch es nach einer Mischung aus abgestandenem Zigarrenrauch, verschüttetem Alkohol und säuerlichem Schweiß. Hier war schon lange nicht mehr gelüftet worden. Die Küche wirkte ebenso verlassen. Die Feuerstelle war kalt, nur auf der Theke stand ein kalt gewordener Teller mit Eintopf und gestampften Süßkartoffeln.

Jella hatte sich das Wiedersehen mit ihrem Vater nach all den Jahren ganz anders vorgestellt. Sie hatte Johannes als starken, energiegeladenen Mann in Erinnerung, der sich anstehenden Schwierigkeiten ohne Vorbehalte stellte. Voller Scham musste sie Ricky nun einen betrunkenen, verwahrlosten alten Mann als ihren Großvater vorstellen, der nicht einmal in der Lage war, sie zu begrüßen. Natürlich wusste sie, dass er in letzter Zeit viel durchgemacht hatte, aber sein jetziger Zustand brachte sie aus der Fassung. Es war Zeit, dass hier endlich wieder Ordnung einkehrte.

»Vater!«

Ihre Stimme bebte leicht. Johannes regte sich nur leicht. Als sie ihn nochmals, diesmal etwas lauter anrief, zuckte er erschrocken zusammen und richtete sich abrupt auf. Die Augäpfel waren voller gesprungener Äderchen, als er sie mit trübem Blick musterte. Seine Haare waren viel zu lang und hingen ihm in Strähnen ins Gesicht. Die ganze Erscheinung wirkte ungepflegt, angefangen von dem gelbgrauen Bart, der ihm über die Brust hing, bis hin zu der schmutzigen Kleidung. Jella erkannte ihn kaum wieder. Natürlich wusste sie, dass er wie sie alle gealtert war, aber in seinem momentanen Zustand wirkte er gut zehn Jahre älter, als er tatsächlich war. Sie empfand plötzlich tiefes Mitleid.

»Mein Gott, was ist nur mit dir geschehen?«, meinte sie erschüttert. Fritz legte seine Hand auf ihre Schulter.

»Hallo, Johannes«, begrüßte er seinen Schwiegervater. »Schön, wieder zu Hause zu sein!«

Johannes Blick wanderte voller Trägheit von Jella über Fritz zu Ricky, die entsetzt und sichtlich angewidert in der Nähe der Tür stehen geblieben war.

»Ihr kommt zu spät«, stellte er voller Resignation fest. Seine Hände griffen zitternd nach der Tischkante, während er seinen Oberkörper aufrichtete. »Am besten, ihr sucht euch ein neues Zuhause.« Mit einer wegwerfenden Bewegung fügte er dann hinzu: »*Owitambe* ist am Ende, wie ihr seht. Raffael wird wegen versuchten Mordes gesucht, Sarah hat mich im Stich gelassen, und die Farm steht kurz vor dem Bankrott. Alles ist aus. Und nun lasst mich endlich in Ruhe.«

»Aber Vater, das kann nicht dein Ernst sein! Du hast getrunken! Ich werde dir jetzt einen starken Kaffee brühen, und dann reden wir in aller Ruhe!«

Johannes winkte nur ab, trank aber dann doch bereitwillig den Kaffee, den Jella ihm aufgebrüht hatte. Schließlich setzten sich alle zu ihm an den Tisch.

»Alles wird gut, Vater!«, begann Jella erneut. »Wir sind hier, um dir zu helfen. Gemeinsam machen wir *Owitambe* schnell wieder flott.«

»Nichts wird mehr so sein, wie es früher war«, knurrte Johannes ungehalten. Der Kaffee hatte ihn längst noch nicht nüchtern gemacht. »Man kann sich auf nichts und niemanden verlassen. Das und genau das ist die Erfahrung meines Lebens.« Sein Gesicht verzog sich zu einer verbitterten Fratze.

»Lass uns alles in Ruhe besprechen, wenn du wieder nüchtern bist«, versuchte Jella ihn zu beschwichtigen. »Ich bin sicher, dass du im Moment viel schwärzer siehst, als es in Wirklichkeit ist. Möchtest du nicht wenigstens deine Enkelin begrüßen?« Jella gab sich alle Mühe, Zuversicht auszustrahlen, doch ihr Vater war viel zu sehr mit sich selbst beschäftigt. Er sah Ricky nicht einmal an.

»Alles steht vor dem Untergang.«

Seine tonlose Stimme wirkte müde und ohne jegliche Zuversicht. Jella war nicht bereit, sich von dem Selbstmitleid ihres Vaters unterkriegen zu lassen. Sie stand auf und sichtete die Lage.

»Wir räumen jetzt erst einmal die Unordnung im Haus auf«, schlug sie vor. »Fritz, du könntest dich um den Wagen und das Gepäck kümmern, und du, Ricky, hilfst …« Sie führte ihren Satz nicht zu Ende, denn in diesem Augenblick schlug die Tür nach draußen zu, und ihre Tochter war lautstark verschwunden.

Fritz warf seiner Frau einen kurzen Blick zu und setzte dann seiner Tochter nach. Er holte sie kurz vor den Stallungen vor der großen Schirmakazie ein. Empört drehte sich Ricky zu ihm um.

»Wieso habt ihr mich in diese gottverlassene Wildnis zurückgebracht?«, schimpfte sie aufgebracht. »Hier leben die Menschen wie in der Steinzeit. Die Farm ist dreckig und verwahrlost, und mein Großvater ist ein schändlicher Säufer!«

»Nun mal langsam«, versuchte ihr Vater sie zu beschwichtigen. »Lass uns zu der Bank dort oben gehen.« Er deutete auf die kleine Anhöhe, auf der die Schirmakazie stand. Dort hatten er und Jella vor langer Zeit schon viele Gespräche geführt. Ricky folgte ihm widerwillig.

»Dein Großvater ist krank«, versuchte Fritz zu erklären. »Du tust ihm unrecht, wenn du ihn einfach nur verurteilst. Er fühlt sich alleingelassen und braucht jetzt unsere Hilfe. In ein paar Wochen sieht alles ganz anders aus. Er wird genauso gesund werden, wie es deine Mutter auch geworden ist.«

Ricky hatte ihrem Unmut noch mehr Luft machen wollen, aber plötzlich hielt sie beschämt inne. »Du meinst wirklich, dass Großvater nur vorübergehend so schrecklich ist?«, fragte sie unsicher.

»Aber sicher«, versicherte Fritz. »Er ist durcheinander. In ein paar Tagen tut ihm alles leid. Er wird wieder zu Verstand kommen und genau der Großvater sein, den du dir immer gewünscht hast.«

Ricky fing plötzlich an zu schluchzen.

»Alles ist so fremd hier. Die Menschen hier wirken feindselig und abweisend. Die Landschaft mit den wilden Tieren macht mir Angst. Außerdem vermisse ich Jamina und Bali, meine Freunde, und am meisten das Tanzen und die Musik. Hier gibt es ja nicht einmal ein Klavier. Ich will wieder zurück nach Indien.«

Fritz zog seine Tochter an sich und streichelte ihr behutsam über den Rücken.

»Deine Mutter und ich verstehen dich sehr gut«, meinte er. »Uns ging es damals in Indien genauso, wie es dir heute in Afrika geht. Wir fühlten uns fremd und hilflos, entwurzelt und ohne Perspektive, aber dann haben wir eingesehen, dass Heimat nicht nur bedeutet, in einem bestimmten Land zu leben, das einem vertraut ist, sondern dass es auch bedeutet, dort zu sein, wo die Familie ist. Gib dir und uns ein wenig Zeit. Irgendwann wird es für dich nur noch halb so schlimm hier sein.«

Ricky wirkte nicht sehr überzeugt. Immerhin ließ sie sich dazu überreden, wieder zum Haus zurückzugehen.

Die nächsten Tage und Wochen machten sich alle daran, die gröbsten Missstände auf der Farm zu beseitigen. Gemeinsam mit Teresa machten sich Jella und Ricky daran, das Farmhaus zu putzen und wieder einigermaßen gemütlich herzurichten. Fritz beriet sich unterdessen mit dem alten Samuel und dessen Sohn. Mateus zeigte sich verstockt und wenig zugänglich. Fritz versuchte es mit Freundlichkeit und Nachsicht, doch der junge Mann machte es ihm weiterhin schwer. Er tat zwar, was man von ihm verlangte; darüber hinaus machte er keinen Finger krumm. Immer wieder versuchte er die Ursachen für Mateus' Ablehnung zu ergründen, doch der Herero verhielt sich abweisend und stur. Abends verließ er oft früher als die anderen seine Arbeit. Außerdem fehlten kleinere Mengen an Futtermitteln. Schon bald kam Fritz auf den Gedanken, dass Mateus ein Geheimnis hatte. Durch Zufall kam er ihm schließlich auf die Schliche.

Fritz, Mateus und Josua waren ausgeritten, um den Bestand an Rindern zu sichten, die zu *Owitambe* gehörten. Johannes hatte die Rinderzucht nie ganz aufgegeben, sie aber weitgehend in die Hände der Farmarbeiter gelegt. Die Karakulschafe hatte er nach Raffaels Verschwinden zum größten Teil verkauft, weil er keinen Sinn mehr darin sah, weiterhin zu expandieren. Nur ein paar der besten Zuchttiere hatte er behalten, ohne sich um sie zu kümmern. Als Fritz fragte, wo sie geblieben waren, erzählte ihm Mateus, dass sie eines Tages aus einem schlecht verschlossenen Pferch verschwunden waren.

»Wahrscheinlich haben die Hyänen sie geholt«, hatte er gebrummt. »War wohl auch besser so.« Johannes hatte sich tatsächlich nichts aus dem Verschwinden seiner Tiere gemacht. Für ihn war es nur ein weiterer Grund gewesen, sich noch weiter in seinen Trübsinn und den Alkohol zu vergraben. Doch Fritz kam Mateus' Version der Geschichte im Nachhinein äußerst fragwürdig vor, zumal Samuel ihm erzählt hatte, dass Mateus' Interesse immer den Schafen gegolten hatte. Er hatte sich früher vorbildlich um die Tiere gekümmert. Weshalb sollte er dann vergessen, den Pferch zu schließen? Als sie kurz vor Sonnenuntergang nach *Owitambe* zurückkamen, verabschiedete sich Mateus wie gewöhnlich eilig von den anderen. Fritz wartete einen Augenblick und folgte ihm dann unbemerkt. Erst glaubte er, dass sich der Herero in das nahe gelegene Hererodorf aufmachte, um dort mit den anderen jungen Männern Maisbier zu trinken. Doch nach etwa einem Kilometer schlug er einen Weg ein, der mitten in die Wildnis führte. Ein schmaler Pfad führte durch dichtes Baumdickicht in hügeliges Gelände, das in einem von Felsen umschlossenen Tal endete. Fritz hatte sein Pferd zurückgelassen und folgte dem Mann zu Fuß. Zu seinem Erstaunen hörte er schon bald das Blöken von Schafen. Leise näherte er sich der Stelle und traute seinen Augen kaum, als er einen perfekt gebauten Schafpferch entdeckte, in dem sich gut zwei Dutzend Schafe und mindestens ebenso viele Lämmer tummelten. Ohne Zweifel handelte es sich um die verschwundenen Karakulschafe. Mateus hatte aus behauenen Ästen und Zweigen einen Unterstand für die Tiere gebaut und den Pferch mit Dornengestrüpp gegen Wildtiere geschützt. In einem zweiten Unterstand hatte er Futter für die Tiere gehortet. Fritz wusste sofort, woher das Futter stammte. Sein Schwiegervater hatte schon lange keine Bücher mehr geführt. Ihm war sicherlich nie aufgefallen, dass ein Teil des Futters nicht für die Tiere auf der Farm verwendet wurde. Einem ersten Impuls folgend wollte Fritz Mateus gleich zur Rede stellen, doch dann beobachtete er, mit welcher Hingabe der junge Herero sich um die Tiere kümmerte. Er begrüßte jedes einzelne Tier, streichelte es und sah nach, ob es ihm gut ging. Eines hatte sich einen Dorn in den Fuß getreten. Mit einem geschickten Wurf brachte er es zu Fall und rieb die Stelle mit einer Paste ein, die er in einem Lederbeutel um seine Hüften trug. Fritz entschied, sich unbemerkt zurückzuziehen. Das ablehnende Verhalten des Herero war ihm nun nicht länger mehr ein Rätsel. Er hatte offensichtlich ein schlechtes Gewissen und wusste nicht, wie er sich seinem Herrn gegenüber verhalten sollte. Außerdem hatte er Angst, dass ihm jemand auf die Schliche kommen und ihn womöglich des Diebstahls bezichtigen konnte. Mateus musste in diesem Fall damit rechnen, dass sie ihn und seine Familie von der Farm jagten. Obwohl Samuels Sohn kein besonders freundlicher Mann war, glaubte Fritz nicht, dass er sich an den Tieren bereichern wollte. Vielmehr ahnte er, dass der Herero es einfach nicht hatte mit ansehen können, wie sein Herr die Tiere verkommen ließ. Konnte es sein, dass sowohl Johannes als auch Samuel nie Mateus' wirkliche Interessen wahrgenommen hatten?

Er beschloss, erst einmal nichts zu unternehmen, sondern sich mit Jella zu beraten. Gemeinsam mussten sie einen Ausweg suchen, wie der junge Herero ohne Gesichtsverlust sein Unrecht wiedergutmachen konnte.

Ricky ging ihr Großvater und das Getue, das man um ihn herum machte, jeden Tag mehr auf die Nerven. Bislang hatte der alte Mann sie immer noch nicht richtig zur Kenntnis genommen. In den seltenen Fällen, in denen er das Wort an sie richtete, behandelte er sie wie eine Bedienstete. Wusste er überhaupt, dass sie seine Enkelin war? Warum drangsalierte er alle mit seiner mürrischen, feindseligen Art, anstatt dankbar zu sein, dass man ihm half? Und dann der Alkohol! Ihre Mutter versuchte immer wieder, ihn vom Trinken abzuhalten. Sie versteckte sogar seine Branntweinflaschen und brühte ihm stattdessen starken Kaffee auf. Scheinbar widerstandslos ließ er sich die Bevormundung durch seine Tochter gefallen, aber Ricky wusste genau, dass ihr Großvater trotzdem trank. Der scharfe Geruch des Alkohols konnte niemandem entgehen. Das alles hätte sie nicht weiter gekümmert, aber schon bald wurde sie den Verdacht nicht los, dass ihr Großvater es insgeheim genoss, sie alle zu tyrannisieren. Mit seiner mürrischen, verschlossenen Art erreichte er, dass sich Jella fast ausschließlich um ihn kümmerte. Rickys Bedürfnisse wurden dadurch völlig an den Rand gedrängt. Auch ihr Vater fand kaum noch Zeit für sie, weil er sich nach Kräften der heruntergekommenen Farm widmete. Stillschweigend wurde von ihr erwartet, dass sie sich in ihr neues Leben einfügte. Aber das wollte sie nicht, und es gelang ihr auch nicht. Wenn sie wenigstens die Möglichkeit gehabt hätte, etwas Musik zu machen oder zu tanzen. Aber daran war nicht zu denken. In dem Haus gab es zwar ein Grammofon, allerdings fehlte es an geeigneter Tanzmusik. So fühlte sie sich zusehends einsam und fehl am Platz. Ihre Laune wurde täglich schlechter, und der Groll auf ihren Großvater wuchs.

Eines Morgens fragte ihre Mutter, ob sie ihr nicht beim Bepflanzen von Sarahs Garten helfen wolle. Ricky hatte schlecht geschlafen und verspürte keinerlei Lust, in dem harten roten Lehmboden herumzuhacken.

»Ich hab Papa versprochen, ihm beim Zählen der neuen Schafe zu helfen«, log sie. Jella seufzte und bat Teresa, ihr zur Hand zu gehen. Ricky war sicher, dass ihre Mutter sie durchschaut hatte, aber das war ihr gleichgültig. Ihre Laune war besonders schlecht, weil ihre Eltern offensichtlich ihr Versprechen vergessen hatten, mit ihr an diesem Tag einen Ausflug zu machen. Stattdessen drehte sich mal wieder alles um die Farm und den Großvater. Missmutig schlenderte sie auf die Veranda, auf der ihr Großvater wie gewöhnlich saß und in die Savanne starrte.

»Morgen, Großvater«, murmelte Ricky nicht sehr freundlich. Als er, wie gewohnt, nicht antwortete, lief sie an ihm vorbei zu den Stufen, die hinunter in den Hof führten.

»Bring mir Kaffee«, forderte Johannes, ohne sie anzusehen. Ricky hielt wütend inne. Natürlich gehörte es sich, dass sie ihrem Großvater den Wunsch erfüllte, aber der Ton, mit dem er seiner Bitte Ausdruck verlieh, stieß ihr an diesem Morgen besonders übel auf. Widerwillig machte sie dennoch auf dem Absatz kehrt und ging zurück ins Haus. Auf dem Herd stand noch eine Kanne mit altem Kaffee. Sie goss einen Becher voll und brachte ihn wortlos zu dem Beistelltisch neben ihrem Großvater. Ohne Dank nahm er das Getränk entgegen.

»Der Kaffee ist kalt«, klagte er. »Bring mir frischen!«

»Es ist kein anderer Kaffee mehr da«, meinte Ricky schnippisch.

»Dann bring mir meine Medizin«, forderte der Großvater.

Er sah sie herausfordernd an. »Du findest sie hinter der Wäsche im Schrank.«

Ricky wusste sofort, was er meinte.

»Mutter möchte nicht, dass du trinkst«, sagte sie fest.

»Das geht sie gar nichts an! Immer mischt sie sich in meine Angelegenheiten. Außerdem trinke ich nicht aus Spaß, sondern weil ich den Alkohol brauche.« Er streckte ihr seine zitternden Hände entgegen. »Ich möchte lediglich, dass das Zittern aufhört.«

»Ich werde dir das Zeug auf keinen Fall bringen«, hörte Ricky sich zu ihrer eigenen Überraschung sagen. Ihr Missmut und ihre schlechte Laune ließen sie für einen Augenblick jede Höflichkeit vergessen. Johannes sah sie überrascht an, nickte grimmig, erhob sich tatsächlich von seinem Stuhl und schlurfte in Richtung Eingang.

»Warum lässt du dich nur so gehen?«, blitzte Ricky auf. Ihr aufgestauter Unmut richtete sich nun vollends auf den Großvater. »Meinst du vielleicht, du bist der Einzige, dem in seinem Leben nicht alles gefällt?«

Johannes, der bereits in der Tür halb verschwunden war, hielt inne. Langsam, vor Selbstmitleid zerfließend, drehte er sich um.

»Sieh dich doch um«, klagte er, »alles, was ich einmal aufgebaut habe, ist dahin. Mein Sohn ist auf der Flucht, seine Mutter hat mich verlassen. Ich bin zu nichts mehr nütze.«

»O ja!«, rief Ricky aufgebracht. »Und das lässt du uns jeden einzelnen Tag spüren. Aber ich habe dein ewiges Jammern satt. Ich kann nicht glauben, dass du der Vater meiner Mutter bist. Du bemitleidest dich ständig selbst und gibst anderen die Schuld für deinen Sturkopf. Du machst es dir zu einfach!« Ihre bernsteinfarbenen Augen funkelten den Großvater an. Sie begann jegliche Hemmung zu verlieren und redete sich richtig in Fahrt. »Meine Eltern haben mich gezwungen, unser schönes Leben in Rajasthan aufzugeben, nur um dir zu helfen. Vater rackert sich auf der Farm ab und versucht zu retten, was zu retten ist, und Mutter opfert jede freie Minute, um sich um deine kindischen Launen zu kümmern. Dabei sehe ich nicht, dass du wirklich krank bist. Du könntest Vater helfen und die Farm wieder in Ordnung bringen. Mutter möchte wieder eine Krankenstation eröffnen, aber das kann sie nicht, weil du mehr Pflege brauchst als zwanzig wirklich kranke Patienten. Ich wünschte, wir wären nie in dieses gottverdammte Land gekommen. Du weißt gar nicht, wie sehr ich das alles hier hasse!«

Johannes sagte kein Wort. Erstaunt hatte er die ungestümen Worte seiner Enkelin zu Ende angehört. Als sie schließlich in Richtung der Ställe davoneilte, sah er ihr nachdenklich hinterher.

Als die Familie sich am Abend auf der Veranda zum Essen versammelte, fehlte Johannes. Er hatte sich in seinem Zimmer eingesperrt und antwortete auf kein Klopfen.

»Was hat er nur jetzt schon wieder?«, wunderte sich Jella genervt. »Ich mache mir langsam wirklich Sorgen.«

»Lass ihn einfach«, beruhigte sie Fritz. »Irgendwann wird er sich schon wieder beruhigen.«

»Und wenn er sich etwas …« Jella wollte etwas hinzufügen, schwieg dann aber plötzlich. Ricky ahnte, was sie meinte. War sie am Morgen etwa zu weit gegangen? Die ganze Nacht quälte sie ihr schlechtes Gewissen. Sie war nicht nur respektlos gewesen, sondern hatte ihren Großvater zudem noch beleidigt. Als sie endlich in den frühen Morgenstunden in einen unruhigen Schlaf fiel, wiederholte sich der Traum, den sie schon einmal in Indien gehabt hatte.

Sie sah die blauvioletten Tafelberge mit ihren schroffen, zerklüfteten Felswänden. Dieses Mal schwebte sie nicht über ihnen, sondern sie befand sich inmitten einer engen Bergschlucht, als sie den jungen, nicht allzu dunkelhäutigen Mann an der Wasserstelle entdeckte. Sein Ge-

sicht kam ihr vertraut vor, ohne dass sie hätte sagen können, weshalb. Er war bedrückt und stierte auf das trübe Wasser. Wieder hörte sie das Poltern und entdeckte den mächtigen Elefanten, der direkt auf ihn zustürmte. Dieses Mal wollte sie den jungen Mann warnen. Sie wusste, dass er gleich zerschmettert werden würde, doch in dem Moment, als sie ihn rief, hatte der Elefant den Mann erreicht und …

Sie erwachte schweißgebadet.

Am nächsten Morgen fühlte sich Ricky wie gerädert. Sie nahm ihre Umgebung kaum war, weil die Geister des schrecklichen Traums immer noch über ihr hingen. Als sie das Speisezimmer betrat, wurde sie von einer gut gelaunten Teresa begrüßt, die ihr ein üppiges Frühstück aus Rührei und Speck auf den Tisch stellte. Ricky nahm die gute Stimmung im Haus gar nicht zur Kenntnis. Lustlos stocherte sie auf ihrem Teller herum und grübelte vor sich hin. Mit Schwung ging die Eingangstür auf und Jella kam summend von draußen herein. Ricky sah erstaunt auf.

»Was ist denn mit dir los?«, fragte sie. Seit sie auf *Owitambe* angekommen waren, war ihre Mutter noch nie so guter Laune gewesen.

»Ich freue mich eben.«

»Und worüber, wenn ich fragen darf?«

»Über deinen Großvater.«

»Ach ja?«

»Stell dir vor, er hat sich heute Morgen rasiert«, meinte Jella beschwingt.

»Das war wohl auch an der Zeit!«

»Und seine Haare waren auch gewaschen und geschnitten.«

»Und deshalb singst du?«

»Verstehst du denn nicht?« Jella fasste Ricky an den Oberarmen und strahlte. »Es geht ihm besser! Vor dem Morgengrauen war er schon auf den Beinen. Er ist mit deinem Vater bei den

Schafen, und so weit ich es erkennen kann, nimmt er wenigstens wieder etwas Anteil an unserem Leben.«

Ricky fühlte sich plötzlich viel leichter.

»Puh, und ich dachte schon, er tut sich etwas an.«

Jella registrierte die letzten Worte ihrer Tochter nicht. Sie war viel zu sehr mit ihren neuen Plänen beschäftigt und bereits auf dem Weg ins Büro. »Ich muss unbedingt eine Einkaufsliste aufsetzen«, rief sie ihr beim Hinausgehen zu. »Fritz will morgen Besorgungen machen, und ich brauche noch einiges für meine neue Praxis.«

Entscheidungen

Violettgraue Wolken ballten sich über der verdorrten Ebene zu dichten Barrieren. Nur vereinzelt drangen gelbe Sonnenstrahlen durch die immer dichter werdende Wolkenschicht und warfen bizarre Schatten auf die mondähnliche Landschaft. Raffael beobachtete seinen immer länger werdenden Schatten, der sich messerscharf von dem gelben Schotter abzeichnete. Er hatte keine Ahnung, wie viele Stunden er schon unterwegs war – und er wusste auch nicht, welches Ziel er hatte. Seine langen Beine trugen ihn in Richtung Westen, wo eine aus hoch aufragenden Tafelbergen und Kegeln bestehende Bergkette sich wie eine Mauer auftat. Lange war er sich nicht bewusst gewesen, dass seine Wanderung gewissermaßen eine Flucht war. Er hatte Katondoihes Vorschlag, sich Rat bei den Ahnen zu holen, nur allzu bereitwillig angenommen. Schließlich gab es ihm die Möglichkeit, Abstand vor seinen neuen Verpflichtungen zu gewinnen. Je länger er lief, desto irrwitziger kam ihm seine jetzige Situation vor. Nach der gestrigen Nacht war er so gut wie verheiratet. Alle in Wapengas Onganda waren Zeuge seiner Verlobung geworden. Er hatte mit Maipangwe geschlafen und damit den Bund besiegelt, auch wenn er die ganze Zeit nur an Sonja gedacht hatte. Sein Herz krampfte sich in Erinnerung an seine große Liebe heftig zusammen. Niemals würde er sie vergessen. Er schloss die Augen und bildete sich ein, ihren Duft, der ihn immer an frische Frühlingsblumen erinnert hatte, zu erschnuppern. Tränen rannen über seine rot glänzenden Wangen. Nochmals beschleunigte er das Tempo. Die Schweißperlen auf seinem nackten Oberkörper und den Armen verdunsteten augenblicklich. Seitlich nahm Raffael eine Herde Strauße wahr, die der Reihe nach über eine aprikosenfarbene Sanddüne verschwanden. Sie verschwinden wie mein Glück, hallte es durch seinen Kopf. »Wanderer zwischen den Welten«, hatte ihn sein Ahn genannt. In den letzten Monaten hatte er sich eingeredet, ein echter Himba geworden zu sein. In der Einsamkeit des kargen und doch so schönen Kaokovelds hatte er das Gefühl gehabt, mit sich und seinem Schicksal im Reinen zu sein. Er hatte sich vorgemacht, dass das Blut seiner Mutter in ihm stärker sein musste als das weiße väterliche Erbe. So hatte er es sehen wollen, weil sein Schicksal für ihn so erträglicher wurde. Jetzt wurde ihm klar, dass alles nur Einbildung war. Er war genauso ein Weißer, wie er ein Himba war. Diese bittere Erkenntnis machte ihm die ganze Tragödie seines Schicksals klar. Wanderer zwischen zwei Welten …

Er hielt inne und spürte, wie sein Herz vom langen Rennen kräftig gegen seinen Brustkorb schlug. Er gehörte weder zu der einen noch zu der anderen Seite. Bastard hatten ihn seine Mitschüler in Windhuk genannt. Sie hatten unmissverständlich ausgedrückt, was sie dachten. Die Himba hatten ihn zwar sofort als einen der ihren akzeptiert, aber dennoch fühlte und dachte er in vielen Dingen ganz anders als sie. Mit der Heirat und den diversen Ritualen und Zeremonien hatten sie ihn überrumpelt. Er hatte alles über sich ergehen lassen und wurde sich erst jetzt der weittragenden Folgen bewusst. Während der letzten Nacht und im Laufe dieses Tages war ihm klar geworden, dass ihn das Leben bei dem Volk seiner Mutter auf Dauer nie befriedigen würde. Ein Großteil seines Verstandes war durch seine deutsche Erziehung geprägt. Er liebte es, zu diskutieren und seinen Verstand zu schleifen. Doch dafür hatten die Himba kein Verständnis. Sie lebten in ihrer Welt der Traditionen. Seit Jahrhunderten halfen ihnen ihre Regeln und Rituale, ihre Zeremonien und ihre enge Verbundenheit mit den Matriclans und Patriclans, zu überleben. Diese Regeln durfte man nicht infrage stellen. Raffael hatte schon früh aufgehört, mit Wapenga oder Katondoihe über bestimmte Regeln innerhalb der Gruppe zu diskutieren. Sie hatten ihn nur verständnislos angeschaut und dann geduldig begonnen, ihm zu erklären, dass die Regeln von den Ahnen auf sie übergegangen waren und für immer Gültigkeit besaßen.

Raffaels Kehle brannte vor Durst. Mittlerweile hatte er sich den steil aufragenden Felsklippen genähert und hielt Ausschau nach einem bestimmten Felsvorsprung, der ihm den Einlass zu einem kleinen Tal verriet, wo eine überirdische Quelle in ein Felsbassin mündete. Er war schon einmal mit seinen Rindern hier gewesen. In der Nähe der Quelle wollte er die Nacht verbringen. Oberhalb gab es Felsvorsprünge, die ihn vor dem möglichen Regen und wilden Tieren schützen würden. Die Wolken bedeckten den Himmel mittlerweile vollständig. Die Luft war so schwül, dass sie vor Spannung zu knistern begann. Raffael begann noch einmal zu spurten. Er wusste, wie heftig die Unwetter um diese Jahreszeit sein konnten. Als er den Einlass in das Tal gefunden hatte, atmete er erleichtert auf. Hätte er sich noch einmal umgesehen, dann wäre ihm sicherlich der einsame Elefantenbulle aufgefallen, der das gleiche Ziel hatte wie er.

»Wie wusste Nakeshi, dass du wieder hier bist?«, fragte Ricky verwundert. »Und auch du scheinst nicht besonders überrascht zu sein, dass es so ist.«

Jellas Gesichtsausdruck bekam etwas Geheimnisvolles.

»Nakeshi sagt, wir sind Sternenschwestern«, erklärte sie versonnen. »Wenn wir unsere Gedanken auf die andere lenken, dann fühlen wir, wie es ihr geht. Manchmal verbinden sich auch unsere Träume, und wir sehen, was der andere gerade tut. Du würdest nicht leben, wenn Nakeshi nicht gespürt hätte, dass ich vor deiner Geburt Hilfe benötigte.«

»Das sind doch dumme Märchen«, wehrte Ricky entschieden ab. »An so etwas glaube ich nicht.«

Nakeshi, die dem Gespräch aufmerksam gelauscht hatte, kicherte. »Das Zebrafohlen erkennt erst, dass der Löwe es fressen will, wenn er es jagt.«

Ricky zog die Stirn kraus.

»Ich verstehe nicht, was das zu bedeuten hat«, meinte sie, plötzlich unsicher geworden.

Ihre Mutter lachte.

»Nakeshi meint damit, dass du schon noch selbst deine Erfahrungen machen und dann klüger sein wirst.«

Nakeshi war mit Bô und ihrem Sohn Debe am gleichen Tag in *Owitambe* aufgetaucht, als Johannes sich entschlossen hatte, wieder aktiv am täglichen Farmleben teilzunehmen. Jella war außer sich vor Freude. Nie zuvor hatte Ricky ihre Mutter glücklicher gesehen. Sie wirkte um Jahre jünger und sorgte dafür, dass Teresa für alle ein Festessen bereitete. Ricky kamen die kleinen, halb nackten Buschmänner anfangs sehr merkwürdig vor. Sie sprachen eine Sprache, die nur aus Klick- und Schnalzlauten zu bestehen schien und sehr seltsam klang. Zu ihrer großen Verwunderung sprachen alle drei ein nahezu perfektes Deutsch. Jella hatte ihr erklärt, dass Nakeshi und sie sich gegenseitig Unterricht gegeben hatten. Ihre anfängliche Befangenheit wich jedoch schnell, als Debe, der vielleicht ein Jahr jünger war als sie, sie fragte, ob sie mit ihm durch den Busch streifen wollte. Debe galt als ausgezeichneter Fährtenleser und hatte ihr erzählt, dass er die Spur einer Warzenschweinfamilie unweit der Farm entdeckt hatte. Er wies auf seinen kleinen, nicht sehr Furcht einflößend aussehenden Bogen und meinte, dass sie keine Angst haben müsste, er würde sie schon beschützen. Ricky lachte nicht sehr überzeugt, folgte aber dem zierlichen jungen Mann in den Busch. In leicht gebückter Haltung führte Debe sie weg vom Farmgelände an den waldigen Rand des Waterbergmassivs. Sie kletterten einen kleinen Felsabhang hinunter bis zu einer Quelle, die ihr Großvater den Wildtieren überlassen hatte. Tatsächlich turnte eine kleine Gruppe Paviane um das Wasser herum. Während die älteren Tiere sich mit der Hand Wasser in den Mund schaufelten, tollten die jüngeren in ausgelassenen Spielen rund um die Quelle. Sie neckten sich, zogen einander an den Schwänzen oder balgten herum. Immer wieder gab es dabei Streit, der durch dumpfes Grummeln der Alttiere geschlichtet wurde. Ein junger Pavian war besonders dreist. Als ein einzelner Zebrahengst zu der Tränke kam, um ebenfalls zu trinken, kletterte der halbwüchsige Affe auf einen Baum und sprang von einem Ast direkt auf das Hinterteil des Tieres. Das Zebra erschrak und keilte mit beiden Hinterläufen aus, wodurch der Affe in die Luft geschleudert und unsanft auf den Boden geschleudert wurde. Er schrie jämmerlich auf, weil er sich verletzt hatte. Doch die anderen Affen zeigten keinerlei Mitleid. Sie kreischten und fuchtelten wild in seine Richtung. Sie amüsierten sich offensichtlich über ihren allzu übermütigen Kumpanen. Dann ertönte ein Warnschrei, und die Affenhorde galoppierte laut protestierend zurück in den Busch. Nur der wilde Reiter blieb auf dem Boden liegen und versuchte vergeblich, sich aufzurichten. Ricky fiel auf einmal ihr ständig wiederkehrender Albtraum ein. Vor ihrem inneren Auge sah sie den Mann, wie er von den gewaltigen Stoßzähnen des Elefanten durch die Luft gewirbelt wurde und genauso dalag wie dieser Affe. Plötzlich hatte sie das Bedürfnis, dem verletzten Tier zu helfen. In ihrem Traum waren ihr immer die Hände gebunden gewesen, doch jetzt konnte sie endlich etwas tun.

»Wir müssen dem Affen helfen«, erklärte sie Debe. Doch der Buschmann hielt sie zurück. Er hielt seine Nase in den Wind und schnupperte.

»Nicht gehen«, flüsterte er. »Raubtier hier!«

Jetzt nahm Ricky auch den urinscharfen Geruch einer Raubkatze wahr. Sie wusste, dass ein Rückzug ratsam war, dennoch wollte sie den kleinen Pavian nicht seinem Schicksal überlassen.

»Wir müssen dem kleinen Kerl helfen«, drang sie nochmals in Debe. Der schüttelte beinahe amüsiert den Kopf. »Affe muss für Fehler bezahlen«, meinte er ungerührt. »Ich mache keinen Kampf gegen Katze, nur um Affe zu helfen, der nicht einmal schmeckt.«

Ricky war über Debes scheinbare Gefühllosigkeit empört. Es war ihr nicht zu verdenken, da sie mit den klaren Naturgesetzen der Wildnis nicht vertraut war. Bislang hatte sie Wildtiere nur aus sicherer Entfernung beobachtet und noch nie gesehen, wie hart das Überleben in Wirklichkeit war. Sie erinnerte sich, dass ihr Vater früher eine Art Tierauffangstation auf *Owitambe* gehabt hatte. Bestimmt würde er ihr helfen, den Affen zu retten.

»Ich werde den Affen nicht im Stich lassen«, meinte sie trotzig. »Bis die Raubkatze kommt, habe ich ihn längst geholt.« Noch ehe Debe etwas dazu sagen konnte, lief sie in Richtung der Wasserstelle davon. Der junge Buschmann schüttelte unwillig den Kopf und hielt nach der Raubkatze Ausschau. Dem Geruch nach war es nur ein kleineres Tier, wahrscheinlich ein Gepard. Sie griffen keine Menschen an, es sei denn, sie machten ihnen die Beute streitig. Und genau das würde die Katze in dem verletzten Affen sehen. Er musste dem dummen weißen Mädchen nach, um es zu beschützen. Ricky hatte den jungen Pavian mittlerweile erreicht und bückte sich zu ihm hinab. Das Tier sah in Ricky jedoch keine Helferin, sondern genauso einen Feind wie in der Raubkatze. Es fletschte seine spitzen Zähne und versuchte nach ihrer Hand zu schnappen. Die Bewegung verursachte ihm jedoch so starke Schmerzen, dass er es gleich wieder sein ließ. Kläglich jammernd starrte er sie voller Angst an. Ricky hatte keine Ahnung, wie sie das Tier transportieren sollte. Niemals in ihrem Leben hatte sie ein wildes

Tier berührt. Sie wagte nicht, es auf den Arm zu nehmen, weil sie sich vor seinen Bissen fürchtete. Debe war nun ebenfalls bei ihr. Er schenkte dem Affen kaum Aufmerksamkeit, sondern spürte der Raubkatze nach. Ihr Glück war, dass der Wind auf sie zukam, sodass das Raubtier die Menschen und den verletzten Affen noch nicht wittern konnte.

»Wir müssen weg«, drängte Debe. »Wenn Katze Affe sieht, wird ihr Hunger sehr groß sein.«

»Wir können den Kleinen doch hier nicht einfach liegen lassen«, protestierte Ricky. Allerdings klang sie bei Weitem nicht mehr so selbstbewusst wie noch vor wenigen Minuten. »Ich möchte ihn mit zu meinem Vater nehmen.«

In diesem Moment erklang ein drohendes Fauchen aus dem Unterholz. Ricky schreckte auf und sah Debe hilfesuchend an. Erst jetzt wurde ihr die Tragweite ihrer leichtfertigen Unternehmung richtig bewusst. Debe handelte unverzüglich. Kurzerhand packte er den verletzten Affen am Kragen, sodass er sich nicht wehren konnte, und bedeutete Ricky, ihr zu folgen. Kaum waren sie ein paar Schritte gegangen, da brach der Gepard durch das Gebüsch. Er entdeckte die beiden Menschen und nahm wohl auch die Witterung des verletzten Affen auf. Noch einmal erklang sein drohendes Fauchen. Mit gesträubtem Fell schien er zu überlegen, ob es sich lohnte, den Davonlaufenden zu folgen. Doch dann schüttelte er sich und trottete zur Wasserstelle.

Kaum waren sie in Sicherheit, begann Debe mit Ricky zu schimpfen. Vor lauter Erregung sprach er in der Buschmannsprache. Obwohl sie nur Klicken und Schnalzen hörte, verstand sie sehr wohl, dass er sehr sauer war, weil sie durch ihre Unachtsamkeit sie beide in Lebensgefahr gebracht hatte.

Beschwichtigend hob sie beide Hände.

»Es tut mir leid«, meinte sie kleinlaut. »Ich habe nur an den Affen gedacht. Das war dumm von mir.«

Debe musterte sie noch einen Augenblick streng, dann verzog sich sein Gesicht zu einem breiten Grinsen. Sacht legte er nun den kleinen Pavian auf den Boden und besah ihn sich genau.

»Arm kaputt, Bein kaputt«, meinte er fachkundig. »Tier kaputt«, fügte er dann noch hinzu.

Ricky streichelte sanft über den kleinen Kopf. Das Tier hatte sich offensichtlich in sein Schicksal ergeben und rührte sich nicht mehr. Nur seine braunen Augen flackerten vor Unsicherheit.

»Mein Vater wird ihm helfen«, versicherte sie Debe. »Er ist ein großer Heiler.«

Behutsam nahm sie den kleinen Kerl auf ihren Arm und begann ihn zu liebkosen.

»Ich nenne ihn Jacko«, meinte sie verklärt. Der junge Buschmann verstand nicht, weshalb das weiße Mädchen so einen Wirbel um einen gewöhnlichen Affen machte. Vielleicht sah sie in ihm einen Schutzgeist? Achselzuckend akzeptierte er ihre Entscheidung.

So wurde nicht nur das erste Mitglied einer neu entstehenden Tierauffangstation in *Owitambe* eingeführt, sondern Ricky bekam endlich eine Aufgabe, die ihr das Leben in ihrem neuen Zuhause erträglicher erscheinen ließ.

Nachdem Fritz Arm und Bein des jungen Pavians geschient hatte, gab er ihn in die Obhut seiner Tochter.

»Du musst dafür sorgen, dass er die nächsten Tage ruhig liegen bleibt. Die Schienen werden ihm lästig sein, und er wird versuchen, sie abzumachen. Das darf auf keinen Fall geschehen. Am besten nimmst du ihn immer mit.«

Von Samuel bekam Ricky einen Leiterwagen, in den sie einen Strohsack legte. Darauf bettete sie den kleinen Jacko und nahm ihn überall mit hin. Aufopferungsvoll fütterte sie ihn mit Früchten und Pflanzensamen, die sie rund um *Owitambe* sammelte. Fritz ermahnte sie, darauf zu achten, dass Jacko nur das zu fressen bekam, was er in freier Wildbahn auch finden würde.

»Wenn du ihn zu sehr verwöhnst, gewöhnt er sich nicht mehr an sein altes Leben und wird nie wieder in die Freiheit wollen.«

Sein Ratschlag blieb jedoch reinste Utopie. Ricky fand den Gedanken, dass Jacko für immer bei ihnen bleiben sollte, gar nicht so schlimm, denn sie war total vernarrt in den kleinen Affen. Jacko merkte schnell, dass ihm alle Herzen zuflogen. Selbst Teresa begann dem kleinen Kerl in unbemerkten Augenblicken etwas gekochte Süßkartoffel oder frisches Obst zuzustecken. Er musste nur seinen Kopf etwas schief legen und seine Umgebung bettelnd ansehen, schon bekam er die Zuwendung, die er sich wünschte. Er war ein freundliches Tier und ließ sich von jedermann gern streicheln, aber Ricky wurde zu seiner Ersatzmutter. Wenn sie einmal nicht in seiner Nähe war, begann er wie ein Kind zu schreien. Kam sie dann eilends angerannt, musste sie ihn auf den Arm nehmen und minutenlang liebkosen.

Bereits nach wenigen Tagen ging es ihm besser, und die natürliche Neugier trieb das Äffchen dazu, aus dem Leiterwagen zu klettern. Um das zu verhindern, legte Fritz ihm eine Art Geschirr um, das an den Leiterwagen gebunden war. Jacko schrie Zeter und Mordio und wehrte sich vehement gegen seine Fesseln.

»Sorg dafür, dass er die nächsten Tage noch ruhig bleibt«, ermahnte Fritz seine Tochter. »Er darf den Verband mit der Schiene auf keinen Fall lösen!«

Ricky lief nun stundenlang mit ihrem Affen im Leiterwagen spazieren. Solange sie unterwegs waren, gab Jacko Ruhe, aber sobald sie ihn abstellte, begehrte er wieder auf und musste getragen werden. Jella besah sich die Plackerei eine Zeit lang stirnrunzelnd und fand dann eine praktische Lösung.

»Warum legen wir Jacko nicht einen Gipsverband an?«, schlug

sie Fritz vor. »Den kann er nicht lösen. Auf der anderen Seite ermöglicht er ihm, sich einigermaßen frei zu bewegen.«

»Er wird es nicht zulassen, wenn wir ihn nochmals neu verbinden. Außerdem muss der Gips ein paar Stunden trocknen, bevor er fest ist.«

»Du könntest ihn sedieren«, schlug Jella vor. »Wenn er aufwacht, ist der Gips schon trocken.«

»Einen Versuch ist es jedenfalls wert«, gab Fritz bei.

Am nächsten Tag humpelte Jacko mit seinem Gipsbein Ricky hinterher und genoss seine neu gewonnene Freiheit.

Nakeshi saß mit Jella unter der großen Schirmakazie. Die beiden Frauen blickten auf die Stelle, an der vor vielen Jahren Debe, Nakeshis Vater, beerdigt worden war.

»Debe wird einmal wie sein Großvater werden«, meinte Jella. »Er ist außergewöhnlich klug und sieht die Dinge hinter den Dingen.«

Nakeshi war anderer Meinung. »Die Zeiten ändern sich. Die Weißen drängen uns immer weiter zurück. Vielleicht gibt es bald keinen Platz mehr für uns.«

»Unsinn! Ihr werdet immer hierherkommen können. Afrika ist groß.«

»Ich habe Angst, dass Debe zu den Weißen geht«, klagte Nakeshi. »Siehst du nicht, wie sehr er sich für ihre Dinge interessiert? Er sieht, dass euer Leben sehr viel einfacher ist als unseres. Das ist nicht gut.«

»Er ist euer Sohn«, tröstete Jella. »Er wird wissen, was er zu tun hat.«

Ihre Freundin nickte.

»Deine Tochter hat ein mächtiges Num«, sagte sie scheinbar unvermittelt.

Jella sah sie zweifelnd an. »Davon habe ich bisher noch nichts gemerkt«, meinte sie. »Sie findet das, was uns verbindet, albern.«

»Warte, bis das Zebra zum ersten Mal vom Löwen gejagt wird«, antwortete Nakeshi mehrdeutig.

Der kleine Jacko brachte Leben auf die Farm. Jeden Tag wurde er etwas beweglicher und auch frecher. Mittlerweile hinderte der Gips ihn kaum noch daran, vorwärtszukommen, und mit seinem gesunden Arm hangelte er sich mühelos auf Stühle und Tische, um dort Obst zu stibitzen oder sein Gesichtchen in der spiegelnden Glasscheibe des Vertikos zu bestaunen. Als er eines Morgens eine Schale mit Obst mutwillig auf den Boden warf, hatte Fritz die Nase voll.

»Ich werde den kleinen Tunichtgut jetzt in einen Käfig sperren«, drohte er. »Er demoliert noch unser gesamtes Inventar. Er ist ein wildes Tier und gehört nicht in ein Haus.«

Ricky war entrüstet. »Er darf nicht allein sein«, empörte sie sich. »Im Käfig wird er sich schrecklich ängstigen. Ich werde ihm die nötigen Manieren schon noch beibringen.«

»Das wird dir nie gelingen. Ein Pavian ist kein Spielzeug.«

»Ich helfe dir dabei«, sprang Johannes seiner Enkelin unerwartet bei. »Eigentlich kann man einen Affen wie einen Hund erziehen. Nach dem Prinzip von Belohnung und Bestrafung wird Jacko bald begreifen, was er tun darf und was nicht.«

»Damit möchte ich nichts zu tun haben«, stöhnte Fritz. »Mir reicht die Arbeit auf der Farm.«

Er erhob sich, um nach draußen zu gehen. Johannes zog die Augenbrauen zusammen.

»Wir sollten mit den Erziehungsmaßnahmen am besten sofort beginnen«, brummte er. »Wer weiß, sonst sperrt ihn dein Vater tatsächlich ein.« Er winkte seiner Enkelin, mit ihm nach draußen zu gehen. Beim Aufstehen nahm er heimlich ein paar Zuckerstücke aus der Dose. Ricky freute sich; es war das erste Mal, dass ihr Großvater so etwas wie Zuneigung zeigte. Seit ihrer Auseinandersetzung damals waren sie einander weitgehend aus dem Weg gegangen. Trotz der positiven Veränderungen war Johannes grüblerisch geblieben. Er schwieg viel und hing stundenlang seinen düsteren Gedanken nach. Jedem Gespräch, das ihre Eltern auf Raffael und Sarah zu bringen versuchten, ging er unwillig aus dem Weg.

Den ganzen Vormittag und auch noch einige Stunden am Nachmittag widmeten sich Großvater und Enkelin der Erziehung des jungen Affen. Jacko begriff schnell, dass er für gewisse Dinge belohnt und für andere bestraft wurde. Schon bald verhielt er sich in Anwesenheit seiner beiden Erzieher vorbildlich. Befanden sie sich allerdings außerhalb seiner Reichweite, scherte er sich keineswegs mehr um das Erlernte, sondern betrachtete die Farm und ganz besonders das Haus als ein aufregendes Spielzeugland.

Ricky musste einsehen, dass ihr Vater recht hatte. Jacko konnte nicht unbeaufsichtigt durch das Haus streichen. Er würde dort immer wieder Schaden anrichten.

»Du dummer Affe«, schimpfte sie genervt, als sie ihn dabei erwischte, wie er heimlich durch das Fliegengitter des Küchenfensters ins Haus einzudringen versuchte. »Was sollen wir nur mit dir tun?«

Johannes strich sich nachdenklich über das Kinn.

»Du musst ihn daran gewöhnen, draußen zu schlafen. Wir können Paschas Käfig herrichten und ihn die ersten Nächte dort unterbringen. Sobald er sich daran gewöhnt hat, von dir getrennt zu sein, können wir die Käfigtür offen lassen. Jacko muss lernen, dass er nur ins Haus darf, wenn einer von uns Menschen dabei ist. Es wird nicht leicht sein, es ihm beizubringen.«

»Das fürchte ich auch«, stöhnte Ricky, die die Erziehungsarbeit ziemlich anstrengend fand. »Hilfst du mir dabei?«

Sie sah ihren Großvater bittend an. Für einen kurzen Augenblick tauchte auf Johannes' Gesicht ein seltenes Lächeln auf, das sofort wieder verschwand, als er sich dessen bewusst wurde.

»Nun«, brummte er, »hin und wieder werde ich wohl ein Auge auf euch haben können.«

»Danke, Großvater!« Ricky trat auf den alten Mann zu und gab ihm einen Kuss auf seine stoppelige Wange.

Am Abend saßen sie auf der Veranda. Es war einer jener friedlichen Abende, wo die Geräusche aus der Savanne wie der stille Nachhall eines erfüllten Tages klangen. Johannes und Fritz rauchten eine Pfeife, während Jella noch über ihren Plänen für die neue Praxis brütete. Ricky war bereits schlafen gegangen, um das Schreien Jackos nicht länger hören zu müssen. Irgendwann hatte er sich zum Glück in sein Schicksal ergeben und war verstummt.

Jella fuhr sich mit beiden Händen über das Gesicht. Ihre Listen waren vollständig, und sie freute sich auf ihre neuen Aufgaben. Bald würde sie ihre ersten Patienten behandeln. Nachdenklich beobachtete sie Johannes, der an diesem Abend ungewöhnlich ausgeglichen schien. Sie mutmaßte, dass es mit Ricky zu tun hatte, und freute sich, dass die beiden sich endlich angefreundet hatten. Vielleicht war das ja der richtige Zeitpunkt, um wieder einmal das Gespräch auf ihren Bruder und dessen Mutter zu bringen.

»Könnte es nicht sein, dass Raffael zu seiner Himba-Familie gegangen ist?«, fragte sie direkt. Es entsprach nicht ihrem Charakter, lange um den heißen Brei herumzureden.

Johannes nahm seine Pfeife aus dem Mund und sah seine Tochter unwillig an.

»Und wenn schon«, knurrte er. »Wenn es seine Bestimmung ist, bei diesen Wilden zu leben, dann soll er es doch tun. Besser, als im Gefängnis zu verschimmeln.«

»Du solltest nicht so abfällig von Sarahs Familie sprechen«, empörte sich Jella. »Schließlich ist sie deine Frau.«

Johannes fuhr unwirsch mit der Hand durch die Luft. »Ich

habe es ja auch nicht so gemeint.« Er schwieg. »Wahrscheinlich habe ich mir all die Jahre etwas vorgemacht. Leute wie Nachtmahr haben vielleicht gar nicht so unrecht mit ihren Meinungen. Die Afrikaner sind völlig anders als wir.«

»Das fällt dir aber ziemlich spät ein«, bemerkte Jella spitz. »Ich habe dich immer dafür bewundert, dass du keine Vorurteile hattest, sondern die Menschen so angenommen hast, wie sie sind, ungeachtet ihrer Hautfarbe.«

»Vielleicht war das ein Fehler. Außerdem ist Raffael ein Hitzkopf. Er wollte immer mit dem Kopf durch die Wand. Ihm fehlt eindeutig die deutsche Tugend des Gehorsams. Zum Glück seid ihr jetzt da. Bei euch ist *Owitambe* in guten Händen.«

Jella wollte das so nicht stehen lassen. Vielleicht war ihr Bruder ja jähzornig und manchmal hitzköpfig, aber im Grunde genommen war er ein ehrlicher Mensch, dem Gerechtigkeit überaus wichtig war.

»Du tust Raffael unrecht«, sagte sie. »Wir mögen ihn lange nicht gesehen haben, aber aus jedem Brief, den er mir schrieb, konnte ich herauslesen, dass er ein intelligenter junger Mann ist, der sich für die Dinge einsetzt, die ihn interessieren.«

»Pah«, schnaubte Johannes. »Flausen, nichts als Flausen hatte der Junge im Kopf. Er wollte studieren. So ein Unsinn. Ein Farbiger mit einem Universitätsabschluss. Er würde in der weißen Gesellschaft nie eine Anstellung finden. Es war schon schwer genug, ihn an die Schule in Windhuk zu bekommen. Ich wollte immer das Beste für den Jungen und habe ihn schließlich wohl auch davon überzeugt. Alles hätte gut werden können. Als Farmer hätte er es zu großem Ansehen gebracht. Aber dann muss er sich ja in dieses Flittchen verlieben und es obendrein auch noch schwängern. Ich will mit dem Jungen nichts mehr zu tun haben.«

»Sonja war schwanger ...?« Jella musste die unerwartete Nachricht erst einmal verdauen. »Aber dann müsste das Kind ja bereits auf der Welt sein. Was ist mit ihm? Geht es den beiden gut?«

Fritz war ebenso erstaunt wie seine Frau. »Nur komisch, dass Imelda und Rajiv uns nichts davon erzählt haben«, wunderte er sich. »Normalerweise haben die Buschtrommeln solch eine Nachricht im Nu verbreitet.«

Johannes war das Thema äußerst unangenehm. Er fühlte sich sichtlich nicht wohl in seiner Haut, sah aber ein, dass er jetzt endlich mit der Sprache herausrücken musste.

»Vor einiger Zeit kam Isabella von Nachtmahr zu unserer Farm. Sie war völlig aufgelöst und erzählte Sarah und mir von Sonjas Schwangerschaft. Ihr Mann wusste noch nichts davon, da er immer noch schwer verletzt war. Sie hatte fürchterliche Angst, dass er seiner Tochter etwas antun würde, wenn er es erfuhr. Er hatte immer noch vor, Sonja so schnell wie möglich zu verheiraten, und er hatte wohl auch schon einen geeigneten Heiratskandidaten im Blick. Frau von Nachtmahr wollte, dass wir ihr helfen, das zu verhindern.«

Johannes Hände ballten sich verbittert. »Das Mädchen hat Sitte und Anstand verloren. Sie war es, die meinem Sohn den Kopf verdreht hat. Sie ist kein Deut besser als ihr Vater! Ich habe Isabella von Nachtmahr weggeschickt und sie aufgefordert, niemals mehr einen Fuß auf *Owitambe* zu setzen.«

»Du hast was …?« Jella sprang vor Empörung von ihrem Stuhl auf. »Willst du damit sagen, dass du Sonja ihrem Schicksal überlassen hast? Ja, weißt du denn nicht, wozu dieser Nachtmahr fähig ist?«

Sie sah kurz zu Fritz, der ihr bestätigend zunickte. »Ich habe immer gedacht, dass du ein großherziger, weit blickender Mann bist«, sagte sie und rang nach Luft. »Das warst du auch einmal. Als ich damals zum ersten Mal nach Afrika gekommen war, da warst du der großherzigste Vater, den man sich vorstellen konnte. Vielleicht hast du es vergessen, aber auch ich war schwanger und unverheiratet. Konventionen waren dir damals egal.«

»Fritz ist ein Mann, der zu dir passt«, rechtfertigte sich Johannes. »Das war etwas ganz anderes.«

»War es das?« Fritz schlug seine Pfeife aus. »Du hast Jella immer so akzeptiert, wie sie war, obwohl sie, weiß Gott, keine konventionelle Frau ist.« Er lächelte ihr liebevoll zu. »Von Raffael hast du dagegen immer verlangt, dass er den Weg beschreitet, den du ihm vorgezeichnet hast. Hat er denn nicht das Recht, selbst über sein Leben zu entscheiden?«

»Diese Sprüche sind Unsinn«, behauptete Johannes. »Sie könnten von Sarah stammen.«

»Hat Sarah dich deswegen verlassen?«, mischte sich Jella erneut ein. Das Schweigen ihres Vaters war ihr Antwort genug. Mit einem Mal wurden ihr viele Dinge klar. »Natürlich! Nachdem ihr klar geworden war, dass du nichts für Raffaels Kind unternehmen würdest, sah sie sich veranlasst, ihren Sohn zu suchen, um ihn über die neuen Umstände aufzuklären.«

Ungläubig schüttelte sie ihren Kopf. »Merkst du denn nicht, dass du durch deine Sturheit alles verlierst, was dir lieb ist?«, fragte sie leise. »Ich werde diese unklaren Verhältnisse auf keinen Fall länger dulden. Morgen fahre ich zu den Nachtmahrs und erkundige mich nach Raffaels Kind.«

Schmerz und Freud

Jella war von nun an nicht mehr aufzuhalten. Im Morgengrauen des nächsten Tages sattelte sie ein Pferd und ritt damit nach *Hakoma,* zu der Farm, die sie nie wieder hatte betreten wollen. Fritz hatte sie gebeten, nichts Übereiltes zu tun. Er kannte sie und wusste, wie aufbrausend sie sein konnte. Doch sie hatte ihn abgewehrt. »Raffael hat Sonja offensichtlich geliebt. Nun ist es meine Pflicht als Schwester, mich in seiner Abwesenheit um seine Familie zu kümmern.«

Als sie sich *Hakoma* mit der prächtigen Auffahrt und dem grauen Herrenhaus näherte, überkamen sie dann doch Zweifel, ob sie nicht etwas überstürzt handelte. Vor der Einfahrt parkte ein Automobil. Sie hoffte sehr, dass es nicht bedeutete, dass der Herr im Hause war. Der Garten vor dem Haus mit seinem kurz geschnittenen Rasen und den eingefassten Blumenbeeten war sehr gepflegt. Die Stallungen und Nebengebäude sahen hingegen heruntergekommen aus. Jella fragte sich, womit Nachtmahr sein Geld verdiente. Offensichtlich tat er es wohl nicht mehr mit Farmarbeit. Sie band ihr Pferd vor dem Treppenaufgang fest und stieg zur Haustür hinauf. Die doppelte Eingangstür war verschlossen. Kurzerhand betätigte sie den silbernen Türklopfer. Ein tiefschwarzer Damarra öffnete die Tür. Er trug eine schwarz-weiße Dienerlivree und fragte sie höflich nach ihrem Begehren. Sie verlangte rundheraus, eine der Herrschaften zu sprechen.

»Der gnädige Herr ist nicht im Haus«, antwortete der Diener mit unbewegter Miene und perfektem Deutsch.

»Dann wünsche ich Madame zu sprechen.«

»Madame fühlt sich nicht wohl.« Offensichtlich hatte er Anweisungen, nicht zu stören.

»Sagen Sie ihr, dass Jella van Houten sie zu sprechen wünscht. Es ist dringend, denn es handelt sich um eine Familienangelegenheit.«

Der Diener verschwand und ließ Jella in der großen Eingangshalle zurück. Sie erinnerte sich, wie sie vor vielen Jahren zum ersten Mal in dieses Haus gekommen war. Sie verband mit dem düsteren Gebäude nur schlechte Erinnerungen. Mit schleppenden Schritten kam wenig später Isabella von Nachtmahr die Treppe herunter. Auch sie war älter geworden. Ihre zierliche Gestalt war noch durchscheinender und zerbrechlicher geworden. Auf ihren feinen Gesichtszügen lag unverkennbar Verbitterung und Trauer. Als sie Jella erblickte, wagte sie ein zaghaftes Lächeln.

»Frau van Houten«, grüßte sie mit leiser Stimme und streckte ihr die abgearbeitete Hand entgegen, die so gar nicht zu ihrer grazilen Erscheinung passen wollte. Ihre von feinen Fältchen überzogene Haut wirkte blass, aber nicht mehr ungesund gelb. Offensichtlich schien sie ihr Leberleiden in den Griff bekommen zu haben.

»Sie wissen, weshalb ich komme?«

Frau von Nachtmahr sah Jella traurig an. Tränen sammelten sich in ihren Augenlidern.

»Sie kommen zu spät«, meinte sie leise. »Sonja ist schon lange nicht mehr hier. Rüdiger hat sie davongejagt, als er von ihren Umständen erfuhr.«

»Wie konnten Sie das zulassen?«, fragte Jella entsetzt. Im gleichen Augenblick bedauerte sie ihre Frage. Sie wusste nur zu gut, dass Nachtmahr seine Frau wie eine Sklavin behandelte. »Ist sie wenigstens gut untergebracht? Wo lebt sie? Wie geht es ihrem Kind? Sie muss doch längst entbunden haben!«

Isabella von Nachtmahr begann zu weinen. Heftiges Schluchzen schüttelte ihren zerbrechlichen zarten Körper.

»Es ist alles so schrecklich! Niemand weiß, wo sie ist, aber ich vermute, dass sie nach Windhuk gegangen ist. Sie musste sofort verschwinden. Ich konnte ihr gerade noch heimlich etwas Geld zustecken. Rüdiger war so außer sich. Er gibt mir an allem die Schuld. Einmal habe ich mich bemüht, Nachforschungen anzustellen, aber Rüdiger hat es erfahren und mir Schläge angedroht für den Fall, dass ich es noch einmal versuche. Dabei ist die Hoffnung, dass es ihr gut geht, das Einzige, was mich noch am Leben hält.«

Sie griff nach Jellas Händen und umklammerte sie. »Helfen Sie mir, meine Tochter wiederzufinden! Gott hat Sie geschickt, um uns zu helfen.«

Jella war von dem Gefühlsausbruch der Frau völlig überrascht. Wie viel Leid musste sich in dieser Frau angesammelt haben! So entsetzt sie über Nachtmahrs Kaltherzigkeit war, so viel Mitgefühl empfand sie für dessen Gattin.

»Nun beruhigen Sie sich erst einmal. Wenn Sonja in Windhuk ist, werden wir sie auch finden. Wir werden eine Lösung für alle finden.«

»Rüdiger wird niemals zulassen, dass sie mit dem Kind hierherkommt«, schluchzte Isabella.

»Das muss sie auch nicht«, sagte Jella fest. »Wenn wir sie gefunden haben, kann sie erst einmal mit nach *Owitambe* kommen. Alles andere wird sich dann schon finden!«

»Sieh mal, da oben fliegen Geier«, sagte Tjireva. »Wir müssen die Ziegen zusammenhalten, damit sie die Kleinen nicht reißen!« Er rannte los und stieß dabei bestimmte Laute aus, um die weit umherstreunenden Ziegen wieder zu einer geschlossenen Herde zusammenzuführen. Sein Freund Kamasitu tat es ihm gleich. Doch ihre Vorsicht war unnötig gewesen, denn die Aasvögel schienen ein ganz anderes Opfer im Blick zu haben.

»Ist es nicht seltsam, dass sie immer um die gleiche Stelle kreisen? Dort muss ein verletztes Tier liegen. Sicher warten die Geier nur, bis es stirbt.«

»Und wenn schon! Es ist eben sein Schicksal.«

Kamasitu zuckte gleichgültig mit den Schultern. Dann fiel ihm ein, was Wapenga gesagt hatte. Alle Hirten sollten Ausschau nach Rutako halten. Er war seit zwei Tagen nicht zurückgekehrt, obwohl seine Rinder noch bei der Onganda waren. Kein Hirte ließ seine Tiere so lange allein. Außerdem war seine Mutter Vengape aufgetaucht.

Tjireva schien soeben auf dieselbe Idee gekommen zu sein.

»Lass uns nachsehen«, schlug er vor. »Vielleicht ist es Rutako, und er braucht Hilfe.«

»Und was ist mit den Ziegen? Wapenga wird sehr wütend sein, wenn wir sie allein lassen. Ich habe eine bessere Idee. Du bleibst hier bei den Tieren, und ich hole Hilfe aus der Onganda!«

Kamasitu wartete nicht, bis sein Freund einverstanden war, sondern rannte sofort los.

Sie fanden Rutako am Rande der Wasserstelle. Sein geschundener Körper lag neben einem runden Felsen. Die Spuren verrieten, dass er von einem Elefanten verletzt worden war.

»Lebt er noch?«, fragte Kamasitu tief erschüttert. Vengape war bereits bei ihrem Sohn und versuchte seinen Puls zu ertasten. Er war flach und unregelmäßig, aber immerhin vorhanden. Sie nickte dem Jungen zu, aber Rutako war ohne Bewusstsein. Sein linkes Bein war unnatürlich abgewinkelt, und auch seine Schulter schien gebrochen zu sein. Rasch ordnete Vengape an, dass man ihrem Sohn Wasser brachte, mit dem sie seine aufgesprungenen Lippen benetzen konnte. Wapenga und Katondoihe standen bedrückt daneben.

»Steht nicht herum«, sagte Vengape scheinbar ruhig. Sie trug immer noch die Kleidung der Weißen, auch wenn sie schmutzig und zerrissen war. »Wir müssen eine Trage machen und ihn vorsichtig zur Onganda bringen. Gibt es eine Heilerin in der Nähe?«

Katondoihe nickte.

»Eine halben Tag Fußmarsch entfernt lebt eine Heilerin von den Hakahona. Sie ist sehr mächtig.«

Wapenga machte sich mit den beiden anderen daran, aus herumliegendem Holz eine Trage zu bauen, während Vengape versuchte, Rutako mehr Flüssigkeit einzuflößen. Währenddessen flüsterte sie ihrem Sohn beruhigende Worte zu.

»Komm zurück«, flehte sie. »Deine Flucht war falsch. Du bist kein Mörder, aber du bist ein Vater.«

Rutakos Augenlider begannen zu flackern und sich schließlich einen Spalt breit zu öffnen. Vengape wusste nicht, ob er sie erkannte, denn er sprach nur ein einziges Wort: »Sonja!«

Seine Augen glänzten vor Fieber und starrten an seiner Mutter vorbei in den tiefblauen Himmel, als hätte er dort etwas entdeckt.

Vengape wusste, dass ihr Sohn mit dem Tod rang, und begann zu weinen. So weit war sie gelaufen, um ihn zurückzuholen, und jetzt war alles zu spät. Als Katondoihe und Wapenga ihn vorsichtig auf die Trage hieven wollten, verlor er erneut das Bewusstsein.

Als Jella von *Hakoma* zurückkam, war ihr Vater spurlos verschwunden. Niemand hatte ihn davonreiten sehen. Er musste noch vor ihr aufgebrochen sein. Auf dem Tisch im Wohnraum lag ein kurzer Brief:

Liebe Jella!

Du hast mir die Augen geöffnet. Ich habe vieles falsch gemacht. Es

wird Zeit, dass ich versuche, meine Fehler wiedergutzumachen. Ich hoffe, es ist nicht zu spät!
In Liebe
Dein Vater

»Weißt du, wohin er geritten ist?«

»Ist das wirklich so schwer zu erraten?«

Fritz umarmte seine Frau zärtlich und gab ihr einen Kuss auf die Stirn. »Johannes wird zu den Himbas ins Kaokoveld reiten. Es ist nicht unwahrscheinlich, dass sowohl Sarah als auch Raffael dort sind.«

Jella erzählte ihrem Mann, was sie auf *Hakoma* erfahren hatte.

»Ich werde morgen gleich nach Windhuk telegrafieren und Lisbeth fragen, ob sie etwas über Sonja in Erfahrung bringen kann. Meine alte Freundin hat überallhin beste Kontakte. Vielleicht haben wir ja Glück!«

Wenige Tage später erhielt Jella tatsächlich ein Antworttelegramm von ihrer Freundin, die in einem Missionskrankenhaus arbeitete. Allerdings klang die Botschaft nicht sehr ermutigend.

Sonja Nachtmahr nicht gefunden–stopp–habe dennoch eine Spur–stopp–am besten du kommst hierher.

Jella war enttäuscht. Sie hatte sich mehr erhofft. Immerhin schien Lisbeth einen Anhaltspunkt gefunden zu haben. Gleich am nächsten Morgen brachte Fritz sie an die Eisenbahn nach Otjiwarongo. Von dort fuhr sie nach Windhuk.

Lisbeth empfing ihre Freundin mit größter Herzlichkeit. Die beiden hatten sich seit über fünfzehn Jahren nicht mehr gesehen. Dennoch kam es Jella vor, als hätten sie sich erst am Tag zuvor getrennt. Lisbeth trug immer noch die weiße Schwesterntracht, die ihr grau gewordenes Haar nur unzureichend verdeckte. Sie war etwas fülliger geworden, steckte jedoch immer noch voller Energie.

»Du siehst immer noch aus wie das junge Mädchen, mit dem

ich damals aus Deutschland hierherkam«, lobte sie. Jella knuffte ihre Freundin lachend in die Seite. »Du konntest noch nie besonders gut schmeicheln«, neckte sie sie. Lisbeth lachte und hakte sich bei ihr ein, während ein Gepäckträger Jellas Tasche zu einem Pritschenwagen führte, vor den ein Maultier gespannt war.

»Etwas Komfortableres haben wir leider nicht zu bieten«, entschuldigte sie sich. »Wenn es dir nichts ausmacht, werden wir einen kleinen Umweg machen, bevor wir ins Krankenhaus fahren.«

Lisbeth hievte sich auf den Kutschbock und wartete, bis Jella den Gepäckträger entlohnt hatte und ebenfalls aufgestiegen war. Dann schnalzte sie mit der Zunge, und das struppige Tier setzte sich in Bewegung. Sie lenkte den Wagen an den Stadtrand von Windhuk und hielt vor einem mit Stacheldraht umzäunten Gebäude. Jella runzelte die Stirn.

»Ist das nicht das Waisenhaus?«, fragte sie. »Willst du einen Krankenbesuch machen?«

»Steig ab und sieh selbst«, meinte Lisbeth geheimnisvoll. Sie ging voran und klingelte an der Gittertür. Ein Bediensteter öffnete ihnen.

»Hallo Thomas«, begrüßte Lisbeth den jungen Herero. »Können wir zu Frau Walter?«

»Madame warten auf Sie in Haus.«

Er ging ihnen voran und begleitete sie in das ziemlich heruntergekommene Waisenhaus, das mit seinen vergitterten Fenstern eher an ein Gefängnis erinnerte. Überall bröckelte der Verputz ab. Hinter dem Waisenhaus gab es einen staubigen Platz, auf dem einige Kinder spielten. Sobald sie die Ankömmlinge entdeckten, rannten sie herbei, um zu betteln. Thomas scheuchte sie davon. Jella fühlte sich beklommen. Lisbeth bemerkte es.

»Lass dich von den äußeren Umständen nicht allzu sehr beeinflussen. Frau Walter fehlt es hinten und vorne an Geld. Niemand fühlt sich für diese Kinder hier verantwortlich.« Auf die vergitterten Fenster hindeutend meinte sie: »Die Gitter und der Zaun sind nicht dazu da, um die Kinder am Weglaufen zu hindern. Sie sind dazu da, sie vor den Kinderhändlern draußen auf der Straße zu schützen.«

»Kinderhändler?«

»Kinderhändler, Sklavenhändler, Ausbeuter.« Lisbeth machte eine ausladende Handbewegung. »Sie warten nur darauf, eines der Kinder in ihre Fänge zu bekommen. Sie versprechen ihnen neue Eltern und genügend zu essen, nehmen sie mit und verkaufen sie dann an einen der Farmer, der sie wie Sklaven für sich arbeiten lässt.«

Mittlerweile waren sie vor dem Büro der Waisenhausleiterin angekommen. Frau Walter erwartete sie bereits. Sie war eine kleine, dickliche Frau mit roten Apfelwangen. Sie mochte um die sechzig sein. Die mausgrauen Haare trug sie als festen Dutt auf ihrem Hinterkopf. Als sie Lisbeth sah, strahlte sie und empfing sie mit offenen Armen. Danach musterte sie Jella unverhohlen aus grauen, neugierigen Augen.

»Das ist nun also Ihre Freundin«, meinte sie freundlich und schüttelte herzlich Jellas Hand. »Dann wollen wir doch gleich mal sehen, ob ihr unser Findelkind bekannt vorkommt.«

»Findelkind?« Jella sah Lisbeth fragend an. Sie war der Meinung gewesen, dass ihre Freundin sich um ein krankes Kind kümmern wollte.

»Nun ja«, meinte Lisbeth. »Ich bin mir natürlich nicht sicher, aber als du mir schriebst, dass du ein Mischlingskind suchst, da fiel mir ein, dass Frau Walter vor etwa drei Monaten eines vor ihrer Haustür fand. Wohlgemerkt, vor ihrer Haustür in der Stadt und nicht vor dem Waisenhaus. Das Kind war auffallend hellhäutig. Seitdem ist der Kleine hier. Willst du ihn sehen?« Sie deutete auf einen geflochtenen Korb im Zimmer.

Jella beugte sich neugierig über den Korbrand. Ein Baby von etwa drei Monaten schlief darin. Seine kleinen Händchen waren zu Fäustchen geballt. Tatsächlich hatte der Kleine eine auffallend helle Haut, während Mund und Nase auf seine afrikanische Herkunft hindeuteten. Was Jella aber restlos überzeugte, war der rötliche Glanz in seinen Haaren.

»Das muss Raffaels Sohn sein«, rief Jella viel zu laut aus. Der Kleine schreckte zusammen und wachte auf. Er drehte sein Köpfchen und sah sie aus erstaunlich blauen Augen an. »Mein Gott, seht nur, er hat die Augen seines Großvaters!« Sie war außer sich. »Keine Frage, das ist mein Neffe! Darf ich mal?« Sie sah Frau Walter fragend an. Die ältere Frau stimmte sofort zu. Vorsichtig nahm Jella den kleinen Kerl auf ihren Arm.

Er war überhaupt nicht scheu, sondern lächelte sie glücklich an.

»Wie schlimm muss es nur um Sonja stehen, dass sie das hier getan hat?«, fragte sie erschüttert. Der kleine Kerl hatte schon jetzt ihr Herz gewonnen. Jella spürte, wie ihr Tränen in die Augen stiegen. »So einen süßen Fratz kann man doch nicht einfach kaltblütig aussetzen.«

»Ich glaube eher, dass seine Mutter sehr verzweifelt war«, mischte sich Frau Walter ein. »Der Kleine war sauber gewickelt und warm angezogen. Er war, erst kurz bevor ich ankam, dort hingelegt worden. Ich glaube, dass seine Mutter sogar in der Nähe war, um sich zu vergewissern, dass er in die richtigen Hände kam. Glauben Sie mir, ungeliebte Kinder werden ganz anders behandelt.«

Jella war ihre Reaktion fast peinlich. »Sie haben recht«, gab sie zu. »Sonja ist praktisch mittellos. Ich kann mir nicht vorstellen, dass sie hier in der Stadt so ohne Weiteres eine Arbeit bekommen hat, vor allem nicht in ihrem Zustand. Sie muss sehr verzweifelt gewesen sein. Wir müssen sie so schnell wie möglich finden.«

»Sie ist nicht hier«, sagte Lisbeth. »Ich habe überall nachgefragt. Wahrscheinlich hat sie die Stadt längst verlassen.«

Johannes hielt nichts mehr auf. Er trieb sein Pferd auf dem direkten Weg nach Outjo und von dort aus nordwestlich in Richtung Zessfontein. Etwas weiter nördlich lebten die Himbas. Auf dem scharfen Ritt gönnte er weder seinem Pferd noch sich selbst auch nur die geringste Ruhe. Abends schlief er meist unter freiem Himmel. Nur selten nahm er die Gelegenheit wahr, etwas komfortabler in einer der Farmen oder in den Dörfern der Einheimischen zu übernachten. Innerhalb von zehn Tagen hatte er das Gebiet der Himba erreicht, aber er war müde und von den Anstrengungen der Reise gezeichnet. Schon lange hatte er sich nicht mehr so verausgabt. Sein Alter wurde ihm schmerzlich bewusst. Trotzdem zog er weiter von Onganda zu Onganda und erkundigte sich nach Venomeho vom Clan der Löwen. Erst im vierten Dorf erfuhr er, dass Venomeho längst gestorben war und sein Neffe Wapenga das heilige Feuer hütete. Da die Himbas Halbnomaden waren, war es nicht leicht, die Onganda, in der Wapenga und seine Familie derzeit lebten, aufzuspüren. Weitere vier Tage verstrichen, bis er endlich dort ankam. Wie es der Sitte entsprach, wartete er vor dem umzäunten Kraal der Onganda, bis er hineingebeten wurde. Ein paar Frauen und Kinder, die an einer Wasserstelle die Kühe tränkten, kicherten, als sie den groß gewachsenen alten Mann sahen. Allerdings machte keine von ihnen Anstalten, seine Ankunft in der Onganda zu melden. Johannes sprach nur wenige Brocken Himba. Er ging zu den Frauen hin und versuchte, sich verständlich zu machen. Sie verstanden ihn nicht. Erst als er Sarahs Himbanamen aussprach, merkte eine von ihnen auf und nickte verständig. Sie deutete auf den Kraal und sagte: »Vengape« und dann noch einen Namen, den er nicht verstand. Immerhin schien sie zu begreifen. Sie winkte Johannes mit sich und ging in die Onganda. Er folgte ihr zögernd. Seine Augen suchten den Otjizero, die heilige Hütte, das heilige Feuer und den Kälberkraal inmitten der Onganda. Er durfte auf keinen Fall diese Linie übertreten, wenn er nicht den Unwillen der Himbas auf sich ziehen wollte. Besuchern war es erst erlaubt, an das heilige Feuer zu treten, wenn der Sippenvorstand ihn dazu einlud. Doch die männlichen Bewohner schienen alle bei ihren Rinderherden zu sein. Während die Frau auf direktem Weg zu einer der mit Kuhmist verputzten Rundhütten ging, machte Johannes den vorgeschriebenen Umweg. Sein Rücken schmerzte von dem langen Ritt und den Anstrengungen. Er fühlte sich ausgelaugt und war durstig. Jetzt, da er am Ziel seiner Reise war, verließ ihn plötzlich der Mut. Er war kein guter Ehemann und Vater gewesen. All die Jahre hatte er nur an sich und seine eigenen Wünsche gedacht. Sarah hatte es immer klaglos ertragen. Sie hatte es für die Familie getan, und er hatte alles leichtfertig aufs Spiel gesetzt. Die langen Stunden auf dem Pferderücken hatte er dazu genutzt, sein Leben Revue passieren zu lassen. Er war zu keinem guten Ergebnis gekommen. Er hatte den Kulturunterschied zwischen Sarah und sich immer ignoriert und selbstverständlich angenommen, dass seine Frau sich an seinen Lebensstil anpasste. Gewisse Bräuche und Rituale, die sie nie abgelegt hatte, hatte er zwar geduldet, aber innerlich belächelt. Genauso war er mit seinem Sohn verfahren. Selbstherrlich hatte er versucht, über dessen Leben zu bestimmen, obwohl der Junge schon früh andere Interessen gezeigt hatte. Johannes seufzte. Würden die beiden ihm je verzeihen können?

Die Frau zeigte mit dem ausgestreckten Arm in das Innere der Hütte und rief laut Vengapes Namen. Dann verschwand sie wieder zu ihren Tieren. Johannes stand unschlüssig vor dem niederen Eingang der Hütte. Er wagte nicht, ohne Einladung einzutreten; außerdem hatte er Angst vor dem, was jetzt kommen mochte. Er hoffte nur eines: dass seine Vermutung stimmte und beide hier waren. Eine Frau, deren nackter Körper von rotem Butterfett glänzte, trat aus der Hütte. Es war nicht Sarah, dafür war sie viel zu jung. Das junge Mädchen hatte ihre Haare am Hinterkopf zu mehreren Zöpfen geflochten, was sie als heiratsfähige Frau auszeichnete. Sie musterte ihn von oben bis unten und sagte dann etwas, was Johannes nicht verstand. Sie wirkte traurig und enttäuscht. Ungeduldig bedeutete sie ihm, die Hütte zu betreten.

Im ersten Augenblick erkannte Johannes nichts. Das Innere der Hütte wurde nur von vereinzelten Lichtstrahlen, die durch Risse im Kuhdung fielen, erleuchtet. Als er sich einigermaßen an die Dunkelheit gewöhnt hatte, nahm er eine kniende Frau wahr. Er erkannte sie sofort. Sarah trug nur einen Hungergurt und zwei Lederschurze. Auf ihren Zöpfen trug sie eine Haube aus Lammfell, die Erembe, die sie als verheiratete Frau auswies. Erst jetzt sah er, dass sie sich über einen anderen Menschen beugte. Sein Herz krampfte sich zusammen und er spürte, wie ihm die Beine den Dienst versagten und er auf die Knie sackte. Mit der Gewissheit eines Vaters wusste er, dass sein Sohn dort lag.

»Ist … ist er tot?«, hauchte er. Er fühlte sich plötzlich all seiner Kraft beraubt.

Sarah, die sich bis dahin nicht umgedreht hatte, schüttelte fast unmerklich den Kopf.

»Ein Elefant«, sagte sie leise. »Er hat unseren Sohn schwer verletzt. Weder Mukuru noch die Ahnen wissen, wie lange er noch leben wird.«

»Es tut mir alles so leid!«, sagte Johannes hilflos. Und dann brach der Wall, der ihn so viele Jahre hart und unnachgiebig gemacht hatte, und er ließ seinen Tränen freien Lauf. »Ich möchte euch um Verzeihung bitten. Ich weiß, dass es zu viel verlangt ist, aber ihr sollt wissen, dass ich alles tun werde, um meine Fehler wiedergutzumachen. Oh, guter Gott, lass Raffael nicht sterben.«

Sarah schwieg, aber sie legte ihre Hand auf seine Schulter und streichelte ihn. Gemeinsam sahen sie auf ihren Sohn, der immer noch bewusstlos auf seinem Lager lag.

»Wir müssen einen Arzt holen. Er braucht unbedingt medizinische Hilfe.«

»Die Krankenhäuser der Weißen sind zu weit weg«, stellte Sarah nüchtern fest. »Rutako bekommt Hilfe. Eine Heilerin der Hakahona ist hier. Sie wird ihn gesund machen. Außerdem ist Wapenga zu den Gräbern unserer Ahnen gegangen. Er wird uns heute Abend sagen, ob die Ahnen ihn bei uns lassen werden oder nicht.«

Johannes widersprach nicht. Er wusste, dass sie recht hatte. Ihr Sohn war nicht transportfähig, also waren sie auf die Hilfe angewiesen, die die Heilkundigen im Kaokoveld ihnen bieten konnten. Das war ihr Schicksal.

Eine alte Frau betrat die Hütte und kniete sich neben Raffael. Im Gegensatz zu den Himbas trug sie einen Stoffschurz um ihre Lenden und war auch nicht mit Ocker bemalt. Sie musste die Heilerin sein. Sie trug einen rauchenden Tonkrug, der an ihrer Hand hing. Es roch nach Kräutern, die die Sinne benebelten. In konzentrischen Kreisen schwenkte sie den Krug über Raffaels Kopf und begann, einen monotonen Gesang anzustimmen. Sarah fiel mit ihrer warmen Stimme ein. Erst jetzt sah Johannes, dass die Heilerin die Knochen seines Sohnes gerichtet und das linke Bein sowie die linke Schulter mit Stöcken geschient hatte. Der monotone Gesang der Frau schwoll langsam an und wurde lauter und abgehackter. Plötzlich schrie sie und riss beide Arme hoch. Dann sackte sie zusammen.

»Rutakos Geist will nicht kämpfen«, sagte sie tonlos. »Seine Ahnen ziehen an ihm und haben ihn fast auf ihre Seite gezogen. Die nächste Nacht wird entscheiden, ob er lebt.«

Sie erhob sich schwerfällig. »Sein Vater muss eine junge Ziege töten. Er soll mir ihr Herz und die Eingeweide bringen. Sobald es dunkel ist, muss er mit den Ahnen sprechen und sie bitten, seinen Sohn zurückkehren zu lassen.«

Johannes tötete die junge Ziege vorschriftsmäßig, indem er ihr die Gurgel abdrückte. Dann zog er ihr Fell ab und brach das Tier auf. Er weigerte sich, über den Sinn dieser heidnischen Prozedur nachzudenken. Für ihn war sie die einzige Hoffnung auf die Rettung seines Sohnes. Als er das Herz und die anderen Innereien sorgfältig auf den Ziegenbalg legte, trat Wapenga auf ihn zu. Er war von den Gräberfeldern der Ahnen zurückgekehrt. Sarah stand neben ihm und weinte. Johannes fuhr erschrocken auf.

»Geht es Raffael schlechter?«, fragte er mit angstbebender Stimme.

»Wapenga sagt, dass Rutako zu den Ahnen will. Er wird heute Nacht sterben.«

Johannes richtete sich auf. Er ballte seine Hände zu Fäusten und hob sie gen Himmel.

»Das werde ich nicht zulassen. Verdammt, das werde ich nicht zulassen!«

Jella und Lisbeth nahmen den kleinen Jungen mit sich zu dem Missionskrankenhaus, in dem Lisbeth seit vielen Jahren arbeitete. Auch wenn es sich nicht eindeutig beweisen ließ, war der Kleine für Jella Raffaels Sohn und damit ihr Neffe. Weil er so klein und zierlich war, nannte sie ihn Benjamin. Der Junge schlief viel, aber wenn er wach war, beobachtete er aufmerksam seine Umgebung. Jella trug ihn viel mit sich herum, um ihm möglichst viel Liebe zu geben. Weil es praktisch war, band sie ihn sich wie die Afrikanerinnen auf den Rücken. Dem kleinen Benjamin gefiel es. Auch wenn sich Lisbeth sicher war, dass Sonja nicht mehr in der Stadt weilte, wollte sie noch einmal gründlich nach ihr forschen. Sie hatte zunächst versucht, sich in Sonjas Situation zu versetzen. Was hätte sie an ihrer

Stelle getan? Wenn sie versuchte, bei der weißen Bevölkerung eine Anstellung zu finden, würde sich das schnell herumsprechen. Ihre Schwangerschaft war sicherlich nicht unentdeckt geblieben. Ohne Mann galt sie als ehrlose Frau. Ebenso unmöglich war es, bei den Schwarzen zu leben. Sie würden in ihren Homelands keine Weiße dulden. Auch glaubte Jella nicht, dass Sonja genügend Geld besaß, um Windhuk mit der Bahn zu verlassen. Sie war der festen Überzeugung, dass sie sich irgendwo dort verkroch, wo niemand nach ihrer Herkunft fragte. Lisbeth rümpfte die Nase, als Jella von ihrem Vorhaben erzählte.

»Du willst dich doch nicht etwa als verheiratete Frau bei Dieben, Betrügern und Huren umsehen«, schimpfte sie. »Denk doch mal an deinen Ruf.«

»Was kümmert mich mein Ruf?«, meinte Jella verächtlich. »Außerdem sehe ich nichts Verwerfliches darin. Schließlich bin ich Ärztin.«

Gleich am nächsten Morgen durchstöberte sie die heruntergekommenen Viertel am Stadtrand. Zuerst klapperte sie die billigeren Hotels ab. Als sie dort keine Anhaltspunkte fand, ging sie in die einfachen Pensionen. Als sie auch dort nicht fündig geworden war, versuchte sie es mit Privathäusern. Tatsächlich erhielt sie dort erste Anhaltspunkte dafür, dass sie auf der richtigen Spur war.

In einem einfachen Holzhaus, das kaum mehr als eine Hütte war, lebte eine hagere Witwe mit verbitterten Gesichtszügen. Jella hatte erfahren, dass sie hin und wieder ein Bett vermietete. Als sie dort nachfragte, erfuhr sie, dass eine junge Frau, auf die die Beschreibung Sonjas passte, tatsächlich einige Monate zuvor bei ihr untergekommen war.

»Die Frau hat wohl auch mal bessere Zeiten gesehen«, meinte die Witwe hämisch. »Die Kleidung war von guter Qualität, wenn auch schon ziemlich heruntergekommen, als sie hier auftauchte.«

»War die Frau in anderen Umständen?«, hakte Jella nach. Die Witwe musterte sie misstrauisch.

»Wieso wollen Sie das denn wissen?«, fragte sie. »Das geht Sie gar nichts an.«

»Die junge Frau gehört gewissermaßen zu meiner Familie«, erklärte Jella. »Ich will ihr helfen.«

»Das sah mir aber nicht so aus, als würde irgendjemand von der Familie sich für das Ding interessieren. So schwanger, wie die war, wirft man doch niemanden auf die Straße. Die war völlig runtergekommen, und Geld hat sie auch bald keins mehr gehabt. Ein Glück, dass es Menschen wie mich gibt …« Die Witwe musterte Jella geldgierig. »Ich hatte so einige Auslagen. Was denken Sie denn, was die bei der Geburt für eine Sauerei hinterlassen hat? Wenn Sie wissen wollen, wo die Göre jetzt steckt, sollten Sie sich schon erkenntlich zeigen.«

Sie streckte ihr ungeniert die Hand entgegen. Jella kramte in ihrer Rocktasche nach der Geldbörse und drückte der Frau einen Geldschein in die Hand. Die schnappte sich das Geld und steckte es eilig ein.

»Wo sind Mutter und Kind nun?« Endlich würde sie etwas Konkretes erfahren. Die Witwe zuckte gleichgültig mit den Schultern und zeigte an das Ende der Straße.

»Irgendwo bei den Bastarden wird sie sein«, meinte sie. »Ich hab sie wegschicken müssen. Schließlich bin ich nicht die Wohlfahrt. Am besten, Sie suchen einfach weiter.«

Ohne ihr die Gelegenheit zu weiteren Fragen zu geben, schlug die Witwe Jella die Tür vor der Nase zu. Nun war sie genauso weit wie noch einige Stunden zuvor.

Dennoch wollte sie sich nicht unterkriegen lassen. Erst wenn sie jeden Winkel hier durchstöbert hatte, konnte sie sicher sein, dass Sonja nicht mehr hier war. Ohne sich von den misstrauischen und manchmal sogar feindseligen Blicken der einfachen Menschen einschüchtern zu lassen, fragte sie unbeirrt in jedem Haus nach. Keiner wusste etwas von Sonjas Verbleib. Am Ende der Straße gab es eine Tanzbar, in der es auch käufliche Mädchen gab. In dieser kleinen Lustmeile am Stadtrand hob sich die ansonsten strenge Rassentrennung auf. In dem Etablissement verkehrten sowohl Mischlinge als auch Schwarze und Weiße. Jeder, der bereit war, für gewisse Vergnügungen Geld zu bezahlen, konnte hier alles bekommen. Jella widerstrebte es, gerade dort nach Sonja zu suchen. Dennoch nahm sie sich ein Herz und betrat die schmuddelige, verrauchte Bar, aus der billige Klaviermusik zu hören war. Ein paar ungepflegte Farmer tranken am Tresen Bier. Ansonsten war die Bar bis auf die nur dürftig angezogene Klavierspielerin leer. Jella wartete, bis sie ihr Lied zu Ende gespielt hatte, und trat dann an sie heran.

»Ich suche diese junge Frau«, begann sie ohne Einleitung. Sie zeigte die Fotografie, die ihr Isabella von Nachtmahr überlassen hatte. »Kennen Sie die?«

Die Klavierspielerin musterte Jella mit unverhohlener Neugier. Sie war schon weit über dreißig und ihr verlebtes, stark geschminktes Gesicht war wie eine starre Maske. Dennoch konnte Jella an dem kurzen Aufblitzen ihrer Augen erkennen, dass sie etwas wusste. Wieder griff sie in ihre Rocktasche und zückte einen Geldschein.

»Wenn Sie mir helfen, werde ich gern bezahlen«, versicherte sie. Die Klavierspielerin lächelte höhnisch.

»Mit den paar Penunzen fangen wir erst gar nicht an«, verhandelte sie hart. »'nen Fuffziger müssen Sie schon springen lassen, wenn ich was sagen soll.«

»Also wissen Sie was?«

Die Frau zuckte mit der Schulter. »Wer weiß?«

Jella hasste solche Spielchen. Leider blieb ihr keine Wahl.

»Also gut, ich gebe Ihnen das Doppelte, und wenn Ihre Auskunft stimmt, noch mal 'nen Fünfer dazu.«

Die Klavierspielerin lächelte ironisch. »Du hast das Spiel fast verstanden. Gib mir jetzt fünfzehn und nachher noch einmal zehn, dann kommen wir zusammen.«

Jella holte tief Luft. Was die Frau forderte, war unverschämt. Dennoch ging sie auf den Handel ein. Die Klavierspielerin deutete auf eine Tür, die in die Schlafräume der Liebesdamen führte. Ihr wurde ganz beklommen zumute. Die Klavierspielerin sah es und lachte laut. »Nee, die ist noch keine von uns«, beschwichtigte sie. »Das Mädchen hat 'ne Macke, spricht kein Wort. Die ist nur zum Wäschewaschen gut.«

Es hatte eine ganze Weile gedauert, bis Sonja von Nachtmahr bereit gewesen war, Jella zu begleiten. Als sie die junge Frau endlich in einer Art Hinterhof des Etablissements beim Wäschewaschen gefunden hatte, war sie zutiefst erschrocken. Sonja war abgemagert bis aufs Skelett. Violette Augenringe ließen ihre Augen gespenstisch groß erscheinen. Sie litt an Blutarmut und Mangelernährung und gehörte dringend in ein Bett. Behutsam hatte Jella auf die junge Frau eingeredet und ihr von ihrem Sohn erzählt. Doch Sonja schien das alles nicht zu berühren. Ihr Gesicht blieb ausdruckslos und in seinem tiefen Leid befangen. Jella kannte solche Schockzustände nur zu gut und hoffte nur, dass es noch nicht zu spät war. Immer wieder hatte sie mit ansehen müssen, wie Menschen sich in Anbetracht ihres Kummers selbst aufgaben. Sie musste Sonja dazu bringen, mit ihr zu gehen. Doch die weigerte sich mit heftigem Kopfschütteln und machte sich sofort wieder daran, die Wäsche in schnellen Bewegungen über das Waschbrett zu rubbeln.

»Sonja, Ihr Sohn wartet auf Sie«, versuchte es Jella. »Sie können ihn nicht alleinlassen.«

Sie umfasste die zarten, knöchernen Schultern und brachte sie dazu, von ihrer Tätigkeit abzulassen. »Kommen Sie mit mir. Alles wird gut. Benjamin braucht Sie!«

Sonja starrte weiterhin ausdruckslos vor sich hin. Immerhin leistete sie nun keinen Widerstand mehr, sondern ließ sich ohne Gegenwehr von Jella wegführen. Die junge Frau war so schwach und abgemagert, dass sie im Missionskrankenhaus erst einmal aufgepäppelt werden musste. Sie war unfähig, selber zu essen, und musste wie ein kleines Kind unter gutem Zureden gefüttert werden. Schließlich fiel sie in einen komaähnlichen Schlaf. Als sie am nächsten Morgen aufwachte, stand Jella mit Benjamin auf dem Arm neben ihrem Bett. Der Kleine war wach und versuchte nach Jellas Locken zu greifen. Sonja sah ihren Sohn und drehte sofort den Kopf beiseite. Jella befürchtete schon, dass sie unfähig sein würde, ihr Kind zu lieben. So etwas kam immer wieder vor und hätte auch erklärt, weshalb sie ihr Kind weggegeben hatte. Sie beschloss zu gehen, um die junge Frau nicht weiter zu quälen. Kaum hatte sie die Tür erreicht, wurde sie zurückgehalten.

»Darf ich das Baby noch einmal sehen?« Ihre Stimme klang schwach und zögerlich. Jella legte den Kleinen sachte neben sie. Die junge Mutter wagte nicht, ihr Kind zu berühren. Sie stützte ihren Kopf auf und betrachtete es lange. Ihr Gesicht war immer noch maskenhaft und zeigte keine Regung, doch ihre Augen begannen zu glänzen. Benjamin strampelte neben ihr und musterte seine Mutter aufmerksam. Dann breitete sich ein Lächeln auf seinem runden Gesicht aus, das von einem munteren Glucksen begleitet wurde. Sonja zuckte zurück und wandte sich brüsk ab. Benjamin schien das nicht zu stören. Er fühlte sich wohl und grapschte mit seinen Händchen nach ihrem Arm. Auf die Berührung hin wandte Sonja ihren Kopf wieder ihrem Sohn zu. Tränen kullerten aus ihren starren Augenwinkeln. Langsam begannen sie den maskenhaften Gesichtsausdruck aufzuweichen, der nun einem ersten zaghaften Lächeln Platz machte.

Owitambe

Sobald Sonja einigermaßen reisefähig war, fuhr Jella mit ihr und dem kleinen Benjamin zurück nach *Owitambe.* Sie waren übereingekommen, dass sich die junge Mutter mit ihrem Kind erst einmal auf der Farm erholen sollte, bevor man weitere Pläne bezüglich ihrer Zukunft schmiedete. Der jungen Frau fiel es anfangs nicht leicht, sich um ihren Sohn zu kümmern. Immer wieder überwältigten sie Weinkrämpfe, und sie redete sich ein, dass sie eine Rabenmutter war.

»Ich wusste mir einfach keinen Rat«, klagte sie Jella immer wieder ihr Leid. »Kaum war Benjamin geboren, verlangte die Witwe Struse, dass ich endlich meine ausstehenden Mietschulden bezahlen sollte. Aber die Geburt hatte mich geschwächt. Ich hatte viel Blut verloren. Wie sollte ich mit einem Säugling Arbeit finden? Eine ganze Nacht irrte ich durch die Gassen, bis mir das Waisenhaus einfiel. Ich hatte von Frau Walter schon viel Gutes gehört. In meiner Not fiel mir keine andere Lösung ein, als meinen Jungen vor ihrer Haustür abzulegen. Ich hatte mich hinter einem Busch versteckt, um sicherzugehen, dass er auch gefunden wurde. Als Frau Walter ihn tatsächlich mitnahm, brach mir das Herz. Mir war alles genommen worden, was mich Monate zuvor am Leben gehalten hatte.«

Jella reagierte auf diese Ausbrüche mit ruhiger Besonnenheit. Sie sprach Sonja Mut zu und versicherte ihr unermüdlich, dass sie eine gute und verantwortungsvolle Mutter war. Durch die Sorge um ihren Jungen und die alltägliche Arbeit auf der Farm kehrte ihre Lebensenergie langsam wieder zurück. Jella hatte Sonja bewusst Aufgaben übertragen, damit sie sich nicht als Bittstellerin fühlte. Gemeinsam mit Ricky machte sie sich im Garten nützlich und begann später stundenweise Jella in ihrem kleinen Lazarett zu assistieren.

Mittlerweile hatte sich in den umliegenden Dörfern herumgesprochen, dass auf *Owitambe* die weiße Medizinfrau wieder zurück war. Einige der älteren Dorfbewohner kannten Jella noch von früher und erzählten von den guten Zaubern, die sie angeblich hatte. So war es kein Wunder, dass sich oft schon am frühen Morgen eine lange Schlange von Patienten vor dem kleinen Lazarett einfand. Viele litten an schlecht verheilten Wunden oder entzündeten Augen. Es gab Fieberfälle und Unfallverletzte. Hin und wieder wurde Jella zu schwierigen Geburten oder zu Schwerkranken in eines der Dörfer gerufen, sodass sie das Lazarett verlassen musste. Sonja kümmerte sich unterdessen um die harmloseren Fälle. Sie stellte sich sehr geschickt an und konnte ihr bald einiges abnehmen.

Das Leben auf *Owitambe* spielte sich langsam wieder ein. Alle versuchten, ein möglichst normales Leben zu führen. Die Tatsache, dass Raffael und seine Eltern immer noch spurlos verschwunden waren, bedrückte alle, aber sie sprachen nicht darüber. Afrika war ein hartes Land. Fritz arbeitete unermüdlich daran, die Zäune und Stallungen zu reparieren und den Farmbetrieb wieder auf Vordermann zu bringen. Nach Rücksprache mit einigen Nachbarfarmern war er zu der Überzeugung gelangt, dass es sich lohnte, neue Karakulschafe zur Züchtung anzuschaffen. Er hatte Johannes' Bücher durchgesehen und erkannt, dass der Verkauf der gelockten Lammfelle ein profitables Geschäft versprach. Leider war sein Schwiegervater nicht mehr auf der Farm, und er selbst hatte keine Ahnung von der Zucht. Da kam ihm Mateus in den Sinn. Nach wie vor kümmerte sich der junge Herero heimlich um die gestohlenen Karakulschafe. Fritz nahm an, dass sich die Herde wohl mittlerweile verdoppelt haben musste. Er hatte die Lösung dieses Problems viel zu lange in den Hintergrund gestellt. Doch jetzt meinte er einen Weg gefunden zu haben, um die Angelegenheit endgültig zu klären. Bislang hatte er es stillschweigend geduldet, dass der Herero sich heimlich an den Futtervorräten bediente. Dem schob er nun einen Riegel vor. Er ließ das Tierfutter in einen abschließbaren Raum bringen und verwaltete selbst den Schlüssel. Auf diese Weise brachte er Mateus in Schwierigkeiten, denn er musste für seine Schafe nun eine ausreichend große Weide finden. Das war allerdings nahezu unmöglich, ohne dass jemand auf der Farm es mitbekam. Diese Zwickmühle, in die er Mateus gebracht hatte, beschloss Fritz zu nutzen. Viehdiebstähle waren bei den Hereros wie bei allen Hirtenvölkern kein Verbrechen. Andererseits handelte es sich um etwas anderes, wenn man seinen Dienstherrn beklaute. Fritz wollte dem jungen Mann eine goldene Brücke bauen, ohne dass er sein Gesicht verlor. Er rief ihn zu sich und deutete auf das Gelände, wo er die neuen Schafherden unterbringen wollte. Die Weide war ideal, die Tiere konnten sich selbst ihr Futter suchen, fanden Schatten unter Bäumen, und Wasserstellen waren auch vorhanden.

»Ist das nicht eine besonders geeignete Schafweide?«, fragte er listig. Mateus sah ihn verwundert an. Er wusste bislang nichts von Fritz' Plänen.

»Es ist ein guter Ort«, meinte er einsilbig.

»Ich möchte gern, dass du dich in Zukunft um unsere Schafe kümmerst«, schlug Fritz vor. »Dein Vater sagt, dass keiner in deinem Dorf sich besser mit Schafen auskennt als du.«

Mateus Schultern strafften sich in Anbetracht des unerwarteten Lobes. Er fühlte sich offensichtlich geschmeichelt. Aber dann stutzte er. Wieso kam der Herr ausgerechnet auf ihn?

»Was ist? Möchtest du die Schafzucht übernehmen?«, hakte der auf sein Schweigen nach. Der junge Herero kratzte sich unbeholfen am Kopf.

»Es ist eine gute Aufgabe«, gab er zu. Fritz sah ihm an, dass er angebissen hatte.

»Abgemacht«, lachte Fritz und schlug ihm auf die Schulter. »Leider trifft die nächste Schiffsladung mit guten Zuchttieren erst in ein paar Monaten ein. Wir werden die Weiden noch einige Zeit nicht brauchen. Willst du nicht deine Schafe so lange hier unterstellen?«

»Ich habe keine Schafe«, beeilte sich Mateus zu sagen. Er wollte davongehen, aber Fritz hielt ihn zurück.

»Und was ist mit den Tieren in der Nagelschlucht?«

Mateus war von Fritz' Offenheit so überrumpelt, dass ihm der Unterkiefer herunterklappte. Woher wusste der weiße Herr von den Schafen? Wie war er ihm auf die Schliche gekommen?

»Du musst mich gar nicht so erstaunt ansehen. Es ist gut, dass du für die Schafe von Herrn Johannes gesorgt hast.« Bevor er sich rechtfertigen konnte, fuhr Fritz fort. »Du musst nichts sagen. Die Tiere würden nicht mehr leben, wenn du dich nicht um sie gekümmert hättest. Ich bin stolz, dass du so weitsichtig gehandelt hast, und möchte dich dafür belohnen.«

Mateus war immer noch sprachlos. Vor allem begriff er nicht, worauf der weiße Herr hinauswollte.

»Ich habe aus wenigen Schafen viele gemacht«, sagte er unsicher. »Sie sind alle gesund.«

»Deshalb möchte ich auch, dass du dich weiterhin um sie kümmerst. Treib sie hierher. Sie finden in der Nagelschlucht nicht genügend Futter. Wenn ich sehe, dass du gute Arbeit geleistet hast, werden wir eine Abmachung treffen. Du darfst einige der neugeborenen Tiere behalten und auf der Farm weiden lassen. Im Gegenzug kümmerst du dich auch um meine Tiere.«

»Du … du gibst mir Lämmer?« Mateus traute seinen Ohren nicht.

»Du hast sie dir verdient. Wenn wir zusammenarbeiten, werden deine und meine Herde wachsen!«

Mateus schüttelte ungläubig den Kopf, aber dann begriff er und strahlte. Zum ersten Mal in seinem Leben hatte er das Gefühl, ernst genommen zu werden. Sein Vater war nie mit ihm zufrieden gewesen, genauso wenig wie der weiße Herr Johannes, aber dieser weiße Herr war anders. Er würde in Zukunft gern für ihn arbeiten.

»So soll es sein, Herr!«

Fritz streckte ihm die Hand entgegen und Mateus schlug ein.

Einige Tage später kamen Imelda und Rajiv überraschend zu Besuch. Rajiv lenkte einen großen Ochsenkarren, auf dem sich ein in Decken eingehülltes Ungetüm befand. Ricky ließ ihre Harke fallen und begrüßte die beiden herzlich. Sie liebte ihre gut gelaunte Großmutter und verehrte Rajiv, der sie so sehr an ihre Kindheit in Indien erinnerte.

»Ihr müsst ganz lange bleiben«, bettelte sie wie ein kleines Kind. Unterdessen waren auch Jella und Fritz bei ihnen. Nur Sonja war mit dem Baby im Haus geblieben.

»Wenn ihr da seid, ist wenigstens etwas los«, schwärmte Ricky.

»Ich finde, hier ist immer etwas los«, meinte Jella etwas konsterniert. »Hast du etwa nicht genügend zu tun?«

»Immer nur Farmarbeit, das ist langweilig«, stöhnte Ricky. »Ich bin froh über jede Abwechslung.«

»Genau deshalb sind wir hier. Wir haben dir etwas mitgebracht«, meinte Rajiv geheimnisvoll. »Willst du es dir nicht einmal ansehen?«

Er kletterte auf die Pritsche des Ochsenwagens und machte sich daran, die Seile, mit denen die Decken fixiert waren, zu lösen. Als er die Decken weggezogen hatte, kam ein schwarz glänzendes Klavier zum Vorschein.

Ricky war sprachlos.

»Dein Vater hat mir verraten, dass du sehr gut Klavier spielst«, meinte Rajiv schmunzelnd. »Ich finde, es wird Zeit, dass du mal wieder übst.«

»Das ist wirklich für mich?« Ricky konnte es nicht glauben. Auch wenn sie sich mittlerweile einigermaßen mit ihrem neuen Zuhause arrangiert hatte und sogar durchaus gute Seiten an der so andersartigen Lebensart entdeckt hatte – die Musik und das Tanzen fehlten ihr mehr, als sie es sich eingestehen wollte. Aufgeregt kletterte sie zu Rajiv auf die Pritsche und schlug vorsichtig ein paar Töne an.

»Es ist sogar gestimmt«, staunte sie. »Wo hast du das nur her, Großvater Rajiv?« Sie nannte ihn zum ersten Mal so.

»Nun«, meinte der gerührt, »ich konnte einen englischen Händler überreden, es mir zu überlassen. Imelda und ich haben dafür keine Verwendung. Deshalb dachten wir an dich.«

Imelda zwinkerte Fritz verschwörerisch zu. Selbst Jella, die wenig mit Musik anzufangen wusste, lachte zufrieden. Im Trubel um das Klavier, das Fritz und Rajiv gemeinsam mit einigem Aufwand von der Pritsche luden, bemerkte niemand die Kutsche, die sich ebenfalls *Owitambe* näherte. Erst als sie auf dem Hof einfuhr, drehte sich Jella um.

Auf dem Kutschbock saßen ihr Vater und neben ihm seine Frau Sarah. Jella stieß einen lauten Überraschungsschrei aus und lief auf sie zu. Johannes hielt die Kutsche an und stieg etwas ungelenk vom Kutschbock, bevor er seiner Frau herabhalf.

»Vater! – Sarah!« Jellas Augen blitzten erst ihren Vater und dann Sarah an.

Johannes trat auf seine Tochter zu und umarmte sie gerührt. Um sie herum entstand allerlei Tumult. Alle redeten durcheinander und begrüßten die Heimkehrer.

»Ich bin sehr froh, wieder zu Hause zu sein«, sagte Johannes schließlich mit rauer Stimme. Er hob seinen Arm und deutete auf die Kutsche.

»Wir sind nicht allein hier. Wir haben noch jemanden mitgebracht.«

Niemand hatte auf die Rückbank der Kutsche geachtet, von der sich jetzt jemand mühsam aus dem Sitz schälte.

»Raffael!« Jella war sprachlos vor Freude. Wieder sprachen alle durcheinander und umringten den so lange Vermissten. Nur Ricky stand einfach nur da und traute ihren Augen nicht. Obwohl sie ihren Onkel noch nie als Erwachsenen gesehen hatte, war er ihr äußerst vertraut. Er war niemand anderes als derjenige, von dem sie in den letzten Monaten so schrecklich geträumt hatte. Mit offenem Mund registrierte sie, wie er mit einer Krücke auf sie zuhumpelte. Sein linkes Bein war seltsam verdreht und schien steif zu sein.

»Willst du mich nicht auch begrüßen?«, grinste er. Er gab sich Mühe, den Schmerz zu verbergen, den ihm das Gehen verursachte. Sie lächelte ihm verschämt zu und reichte ihm die Hand. Raffael übersah sie und zog seine Nichte, die nur wenig jünger war als er, herzlich zu sich heran.

Unterdessen war auch Sonja der ungewöhnliche Tumult nicht entgangen, und sie war mit ihrem Sohn auf die Terrasse getreten. Jella reagierte als Erste. Sie nahm die junge Mutter und führte sie zu ihm. Raffael ließ bei ihrem Anblick vor Schreck seine Krücke fallen. Trotz seiner dunklen Hautfarbe war er aschfahl geworden. Er sagte kein Wort, sondern betrachtete ungläubig die junge Frau, die mit einem Baby direkt vor ihm stand. Beide sprachen kein Wort, sondern verloren sich in den Augen des jeweils anderen. Ringsherum herrschte betroffenes Schweigen. Keiner wagte ein Wort zu sagen. Es war Sonja, die schließlich die Stille durchbrach.

»Benjamin, das ist dein Vater«, sagte sie schlicht und drückte Raffael seinen Sohn in die Arme.

Als der Bote von *Owitambe* auf *Hakoma* ankam, saßen Rüdiger und Isabella von Nachtmahr gerade beim Tee in ihrem Salon. Von Nachtmahr sah dabei seine Bücher durch und rechnete. Er hatte durch Spekulation und falsche Investitionen in der letzten Zeit viel Geld verloren. Die erhoffte Finanzspritze durch Baltkorn war ausgeblieben, nachdem der reiche Farmer erfahren hatte, dass Sonja von einem anderen als seinem Sohn geschwängert worden war. Nicht, dass Baltkorn die Tatsache ihrer Schwangerschaft abgestoßen hätte – damit hatte sie immerhin ihre Fruchtbarkeit bewiesen. Nein, es war die Tatsache gewesen, dass der Vater ausgerechnet ein Mischling war. Damit war Sonja »verkaffert« und in der feinen burischen Gesellschaft eine Ausgestoßene. Nachtmahr hatte in seiner hübschen Tochter immer ein Stück Kapital gesehen, das er durch eine gewinnbringende Heirat zu Geld machen wollte. Nun hatte sie es gewagt, seine Pläne zu durchkreuzen, deshalb hatte er sie bestraft. Alles lief derzeit schief. Isabella war noch stiller und kränklicher geworden. Sie sprach kaum und aß nur das Nötigste. Nachtmahr war es im Prinzip gleichgültig. Hauptsache, sie spielte weiterhin die Rolle seiner Ehefrau. Zu den wenigen Dingen, die er noch von ihr forderte, gehörte, dass sie gemeinsam Tee tranken und ihre Mahlzeiten einnahmen.

»Draußen ist ein Bote aus *Owitambe«,* unterbrach der Hausdiener seine trüben Gedanken. Nachtmahr sah ungehalten auf.

»Ich habe mit den Sonthofens nichts mehr zu schaffen. Schick ihn weg.«

»Der Mann sagt, es sei dringend. Er will nicht gehen, bevor er seine Botschaft ausgerichtet hat.«

Vor Empörung riss Nachtmahr sich das Monokel vom Auge.

»Was bildet der Kerl sich ein? Denkt der etwa, dass er mich zwingen kann? Wenn dieser Neger nicht umgehend verschwindet, dann hetz die Hunde auf ihn!«

Damit war für ihn der Fall erledigt.

»Ich bestehe darauf, dass wir den Mann anhören«, sagte Isabella mit leiser, aber ungewohnt fester Stimme. »Ich erwarte schon länger eine Nachricht von dort.«

»Wie bitte?«

Nachtmahr sah seine Frau überrascht an. Doch die ignorierte seinen Blick und begab sich in Richtung Tür. Ärgerlich gab er dem Diener das Zeichen, den Boten in das Vorzimmer zu führen. Es war undenkbar für ihn, einen Neger in seinen Salon zu lassen.

Isabella ging ihrem Mann voraus.

»Was willst du?«, raunzte Nachtmahr den Boten unwirsch an. »Verschwende nicht unnötig meine Zeit.«

»Guten Tag, Madame. Guten Tag, Herr.«

Josua drehte den staubigen Hut in seiner Hand. Er fühlte sich sichtlich unwohl in seiner Haut. Das große, graue Haus mit seinen dicken Mauern schüchterte ihn ein.

»Herr Johannes lässt ausrichten, dass Tochter und Enkel von Herrschaft auf *Owitambe* sind. Es geht ihnen gut. Sie wollen Herrschaft bitten, Gast in *Owitambe* zu sein. Herr Raffael und Fräulein Sonja werden heiraten.«

»Heiraten? Was soll der Unfug? Nur über meine Leiche!«

Nachtmahr ballte seine haarigen Hände zu Fäusten und schlug Josua ohne Vorwarnung ins Gesicht. Der Herero wurde von dem Schlag so überrascht, dass er das Gleichgewicht verlor und zu Boden fiel. Seine Nase blutete, als er sich wieder aufrappelte. Als Nachtmahr nochmals zuschlug, hob er schützend seine Arme vor das Gesicht.

»Rüdiger, lass das«, schrie Isabella empört. »Der arme Mann kann doch nichts dafür!«

Ihr Mann ließ nur von Josua ab, weil sie ihm in den Arm fiel. Er schnaubte vor Wut und begab sich zu dem Schrank mit den Gewehren.

»Diesen verkafferten Mistkerlen werde ich es zeigen«, brüllte er außer sich. »Bevor meine Tochter einen Neger heiratet, bringe ich sie alle um!«

Er entnahm ein Jagdgewehr und stürmte zur Tür.

»Rüdiger, versündige dich nicht«, flehte seine Frau verzweifelt. Sie versuchte ihn zurückzuhalten. Doch Nachtmahr riss sich ungehalten los und stürmte nach draußen. Sie hörte, wie er das Automobil anließ und mit hoher Geschwindigkeit davonfuhr.

Isabella zitterte am ganzen Körper. Doch dann fasste sie sich und versuchte einen kühlen Kopf zu bekommen. Sie kannte ihren Mann nur zu gut. Es war durchaus vorstellbar, dass er in seiner Wut einen schrecklichen Fehler beging. Sie musste etwas unternehmen. Dummerweise gab es auf *Owitambe* noch kein Telefon, um die Menschen dort zu warnen. Als Erstes kümmerte sie sich um den immer noch am Boden liegenden Josua. Der Mann war noch nie geschlagen worden und deshalb völlig fassungslos. Isabella kniete sich neben ihn und betupfte seine blutende Nase mit einem Taschentuch.

»Kannst du mich nach *Owitambe* bringen?«, fragte sie ihn. Josua nickte schwerfällig. »Wir müssen uns beeilen, verstehst du?«

Isabella konnte nicht reiten, deshalb ließ sie eine leichte Kutsche anspannen. Ihr Mann war mit dem Automobil natürlich viel schneller. Er musste jedoch die breiten Wege nehmen, während sie die Abkürzung über den Hügel nehmen konnten. Josua war ein geschickter Kutscher; allerdings war der Anstieg auf den Hügel ziemlich steil, sodass das Pferd im Schritt hochgehen musste. Isabella fühlte sich wie befreit. Sie staunte über ihren eigenen Mut. Soweit sie sich erinnern konnte, hatte sie noch nie in ihrem Leben so couragiert gehandelt. Vor der Abfahrt hatte sie sich sogar mit einem Gewehr eingedeckt, obwohl sie kaum wusste, wie man es handhabte. Dieses eine Mal im Leben würde sie sich nicht ihrem Mann unterordnen. Er hatte ihr bis auf ihre Tochter alles genommen, was in ihrem

Leben eine Rolle gespielt hatte. Stets hatte sie sich alles klaglos gefallen lassen. Doch jetzt war Schluss damit. Sie hatte sich niemals davon überzeugen lassen, dass ihr Sohn Achim durch Fritz van Houten ums Leben gekommen war. Es war ein heimtückischer Winkelzug gewesen, um der Familie Sonthofen zu schaden. Isabella ging sogar so weit zu glauben, dass ihr Mann eine Mitschuld am Tod seines Sohnes hatte. Keiner wusste so gut wie sie, dass er die Wahrheit immer so drehte, dass sie ihm zum Vorteil gereichte. All die Jahre war sie ihm eine folgsame Frau gewesen. Sie war so erzogen worden, auch wenn sie Rüdiger schon lange nicht mehr liebte.

Noch bevor sie in das Tal von *Owitambe* einfuhren, hörte sie aufgeregte Stimmen. Schon von Weitem konnte sie sehen, wie ihr Mann das Gewehr aus dem Automobil zog.

»O Gott, lass ihn nicht schießen«, dachte sie verzweifelt. Josua ließ das Pferd jetzt im Galopp laufen. Niemand achtete auf sie, als sie ankamen und Isabella eilig aus der Kutsche stürzte. Auch sie hielt das Gewehr in den Händen. Nachtmahr war außer sich.

»Ihr verdammtes Kaffernpack«, brüllte er. »Euch werde ich's zeigen. Wo ist dieses Luder, das meine Familie entehrt hat? Sie ist mein Eigentum und wird mit mir kommen!«

Um die Ernsthaftigkeit seiner Absicht zu unterstreichen, hob er das Gewehr und zielte auf Sonja, die gemeinsam mit Fritz, Jella und Raffael auf der Veranda stand. Raffael schob sich sofort vor sie, während Fritz beschwichtigend die Arme hob.

»Nun fassen Sie sich doch«, sagte er so ruhig, wie es ihm möglich war. Langsam ging er die Stufen der Veranda hinab und trat auf von Nachtmahr zu. »Geben Sie mir Ihr Gewehr und lassen Sie uns vernünftig reden!«

»Sie … Sie Mörder!«, zischte Nachtmahr und zielte mit dem Gewehr nun auf Fritz. »Ich werde es euch allen zeigen. Ihr habt mein Leben zerstört und mir alles genommen!«

Seine Augen funkelten gefährlich, während er das Gewehr entsicherte und seinen Finger an den Abzug führte.

Im nächsten Augenblick ertönte ein Schuss. Jella schrie entsetzt auf. Doch niemand fiel verletzt zu Boden. Nachtmahr sah auf sein Gewehr und drehte sich abrupt um. Keine zehn Meter von ihm entfernt stand seine Frau und zielte auf seinen Kopf.

»Der erste Schuss war eine Warnung«, meinte sie entschlossen. »Beim zweiten Schuss mache ich Ernst.« Zur Bekräftigung, wie ernst es ihr war, lud sie nach.

»Bist du völlig übergeschnappt?«, rief Nachtmahr fassungslos. »Du hättest mich töten können! Gib mir sofort das Gewehr!«

»O nein, das werde ich ganz bestimmt nicht tun«, sagte Isabella kalt. »Ich habe viel zu lange immer das getan, was du von mir verlangt hast. Jetzt ist Schluss damit.«

Fritz nutzte die Gunst der Stunde und entriss dem völlig überraschten Nachtmahr das Gewehr.

»Du bist wahnsinnig«, brüllte dieser aufgebracht. »Ich werde dir zeigen, was ich von deinem lächerlichen Tun halte.« Er trat einen Schritt auf Isabella zu, als der zweite Schuss ertönte. Die Kugel prallte direkt vor seinen Stiefeln auf.

Nachtmahr schrie auf, blieb aber unverzüglich stehen.

»Dieses eine Mal in deinem Leben wirst du mir zuhören«, sagte Isabella. Sie machte keinen Hehl daraus, dass sie beim nächsten Mal ihrem Mann in die Brust schießen würde. Sie war nun keine zwei Meter mehr von ihm entfernt. Erst jetzt begriff Nachtmahr wie entschlossen sie war. Feine Schweißperlen sammelten sich auf seiner Stirn.

»Ich habe deine Tyrannei satt«, sagte sie mit einer beinahe unheimlich ruhigen Stimme. »Du wirst niemandem meiner Familie mehr Schaden zufügen.«

»Willst du mich etwa erschießen? Das ist doch lächerlich!«

»Warum nicht«, entgegnete sie kalt. »Du hättest es verdient.«

Nachtmahr fuchtelte in Richtung der Veranda. Für einen

Augenblick wirkte er verunsichert. »Das wagst du nicht. Du bist meine Frau. Gib das Gewehr her!«

»O nein! Ich habe lange genug getan, was du von mir verlangt hast. Du hast mein Leben und das unserer Kinder ruiniert. Nun ist Schluss damit!«

»Willst du etwa mit diesen Mördern gemeinsame Sache machen? Der eine hat unseren Sohn getötet, und der andere hat versucht, mich umzubringen. Du warst selber Zeugin.«

»Verschwinde von hier und lass dich nie wieder blicken«, forderte Isabella. Sie führte den Finger zum Abzug. »Wenn du Sonja oder mich noch einmal belästigst, werde ich dich erschießen.«

Nachtmahr schäumte vor Wut, musste aber einsehen, dass er in der schlechteren Position war. Zähneknirschend ging er zu seinem Automobil. Als er den Motor gestartet hatte, erhob er drohend seine Faust.

»Ich werde das nicht ungesühnt lassen«, drohte er. »Die Polizei wird dem Neger Sonthofen noch den Prozess machen. Dafür sorge ich – und wenn es das Letzte ist, was ich tue!«

Ein dritter Schuss ertönte. Er durchschlug den vorderen Kotflügel des Automobils, woraufhin der Motor seltsame Geräusche von sich gab. Nachtmahr schrie hysterisch auf und gab eilig Gas. Wenige Sekunden später war er hinter einer dichten, puffenden Staubwolke verschwunden.

Epilog

Am Ende eines arbeitsreichen Tages führte Fritz seine Frau zu ihrem Lieblingsplatz auf dem Hügel unter der großen Schirmakazie. Er wollte die kurze Zeit vor dem gemeinsamen Abendessen nutzen, um ihr die neuen Pläne zu zeigen. In *Owitambe* ging es seit der glücklichen Rückkehr wie in einem Bienenschwarm zu. Nachdem die erste Wiedersehensfreude abgeebbt war, begannen die Männer, sich zu überlegen, wie man mehr Platz auf der Farm schaffen konnte. Fritz und Johannes hatten Pläne für den Bau zweier neuer Häuser geschmiedet. Außerdem sollte ein kleines Lazarett entstehen, in dem Jella auch operieren konnte. Die beiden Männer waren mit Feuereifer und voller Elan darangegangen. In eines der Häuser wollte Fritz mit seiner Familie ziehen, das andere war für Raffael bestimmt. Als Fritz die Pläne ausbreiten wollte, winkte Jella ab.

»Lass uns das später machen. Ich habe Raffael heute untersucht«, begann sie. Ihr Bruder war immer noch schwer von dem Elefantenunfall gezeichnet. Sein linkes Bein war nicht ordentlich verheilt und verursachte ihm höllische Schmerzen. »Er muss dringend operiert werden. Ich fürchte nur, die Ärzte hier in Südwest sind nicht ausreichend ausgebildet. Das Beste wäre, wenn er sich in der Charité in Berlin behandeln ließe oder einem anderen großen Krankenhaus. Die Medizin ist heutzutage weit fortgeschritten.«

»Und was sagt dein Bruder dazu?«

Jella zuckte bekümmert mit den Schultern. »Er will nichts davon wissen.«

»Auch ich habe gelernt, als Krüppel zu leben«, meinte Fritz ernst.

»Du hattest damals keine andere Möglichkeit«, widersprach seine Frau. »Außerdem ist der Armstumpf ordentlich verheilt. Ich habe zwar kein Röntgengerät, aber ich spüre, dass noch Knochensplitter in Raffaels Fleisch stecken. Sie werden ihm immer Schmerzen verursachen und unter Umständen sogar Entzündungen hervorrufen. Das kann sehr gefährlich werden. Er kann eine Sepsis bekommen und daran sterben.«

»Lass ihn erst mal zur Ruhe kommen«, riet Fritz. »Er ist so glücklich über seine junge Familie. Er braucht Zeit, um sich über alles klar zu werden. In ein paar Wochen wird er dafür viel zugänglicher sein.«

Jella schwieg nachdenklich und richtete den Blick auf die baumbestandene Savanne. Fritz zog sie zärtlich zu sich heran, sodass sie ihren Kopf auf seine Schulter legen konnte. Die Sonne war gerade dabei, den Horizont zu überschreiten, und ließ ein letztes Mal die Landschaft am Waterberg in warmen Orangetönen erstrahlen. Ein Toko lärmte in ihrer Nähe. Immer wieder riss er seinen großen, gelben Hornschnabel auf und schrie. In der Ferne war das Blöken der Schafe zu hören und der zufriedene Gesang eines Hirten.

»Meinst du, wir machen alles richtig?«, fragte Jella unvermittelt. »Ich habe manchmal das Gefühl, dass mir die Dinge entgleiten. Nimm nur einmal Ricky. Sie ist so groß geworden. Ich habe immer gehofft, dass sie so wird wie ich oder du. In Wirklichkeit ist sie das genaue Gegenteil. Als wir Indien verließen, hoffte ich, dass sie die Musik und das Tanzen ebenfalls hinter sich lassen würde. Aber seit das Klavier im Haus ist, denkt sie an nichts anderes. Dieses unsinnige Geklimper führt doch zu nichts.« Sie seufzte. Fritz strich ihr beruhigend über den Rücken.

»In wenigen Tagen beginnt die Schule in Windhuk. Sie wird

neue Freundinnen kennenlernen und sich ablenken. Du wirst sehen, alles wird sich fügen.«

Die Sonne war wie ein großer, reifer Apfel hinter den Horizont gefallen und hinterließ die Schatten der hereinbrechenden Nacht. Der Himmel verfärbte sich erst türkis und danach violett, bevor die Schwärze der Nacht aufzog. Eng umschlungen wartete das Paar auf den magischen Moment, an dem die Sterne wie von Zauberhand am Himmel angeknipst wurden. Als es endlich so weit war und das Kreuz des Südens über ihnen erstrahlte, begleitet von unendlich vielen anderen Sternen, wurde es Jella wieder leichter ums Herz. Endlich hatte der langsame, bedächtige Puls, der den Takt in Afrika bestimmte, auch sie erfasst. Gleichmäßig und unbeirrbar bestimmte er den Lauf der Dinge in diesem geheimnisvollen Land, das ihre Heimat geworden war. Was kümmerte sie schon die Zukunft? Sollte sie kommen! Sie würde die Veränderungen willkommen heißen.

Danksagung

Es ist für mich immer wieder erstaunlich, wie viel Rückhalt und Unterstützung ich während der doch langen Phase des Planens, Recherchierens und Schreibens meines Buches erfahren durfte. Wieder einmal boten mir die Erlebnisse, die ich während meiner Reisen nach Afrika und nun auch Indien machen durfte, eine große Fülle von neuen Geschichten. Es ist nicht die Menge an Gesehenem, was mich beeindruckt hat, sondern das unmittelbare Erleben des Alltäglichen in einer fremden Kultur. Besonderer Dank gilt meinem indischen Freund Mukesh Saharan, der immer und unermüdlich, erst vor Ort im nordindischen Rajasthan, später dann aus der Ferne auf all meine Fragen antwortete und dabei versuchte, mir seine Welt nahezubringen. Er ist mein Tor nach Indien. Über ihn gelang es sogar, Kontakte zu den Dienern des Maharanas von Udaipur zu knüpfen. Die Diener stehen seit Generationen im Dienste ihrer Fürsten und konnten mir wertvolle Auskünfte über das damalige Hofleben geben. Im Gegensatz zu der überwältigenden Pracht an den Fürstenhöfen steht das Leben des größten Teils der Bevölkerung. Elend, Armut, Hunger, Krankheit, Tod – das alles begegnete mir auf Schritt und Tritt bei meinen Gängen abseits der Touristenschauplätze in den oft riesigen indischen Städten und Slums. So sehr mich das als Westeuropäerin auch mitgenommen hat, so verwundert war ich über den stoischen Gleichmut und die gegenseitige Hilfsbereitschaft der Armen untereinander, mit denen sie ihr Schicksal zu ertragen scheinen. Auch diesen Teil Indiens durfte ich hautnah miterleben.

Launig und anregend waren wie immer unsere »Fetten-Dichter«-Treffen!

Ein großer Dank geht an meinen lieben Agenten Bastian Schlück, der mir immer wieder erfrischende Anregungen gibt und sich so rührig für mich einsetzt. Auf Verlagsseite danke ich Nicola Bartels und Doreen Fröhlich für ihr Vertrauen und ihre Unterstützung, Rainer Schöttle für das umsichtige Lektorat und dem Team von Blanvalet für die schöne Gestaltung des Buches. Bruni Thiemeyer und Margrit Burde danke ich von Herzen für ihre inhaltlichen und sprachlichen Anregungen, ebenso meinen Töchtern und meinem lieben Mann, der mir immer und allezeit den Rücken freihält.

Sachworterklärungen

Bambuse: ein hauptsächlich in Deutsch-Südwestafrika gebrauchter Begriff für eingeborene Diener.

Buschmänner: nomadisch lebendes Jäger- und Sammlervolk im südlichen Afrika. Sie gelten als Urbevölkerung dieser Gegend.

Chai massala: indischer Würztee mit aufgekochter Milch und unterschiedlichen Gewürzen.

Dhoti: traditionelles indisches Beinkleid der Männer. Es besteht aus einem langen Stück Stoff, das um die Taille geknotet wird und dann hosenähnlich um die Beine geschlungen wird.

Diwali: mehrtägiges, bedeutendes hinduistisches Fest, das auch Lichterfest genannt wird. Das Fest ist in spiritueller und sozialer Bedeutung vergleichbar mit dem christlichen Weihnachten.

Gwi auch Gauab: schalkhafter Geist im Glauben der Buschmänner. Er spielt Menschen oft bösartige Streiche und stielt ihren Atem.

Haveli: prächtig ausgestattete und bemalte Häuser in Nordindien. In Rajasthan bewohnten sie meist Kaufleute und Angehörige der Fürsten.

Herero: ein die Bantusprache sprechendes Hirtenvolk, das Mitte des 16. Jahrhunderts gemeinsam mit den Ovambo aus Zentralafrika in das heutige Namibia einwanderten.

Hidjra: Indische Bezeichnung für Mitglieder des »dritten« Geschlechts. Viele Hijras sind rituell kastrierte Männer oder von Geburt an intersexuell. Oft leben sie gezwungenermaßen in eigenen, recht disziplinierten Gemeinschaften, einem Gurukulam. Sprachlich bezeichnen sich Hijras selbst als weiblich.

Himba: ein mit den Herero verwandtes nomadisierendes Hirten-, Jäger- und Sammlervolk. Sie leben im Norden Namibias. Besonderen ders auffällig ist die fettige Creme, mit der Männer wie Frauen ihre Körper einreiben.

Joansi: Ein Stamm der Buschmänner in der nördlichen Kalahari

Kauha: Schöpfungsgott der Buschmänner

Kolam: zentrisch, symmetrische Muster, die von indischen Frauen mit gefärbtem Reismehl in den Eingangsbereich der Häuser gemalt werden. Sie haben rituelle Bedeutung.

Kurta: Kragenloses, weit geschnittenes Hemd, das meist von Männern getragen wird. Es ist etwa knielang.

Llangwasi: unberechenbare Geister der Buschmänner

Maharadscha/Maharana: wörtlich: Großkönig. Indischer Herrschertitel, der dem Rang eines Fürsten entspricht. Im Fürstentum Udaipur wird der Großkönig mit Maharana angesprochen.

Num: spirituelle Kraft der Buschmänner.

Ondjuwo: Wohnung der Himba. Die Rundhütte besteht aus biegsamen, mit Wedeln der Makalanipalme befestigten Stangen, die mit einer Mischung aus Kuhmist und Flusssand verputzt werden.

Onganda: Dorfähnliches Anwesen der Himba. Jede Onganda verfügt über ein im Mittelpunkt gelegenes Kälbergehege, um das die Hütten errichtet werden. Eine Linie von der Haupthütte, über das heilige Feuer bis zum Eingang des Kälbergeheges bildet den Teil des Anwesens, der für alle Fremden tabu ist.

Otjizero: Haupthütte eines Himbadorfes. Sein Bewohner ist der Dorfvorstand und hütet das heilige Feuer, das nie ausgehen darf.

Orlam: Mischlinge, die von holländischen Farmern und Nama-Frauen abstammen.

Pad: afrikaans: Schotterweg, Straße

Riviere: afrikaans: Fluss. Sie führen nur in der Regenzeit Wasser.

Tsamma-Melone: »Citrullus lanatus«, nahrhaftes, kartoffelig schmeckendes Gewächs in der Kalahari und der Namib